BEN KANE

Lionheart – Der Preis des Throns

Weitere Titel des Autors:

Forgotten Legion-Chronicles
Die Vergessene Legion
Der silberne Adler
Der blutige Weg

Eagles of Rome-Reihe
Kampf der Adler
Rache der Adler
Sturm der Adler

Aus der Reihe um Flamininus
Kampf der Imperien
Das letzte Schwert

Aus der Reihe um Richard Löwenherz
Lionheart – Im Dienste des Löwen
Lionheart – Der Kreuzritter

Über den Autor:

Ben Kane wurde in Kenia geboren und wuchs in Irland auf, im Heimatland seiner Eltern. Bevor er sich ganz dem Schreiben widmete, arbeitete er als Tierarzt. Schon als Kind übte die Geschichte Roms eine große Faszination auf ihn aus, weshalb mit der Veröffentlichung seines Debüts DIE VERGESSENE LEGION ein lang gehegter Traum in Erfüllung ging. Mit seiner LIONHEART-Reihe wendet er sich einer neuen Zeit zu: dem englischen Mittelalter.

BEN KANE

LION HEART

DER PREIS DES THRONS

HISTORISCHER ROMAN

Übersetzung aus dem Englischen
von Dietmar Schmidt

lübbe

Die Bastei Lübbe AG verfolgt eine nachhaltige Buchproduktion.
Wir verwenden Papiere aus nachhaltiger Forstwirtschaft und verzichten darauf, Bücher einzeln in Folie zu verpacken. Wir stellen unsere Bücher in Deutschland und Europa (EU) her und arbeiten mit den Druckereien kontinuierlich an einer positiven Ökobilanz.

MIX
Papier | Fördert gute Waldnutzung
FSC® C014496
www.fsc.org

Vollständige Taschenbuchausgabe

Deutsche Erstausgabe

Titel der englischen Originalausgabe: »Lionheart – King«
Originalverlag: Orion

Textredaktion: Dr. Frank Weinreich, Bochum
Umschlaggestaltung: Thomas Krämer
Einband-/Umschlagmotiv: © Nejron Photo/shutterstock; © Nik Keevil/Arcangel
Satz: GGP Media GmbH, Pößneck
Gesetzt aus der Adobe Garamond
Druck und Verarbeitung: GGP Media GmbH, Pößneck
Printed in Germany
ISBN 978-3-404-18965-6

2 4 5 3 1

Sie finden uns im Internet unter luebbe.de
Bitte beachten Sie auch: lesejury.de

Für Mama und Dada mit all meiner Liebe.

PERSONENVERZEICHNIS

(Historische Persönlichkeiten sind durch einen Asterisk* gekennzeichnet.)

Ferdia Ó Catháin/Rufus O'Kane, ein irischer Edelmann aus Nord-Leinster
Rhys, Rufus' walisischer Knappe
Katharina, österreichische Köchin
Jean, Waisenjunge aus Rouen
Robert FitzAldelm, Ritter und Bruder des verstorbenen Guy FitzAldelm
Henry, Soldat aus Southampton (verstorben)

KÖNIGSHAUS VON ENGLAND:
Richard*, König von England, Herzog von Aquitanien
Berengaria*, Tochter König Sanchos VI. von Navarra, Richards Gemahlin
John*, Graf von Mortain, Richards Bruder, auch bekannt als »Lackland« (Johann Ohneland)
Alienor (Eleonore) von Aquitanien*, Richards Mutter und Witwe Henrys II. FitzEmpress* (Heinrich II.), König von England, Herzog der Normandie und Graf von Anjou (verstorben)
Joanna* (Johanna von England), Königin von Sizilien, Tochter Henrys II.

Mathilda* (Mathilde von England), Richards Schwester (verstorben), war mit Heinrich dem Löwen* verheiratet, dem ehemaligen Herzog von Sachsen und von Bayern

Henry (»Hal«, »der junge König«)*, ältester Sohn Henrys II. (verstorben)

Geoffrey*, Graf der Bretagne und dritter Sohn Henrys II. (verstorben)

Constance* von der Bretagne, Geoffreys Witwe

Arthur*, Geoffreys junger Sohn

Alienor*, Geoffreys junge Tochter

Am englischen Königshof und in England:

André de Chauvigny*, Ritter und Cousin von König Richard

Baudouin de Béthune*, Ritter

William de Longchamp*, Bischof von Ely, Richards Kanzler

Hugh de Puiset*, Bischof von Durham

Geoffrey*, unehelicher Sohn Henrys II., Richards Halbbruder und Erzbischof von York

William Marshal*, einer von Richards Justiciars

Guillaume Bruyère* und John de Pratelles*, ebenfalls Justiciars Richards

Kirchenbeamte: Erzbischof Walter de Coutances* von Rouen, Bischof Hubert Walter* von Salisbury, John d'Alençon*, Archidiakon von Lisieux, Abt John* von Boxley, Abt Stephen* von Robertsbridge, Bischof Savaric de Bohun* von Bath, Ralph Besace* und Bruder Peter, priesterliche Ärzte

Adlige: Robert, Earl von Leicester*, Guillaume des Roches*, Robert de Turnham*, Guillaume, Jean und Pierre de Préaux*, Henry Teuton*, William de l'Etang*, Ritter

Mercadier*, Söldnerhauptmann

Robert de Nunat*, Bruder des Bischofs von Coventry

Richard de Drune, Waffenknecht (verstorben)
Henri, Knappe König Richards

Andere Figuren:
William*, König von Schottland
Philippe Capet* (Philipp II. August), König von Frankreich
Alys Capet*, Philippes Schwester, als Kind mit Richard verlobt worden
Bischof von Beauvais*, Cousin des französischen Königs
Dreux de Mello*, Edelmann
Raymond*, Graf von Toulouse
Hugues*, Herzog von Burgund, Cousin des französischen Königs (verstorben)
Baudouin*, Graf von Flandern
Henri de Blois*, Graf der Champagne und Cousin sowohl Richards als auch Philippe Capets

Österreich, Italien, Deutschland und andere Orte:
Leopold V.*, Herzog von Österreich
Heinrich VI. von Staufen*, römisch-deutscher König und Kaiser des Heiligen Römischen Reiches
Heinrich der Löwe*, ehemaliger welfischer Herzog von Sachsen und von Bayern
Philipp von Schwaben*, dessen Bruder, der nach dem Tod Heinrichs VI. im Jahr 1197 den Thron beanspruchte
Konrad der Staufer*, Pfalzgraf bei Rhein und Heinrichs Onkel
Agnes von Staufen*, Konrads Erbtochter Erbin
Engelbert III.*, Graf von Görz, der sich mit seinem Bruder Meinhard II.*, Graf von Görz und Vogt der Kirche von Aquileia, die Herrschaft teilte
Roger d'Argentan*, Ritter
Abt Otto von Moggio

Bertolf, Novize
Friedrich III. von Pettau*, österreichischer Ministerialadliger
Wladislaw Heinrich*, Herzog von Böhmen und Markgraf von Mähren
Hadmar von Kuenring*, Burgherr von Dürnstein
Albrecht von Löwen (Albert von Lüttich)*, Bischofskandidat in Lüttich (verstorben)
Papst Coelestin III.*, Oberhaupt der katholischen Kirche von April 1191 bis Januar 1198
Papst Innozenz III.*, Oberhaupt der katholischen Kirche von Januar 1198 bis Juli 1216
Otto von Braunschweig*, Sohn Heinrichs des Löwen und Mathildas, der Schwester Richards, 1198 zu einem von zwei römisch-deutschen Königen gewählt
Richenza*, Heinrich* und Wilhelm*, Ottos Geschwister
Alienor, Hofdame an Ottos Hof
Isaakos Komnenos*, ehemaliger Kaiser von Zypern
Beatrice*, »Maid von Zypern«, Isaakos' Tochter, in Richards Obhut
Pietro di Capua (Petrus Capuanus)*, päpstlicher Legat
Sancho*, Bruder Königin Berengarias und Thronfolger von Navarra
Guillaume II. de Hauteville* (Wilhelm II. von Sizilien), König von Sizilien (verstorben)
Gilbert de Vascœuil*, Burgherr von Gisors
Graf Adémar Taillefer* von Angoulême
Geoffroy de Rançon*
Aimar*, Vicomte von Limoges
Hugues de Corni*
Bernard de Brosse*
Pierre Basile*, Waffenknecht
Bertrand de Gurdon, Seneschall von Châlus

Abt Milo* von Poitiers
Tancrède de Lecce* (Tankred von Lecce), ehemaliger Herrscher über Sizilien (verstorben)
Guy de Lusignan* (Guido von Lusignan), ehemaliger König von Jerusalem (verstorben)
Isabella von Jerusalem*, ehemalige Königin von Jerusalem
Onfroy de Toron*, ihr Ehemann
Conrad de Montferrat* (Konrad von Montferrat), in Italien geborener Herrscher von Tyrus, Cousin des französischen Königs Philippe (verstorben)
Boniface de Montferrat*, Conrads Bruder
Saladin*, Al-Malik al-Nasir Salah al-Dīn, Abu' al-Muzaff ar Yusuf ibn Ayyū, Sultan von Ägypten (verstorben)

PROLOG

Ich stand im Hof der großen Burg Chinon. Helles Sonnenlicht strahlte von einem gewaltigen blauen Himmel, und in den Bäumen jenseits der Mauern sangen fröhlich die Vögel. Entzückte Rufe eines Kindes vermischten sich mit dem Bellen eines Hundes. Rhys war nirgendwo zu sehen; ich war wirklich allein, was mir merkwürdig erschien. Da waren weder Pagen, die eilig ihren Aufgaben nachgingen, noch Soldaten auf dem Wehrgang oder Wäscherinnen, die mit Dienerinnen tratschten. Nicht einmal ein Reitknecht oder Stalljunge war vor den Ställen zu sehen.

Während mein Blick sich zum Tor des Donjons verschob, kam der König herausgeritten. Ich lächelte und öffnete den Mund zum Gruß, aber zu meiner Verblüffung ritt der schwarzhaarige Robert FitzAldelm gleich hinter ihm. Er war ein weiterer enger Gefährte Richards und mein Todfeind; mehr als einmal hatte er versucht, mich zu ermorden. Mein größter Wunsch war es, FitzAldelm sterben zu sehen, aber ich hatte geschworen, ihn nicht zu töten.

Der König kam näher. Sein Gesicht ließ den gewohnten freundlichen Ausdruck vermissen.

Bleib ruhig, sagte ich mir. *Du hast keinen Grund zur Sorge.*

»Guten Morgen, Sire.« Ich beugte das Knie.

Ich erhielt keine Antwort, und Furcht erfasste mich. Ich stand auf, aber ich grüßte FitzAldelm nicht. Er grinste höhnisch. Obwohl mir die Gräuel durch den Kopf schossen, die ich ihm so gern zugefügt hätte, beherrschte ich meine Miene.

»Robert hat eine ernste Anschuldigung gegen Euch erhoben, Rufus.« Richards Tonfall war kalt.

Mein Herz setzte einen Schlag aus. Er konnte mir nur eines vorwerfen, aber ich wollte verdammt sein, wenn ich es zugab. FitzAldelm hatte keinen Beweis – dafür hatten Rhys und ich gesorgt. Ich setzte meine beste fragende Miene auf. »Wirklich, Sire?«

»Er sagt, Ihr hättet vor zehn Jahren in heimtückischer Weise seinen Bruder Guy in Southampton ermordet.« Richards Blick wechselte zu FitzAldelm, welcher nickte, und kehrte zu mir zurück. »Nur Stunden, nachdem Ihr und ich einander begegnet waren.«

Nachdem du mein Leben gerettet hattest und ich das deine, dachte ich, aber das konnte ich nicht aussprechen.

»Nun?«, fragte der König.

»Das ist nicht wahr, Sire.« Ich habe in Notwehr gehandelt, wollte ich rufen.

»Er lügt!«, schrie FitzAldelm. »Er hat Guy ermordet, Sire, das steht unumstößlich fest.«

»Ich habe nichts Derartiges getan, Sire, und Rhys wird das bestätigen. Er war die ganze Nacht hindurch bei mir.«

In Richards Gesicht deutete sich etwas an, das ich für Zweifel hielt, aber schon im nächsten Augenblick wurde meine Hoffnung zermalmt.

»Robert sagt, er habe einen Zeugen«, fuhr der König gepresst fort. »Jemanden, der Euch in der Sündenmeile gesehen hat, wie Ihr in der gleichen Schenke trankt wie sein Bruder.«

»Einen Zeugen, Sire?« Ich konnte mir den leisen Spott nicht verkneifen. Der Soldat Henry war lange tot. Anders als FitzAldelms Bruder hatte ich den in der Tat kaltblütig ermordet; ich hatte dem Soldaten die Kehle durchtrennt und seine Leiche mit Rhys' Hilfe tief in einer Abfallgrube versteckt. Die Aussicht, dass man nach so vielen Jahren noch jemanden fand, der sich an mich erinnerte, war sehr gering. Ein Ding der Unmöglichkeit. Richard wandte sich FitzAldelm zu, und ich ebenfalls.

»Henry!«, rief mein alter Feind. Laut. Zuversichtlich.

Nein, dachte ich entsetzt. Das kann doch nicht sein.

Ein Mann erschien im Tor. Selbst auf die Entfernung war sein Bart deutlich zu sehen. Er trat näher. Der spatenförmige Umriss des Bartes war unverkennbar. Auch das Gesicht war mir vertraut.

Ich begann zu zittern. Du bist tot!, wollte ich rufen. *Ich habe dich mit eigenen Händen getötet und begraben.* Das Entsetzen umschlang mich, während ich zusah, wie Henry sechs Schritt vor Richard auf die Knie fiel und den Kopf neigte. »Sire.«

»Erhebe dich«, befahl Richard. Er wandte sich an FitzAldelm: »Das ist er?«

»Jawohl, Sire.«

Ein knappes Nicken, und er betrachtete den Neuankömmling. »Name?«

»Henry, Sire. Ein Soldat bin ich, aus Southampton.«

Mich fragte der König: »Kennt Ihr diesen Mann?«

»Nein, Sire«, log ich und unterdrückte irgendwie das Beben meiner Stimme.

»Ihr habt ihn nicht in der Nacht, in der Sir Roberts Bruder getötet wurde, in der Schenke gesehen?«

Erleichtert sagte ich wahrheitsgemäß: »Nein, Sire.«

»Er aber sah Euch. Ist das nicht richtig?«

»Es stimmt, Sire.« Henry begegnete meinem Blick.

Übelkeit stieg mir in die Kehle. Henry war tot und begraben, bis auf die Sehnen und Knochen verfault. Und doch stand er hier, und sein Zeugnis sollte mein Schicksal so sicher besiegeln wie die Klinge eines Feindes.

»Sieh gut hin«, riet Richard ihm. »Es ist viele Jahre her. Das Aussehen der Menschen verändert sich.«

»Ich bin sicher, Sire«, sagte Henry. »Sein roter Haarschopf ist unverkennbar, und das grobknochige Gesicht ebenso. Das ist der gleiche Mann, und das werde ich auf eine Reliquie schwören.« Einen heiligeren Eid konnte er nicht anbieten.

In FitzAldelms Augen glitzerte boshafter Triumph.

»Sagt uns, was Ihr gesehen habt«, forderte der König ihn auf.

»Er hat sich sehr für zwei Männer interessiert, die sich eine Hure geteilt hatten, Sire. Als sie gingen, schlich er ihnen hinterher. Einer der beiden, Sire, war Messire Roberts Bruder.«

»Woher weißt du das?«, fragte der König scharf.

Henry sah FitzAldelm an. »Sie gleichen sich – glichen sich – wie zwei Erbsen aus einer Schote, Sire.«

»So war es, das ist richtig.« Richards Blick heftete sich auf mich. »Nun? Was habt Ihr zu sagen?«

Verunsichert bekam ich es mit der Panik und setzte an: »Sire, ich …«

»Wart Ihr in der Schenke?«

Ich sah Henry an, FitzAldelm, den König. Ich kam mir vor wie eine Ratte in einer Falle. Verdattert stotterte ich: »Das … das war ich, Sire.«

»Ich habe es gewusst!«, trumpfte FitzAldelm auf.

Richards Miene stand auf Sturm. »Und Ihr seid Guy und dessen Knappen gefolgt?«

Ich erwog zu lügen, doch mein Gesicht, das tiefrot angelaufen war, hatte mich schon verraten. Ich wollte mich nicht noch mehr versündigen. »Das habe ich, Sire, aber das macht mich nicht zum Mörder! Wie sollte ich so etwas zuwege bringen – ein Mann gegen zwei?« Ich verabscheute mich für meinen Tonfall; meine Stimme war so schrill wie die eines Fischweibs.

»Weil Euer dreckiger Knappe draußen wartete, um Euch zu helfen!«, schrie FitzAldelm. »Sire, ich habe einen weiteren Zeugen, der gesehen hat, wie Rhys nicht lange nach Rufus das königliche Quartier verließ.«

Ein schwarzer, bodenloser Abgrund öffnete sich vor meinen Füßen. In seinen Tiefen erblickte ich einen rötlich-orangenen Schimmer. Höllenfeuer, dachte ich, das darauf wartet, mich zu verschlingen. Mich zu verzehren für das, was ich getan habe.

Taub vor Schock stand ich da, während ein Stallknecht mit struppigen Haaren hereingerufen wurde, ein Mann, an den ich mich nicht erinnerte, der dem König aber bekannt war. Seine Aussage war vernichtend. Er hatte beobachtet, wie Rhys mir nachschlich, und am folgenden Morgen hatte er belauscht, wie wir über meinen verletzten Arm sprachen.

»Nun?«, grollte Richard. »Was sagt Ihr dazu?«

Ich hatte nichts zu verlieren. »Ich habe Guy FitzAldelm getötet, aber es war Notwehr.«

»Ihr seid ihm in die Gasse nachgeschlichen, und dann hat er *Euch* angegriffen?« Im Gesicht des Königs lagen Hohn und Unglaube im Widerstreit.

»So war es, Sire«, betonte ich.

Richard achtete nicht auf mich. Er rief nach seinen Wachen. Stämmige Waffenknechte in königlicher Livree erschienen so geschwind, als hätten sie nur darauf gewartet, dass man sie rief.

Ich wurde abgeführt und beteuerte dabei meine Unschuld. Tief in den Eingeweiden des Donjons wurde ich in eine fensterlose, stinkende Zelle mit Steinfußboden geworfen. Mit dem Eindruck der Endgültigkeit knallte die Tür zu. Ich hämmerte mit den Fäusten gegen die Bohlen. »Lasst mich raus!«

Ein mitleidloses Lachen war meine Antwort. Es stammte von Robert FitzAldelm – er war den Soldaten gefolgt.

Ich hämmerte erneut gegen die Tür. »Ich bin kein Mörder!«

»Sagt das dem Scharfrichter.«

»Der König wird solch einen Befehl niemals erteilen!«

Ein amüsiertes Schnauben. »Dann kennst du ihn nicht so gut, wie du glaubst. Das Datum steht schon fest.«

Mehr als einmal in meinem Leben hatte ich gesehen, wie ein Mann einen Hieb in die Magengegend gleich unterhalb des Brustkorbs bekam. Ein Treffer an dieser Stelle trieb ihm sämtliche Luft aus der Lunge und warf ihn benommen und mit schlaffem Kinn zu Boden. FitzAldelms Worte trafen mich mit der gleichen Wirkung. Meine Knie gaben nach, und ich sackte auf den Steinplatten zusammen. Ich lehnte den Kopf an die dicken Bohlen der Tür und hörte schwach, wie FitzAldelms Schritte sich entfernten.

Ich besaß nicht mehr die nötige Kraft, um mich aufrecht zu halten. Mit einer Hand stützte ich mich nach hinten ab, damit ich nicht stürzte und mir den Kopf anschlug, dann legte ich mich hin. Wollte, dass die Schwärze mich nahm. Wollte nie wieder erwachen und mich dem grausamsten Schicksal stellen, das mein Lehnsherr befohlen hatte, den ich liebte wie einen Bruder.

Ich schloss die Augen.

Eine Hand ergriff meine Schulter, und Entsetzen durchfuhr mich wie der Stich einer Lanze.

Ich erwachte schwitzend, in Panik. Statt kaltem Stein spürte ich Planken unter mir. Hörte Holz knarren und Wasser leise gegen den Rumpf platschen. Meine Sinne kehrten zurück. Die Schwärze ringsum rührte von der Nacht, nicht von einer fensterlosen Zelle. Ich war auf See, auf dem Rückweg vom Heiligen Land, und Rhys war es, der mich geweckt hatte.

Er kauerte neben mir, das Gesicht vor Sorge verzerrt. »Pst«, zischte er. »Jemand hört dich noch.«

Aber zu meiner großen Erleichterung hatte mich niemand vernommen. Die Konfrontation mit Richard und FitzAldelm war nur ein lebhafter Albtraum gewesen. Mein dunkles Geheimnis war sicher.

Vorerst.

ERSTER TEIL

KAPITEL I

Das istrische Ufer des Adriatischen Meeres, Dezember 1192

Kaltes Meerwasser schmatzte in meinen Stiefeln. Hemd und Beinlinge klebten durchtränkt an mir. Zitternd zog ich den nassen Mantel enger und wandte den Rücken im vergeblichen Wunsch gen Süden, dass ich damit den eisigen Wind abhalten könnte, der mir über den von Gänsehaut überzogenen Leib strich. Von den zwanzig Gefährten des Königs war ich der einzige Unglückliche, der ins Wasser gefallen war, als wir unser gestrandetes Schiff verließen. Richard stand ein Dutzend Schritte entfernt und hielt dem Piratenkapitän eine Strafpredigt, der uns an diesen gottverlassenen Ort gebracht hatte, einen eintönigen Küstenstreifen ohne Dörfer oder Ansiedlungen in Sichtweite. Soweit das Auge reichte, erstreckten sich Schlickgras und Gezeitentümpel voller Salzwasser und deuteten auf einen langen Marsch ins Landesinnere hin.

»Wechsle deine Kleider jetzt, solange du es noch kannst.«

Meine mürrische Aufmerksamkeit kehrte zu Rhys zurück, der über mein Missgeschick genauso laut gelacht hatte wie die anderen. Wahrlich, ich konnte es weder ihm noch sonst jemandem verübeln. Das Wasser war nicht tief, und außer, dass ich durchnässt wurde, war mir nichts geschehen. Und nach den Mühen der zurückliegenden Wochen konnten wir einen Moment der Heiterkeit weiß Gott gut gebrauchen. Dennoch, mein Stolz war verletzt. Ich antwortete mit einem nichtssagenden Grunzen.

»Du erkältest dich, bis wir einen Lagerplatz für die Nacht finden.« Nun klang Rhys tadelnd. Er hatte bereits begonnen, in meiner hölzernen Truhe zu wühlen, und zog ein Bündel trockener Kleidungsstücke hervor. »Nun mach schon.«

Mit klappernden Zähnen musterte ich die Gruppe. Wenige Männer schenkten uns Beachtung, denn sie waren damit beschäftigt, das Zeug auszuwählen, das sie tragen konnten. Wir waren alle Soldaten, überlegte ich. Gemeinsam hatten wir im Heiligen Land gelitten und geschwitzt, geblutet und mit angesehen, wie Kameraden wahllos den sarazenischen Feinden zum Opfer fielen oder an Durst oder Sonnenstich starben. Wir hatten die Köpfe unserer Freunde im Schoß gewiegt, während das Leben aus ihnen wich, sie an ihrem Blut erstickten oder nach ihren Müttern riefen.

Angesichts dessen spielte es keine Rolle, wenn ich meinen Hintern entblößte.

Ich zog Stiefel und Kleider aus, zupfte dankbar an den neuen Gewändern und überhörte die Kommentare Baudouin de Béthunes, der bemerkt hatte, was ich tat. Er war ein guter Freund und gehörte wie ich zu den engsten Vertrauten des Königs. Mit einem Stich dachte ich an de Drune, einen anderen Freund, der sich die Gelegenheit zu sticheln ebenfalls nicht hätte entgehen lassen. Aber der zähe Waffenknecht machte keine Scherze mehr. Bei dem ersten der Stürme, die uns seit unserem Aufbruch aus dem Heiligen Land vor mehr als zwei Monaten plagten, war er über Bord gegangen. Ich hoffte, dass sein Ende schnell gekommen war.

»Zweihundert Mark, und ausgerechnet *hier* werft Ihr uns an Land?« Richards Jähzorn hatte in keinerlei Hinsicht nachgelassen. Mit einem mordlustigen Blick maß er den Piratenkapitän, der sich klugerweise auf sein Schiff zurückgezogen hatte. Wenn am Abend die Flut kam, würden er und seine Mannschaft ihr

Bestes tun, um den langen, niedrigen Rumpf ins tiefere Wasser zu schieben. Wir würden nicht säumen, um ihnen zu helfen.

Der Pirat war ein Schurke, und der Preis, den er für unsere Überfahrt verlangt hatte, konnte nicht anders als erpresserisch genannt werden, aber für den Strand, auf dem wir standen, traf ihn keine Schuld. »An dem Sturm vermochte er nichts zu ändern, Sire.«

Richard sah mich wütend an, aber ich hatte die Wahrheit ausgesprochen.

Grimmige Herbststürme hatten unseren großen Einmaster den ganzen Weg vom Heiligen Land hierher gebeutelt; wir konnten von Glück reden, dass wir nicht allesamt ertrunken waren. Auf Sizilien hatte der König entschieden, dass das offene Meer zu gefährlich sei, daher nahmen wir Kurs auf Korfu. Geplant hatten wir, die ruhigere Adria hinaufzufahren, aber noch mehr Schlechtwetter und eine Begegnung mit den Piraten hatten dazu geführt, dass Richard dem Korsarenkapitän einen Handel vorschlug. Seine beiden Galeeren waren seetüchtiger als die dickbauchige Bucia, mit der wir das Heilige Land verlassen hatten. Zumindest waren wir dieser Ansicht gewesen.

Starker Wind – die Bora – hatte kurz nach unserem Aufbruch von Korfu zugeschlagen und uns hilflos die Adria hinaufgetrieben; drei Tage lang, oder waren es gar vier? Auf mein Gedächtnis war kein Verlass, so erschöpft und übermüdet war ich. Stunde um Stunde war es ununterbrochen auf und ab gegangen, war ich auf die eine Seite und die andere, nach vorn und nach hinten geworfen worden. Ich hatte mich erbrochen, bis es mir vorkam, als würgte ich zuletzt noch den Magen selbst die wunde Kehle hinauf. Dazwischen hatten kurze, unbehagliche Ruhepausen gelegen, aber sie hatten nicht genügt. Ich hatte vergessen, wann ich zum letzten Mal Nahrung herunterbekommen hatte. Als das Schiff im seichten Wasser auf Grund lief, hatte ich nichts anderes empfunden als Erleichterung. Ich konnte es kaum erwarten, trockenes Land unter den Füßen zu haben, gab nicht ausreichend Acht, als ich mich fürs Ausschiffen bereitmachte, und fiel ins Wasser.

»Wahrlich, es lässt sich nichts daran ändern, wo wir jetzt sind«, sagte der König. »Und hier herumzustehen bringt uns auch nicht nach Sachsen. Lasst uns gehen.«

Er war nun nicht die göttergleiche Gestalt, als die er im Heiligen Land so oft erschienen war. Keine helle Sonne blitzte auf seinem Ringpanzer, kein tänzelnder Hengst hob ihn hoch über uns alle. Selbst in schlichtem Hemd und Beinlingen blieb Richard jedoch ein imposanter, charismatischer Mann. Er war mehrere Zoll größer als sechs Fuß und breitschultrig. Vom Wind zerzaustes rotgoldenes Haar umgab sein stattliches Gesicht. Er *sah* aus wie ein König. Er benahm sich auch wie einer: reizbar, majestätisch und furchtlos.

Als er voranging, folgten wir zwanzig ihm bereitwillig.

Mich überraschte nicht, dass Rhys als Erster eine Frage stellte. Halblaut sprach er mich an: »Wie weit ist es bis Sachsen?«

»Das weiß ich nicht. Hunderte von Meilen. Viele Hunderte.«

Ich sagte ihm das nicht zum ersten Mal, aber trotzdem verdüsterte sich Rhys' Miene.

»Das schaffen wir nicht zu Fuß. Wir müssten Pferde kaufen.«

Er rollte mit den Augen. »Wären wir nur früher aufgebrochen. Dann wären wir vielleicht mit dem Schiff bis nach Hause gekommen.«

»Das war niemals zu erwarten.« Erneut erklärte ich ihm, dass die Winde und Strömungen, die uns nach Osten über die Griechische See getragen hatten, zu stark seien, um uns die Fahrt nach Westen durch die schmale Meerenge zu gestatten, die Spanien von Afrika trennt.

Rhys verfiel in Schweigen, und ich, niedergeschlagen wegen der langen Reise, die vor uns lag, begann zu brüten. An der spanischen oder französischen Küste zu landen wäre eine Möglichkeit gewesen, war aber wegen Richards alter Feindschaft zum Grafen von Toulouse unmöglich, der zusammen mit seinen spanischen Verbündeten die Region beherrschte. Wir konnten auch nicht Italien hinaufreisen, weil die meisten der dortigen Fürsten mit dem staufischen Kaiser des Heiligen Römischen Reiches verbündet waren. Heinrich VI., einer der mächtigsten Monarchen ganz Europas, hatte nicht viel für Richard übrig, weil dieser einen anderen Heinrich unterstützt hatte; Heinrich den Löwen, den ehemaligen Herzog von Sachsen und von Bayern. Und in jüngerer Zeit hatte sich der Graben zwischen Richard und dem Staufer noch vertieft. Der französische König Philippe Capet hatte sich bei seiner Rückkehr aus dem Heiligen Land mit dem Kaiser getroffen, Heinrich VI. für sich gewonnen und ein neues Bündnis geschmiedet.

Der Gedanke an Heinrich den Löwen weckte eine wehmütige Erinnerung an Alienor, die blonde Schönheit, die Mathilda gedient hatte, Heinrichs verstorbener Frau und Richards Schwester. Dass ich Alienor zuletzt gesehen hatte, lag Jahre zurück, und doch brachte allein der Gedanke an sie mein Blut in Wallung. Es bestand sogar die Aussicht, dass wir uns begegneten. Nachdem unsere umständliche Route uns zunächst durch Ungarn führte, würden wir nach Sachsen gehen, das von Richards Neffen beherrscht wurde, und weiter nordöstlich in das Land von Heinrich dem Löwen. Ich betete, dass Alienor noch lebte und in Heinrichs Diensten stand. Mich befiel ein Schuldgefühl, weil ich an sie dachte, obwohl ich noch in Joanna, die Schwester des Königs, verliebt war, und verbannte Alienor aus meinen Gedanken.

Nur gut, dass ich mich entschieden hatte, meine trockenen Ersatzstiefel nicht zu tragen. Eine Stunde oder mehr stapften wir durch sandiges Sumpfland, dessen einzige Bewohner die Meeresvögel waren, die kreischend in die Lüfte stiegen, sobald wir uns näherten. Nun hatte ich die Oberhand und lachte über de Béthune und die anderen, wenn sie bis zu den Knien in die Salzwassertümpel einsanken und ihre durchtränkten Stiefel verwünschten. Als wir endlich das Ufer erreichten, kamen wir an eine Ansammlung heruntergekommener Hütten, die kaum verdient hatte, dass man sie als Weiler bezeichnete.

Während Richard zurückblieb – denn ein Mann seiner Größe und Haltung musste sich jedermanns Gedächtnis einprägen –, gingen de Béthune und ich mit dem Standartenträger des Königs, Henry Teuton, in den Flecken, um uns zu erkundigen, wo wir waren, und alle Pferde zu kaufen, die wir bekommen konnten. Dank der Soldaten, die wir im Heiligen Land kennengelernt hatten, sprachen de Béthune und ich ein wenig Italienisch, und Henry Teuton beherrschte fließend die deutsche Sprache seines Vaters. Gemeinsam kamen wir zurecht, und die Silbermünzen, die ich anbot, halfen ebenfalls, die Zungen zu lösen. Das Gebiet, in dem wir uns wiederfanden, gehörte zur Grafschaft Görz. Ich dachte mir nichts dabei, aber mir fiel de Béthunes Miene auf, als der Name ihres Fürsten erwähnt wurde, Meinhard II.

Der Schmied befahl seinem Lehrjungen, die Pferde zu holen, die er hatte, und erklärte, Meinhard herrsche gemeinsam mit seinem Bruder Engelbert III., dem Herrn der nächsten Stadt, die ebenfalls Görz hieß. Sie lag einige Meilen entfernt am Fuße des Gebirges.

Während wir über die Rösser feilschten, riskierte de Béthune viel, indem er danach fragte, wie Meinhard und Engelbert zum Kaiser Heinrich VI. standen. Der Schmied legte Zeigefinger und Mittelfinger zusammen, was bedeutete, dass sie enge Verbündete waren, und meine Besorgnis nahm zu.

Doch der König lachte nur, als de Béthune ihm berichtete, was er herausgefunden hatte. »Wir haben uns von Anfang an auf feindlichem Boden befunden«, verkündete er, »ganz, wie es im

Heiligen Land war, als Saladins Mannen uns ohne Unterlass bedrohten.«

Nachdem er mit seinen Worten unsere Zuversicht gestärkt hatte, grinsten wir einander an.

William de l'Etang, ein anderer enger Vertrauter des Königs, runzelte die Stirn. »Der Name Meinhard ist mir bekannt, Sire.«

»Sprecht«, bat ihn der König.

»Ich bin mir sicher, dass er mit Conrad de Montferrat verwandt ist, Sire. Sein Neffe, wie ich glaube.«

De Béthune und ich tauschten wieder einen Blick; Richards Miene spannte sich an.

Conrad war ein ehrgeiziger italienischer Adliger gewesen, der in der Gesellschaft des Heiligen Landes hoch aufgestiegen und im vergangenen Frühjahr zum König von Jerusalem gekrönt worden war. Binnen einer Woche hatte er bei einem Mordanschlag den Tod gefunden. Jeder im Heiligen Land wusste damals, dass die Assassinen – eine geheimnisvolle muslimische Sekte – hinter dem Mord an Conrad steckten, aber hartnäckig hielt sich ein böswilliges Gerücht, das von Philippe Capet und seinen Anhängern verbreitet wurde. Nicht allein Conrads Familie glaubte deshalb, dass Richard für den Mordanschlag verantwortlich war.

»Wir sollten lieber nicht vorgeben, wir wären Templer«, entschied Richard. Das war sein ursprünglicher Plan gewesen. »Wir würden unerwünschte Aufmerksamkeit auf uns ziehen. Unsere Köpfe müssen noch tiefer unter die Mauerkrone gezogen werden. Pilger sollen wir also sein, die aus dem Heiligen Land zurückkehren. Ich werde mich Hugues von der Normandie nennen. Für Euch besteht kein Anlass für einen falschen Namen, Baudouin. Ihr werdet als der militärische Anführer der Gruppe auftreten.«

Mir erschien es als die bessere List, meine Erleichterung bestand jedoch nur vorübergehend. Denn mit seinem nächsten Atemzug befahl der König Henry Teuton, eines unserer vier neuen Pferde zu nehmen und nach Görz vorauszureiten. Dort sollte er um sicheres Geleit bitten, einen Führer und eine Behandlung nach dem Gottesfrieden: Der Kirchenerlass schützte alle, die das Kreuz genommen hatten, vor körperlicher Gewalt. Richard zog einen prächtigen Rubinring vom Finger und reichte ihn Henry mit den Worten, dass dieser ein Zeichen seiner Gutwilligkeit sei.

Die meisten von uns waren mit dem Gedanken bei prasselndem Feuer und warmem Essen und bemerkten es kaum.

Ich konnte indes nicht fassen, welches Risiko der König einging. »Ist das seine Vorstellung davon, unerkannt zu reisen?«, flüsterte ich de Béthune zu.

»Ich gebe Euch recht, Rufus, aber so ist unser Herr.« Als er mein Gesicht sah, fügte er hinzu: »Widersetzt Euch ihm, doch Ihr tut es auf eigene Gefahr. Er ist in einer heiklen Stimmung.«

De Béthune sah es genau richtig. Des Königs Jovialität an Bord des Schiffes war durchaus echt gewesen, aber Richard hatte es schwer getroffen, dass das Fahrzeug mitten im Nirgendwo strandete. Dazu kamen der lange, beschwerliche Marsch zu dieser Achselgrube von Dorf und die spatkranken Pferde mit ihren Senkrücken – mehr war hier nicht zu haben. Nun erwies sich Meinhard auch noch als Conrads Neffe. Wenn er kein stolzer Templer sein konnte, stellte ein wohlhabender, einflussreicher Pilger die nächstbeste Rolle dar. Und seinem hochmütigen Gesicht nach würde Richard sich nicht umstimmen lassen. Ich beschloss eine andere Vorgehensweise.

»Sire, lasst mich ebenfalls gehen.« Ich fügte hinzu, dass ich mein Deutsch üben wollte und Henry ein guter Lehrer sei. Das genügte. Richard gab mir sogar eines der drei verbliebenen Pferde, einen Fuchs, bei dem man die Rippen zählen konnte.

Wir brachen sofort auf. Das Verhör begann, bevor wir auch nur hundert Schritt geritten waren.

»Ihr wollt Deutsch lernen?« Henry hatte einen schweren, kaum verständlichen Akzent.

»Richtig.« Meinen eigentlichen Grund wollte ich nicht zugeben. Henry war ein nüchterner, direkter Mann, bei dem ich mir gut vorstellen konnte, dass er geradewegs in die Burg Görz einritt und lauthals Richards Bitten verkündete. Ich beabsichtigte, diskreter vorzugehen und wenn irgend möglich den Rubinring verborgen zu halten.

Davon konnte ich Henry nichts sagen – pflichtbewusst und starr, wie er war, würde er die Anweisungen des Königs buchstabengetreu ausführen wollen. Meine Strafe bestand daher in einer langen, von drohenden Fingern erfüllten Lektion in den Grundlagen der deutschen Sprache, die sich den gesamten Ritt nach Görz hinzog. Doch ich klinge undankbar; Henry war in der Tat ein halbwegs brauchbarer Lehrer, und ich lernte auf diesen Meilen mehr als während der ganzen Reise durch das Heilige Land.

Görz lag am Fuße eines Berges, von dem die Burg aufragte, Engelberts Festung. Eine eigene Mauer umgab die Stadt, und am Haupttor standen Wächter, aber zu meiner Erleichterung konnten wir ungehindert passieren.

»Schaut Euch nicht so viel um«, sagte Henry halblaut.

Ich beherrschte mich. Nach zwei Monaten auf See, mit nur einem kurzen Zwischenspiel in Ragusa, gab mir selbst ein unbedeutendes Kaff wie Görz Anlass, mich mit großen Augen umzusehen wie ein neugieriges Kind. Obwohl Henry recht hatte, mir unseren Auftrag in Erinnerung zu rufen, fand ich, wir hätten es nicht so eilig, dass wir nicht noch eine nahe Bäckerei aufsuchen konnten. Ich war schimmeliges Brot und Salzfleisch leid, und unwiderstehliche Düfte kitzelten mir in der Nase. Trotz Henrys Einwänden zügelte ich meinen Fuchs, ging hinein und kam kurz darauf begeistert zurück, in den Händen vier Honigpasteten.

»Zwei für Euch und das Gleiche für mich«, sagte ich, um seinem Ausbruch zuvorzukommen. »Wir können essen, während wir zur Burg hochgehen.«

Besänftigt hörte Henry mit dem Grummeln auf und haute tüchtig rein.

Die Wächter am Burgtor waren ein schlampiger Haufen, ihre Ringpanzer von braunen Rostflecken übersät; sie schenkten uns genauso wenig Beachtung wie ihre Kameraden am Stadttor. Ihr Mangel an Interesse erklärte sich durch die Menge auf dem Burghof, wo wir zu unserer Freude entdeckten, dass Graf Engelbert in der Wohnhalle zu Gericht saß.

Wir ließen unsere Pferde in der Obhut eines spindeldürren Jungen mit scharfen Gesichtszügen von ungefähr zwölf Jahren. Sein Blick klebte auf den beiden Silberpennys, die Henry ihm als Belohnung hinterher versprach, und er schwor, dass er die Pferde mit seinem Leben beschützen werde.

»Das tust du auch besser«, warnte Henry ihn ruhig, »sonst jagen wir dich und schlitzen dich von den Eiern bis zum Kinn auf – das haben wir schon mit vielen Sarazenen so gemacht.«

Mit bleichem Gesicht nickte der Bursche.

Wir schlossen uns der Warteschlange der Bittsteller an; Einheimische, die Engelbert ihre Anliegen vortragen wollten, der mit den Füßen auf dem Tisch dasaß und träge mit einem Dolch spielte. Er war die fleischgewordene Langweile. Die Reihe kam nur im Schneckentempo voran, aber weil wir darauf bedacht waren, keine Aufmerksamkeit zu erregen, wagten wir nicht, uns vorzudrängen. Wenn wir miteinander sprachen, dann leise; je weniger Umstehende Französisch oder mein schlechtes Deutsch hörten, desto besser. Die Zeit kroch dahin. Ich lauschte auf die Gespräche ringsum und versuchte, etwas aufzuschnappen. Zu meinem Verdruss erkannte ich nur gelegentlich ein Wort, aber nie die volle Bedeutung des Gesagten. Auf unserer langen Reise wäre gewiss Zeit genug für weitere Lektionen Henrys, versicherte ich mir.

Zwei Fälle waren abgehandelt, als ich hörte, wie die Kirchenglocken in der Stadt eins schlugen. Meine Hoffnung versiegte. Engelbert war in keiner Weise verpflichtet, jeden in der Schlange anzuhören. Er konnte das Gericht jederzeit beenden, wenn ihm die Geduld ausging. Zu unserem Glück jedoch geriet er über einen händeringenden Bauern in Zorn. Henrys belustigter Übersetzung zufolge beklagte der arme Kerl den Diebstahl seiner Hühner – durch einen Nachbarn, das behauptete er zumindest. Von der Behauptung nicht überzeugt, befahl Engelbert dem unglückseligen Bauern, ihm aus den Augen zu gehen. Er weigerte sich auch, das Anliegen des nächsten Mannes anzuhören – ein Kaufmann, dessen Gestammel ihn verärgerte –, und gelangte in dem darauffolgenden Fall zu einem Urteil, kaum dass er ihm vorgetragen worden war. Wir rückten drei Plätze in der Warteschlange vor und standen nun so nahe, dass wir Engelbert betrachten konnten.

Er war vielleicht fünfunddreißig Jahre alt, hatte schüttere braune Haare und eine markante Stirn. Obwohl er bei dem Bauern die Beherrschung verloren hatte, war sein Gesicht freundlich, und gerade lachte er über das, was immer der letzte Kläger gesagt hatte. Trotzdem durften wir es nicht an Vorsicht missen lassen; Engelbert war ein Feind.

Endlich kamen wir an die Reihe. Gelangweilt und fröstelnd vom Herumstehen – wie alle Wohnhallen war der Saal so zugig wie eine Scheune – setzte ich eine unterwürfige, aber zuversichtliche Miene auf, als uns ein Vogt heranwinkte, und wir traten vor Engelberts Tisch. Wie vereinbart, verbeugten wir uns beide tief. Schmeichelei konnte unseren Absichten nur dienen.

Sein erster Blick bezeigte Desinteresse. Als er dann unsere schlammbespritzte Reisekleidung und unsere Dolche bemerkte, durch die wir uns von den anderen Bittstellern abhoben, schärfte sich sein Gesicht. Wir waren nicht allein Fremde, wir waren bewaffnete Fremde. Er zog eine Braue hoch und sagte etwas auf Deutsch.

Henry antwortete, und ich hörte *»Heiliges Land«* heraus, Wörter, die er mir auf dem Ritt nach Görz beigebracht hatte. Er teilte Engelbert mit, dass wir Pilger auf dem Weg in die Heimat seien.

Die Miene des Grafen belebte sich. Er stellte eine Frage, noch eine und wieder eine. Ich hörte, wie von Jerusalem gesprochen wurde, von Saladin, Leopold und Richard.

Henrys Antworten, ruhig und gemessen, beanspruchten einige Zeit. Ich stand neben ihm und wünschte mir, dass ich mehr vom Gesagten verstand. Je weniger er verrate, hatte ich Henry beim Warten eingeschärft, desto besser. Tragt unser Anliegen mit schlichten Worten vor, hatte ich gesagt, und betont, er solle weder de Béthune noch den Kaufmann Hugues erwähnen, solange es nicht unbedingt erforderlich wäre.

Der Graf stellte wieder eine Frage, und Henry antwortete. Diesmal hörte ich »Akkon« und »Joppa« heraus. Erinnerungen an unseren brutalen Marsch vom ersten zum zweiten Ort und an die titanische Schlacht gegen Saladin vor Arsur traten mir in den Sinn. Ich warf einen Blick auf Henry, dessen Gesicht die eigene Gefühlsbeteiligung verriet; auch er war dort dabei gewesen. Ich machte mir immer größere Sorgen, dass er unbeabsichtigt etwas über Richard offenbaren könnte. Halte es einfach, beschwor ich ihn in Gedanken.

Ein Bote trat zu Engelbert und schenkte mir eine Gelegenheit, mit Henry zu sprechen. »Habt Ihr um sicheres Geleit gebeten?«, fragte ich. »Hat er es gewährt?«

»Gebeten habe ich ganz zu Anfang darum, aber er stellte sofort eine Frage nach der anderen. Der Heerzug gegen Saladin fasziniert ihn. Was sollte ich anderes tun, als ihm davon zu berichten?«

Darauf wusste ich keine Antwort. Weigerte er sich, auf Engelberts Fragen einzugehen, riskierte er, dass dieser uns sicheres Geleit und Führer versagte. Lieferte er zu viele Einzelheiten, erkannte der Graf vielleicht, dass nicht de Béthune unser Anführer war, sondern jemand weit Bedeutenderes. Auf der Reise waren wir in so viele Häfen eingelaufen, dass sich die Nachricht vom Nahen unseres Königs bis hierher verbreitet haben mochte.

Als Engelbert mit dem Boten fertig war, wandte er seine Aufmerksamkeit erneut Henry zu. Nun fiel mehrmals das deutsche Wort *Herr*, das sie anstelle von *Messire* oder *Lord* benutzten. Henry antwortete; er sprach von »de Béthune« und »Hugues«. Wieder bat er um sicheres Geleit, so viel verstand ich, und hängte ein »bitte« an, das von Herzen kam.

Beunruhigt, dass er allzu verzweifelt klingen mochte, wandte ich wie beiläufig den Kopf zu Henry. Er sah mich nicht. Ich schob meinen Fuß seitwärts, und als ich seinen Stiefel spürte, trat ich sachte dagegen.

Er blickte mich an, und ich hauchte lautlos: *Gebt ihm den Ring nicht.*

Er runzelte die Stirn. Seine Lippen bildeten ein Was?

Himmel!, dachte ich.

Eine Frage von Engelbert; der Graf zog die Brauen zusammen.

Henry antwortete nicht sofort.

Ich warf die Vorsicht in den Wind. »Was sagt er?«

»Er sagt, er könne uns sicheres Geleit und Gottesfrieden anbieten, aber erfahrene Bergführer seien schwer zu finden. Ich glaube, er will Geld.«

Wir tauschten einen grimmigen Blick. Wir hatten nur die Silbermünzen in unseren Geldbeuteln; genug, um Essen zu kaufen, aber bei Weitem nicht die Summe, die erforderlich wäre, um die Gunst eines Mannes wie Graf Engelbert zu erkaufen.

Henry war wie ich ein Mann der Tat. Die Muskeln seines Kiefers schwollen an, dann griff er in den Beutel. Hervor kam der Ring.

Engelbert konnte seine Habgier nicht verbergen. Der Rubin im Herzen des Ringes war tiefrot und von der Größe einer großen Erbse. Sein Wert stellte auch für den reichsten Mann ein Vermögen da. Engelbert streckte die Hand aus. Schweigen herrschte, während er ihn begutachtete, und nach einigen angespannten Augenblicken zeigte er ein breites Lächeln.

Henry und ich sahen uns erleichtert an.

Der Graf dankte Henry und sagte etwas anderes. Davon verstand ich nur zwei Wörter, und die reichten mir, denn sie waren *König* und *Löwenherz*. Mir gefror das Blut in den Adern.

»Er sagt, dass kein Edelmann – und ein Kaufmann schon gar nicht – solch ein kostbares Geschenk anbieten würde«, murmelte Henry.

»Da hat er recht«, zischte ich und wünschte, ich hätte dem König widersprochen und um einen Beutel goldener Bezants anstelle dieses prächtigen und allzu offensichtlichen Geschenks gebeten. »Aber Ihr müsst ihn vom Gegenteil überzeugen! Erzählt ihm, dass wir den Ring einem toten türkischen Emir auf dem Schlachtfeld abgenommen hätten.«

Mit salbungsvoller Stimme redete Henry dem Grafen gut zu.

Mitten im Satz legte Engelbert den Ring mit einem nachdrücklichen, metallischen Schlag auf den Tisch. »Nein!«, sagte er. »Nein. Euer Herr ist ein König. König Richard.«

Henry verstummte. Mein Blick zuckte zu den Wächtern, die hinter dem Grafen standen. Ich rechnete durchaus damit, dass er ihnen befahl, uns festzunehmen. Eine Aussicht, uns freizukämpfen hatten wir nicht; wir waren ungepanzert, die Dolche unsere einzigen Waffen. Was aus uns wurde, scherte mich nicht, aber der König *musste* gewarnt werden.

Statt einen Befehl zu erteilen, lächelte Engelbert. Sein Lächeln war offen, ohne eine Spur von Boshaftigkeit. Er redete schnell und in ernstem Ton weiter. Ich hörte die Worte *Kaiser* und *Heinrich* heraus. Ich atmete heftig, mir war übel vor Anspannung. Aber ich hielt mich zurück, damit er zu Ende sprechen und Henry dolmetschen konnte.

Henry grinste mich an. »Er besteht darauf, dass Richard unser Herr sein muss. Er bewundert den König sehr für das, was er im Heiligen Land erreicht hat, und wünscht in keiner Weise, ihm zu schaden. Für seinen Bruder Meinhard oder Kaiser Heinrich gelte jedoch nicht das Gleiche.«

»Kann Engelbert uns einen Führer stellen?«

Henry schüttelte den Kopf. »Er hat keine Zeit, jemanden zu suchen. Wir müssen Görz heute verlassen.«

»Stehen die Dinge so schlimm?«, fragte ich. Meine Hoffnung auf ein bequemes Bett in einer geheizten Herberge schwand.

»Das sagt er. Meinhard würde jedem eine hohe Summe zahlen, der ihm Löwenherz übergibt. Wir können niemandem in der Stadt trauen.«

Wir dankten Engelbert und verabschiedeten uns. An der Tür sah ich zurück. Der Graf hatte nicht den nächsten Bittsteller zu sich gerufen, sondern sprach angeregt mit seinem Vogt. Als spürte er meinen Blick, drehte er den Kopf. Unsere Blicke trafen sich für einen Herzschlag. Engelbert lächelte, aber seine Augen waren so kalt und berechnend wie die eines Falken.

Ich schilderte Henry, was ich beobachtet hatte. Wir mussten davon ausgehen, entschieden wir, dass Engelbert seinen Bruder über den Aufenthalt des Königs benachrichtigen würde.

»*Tadhg an dá thaobh*, so würde man ihn in Irland nennen«, sagte ich.

»*Tie-gh on daow …?*« Henry verstümmelte die Wörter. »Das verstehe ich nicht.«

Leise lachend erklärte ich: »Timothy auf beiden Seiten. Engelbert steht mit einem Fuß in beiden Lagern.«

Henry sah niedergeschmettert aus. »Ihr hattet recht. Ich hätte ihm den Ring nicht anbieten dürfen.«

»Betrachtet es als eine Segnung«, sagte ich. »Hättet Ihr es nicht getan, hätten wir Quartier in Görz gemacht, und es ist gut denkbar, dass unsere Anwesenheit gemeldet worden wäre. Ohne Engelberts Warnung wären wir vielleicht hier ergriffen worden.«

Die Erkenntnis bot nur geringen Trost, als wir nach Süden ritten, um wieder zu unseren Gefährten zu stoßen. Der Wind schnitt so scharf wie ein Messer. Gelbgraue Wolken drohten mit Schnee; als ich den Blick hob, fielen kleine Flocken vom Himmel.

Gott allein wusste, ob wir heute Nacht Unterkunft fanden.

KAPITEL II

Friaul, auf der Straße nach Udine

Am nächsten Tag befanden wir uns ein gutes Stück nordwestlich von Görz.

Die Straße, falls die furchige, unebene Fläche, auf der wir uns bewegten, so genannt werden konnte, war meist leer. Wegen des schlechten Wetters waren nur wenige Reisende unterwegs; jene, denen wir begegneten, vermieden den Blickkontakt und waren froh, unbeschadet an einer großen Gruppe Bewaffneter vorbeizukommen. Unsere Hände entfernten sich nie weit von den Waffen, während wir ständig Ausschau hielten, ob sich in der welligen Landschaft etwas bewegte.

Henry Teuton und ich hatten den König am Vortag erst kurz vor Einbruch der Nacht erreicht. Richard war erbost gewesen, als er von Engelberts Doppelzüngigkeit hörte, aber auch dankbar für dessen Warnung. Statt unseren Weg im Schneetreiben fortzusetzen, hatten wir uns einen Unterschlupf gesucht. Einen Häusler abseits der Straße hatten wir mit einer Handvoll Silbermünzen überredet, uns in seiner Scheune übernachten zu lassen. In unsere Decken gekauert aßen wir das Brot, das ich gekauft hatte, bevor wir Görz verließen, und hielten Kriegsrat.

Der König gelangte rasch und entschlossen zu einer Entscheidung. Da Meinhard II. von seiner Anwesenheit wusste und wir vermutlich bereits gejagt wurden, war es viel zu gefährlich, der mäandrierenden Route zu folgen, für die sich Richard zuerst entschieden hatte. Statt nach Ungarn zu reisen, würden wir einen kürzeren nordöstlichen Weg nehmen und Österreich über die Alpen erreichen. Von dort würden wir die Donau nach Mähren überqueren, dessen Fürst Wladislaw kein Freund des Kaisers war, und unsere Reise nach Sachsen und darüber hinaus fortsetzen. Richard entschied auch, dass wir erneut behaupten würden, Templer zu sein. Zur Größe unserer Gruppe und unserem unverkennbar soldatischen Gebaren passte diese Täuschung weit besser, als wenn wir vorgaben, Kaufleute zu sein.

Lange vor dem Morgengrauen brachen wir auf und hatten Görz umgangen, während seine Bewohner noch alle in ihren Decken lagen. Wir waren hungrig, denn das Abschiedsmahl des Bauern hatte aus einer Schüssel dünner, geschmackloser Suppe bestanden, von der jeder nur zwei Mundvoll abbekam. Kalt war uns außerdem. Der Schneefall war recht leicht, aber der Wind ließ nicht nach und heulte mit grimmiger, unnachgiebiger Schadenfreude vom Gebirge herab. Mein Gesicht war schon längst taub geworden, und jeder Windstoß, der an meinem Mantel zupfte, schnitt glatt hindurch bis ins Fleisch.

»Das erinnert mich an den Ritt nach Gorre.«

Erschrocken, denn in meinem Sinnen hatte ich nicht bemerkt, dass der König auf einmal an meiner Seite war, wiederholte ich: »Gorre?«

»Habt Ihr's vergessen?«

Irgendwie gestatteten mir meine gefrorenen Wangen ein Lächeln. »Wie könnte ich, Sire? Das war der grausamste Vorfall meines ganzen Lebens.«

»Genau. Es war schlimmer als das hier.« Richard klang, als müsste er sich selbst überzeugen.

Beunruhigt, denn er drückte nur sehr selten irgendwelche Zweifel aus, sagte ich nachdrücklich: »Weit schlimmer, Sire. Stimmt's, Rhys?« Ich sah auf meinen Knappen herunter, der neben mir herging. Henry Teuton und mir war es zwar gelungen, in Görz noch drei Pferde zu kaufen, aber wir hatten trotzdem noch nicht genug Reittiere für alle Ritter, geschweige denn für die Männer von geringerem Rang.

»Da war mir wärmer, weil ich nämlich zwei Mäntel hatte, Messire.« So sprach er mich nur an, weil Richard dabei war. »Mehr zu essen hatte ich auch – Brot und Schinken.«

Ich ächzte. »Erinnere mich bloß nicht.«

»Ihr seid gut im Beschaffen von Vorräten?« In Richards Gesicht lag ein wissender Ausdruck. Soldaten mussten oft für sich selbst sorgen.

»Ich pflege in dieser Hinsicht einigen Erfolg zu haben, Sire.« Eine von Rhys' Händen verschwand unter seinem Mantel; er eilte um die Hinterteile unserer Pferde herum, kam auf der rechten Seite des Königs aus und reichte ihm eine Käseecke hoch. »Möchtet Ihr?«

Richard lachte leise. »Ob der Häusler Euch in diesem Moment verflucht?«

»Das wäre möglich, Sire.« Rhys' Lippen zuckten.

Richard brach sich ein Stück Käse ab und bestand darauf, dass Rhys den Rest zurücknahm. Als er protestierte, sagte der König ihm, es sei seiner – er möge ihn beim nächsten Halt mit allen teilen.

Rhys warf mir einen traurigen Blick zu, aber wie er später zugab, war der Befehl nur zu vernünftig. Wir steckten gemeinsam in dieser Hölle.

Udine erreichten wir in der Dämmerung. Die Torwächter waren misstrauisch und versperrten uns den Weg. Zwanzig bewaffnete Männer stellten eine mögliche Bedrohung von Ruhe und Ordnung dar. Sie akzeptierten aber Henry Teutons in höchst höflichem Ton vorgebrachte Erklärung, wir seien Templer, die aus dem Heiligen Land zurückkehrten.

Sie winkten uns durch und nickten dankend, als Henry ihnen Gottes Segen wünschte. »Versucht es in der Weizengarbe, gleich die Straße hinunter«, rief einer. Henry dolmetschte uns den Rest: Die Weizengarbe sei die größte Taverne in der Ortschaft und vermutlich die einzige, die genügend Platz für uns hätte.

Richard hatte bereits dem Vorschlag zugestimmt, den de Béthune und ich gemacht hatten. Unsere große Gruppe zog zu viel Aufmerksamkeit auf sich. Zwanzig Mann reichten nicht aus gegen die Männer, die man auf uns hetzen würde, daher spielte es keine Rolle, wenn wir nur zehn wären. Die nackten Zahlen unterstrichen den Ernst unserer Lage nur. Von chaotischen Augenblicken in der Schlacht abgesehen musste ich noch nie in Betracht ziehen, ich könnte unfähig sein, Richard zu beschützen. Nun hing mein Erfolg nicht von Mut oder Waffenkunst ab, sondern von meiner Verschlagenheit und Arglist. Schmachvoll kam es mir vor, und ein König, mein Lehnsherr, sollte nicht so reisen müssen. Bloß ließ sich nichts daran ändern, daher biss ich die Zähne zusammen, bat Gott um seinen Schutz und ritt weiter.

Nicht weit vom Stadtplatz entfernt hatte ein halbwegs anständiges Gasthaus, das »Mond und Sterne« hieß, ein sehr großes Zimmer. Hier sollte der König wohnen, unterstützt von Henry Teuton; dazu ich, Rhys, William de l'Etang, Robert de Turnham, Anselm, der Kaplan des Königs, und vier weitere Männer. De Béthune übernahm den Befehl über die Übrigen und machte sich auf die Suche nach einer anderen Herberge.

Unzufrieden – ich war mehr als zwei Jahre nicht von de Béthune getrennt gewesen – folgte ich Richard auf den Stallhof des »Mond und Sterne«. Wir ließen unsere Pferde in der Obhut eines mageren Stallknechts und gingen in das zweistöckige Hauptgebäude. Wie viele andere Häuser in Udine war es ein Fachwerkbau mit Strohdach.

Weil ich damit rechnete, dass unsere Ankunft Aufmerksamkeit erregen würde, schlug ich dem König vor, dass Henry Teuton und ich vorgingen, während er fast zuletzt eintreten sollte, ein wenig gebeugt, um seine Körpergröße zu verbergen. Den Mienen unserer Gefährten nach zu urteilen hätte keiner es gewagt, dem König solch ein Ansinnen zu unterbreiten, aber Richard willigte ein. Er war still, gedämpft geradezu, was mir Schmerz bereitete.

Die Herberge glich ähnlichen Häusern in Frankreich und England. Binsen lagen auf dem Boden verstreut; dem Geruch von schalem Bier und Fett nach zu urteilen waren sie schon seit einiger Zeit nicht mehr gewechselt worden. Jemand sang falsch. Zwei Hunde stritten um einen Knochen, während neben ihnen, ohne sie zu bemerken, ein Betrunkener mit dem Gesicht auf dem Tisch schnarchte. Der Wirt hatte einen stechenden Blick und ohrfeigte gerade einen Schankjungen, weil er Bier verschüttet hatte. Sodann eilte er mit einem servilen Lächeln zu einem Kaufmann auf einem Eckplatz.

Aller Blicke waren auf uns gerichtet, als wir uns Plätze in der Ecke suchten, die am weitesten von der Tür entfernt lag. Wir sprachen leise und achteten darauf, dass unsere Mäntel die Schwerter immer verdeckten. Ungeduld befiel den König, weil wir nicht sofort bedient wurden. Sein Jähzorn, der ohnehin immer kurz vor dem Ausbruch stand, flammte auf, als eine Schankmaid nicht sah, wie er ihr winkte. Er brüllte nach einem Krug des besten Weines, der ihm auf der Stelle gebracht werden möge. Köpfe wandten sich uns zu, als er die Beherrschung verlor, und ich seufzte innerlich. Ich hatte nicht darauf hoffen dürfen, dass Richard einmal nicht gleich alle Blicke auf sich zog. Bei seinem schweren Körperbau und der auffälligen rotgoldenen Haarmähne fiel er zwischen uns auf wie ein bunter Hund.

Weitere Gäste kamen herein, und allmählich löste sich die Aufmerksamkeit wieder von uns. Als das Gefühl in unsere tauben

Hände und Füße zurückkehrte, verlegten sich die Gedanken aufs Essen und Trinken. Die Schankmaid brachte dem König seinen Wein und dazu Krüge mit dem hiesigen Bier, das zu meiner Überraschung recht gut war. Danach kamen Schüsseln mit Suppe und Platten mit Brot und Käse, die wir begeistert entgegennahmen. Als mein Bauch voll war, sah ich mich beiläufig in der Gaststube um. Zu meiner Erleichterung schien niemand uns zu beobachten.

Nachdem unser Hunger befriedigt war, verweilten wir nicht im Schankraum. Wie ich zum König sagte: Je weniger Leute uns sahen, desto besser. Unser Zimmer lag im ersten Stock, vier Betten und eine Kleidertruhe bildeten die einzige Einrichtung. Das beste Bett nahm der König. Anselm, der Kaplan, bekam ein anderes. William de l'Etang, Robert de Turnham und ich warfen eine Münze um die beiden übrigen, und ich verlor. Heute Nacht gab es sowieso nicht viel Schlaf, sagte ich mir. Die Männer auf dem Fußboden müssten dicht an dicht liegen wie Salzheringe in einem Fass, und mit den unvermeidlichen Besuchen beim Nachttopf weckte man alle anderen. Der König erklärte, er sei müde, und legte sich sofort hin. Auf seiner Stirn stand Schweiß; ich betete, dass das verfluchte Quartanfieber, das ihn schon so sehr geplagt hatte, nicht wieder zurückkehrte. Während Rhys sich als Wächter neben die Tür setzte, machten die anderen es sich bequem, stellten still nasse Stiefel an den kleinen Kamin oder ölten und schärften ihre Klingen.

Ich wollte mich noch nicht schlafen legen und war auch nicht in der Stimmung für ein Gespräch. Ich setzte mich auf den Fußboden, hörte der Unterhaltung mit einem Ohr zu und verfiel ins Brüten. Still verwünschte ich unser Pech: die Feinde hinter jeder Ecke, die Stürme, die uns vom Kurs abgebracht hatten. Ich verwünschte das schlechte Wetter und die lange Reise, die vor uns lag; ich verwünschte Engelbert, Meinhard, Herzog Leopold und

Kaiser Heinrich. Ich verwünschte den Schlafraum, in dem wir uns befanden, mit seinen schimmeligen Wänden, und schließlich auch die Flöhe, die sich an uns laben würden, sobald wir schliefen.

Lange dauerte es nicht, und ich entschied, dass ich in der Nacht keinen Schlaf finden würde, solange ich keinen klaren Kopf hatte. Ich warf einen Blick auf den König. Er hatte die Augen geschlossen und atmete gleichmäßig. Zufrieden nahm ich meinen Mantel und suchte mir einen Weg zur Tür.

»Wohin gehst du?«, fragte Rhys.

»Wir brauchen mehr Pferde. Wenn der Stallknecht keine zu verkaufen hat, weiß er jemanden, bei dem wir sie erhalten.«

Er war schon auf den Beinen. »Ich komme mit.«

»Nicht nötig. Ich werde nicht lange fort sein.«

»Es ist unklug, allein zu gehen. Wenn du mich nicht mitnimmst, dann wenigstens Henry Teuton.«

Ich lehnte ab und wusste dabei, dass meine schlechte Stimmung der einzige Grund dafür war.

Rhys schenkte mir einen Blick, der ausdrückte: *Sag hinterher nicht, ich hätte dich nicht gewarnt.*

Ich achtete nicht darauf, schlüpfte hinaus in den Korridor und die knarrende Treppe hinunter in den warmen, schwitzigen Mief der Schankstube. Ich musste mich dem plötzlichen Drang widersetzen, mich bis zur Besinnungslosigkeit zu betrinken, um meine Sorgen zu vergessen, dann ging ich hinaus.

Mein Gedanke, den mageren Stallknecht anzusprechen, zahlte sich aus. Nach zähem Feilschen kaufte ich um einen hohen, aber nicht erpresserischen Preis fünf Pferde, die aussahen, als könnten sie uns wirklich durch die Berge tragen. Von den Schindmähren, die wir an der Küste erworben hatten, konnte man das Gleiche nicht behaupten. Zufrieden, aber noch immer hellwach entschied ich mich, das Gasthaus aufzusuchen, in dem de Béthune und die Übrigen untergekommen waren; ich wusste, wo es zu finden war, weil zwei seiner Soldaten es uns berichtet hatten, während wir aßen. Mein Freund hatte vielleicht auch ein paar Pferde gefunden, überlegte ich. Zumindest aber konnten wir uns einen Krug Wein teilen und besseren Zeiten nachhängen.

Der Wind hatte nachgelassen, und ein dicker Mond hing silbern am Himmel; in seinem Licht kam ich gut voran durch die leeren Sträßchen und Gassen. Unter meinen Stiefeln knirschte der Frost. Ich ging schnell und selbstbewusst, die Hand am Heft meines Schwertes, und sah immer wieder hinter mich. Als ich nach »einmal links, über die Kreuzung und zweite rechts« meine Herberge nicht fand, begriff ich, dass ich mich verlaufen hatte.

Ich machte auf dem Absatz kehrt und entdeckte einen Schatten, der hinter mir in einer Gasse verschwand, die ich kein Dutzend Herzschläge zuvor passiert hatte. Wütend, nicht bemerkt zu haben, dass ich verfolgt wurde – ich gebe es zu –, hob ich einen Stein auf und eilte auf die schmale Öffnung zu. Ich blieb kurz davor stehen und schleuderte ihn um die Ecke. Als der Stein von einer Hausmauer abprallte, nahm ich an, dass er Ablenkung genug sei, und stürmte, den Dolch in der Hand, in die Gasse.

Eine Gestalt stand dort, schmal, in dunkle Gewänder gekleidet. Sie fuhr zu mir herum – mein Wurf hatte seinen Zweck erfüllt –, und ich sah, wie sie erschrocken den Mund öffnete. Mondlicht glänzte auf einer Klinge. Ich wich zur Seite aus, und der Messerstreich, der mich ausgeweidet hätte, zerteilte nur die Luft.

»Wer bist du?«, schnarrte ich auf Deutsch.

Ich erhielt keine Antwort. Stattdessen zischte wieder die Klinge im Bogen heran.

Ich zögerte nicht länger, sondern stürmte vor, als der Arm meines Gegners das Ende des Schwungs erreicht hatte. Mit dem linken Arm umschlang ich seinen rechten, in dessen Hand er das Messer hielt, und hoffte, sie festzuhalten, bevor er reagieren konnte. Wir näherten uns, bis wir Brust an Brust standen, und ich schmetterte meinen Kopf gegen seinen. Ich spürte ein befriedigendes Knirschen, als seine Nase brach. Er stieß einen Schmerzensschrei aus und torkelte zurück. Vielleicht hätte ich ihn entwaffnen können, aber das war gar nicht mein Wunsch. Ich hob den rechten Arm und stieß mit dem Dolch zu. Eisen scharrte über Knochen, dann drang die Klinge ein und versank tief in seiner Brust. Er keuchte, ein leiser überraschter Laut, und ich stach erneut zu, zweimal, aber nun in die Halsbeuge.

Er war schon tot, als er zusammenbrach. Blut spritzte aus den beiden Stichen am Hals und färbte rasch den Reif auf meinen Stiefeln. Mit pochendem Herzen sah ich mich um, mein Blick suchte in den Schatten nach einem zweiten Feind. Dort war jedoch niemand.

Ich bückte mich, um die Leiche zu untersuchen. Halb erwartete ich, einen Agenten Meinhards vorzufinden, der den König belauern sollte, aber die zerlumpte Kleidung und die nackten Füße des Mannes erzählten eine andere Geschichte. Ich hatte einen gewöhnlichen Verbrecher vor mir, einen Straßenräuber. Ich zog ihn ins Mondlicht, damit ich sein Gesicht besser erkennen konnte. Kaltes Grauen überfiel mich. Ein bartloses Gesicht starrte mit leerem Blick zum sternenbesetzten Himmel hoch. Ich hatte einen Jüngling getötet, nicht älter als dreizehn oder vierzehn.

In diesem schuldbeladenen Moment hätte mich nicht überrascht, wenn Henry, der Soldat aus meinem jüngsten Albtraum, vor mir erschienen wäre. Ich hätte nicht die Kraft besessen, mich zu verteidigen.

Schritte näherten sich von der Straße, und ich huschte zur Ecke. Stand mir ein weiterer Kampf bevor? Aber es war Rhys. Ich empfand leise Belustigung – er hatte die Angewohnheit, Befehle zu missachten und genau im richtigen Augenblick aufzutauchen.

»Ich habe einen Kampf gehört«, sagte er. »Bist du verletzt?«

»Nein.«

Er sah an mir vorbei. »Ist er tot?«

»Ja«, sagte ich bitter. »Ein Junge. Ich habe einen Jungen getötet.«

»Er griff dich an?« Rhys ging an mir vorbei und stellte sich vor die Leiche.

Ich erzählte ihm, was geschehen war.

Rhys bückte sich und hob die tückisch schmale Klinge. »Er hätte sie dir vermutlich in den Rücken gestoßen.«

»Da wirst du wohl recht haben.«

»Und in der Finsternis. Wie solltest du da ahnen, dass er ein Junge war?«

»Das stimmt.«

»Wenn du ihn nicht getötet hättest, könntest du jetzt hier liegen.«

Er hatte recht, und ich wusste es. Was mich bedrückte, war das Frohlocken, das ich bei dem kurzen, aber wilden Kampf empfunden hatte. Von meiner düsteren Stimmung beherrscht, hatte ich keine Gnade gezeigt, war vollkommen unbarmherzig gewesen, genau wie vor all den Jahren gegenüber Henry.

»Töte oder werde getötet.«

Ich zuckte zusammen. »Was?«

»So einfach ist das: dein Leben oder seines. Akzeptier das.«

»Ja«, sagte ich, aber ich fühlte mich wie die schlimmste Art von Mörder.

Kurz darauf fanden wir de Béthunes Herberge und teilten uns mit ihm einen Krug Wein. Er hatte zwei weitere Pferde gekauft, was bedeutete, dass wir nun für mehr als die Hälfte von uns ein

Reittier besaßen. Darüber erfreut, vom Wein und guter Gesellschaft aufgeheitert, zerrte ich Rhys hinaus, damit wir den Rückweg zum »Mond und Sterne« suchten.

Auf dem Hof des Gasthauses war es ruhig; niemand rief mich an, als ich an den Ställen vorbeiging, um Rhys unsere neuen Pferde zu zeigen. Ich hätte begreifen sollen, dass er wenig beeindruckt wäre, denn er musste nach wie auf Schusters Rappen reiten. Verdrossen ging er weiter zur Herberge, während ich das beste der neuen Tiere suchte, einen dunklen Grauen. Er hatte den Kopf über die halbhohe Tür gesteckt, und als ich näher trat, drückte er mir die samtige Schnauze in die Hand und knabberte mit den Lippen.

»Ich habe keinen Apfel für dich«, flüsterte ich, während ich ihn streichelte. Ich musste an Pommers denken, meinen treuen Destrier, und empfand tiefen Schmerz. Seit Korfu waren wir getrennt. Auf dem Piratenschiff war kaum genug Platz für zwanzig Passagiere gewesen; Richard hatte ein Vermögen dafür bezahlt, dass unsere Pferde versorgt und im kommenden Frühjahr in die Normandie gebracht wurden.

Pommers geht es sicher gut, sagte ich mir. Er wurde von niemandem gejagt, ganz im Gegensatz zu Richard.

Weil ich den Verdacht hegte, dass Rhys sich auf einen letzten Schluck in die Schankstube geschlichen haben könnte, streckte ich den Kopf hinein und entdeckt ihn an der Theke, wo er mit einer Schankmagd schäkerte. Mir gelang es, seinen Blick aufzufangen, und bedeutete mit einer knappen Kopfbewegung, dass er herauskommen sollte. Er drückte der Magd einen Kuss auf die Lippen – sie erhob keine Einwände – und stolzierte zu mir herüber.

Ich zog ihn in den Korridor und hinaus auf den Stallhof, wo niemand uns belauschen konnte. »Was hattest du vor? Das ist nicht der richtige Moment für Verführung!«

»Marie heißt sie. Hübsches kleines Ding.« Mit beiden Händen zeichnete er ihre Kurven nach. »Sie hat Fleisch an allen wichtigen Stellen.«

»Jemand hätte deinen Akzent hören können.« Ich musste meine Erheiterung über seine Unbändigkeit verbergen. »Das war ein reichlich dummes Risiko.«

»Wäre es, wenn sie zu pflügen das Einzige gewesen wäre, was ich im Sinn hatte.« Rhys grinste über mein Erstaunen. »An der Theke war ein Mann, der mit dem Wirt sprach. Ich wollte ihn im Auge behalten.«

»Was hat er getan?«

»Fragen gestellt.«

»Über den König?«

»Ja.«

Ich vergaß die Magd. »Konntest du hören, was der Wirt geantwortet hat? Hat er uns erwähnt?«

Ein tadelnder Blick. »Vielleicht hätte ich mehr erfahren, wenn du …«

Ich schnitt ihm das Wort ab. »Dass er seine Nase in Dinge steckt, die ihn nichts angehen, genügt. Nach oben. Wir müssen den König warnen.«

Als ich eine Hand an den Drücker legte, hörte ich, wie sich am anderen Ende des Korridors die Tür zum Schankraum öffnete. Vorsichtig blieb ich stehen und bedeutete Rhys lautlos, dass jemand kam. Wir huschten in die Schatten, damit wir besser sehen konnten, wer herauskam. Aber niemand trat hervor. Ich legte ein Ohr an die Tür und lauschte: das unverkennbare Geräusch von leichten Schritten auf der Treppe.

»Er geht nach oben und will nicht gehört werden«, flüsterte ich.

»Eine Mark Silber darauf, dass es der Mann an der Theke ist.«

Zum zweiten Mal in dieser Nacht zückte ich den Dolch.

Mit einem fragenden Blick fuhr sich Rhys mit der Hand über die Kehle.

Vor meinem geistigen Auge starrte mich der Junge in der Blutlache leer an. Ich konnte den Gedanken nicht ertragen, so rasch schon wieder zu töten. »Nein! Wir müssen ihn vernehmen, nicht ermorden.«

»Wie du wünschst.« Rhys zuckte mit den Schultern.

Nicht zum ersten Mal gelangte ich zu dem Schluss, dass Rhys' Fähigkeit, so empfindungslos zu sein, ihn zu einem guten Meuchelmörder machen würde. Ich zog die Tür Zoll für Zoll zu mir hin auf, auf das leiseste Knarren gefasst, und schaffte es, sie so weit zu öffnen, dass wir beide hindurchschlüpfen konnten. So leise wie möglich stiegen wir die Treppe hinauf, aber wir waren beides große Männer und die Stufen der billigen Herberge nicht gut in Schuss.

Zuerst knarrte unter mir eine Stufe, dann unter Rhys. Nachdem wir das Element der Überraschung eingebüßt hatten, stürmte ich die Treppe hoch, Rhys folgte gleich hinter mir. Der unbeleuchtete Korridor oben war kurz; die Gestalt unseres Ziels hob sich als dunklerer Umriss in der umgebenden Düsternis ab. Ich zügelte meinen Instinkt, der verlangte, dass ich auf ihn zustürmte. Ich wollte keinesfalls von einem rasch herausgerissenen Messer ausgeweidet werden.

»Lasst alle Klingen fallen, die Ihr habt«, befahl ich.

Er schnaubte. »Nach allem, was ich weiß, seid ihr Strauchdiebe, die mich ermorden und ausrauben wollen. Nur ein Narr legt seine Waffe weg, ohne zu wissen, wer ihn dazu auffordert.«

Er hielt etwas in der Faust, so viel konnte ich sehen, aber in unserem Zimmer rührte sich nun jemand. Zufrieden wartete ich ab.

Die Tür öffnete sich und warf Licht auf den Holzboden. William de l'Etang kam heraus, das Schwert erhoben – *hinter* dem Mann.

»Wer da?«, verlangte er in schlechtem Deutsch zu erfahren.

Ich sagte auf Französisch: »William, ich bin hier mit Rhys. Wir sind dem Schurken nach oben gefolgt.« Ich trat mehrere Schritte vor und schwenkte meinen Dolch. »Lasst Eure Waffe fallen.«

Klirrend prallte etwas auf den Boden. Der Mann hielt die leeren Hände hoch. »Mein Name ist Roger d'Argentan. Ich will Euch und Eurem Herrn nichts Übles.«

Argentan war eine Stadt in der Normandie – ich war mehr als einmal dort gewesen. In mir prickelte das Misstrauen, und ich trat näher.

Er hielt meinem Blick stand und machte keine bedrohliche Bewegung. Er war stämmig, besser gekleidet als ein Straßenräuber, und hatte kurze dunkle Haare und einen gestutzten Bart.

Ich trat das Schwert weg, das er fallen gelassen hatte, und suchte ihn nach weiteren Waffen ab. Als ich keine fand, schob ich ihn auf William zu. »In unser Zimmer«, sagte ich brüsk.

William stand vor ihm, ich mit stoßbereitem Dolch in seinem Rücken, und er gehorchte.

Vom Lärm geweckt, saß Richard aufrecht im Bett, die Decke über den Beinen. Sein Gesicht zeigte eine Blässe, die mir nicht gefiel, aber seine Augen waren scharf wie eh und je.

Der Blick des Fremden richtete sich sofort auf ihn.

»Ich bitte um Vergebung, dass ich Euch geweckt habe …«, sagte ich und verbiss mir gerade noch das *Sire*.

Richard winkte ab. »Es ist spät für Besucher, aber ich habe sowieso nicht gut geschlafen. Roger d'Argentan, wenn ich richtig höre? Wir sind hier weit weg von der Normandie.«

Zu meinem Erstaunen ging Roger aufs Knie. »Ich habe viele Jahre in Italien gelebt, Sire.«

Ich wusste nicht, wie ich reagieren sollte. Meine Verblüffung spiegelte sich in jedem Gesicht, das ich sah. Sprachlos stand ich daneben.

Richard reagierte rasch. »Habt Ihr den Verstand verloren?«, rief er. »Erhebt Euch – ich bin kein König.«

Roger regte sich nicht. »Aber ich habe Euch erkannt, Sire. Ich sah Euch in Caen, als ich noch ein Junge war.«

»Ihr saht wen?«, höhnte der König.

»Den Herzog von Aquitanien, Sire. Heute seid Ihr König Richard von England.«

Angespanntes Schweigen füllte den Raum. Unbehagliche Blicke wurden getauscht. Rhys' Fingerknöchel traten weiß hervor, so fest umklammerte er neben mir das Heft seines Dolchs. Ich berührte meine eigene Klinge und fragte mich widerwillig, wie es sich anfühlen würde, Roger die Kehle durchzuschneiden. Denn das war, was der König mit seinem nächsten Atemzug befehlen würde, weil dieser Mann, der gewiss in Meinhards Auftrag hier war, nicht wieder gehen durfte.

»Ihr irrt Euch«, widersprach Richard mit belegter Stimme.

»Ihr braucht nicht zu lügen, Sire!«

Bevor er noch ein Wort sagen konnte, hielt ich ihm den Dolch an die Kehle. »Beleidigt meinen Herrn noch einmal, und es war das Letzte, was Ihr getan habt.«

Rogers Augen – groß, ohne Furcht – suchten meinen Blick. »Der König hat nichts von mir zu befürchten«, sagte er. »Ich bin zuallererst ein Normanne. Richard ist mein Lehnsherr. Ich würde ihm *niemals* schaden noch sein Leben in Gefahr bringen.«

Der König gab mir keinen Befehl, die Klinge zu senken. »Normanne seid Ihr vielleicht, Roger d'Argentan«, sagte er, »aber hier in Udine dient Ihr …?«

»Dem Vogt der Kirche von Aquileia, Sire. Graf Meinhard, dem zweiten seines Namens.«

»Meinhard ist ein Neffe Conrad de Montferrats, von dem es heißt, er sei auf König Richards Befehl hin ermordet worden. Er ist außerdem ein Verbündeter des Kaisers Heinrich.«

»Dennoch, Sire.«

»Warum sollte ich auch nur einem Wort aus Eurem Munde trauen?«, fragte der König. »Ich neige sehr dazu, Euch ein rasches Ende zu bereiten.«

»Tut, was Ihr wünscht, Sire. Ich bin Euer Diener«, sagte Roger unterwürfig. »Erscheint es Euch aber nicht als seltsam, dass ich ohne Soldaten komme? Wenn ich wollte, hätte ich Männer mitbringen können. Stattdessen kam ich allein. Weil ich Euch warnen möchte.«

Richard kniff die Augen zusammen. Auch ich hatte die Wahrheit in Rogers Worten vernommen. Sich zu unserem Zimmer hochzuschleichen war nicht das Tun eines Mannes, der die Herberge hätte von Bewaffneten umstellen lassen können.

»Rufus, senkt die Klinge. Erhebt Euch, Roger, und sagt, was Ihr zu sagen habt.«

Roger bedachte mich mit einem wachsamen Blick und gehorchte. Er sei von Meinhard nach Udine gesandt worden, erklärte er, so wie andere Agenten in die umliegenden Städte geschickt worden waren. Jeder Wirt sollte befragt und Einzelheiten über jegliche einzelne Gruppe von Reisenden zusammengetragen werden. Besondere Aufmerksamkeit galt dabei großen Gruppen; allen, die Französisch sprachen, und allen, die allzu freigiebig auftraten.

Richard runzelte die Stirn, und ich fragte mich, ob er sich an seine wütende Forderung erinnerte, den besten Wein serviert zu bekommen, den der Keller hergab.

»Ich bin in jeder Herberge und jeder Schenke in Udine gewesen, Sire. Eure Männer in dem anderen Gasthaus haben meinen Verdacht erweckt.« Roger bemerkte den Blick des Königs. »Die Stallburschen hörten, wie sie Französisch miteinander sprachen.«

»Bei Gottes Beinen«, sagte Richard. »Können wir uns nirgendwo verbergen?«

»Nicht in Udine, Sire«, antwortete Roger bedauernd. »Als ich den Wirt befragte, war ihm klar, dass eine wichtige Persönlichkeit zu Eurer Gruppe gehörte, und kaum vernahm ich Eure Beschreibung, wusste ich, wer Ihr seid. Wenn ich Euch so leicht aufspüren kann, Sire, vermögen andere es ebenfalls. Ihr *müsst* am frühen Morgen aufbrechen, wenn Ihr nicht festgenommen werden wollt.«

Rhys und ich tauschten einen grimmigen Blick.

Es war schwierig, sich nicht in der Falle zu fühlen, nicht zu spüren, wie die Schlinge sich langsam zuzog.

KAPITEL III

Lange bevor auf einem benachbarten Hinterhof der erste Hahn krähte, waren wir auf den Beinen; wir zogen uns an und packten schweigend unsere Sachen. Nach den Mienen meiner Gefährten zu urteilen hatte auch keiner von ihnen besonders gut geschlafen. Beunruhigender aber war, dass Richard krank aussah. Sein Gesicht war gerötet, und er schwitzte. Ich fragte ihn, ob ihm unwohl sei und ich nach einem Arzt schicken solle. Er fuhr mich an, er sei kein Kind und brauche keine Amme; allein Udine zu verlassen sei von Bedeutung.

Er war solch schlechter Stimmung, dass ich nicht entgegnete, auch seine Gesundheit sei wichtig. Immerhin wäre er nicht zum ersten Mal erkrankt. Stattdessen beriet ich mich mit William de l'Etang, Robert de Turnham und Anselm. Wir kamen überein, dass der König zwar reisefähig erschien, aber wenn sein Zustand sich verschlimmerte, müssten wir ein sicheres Versteck finden, wo er sich ausruhen konnte. Anselm erwähnte ein Benediktinerkloster bei Moggio, einige Tagesritte entfernt. Er schwor, dass die Mönche dort den König, der im Heiligen Land so viel geleistet hatte, mit Freuden aufnehmen würden. Keiner von uns sprach laut die Frage aus, was wir tun sollten, wenn Richard schon vorher zusammenbrach.

Ich entschied mich, die angenehme Aussicht auf Moggio im Kopf zu behalten. Unsere Reise einen Schritt nach dem anderen zu absolvieren ließ das unmögliche Unterfangen weniger erschreckend erscheinen – sogar durchführbar.

Mit Rhys und Henry Teuton ging ich nach unten. Wir hatten

am Abend zuvor befohlen, dass unsere Pferde bei Sonnenaufgang bereitstehen sollten; aber wie heißt es doch? Wenn man will, dass eine Arbeit anständig verrichtet wird, erledigt man sie am besten selbst.

Wir fanden mehr als ein Dutzend mit Knüppeln und Beilen bewaffnete Einheimische vor der Tür herumlungern. Sie erschraken, als sie uns sahen. Im ersten Moment sagte niemand ein Wort; wir starrten uns nur gegenseitig an. Hinter ihnen entdeckte ich einen Stallknecht, der aus der Scheune lugte; er hatte ein blaues Auge und eine aufgeplatzte Lippe.

Was vorgefallen war, konnte man sich leicht vorstellen. Voller Wagemut bei dem Gedanken, einen König gefangen zu nehmen, war die Meute aus Städtern zur Herberge gekommen, wo ihr nun die herbe Wirklichkeit dämmerte: dass sie Soldaten im Gefolge des Königs herausforderten. Um ihre Verwegenheit zu stärken, hatte die Meute den unglücklichen Stallknecht überfallen und verprügelt. Jetzt versuchten sie, wieder genügend Mut zu fassen, die Treppe zu unserem Zimmer hochzusteigen. Kurze Worte mit Rhys und Henry bestätigten, dass sie der gleichen Meinung waren wie ich: Um diese Kanalratten mussten wir uns sofort kümmern, bevor sie Verstärkung erhielten.

Wir zückten unsere Schwerter und stürzten uns mit dem Schlachtruf des englischen Königs »Dex aie!« auf die Zusammenrottung. Drei Mann gegen fünfzehn klingt vielleicht nach Wahnsinn, aber wir waren in der Schlacht gestählte Veteranen, während die Männer, die uns gegenüberstanden, allesamt einfache Bürger waren, die Kämpfe nur als trunkene Fausthändel in einer Schenke kannten. Sie nahmen die Beine in die Hand und flohen so eilig, dass sie auf den vereisten Kopfsteinen der Gasse ausrutschten. Nur Rhys, der Jüngste und Eifrigste von uns, kam so nahe, dass er einen Hieb landen konnte, einen geschwungenen Flankenschlag mit der flachen Klinge. Sein Ziel kugelte über den Boden und schlug sich den Kopf an. Rhys erlaubte ihm, wieder aufzustehen. Der Mann, gut gebaut, aber schmerbäuchig, war so verängstigt, dass er nicht einmal versuchte, weiter zu fliehen.

»Verschwinde!« Rhys wies mit seiner Klinge auf die Straße.

Der Mann bewegte sich nicht.

Rhys trat einen Schritt vor. »Buh!«, rief er wie ein Kind, das ein anderes erschrecken will.

Der Mann floh unter Angstgeschrei, das laut genug war, um die Toten aufzuwecken.

Wir drei lachten, bis uns die Seiten schmerzten. Ich ließ William, noch immer kichernd, bei den Pferden zurück. Rhys begab sich, von einem Stallknecht geführt, zu der Herberge, in der de Béthune logierte, während ich hinaufging, um dem König zu melden, was geschehen war. Richard zeigte sich belustigt, aber die Gefahr, in der wir schwebten, war nicht von der Hand zu weisen.

Wir mussten ohne weitere Verzögerung aufbrechen.

De Béthune traf mit einem Mann aus seiner Gruppe ein, als wir das letzte Pferd sattelten. Sie kamen mit klappernden Hufen auf den Stallhof; ihre Pferde schnauften schwer. Wir erfuhren, dass ihre Herberge von einem zweiten, größeren Pöbelhaufen belagert worden war. Sie hatten sich den Weg freikämpfen müssen. Blut war geflossen – Christus sei Dank nicht auf unserer Seite –, und acht Mann waren gefangen genommen worden.

Richard sprach sich dafür aus, durch die Straßen zu galoppieren und sie zu befreien. »Ich kann sie nicht zurücklassen!«

»Die Gefahr ist zu groß, Sire«, sagte ich, und de Béthune stimmte mir lautstark zu.

Der König war aufgebracht. Nein, er schäumte vor Wut, schritt fluchend auf und ab. »Ich kann sie nicht im Stich lassen – das tue ich auf keinen Fall!«

»Wir sind dreizehn, Sire, Euch eingeschlossen«, wandte ich ein. »Wie groß ist der Haufen, Baudouin?«

»Einhundert sind es wenigstens.«

»So tapfer Ihr seid, Sire, auch mit uns an Eurer Seite steht längst nicht fest, dass wir Erfolg dabei hätten, unsere Kameraden zu befreien«, sagte ich. »Weit wahrscheinlicher ist, dass auch Ihr in Gefangenschaft geratet.«

»Dazu *darf* es nicht kommen, Sire«, sagte de Béthune.

Richards steinharter Blick wanderte von einem zum anderen und wieder zurück. »Also gut«, stieß er hervor. »Wir tun, was Ihr vorschlagt, auch wenn es mich zu einem schlechteren Mann macht. Möge Gott mir vergeben.«

De Béthune sah so erleichtert aus, wie ich mich fühlte. Wir sattelten die Pferde, damit wir sofort aufbrechen konnten.

»Hört!«, rief der König.

In einiger Entfernung schlug eine Kirchenglocke. Die Prim war noch nicht lange vorbei, und für die Terz war es viel zu früh.

»Ein Alarm«, sagte ich.

»Ja.« Richard machte ein grimmiges Gesicht. »Reiten wir, oder wir sitzen gewiss in der Falle.«

Als er uns hinaus auf den Hof führte, war von der Menge nichts zu sehen. Richard wandte sich nach rechts zu dem Tor, das demjenigen gegenüberlag, durch das wir am Vortag die Ortschaft betreten hatten. Die zehn Berittenen von uns bildeten die Spitze, Rhys und zwei Waffenknechte folgten dichtauf zu Fuß. Aus einer Bäckerei drang verlockender Duft; während wir vorbeiritten, warf ich einen sehnsüchtigen Blick auf die angebotenen Pasteten und Brotlaibe, aber mir fehlte die Zeit, um rasch noch einzukaufen wie in Görz.

Fast schafften wir es bis zum Tor. Ich begann schon zu glauben, dass Rogers Warnung rechtzeitig erfolgt war, de Béthunes Gruppe Pech gehabt hatte und wir Udine ungehindert verlassen konnten. Ich war damit nicht allein. Richard sprach mit de Béthune darüber, die Alpen zu überqueren; Henry Teuton hatte sich im Sattel verdreht und erteilte Rhys eine Deutschlektion.

Wir bogen um die letzte Ecke.

»Diese Hunde«, sagte ich.

De Béthune fluchte.

Der König lachte glucksend. »Sie wollen wirklich nicht, dass wir sie verlassen.«

Hundertfünfzig Schritt vor uns lag ein umgedrehter Karren auf der Straße und blockierte sie fast vollständig. Auf einer Seite war eine schmale Lücke gelassen worden, breit genug, dass ein Fußgänger sich hindurchquetschen konnte, aber viel zu schmal für ein Pferd. Hinter der frisch errichteten Barrikade waren Männer sichtbar. Sie zeigten auf uns und riefen. Was gesagt wurde, konnte ich nicht verstehen. Eine Schar der kühnsten – natürlich Jünglinge – stand vor dem Wagen. Sie riefen und gestikulierten. Ich hörte nur ein Wort heraus: *König*.

»Gehen wir zu dem anderen Tor, Sire«, schlug der besonnene de Béthune vor. »Erreichen wir es, so können wir die Ortschaft ungehindert umreiten.«

»Was sagt uns, dass sie es nicht auch blockiert haben?«, fragte Richard.

»Ich sende zwei Männer aus, damit sie nachsehen«, sagte de Béthune.

»Nein!«, rief der König.

Ich spürte, was er vorhatte. Es war Wahnsinn, gespickt mit Lebensgefahr, und doch, wie immer, wenn er sich mitten ins Getümmel stürzte und mich mitriss, frohlockte ich.

»Die Seitengassen also, Sire. Es muss einen Weg gehen, um die Barrikade zu umgehen, eine andere Route zum Tor.« De Béthune sah mich auffordernd an, damit ich ihm zustimmte, aber ich tat es nicht.

»Wir bleiben hier!« Richards Augen glänzten, aber nicht vom Fieber.

De Béthune erkannte nun die Absicht unseres Herrn. »Die Gefahr, Sire, ist zu hoch.«

»Wir stürmen sofort, in Paaren.« Der König sprach mit tiefer, gebieterischer Stimme. »Unsere Pferde, auch wenn es alte Mähren sind, werden über diesen Karren springen.«

Ich war entzückt. Die Ödnis unserer Reise, das Schleichen von einer Ortschaft zur nächsten, wir hatten sie über, und ich wünschte genauso wenig, in Gefangenschaft zu geraten, wie meine Kameraden. Außerdem wollte ich vergessen, wie ich ein halbes Kind in einer Gasse erstochen hatte. Die Gesichter meiner Gefährten zeigten Begeisterung – wir waren Ritter, keine fahrenden Händler. Kampf war unser Lebensinhalt.

»Benutzt die flachen Seiten der Klingen«, befahl der König. »Verletzt niemandem, es sei denn, es wäre unumgänglich. Ihr Männer zu Fuß, Ihr hetzt hinter den letzten Reitern her, als wären Euch alle Dämonen der Hölle auf den Fersen. Der Pöbel wird bis dahin auf der Flucht sein – Ihr müsst nur an die Barrikade gelangen und auf der anderen Seite zu uns stoßen.«

Rhys grinste. Das war nach seinem Geschmack. Die beiden Waffenknechte wirkten ebenso entschlossen.

Sorge stand in de Béthunes Gesicht. Nicht dass er feige gewesen wäre; er sorgte sich nur um die Sicherheit des Königs. »Sire …«, setzte er an.

»Verschwendet Euren Atem nicht, Baudouin«, sagte der König. »Wenn Ihr mich liebt, folgt mir.«

Dagegen ließ sich nichts einwenden. De Béthune seufzte. »Zu Befehl, Sire.«

Wir zogen unsere Schwerter.

Unsere Pferde, misshandelt und klein, waren noch nie auf eine Barrikade zugaloppiert. Nie gegen einen Feind gestürmt.

Klügere Männer hätten nicht von ihnen verlangt – wie es der König und ich taten –, dass sie beides auf einmal vollbrachten. Aber kluge Männer kämpfen nur selten in der Schlacht oder treffen Entscheidungen binnen eines einzigen Herzschlags. Die Pferde gehorchten tapfer, das eine schien das andere zu ermutigen. In vier Schritten erreichten wir aus dem Stand den Galopp, fast so schnell wie mit Destriern, ausgebildeten Schlachtrössern.

»Gott ist mit uns, Rufus!«, rief der König. *»Dex aie!«*

Ich wiederholte seinen Schlachtruf und richtete meine Schwertspitze auf die Beleidigungen johlenden Jünglinge.

Der Schrecken ließ sie erstarrt innehalten. Angesichts ihrer Frechheit und ihrer Schmähungen war es erheiternd, mit anzusehen, wie noch der letzte Knabe zutiefst verängstigt dreinblickte. Dann spritzten sie wie wild geworden auseinander. Einige kraxelten gleich über den Karren, während andere sich zu der engen Lücke vorkämpften. Mehr als einer stürzte und wurde von seinen Freunden gleichgültig niedergetrampelt, aber alle verschwanden, als wir herandonnerten. Eine Reihe bleicher, von Furcht erfüllter Gesichter beobachtete uns von der anderen Seite des Gefährts aus.

Sie gehen davon aus, dass wir es nicht wagen und im letzten Augenblick die Pferde zügeln, dachte ich mit fiebriger Erheiterung. *Sie kennen Richard wahrlich nicht.*

Dreißig Schritt verblieben.

Ein Stein pfiff an meinem Kopf vorbei, gefolgt von einem zweiten.

»Dex aie!«, bellte der König.

Ich beugte mich vor zum Hals meines Pferdes. »Komm schon, Junge!«, drängte ich ihn. »Du schaffst das!« Ich weiß nicht, ob er auch nur ein einziges Wort Französisch verstand, aber er reagierte beherzt und erhöhte sein Tempo.

Seite an Seite mit dem König erreichte ich den Wagen. Seite an Seite sprangen unsere Pferde. Dahinter kamen sie auf dem Boden auf, und ihre Hufeisen ließen auf den Kopfsteinen die Funken fliegen. Männer sprangen in alle Richtungen wie Hühner mit einem Fuchs im Stall. Aus dem Augenwinkel sah ich, wie Richard den Kopf in den Nacken warf und in purem, ungetrübtem Entzücken auflachte. Ich lachte ebenfalls, selig, bei ihm zu sein und unsere Feinde zu stellen.

Ohne dass sich uns auch nur ein Mann in den Weg stellte, ritten wir die Straße hinunter. Dutzende furchtverzerrter Gesichter beobachteten uns aus den Gässchen und Eingängen auf beiden Seiten. Wurfgeschosse blieben aus – noch. Endlich zügelte der König sein Pferd, und wir konnten das Vorankommen unserer Kameraden beobachten. Einzeln und zu zweit übersprangen sie die Barrikade, ohne dass sie auf Widerstand trafen. Da schlug Anselms Pferd mit einem Hinterhuf gegen den Karren. Er war nie ein guter Reiter gewesen, und als sein Ross ungeschickt landete, hatte es eine gewisse Unausweichlichkeit an sich, wie er mit Armen und Beinen rudernd hinunterfiel.

Genauso vorhersehbar war, dass die Männer ihn einkreisten wie eine Hundemeute auf ein gestürztes Beutetier und sich näherten, um den armen, unbewaffneten Anselm anzugreifen.

Ich sah es. Der König auch. Aber die anderen, die mit triumphierend strahlenden Gesichtern zu uns preschten, sahen es nicht. Zu spät wendeten wir unsere Pferde und trieben sie zurück die Straße hoch. Zu spät riefen wir unsere Warnung.

Dank Gott und allen seinen Heiligen kamen Rhys und die zwei Waffenknechte in diesem Augenblick durch die Lücke zwischen Wagen und Mauer gerannt. Mit gezückten Waffen, auf Gefahr gefasst, stürmten sie auf die Städter zu, die Anselm bedrohten. Drei Männer, mit Sicheln und Beilen bewaffnet, wagten es, ihnen zu trotzen. Klingen blitzten. Ein Armbrustabzug machte

Tschik. Drei Leichen schmückten das Pflaster. Der Rest des Haufens floh wie die feigen Köter, die sie waren.

»Sollen wir sie verfolgen, Sire?« In Rhys' Augen hing ein wilder, gieriger Ausdruck.

Richard zögerte; es war eindeutig, dass auch er den Kampf fortsetzen wollte. Dann kehrte die Vernunft zurück. »Nein. Damit lässt sich nichts gewinnen. Helft Anselm.«

Der Kaplan war außer Atem, aber davon abgesehen unverletzt, und bald hatte er sein Ross zurückerlangt. In enger Formation stießen wir zum Tor vor; die Waffenknechte hielten die Armbrüste gespannt im Anschlag.

Das Tor war geschlossen. Etwa zwanzig Wächter standen davor, aber sie waren keine Soldaten. Die meisten hatten entweder zu viele Sommer gesehen oder zu wenige. Ihre Waffen waren schartig, ihre Panzerhemden verrostet. Mehrere trugen keinen Helm. Ihr Anführer war ein geckenhaft wirkender Kerl mit pelzverbrämtem Mantel und goldverzierter Schwertscheide; er stolzierte auf und ab und hielt eine Ansprache, die den Männern ohne Zweifel Feuer unter dem Hintern machen sollte.

Richard sprach mit Henry Teuton, der vorausritt, beide Hände erhoben, ein Friedenszeichen, das jeder kannte. »Öffnet das Tor!«, rief er.

»Nein«, antwortete der Kerl im Mantel und fügte in schlechtem Französisch hinzu: »Ergebt Euch, Majestät.«

Der König zeigte keinerlei Reaktion.

»Wir werden die Ortschaft verlassen, ob Ihr Euch uns in den Weg stellt oder ihn freigebt«, sagte Henry Teuton. »Wenn wir kämpfen, werden die meisten Eurer Männer getötet. Wie viele von ihnen haben je ihre Waffen ernsthaft gebraucht, frage ich mich.« Er musterte die Wächter hinter dem Gecken. »Seid Ihr bereit zu sterben?«

Sie tauschten unfrohe, unsichere Blicke.

Im gleichen Moment zogen wir die Schwerter blank. Unsere Waffenknechte und Rhys traten zu beiden Seiten neben den Pferden vor und hoben die Armbrüste.

Angst ist ansteckend, und sie breitet sich mit beängstigender Geschwindigkeit aus. Der erste Mann hatte sich kaum an dem Gecken vorbeigeschlichen, als ihm ein weiterer folgte. Ein dritter flüsterte einem Kameraden etwas ins Ohr und schob sich in die andere Richtung. So wie einige wenige Kiesel einen Erdrutsch auslösen können, veranlasste ihr Tun den Rest, ihnen zu folgen. Der Geck mit dem pelzverbrämten Mantel schimpfte und drohte vergebens. Schon bald war er als Einziger vor dem Tor übrig.

Purpurn im Gesicht beschimpfte er seine Männer, putzte sie regelrecht herunter. Sie achteten nicht auf ihn. Wie sie mit ernsten Mienen zu beiden Seiten des Tores in Sicherheit standen, wirkten sie fast wie eine Ehrengarde für den König.

»Bleibt, wo Ihr seid, sonst habt Ihr das, was geschieht, Euch selbst zuzuschreiben«, riet Henry Teuton dem Gecken. Dann hob er die Hand und winkte.

Rhys und die Waffenknechte hasteten vor.

Der Befehlshaber mit dem Pelzbesatz unternahm keinen Versuch, sie daran zu hindern, als sie den schweren Torbalken aus den Halterungen nahmen und auf den Boden setzten. Er sagte kein Wort, als die Torflügel aufgerissen wurden, dass die Angeln quietschten. Die Waffenknechte ernteten einen unheilverkündenden Blick, aber darin erschöpfte sich das Ausmaß seines Mutes. Als der König und ich vorritten, schlurfte er zur Seite, das Gesicht rot vor Demütigung.

Ich konnte mich nicht beherrschen. Als ich auf seiner Höhe war, beugte ich mich im Sattel zu ihm und rief: »Buh!« Ich fand es lustig, das gleiche Wort zu benutzen wie Rhys vor so kurzer Zeit.

Ein Schrei ungeschminkter Angst löste sich aus dem Mund des Mannes mit dem pelzbesetzten Mantel. Wäre hinter ihm keine Mauer gewesen, so wäre er umgefallen.

Gott vergebe uns, wir konnten nicht aufhören zu lachen.

Leider muss ich sagen, dass die willkommene Heiterkeit nicht anhielt. Als wir den Schutz der Mauern verließen, waren wir einmal mehr den Elementen ausgeliefert. Ein eisiger Sturmwind zerrte an unseren Mänteln und ließ alle unbedeckte Haut taub werden. Schneeflocken fielen zu zweit und zu dritt vom Himmel, eine Warnung vor dem, was uns bevorstand.

Mit zusammengebissenen Zähnen wandten wir uns der befestigten Ortschaft Venzone zu, etwas mehr als zwanzig Meilen im Norden. Da unser Weg nun der Via Julia Augusta folgte, einer gepflasterten Römerstraße von Aquileia zu den Alpen, hegte ich die Hoffnung, dass wir vor Einbruch der Nacht dort eintrafen. Das war jedoch, bevor ich den König ansah. Sich aus Udine zu befreien hatte ihm einen schweren Zoll abverlangt. Seine Haut hatte die Farben von altem Wachs angenommen, seine Wangen waren eingefallen, und er hing wie ein doppelt so alter Mann im Sattel.

Wir können von Glück reden, sagte ich mir, wenn wir die halbe Strecke zurücklegen. Frische Sorge durchfuhr mich. Im Schneckentempo zu reisen bedeutete, dass unsere Verfolger uns einholen würden, lange bevor wir das schneebedeckte Gebirge überquert, geschweige denn die Gebiete feindseliger Fürsten wie Herzog Leopold von Österreich erreicht hatten.

Ich konnte nichts tun, um unsere Lage zu ändern, außer zu beten. Lautlos sprach ich immer wieder das Vaterunser. Zwar hatte ich den starken Verdacht, dass Gott mich als sündigen Mörder ablehnen würde, der nur in höchster Bedrängnis die Gesellschaft des Herrn suchte. Dennoch hörte ich nicht auf.

Zumindest, so dachte ich mit schwarzer Heiterkeit, dient mir das Gebet als Ablenkung von unserer höllischen Reise.

Vielleicht erhörte der Herrgott meine Gebete. Der König ritt klaglos den ganzen Tag. Mehr als einmal fand er die Kraft, sein Pferd zu wenden und Rhys und die beiden Waffenknechte zu ermutigen, die hinter uns durch den Schnee stapften. Als wir Venzone erreichten, überstimmte er mein Ersuchen, Unterschlupf zu suchen, und bestand darauf, dass wir zum Kloster von Moggio weiterritten.

Tatsächlich war das eine gute Entscheidung. Venzone wäre vermutlich genauso gefährlich gewesen wie Udine; Garnison und Einwohnerschaft hätten die Augen nach Richard offen gehalten. Traurige Zeiten sind es, überlegte ich, wenn schlichte Städter davon träumen können, einen König festzusetzen. Doch zugleich war es die raue Wirklichkeit, die wir zu akzeptieren hatten. Wir suchten besser Zuflucht in einem Kloster, wo weniger Fragen gestellt wurden und ärztliche Hilfe für den König zu finden war.

Richards große Kraft versiegte erst, als wir durch das Tor ritten. Ohne meinen stützenden Arm wäre er aus dem Sattel gerutscht. »Ruhig, Sire«, murmelte ich. »Wir sind nun da.«

Er richtete seine eingesunkenen Augen auf mich. »Sie sollen mich nicht zur Ader lassen.«

»Jawohl, Sire.« Mir gefiel diese Behandlung ebenso wenig wie ihm, doch viele Ärzte liebten sie.

Es war das Letzte, was er für Tage sagen sollte.

Des Königs Erkrankung, ein neuer Anfall des gefürchteten Quartanfiebers, das ihn schon früher niedergeworfen hatte, erwies sich als Segen im Gewand einer Katastrophe. Richard erhielt die beste Behandlung – einer der Mönche hatte an der weltberühmten Ärzteschule von Salerno studiert –, und wir hatten Obdach vor dem grausamen Wetter. Und das waren nicht die einzigen Vorzüge, in deren Genuss wir kamen.

Meine Befürchtungen, was die Verfolger anging, erwiesen

sich als richtig, aber als der erste bewaffnete Reitertrupp am Tag nach unserer Ankunft eintraf, wurde er kurzerhand abgewiesen. Ich war Zeuge der Begegnung: Ein schmales Schlitzfenster im Gäste-Dormitorium, wo der König untergebracht war, ging auf den Hof. Der Geck mit dem Pelzbesatz gehörte zu den Reitern, aber er führte sie nicht an. Dieses Amt kam einem ernsten kleinen Kerl mit stechendem Blick und von kaltem Hochmut zu. Ich hörte, wie er sagte, er sei ein Offizier Meinhards; diese Wörter hallten bis hoch zu der Stelle, von der ich beobachtete.

So kalt und hochmütig er sein mochte, dem Mönch, der die Ställe und den Hof leitete, war er nicht gewachsen. Hinter seiner frommen, demütigen Art lauerte ein Wille von der gleichen stählernen Härte wie bei einem Ritter. Es seien keine großen Pilgergruppen hier, die aus dem Heiligen Land zurückkehrten, erklärte er. Hier gebe es auch keine Kaufleute, nicht einmal reiche namens Hugues. Nein, das Kloster zu durchsuchen sei nicht möglich.

Wütend, aber unwillig, den Zorn der Kirche auf sich zu ziehen, gab der Offizier mit dem stechenden Blick seinem Pferd die Sporen, dass es auf die Hinterhand stieg. Ich fürchtete schon, dass dem Mönch der Schädel zerschmettert würde, und sah erstaunt, wie ruhig er dastand, während die Vorderhufe vor seiner Stirn wirbelten. Machtlos, mehr zu tun, zog der Offizier äußerst aufgebracht mit seinen Männern davon. Das Klappern ihrer Hufe war noch nicht verhallt, als der Mönch zu meinem Fenster hochblickte. Ein ganz leichtes Lächeln zog über sein Gesicht, und mein Respekt vor ihm wuchs noch an. Die Mönche wussten oder vermuteten wenigstens, wen sie beherbergten, und sie hatten sich entschieden, ihren Gast zu beschützen. In diesem rauen Bergland war uns nicht jeder ein Feind.

»Wer war das?« Richard war aufgewacht und hatte den Lärm vom Hof gehört.

De Béthune, der auf seinem Strohsack saß, schaute mich fragend an.

Ich überlegte, ob ich lügen sollte, aber der König legte von jeher Wert auf Wahrhaftigkeit und Offenheit. Ob er krank war oder nicht, er würde es wissen wollen. »Meinhards Männer aus Udine, Sire. Sorgt Euch nicht. Der Mönch, der mit ihnen sprach, ist willensstark und furchtlos. Sie sind höchst ungnädiger Stimmung wieder fortgeritten.«

Richards trockene Lippen weiteten sich zu einem Lächeln. Von seiner Anstrengung ausgelaugt, lehnte er sich zurück und fiel in Schlaf.

»Können wir sicher sein, dass sie fort sind?«, fragte de Béthune besorgt.

Darüber hatte ich bereits nachgedacht. »Ich werde Rhys mit zwei Waffenknechten aussenden.«

De Béthune nickte. Sein Blick kehrte zu Richard zurück. »Sie werden weiter nach uns suchen. Meinhard befiehlt ihnen vielleicht, das Kloster zu durchsuchen.«

»Vorerst müssen wir hierbleiben«, sagte ich.

»Das ist offensichtlich.« Er senkte die Stimme. »Aber wie lange wird es dauern, bis der König kräftig genug ist, um weiterzureisen?«

Ich schenkte ihm einen grimmigen Blick.

Das war die Frage, die uns allen auf der Leber lag und die wir dem Mönch, der Richard behandelte, mehrmals gestellt hatten. Seine Antwort fiel enervierend aus und war stets dieselbe: »Das liegt in Gottes Hand.«

Ich gab de Béthune Bescheid und machte mich auf die Suche nach Rhys. Da er wenig zu tun hatte, würde er sich über die Aufgabe freuen, die ich ihm zu erteilen gedachte. Ich war versucht, selbst zu gehen, aber ich konnte mich nicht weit vom König entfernen.

Rhys war in der Scheune außerhalb der Mauern am Rand des Ackerlands, das zum Kloster gehörte, genau wie die beiden Waffenknechte, die uns verblieben waren. Abgebrühte, ungeschliffene Kerle, die sie waren, behagte ihnen das Leben in einer frommen Gemeinschaft nicht. Die Scheune war trocken und gemütlich und bot eine eigene Bleibe fern von uns Rittern. Ich beneidete sie: Wir hatten nur den Schlafsaal, den wir teilten, oder die Kapelle.

Lachen und Ferkeleien erreichten mich schon auf einige Entfernung. Ich war erfreut darüber. Während de Béthune und ich uns ständig sorgten, schien die Moral der Soldaten unbeeinträchtigt.

Sie würfelten auf einem Stück irdenen Fußbodens, den sie von Heu befreit hatten. Mich erheiterte, einen Novizen zu sehen, der neben Rhys kauerte, das Gesicht gespannt auf das Spiel gerichtet. Es war ein strammer Bursche mit zerzausten Haaren, den ich schon mehr als einmal in der Scheune gesehen hatte; seine Pflichten betrafen vor allem die Äcker. Seinem jungenhaften Gesicht nach war er nicht älter als vierzehn oder fünfzehn. Der Junge, den ich in Udine getötet hatte, kam mir in den Sinn, und ein Schuldgefühl überfiel mich.

»Eine Sechs!«, jubelte Glatzen-Jean, der ältere der beiden Waffenknechte. Triumphierend hob er die Fäuste. »Gewonnen!«

»Nein, Ihr habt eine Fünf«, sagte der Novize in passablem Französisch. »Seht, der Würfel hat sich noch gedreht.«

Rhys und der andere krähten ihre Belustigung heraus, während Jean protestierte: »Das war eine Sechs – ihr habt es alle gesehen! Der Würfel hat sich nur gedreht, weil der verfluchte Boden so uneben ist.«

»Stimmt«, sagte Rhys glucksend, »aber wie du sehr wohl weißt, Jean, zählen die Augen, die der Würfel zeigt, wenn er sich nicht mehr bewegt. Das haben wir gleich zu Anfang beschlossen.«

»Und das heißt, *ich* gewinne!« Das Grinsen des Novizen bedeckte sein ganzes Gesicht.

Rhys schlug ihm auf den Rücken. Jean sah wütend drein und murmelte vor sich hin, während der andere Waffenknecht ihn für seinen Versuch, zu betrügen, verspottete.

Ich trat vor, als die Heiterkeit abgeflaut war. »Ist den Angehörigen eures Ordens das Glücksspiel gestattet?«

Der Novize drehte den Kopf und erbleichte. »O Herr, sagt niemanden etwas, ich flehe Euch an. Das ist das erste Mal …«

»Spar dir deine Lügen.« Den Worten zum Trotz war mein Ton sanft. »Mir ist es gleich, ob du würfelst.«

»Ich danke Euch, Herr, ich danke Euch!«

Amüsiert sah ich, wie er trotz aller servilen Dankbarkeit seinen Gewinn erstaunlich geschwind an sich raffte.

Rhys erhob sich und kam zu mir. »Gibt es Neuigkeiten vom König?«

»Er schläft.« Ich erzählte Rhys von dem Besuch durch Meinhards Offizier und dem bepelzten Gecken. »Ich traue ihnen nicht über den Weg. Sie könnten Männer abgestellt haben, die das Kloster bewachen oder vielleicht jeden Mönch verhören, der sich aus den Mauern wagt.« Von Unbehagen erfüllt, ließ ich den Blick über die Felder bis hin zu den bewaldeten Hängen schweifen, die sie begrenzten.

Rhys verstand sofort. »Soll ich einmal nachsehen?«

»Ja, du und die anderen. Wenn ein Mönch euch fragt, sag ihnen, dass ihr jagen wollt.«

Rhys nickte. »Bertolf wird uns helfen – er sagt, er kennt hier Weg und Steg ganz genau.«

»Bertolf – ist das der Novize?« Ich sah den Jüngling an, der bereits wieder die Würfel schüttelte.

»Ja.«

»Wie kommt es, dass er Französisch spricht?«

»Er hat es von einem alten Mönch gelernt, einem Normannen. Er sagt, er mag Sprachen. Ohne den alten Mönch hätte er das Kloster längst verlassen. Er hält nicht besonders viel vom Beten, und seinen Fragen über die Hurenhäuser nach zu urteilen, die wir in Sizilien und im Heiligen Land besucht haben, geht es ihm mit der Enthaltsamkeit genauso.« Rhys gab sich Mühe, nicht laut zu lachen.

»Könnte man ihn überzeugen, sich uns anzuschließen? Einen zweiten deutschen Muttersprachler dabeizuhaben könnte uns in den Ortschaften eine große Hilfe sein.«

»Wenn ich es nur vorschlage, küsst er mir die Füße. Ich werde ihn fragen, während wir den Wald untersuchen.«

Zufrieden befahl ich Rhys, sich nach seiner Rückkehr bei mir zu melden, und ging nach dem König sehen.

Der Abend war gerade hereingebrochen und verdunkelte den Schlafsaal. Ein Dutzend Talgkerzen hielt die Schatten vom Bett des Königs fern. Ein knisterndes Feuer im Kamin spendete einen warmen orangenen Schein. Ich saß auf einem Schemel an Richards Seite und betrachtete ihn im Schlaf. Nach meiner Rückkehr aus der Scheune hatte ich de Béthune abgelöst. Der König war gerade wach gewesen und hatte sich zufrieden über meine Entscheidung gezeigt, Rhys auf Erkundung auszusenden.

»Er ist ein guter Mann, Euer Knappe«, hatte Richard gekrächzt.

»Das ist er wirklich, Sire.« Obwohl ich wusste, dass der König viel von ihm hielt, war es doppelt befriedigend zu hören, wie er es laut aussprach. Ich fragte mich, ob der König seine Meinung wohl änderte, wenn er von Rhys' Beteiligung wüsste, als ich Robert FitzAldelms Bruder Guy tötete. Falls es FitzAldelm jemals gelingen sollte, mich vor Gericht zu bringen, wäre Rhys genauso verdammt wie ich.

Bodenbretter knarrten. Ich drehte mich und sah Rhys in der Tür stehen, unsicher, ob er den Raum betreten sollte. »Er ist wieder da, Sire«, sagte ich.

Richard stützte sich auf einen Ellbogen, das hagere Gesicht lebendig vor Interesse. »Lasst ihn eintreten. Ich möchte hören, was er gesehen hat.«

Ich winkte. Rhys kam herbei und beugte das Knie. »Sire.«

»Euch ist kalt«, sagte der König. Er hatte, wie ich, Rhys' gerötete Wangen und bleichen Hände bemerkt. Er befahl ihm, sich am Feuer aufzuwärmen, und achtete nicht auf dessen Proteste. Mich erfüllte Bewunderung. Auch in seiner Krankheit wusste Richard mit Menschen umzugehen.

»Seht«, sagte der König. »Er hat Neuigkeiten für uns.«

Ich war entzückt, dass er die Kraft fand, solches Interesse an seiner Umgebung zu beweisen. Seit unserer Ankunft hatte er nichts davon gezeigt, nur kurze lichte Momente in ununterbrochen hohem Fieber. Ich sah Rhys an, der von einem Fuß auf den anderen sprang wie ein kleiner Junge, der unbedingt zum Abtritt musste. »Ihr seid ein guter Beobachter, Sire.«

»Seinem zufriedenen Ausdruck entnehme ich, dass es gute Neuigkeiten sind.«

Der König hat recht, dachte ich. Rhys zeigte das selbstzufriedene Gebaren eines Mannes, der seine Sache gut gemacht hatte. Er sah, wie wir ihn beobachteten, und kam händereibend zu uns.

Wieder verbot der König ihm, zu reden, ehe nicht ein Becher mit warmem, gewürztem Wein gebracht worden war. Erst als Rhys mehrere Schlucke getrunken hatte, hieß Richard ihn beginnen.

»Meinen Dank, Sire.« Rhys' Worte kamen von Herzen. »Draußen ist es kalt genug, um einen Mann steifzufrieren.«

»Habt Ihr etwas gesehen oder gefunden?«, fragte der König.

»Das haben wir, Sire. Zwei Männer versteckten sich im Wald,

an einer gut gewählten Stelle auf einem Felsvorsprung über den Bäumen. Von dort oben hat man direkte Sicht auf das Tor des Klosters.«

»Meinhards Männer?«, wollte Richard wissen.

»Jawohl, Sire. Das sagten sie, nachdem wir sie überzeugt hatten zu reden.«

Weder der König noch ich brauchten zu fragen, was das bedeutete.

»Wenn sie gesehen hätten, dass eine große Gruppe wie unsere ankommt oder aufbricht, hätten sie so schnell wie möglich Udine benachrichtigen sollen.«

»Wussten sie, ob Meinhard vorhat, auf einer Durchsuchung des Klosters zu bestehen?«

»Nein, Sire.«

»Und die übrigen Männer, die hierherkamen? Suchen sie noch immer die Straße nach Norden ab?«

»Das glaubten sie nicht, Sire, weil der befehlshabende Offizier Anweisung hatte, nicht weiter zu ziehen als bis an die Grenze zu Kärnten, die keinen Tagesritt entfernt liegt.«

Richard sah zufrieden drein. »Und die beiden Männer?«

»Um sie braucht Ihr Euch keine Gedanken zu machen, Sire«, antwortete Rhys leise.

»Wenn sie nicht zurückkehren, werden ihre Herren jedoch misstrauisch«, sagte ich. »Sobald ein Suchtrupp ausgesandt wird …«

»Eine Leiche werden sie auf einem Felssims dreißig Fuß unterhalb der Spitze des Vorsprungs finden, den anderen darunter am Boden, und keiner von ihnen hat auch nur eine Spur einer Klinge an sich«, erklärte Rhys. »Ein Mann droht zu fallen, und bei dem Versuch, ihm zu helfen, gleitet der andere aus, und beide stürzen den Berg hinab. Jäger aus der Gegend werden ihre Pferde finden. Dafür sorgt Bertolf.«

Beeindruckt von Rhys' Verschlagenheit schüttelte ich den Kopf.

»Gut gemacht«, sagte der König zufrieden. »Vielleicht entkommen wir Meinhard ja doch noch.«

KAPITEL IV

Drei Tage vergingen. Das Wetter wurde besser, und in den Niederungen schmolz der Schnee. Ich wälzte Sorgen, als die Leichen von Meinhards Männern entdeckt und Udine benachrichtigt wurde. Richard war noch zu schwach, um zu reisen, und uns blieb nichts anderes übrig, als zu bleiben, wo wir waren. Der hochmütige Offizier kehrte am folgenden Nachmittag mit einer größeren Streitmacht zurück und wurde von Abt Otto persönlich empfangen, einem ehrwürdigen Mann mit freundlichem Gesicht. Otto stimmte einer Durchsuchung des Klosters zu, denn an der rüden Art des Offiziers erkannte er, dass es so oder so dazu gekommen wäre.

Er besaß jedoch die Weisheit, uns zu den Mönchszellen führen zu lassen, bevor die unwillkommenen Gäste eingelassen wurden. Selbst Meinhards Lakai besaß nicht den Mut, sich den Zugang zu den Unterkünften der Mönche zu erzwingen. Genauso wenig verfügte er über ausreichend Verstand, seine Männer einen Blick in die Scheune werfen zu lassen, wo unsere Pferde untergebracht waren. In noch schlechterer Stimmung als zuvor brach er wieder auf.

Wir waren abermals knapp entkommen und hatten Grund für ein wenig Optimismus. Es erschien langsam möglich, dass Meinhard die Suche nach uns abbrach, weil er annahm, wir seien durch sein Netz geschlüpft. Wir hatten außerdem dank des Abtes weitere Pferde kaufen können, sodass jeder von uns nun ein Reittier besaß.

Am 12. Dezember war der König so sehr zu Kräften gekommen, dass er zum ersten Mal von seinem Siechenbett aufstehen konnte. Der Mönch, der ihn behandelt hatte, empfahl ihm eine weitere Woche Erholung. Richards sofortige, typische Antwort war, dass wir am folgenden Tag aufbrechen würden. De Béthune und ich besprachen uns insgeheim mit Anselm, William de l'Etang und Robert de Turnham. Wir waren uns einig, dass der Nutzen des Aufbruchs den Nutzen des Bleibens übertraf, und wie ich zur allgemeinen Erheiterung sagte, war es weitaus einfacher, dem König zuzustimmen, als seinen Zorn herauszufordern.

Am Morgen des 13. krochen wir aus den Decken, als die Klosterglocken zur Prim läuteten. Ich blickte durch das reifbesetzte Fenster des Dormitoriums auf einen klaren Sternenhimmel. Zu meiner Erleichterung lag kein Neuschnee.

Wir sammelten uns im dunklen Hof, hauchten uns in die Hände und stampften mit den Füßen, während Abt Otto uns segnete. Er hatte Bertolf erlaubt, uns zu begleiten, und dem König gegenüber eingestanden, schon lange erwartet zu haben, dass der Bursche das Kloster verließ.

Richard war in Hochstimmung, als wir aufbrachen und dem Kanaltal folgten, jener Talung, die nach Norden und Osten in die Alpen führte. Wir begegneten fast keinen anderen Reisenden, und von Meinhards Soldaten war nichts zu sehen. Das bedeutete jedoch keineswegs, dass wir in unserer Wachsamkeit nachlassen durften, denn wir hatten das wilde, unwirtliche Kärnten betreten, das für seine Räuber bekannt war. Kein einziger davon zeigte sich jedoch – vor allem, so vermutete ich, wegen der tückischen Wegverhältnisse. Je weiter wir kamen, desto schlimmer wurde es. Den ganzen Tag und auch den nächsten rutschten und glitten wir durch Schneematsch und riskierten ständig, dass die Pferde sich die Beine brachen. Gnädigerweise kam es nicht dazu. Bei Nacht suchten wir in bäuerlichen Scheunen eine schlichte Unterkunft. Das Schweigen ihrer Eigentümer erkauften wir uns – wie wir hofften – mit beträchtlichen Summen an Silbermünzen.

Die anstrengende Reise forderte Richard ihren Zoll ab. Er hustete trocken, bestand aber unbeirrbar darauf, dass wir unseren Weg fortsetzten. De Béthune und ich erhoben keine Einwände; das abweisende, feindselige Kärnten lud nicht zum Verweilen ein. Am dritten Tag umgingen wir die Ortschaft Villach, statt zu riskieren, dass wir erkannt wurden. Wir ritten am Nordufer einer gewaltigen Wasserfläche entlang, dem Ossiacher See, wie Bertolf ihn nannte. Am gleichen Nachmittag bewies er seinen Wert für uns, indem er uns zu einem anderen Benediktinerkloster führte, das dicht am Seeufer stand.

Erneut gaben Mönche uns zu essen und Unterkunft, ohne Fragen zu stellen.

Müde von der Reise und den Sorgen um den König schlief ich in der Nacht wie ein Toter. Ich bekam keine Albträume von Henry oder dem Jüngling, den ich erstochen hatte.

Der Abend des 16. Dezember sah uns, müde bis auf die Knochen von einem Dreißig-Meilen-Ritt, vor den Mauern von Friesach. Die Stadt war durch ein nahegelegenes Silberbergwerk zu Reichtum gelangt, und es wäre nicht sonderlich klug gewesen, unsere Gesichter dort zu zeigen. Da wir jedoch nur noch wenig Proviant besaßen und den König ein neues Fieber ereilt hatte, brauchten wir Nahrung, Medizin und Unterkunft, am besten für mehrere Tage. Keine Bauernscheune konnte uns all dies bieten – selbst Richard hatte das eingeräumt.

Das schwindende Licht verschleierte die Höhe der Mauern nicht, die sich zu beiden Seiten des gewaltigen Tores hinzogen. Friesach war erheblich größer als Görz, Udine oder Villach. Mit Glück, dachte ich, konnten wir in den Menschenmengen verschwinden und ein paar Tage rasten. Hinter Villach erwartete uns ein langer, harter Ritt nach Nordosten bis Wien, tief hinein in Herzog Leopolds Kernland; der Mann war ein aufgeblasener

Wichtigtuer, wie ich mich erinnerte. Richard hatte sich nach dem Fall von Akkon entschieden, ihn zu demütigen. Ich hoffte, der König würde sein Tun nicht noch bereuen.

»Da seid Ihr ja.« Henry Teuton trat aus dem Halbdunkel hervor. Sein Pferd führte er am Zügel. Mit Bertolf war er ein Stück vorausgeritten und hatte nach einem stillen Gasthaus gesucht, in dem die ganze Gruppe unterkommen konnte.

Ich spähte an ihm vorbei. Er hatte am Wegesrand gewartet, im Schatten eines aufgebenden Wagens mit gebrochener Achse. »Habt Ihr eine Unterkunft gefunden? Wo ist Bertolf?«

»Ja, ein Gasthaus nicht weit vom Tor. Was Bertolf angeht, so schweift er umher. Belauscht Gespräche, hält Ausschau nach Soldaten und dergleichen. Niemand achtet besonders auf Jünglinge, sagt er. Ich hoffe, es war richtig, es ihm zu erlauben?«

»Ja, es erscheint mir klug.«

»Der König?« Henry richtete den Blick auf Richard, der ein kurzes Stück hinter mir ritt. Er schwankte leicht im Sattel und hatte die Augen halb geschlossen.

»Ihm geht es nicht gut«, sprach ich das Offensichtliche aus. »Je eher wir ihn ins Bett stecken, desto besser.«

Henry setzte einen Fuß in den Steigbügel und sprang auf den Rücken seines Pferdes. »Folgt mir nur mit dem König. Lasst die anderen nachkommen, einzeln und zu zweit. Sagt ihnen, sie sollen nach dem ›Schwarzen Schwan‹ Ausschau halten, hundert Schritte links vom Stadttor.«

Er wartete, während ich zu de Béthune ritt, um es ihm auszurichten. Dann gesellte ich mich wieder zum König.

»Wir sind beinahe am Ziel, Sire«, sagte ich so leise, dass nur er mich hören konnte.

Richard murmelte eine Antwort. Ich wollte seine Zügel nehmen, um sein Pferd zu führen, als er den Kopf hob. Heiterkeit funkelte in seinen Augen. »Ganz so krank bin ich nicht, Rufus.«

Ein wenig aufgemuntert nickte ich.

Hinter Henry Teuton durchquerten wir das Tor.

Kurze Zeit später saßen wir an einem langen Tisch in der Ecke des großen Schankraums, die am weitesten von der Tür entfernt war. Der »Schwarze Schwan« war ein geräumiges Gasthaus und sehr stark besucht. Das war nicht nach meinem Geschmack, aber Richards Zustand und unser Bedürfnis nach Unterkunft wogen schwerer als meine Bedenken.

Eine Weile mussten wir auf dem Hof warten, bis Henry Teuton uns einen Tisch beschafft hatte. Der König, Gott segne ihn, war im Stehen eingeschlafen.

Ich erwog, ihn in unser Zimmer zu bringen, aber er musste etwas essen – keiner von uns hatte seit dem vorigen Abend etwas Anständiges zwischen die Zähne bekommen. Nun saß er links von mir und wartete schläfrig, aber zufrieden auf unseren Schweineschmortopf, das Gericht, das uns eine junge Schankmagd mit vollen Hüften empfohlen hatte. Sie hatte Krüge mit gewürztem Wein gebracht, den die Männer rasch in sich hineinschütteten. Ich beugte mich zu Rhys vor und warnte ihn, dass niemand sich betrinken durfte.

Ich erntete einige saure Blicke, während mein Befehl rund um den Tisch weitergegeben wurde, aber das Tempo, in dem der Wein getrunken wurde, verlangsamte sich. Ich ließ meinen Blick Dutzende Male durch den Schankraum schweifen. Niemand schenkte uns besondere Aufmerksamkeit, was auch schon etwas wert war. Aber noch immer sah ich kein Zeichen von Bertolf, was mir überhaupt nicht gefiel.

Als hätte er mich rufen hören, erschien der Novize in der Tür. Sein Gesicht war verschlossen, nervös. Unruhe erfasste mich, und unter dem Tisch stieß ich de Béthunes Fuß an. *Schlechte Nachrichten*, hauchte ich ihm zu.

Bertolf setzte zu einer Verbeugung an, als er den Tisch erreichte, und besann sich eines Besseren. Steif neigte er den Kopf, um seinen Respekt zu zeigen.

Der König lächelte. »Setz dich, mein Junge.«

Rhys rückte ein wenig zu Seite, damit Bertolf am Rand der Bank Platz fand.

Wir alle starrten ihn in dem Bewusstsein an, dass unser Schicksal auf Messers Schneide stand.

»Also?«, fragte ich leise, aber nachdrücklich.

»Gebt ihm ein bisschen Würzwein«, sagte Richard, großzügig wie immer.

»Mein Dank.« Bertolf trank einen Schluck und stellte den Becher auf die raue Tischplatte. »Da draußen sieht es nicht gut aus.«

Wir hörten ihm in grimmigem Schweigen zu. Friesach wimmelte von Soldaten. Zu Dutzenden durchsuchten sie systematisch jede Schenke und jedes Wirtshaus. Auch alle Ställe in der Stadt würden überprüft.

»Wer befehligt sie?«, fragte ich.

»Friedrich von Pettau, einer von Herzog Leopolds führenden Adligen.«

»Leopold, hm?« Der König gluckste säuerlich. »Was würde er nicht darum geben, mich in seine kleinen fetten Pfoten zu bekommen.«

»Sie jagen jeden Mann, der Französisch spricht. Und genauer« – Bertolf senkte die Stimme – »nach dem König von England. Die Belohnung beträgt zwanzig Goldmünzen. Das habe ich von zwei verschiedenen Leuten gehört.« Beschämt über das, was er uns sagen musste, vergrub er sein Gesicht in seinem Becher.

Richard schnaubte. »Ich soll nur zwanzig Goldstücke wert sein?«

Sein Versuch, die Stimmung zu heben, versank wie ein Stein. Kaum jemand in der lebenden Christenheit ließe sich solch eine Belohnung entgehen.

Ich sah de Béthune an und fragte mich, ob ihm das Gleiche durch den Sinn ging wie mir. Ein anderer Ritter, Guillaume de Preaux, hatte sich im Heiligen Land in Gefangenschaft begeben, damit der König entkommen konnte.

»Ihr dürft nicht gefangen werden, Sire. Auf keinen Fall darf das geschehen«, sagte de Béthune. »Ich werde es nicht zulassen.«

Also war er zu der gleichen Schlussfolgerung gelangt. Rasch sagte ich: »Und ich genauso wenig, Sire. Ihr müsst auf der Stelle aufbrechen, mit nur wenigen Begleitern. Wir Übrigen fungieren als Opferlämmer.«

»Das gefällt mir überhaupt nicht«, grollte Richard. »Meine Waffenknechte in Udine zurückzulassen war schlimm genug. Und nun dies …«

»Entweder das, oder wir werden alle festgesetzt, Sire«, beharrte de Béthune. »Wie Bertolf sagt, wird es nicht mehr lange dauern, bis Soldaten durch die Tür dort treten. Wir werden uns den Weg nicht noch einmal freikämpfen können.«

Der König gab keine Antwort, denn der Schmortopf war gekommen, dazu ofenfrisches Brot. Wir stürzten uns auf das Essen wie ausgehungerte Straßenköter. Auch Richard schlang seine Mahlzeit herunter. Wie er zwischen den Bissen murmelte, sei es schließlich besser, auf der Straße einen vollen Magen zu haben.

De Béthune sah mich finster an und flüsterte aus dem Mundwinkel: »Ihr geht. Ich bleibe.«

»Einer von uns muss den König begleiten. Das solltet Ihr sein«, entgegnete ich starrsinnig. Ich wollte nicht von der Seite des Königs weichen, aber die Last dessen, was ich in Udine getan hatte, hing mir wie ein Bleiklotz um den Hals. Mich zu opfern erleichterte meine Schuld vielleicht ein wenig.

Richard wischte sich den Mund und stand auf. »Bertolf, du dienst als Dolmetscher. Henry Teuton kann für Baudouin übersetzen. William«, wandte er sich an de l'Etang, »ich möchte, dass Ihr ebenfalls mitkommt.«

Bertolf und William wirkten zufrieden. Sie erhoben sich von ihren Plätzen.

Mir stockte der Atem. Er würde mich doch gewiss nicht zurücklassen?

»Baudouin, Rufus, Robert, Anselm«, sagte der König und richtete seine Aufmerksamkeit auf die anderen. »Ihr alle seid mir teuer. Ich werde Euch nie vergessen, dass Ihr dies für mich getan habt.«

In den Augen mehr als eines Mannes standen plötzlich Tränen. Ich wischte mir meine heftig ab. »Sire, ich ...«

»Bleibt, Ferdia.« Der König sprach mich nicht oft mit meinem richtigen Vornamen an.

»Jawohl, Sire.« Ich musterte die Tischplatte. Ihm in die Augen sehen konnte ich nicht. »Möge Gott über Euch wachen.«

Ich hörte ein unterdrücktes Schluchzen. Es stammte von Anselm, er sei gesegnet.

Das Herz schlug mir in unglücklichem Rhythmus gegen die Rippen. Dann, von Schuldgefühl zerrissen, dass ich nicht zugeschaut hatte, wie Richard aufbrach, sah ich auf. Rhys fixierte mich. Von einem drängenden Rollen seiner Augen nach links alarmiert, drehte ich langsam den Kopf und musterte die Gäste.

Als Erstes fiel mir ein dicker Mann auf, der gierig aus einem Krug trank. Ihn meinte Rhys nicht. Sein Begleiter, der so dünn war wie der andere fett, ließ sich wortreich über etwas aus. Ihn auch nicht. Zwei Männer mit narbigen Armen, nach ihren Lederschurzen zu urteilen Schmiede oder Gießer, prusteten laut über etwas, das einer gesagt hatte. Sie ebenfalls nicht. Meine Aufmerksamkeit verweilte auf einem wieselgesichtigen Jüngling, der nichts trank. Ich entdeckte seinen Arm, vom Mantel verdeckt, sodass nur die Fingerspitzen zu sehen waren, welche sich langsam dem Beutel am Gürtel seines ahnungslosen Nachbarn näherten. Ein Taschendieb, dachte ich völlig gleichgültig.

Rhys machte *Pssst*, und ich folgte seinem Blick.

Ich sah nur den Rücken eines Mannes, der zur Tür hinausging.

»Was denn?«, fragte ich leise.

»Er hat den König mit Adleraugen beobachtet, als er nach draußen ging«, murmelte Rhys. »Stand danach einen Moment da, als könne er sich nicht entscheiden, dann folgte er ihnen.«

Ich war auf den Beinen, bevor er zu Ende gesprochen hatte, und raffte meinen Mantel an mich.

De Béthune sah mich fragend an.

»Der Abtritt ruft«, log ich und beugte mich zu Rhys' Ohr. »Du bleibst hier.«

Er bedachte mich mit einem mürrischen Blick, den ich nur zu gut kannte.

»Wir können nicht alle mit dem König ziehen«, flüsterte ich.

»Dann folge ich dir allein.«

»Tu es nicht«, zischte ich. »Das befehle ich dir als dein Lehnsherr.«

Seine Antwort war eine finstere Miene, die einen Säugling zum Weinen gebracht hätte. Ich ergriff seine Schulter, um ihn zu zeigen, wie wichtig er mir war, und sagte leise: »Wir sehen uns wieder, Gott sei mein Zeuge.«

Als ich zur Tür ging, hörte ich de Béthune laut auf Französisch reden, und Anselm antwortete ihm in der gleichen Sprache. Sie zogen die Aufmerksamkeit auf sich, um Richards Aussichten, unbemerkt zu entkommen, zu vergrößern. Ein Klumpen wuchs in meiner Kehle. Ich konnte auf keinen Fall wissen, ob ich auch nur einen der Kameraden und Freunde wiedersehen würde, oder

Rhys, meinen ständigen Begleiter der letzten dreizehn Jahre. Er war in Wirklichkeit mehr als das: Er war mir der jüngere Bruder, den ich nie gehabt hatte. Und jetzt ließ ich ihn im Stich.

Ich zog die Tür weit auf. Der kalte Windstoß, der mich traf, schärfte mir den Verstand und vertrieb die Kopfschmerzen. Der König schwebte in Gefahr, und die drohte ihm nicht nur von Pettaus Soldaten. Leichtfüßig folgte ich dem Korridor und durchschritt eine weitere Tür zum dunklen Hof. Niemand war in der Nähe. Aus der offenen Stalltür drang ein schwaches gelbes Licht. Ich entdeckte Richard und William und gleich darauf Bertolf, der ein Pferd führte. Ein Stallbursche war bei ihnen. Er nickte und reichte ihnen zwei pralle Säcke. Hafer, dachte ich. Sie wollten gerade aufbrechen.

Mein Blick zuckte über den Hof, untersuchte jeden Winkel, jeden Schatten. In einer spitzen Ecke zwischen dem Wirtshaus und dem Nachbarhaus entdeckte ich eine Gestalt im Mantel, die aufmerksam den Pferdestall belauerte. Ich war unsicher, ob es der Mann war, den Rhys beobachtet hatte, und ob ihm überhaupt klar sein mochte, wer Richard war, und schwankte. Den Jungen in Udine hatte ich aus Notwehr getötet. Erschlug ich diesen Mann, wäre es ein ebenso kaltblütiger Mord wie der an Henry in Southampton.

Der König führte sein Pferd heraus. William kam gleich nach ihm. Bertolf folgte als Letzter. Sein Pferd warf den Kopf herum, ein offenkundiges Zeichen von Unzufriedenheit.

Der Mann spannte sich an, dann bewegte er sich zu dem Tor, das auf die Straße führte.

Ich wartete, bis er gerade außer Sicht war, dann rannte ich ihm nach wie der Windhund dem Hasen. Nie war ich je so schnell gerannt, so leise, oder hatte meine Füße mit solcher Vorsicht gesetzt.

»Rufus?«, hörte ich den König fragen.

Ich schenkte ihm keine Beachtung und gelangte auf die Straße. Gott sei Dank war außer meinem Ziel niemand zu sehen. Ich hetzte ihm hinterher. Völlig lautlos rennen konnte ich nicht; er fuhr alarmiert herum, als ich näher kam.

»Der König?«, fragte ich auf Deutsch und betete, dass er reagiere.

Erschrecken breitete sich in seinem Gesicht aus. Er nickte.

Ich hob den Dolch.

Er riss den Mund auf. Stolperte einen Schritt zurück.

Vor meinem geistigen Auge sah ich die blassen, glatten Wangen des Jünglings, den ich in Udine getötet hatte. Ich sah Henrys Augen, weit aufgerissen vor Angst, als Rhys ihn festhielt, damit ich ihn abschlachten konnte.

»Nein, bitte«, flehte der Mann.

Ich schlug ihm in den Magen, und als er stürzte, knallte ich ihm den Dolchknauf hart hinters Ohr. Er landete auf den Kopfsteinen und rührte sich nicht mehr.

Ich eilte zurück zum Eingang.

Richard kam auf die Straße hinaus. Sein Pferd warf den Kopf in den Nacken. Mein unvermitteltes Erscheinen aus der Dunkelheit hatte es erschreckt. Er zügelte das Tier. »Rufus?«

»Jawohl, Sire«, sagte ich keuchend. »Dieser Mann wollte Alarm schlagen.«

»Ihr habt ihn aufgehalten.«

»Jawohl.« Ich betete, dass ich ihn nicht getötet hatte.

»Ein treues Herz hast du.«

»Sire?«, flüsterte ich.

»Holt Euer Pferd, Rufus.«

Und so waren wir am Ende zu viert.

KAPITEL V

Meine Erinnerung an den dreitägigen, fast einhundertfünfzig Meilen weiten Ritt, der nun folgte, verschwamm bald und lässt sich kaum mehr ins Gedächtnis rufen. Eines jedoch wusste ich damals, eines stand fest: Die Tortur war genauso schlimm wie der Ritt nach Gorre vor beinahe zehn Jahren, vielleicht sogar schlimmer.

Ehrlicherweise muss ich anmerken, dass das Wetter nicht so übel war wie damals: Es schneite nur ein wenig. Auf dem Weg nach Gorre hatten wir Schneestürme durchreiten müssen. Auch die Straßen befanden sich in einem besseren Zustand. Die nicht enden wollenden Stunden im Sattel waren es, die mir am schwersten zu schaffen machten. Das Reiten war ich gewöhnt (wenn auch nicht so sehr wie Richard, der schon auf dem Pferderücken gesessen hatte, bevor er laufen lernte), und ich besaß viele Jahre Erfahrung. Nie jedoch war ich drei Tage und drei Nächte durchgeritten, ohne anzuhalten, um Proviant zu kaufen, mit nur kurzen Ruhepausen. Am Ende war mein Hintern so sehr von Blasen bedeckt, als hätte ich ihn mir verbrannt. William und ich beklagten uns beieinander, was ein wenig half, mit der Belastung zurechtzukommen. Der arme Bertolf, der kein Reiter war, befand sich in weit schlimmerer Verfassung, aber er hielt sich tapfer. Er hatte die Jugend auf seiner Seite.

Wie der König den Ritt bewältigte, ist mir schier unbegreiflich. Ich glaube, er schaffte es durch pure Willensanstrengung, seine Krankheit zu unterdrücken und den vom Fieber ausgelaugten Körper zu beherrschen. Der Preis bestand im Verlust seines gewohnten Wesens. Als Hülle von einem Mann ritt er ohne Klage, wenn es Zeit war zu reiten. Er aß, wenn ich ihm einen Bissen von den geringen Vorräten gab, die wir hatten; er trank, wenn ich ihm einen Schlauch reichte; er legte sich zum Ausruhen hin, wenn ich es tat. Richard redete nicht, es sei denn, er wurde angesprochen, und dann antwortete er in so wenigen Worten wie möglich. Im Sattel kauerte er sich zusammen, ließ greisenhaft die Schultern hängen, das Gesicht unter der Kapuze seines Mantels verborgen, die Zügel in einem Todesgriff. Unserer Umgebung schenkte er keinerlei Aufmerksamkeit. Auf ebenem Grund, wo wir besser vorankamen, schlief er im Sattel.

Sorge um seine Gesundheit, um sein nacktes Leben, plagte mich ständig, aber wir hatten uns entschieden. Anzuhalten und umzukehren hätte alles nur schlimmer gemacht. Wir würden als Gefangene enden wie de Béthune, Rhys und die Übrigen.

Wir konnten nur weiterreiten, beten und hoffen, dass wir der Gefangennahme entgingen und die Konstitution des Königs die Strapazen ertrug.

Wenn der Weg es erlaubte, ritten William und ich zu beiden Seiten Richards, damit wir ihn auffangen konnten, sollte er aus dem Sattel kippen. Ich wachte über ihn wie eine Mutter, half ihm abzusteigen, fütterte ihn und stützte seinen Becher, wenn er trank. Abends steckte ich ihm die Decke so zärtlich fest, wie ich es bei meinem eigenen Kind getan hätte, und saß noch lange bei ihm, als er eingeschlafen war. Nachdem William nachdrücklich darauf bestand, dass wir uns als Wachtposten ablösten, legte ich mich hin, aber die Rast, die ich erhielt, war schlecht und unruhig.

Wir passierten die Burg Forchenstein und umgingen Neumarkt nach Nordwesten. Wir schlugen einen Bogen um Teufenbach und durchquerten die Mur, bevor wir die kräftezehrende Mühe auf uns nehmen mussten, den gleichen Wasserlauf, der hier mit größerer Vehemenz floss, gegenüber einem Schrein für

Maria Magdalena erneut zu überwinden. Ich fiel hinein, bewahrte Richard vor dem gleichen Los und schwamm den Rest des Weges, indem ich mich am Schwanz meines Pferdes festhielt. In der Kirche hielten wir und bekundeten unseren Dank. Zum Glück war sie verlassen und gestattete mir, der ich blaue Lippen hatte und dessen Zähnen klapperten, mich auszuziehen und trockene Kleidung überzustreifen. Wir gelangten ins Mürztal, passierten Judenberg und überquerten eine weite Ebene, die in einen langen, schwungvollen Abhang überging. Dort zügelten wir die Pferde, taub, ausgehungert und, wie ich zugeben muss, der Verzweiflung nahe.

Gott allein weiß, wie lange wir es noch durchgehalten hätten. Sollte ich eine Schätzung wagen, so hätte ein weiterer Tag ausgereicht, und wir wären alle vor Erschöpfung zusammengebrochen. Während ich benommen auf die am Ufer eines breiten Flusses liegende Stadt unter uns stierte, wollte ich nichts anderes mehr, als mich auf den gefrorenen Boden zu betten und einen Monat lang durchzuschlafen.

William brach das Schweigen. »Wo sind wir?«, fragte er mit wunden, aufgeplatzten Lippen.

Ich gelangte in die Gegenwart zurück, aber mein Kopf war benebelt von Müdigkeit. »Ich habe nicht die leiseste Ahnung.«

Richard gab keine Antwort; er war im Halbschlaf.

William sah Bertolf an. »Weiß du es?«

»Nach der Breite des Wasserlaufs muss das die Donau sein, Herr.«

»Das bedeutet, die Stadt ist …« Ich wagte es nicht auszusprechen.

»Wien, Herr. Glaube ich.«

William grinste mich an; ich fand die Kraft, das Lächeln zu erwidern. Wir waren in keiner Hinsicht außer Gefahr, aber wir hatten viel erreicht.

»Und die Grenze nach Mähren, wie weit ist sie entfernt?«, fragte William.

Wladislaw Heinrich, der Herrscher Mährens, war kein Freund Heinrichs oder Leopolds.

»Wenn dies Wien ist, Herr«, antwortete Bertolf, »dann keine fünfzig Meilen, so wenigstens wurde es mir gesagt.«

»Fünfzig Meilen?«

Erschrocken über Richards Stimme sahen William und ich den König an. »Jawohl, Sire«, sagte ich, ermutigt von seinem klaren Blick. So Gott es will, dachte ich, ist sein Fieber abgeklungen.

»Das schaffen wir gewiss bis morgen Abend«, verkündete der König. Dann schwankte er und wäre mit Sicherheit gestürzt, hätte William nicht das eigene Pferd mit den Knien nach vorn gelenkt und ihn mit stützender Hand erreicht.

Jeder Zweifel, den ich gehegt hatte, ob wir für die Nacht Unterkunft suchen sollten, verschwand. William, der den König unterstützte, wusste es ebenfalls. »Ihr würdet es schaffen, Sire, aber wir wären zermürbt«, sagte ich in unbekümmertem Ton. »Und die Pferde sind fast am Ende. Wenn sie uns zur Grenze tragen sollen, brauchen sie Erholung und eine gute Portion Hafer.«

Richard hörte mich nicht. Seine Kräfte waren von dem kurzen Gespräch erschöpft, und er schloss erneut die Augen. Schweiß glänzte auf seiner Stirn und den eingefallenen Wangen. Er sah aus wie ein reitender Leichnam.

Mein gerade erst erwachter Kampfgeist erlosch. »Die Grenze könnte genauso gut tausend Meilen entfernt sein. Er braucht ein Bett, Medizin und Essen. Sofort.«

»Das stimmt«, sagte William schwermütig. »Wir müssen uns in die Höhle des Löwen wagen und hoffen, dass er uns nicht bemerkt.«

Wenn diese Stadt Wien war, würden wir Herzog Leopolds Hauptstadt betreten.

»Ich würde es vorziehen, Bertolf vorzuschicken, damit er kundschaftet …« – ich senkte die Stimme zu einem Flüstern –, »aber der König wird immer schwächer. Wenn wir uns nicht rasch um ihn kümmern …«

William nickte mir grimmig zu.

»Reite voran, Bertolf«, sagte ich.

Wir lenkten unsere Pferde den Hang hinunter.

Bertolf hatte richtig vermutet; ein Gespräch mit einem holzhackenden Bauern verriet uns, dass die Stadt vor uns Wien war. Sie erwies sich weiter entfernt, als es von der Anhöhe den Anschein gehabt hatte, und da die Wintersonnenwende kurz bevorstand, war die Zeit nicht auf unserer Seite. Die Schatten wurden länger, und der rotorange Ball der Sonne war am westlichen Horizont versunken, während wir in ein Dorf einritten, das ein Stück von den Mauern entfernt lag. Ertpurch wurde es genannt.

»Ich möchte nicht schon wieder im Dunkeln eine Stadt betreten«, sagte ich mit einem Seitenblick zu William.

»Ich ebenfalls nicht.«

»Bertolf, suchen wir uns hier Unterkunft, wenn es möglich ist.«

»Natürlich, Messire.« Der Jüngling, nun ein vertrauter Gefährte, lächelte. Während unserer Strapazen war er stets fröhlich geblieben. Ob es an seiner Unerfahrenheit lag? Meiner Ansicht nach verfügte er weder über das Wissen noch die Klugheit, um zu ahnen, in welcher Gefahr wir schwebten. Doch vielleicht war es einfach seine Wesensart.

Bertolf erkundigte sich bei einer Schmiede und kehrte mit der Nachricht zurück, dass eine Witwe, die an der nächsten Gasse wohnte, zahlenden Gästen ein Zimmer vermietete. Da es kurz vor Weihnachten und in Wien Markt sei, meinte der Schmied, das Zimmer könnte vergeben sein, aber ein Versuch könne nicht schaden. Wenn sie Platz hätte, könnten wir die Stallungen hinter der Scheune für unsere Pferde nutzen.

Das Glück war mit uns.

So abweisend der Blick der Witwe zuerst auch war, ihr Gebaren schlug rasch um, als sie erst einmal sechs Silberpennys in der schmutzigen Hand hielt. Als sie dann den König in seinem Zustand erblickte, kam ihr Mitgefühl zum Vorschein. Während William die Pferde zur Schmiede brachte, führte die Witwe uns ins Haus, beflissen wie eine Glucke. Bertolf und ich trugen den König durch das vordere Zimmer mit seinem Boden aus gestampfter Erde, das von einigen dicken Kerzen erhellt wurde, und nach hinten. Die Kammer mit ihren rauen Wänden war nicht groß und hatte nur einen einzigen Strohsack als Schlafplatz, aber wir waren endlich aus dem Wetter heraus, und es gab einen Kamin. Der Raum war fensterlos, doch nach allem, was wir hinter uns hatten, kam er uns vor wie ein königliches Gemach.

»Danke schön.« Ich gab mein Bestes, um so zu klingen wie Bertolf oder Henry Teuton. Je weniger sie über uns wusste, desto besser.

Sie schenkte mir ein zahnloses Lächeln und begann auf Deutsch loszuplappern, während sie eine Handvoll Kerzen und ein paar fadenscheinige Decken holte. Ich nickte lächelnd, als würde ich verstehen. Als sie mir eine Frage stellte, flog ich auf. Ich beschäftigte mich angelegentlich damit, den König auf den Strohsack zu betten, und tat, als hörte ich sie nicht. Zum Glück verstand Bertolf sie und antwortete. Die Alte verschwand, und gleich darauf hörte ich Töpfe klappern.

»Sie hat wenig Essen da, aber sie kocht uns Suppe«, sagte Bertolf, »wenn wir dafür extra zahlen.«

Ich schnaubte. »Sechs Silberpennys für die Nacht, und für etwas wässrige Brühe verlangt sie noch mehr?«

»Ich nehme Eure Suppe, wenn Ihr sie nicht mögt«, sagte Bertolf.

»Nein!«, rief ich, so erleichtert, dass auch ich endlich lächelte.

Die Bemerkung war von der Sorte, wie Rhys sie gemacht hätte, und ein Stich lief durch mein Herz. Vielleicht hätte ich ihn auffordern sollen, uns zu begleiten, überlegte ich und wies den Gedanken sofort von mir. Vier von uns, drei davon gut bewaffnet und gut gekleidet, zogen ohnehin schon genug Aufmerksamkeit auf sich. Ein fünfter Mann, offensichtlich ein Waffenknecht, hätte das Risiko noch weiter erhöht. So schwer es zu ertragen war: Meine Pflicht dem König gegenüber kam vor meiner Verantwortung für Rhys. Immerhin, so versicherte ich mir, hatte ich ihn weder verraten noch verwundet auf dem Schlachtfeld liegen gelassen. Gewiss, er war in Gefangenschaft, aber er lebte.

Dadurch fühlte ich mich um keinen Deut besser.

Die Kochkünste der Alten waren furchtbar. Natürlich, aus Steckrüben und Bete machte niemand eine schmackhafte Suppe, und nach drei Tagen fast ohne Nahrung verschlangen wir das Gebräu und das alte Gerstenbrot, das sie dazu reichte, genauso gierig wie eine geröstete Wildkeule. Selbst Richard aß eine Schale, und mit der Wärme im Magen schien es ihm ein wenig besser zu gehen. Kaum legte er sich wieder ins Bett, schlief er ein.

»Du musst gehen und Medizin holen«, sagte ich zu Bertolf.

William, der immer vorsichtiger war als ich, sah mich verunsichert an. »Ich bezweifle, dass sich in einem Weiler wie diesem eine Apotheke findet.«

»Dann muss er nach Wien gehen.« Meine Entgegnung kam mit Schärfe, geschliffen von meiner Sorge.

»Das Risiko …«

»Ist es wert«, zischte ich. »Der König ist krank!«

William richtete den Blick auf Richard, verweilte dort und sah mich wieder an. »Ja, Ihr habt recht.«

»Was soll ich kaufen?«, fragte Bertolf dienstbeflissen wie immer.

Ich rief mir die Arzneien zu Gedächtnis, welche die Ärzte stets gegen des Königs Krankheit verschrieben. »Oxymel«, sagte ich. »Zypergras, Schwarze Nieswurz und Akelei.«

»Sauerklee hilft gut bei Fieber«, sagte William.

»Fingerkraut auch, sagt der Mönch, der im Kloster das Siechenhaus unter sich hatte«, fügte Bertolf hinzu.

»Kauf davon, was immer du findest, und wenn es geht, alles. Wir brauchen auch Decken für uns vier. Und was zu essen.« Mit bereits wieder knurrendem Magen nannte ich ihm eine lange Liste meiner Lieblingsspeisen.

Bertolf machte ein besorgtes Gesicht.

»Rufus zieht dich nur auf.« William lachte leise. »Die Arzneien und die Decken sind das Wichtigste. Brot, Käse, Räucherfleisch – einfache Speisen werden unseren Hunger ausreichend stillen.«

Mit ernster Miene wiederholte Bertolf die Arzneien Wort für Wort. »Außerdem Decken, Brot, Käse, Räucherfleisch«, sagte er und fügte beinahe jeden Leckerbissen hinzu, den ich erwähnt hatte.

»Du hast ein beeindruckendes Gedächtnis«, lachte ich. »Aber das war nur ein Scherz. Die Lebensmittel, die William genannt hat, reichen völlig aus.«

Er nickte, und ich reichte ihm einen Beutel mit goldenen Bezants. »Suche dir einen Geldwechsler, der sie dir kleinmacht – und lass dich nicht übers Ohr hauen! Die Münzen zeigen, dass du jemand bist, der aus dem Heiligen Land kommt. Stell sicher, dass du Antworten auf alle Fragen hast.«

»Ich bin der Diener eines Kaufmanns, der aus Akkon zurückkehrt«, sagte Bertolf, der die Geschichte kannte, für wen sich der König das erste Mal ausgegeben hatte.

»Gut«, sagte ich.

»Hugues von der Normandie«, sagte Bertolf.

»Nenn seinen Namen aber nur, wenn es unbedingt sein muss«, warnte ich.

»Einer von uns sollte ihn begleiten«, sagte William. Leise, in schnellem Französisch, fügte er zu mir hinzu: »Ein Versprecher, eine falsche Bewegung, und er könnte Leopolds Männer auf uns aufmerksam machen.«

»Das weiß ich.« Ich verabscheute, wie seine Worte mir den Magen umdrehten. »Aber keiner von uns spricht gut genug Deutsch, um einer genauen Prüfung standzuhalten. Bertolf hat bessere Aussichten, unbemerkt zu bleiben, wenn er allein geht.«

William bekundete seine widerwillige Zustimmung mit einem Nicken.

Wir mahnten Bertolf ein letztes Mal zur Vorsicht. Er ging grinsend davon, in seinen Mantel gehüllt, den Geldbeutel darunter sicher im Griff.

Ich schloss die Tür so fest, wie es mir möglich war, und wünschte, sie wäre robuster und könnte verriegelt werden. Ein beherzter Tritt würde sie aus den Angeln reißen, aber daran ließ sich nun nichts ändern. Ich sagte mir, dass niemand wisse, wo wir steckten, und wir uns deshalb in Sicherheit befanden.

William setzte sich auf den Boden, in den Mantel gehüllt, und ob er es wollte oder nicht, er nickte sofort ein. Richard schlief zum Glück ebenfalls. Nachdem ich im Kamin ein Feuer entfacht hatte, hockte ich mich auf einem wackligen Schemel vor die schwächlichen Flammen. Ich war bis auf die Knochen müde, vor Erschöpfung sanken mir die Lider herunter, und trotzdem war ich entschlossen, dass einer von uns wach bleiben sollte, um den König zu beschützen. Meine tapferen Bemühungen halfen eine Weile, aber am Ende vermochte ich mich genauso wenig am Einschlafen zu hindern, wie ich Wasser einen Berg hochschieben konnte.

Das Scharren, mit dem sich die Tür öffnete, erweckte mich zu voller Alarmbereitschaft. Ich sprang auf und zog halb das Schwert blank, bevor ich bemerkte, dass Bertolf eintrat. Über seine Schulter hinweg entdeckte ich die alte Frau, aber zu meiner Erleichterung sonst niemanden. Ich drehte mich von ihr weg und schob die Klinge wieder in die Scheide, hoffend, dass sie meine gewaltbereite Reaktion nicht mitbekommen hätte. Der König hatte sich nicht gerührt, und William – auf den Beinen, den Dolch in der Faust – war außerhalb ihrer Sichtlinie, was ein Glück war. Lächelnd und dankend nickend schloss ich ihr die Tür vor der Nase. Dabei sagte ich mir, dass sie vermutlich gehört hatte, wie wir Französisch miteinander sprachen. Noch mehr Geld war erforderlich, entschied ich. So bettelarm, wie sie war, würde ein Dutzend Silberpennys ihr die Lippen versiegeln, bis wir lange fort wären.

Die Beutel, die Bertolf brachte, klirrten vielversprechend; ein Deckenbündel, mit Schnur zusammengebunden, hing ihm über die Schulter. Er strahlte von einem Ohr zum anderen, zufrieden wie ein Bogenschütze, der aus zweihundertfünfzig Schritt ins Schwarze getroffen hat.

»Ich habe alle Arzneien erhalten, um die Ihr gebeten habt, Herr, und noch mehr.« Er stellte seine Beutel ab und holte eine verkorkte Flasche nach der anderen hervor. »Oxymel, und viel davon. Akelei. Schwarze Nieswurz – das war noch teurer als die anderen – und Sauerklee. Fingerkraut. Ich habe auf Empfehlung des Apothekers auch etwas Lebenswasser gekauft. Eines der besten Mittel gegen Fieber, sagt er.«

Ich brachte es nicht übers Herz, ihm zu sagen, dass er Bertolf über den Leisten gezogen hatte, und flößte dem König mehrere

Schlucke Oxymel und Sauerklee ein; Bertolf zufolge hatte der Apotheker geraten, mit diesen beiden Arzneien zu beginnen.

Nachdem das erledigt war, wandte ich mich Bertolf wieder zu. »Hat man dich ausgefragt? Der Geldwechsler, der Apotheker oder die Ladenbesitzer?«

Er lächelte mich voller Selbstvertrauen an. »Nichts weiter, als was zu erwarten war, Herr. Ich sagte ihnen allen das Gleiche: dass mein Herr ein Händler namens Hugues sei.« Seine Miene zeigte ein wenig Verlegenheit. »Der Name ist mir ein paarmal entschlüpft.«

Ich war enttäuscht, aber nicht übermäßig überrascht. Arglos, jung, fasziniert von der Verantwortung, die wir ihm übertrugen, und dem Gewicht des Goldes in seinem Beutel, musste Bertolf die Straßen entlanggeschritten sein, als wäre er sieben Fuß groß. »Und die Normandie?« Ich hoffte, er hätte genug Verstand bewiesen, um diese Einzelheit für sich zu behalten. »Hast du sie auch erwähnt?«

Röte kroch ihm über die flaumbedeckten Wangen. »Einmal, beim Apotheker.«

»Bertolf!«

»Es tut mir leid, Herr. Er glaubte nicht, dass ich mir die Arzneien leisten könnte, nach denen Ihr verlangt habt, versteht Ihr. Ich versuchte zu beweisen, dass mein Herr reich und einflussreich ist. Es ist mir einfach herausgerutscht.« Er senkte den Kopf.

Ich sah William, der mit den Schultern zuckte, als wolle er sagen, dass wir nichts mehr ändern könnten. »Denk nicht mehr daran. Vermutlich spielt es gar keine Rolle.« Ich hoffte, dass ich recht hatte. »Was ist mit Soldaten?«

»Die Straßen werden schwer patrouilliert.« Er ließ ein freches Grinsen aufblitzen. »Kein einziges Mal haben sie mich angehalten.«

Das war immerhin etwas. »Suchen sie nach dem König?«

Bertolfs Lächeln verblasste. »Ja, Messire. Ich hörte einen Wachtmeister den anderen fragen, ob er irgendetwas von Löwenherz gesehen oder gehört hätte.«

»Was hat er geantwortet?«

»Dass es nicht so wäre, es aber nur eine Frage der Zeit sei. Das Netz ziehe sich zusammen, sagte er. Falls der König Wien erreiche, werde er gefunden.« Bertolf sah betrübt drein. Im nächsten Moment heiterte seine Miene sich auf. »Aber wir sind hier außerhalb Wiens, Herr. Wenn Gott es will, suchen sie nicht vor den Mauern der Stadt.«

»Lasst uns darum beten.«

William murmelte zustimmend und rückte enger ans Bettende, wo Bertolf die Lebensmittel, die er gekauft hatte, auszulegen begann. Meine Sorge ertrank in einem jäh erwachenden Hunger, während ich auf das prächtige Schauspiel blickte. Ich sah laibeweise Weißbrot und einen Stapel frischer Haferküchlein, von Tuch umhüllt. Kleine runde Käse und gewürzte Fischpastete. Kandierte Früchte und gewürzte Mandeln. Honigküchlein mit Mandelfüllung. Um alles herunterzuspülen, hatte Bertolf zwei Schläuche mit anständigem Rheinwein gekauft.

»Das hast du gut gemacht«, lobte ich Bertolf. »Sehr gut.«

Ich machte mir nicht die Mühe, unsere alte Wirtin um Geschirr zu bitten, und William auch nicht.

Als der König nach einiger Zeit aufwachte, freute er sich ebenfalls über das Festmahl und aß genug, um mich glücklich zu machen. Prompt fiel er wieder in Schlaf. Bertolf und William gingen kurz darauf zu Bett; freudig bereitete ich mich ebenso auf den Schlummer vor.

In Decken gehüllt lag ich mit dem Rücken zur Tür auf dem Boden, so zufrieden, wie ich nur sein konnte. Das Essen würde eine kleine Weile reichen, und falls wir jedes Mal, wenn Bertolf das Haus verließ, der Entdeckung entgingen, konnte sich Richard hier für mehrere Tage erholen. Länger zu bleiben hieße, das Schicksal herauszufordern, darauf hatten William und ich uns bereits geeinigt. Noch hatten wir nicht besprochen, was wir tun würden, wenn der Zustand des Königs sich nicht verbesserte. Ich nehme an, das Thema war uns beiden zu unerquicklich.

Erschöpft wie ich war, blieb mir nicht die Kraft, weiter darüber nachzudenken.

Stattdessen ließ ich mich vom Schlaf übermannen.

KAPITEL VI

Ich träumte vom Kerker, von einem Verlies. Darin war ich nicht mit dem König eingesperrt, sondern mit Rhys; eine kleine, feuchte Kammer mit Wänden und Boden aus Stein und nur einem winzigen Fenster als einziger Lichtquelle. Es stank nach Pisse und Schlimmerem. Unser schadenfroher Wärter war Henry, der Soldat, den ich ermordet hatte; ihm stand der bartlose Jüngling zur Seite, der in Udine von mir erstochen worden war. Von Zeit zu Zeit kam FitzAldelm vorbei, um sich an meiner Qual zu weiden. Er spuckte mir ins Essen oder bedrohte mich oder verprügelte Rhys, während mich einer seiner Gefolgsleute mit gezogenem Schwert im Schach hielt, sodass ich in hilfloser Wut zusehen musste. Mich rührte er nicht an, denn er sagte, der König wolle mich heil und unbeschadet sehen, wenn ich zum Richtblock schritt.

FitzAldelm verkündete nur zu gern, dass ich endlich für den Tod seines Bruders büßen würde. Wenn ich wahrheitsgemäß einwandte, dass Guy mich zuerst angegriffen hatte, lachte er mir ins Gesicht und versetzte, man könne niemals auf das Wort eines verlogenen irischen Bankerts vertrauen. Ohne mich um mein Schicksal zu scheren, stürzte ich mich auf ihn und wurde von seinen lachenden Männern zu Boden geschlagen.

»Sei verflucht, FitzAldelm!«, brüllte ich.

»Rufus?«

Ich erwachte innerhalb eines Herzschlags und erkannte, dass ich mich im hinteren Zimmer der Witwe befand, nicht in einem Kerker. Der harte Boden unter mir bestand aus gestampfter Erde, nicht Stein. Ich stützte mich auf einen Ellbogen. »Sire?«

»Ihr habt aufgeschrien. Seid Ihr wohlauf?« Er sprach im Flüsterton, um William und Bertolf nicht zu stören, die nichtsahnend schlummerten.

»Ein Albtraum, mehr nicht, Sire. Wie fühlt Ihr Euch?«

»Schwach wie ein junges Kätzchen.« Die Dunkelheit verbarg weder seinen traurigen Tonfall noch die Erleichterung in seinen nächsten Worten. »Mein Fieber ist verschwunden. Lasst uns hoffen, dass es endgültig fort ist.«

»Gott gebe es, Sire«, sagte ich tief empfunden. »Seid Ihr durstig?«

»So durstig wie bei Arsur«, antwortete er hustend.

Ich stand eilig auf und reichte ihm einen Becher mit Wasser. Zusammen mit einem Krug hatte ich ihn neben das Kopfende seines Bettes gestellt, bevor ich schlafen ging.

Er trank ihn in einem Zug aus, leerte einen zweiten und gab mir mit gemurmeltem Dank den leeren Becher zurück.

Ich wartete, ob er noch etwas benötigte.

»Ihr habt einen Namen genannt, Rufus. Geschrien habt Ihr ihn.«

Mein Herz pochte wie das einer Forelle, die am Haken hängt. »Wenn Ihr es sagt, Sire?«

»Ich habe ihn nicht gut verstanden, weil ich noch halb schlief, aber wenn ich raten müsste, habt Ihr ›FitzAldelm‹ gerufen.«

»Ich erinnere mich nicht, Sire.« Nie war ich froher gewesen, dass das herrschende Halbdunkel mein Gesicht verbarg. »Es war einer dieser beunruhigenden Träume, an die man sich nicht erinnern kann. Ihr kennt so etwas selbst.«

Er brummte leise, wie ein Mann es tut, wenn er nachdenkt.

Ich hielt den Mund und betete, dass er nichts mehr dazu sagte.

Zu meiner großen Erleichterung schlief er bald wieder ein.

Mir wurde die gleiche Gnade nicht zuteil. Ich lag auf dem Boden und brütete, nicht wegen des Jünglings in Udine – er hatte immerhin versucht, mich zu töten –, sondern wegen Henry, den ich ermordet hatte. Trotz aller Versuche, ihn zu vergessen, aller Waffengänge, die ich in Gottes Namen im Heiligen Land vollbracht hatte, verfolgte er mich noch immer. Ich kann damit leben, entschied ich, so wie zuvor. Henry war nicht real, und FitzAldelm nicht hier, um mich zu bedrohen. Die Gefahr, dass ich mich mit William und dem König in einem Kerker wiederfand, war weitaus realer.

Dieser Gedanke, sauer wie geronnene Milch, hielt mich noch lange Zeit wach.

Lange hatte ich nicht geschlafen, so schien es wenigstens, als William mich an der Schulter rüttelte. Ich sah ihn aus Augen an, die sich vor Müdigkeit rau anfühlten. »Was ist?«

»Der König möchte den Nachttopf benutzen.«

Zu dritt verzogen wir uns in den Wohnraum der Witwe. William schloss die Tür hinter uns, damit Richard ein wenig Abgeschiedenheit genießen konnte. Die alte Frau lächelte uns mit viel Zahnfleisch an und fragte etwas auf Deutsch. Bertolfs Antwort schien sie zufriedenzustellen, denn sie fuhr damit fort, den Boden mit einem Reisigbesen zu kehren.

»Sie wollte wissen, wie es unserem Herrn geht«, erläuterte Bertolf.

»In der Nacht schien es ihm viel besser zu gehen«, sagte ich.

»Richtig, und das ist noch immer so. Heute Morgen hat er bereits gut gegessen. Und er verlangt nach mehr«, sagte William. »Bertolf geht gleich los und holt Käse.«

Ich seufzte. »Beschlossen haben wir etwas anderes.«

»Ich habe mein Bestes getan«, sagte William. »Versucht doch, es ihm auszureden.« Mit »ihm« meinte er Richard.

Bei diesem Spiel konnte ich nur verlieren, und was sollte schon geschehen, wenn Bertolf nur einen Laden aufsuchte. Ich sah aus dem Fenster; draußen war es noch nicht ganz hell. »Wie spät ist es?«

»Über eine Stunde nach der Prim, würde ich sagen«, antwortete William.

»Am besten geht Bertolf jetzt gleich, solange noch nicht viele Menschen unterwegs sind.«

Und so wurde es beschlossen. Bertolf zog los und kehrte zurück, als die Kirchenglocken zur Terz schlugen. Er war noch kecker als am Tag davor und erklärte die Straßen Wiens für sicher; im fallenden Schnee habe ihm niemand einen zweiten Blick gegönnt, erklärte er selbstsicher. Meine Befehle hatte er jedoch missachtet, und so brachte er nicht nur Käse, sondern auch Honigpasteten und Waffelgebäck.

Richards Augen leuchteten auf, als er die Süßigkeiten sah, und meine Schelte Bertolfs fiel angesichts dessen nur mehr halbherzig aus.

Zum Glück schien der König auf dem Weg der Besserung zu sein. Tagsüber stand er vom Bett auf und bestand darauf, der Witwe bei ihrer Hausarbeit zu helfen. Erfreut schwatzte sie auf Deutsch auf ihn ein, während Bertolf dolmetschte. Sie ließ Richard Kohl und Zwiebeln schneiden. William und ich amüsierten uns darüber sehr.

»Ich würde ihr zu gern sagen, dass ihr Küchengehilfe der König von England ist«, sagte ich.

»Ich auch.« William deutete mit dem Kinn zur Wirtin. Sie zeigte Richard gerade, dass er die Zwiebeln nicht fein genug schnitt. »Glaubt Ihr, sie würde ihn dann noch immer derart anschnauzen?«

Ich schnaubte belustigt. »Sie würde eher vor Angst sterben.«

»Er genießt es«, sagte William.

»Simple Aufgaben und ehrliche Arbeit lenken gut von schwerwiegenderen Problemen ab.«

»Das ist wahr, aber ich glaube, die Faszination verblasst schnell. Könnt Ihr Euch vorstellen, dass er das jeden Tag tut?«

»Nein«, sagte ich lächelnd. »Und wenn sich sein Zustand weiterhin verbessert, wird er kaum länger hierbleiben wollen.«

Meine Ahnung erwies sich als zutreffend. Am Abend verkündete Richard, am folgenden Tag aufbrechen zu wollen. Erst nachdem William und ich ihn beknieten, stimmte er zu, noch eine weitere Nacht unter dem Dach der Witwe zu verbringen.

Am nächsten Morgen war es noch kälter als am vorherigen. Bertolf sollte wieder einkaufen gehen, denn wir hatten nur wenig Brot, und ich wollte mehr Fingerkraut für die Reise: Diese Arznei hatte das Fieber des Königs am wirksamsten gesenkt, und ich hielt das Risiko, die Apotheke aufzusuchen, für geringer als die Gefahr, dass Richard auf dem Weg nach Mähren erneut erkrankte.

Bertolf hüllte sich in Mantel und Überwurf und versprach, vorsichtig zu sein und mit niemandem zu sprechen. Richard döste, und weil ich es für sicher hielt, ihn in der Obhut der Witwe zurückzulassen, ging ich zur Schmiede, wo William unsere Pferde versorgte. Wir arbeiteten nebeneinander; in geselligem Schweigen striegelten wir den Tieren Fell und Mähne. Im Stall war es warm, in der Luft hing ein angenehmer Mief nach Heu, Pferd und Dung. Zwei magere Katzen beobachteten uns von einem Dachbalken aus. Draußen hörte ich das Klingen des Hammers und hin und wieder ein Zischen, wenn rotglühendes Eisen in einen kühlenden Trog gestoßen wurde.

»Glaubt Ihr an unseren Erfolg?«, fragte ich mit leiser Stimme. Wir waren allein, aber niemand sollte hören, dass wir Französisch sprachen. Die alte Frau wusste es, und das war genug.

»Dass wir die mährische Grenze erreichen?«

»Ja.«

»Vor ein paar Tagen hätte ich Nein gesagt.« William betrachtete mich über den Rücken seines Pferdes hinweg. »Allmählich aber glaube ich fast, dass wir es schaffen können.«

Wir grinsten einander an. Schuldbewusst dachte ich an Rhys, de Béthune und die Übrigen und hoffte, dass sie schon bald ausgelöst würden.

Bertolf war noch nicht zurückgekehrt, als wir die Gasse zum Haus der Witwe überquerten, und das erschien mir ein wenig merkwürdig. Ich teilte William meine Beobachtung mit, und wir sagten uns, dass er vermutlich wieder in einen Einkaufsrausch geraten sei. So selbstzufrieden war ich geworden, dass meine Gedanken sich nur mit der Frage beschäftigten, welche Sorte an süßem Gebäck er diesmal wohl mitbrächte, während ich mein Zeug durchsah.

William ging hinaus in den winzigen Hinterhof; er hatte der Witwe versprochen, Feuerholz für sie zu hacken. Richard saß mit dem Rücken an der Wand auf dem Bett und bearbeitete seine Schwertklinge mit einem Wetzstein.

»Ich frage mich, wann ich die Waffe wieder in der Schlacht führen werde«, sagte er wehmütig. »Bei Gottes Beinen, im Heiligen Land ging es uns gut, nicht wahr?«

Ich suchte seinen Blick und lächelte. »So ist es, Sire.«

Wie viele Dinge waren mir auf ewig ins Gedächtnis eingebrannt. Die Landung am Strand bei Akkon unter dem lautstarken Willkommen der Christen. Rhys' Armbrustduell mit Grair. Unser Massaker an Tausenden muslimischer Gefangener. Die sengend heiße Marsch nach Süden, auf dem wir vom ersten bis zum letzten Tageslicht von Sarazenen angegriffen wurden. Der Staub, der verfluchte Staub, der einfach überallhin gelangte. Der ständige Durst, der einem die Zunge anschwellen ließ. Die unzähligen toten Männer und Pferde, die wir unbestattet hinter uns zurücklassen mussten. Die Kämpfe – bei Akkon, bei Arsur, bei Joppa, im Hinterland nahe Jerusalem –, in denen uns Richard stets führte. Wie oft hätte der schiere Gedanke, wir könnten siegen, uns als Irrsinn erscheinen müssen, weil die Aussichten vollkommen gegen uns standen?

Und Joanna. Immer war da Joanna von den goldenen Haaren. Wenn ich nur an sie dachte, schmolz ich dahin. Die Schwester des Königs hatte mich schon auf Sizilien in ihren Bann geschlagen, und dort war es, dass ich mein Herz an sie verlor und ihr den ersten Kuss abgewann. Im Heiligen Land war unsere Affäre zu voller Blüte gelangt, und ich war zum Geliebten einer Königin geworden. Ein Stich der Trauer, des tiefen Verlustes durchfuhr mich; ich konnte nicht anders, als heftig das Gesicht zu verziehen. Wie gern hätte ich für den Rest meines Lebens so weitergemacht; freudig hätte ich alles aufgegeben, was mir gehörte, damit es so blieb. Selbst meine Freundschaft zum König wäre kein zu hoher Preis gewesen.

Aber so sollte es nicht sein. Hatte nie so sein können.

Ein einfacher Ritter kann um keine Königin werben, schon gar nicht um die Schwester des Königs von England. Joanna war fort, und obwohl ich sie vielleicht wiedersah, wenn wir die Normandie und Aquitanien erreichten – niemals mehr würde sie mir gehören. Eine Frau von ihrer Stellung, noch in den besten Jahren, war ein zu wertvoller Bauer im Spiel der Könige. Richard hatte nie von möglichen Verheiratungen gesprochen; mir fuhr ein Dolch ins Herz, wenn ich mir auch nur vorstellte, wie sie einen Mann ehelichte, den sie nicht kannte, geschweige denn liebte. Ich hatte mich bisher geweigert, über ihre Hochzeit nachzudenken. Ich hatte mir eingeredet, mein Dienst für den König sei alles, was zählte. Jetzt plötzlich bekam ich Joanna und ihr Schicksal nicht mehr aus dem Kopf.

»Rufus?«

Mein Blick kehrte aus der Ferne zurück und fokussierte sich auf Richards Gesicht. Für mich war es ein Schock festzustellen, wie sehr ich ihn in diesem Augenblick hasste. Wenn unsere Rollen vertauscht wären, so dachte ich, würde ich dich sie heiraten lassen, und zum Teufel mit den Folgen.

»Ferdia?«

»Sire?«

»Ihr seid traurig, so wie ich. Ihr wünschtet auch, wir wären im Heiligen Land geblieben und hätten die Aufgabe zu Ende geführt, die wir begonnen hatten.«

Nein, wollte ich sagen. Saladin und Jerusalem sind mir gleichgültig. Ich liebe Joanna. Nur Joanna ist mir wichtig.

Mein Schweigen hielt er für Zustimmung. »Eines Tages kehren wir dorthin zurück, Rufus, Ihr werdet es sehen. Sobald wir uns aus dieser Zwangslage befreit haben und wieder in England sind, werde ich die Dinge in Ordnung bringen. Johnny wird hündisch an meine Seite huschen, so wie immer, und seine Anhänger kriechen zurück in ihre Löcher. Wir überqueren zuerst das Schmale Meer und befassen uns später mit Philippe – er könnte sich als der schwierigere Gegner erweisen. Ich kann mir jedoch nicht vorstellen, dass wir uns um mehr als ein Jahr verspäten, anderthalb Jahre allerhöchstens.«

Von Übelkeit erfüllt, tat ich trotzdem so, als wäre ich überzeugt. Er wird mich durchschauen, dachte ich. Selbst nach langer Übung fiel es mir schwer, eine unerforschliche Miene zu bewahren, wie es des Königs zweite Natur war.

Zu meinem Glück hatte die Leidenschaft für den Krieg im Heiligen Land Richard gänzlich ergriffen. Er begann einen langen Vortrag und ließ sich über das gewaltige Heer aus, das er ausheben wollte. Keiner der Fehler unseres ersten Feldzugs sollte sich wiederholen. Jerusalem würde binnen eines Jahres nach unserer Ankunft fallen, verkündete er.

Ich stehe dir auf jedem Schritt dahin zur Seite, dachte ich. Das war meine Pflicht als Mann, der ihm Gefolgschaft geschworen hatte. Meine Liebe zu Joanna musste hintanstehen, so schmerzlich es auch war. Mein Blick kehrte zu Richard zurück; er schritt im Zimmer auf und ab, redete gestikulierend. Mein Mut hob sich ein wenig; es war unmöglich, seinen Kampfgeist nicht zu lieben, seinen Hunger nach Leben.

Ein dumpfes, sich wiederholendes Geräusch aus der Gasse durchschnitt meinen Frohsinn mit der Schnelligkeit einer niederfahrenden Klinge. »Sire!«, zischte ich.

Er hatte nicht gehört, was ich vernommen hatte, den Schritt von Stiefeln. Er sah mich erstaunt an. »Was ist?«

»Es sind Männer draußen, Sire. Viele Männer.« Mir wurde erneut übel.

Der Griff um sein Schwert wurde fester, wie es ein Mann tut, der im Begriff steht, in die Schlacht zu ziehen. Ein trauriges Lächeln, eine Anerkenntnis der Wirklichkeit, und er legte die Waffe aufs Bett. »Geht und seht nach, Rufus.«

»Zu Befehl.« Ich legte meinen Schwertgurt um. Der Stolz verbot mir, unbewaffnet zu erscheinen, ganz gleich, welcher Übermacht ich mich stellte. Ich schritt aus dem Zimmer und begegnete William, der vom Hof hereinkam, in der Hand das rostige Beil.

Seine Miene war grimmig. »Ihr habt es auch gehört?«

»Ja.«

»Was sagt der König?«

»Ich soll nachsehen, wer es ist.«

»Ich begleite Euch.«

Ich sah ihn stolz an. Draußen mochte uns ein ganzes Heer erwarten, aber bei Christus, das würde uns nicht abhalten, ihm gegenüberzutreten und, wenn nötig, zu sterben, während wir den König verteidigten.

Die Witwe war bereits an ihrer Haustür und drückte ein Auge auf ein Astloch. Sanft tippte ich ihr auf die Schulter. »Soldaten?«, fragte ich auf Deutsch.

Mit vor Furcht verzerrtem Gesicht nickte sie. Als ich ihr bedeutete, zur Seite zu treten, erhob sie keinen Widerspruch. Mit klopfendem Herzen beugte ich mich an das Astloch. Ich fuhr zurück, als mein Sichtfeld sich mit einer breiten, in ein Panzerhemd gehüllten Gestalt füllte, die auf die Tür zuschritt.

Bumm, bumm, bumm. Die Latten zitterten; Staubflöckchen stoben auf und drehten sich vor mir in der Luft.

»Wer ist da?«, fragte ich.

»Im Namen von Herzog Leopold, aufmachen!« Die Tür erzitterte unter neuerlichen Schlägen.

Das war die schlimmstmögliche Nachricht. Ich sah William an. Er nickte. Ich schob den Riegel beiseite und öffnete die Tür.

Ein blondbärtiger Ritter in etwa meinem Alter stand vor der Schwelle. Er trug einen schwarz-weiß schraffierten Wappenrock über dem Haubert und um die Hüften einen Schwertgürtel. Wenigstens zwanzig Waffenknechte standen hinter ihm, ein jeder mit einer Armbrust bewaffnet. Von Bertolf war keine Spur zu sehen, was fast noch beunruhigender war, als wäre er zugegen. Er war ein Gefangener, daran zweifelte ich nicht, und vermutlich hatte man ihm unseren Aufenthaltsort unter der Folter entrissen. Für den Ritter und seine Waffenknechte gab es keine andere Erklärung.

Der Ritter sah mich drohend an. »Wo ist der König?«

»Sprecht Ihr Französisch?«, fragte ich in dieser Sprache.

Er runzelte die Stirn. »Ein bisschen, ja.«

»Ich spreche beinahe kein Deutsch.«

Ein steifes Nicken. »So lasst uns Französisch benutzen. Wo ist der König?«

Einen Herzschlag lang erwog ich, vorzugeben, dass Richard nicht im Haus sei, aber das wäre vergebens gewesen. »Er ist drin«, sagte ich.

»Bringt ihn heraus.«

Ich streckte das Kinn vor. »Wieso?«

»Ich bin hier, um ihn zu verhaften.«

»Zu verhaften?« Ich lachte auf. »Er ist der König von England!«

Ein Anflug von Farbe trat ihm in die Wangen. »Dennoch habe ich Befehl, ihn zu verhaften und in Gewahrsam zu nehmen.«

»Wegen welcher Vorwürfe?«

»Der rechtswidrigen Entführung des Isaakos Komnenus von Zypern und seiner Tochter, des Mordes an Conrad de Montferrat und nicht zuletzt der Beleidigung Herzog Leopolds in Akkon.«

»Diese Vorwürfe sind lächerlich! Von wem werden sie erhoben?«, herrschte ich ihn an, obwohl die Antwort so offensichtlich war wie die Nase in meinem Gesicht.

Seine Lippen wurden schmal. Er wusste, dass ich widersetzlich war, nur um mich zu widersetzen. »Herzog Leopold.«

Ich hätte den Ritter am liebsten die Zähne eingeschlagen, mein Schwert gezogen und wäre in die Gasse gestürmt, um jeden Mann niederzustrecken, der sich mir in den Weg stellte. Es wäre ein schneller Tod gewesen, aber ein sinnloser, daher schluckte ich meinen Stolz herunter.

»Wartet hier«, sagte ich mit zusammengebissenen Zähnen und schlug ihm die Tür vor der Nase zu. Halb erwartete ich, dass ein Stiefel sie eintrat und eine Flut von Männern hereinwogte. Doch nichts dergleichen geschah. Ich hörte nur eine gedämpfte Frage, wohl von einem Untergebenen, die der Ritter knapp und gereizt beantwortete.

»Sie haben Angst vor dem König«, sagte ich und tauschte einen stolzen Blick mit William.

Als ich an der Witwe vorbeiging, flüsterte sie mit ehrfürchtiger Miene auf Deutsch: »Der König?«

»Ja«, antwortete ich in der gleichen Sprache, und sie begann zu weinen.

Ich ging in unser kleines Zimmer. Richard wartete mit ruhigem, geradezu abgeklärtem Gesicht.

»Sind es Herzog Leopolds Männer?«

»Jawohl, Sire. Zwanzig Waffenknechte, angeführt von einem Ritter.« Eine Idee der Verzweiflung ging mir durch den Kopf. »William und ich können sie aufhalten; Ihr könntet über das Dach des Nachbarhauses entkommen …«

Er schnitt mir das Wort ab. »Es ist vorbei, Ferdia.«

Ich öffnete den Mund.

»Ich bin der Fluchten müde.«

»Sire«, sagte ich und empfand eine schreckliche, schleichende Taubheit.

»Aber ich werde mich keinem einfachen Ritter ergeben.« Feuer stob Richard aus den Augen. »Heißt ihn Leopold holen, dann komme ich heraus.«

Der Bart des Ritters sträubte sich sichtlich, als ich ihm die Botschaft des Königs überbrachte. Ich genoss jedes Wort, und noch größere Genugtuung bereitete es mir, ihm ein zweites Mal die Tür vor der Nase zuzuschlagen. Er unternahm keinen Versuch, sie einzuschlagen, sondern befahl den meisten seiner Männer zu bleiben, wo sie waren. Gleich darauf hörte ich Pferde, die sich durch die Gasse entfernten.

In der Zeit, die folgte, kämmte Richard seinen Bart und kleidete sich in sein sauberstes Hemd und die besten Beinlinge. Er schob den Rubinring, den wir Engelbert gezeigt hatten, auf den Mittelfinger seiner linken Hand und gestattete mir, ihn zu gürten. Seine Stiefel waren schon am Vortag vom armen Bertolf poliert worden. Richard trug keine Krone, und tiefe Linien der Erschöpfung zerfurchten das schmale Gesicht, aber er war so königlich wie eh und je: groß, breitschultrig und mit einer Ausstrahlung, die selbst ein Blinder bemerkt hätte.

Als wir aus unserem Zimmer traten, fiel die Witwe, die bangend gewartet hatte, auf die Knie und küsste ihm die Füße. Sie weinte und faselte auf Deutsch. Richard war sanft zu ihr; er beugte sich zu ihr herab, zog sie hoch und sagte auf Französisch, dass alles gut sei.

»Was sagt sie?«, fragte er uns.

Sie redete noch immer, ein Wortschwall unter Tränen, immer wieder unterbrochen von Schluchzen.

William und ich lauschten. Nach einem Moment sagte ich: »Ich glaube, sie entschuldigt sich, Sire, dass sie Euch ihr Gemüse schneiden ließ. Sie bittet um Eure Vergebung. Sie habe nicht geahnt, dass Ihr ein König seid.«

Richard lächelte und nahm eine der kleinen Hände der Witwe in seine beiden Pranken. »Madame«, sagte er.

Sie verstummte, hob bebend ihre wässrigen Augen und begegnete seinem Blick.

»Ich habe Euch nichts zu vergeben, Madame«, sagte er. »Es war ein Vergnügen, unter Eurem Dach zu wohnen, so bescheiden es ist. Danke«, fügte er auf Deutsch hinzu, »danke.«

Ihr Kinn zitterte, und auf beiden runzligen Wangen rann eine dicke Träne hinunter, aber sie nickte, als habe sie ihn verstanden.

Zufrieden hieß Richard mich, durch das Astloch zu spähen. »Nun?«, fragte er. »Sind sie des Wartens müde geworden und abgezogen?« Er lachte leise.

Mein Gesichtsfeld war eng, aber ich sah drei Waffenknechte. »Nein, Sire«, antwortete ich schwermütig.

»Kommt schon, Rufus.« Er sprach in heiterem Ton. »Wenigstens Euer Arsch muss doch froh sein, dass er nicht mehr Tag und Nacht reiten muss. Meiner jedenfalls ist es ganz gewiss.«

Ich starrte ihn an. Seine Lippen zuckten. Ich konnte nicht anders, ich lachte laut los.

Der König und William fielen ein. Sie schüttelten sich vor Ausgelassenheit.

Die arme Witwe starrte uns vollkommen fassungslos an.

Wir zogen uns in unsere Kammer zurück, und auf Richards Geheiß würfelten wir miteinander auf dem Bett. Noch nie zuvor hatte ich den König beim Glücksspiel gesehen: Er ging es mit dem gleichen grimmigen Siegeswillen an wie das Leben. Weder William noch ich waren überrascht, als er jedem von uns erst einen, dann zwei, drei, sechs Silberpennys abgewann. Ich habe keine Zweifel, dass unsere Verluste sich fortgesetzt hätten, wäre Leopold nicht eingetroffen. Was vorging, war unverkennbar: Wir hörten Pferde und Männer, und von der Straße drang der Lärm einer Menschenmenge in die Kammer.

Wir gingen in das größere Zimmer. Die verängstigte Witwe sah uns an; in ihren Augen standen frische Tränen. Ich beruhigte sie, so gut ich konnte, und betete, dass meine paar Brocken Deutsch ausreichten, um ihr zu versichern, Richard würde darauf bestehen, dass Leopold sie nicht bestrafte. Ich weiß nicht im Entferntesten, ob sie mich verstand, aber der schwere kleine Beutel, den ich ihr reichte, veranlasste ihre Augen, rasch zu trocknen.

Die Tür erbebte unter dem Hämmern einer Faust. »König Richard!«, rief eine Stimme.

»Öffnet«, befahl der König.

Ich gehorchte, und der Ritter mit dem blonden Bart und ich schauten einander ein drittes Mal in die Augen. Über seine Schulter hinweg entdeckte ich Herzog Leopold im Sattel eines guten Streitrosses. Er hatte weitere zwanzig Waffenknechte und ein Dutzend Ritter mitgebracht. Hinter ihm hatte sich eine große, aufgeregte Menschenmenge versammelt; Finger zeigten in unsere Richtung, und ich hörte, wie das Wort *König* vom einen zum anderen weitergegeben wurde. Leopold hatte die Neuigkeit schon verbreiten lassen. Wenn wir durch Ertpurch abgeführt wurden, wäre es für ihn ein Triumphzug.

»Messire.« Der Ritter mit dem blonden Bart neigte steif das Kinn.

Ich erwiderte seine Höflichkeit. »Wie ich sehe, ist Herzog Leopold hier.«

Er nickte und sagte auf Französisch: »Euer König …«

Ich zögerte.

»… ist hier«, sprach eine Stimme hinter mir.

Rasch bewegte ich mich zur Seite und gestattete Richard, in die Gasse zu treten. Der blondbärtige Ritter zog sich zurück; Ehrfurcht stand ihm ins Gesicht geschrieben. Er verneigte sich tief. Der König schenkte ihm keine Aufmerksamkeit, sein Blick strich über die Waffenknechte mit den erhobenen Armbrüsten. Stolz erfüllte mich; die Mehrheit neigte respektvoll den Kopf, und ohne den wuterstickten Befehl eines Sergeanten hätten die meisten wohl auch die Waffen gesenkt.

Leopold hatte sich für den Anlass gekleidet. Sein pelzbesetzter Mantel und der dazu passende Überwurf sahen prächtig aus. Edelsteine glänzten an beringten Fingern; Juwelen zierten auch den Gürtel und seine Schwertscheide. Sein Gesicht war noch immer rötlich, und er als kleiner Mann blieb im Sattel, damit er auf Richard herunterblicken konnte.

Ihre Blicke trafen sich.

Der König hob eine Braue, und es gelang ihm, sowohl Majestät als auch Abscheu auszudrücken. »So sieht man sich wieder, Herzog Leopold.«

»König Richard.« Leopold neigte der Form halber das Haupt. »Ihr seid es wirklich, wenn auch gekleidet wie ein Straßenräuber. Zuerst habe ich mich gefragt, ob Ihr es tatsächlich sein könnt, aber ich sollte nicht überrascht sein. Euer Botenjunge hat gesungen wie ein Vöglein.«

Wut überfiel mich und ließ meine Adern pochen. Obwohl Richard es gut verbarg, musste es ihm genauso gehen; er schätzte treue Dienste höher als beinahe alles andere. »Ihr habt Bertolf gefoltert?«, fuhr der König auf. »Ein Kind?«

»Er ist fast ein erwachsener Mann, und von Folter würde ich nicht sprechen«, sagte Leopold. »Überzeugung wäre das treffendere Wort.«

»Verletzt ihn bitte nicht weiter«, sagte Richard. »Ich bitte auch darum, dass die Witwe, der dieses Haus gehört, nicht bestraft wird – sie ahnte nicht, wer ich bin.«

Leopold winkte ab. »Gewährt. Mir sind sie beide gleichgültig.«

»Wieso seid Ihr hier?«, fragte Richard kühn und selbstgewiss.

»Um Euch zu verhaften. Verbrecher lässt man nicht ungestraft davonkommen.«

Richard schnaubte. »Welcher Verbrechen wäre ich denn schuldig?«

»Das wisst Ihr sehr gut. Ihr habt einen Verwandten von mir eingekerkert – Isaakos Komnenus – und den Mord an einem anderen befohlen, an Conrad de Montferrat.«

»Isaaks bekam nur, was er verdiente, der treulose Hund. Mehr als einmal hat er seine Abmachungen mit mir gebrochen, und seine Männer schossen mit vergifteten Pfeilen auf meine Waffenknechte. Das sind triftige Gründe, ihn so zu behandeln, wie ich mit ihm verfuhr. Was Conrad angeht, so wird jeder Mann, der im Heiligen Land gewesen ist, Euch sagen, dass ich mit seinem Tod nichts zu tun hatte. Die Assassinen haben ihn ermordet, nicht ich.«

»Meine Kerker sind voller Männer, die ihre Unschuld beteuern«, entgegnete Leopold. »Ich nehme an, bei den Euren verhält es sich ebenso.«

Richard und er maßen einander mit Blicken; keiner war bereit wegzusehen.

»Kommt Ihr freiwillig mit?«, fragte der Herzog.

Als der König nicht sofort antwortete, spannte sich alles an.

Ich stellte mich an Richards rechte Seite, William auf die linke. Es war eine erbärmliche Trotzgeste. Zu zweit konnten wir nicht gegen dreißig bestehen, schon gar nicht gegen eine mit Armbrüsten bewaffnete Übermacht. Aber das hätte uns nie davon abgehalten, unseren König zu verteidigen, hätte er den Befehl erteilt.

»Friede, Rufus, William.« Richards Stimme war leise. Der resignative Ton darin schmerzte fast so sehr wie ein Schnitt mit einer Klinge.

Er sprach den Herzog an. »Seid Ihr ein Mann von Ehre?«

»Ja, das bin ich«, antwortete Leopold im Brustton der Überzeugung.

Leopold ist stolz, dachte ich, während ich seine aufrechte Haltung und steife Förmlichkeit betrachtete. Hätte der König ihn in Akkon nicht derart gedemütigt, wären wir vielleicht nicht hier. Am Ende der Belagerung hatte Leopold naiv seine Standarten neben Richards und Philippes Banner auf die Zinnen gestellt. Der König hatte befohlen, sie in den Graben zu werfen. Leopold war ins königliche Zelt gestürmt und hatte verlangt, dass sie wieder aufgestellt werden und er einen Anteil an der Beute erhielt. Bekommen hatte er beides nicht, und Richard hatte ihn geradezu hinausgeworfen. Schon bald hatte Leopold das Heilige Land Richtung Heimat verlassen.

»Dann ersuche ich Euch, dass Ihr Bertolf und meinen Rittern« – der König wies auf William und mich – »die gleiche Ehre erweist wie mir.«

Leopold erwog seine Bitte und nickte. »So sei es. Sie sollen gut behandelt werden.«

Richard zog das Schwert aus der Scheide, drehte es herum und trat auf Leopold zu. Er hatte nicht vor, etwas Dummes zu tun – das wusste ich –, aber das hielt mehrere Waffenknechte des Herzogs nicht davon ab, ihre Armbrüste auf ihn zu richten. Ich bekam eine Gänsehaut. Eine nervöse Fingerbewegung, und der König mochte sein Leben in dieser erbärmlichen Gasse aushauchen.

Gott sei Dank hielten sie sich im Zaum.

Richard bot sein Schwert mit dem Heft voran Leopold dar, der es mit einem Nicken annahm. Er reichte es an den blondbärtigen Ritter weiter.

»Hütet die Klinge gut«, forderte Richard ihn auf. »Ich habe sie während meiner ganzen Zeit im Heiligen Land geführt.«

Die Verbeugung des Ritters bewies erheblich mehr Respekt als die seines Lehnsherrn. »Sie wird wohlverwahrt werden, Sire.«

William und ich händigten unsere Waffen aus. Wir wurden nicht verletzt, aber Soldaten umgaben uns. Sollte ich irgendwelche Gedanken an Flucht verschwendet haben, so verflüchtigten sie sich, und meine Laune verdüsterte sich weiter.

Gesattelte Pferde wurden herbeigeführt. Der blondbärtige Ritter fragte Richard, ob er versuchen würde zu fliehen.

»Aber gewiss«, antwortete der König. »Wieso sollte ich nicht? Ihr habt kein Recht, mich gefangen zu nehmen!«

»In diesem Fall bleibt mir keine andere Wahl, als Euch die Hände zu binden, Sire«, sagte der Ritter widerstrebend.

»Das ist Eure Entscheidung.« Richard streckte ihm die Hände hin.

Der Ritter sah Leopold an, der ihm kühl bedeutete weiterzumachen.

»Jeder Anwesende soll bezeugen, wie ich behandelt werde, ein König, der das Kreuz nahm«, sagte Richard, als ihm die Hände gefesselt wurden. »Ich habe im Heiligen Land gekämpft, während der, der den Befehl zu meiner Festnahme erteilte, abgezogen ist und keinen Versuch unternommen hat, Jerusalem einzunehmen.«

Leopolds Gesichtsfarbe nahm noch einmal zu. »Ich habe an zwei Heerzügen ins Heilige Land teilgenommen!«

»Ich glaube kaum, dass Euer zweiter Versuch wirklich zählt«, entgegnete Richard. Der Herzog war unmittelbar nach seiner demütigenden Auseinandersetzung mit dem König abgezogen und hatte den größten Teil unseres Feldzugs versäumt; den Marsch nach Süden bis Arsur und Joppa und unsere abgebrochenen Vorstöße gegen Jerusalem.

»Setzt ihn aufs Pferd.« Leopold war eindeutig wütend, aber er wünschte, die Auseinandersetzung nicht vor mehreren hundert Zuschauern fortzusetzen.

Ein Moment der Verwirrung folgte. Der König konnte nicht allein aufs Pferd steigen, etwas, womit niemand gerechnet hatte. Weder William noch mir waren schon die Hände gebunden worden; ich murmelte ihm zu, und wir traten vor. Richard schenkte mir einen dankbaren Blick, während ich die Finger der einen Hand mit der anderen verflocht. William ging auf die andere Seite des Tieres für den Fall, dass unser Herr stürzte. Es war eine unbeholfene Angelegenheit – Richard musste sich mit den gebundenen Händen am Hals des Pferdes abstützen, während er einen Fuß in meine Hände setzte –, aber es gelang ihm, aufzusteigen.

»Wäre das nur Fauvel«, sagte der König leise zu mir, »und ich würde es versuchen, obwohl ich gefesselt bin.«

Ich nickte. Sein Hengst, der Isaakos Komnenus gehört hatte, war bestens ausgebildet und rannte so schnell wie der Wind.

William und ich erteilten dem blondbärtigen Ritter die gleiche Antwort wie der König, und uns wurden ebenfalls die Hände gebunden. Der Ritter sympathisiert mit uns, sagte ich mir. Er half uns, auf die Pferde zu steigen, und vergewisserte sich danach, dass wir fest im Sattel saßen. Als das geschehen war, wurde jedes unserer Tiere, die mit Halfter und Leine ausgestattet waren statt mit Zügeln und Gebiss, in die Obhut eines Ritters zu Pferd gegeben.

Über unseren elenden Ritt nach Wien gibt es wenig zu sagen. An den Straßenrändern drängten sich die Menschen, um den König von England zu sehen. Nur kurz vor dem Stadttor geschah etwas Bemerkenswertes.

Ich behielt Richard im Auge – er ritt vor dem Ritter, der mein Pferd führte –, um die neugierigen, manchmal höhnischen Gesichter links und rechts von mir zu ignorieren. Keine hundert Schritt vom Tor erschrak mein Pferd vor einem Säugling, der unvermittelt laut zu weinen begann. Es scheute nach links, und ich hatte Mühe, nicht von seinem Rücken zu fallen. Mein Blick ging zum Himmel, nach links, nach rechts, zu Boden, bevor ich das Gleichgewicht wiedererlangte. In diesem Wirrwarr von Eindrücken bemerkte ich etwas Vertrautes. Mein Blick kehrte zu der Menge zu meiner Linken zurück.

Kaum ein Gesicht war mir zugewandt; sie alle betrachteten den König, wie es zu erwarten war. Eines jedoch nicht: ein Mann in einem Mantel, die Kapuze über den Kopf gezogen. In ihren Tiefen sah ich ein vertrautes scharfes Augenpaar, umgeben von ebenso vertrauten langen schwarzen Haaren. Rhys – es war Rhys!

Er nickte mir zu; ich antwortete mit einem leisen Senken des Kinns, mehr wagte ich nicht aus Angst, beobachtet zu werden. Für mehr blieb keine Zeit, und ich drehte mich nicht um, nachdem ich an ihm vorbeigeritten war.

Eine Mischung aus Erstaunen, Erleichterung und Entzücken erfüllte mich. Mein Befehl an Rhys, mir nicht zu folgen, war vergessen. Ich konnte nicht abwarten, dem König davon zu erzählen.

Was Rhys unternehmen konnte, wusste ich nicht zu sagen, aber allein zu wissen, dass er auf freiem Fuß war, holte meinen Mut aus den Tiefen zurück, in denen er zu versinken gedroht hatte.

Mit seiner Hilfe war eine Flucht vielleicht möglich.

KAPITEL VII

Burg Dürnstein an der Donau, Dezember 1192

Ich drückte mich gegen die Steinmauer, bis die Kälte durch mein Hemd drang. Ich trat einen Schritt vor; meine Augen hatten sich an das Halbdunkel gewöhnt. Das schmale Fenster unserer Zelle ließ viel kalte Luft herein, aber nur wenig Licht. Es wies nach Westen, und seit unserer Ankunft war der Himmel bedeckt gewesen. Finstere Wolken hüllten die Burg oft von Tagesbeginn bis Tagesende ein. Ein Dutzend Schritte konnte ich gehen, bis an die andere Wand. Ich drehte mich um, presste den Rücken an die Mauer, bis ich wieder die Kälte spürte, und ging zurück zu der Stelle, von der ich kam. Bis zweihundert hatte ich im Kopf gezählt, aber ich fand, ich hätte schon fünfzigmal so viel schaffen sollen. Ich hatte mir zum Ziel gesetzt, zweimal am Tag diese Strecke zurückzulegen. In meinem ganzen Leben hatte ich noch nie solch eine langweilige Aufgabe so oft wiederholt. Davon abgesehen gab es allerdings nichts zu tun, es sei denn, mich wie William auf meinem Strohsack auszubreiten. Sonst gab es in der Zelle nur zwei Hocker, auf denen man unbequem saß, und einen Eimer für die Notwendigkeiten des Lebens.

William gefiel es, stundenlang zu dösen, aber ich meinte, dass solche Trägheit mit Sicherheit in den Wahnsinn führte.

Sein Schweigen schenkte mir umso mehr Zeit zum Denken. Ein wehmütiges Lächeln krümmte meine Lippen. Denken war alles, was ich nun tat, abgesehen vom Schlafen und dem Abschreiten des Raumes.

Es war der frühe Morgen des zweiten Tages seit unserer Ankunft. Vorher waren wir von Wien aus fünfzig Meilen weit geritten. Kaum hatten wir die Burg Dürnstein erreicht, waren wir vom König getrennt worden und hatten ihn seither nicht wiedergesehen. Nicht lange nach unserer Ankunft hatten wir seine Stimme durch den Korridor hallen gehört und zurückgerufen, bevor die Wächter uns hinderten; ich schloss daraus, dass er sich in der Nachbarzelle befand. Bald hatten wir festgestellt, dass einige Wächter freundlicher waren als andere und uns gestatteten, miteinander zu reden. An einem Band um den Hals hatte ich einen Geldbeutel unter meinen Kleidern versteckt, und die Münzen, die ich den Männern anbot, schmierten ein Getriebe, das ihnen zu selektiver Taubheit verhalf.

Der Raum des Königs war erheblich luxuriöser als unserer – er hatte ein Bett, einen Tisch mit Stühlen, einen Kamin und sogar Wandbehänge –, aber wie wir war er Tag und Nacht eingeschlossen. Unsere einzigen Besucher waren die Diener, die uns morgens und abends zu essen brachten, beaufsichtigt von schweigenden Wächtern mit harten Gesichtern. Richard hatte sowohl Hadmar von Kuenring empfangen, den Burgherrn und einen der treuesten Vasallen des Herzogs, als auch Herzog Leopold persönlich. Von Ersterem hatte der König erfahren, dass Bertolf in Wien zurückgelassen worden war, und wenn Hadmar geglaubt werden konnte, sollte der junge Bursche freigelassen werden, sobald seine Wunden verheilt waren.

Leopolds Besuch beim König war weniger glatt verlaufen. Das Gebrüll sowohl des Herzogs als auch Richards hatte William und mich Seite an Seite zur Tür rennen lassen, die Ohren auf das Holz gepresst, um zu lauschen. Einen überheblichen Ruhmesjäger hatte Leopold den König genannt. Schlimmer noch, er sei ein opportunistischer Dieb, der nicht davor zurückschrecke, sich zu Mord herabzulassen. Letzterer Vorwurf war ein mehr oder minder unverhohlener Verweis auf Conrad de Montferrat.

Die Antwort des Königs fiel heftig aus. Er putzte Leopold als geckenhaften Emporkömmling herunter, als kleinen Mann, der sich an den Erfolg besserer Männer zu hängen versuche. Wie hätte die Belagerung von Akkon denn geendet, spottete Richard, wäre *er* nicht mit Kriegsmaschinen angerückt? Er würde sich noch immer zum Herrn einer Sandburg erklären, höhnte der König.

Angesichts der grimmigen Wahrheit seines letzten Kommentars – im christlichen Heerlager hatte man Leopold genau so bezeichnet – war der erzürnte Herzog aus Richards Kammer gestürmt und hatte sich, Obszönitäten brüllend, durch den Korridor entfernt.

Da wir Richards Jähzorn gut kannten, machten William und ich keinen Versuch, sofort danach mit ihm zu reden. Auf jeden Sturm folgt jedoch ruhiges Wetter, und so verhielt es sich auch mit dem König. Ein mitfühlender Wächter tat an diesem Tag Dienst und erlaubte ein Gespräch. Richard brach als Erster das Schweigen. Reumütig gab er zu, dass er sich von seiner Wut habe übermannen lassen und dass sein Ausbruch uns nicht gerade die Gunst des Herzogs verschaffen würde. Dass der König so etwas offen aussprach, war selten, fast unerhört. Ich hoffte, es war kein Zeichen dafür, dass ihn der Mut verließ und ihn seine Gefangenschaft schon niederdrückte. Ich wusste aus eigener Erfahrung, wie leicht das geschah – vor Jahren war ich eine Woche lang in der Burg Striguil eingekerkert gewesen.

Ich fragte Richard, ob er wisse, was Leopold mit ihm vorhabe.

»Nein, Rufus«, antwortete er, und erst da war ihm die Erschöpfung anzumerken. Er hatte gelacht und rasch hinzugefügt, er hätte vielleicht mehr erfahren, wenn er Leopold nicht in solche Wut versetzt hätte.

Wir sprachen nicht weiter über unser Schicksal, aber eines war deutlich: Richards Leben schwebte nicht in Gefahr, denn niemand, der bei Verstand war, hätte einen Königsmord in Betracht gezogen.

Da Leopold auf Rache aus war, ließe sich die Freiheit des Königs nicht leicht gewinnen, aber Richard lediglich einzusperren brachte ihm nichts ein. Forderte der Herzog ein Lösegeld, gewann er hingegen ein gewaltiges Vermögen. Der König beharrte darauf, dass William und ich in die Verhandlungen einbezogen blieben. Das flößte uns Mut ein, den wir bitter nötig hatten, wann immer wir daran dachten, wie viele Monate es wohl dauern würde, das Lösegeld in England einzutreiben. Unumstößlich würden wir wenigstens ein Jahr lang Gefangene bleiben.

Angesichts dieser trüben Aussichten gab mir nur Rhys Hoffnung – falls es ihm gelungen war, uns nach Dürnstein zu folgen. Uns aus der unangreifbaren Festung zu befreien, in der es von Leopolds Soldaten wimmelte, erforderte ein Wunder, aber weil ich mich an nichts anderem festhalten konnte, baute ich ganz auf meinen Knappen, den treuesten aller Gefolgsmänner.

Weihnachten kam und verging. Den Tag erkannten wir nur an dem Gesang, der aus der Burgkapelle drang, und an dem Festschmaus, der uns später gebracht wurde. Es umfasste zu meinem Entzücken eine Flasche guten Weines und eine Platte noch warmen Gänsebratens. Der König war von Leopold zum Festmahl eingeladen worden, aber Richard hatte abgelehnt. Stattdessen prosteten wir uns über die Zellen hinweg zu und besprachen, was wir tun wollten, wenn wir wieder in seinem Königreich wären.

Ich hätte bei diesem Gespräch gern Joanna erwähnt, musste es jedoch unterlassen. Deshalb fragte ich nach seiner Gemahlin Berengaria, die zwei Wochen vor uns mit Joanna das Heilige Land verlassen hatte. Ihr Plan hatte gelautet, in Süditalien einzulaufen und von dort auf dem Landweg nach Rom zu reisen. Die Alpenpässe waren so spät im Jahr nicht mehr sicher, und das Gebiet westlich des Gebirges gehörte dem Grafen von Toulouse, einem von Richards ältesten Feinden. Daher sei es wahrscheinlich, meinte der König, dass sie in Rom überwinterten und ihre Reise erst im Frühjahr fortsetzten. Ihr nächstes Ziel wäre Navarra, und von dort konnten sie weiter nach Aquitanien gelangen. Die Reise war nicht gefahrlos; selbst zu Schiff würden sie riskieren, in Gefangenschaft zu geraten, wenn dieses entlang einer Küste kreuzte, die von Toulouse beherrscht wurde.

Den König schien es nicht zu sorgen. »Die Gefahr, dass sowohl Berengaria als auch ich festgesetzt werden, ist winzig«, verkündete er mit einer unerschütterlichen Gewissheit, die zu teilen ich mich anstrengen musste.

Als unser Gespräch vorüber und es Zeit war, sich zu Bett zu begeben, befiel mich Bitterkeit. In der Dunkelheit lag ich auf meinem Strohsack. Williams Schnarchen dröhnte mir in den Ohren, und ich dachte an Joanna. Auch wenn sie und Berengaria gefangen genommen wurden, würden sie wie der König ausgelöst werden. Joanna würde wieder zum Königshof zurückkehren, als Begleiterin Berengarias vermutlich, denn die beiden kamen gut miteinander aus. Stieß ich nach unserer Freilassung mit Richard hinzu, wäre die Aussicht, unsere Liebe neu zu entfachen, sehr gering. Und lebensbedrohlich. Joannas Ruf durfte nicht gefährdet werden; ihr Wert für Richard, der einen neuen Verbündeten gewinnen würde, sobald er Joanna verheiratete, wäre für immer geschmälert. Mir würde sie nie wieder gehören. Trotz dieser harschen, schmerzlichen Erkenntnis gelang es mir nicht, sie aus meinen Gedanken zu verbannen, sosehr ich mich auch bemühte.

Ich kann genauso gut auf Dürnstein bleiben, entschied ich, und verschimmeln. Das wäre eine passende Strafe für das gewesen, was ich Henry und dem jugendlichen Straßenräuber in Udine angetan hatte.

Lange suhlte ich mich jedoch nicht in meinem Elend. Wie schon seit über zehn Jahren war ich dem König verpflichtet. Außerdem hatte ich Joanna geschworen, ihn mit meinem Leben zu schützen. So machtlos ich derzeit war, die Pflicht bestand nach wie vor, und um sie zu erfüllen, würde ich alles tun, was ich konnte. Meine Moral zu bewahren war das Allermindeste, was ich Richard schuldete.

Zehn Tage vergingen, der eine vom anderen kaum zu unterscheiden. Nacht folgte auf Tag, Tag auf Nacht. William und ich wünschten dem König stets rufend einen guten Morgen und lächelten einander an, wenn seine Antwort laut und fröhlich erscholl. Als Nächstes kam das Gebet: Mir fiel es schwer, weil ich mich als Verdammten ansah, aber ich schloss mich William dennoch an und kniete mich neben ihn auf den kalten Steinboden. Gott würde meine Gebete erhören, versicherte ich mir. Ich bereute offen die Tötung des Jungen in Udine und verbarg meine Unbußfertigkeit für den Mord an Henry so tief wie möglich.

Unser Essen kam jeden Morgen ungefähr zur gleichen Zeit, nicht lange, bevor die Glocken zur Terz schlugen. Seltsam, wie die Welt eines Mannes zusammenschrumpfen und die Ankunft von Brot und Käse zu dem Moment des Tages werden kann, den er inbrünstig herbeisehnt. William und ich sprachen über unsere Zeit im Heiligen Land. Wie alle meine Freunde und Kameraden erinnerte er mich gern an meine fast tödliche Begegnung mit einem sarazenischen Krieger, als ich außerhalb der Befestigungen vor Akkon meine Gedärme entleeren wollte. Im Gegenzug machte ich mich über sein Erschrecken lustig, als ihm einmal ein Skorpion aus dem Stiefel gefallen war, gerade als er ihn anziehen wollte. Wir würfelten um kurze Strohhalme, die wir aus unseren Bettstätten zupften. Wenn der König reden wollte, sprachen wir mit ihm. Ansonsten schritt ich im Raum auf und ab, und William schlief recht oft.

Stets horchte ich auf, wenn Schritte durch den Korridor vor unserer Tür hallten. Für gewöhnlich kamen nur Wächter, die ihre Kameraden ablösen wollten, aber manchmal suchten Hadmar oder ein Priester oder sogar Leopold den König auf, um mit ihm zu reden. Dann, Gott vergebe mir, tat ich mein Bestes, um das Gespräch zu belauschen. William war nicht besser als ich; wir würfelten um den besten Platz an der Tür. Viel verstanden wir nie, es sei denn, Richard verlor die Beherrschung. Nach seinem Streit mit Leopold geschah das nur noch einmal, am Neujahrstag. Wegen der Nachrichten, die er brachte, war es Hadmar, der den Zorn des Königs abbekam. Bis zu diesem Moment hatten William und ich erfolglos versucht zuzuhören.

»Heinrich hat was?«, brüllte Richard.

Hadmars Antwort war unhörbar.

William und ich starrten uns verwundert an. Dass Leopold seinen Lehnsherrn darüber unterrichten würde, dass er den König von England festgesetzt hatte, war unausweichlich gewesen. Heinrichs Reaktion hingegen war weniger vorhersehbar.

»Dieser Schurke! Dieser Haderlump! Dieser Hundsfott! Noch einmal: Was hat Heinrich gesagt?«

Hadmar sprach lauter. »… haben wir es als richtig erachtet, Eure Hoheit zu unterrichten, denn wir wissen, dass diese Neuigkeiten Euch überreichliche Freude bereiten werden.«

»Das wird es! Philippe wird alles tun und vor nichts haltmachen, damit ich in Gefangenschaft bleibe, versteht Ihr? Um dafür zu sorgen, würde er sich an den Bettelstab bringen!«

»Süßer Heiland«, flüsterte ich. »Als Heinrich erfuhr, dass Leopold den König hat, sandte er Nachricht nach Frankreich.«

William verzog das Gesicht. »Ich denke, Philippe wird noch immer frohlocken.«

»Und was bitte sagt Leopold dazu?«, brüllte der König. »Bei all seiner Abneigung kann er nicht wollen, dass man mich in einen französischen Kerker sperrt und den Schlüssel wegwirft.«

»Nein, Sire.« Hadmar sprach in beruhigendem Ton.

»Wird er schwören, mich nicht an Heinrich zu übergeben?«

Diesmal antwortete Hadmar leiser.

»Nein, freilich nicht, denn der Kaiser ist sein Lehnsherr!«, donnerte der König. »Bei den meisten Männern hat die Ehre ihre Grenzen, musste ich feststellen, und Leopold ist keine Ausnahme!«

Hadmars Versuche, den König zu beschwichtigen, scheiterten, und bald verlangte Richard, dass er sich entferne.

Nachdem seine Schritte verklungen waren, wartete ich kurz, damit die Wut des Königs abflauen konnte, dann fragte ich ihn bedrückt, ob alles gut sei.

Er antwortete mit bitterem Auflachen. »Schlimmer als man es für den ersten Tag eines neuen Jahres wünschen würde, Rufus. Philippe Capet weiß, dass ich hier bin, und hat seinen Willen bekundet, mein Lösegeld zu zahlen. Ich glaube nicht, dass es eine Rolle spielt, wie hoch der Preis ist, den Leopold und Heinrich verlangen: Philippes Hass auf mich ist so groß, dass er ihn dennoch entrichten wird, und vielleicht übertrifft er ihn sogar.«

»Dazu wird es gewiss nicht kommen, Sire.« Ich verabscheute mich dafür, wie verlogen meine Worte klangen.

»Ich hoffe bei Christus, dass dem so ist«, sagte der König. »Ihr wenigstens sollt mein Schicksal nicht teilen – dafür werde ich sorgen.«

»Nein, Sire! Wir bleiben bei Euch«, riefen William und ich entsetzt.

»Ich sehe keinen Sinn darin, dass wir alle drei im Verlies verrotten.«

»Wir sind nicht so weit gekommen, damit Ihr uns wegschickt, Sire!«, rief ich. »Wir sind auf immer für Euch da.«

Ein langes Schweigen folgte, und Richard begann zu lachen. »Ach, Rufus, Rufus, mein dickköpfiger Ire, und Ihr, William, halsstarrig bis zuletzt.« Mit bewegter Stimme fügte er hinzu: »Wahrlich, Ihr seid meine besten Männer.«

William und grinsten uns an wie Idioten.

Das Leben ist merkwürdig. Wir waren nach wie vor Gefangene. Die Aussicht auf Freilassung blieb unsicher und verminderte sich dank der Neuigkeit über Philippe sogar, aber die Anerkennung des Königs schenkte uns neuen Mut, verlieh uns Auftrieb, wie es nur weniges vermocht hätte.

Am nächsten Morgen wurde Richard von Hadmar und mehreren Wächtern aus seiner Kammer geholt. Ich hämmerte gegen die Tür, bis meine Fäuste wund waren, und verlangte lautstark, ihn begleiten zu dürfen, aber ich richtete nichts aus. »Verletzt ihn nicht!«, schrie ich durchs Schlüsselloch. »Bleibt stark, Sire!«

Ich erhielt keine Antwort. In tiefem Hass auf meine Hilflosigkeit sackte ich auf dem Boden zusammen, wünschte, ich könnte etwas für ihn tun, gleich was.

»Wohin gehen sie, was meint Ihr?« William war kein bisschen weniger elend zumute als mir.

Ich hatte es bis zu diesem Moment nicht gewusst. Doch da überfiel mich eiskalte Klarheit.

»Leopold bringt ihn zu Heinrich«, sagte ich. »Wie sollte er Heinrichs Gier besser anstacheln als dadurch, dass er ihm die kostbare Beute zeigt?«

Meine Vermutung erwies sich als richtig. Später am gleichen Tag schwatzten zwei Wächter vor unserer Kammer miteinander. William und ich verstanden mittlerweile genug Deutsch, um uns ihr Gespräch grob zusammenzureimen, das durchsetzt war von Wörtern wie *König, Löwenherz* und *Kaiser Heinrich*. Ich hörte, wie auch eine Stadt genannt wurde: Regensburg. William zufolge lag die Stadt im Norden, nahe an der Grenze zu Heinrichs Reich.

Die Kunde brachte mich rasch auf die Knie. Meine Gebete waren inbrünstiger und aufrichtiger als an den vorherigen Tagen. Unerträglich war der Gedanke, dass Richard an Heinrich übergeben und hinterher an Philippe ausgeliefert wurde, während wir machtlos und untätig auf Dürnstein festsaßen.

Ein matter Abend folgte. Wir sprachen kaum und aßen noch weniger. Ich schritt endlos auf und ab, bis William, der nicht wie sonst schlafen konnte, mich bat, damit aufzuhören. Ich setzte mich auf meinen Strohsack, unfähig, mich zu entspannen, und meine Gedanken wirbelten. Ich merkte nicht, wie ich mit einem Fuß immer wieder auf die Steinplatten tappte, bis William mich erzürnt anschrie, dass es ihn in den Wahnsinn treibe. Ich brüllte zurück, dass sein ständiges Furzen mir ebenfalls aufs Gemüt schlage, und dennoch müsse ich damit leben. Ich sprang auf und schritt wieder im Raum hin und her, ohne mich darum zu scheren, was er davon hielt.

In dieser Nacht bekam ich kaum Schlaf. Unter den Decken war es mir zu warm, ohne sie zu kühl. Lange fand ich keine Ruhe. Als ich endlich einschlief, suchten mich entsetzliche Träume heim. Ich sah Richard vor mir, in einer winzigen, fensterlosen Zelle angekettet; sein langer, verfilzter Bart verriet, wie lange er schon in Gefangenschaft saß. Seine Wärter wechselten: Manchmal war es Leopold, manchmal Heinrich, FitzAldelm und sogar Saladin. Gelegentlich war ich der Gefangene, ein lachender FitzAldelm mein Wärter. Im Hintergrund sah ich Rhys, aber ganz gleich, wie laut ich rief, er kam mir nicht zu Hilfe. Joanna besuchte meine Zelle, aber ich konnte nicht hören, was sie sagte.

Als sie ging, wirkte sie verstört, und bizarrerweise war Alienor an ihrer Seite.

Der Morgen fand mich mit roten Augen und miserabler Laune vor. William ging es nicht besser, und in verdrossenem Schweigen aßen wir unser Brot und Käse. Der Zorn aufeinander hielt wenigstens nicht lange an. Wir hatten zu viel gemeinsam durchgestanden, als dass diese Verstimmung unsere Freundschaft gefährden konnte. Er ignorierte mein Umhertigern, und ich sagte nichts mehr über seine Darmwinde. Wir scherzten, wir würfelten, wir versprachen uns gegenseitig, dass der König zurückkehren würde. Mehrere Tage vergingen ohne Neuigkeiten. Schließlich kehrte Leopold zurück – wir erfuhren es, indem wir die Wächter belauschten –, aber ohne Richard. Meine erste Angst, dass der König in Heinrichs Hände gegeben worden sei, wurde aber rasch ausgeräumt, dem Herrn sei Dank. Richard war auf eine andere Burg Leopolds gebracht worden, auch wenn es unklar blieb, wieso. Das Deutsch der Wächter war zu schnell gesprochen, zu guttural, um es zu verstehen, falls sie überhaupt davon sprachen, weshalb Richard nicht nach Dürnstein zurückgebracht worden war.

Danach kämpfte ich gegen die Verzweiflung an. Seit ich als unreifer Jüngling auf Striguil eingekerkert worden war, hatte ich mich nicht mehr so hilflos gefühlt. Im Kopf kehrte ich in glücklichere Zeiten zurück, zumeist mit Joanna, aber auch in Szenen aus meiner Kindheit in Irland, wo ich mit meinen Brüdern herumtollte und von meinem Vater im Schwertkampf unterwiesen wurde. Ich erinnerte mich an meine erste Begegnung mit Richard und wie er mich vor einer Abreibung von der Hand Robert FitzAldelms und seiner Freunde gerettet hatte. Zwei Jahre später hatte ich dem König das Leben gerettet, unmittelbar nachdem er das Gleiche für mich getan hatte, als ich von Gesetzlosen im Wald bei Southampton überfallen wurde. So viele gute Erinnerungen waren es, dass ich Mut fasste. Ich konnte von ihnen zehren, wenn es nötig war, und meine Gefangenschaft würde nicht ewig dauern – genauso wenig wie die des Königs.

Bald danach willkommene Neuigkeiten zu erhalten wirkte wie Balsam für die Seele.

Burgherr Hadmar suchte uns auf, was an sich schon ungewöhnlich war. Davon abgesehen, dass er unsere Ankunft beaufsichtigte, hatte er sich nicht weiter um uns gekümmert. Seine Gründe wurden bald deutlich. Wir sollten zu einer Burg näher bei Wien verlegt werden, wo wir mit Richard wieder vereint würden.

William und ich umarmten einander, fast so erfreut, als wären wir freigelassen worden.

»Vielen Dank, Messire«, sagte ich. »Wir möchten nur in der Nähe unseres Königs sein.«

Hadmar nickte. Er war klein und schmal und wirkte nachdenklich; er machte einen ernsten Eindruck. »Das verstehe ich.«

»Warum kehrt der König nicht hierher zurück?«, wagte ich zu fragen.

Er zögerte. »Der Herzog erachtet es als zu riskant«, sagte er.

Ich warf William einen Blick zu. »Wegen des Kaisers?«

Erneut ein Zögern. »Ja.«

»Die Beratung verlief demnach nicht gut?«

»Nein.«

»Leopold fürchtete, dass Heinrich ihm den König mit Gewalt abnehmen könnte?«

»Leider ja.«

»Das liegt in der menschlichen Natur.« Ich war über alle Maßen erleichtert, dass Leopold kluge Maßnahmen ergriff, um Richard nicht an seinen Lehnsherrn zu verlieren. »Warum für etwas zahlen, wenn man es sich auch nehmen kann?«

»Ganz recht.« Ein wehmütiges Lächeln.

»Sollen wir länger in dem neuen Gefängnis bleiben?«, fragte ich. »Und wird Leopold erneut mit Heinrich sprechen?«

»So ist es vorgesehen.«

Ich versuchte es anders. »Wie rechtfertigt Euer Herr seine niederträchtige Behandlung des Königs von England?«

»Festgesetzt wurde der König wegen der Schmähungen gegen den Herzog in Akkon. Er hat nicht nur Herzog Leopold, sondern ganz Österreich beleidigt.« Hadmar schien ob der Erinnerung aufgebracht zu sein.

»Das mag sein, wie es will«, entgegnete ich, bedacht, seinen Stolz nicht zu verletzen. »Aber König Richard nahm das Kreuz und führte ein Heer ins Heilige Land. Er besiegte Saladin und errang für alle Christen das Recht, ungehindert Jerusalem zu besuchen. Es ist eine Schande, dass er gefangen gehalten und an den Höchstbietenden verschachert wird!«

Hadmar wand sich wie ein Fisch am Haken.

Ich würde kühner. »Der Herzog riskiert ewige Verdammnis für das, was er getan hat – das muss er doch wissen. Wenn Papst Coelestin davon erfährt …« Exkommunikation war die schwerste Strafe der Kirche, die Verdammnis, auf ewig in der Hölle zu brennen. Der schiere Gedanke verängstigte die meisten Männer, mich eingeschlossen.

Wieder blickte Hadmar höchst unbehaglich drein. »Der Herzog würde niemals wünschen, die Kirche so zu erzürnen.«

»Warum hält er dann den König gefangen?«, fuhr ich auf. »Wegen Geld – einen anderen Grund kann es nicht geben.«

Statt zu antworten, ging Hadmar zur Tür.

»Ihr wisst genau, dass ich recht habe!«, schrie ich.

»Verärgert ihn nicht«, warnte William mich leise. »Wir dürfen unsere Aussichten nicht schmälern, zum König geschickt zu werden.«

»Er würde es nicht wagen, uns hierzubehalten. Leopold hat

befohlen, uns zu verlegen«, entgegnete ich selbstsicher. Leise fügte ich hinzu: »Nur ein Narr missachtet einen ausdrücklichen Befehl seines Herrn.«

Und so kam es. Am nächsten Morgen wurden wir auf den Burghof geführt, der voller Pferde, Ritter und Waffenknechte war. Dort verkündete Hadmar uns, dass wir in die Nähe Wiens gebracht würden. Es sei ein langer Ritt, fügte er hinzu.

Wir verstanden, was er uns eigentlich sagen wollte. Und weil wir ohnehin nur den König wiedersehen wollten, versprachen wir, keinen Fluchtversuch zu unternehmen. Befriedigt ließ er uns mit ungebundenen Händen aufsteigen.

Ich war hellwach, als wir das Haupttor durchquerten. Meine Aufmerksamkeit wurde belohnt, als ich Rhys entdeckte, der wie zuvor mit einer Kapuze angetan an der Mauer einer Bierschenke lehnte. Niemand schenkte mir irgendwelche Beachtung, und ich grinste ihm zu. Er ließ ein Lächeln aufblitzen, das noch breiter wurde, als ich William mit erhobener Stimme auf das Ziel unserer Reise ansprach.

Wir waren nicht allein.

KAPITEL VIII

Auf der Straße von Dürnstein nach Wien

Rhys konnte unsere Flucht nicht in die Wege leiten, aber als wir an einem Gasthaus am Wegesrand anhielten, um die Pferde zu tränken, kam er tagsüber in unsere Nähe. Er war uns gefolgt, was auf der recht belebten Straße nicht schwierig war, und führte sein Pferd zum Wassertrog, als ich mit meinem Reittier dort stand. Zum Glück war unser Schwur, nicht zu fliehen, für bare Münze genommen worden, und die meisten Waffenknechte standen zwanzig Schritt entfernt und interessierten sich vor allem dafür, sich die Bäuche mit den dampfend heißen Pasteten vollzuschlagen, die ein Küchenjunge herausbrachte.

»Bei Gott, es ist gut, dich zu sehen.« Über den Hals meines Pferdes sah ich meinen Knappen an. Er war abgemagert und unrasiert, aber der gleiche alte Rhys. »Bist du wohlauf?«

Er zuckte mit den Schultern. »Mir geht's gut genug.«

»Wo hast du geschlafen?«

Ein schiefes Grinsen. »Meistens in dem Bett einer Schankmagd.«

Ich stellte keine weiteren Fragen. Am wichtigsten war, dass man ihn nicht gefangen genommen hatte. Dass er mit jemanden ins Bett ging, sagte ich mir ironisch, mochte durchaus dazu beigetragen haben, dass er unbemerkt blieb.

»Was ist mit dem König?«

Mir wurde klar, dass Rhys nichts von den politischen Verwicklungen ahnte. Mit wenigen Sätzen setzte ich ihn ins Bild. Als ich Heinrich und Philippe erwähnte, verdüsterte sich sein Gesicht.

Mein Missmut kochte über. »Wenn wir nur den König befreien könnten.«

»Ich habe einen Weg gesucht, um in Burg Dürnstein einzubrechen«, sagte Rhys. »Aber dazu bräuchte man Flügel.«

»Ich fürchte, dort, wo man uns hinbringt, wird es genauso sein. Ich schlage vor, du suchst dir ein anderes Mädchen mit einem Bett – einem Bett, das in der Burg steht – und schaust, wo du von dort aus etwas bewirken kannst.« Ich reichte ihm die Hälfte der Goldmünzen, die ich besaß. »Damit kannst du jemanden bestechen oder Wissen kaufen.«

Er blinzelte, sah, dass Hadmar näher kam, und führte sein Pferd ohne ein weiteres Wort davon.

Hadmars Miene war besorgt; ich fragte ihn, wieso.

Der Wirt habe in der vergangenen Nacht einen wichtigen Gast beherbergt, antwortete er, und zwar niemand Geringeren als einen päpstlichen Gesandten. Der alte Papst Coelestin, dritter Träger dieses Namens, hatte rasch gehandelt, nachdem er von Richards Festsetzung erfuhr. »Er hat Herzog Leopold exkommuniziert.« Tiefe Falten standen auf Hadmars Stirn.

Ich wollte damit herausplatzen, dass ich ihn erst am Vortag vor dieser Möglichkeit gewarnt hatte, aber einen Mann, der am Boden liegt, sollte man nicht auch noch treten. Hadmars Gunst zu bewahren würde mir mehr nützen als kurzes Frohlocken. »Das ist eine ernste Neuigkeit«, sagte ich, »wenn sie auch nicht vollkommen unerwartet kommt. Was wird Euer Herr tun?«

»Beten«, antwortete Hadmar, offenbar ohne es ironisch zu meinen.

Er wird schon mehr unternehmen müssen, dachte ich und wagte zu hoffen, dass Leopold die Furcht vor seinem vom Papst verordneten Schicksal bewegen könnte, den König freizulassen.

Für den Rest des Weges ritt ich neben Hadmar. Wir teilten eine Liebe für Falknerei und Jagd, sodass wir reichlich Gesprächsstoff fanden. Ich erzählte von den Würgfalken, die ich im Heiligen Land eingesetzt hatte, und hörte mit echtem Interesse zu, wie er sich über den Wanderfalken erging, den er auf den Handschuh abrichtete. Vorsichtig schmeichelte ich ihm, wann immer ich es für angebracht hielt. Am Abend war seine anfängliche Zurückhaltung verschwunden; er teilte seinen Wein mit mir und schlug vor, mich mitzunehmen, wenn er den Falken das nächste Mal fliegen ließ. In dieser Hinsicht strapazierte ich mein Glück lieber nicht und merkte nur an, dass ich mich nach einem Wiedersehen mit Richard, meinem Herrn, sehnte. Dass ich zuletzt so lange von ihm getrennt gewesen sei, sagte ich wahrheitsgemäß, liege mehr als fünf Jahre zurück.

Hadmar war ein großzügiger Mann. Nach unserer Ankunft auf der Burg, einem beeindruckenden Bollwerk auf einem Berg etwa zwanzig Meilen vor Wien, ging er Leopold Meldung erstatten, befahl aber, dass William und ich zum König gebracht werden sollten.

Richard stand mit dem Rücken zur Tür, als wir eintraten. Ich lächelte, denn ich erkannte darin ein Zeichen der Verachtung für die Männer, die ihn gefangen hielten.

Der Raum war schön, hatte zwei Fenster, auf dem Boden lagen frische Binsen, und im Kamin knisterte ein Feuer. Feine Gobelins belebten die Wände, und auf dem großen Bett lag ein Bärenfell über der Decke.

Der Waffenknecht hinter uns sagte nicht sofort etwas.

Ich ergriff die Gelegenheit. »Sire. Wir sind es.«

Er fuhr herum, sein Gesicht von Freude belebt. »Rufus! William!« Mit drei großen Schritten durchquerte er den Raum und umarmte mich. Er hielt die Hände auf meinen Schultern, trat einen Schritt zurück und sah mir ins Gesicht. »Ich habe Euch vermisst, Ferdia.«

»Und ich Euch, Sire.« Meine Stimme klang rau.

Er umarmte William und sagte: »Ich hätte nicht gedacht, so bald noch mehr Gefährten wiederzusehen.«

Als er unsere Verwirrung bemerkte, erklärte er: »Graf Meinhard war ebenfalls in Regensburg; er hatte de Béthune und die anderen bei sich, alle bis auf Rhys, heißt das.« Er bedachte mich mit einem fragenden Blick.

Deutlich des Wächters in der Tür gewahr, blinzelte ich nur. Richard erkannte sofort, was ich meinte, und nickte knapp. Eine Gelegenheit, ihm Näheres mitzuteilen, würde noch kommen.

Richard bot uns Plätze am Feuer an und servierte eigenhändig Wein. Erst dann setzte er sich zu uns. Der König erhob den Becher auf die Kameraden, die im Heiligen Land gefallen waren. »Auf Philip«, sagte er und sah mir ins Auge. Sein Knappe war einer meiner engsten Freunde gewesen. Er erhob keine Einwände, als ich mit dem Gedanken an de Drune auch die einschloss, die auf See geblieben waren. Wir tranken die Becher in einem Zug leer und sahen in die Flammen.

Scheite knisterten. Weißgoldene Funken stiegen auf. Aus dem Kamin schlug wahre Backofenhitze, eine Wohltat für meine ausgekühlten Muskeln. Ich schob die Füße langsam näher ans Feuer, wie ein Hund es tut, bis er weitere Hitze nicht ertragen kann.

»Leopold hält es also für unsicher, Euch auf Dürnstein zu lassen. Er traut dem Kaiser kein bisschen über den Weg.« Richard schnaubte. »Das überrascht mich nicht. Die Beratung mit Heinrich war nur kurz, aber sie genügte mir, um zu erkennen, dass ihn nichts als Habgier antreibt. Für Leopold war es genauso offenkundig; er konnte mich gar nicht schnell genug aus Regensburg fortschaffen.«

»Warum erhebt der Herzog nicht selbst das Lösegeld für

Euch, Sire?« Diese Frage plagte mich, seit ich von der vorgeschlagenen Beratung mit Heinrich zum ersten Mal gehört hatte.

»Selbst ein Mann wie Leopold wagt es nicht, sich derart offen gegen seinen Lehnsherrn zu stellen. Würdet Ihr den Versuch unternehmen, ein Lösegeld für Philippe Capet zu verlangen, ohne Euch mit mir zu beraten?«

Ich schüttelte den Kopf.

»Leopold kann mich entweder freilassen, wozu er nicht bereit ist, oder eine Vereinbarung mit Heinrich treffen.«

Ich kaute darauf herum, und es schmeckte mir nicht. »Warum ist der Kaiser so gierig, Sire? Ist er bankrott?«

»Seine Schatzkammer könnte sehr wohl gut gefüllt sein, das weiß ich nicht. Aber er hat viele Schwierigkeiten. Mit einem königlichen Lösegeld« – Richard lächelte müde – »könnte er sich von einer Menge Feinden freikaufen.«

Heinrich, fuhr er fort, stecke gern die Nase in die Angelegenheiten seiner Vasallen und mische sich in Dinge ein, die ihn nichts angingen. Die Folgen seiner Übergriffe waren zahlreich, wenn auch unwillkommen. Vom Rheinland bis in den Norden und Osten seines Reiches gab es Adlige, die entweder offen gegen ihn rebellierten oder kurz davor standen, es zu tun.

»Von Leopolds Exkommunizierung zu hören wird für Heinrich nicht viel ändern, oder?«

Ein Schnauben. »Allerdings, und zwar vor allem, weil Papst Coelestin nichts unternehmen wird. Täte er es, versteht Ihr, würden vielleicht noch mehr seiner Bischöfe erschlagen. Heinrich hat so etwas schon tun lassen.« Er sprach von Albrecht von Löwen, dem Kandidaten für den Bischofsstuhl von Lüttich, welcher auf Heinrichs Befehl hin ermordet worden sein sollte. »Das soll nicht heißen, dass dem Pontifex kein Druck bereitet werden darf. Ich könnte mir vorstellen, dass meine Frau Mutter in dieser Angelegenheit bereits die Feder aufs Pergament gesetzt hat.«

»Und Philippe, Sire, was ist mit ihm?«

»Er hat an Leopold und, wie ich vermute, auch an Heinrich geschrieben. Er bat den Herzog, mich festzuhalten, bis eine Zusammenkunft aller drei Hundsfotte arrangiert werden kann, bei der über mein Schicksal entschieden werden soll.« Wut hielt im Gesicht des Königs Einzug. »Philippe ist in seinem Brief an mich sogar noch tiefer gesunken. Alle Bande zwischen uns seien durchtrennt, schrieb er. Und dass ich sein Schreiben als Kriegserklärung betrachten solle. Krieg? Was weiß dieser Feigling schon davon? Er konnte das Heilige Land nicht schnell genug verlassen, nachdem wir Akkon eingenommen hatten. Bei Gottes Beinen, was würde ich dafür geben, jetzt im Vexin an der Spitze eines Heeres zu reiten! Ich würde ihn vor mir hertreiben und erst an den Toren von Paris Halt machen!«

»Philippe würde sich nassmachen, Sire«, sagte William spaßig wie immer.

»Das würde er!« Richard warf den Kopf in den Nacken und lachte lauthals, ein Lachen, das aus dem Bauch kam, aus dem Kern seines Wesens. »Süßer Jesus, ich würde wirklich gutes Geld dafür zahlen, das zu sehen!« Er wischte sich Lachtränen ab.

In diesem Moment hielt ich es für angebracht, mich zu ihm zu beugen und von Rhys zu erzählen.

»Der Spitzbube ist Euch erst nach Dürnstein und dann hierher gefolgt?«, flüsterte Richard. Seine Augen funkelten.

Ich nickte. »Er wird alles tun, was er kann, um Euch zu befreien, Sire.«

»Er hat wie sein Herr ein tapferes Herz.« Der König drückte mir die Schulter und murmelte: »Hoffen wir bei Gott, dass ihm etwas einfällt.«

Die nächsten Tage vergingen, ohne dass sich etwas änderte. Von Heinrichs Männern zeigte sich niemand. Hadmar, der uns regelmäßig aufsuchte, sagte zu mir, dass selbst der Kaiser es nicht wagen würde, so tief in Leopolds Gebiet zuzuschlagen. Die gute Natur des Burgherrn erwies sich erneut, als er Richards Bitte bewilligte, William und mich jeden Tag sehen zu dürfen. Als der Herzog am nächsten oder übernächsten Tag davon erfuhr, weil er Richard aufsuchte, während wir in seinem Zimmer weilten, war die Tatsache bereits geschaffen. Statt als Rüpel zu erscheinen, indem er uns entfernen ließ oder zukünftige Besuche unterband, tat Leopold so, als habe er die Erlaubnis selbst erteilt. Ich nehme an, er hatte erkannt, dass eine nachsichtigere Behandlung Richards für alle Beteiligten das Beste war.

Doch was auch immer der Beweggrund des Herzogs nun sein mochte; dass wir wieder Kontakt haben durften, besserte unsere Stimmung gewaltig. Und ich hatte noch einen Grund zur Freude: Hadmar versprach mir abermals einen Ausritt mit dem Falken, den er ausbildete. Eines frühen Morgens dachte ich daran, als der Schlüssel im Schloss knirschte.

»Frühstück«, sagte ich zu William. »Ich hoffe, es gibt Honig zum Brot.« Wir bekamen ihn nicht jeden Tag, aber wir hatten kaum jemals besseren Honig gegessen.

Der Wächter kam als Erstes herein, ein freundlicher, kahl werdender Mann. Ihm folgte eine füllige Frau mit langen, gewellten braunen Haaren, die ein Tablett trug. Ich starrte sie an. Sie war die erste Dienerin, die in unser Zimmer kam; ich erkannte sie sogar, hatte sie auf dem Hof von Burg Dürnstein gesehen.

»Guten Morgen, Messire Rufus und Messire William«, sagte sie auf Französisch mit starkem Akzent.

Wir starrten sie an; sie lachte und stellte das schwere Tablett auf den Tisch. Mir fiel auf, das eine lange Narbe an ihrer linken Handfläche entsprang und den Arm auf ganzer Länge hinauflief.

»Das sind Roggenbrot und Käse – guter Käse, von einem hiesigen Bauern –, dazu Honig.« Nun redete sie auf Deutsch. »Und Wasser aus dem Brunnen.«

Ich bedankte mich auf Deutsch und fuhr auf Französisch fort: »Ihr sprecht meine Sprache?«

»Ich lerne sie«, antwortete sie und fügte leise hinzu: »Euer Freund bringt sie mir bei.«

Mein Blick schoss zu dem Wächter, aber er stand wie immer halb auf dem Korridor und unterhielt sich mit seinem Kameraden vor Richards Zimmer.

»Rhys?«, flüsterte ich ungläubig.

»Ja.« Sie sah schüchtern drein.

Mir sang das Herz. »Er ist *mein* Mann!«

Sie lächelte. »Das schwört er bei jeder Gelegenheit. Ich soll Euch ausrichten, alles sei gut und dass er tut, was Ihr verlangt habt.«

Ich nickte; ich hatte die vage Botschaft verstanden. Obwohl sie eindeutig in Rhys verliebt war, traute ich ihr noch nicht ganz. »Wie ist Euer Name?«

»Katharina. Ich bin eine Köchin.«

»Es ist mir eine Freude, Eure Bekanntschaft zu machen, Madame.« Ich nahm ihre Rechte und küsste sie auf den Handrücken.

Sie errötete bis zu den Haarwurzeln; gesegnet sollte sie sein.

Jedes weitere Gespräch unterband der Wächter, indem er ins Zimmer kam.

»Ich bringe Euch auch später Euer Essen«, versprach Katharina.

William und ich dankten ihr höflich, und sie ging, ohne dass der Wächter etwas argwöhnte.

William wölbte eine Augenbraue. »Rhys hat schnell gehandelt, was?«

»Er hat immer gut mit Frauen umgehen können. Keine

Kunst, die ich je gemeistert hätte.« Erneut fragte ich mich, wie Joanna sich in mich hatte verlieben können.

»Ich auch nicht«, sagte William. »Wie es scheint, hat Rhys schon ihr Herz gewonnen. Glaubt Ihr, sie schafft es, uns hier herauszuholen?«

Ich verabscheute es, wie schnell sich die herbe Wirklichkeit wieder einstellte. Ich seufzte. »Einen von uns womöglich, aber drei?«

»Wenn sie einen Mann herausschaffen könnte, müsste es der König sein.«

»Selbstverständlich.«

»Rhys und er könnten es von hier aus nach Mähren schaffen.« Hoffnung erfüllte Williams Miene.

Was für eine erhebende Vorstellung, dachte ich, als ich mir ein Stück vom ofenwarmen Brot abschnitt. Wenn Richard erfolgreich entkam, war es unerheblich, wie lange William und ich in Gefangenschaft blieben.

Katharina stand zu ihrem Wort und brachte uns am gleichen Tag das Abendessen. Danach richtete sie es ein, wenigstens einmal am Tag bei uns vorbeizuschauen. Dass Rhys sie verzaubert hatte, war offenkundig; es dauerte nicht lange, und sie sprach davon, uns zu befreien. Einfach würde das nicht; die Wächter waren zwar entspannt, aber ausführliche Gespräche konnten wir nicht führen, ohne dass sie misstrauisch wurden.

Rasch stand fest, dass Katharina zwar Botschaften übermitteln konnte, eine Flucht aus unserem Gefängnis jedoch etwas ganz anderes darstellte. Ihr Versuch, sich mit einem Wärter anzufreunden, der ihr Backwerk mochte, wurde als Liebeswerben ausgelegt. Am nächsten Tag kam sie mit roten Malen an den Oberarmen. Wie sie uns wütend erzählte, hatte der Mann sie in einen Lagerkeller gestoßen und versucht, ihr Gewalt anzutun.

»Hat er …?« Ich hatte die Fäuste geballt; ich wollte mich in den Korridor stürzen und den Kerl zu Brei schlagen.

Ein böses Lachen. »Ha! Nein! Ich habe dem Mistkerl so fest das Knie in die Eier getrieben, dass er fast die Besinnung verlor. Ich habe ihn auf dem Boden zusammengetreten, und danach bin ich gleich zum Burgherrn gegangen. Ihr werdet ihn nicht wiedersehen.«

»Hat Rhys …?« Wenn er davon erfuhr, würde er nicht lange Federlesens mit dem Wächter machen.

»Nein.«

»Wer dann?«, fragte ich überrascht. Gewöhnlich wurden Waffenknechte nicht für etwas bestraft, was als alltäglich galt.

»Der Herzog liebt meinen Weihnachtspudding«, erklärte sie. »Ihm würde es gar nicht gefallen, erführe er, dass man mich so behandelt hat. Der Burgherr weiß das und hat die Angelegenheit erledigt. Der Wächter wurde ausgepeitscht und an einen Grenzposten an der mährischen Grenze versetzt.«

Katharina war recht unerschütterlich, entschied ich, und schien Rhys durchaus gewachsen.

Verständlicherweise schob der Vorfall ihren Versuchen, andere Wächter zu bezirzen, einen Riegel vor. Wir sprachen darüber, dass sie versuchen könnte, die Schlüssel des Burgherrn zu stehlen oder uns unter ihrem Kleid ein Seil einzuschmuggeln; beides erschien uns zu gefährlich. Von unserem Fenster waren es mindestens hundert Fuß bis zum Boden des trockenen Grabens. Selbst wenn sie genug Seil bringen konnte, war der Abstieg an der steilen Burgmauer unvorstellbar riskant, und auch wenn er es nicht zugab, fürchtete sich Richard vor Höhen. In dem Wissen, dass ein einziger Fehltritt sich als tödlich erweisen konnte, hielten William und ich die Gefahr für zu groß, um den Plan dem König gegenüber auch nur zu erwähnen; er hätte uns vielleicht befohlen, es dennoch zu versuchen.

Der Januar schleppte sich dahin. Katharina fütterte uns, als wären wir alle drei Könige; die Mahlzeiten, die sie uns brachte, waren der Höhepunkt jedes Tages. Grillhähnchen mit Weinsauce, Lammbraten mit frischem Weizenbrot, Schwan mit Chaudronsauce – die Liste war endlos. Der Herzog, sagten William und ich uns oft, hatte nicht nur wegen ihres Puddings solch eine hohe Meinung von ihr. Draußen fiel inzwischen Schnee. Sturmwind jaulte um die Burg, aber wir saßen warm und trocken innerhalb der dicken Wände. Zu meinem Verdruss war das Wetter allerdings zu schlecht, um mit Hadmar auf die Falkenjagd zu gehen. Ich hatte gehofft, ihn nach dem ersten Mal überreden zu können, den König ebenfalls mitzunehmen und so eine Möglichkeit zu eröffnen, wie er in Freiheit gelangen konnte. Es sollte nicht so sein, wenigstens zunächst nicht.

Philippe Capet schickte einen Brief an Heinrich, in dem er anbot, jedes Lösegeld zu überbieten, das für Richards Freilassung gezahlt wurde. Der Inhalt des Schreibens machte klar, dass er den König für den Rest seines Lebens in Gefangenschaft halten wollte. Leopold übermittelte dies an den König, besaß aber den Anstand, darüber beschämt zu sein. Allerdings war er nicht beschämt genug, erklärte Richard uns später wütend, um seine Verhandlungen mit Heinrich einzustellen.

»Sie wollen sich am Valentinstag in Würzburg treffen«, verkündete der König Anfang Februar. »Die Vereinbarung zwischen ihnen ist so gut wie geschlossen.«

»Kennt Ihr die Einzelheiten des Vertrages, Sire?«, fragte ich.

Grimmig schüttelte der König sein Haupt. »Leopold ist viel zu verschlagen, um mir so etwas schon jetzt mitzuteilen.«

Obwohl der Herzog keineswegs die Absicht hatte, Richard ohne ein gewaltiges Lösegeld freizulassen, war seine anfängliche Feindseligkeit zu einer steifen Zurückhaltung verebbt. Er hatte des Königs privates Zugeständnis akzeptiert, dass seine Banner vor Akkon mit Respekt hätten behandelt werden müssen, statt von unseren Soldaten in den Graben geschleudert und zertrampelt zu werden. Die neuentdeckte Höflichkeit trug Früchte; als Leopold zur Zusammenkunft aufbrach, nahm er nicht nur den König, sondern auch uns mit.

Richard dabeizuhaben wurde nach wie vor als zu große Versuchung für Heinrich erachtet, daher war unser erstes Ziel nicht Würzburg, sondern die Burg unweit von Ochsenfurt. Beide Orte lagen ein gutes Stück von unserem gegenwärtigen Gefängnis entfernt, mehr als zweihundert Meilen. Katharina begleitete uns, denn auf ihre Kochkunst wollte der Herzog nicht verzichten, und Rhys folgte heimlich. Mit seiner Hilfe hätte sich vielleicht eine Gelegenheit geboten, unseren Wächtern zu entkommen, aber der König wollte mit ungebundenen Händen reiten und hatte daher geschworen, keinen Fluchtversuch zu unternehmen. Die Gesetze der Ritterlichkeit verboten ihm, sein Wort zu brechen. Wir mussten uns damit begnügen, hin und wieder Rhys auf der Straße zu erspähen und zu wissen, dass er in der Nähe war.

Das Wetter hatte sich gebessert, und nach unserer langen Haft genoss ich es, unter der frischen Wintersonne auf der Straße zu sein. Unsere relative Freiheit hatte eine bemerkenswerte Wirkung auf den König. Bei der Rast am ersten Tag forderte er Hadmar und Leopold zu einer Schneeballschlacht heraus. Als sie ablehnten, Ersterer lächelnd, Letzterer stirnrunzelnd, befahl er William und mir, es mit ihm aufzunehmen. Zu meiner Überraschung wurde es ein gewaltiger Spaß, sich wie Kinder zu benehmen und so die Lage zu vergessen, in der wir uns befanden, wenn auch nur kurz. Ich brauche wohl nicht zu erwähnen, dass der König weit besser warf als einer von uns. Ich hatte noch tagelang blaue Flecken.

Ich wünschte, die gute Stimmung dieses ersten Tages hätte sich fortgesetzt, aber dies war uns nicht vergönnt. Die nackte

Wahrheit, dass wir Gefangene waren, wurde uns von den Waffenknechten unter die Nase gerieben, die stets in unserer Nähe ritten und nachts vor unseren Türen Wache standen. Leopold gab seine Zurückhaltung nie ganz auf. Selbst Hadmar, ein anständiger Mann, hätte sich niemals gegen seinen Herrn gestellt und uns befreit. Rhys folgte uns auf Schritt und Tritt, das war richtig, und Katharina würde tun, was sie konnte, aber sie hatten nur geringe Aussichten, den König zu befreien. In gedämpfter Stimmung trafen wir am Tag vor Leopolds Treffen mit Heinrich bei Ochsenfurt ein.

In der Nacht schlief ich schlecht. Als ich Richard am nächsten Morgen sah, verriet mir sein Gesicht, dass es ihm nicht besser ergangen war. Wir sprachen nur wenig; der König war nicht in Redelaune. Als ich zum Hof hinunterblickte, sah ich, wie Leopold aufbrach, begleitet von einem starken Trupp Waffenknechte. Den ganzen Tag lang saßen William und ich wie auf glühenden Kohlen und fragten uns, mit welchen Neuigkeiten er wiederkäme. Ich versuchte zu beten, fühlte mich danach aber nicht besser. Dann würfelte ich mit William und verlor zehn Silberpennys. Er schlug eine Partie Schach vor; Hadmar hatte uns großzügig ein Brett und Figuren überlassen. Das Schachspiel verlor ich ebenfalls, was meine Seelenlage nicht besserte.

Am Abend waren wir beim König, und es herrschte bessere Stimmung. Zu dritt saßen wir am Feuer und rösteten Kastanien, während wir Wein tranken und über die Schlachten im Heiligen Land sprachen. Der König genoss es besonders, als William und ich den Verlauf der verrückten Schlacht bei Joppa schilderten, wo er ins Meer gesprungen und ungeachtet der Tausende von Sarazenen am Strand mit nur wenigen Männern hinter sich ans Ufer gestürmt war. Wie wir damals unversehrt überlebt hatten, ganz zu schweigen von der Schlacht vor den Stadtmauern einige Tage darauf, war nichts weniger als ein Wunder.

»Wie konnten wir mit dreizehn Mann gegen Saladins ganzes Heer anstürmen und überleben?« William schüttelte ungläubig den Kopf; ich grinste. Mein Stolz pochte, wenn ich mich daran erinnerte, und ich bewunderte Richard mehr denn je.

»Gott hat gewiss über uns gewacht«, sagte der König. »Was war das für ein Tag. Ich bezweifle, dass wir so etwas noch einmal erleben werden.«

»Die Barden werden noch in Jahrhunderten davon singen, Sire«, sagte ich aus tiefstem Herzen.

»Hoffentlich.« Der König blickte in die Ferne, in seinen Augen stand Bedauern.

Ich wusste wieso, auch wenn ich es nicht genauso empfand. Trotz des glorreichen Sturmangriffs und unseres Siegs über Saladins Heer hatten wir Jerusalem nicht zurückgewonnen. Jetzt waren wir für die absehbare Zukunft Gefangene, und es bestand keine Aussicht, dass sich daran etwas änderte. Das lastete schwer auf Richard. Gott vergebe mir, ich konnte nur an Joanna denken.

Vom Hof drang Hufgeklapper herauf. Wir drehten die Köpfe; angespannt sahen wir einander an.

»Leopold ist zurückgekehrt«, sagte Richard. »Ob er zu einer Einigung mit Heinrich gelangt ist? Kommt er, um mir davon zu erzählen, oder lässt er mich im Dunkeln?«

Nicht lange danach deuteten schwere Schritte auf der Treppe darauf hin, dass Ersteres der Fall war.

Ich stand von meinem Schemel auf; William tat es mir gleich. »Wir lassen Euch allein, Sire«, sagte ich.

»Bleibt.«

Es war mehr eine Bitte als ein Befehl, und ich erkannte, dass dem König vor dem, was der Herzog zu sagen hatte, graute. Wir setzten uns wieder.

Leopold trat ein, ohne anzuklopfen. Auf seinen Schultern bedeckte Schnee als dünne Schicht den Umhang, seine Wangen waren rot vom Wind. Als ich seinen beschwingten Gang sah, verzagte ich innerlich. Er verbeugte sich, eine spöttische Geste, auf die er bisher meist verzichtet hatte. »König Richard.«

»Herzog Leopold.« Der König erhob sich nicht. »Es ist spät für einen Besuch.«

»Ihr seid noch nicht im Bett, habt sogar noch Gäste.«

»Richtig. Diese Männer sind meine Gefährten, meine Waffenbrüder.« Unausgesprochen sagte er damit: *Du nicht.*

»Verzeiht mein Eindringen. Ich lasse Euch allein.« Leopold machte auf dem Absatz kehrt.

An Richards Kiefer zuckte ein Muskel. Der Herzog hatte ihn ausmanövriert, und mit jedem Wort der Erwiderung hätte er es zugegeben.

Ich ergriff das Wort, um seinen Stolz zu schonen. »Geht nicht, Messire! Wir würden gern von Eurem Treffen mit dem Kaiser hören.«

Leopold starrte mich an.

Ich wusste nicht, ob er sich aus Akkon an mich erinnerte; er hatte es nie irgendwie angedeutet, was mir nur recht war. Ich wünschte nicht, ihm noch mehr Grund zu schlechter Behandlung zu geben, als er schon hatte. »Bitte, Messire«, sagte ich, obwohl ich nicht betteln, sondern ihm viel lieber die Zähne einschlagen wollte.

Seine Lippen zuckten; er konnte sein Frohlocken nicht verbergen. »Möchtet Ihr es hören?«, fragte er Richard.

Der König grunzte.

Bei einer anderen Gelegenheit hätte seine kaum verhohlene Verachtung dazu geführt, dass der Herzog den Raum verließ, aber heute nicht. Er holte Luft und begann. Das Treffen sei außerordentlich gut verlaufen; er und Heinrich seien sich vollkommen einig, insofern, als …

»Der Preis?«, unterbrach der König ihn.

»Was?«, fragte Leopold verwirrt.

»Wie viel Geld verlangt Ihr?«, schnarrte Richard.

Leopold verbarg seinen Ärger und sagte mit breitem Grinsen: »Einhunderttausend Mark Silber, eine Hälfte für den Kaiser, die andere für mich.«

Die Summe war gewaltig, unvorstellbar. Hunderttausend Mark Silber waren mehr, als Richards ganzes Königreich im Jahr einbrachte. Ich konnte nicht verhindern, dass ich leise keuchte.

Der König ließ sich nichts anmerken. Sein Gesicht hätte aus Stein gemeißelt sein können. Unbewegt fragte er: »Ist das alles?«

Leopold giggelte, ein furchtbarer Laut. »Nein. Das ist nicht alles.«

Richard wartete schweigend, unnachgiebig. Er würde nicht fragen, obwohl ich wusste, dass er innerlich auf Antwort brannte.

Und selbstverständlich vermochte Leopold nicht, sich zu zügeln. Es sprudelte aus ihm heraus. Die Hälfte der hunderttausend Mark seien an Michaelis fällig, eine Mitgift für Richards Nichte Alienor von der Bretagne, wenn sie den Sohn des Herzogs heiratete.

»Welchen Sohn?«, fragte Richard.

Leopold zuckte mit den Achseln. »Das habe ich noch nicht entschieden.«

Die Respektlosigkeit war atemberaubend. Ich hätte mich nicht so beherrschen können wie der König; Richard nickte nur.

Mit einem selbstzufriedenen Gesicht, als wäre er ein Geldverleiher, der die Zinsen ausrechnet, die ihm zustehen, fuhr Leopold fort. Die zweite Tranche von fünfzigtausend Mark war zu Beginn der Fastenzeit im kommenden Jahr fällig, Anno Domini 1194. Richard sollte Heinrich außerdem hundert Ritter und fünfzig voll ausgerüstete Kriegsgaleeren für die geplante Invasion Siziliens zur Verfügung stellen. Die Demütigung endete damit jedoch noch nicht. Der König müsse Heinrich nach Sizilien begleiten und auf eigene Kosten weitere hundert Ritter mitbringen. Darüber hinaus mussten Isaakos Komnenus und seine Tochter, die »Maid von Zypern«, freigelassen werden.

An dieser letzten Einzelheit schien Leopold besondere Freude zu haben, als könnte deren humanes Anliegen über seine Raffgier hinwegtäuschen.

Als Sicherheit, dass er die Bedingungen einhielt, wäre Richard verpflichtet, zwanzig Geiseln von höchstem Stand zu stellen.

»Wann werden sie wieder freigelassen?« Der König klang nüchtern; sie hätten genauso gut über das Wetter sprechen können.

»Nachdem Ihr mir bei Papst Coelestin die Absolution erwirkt habt.«

An Richards Hals pochte die Ader, die bei ihm höchste Wut verriet; seine Miene blieb unergründlich. Ich war ebenfalls aufgebracht. Das Gleiche galt für William, aber es war nicht unser Kampf. Wenn wir den Herzog angriffen, half es dem König ganz und gar nicht, sosehr wir uns auch danach sehnten.

Leopold wartete überrascht und offenkundig enttäuscht, dass der König nicht reagierte.

Das Schweigen zog sich hin. Mit einem Krachen fiel ein Scheit aus dem Kamin. Niemand schenkte dem irgendwelche Beachtung.

Leopold gab nach und sprach als Erster. »Nun? Habt Ihr nichts zu sagen?«

»Hinaus«, sagte Richard.

Der Herzog warf sich in die Brust wie ein Kampfhahn. »Wie könnt Ihr es wagen!«

»Hinaus, oder bei allem, was heilig ist, ich werfe Euch eigenhändig die Treppe hinunter!« Richard war von seinem Schemel aufgestanden. Er überragte den Herzog und wirkte in diesem Augenblick doppelt so groß, wie er war.

Leopold zog sich mit käsig grauem Gesicht zurück. Seine Lippen arbeiteten; er schien etwas sagen zu wollen, überlegte es sich aber besser. Er verließ den Raum. Die Tür knallte zu, der Schlüssel drehte sich im Schloss. Ein Wächter sagte etwas. Der Herzog fuhr ihn an. Schritte hallten durch den Korridor.

Erneut setzte Schweigen ein.

»Da haben wir es«, sagte Richard. »Es lief immer auf Silber hinaus. Sehr viel Silber. Dieses Lösegeld wird England, der Normandie und Aquitanien einen hohen Zoll abverlangen.«

William und ich bemühten uns, etwas zu sagen, ein wenig Trost zu bieten, aber unsere Worte klangen abgeschmackt und hohl. Richard hörte zu, dankte uns und sagte, er wolle sich nun schlafen legen.

Während wir warteten, dass der Wächter uns herausließ, sah ich zum König zurück.

Er saß auf einem Schemel vor dem Kamin und starrte in die Flamme. Seine ganze Haltung schrie Niederlage.

Ich konnte nichts tun, um ihm zu helfen. Mir brach es fast das Herz.

KAPITEL IX

Trotz Leopolds Großspurigkeit, was das Abkommen mit Heinrich anbetraf, mussten die Einzelheiten noch ausgearbeitet werden. Die Geiseln, die in die Hand des Herzogs gegeben werden sollten, um Richards Treue zu gewährleisten, mussten herbeigerufen und versammelt werden. Nichts würde schnell geschehen. Die Freiheit lag noch Monate entfernt, und doch hatte der König neuen Mut gefasst, so wie immer. Er neigte nicht dazu, sich in Selbstmitleid zu suhlen, und das half auch William und mir, der Grube der Verzweiflung zu entkommen.

Februar wurde zu März, und Ostern kam näher. Ich ging mehrmals mit Hadmar auf die Beizjagd; Richard durfte sich uns nicht anschließen. Anfangs empfand ich deswegen Schuldgefühle, aber der König freute sich für mich. Mit seinem Segen ging ich, und William kam manchmal mit. Die Jagdausflüge waren wie Balsam für die müde Seele: frische Luft, Sonnenschein im Gesicht und die Aufregung zuzusehen, wie ein Falke sich auf seine Beute stürzte, die einem den Magen zuschnürte. Bei den meisten Gelegenheiten konnte ich kurz mit Rhys sprechen, da Katharina ihm mitteilte, wann wir unterwegs waren. Dann näherte er sich mir, sobald wir die Pferde tränkten, und gab vor, ein Bettler oder ein umherziehender Händler zu sein.

Jedes Mal drängte er mich zur Flucht. Möglich gewesen wäre sie vielleicht, denn Hadmar begnügte sich mit meinem Versprechen, nicht zu fliehen, und stellte mir keine Wächter zur Seite. Dennoch weigerte ich mich stets. Ich würde nicht ohne den König fliehen, der Tag und Nacht in seinem Zimmer eingesperrt blieb und keine Hoffnung auf Befreiung hatte. Und wie aussichtsreich es auch sein mochte, dass Rhys mir helfen konnte – das Gleiche für Richard zu tun war unmöglich und wir somit in einem Teufelskreis gefangen. »Wachen und abwarten«, sagte ich immer wieder zu Rhys. Der richtige Augenblick würde kommen, so Gott es wollte. Er zuckte dann unwillig die Schultern und sah mich wütend an, wenn ich ihn damit neckte, dass er auf diese Weise immerhin mehr Zeit in Katharinas Bett verbringen könne.

Wir verbrachten viel mehr Tage in unserer Kammer als mit den seltenen, weit auseinanderliegenden Ausritten mit Hadmar. Würfeln und Schachspielen vertrieb die Stunden, aber oft herrschte ausgedehntes Schweigen. Für eigene Gedanken und Selbstbesinnung blieb viel Zeit. Ich rief mir meine Stunden mit Joanna so gut in Erinnerung, wie es ging. Ich stellte mir vor, über ihre Schlagfertigkeit zu lachen, sie in die Arme zu schließen und zu küssen. Und es hatte so viel mehr gegeben. Aber nicht alle meine Gedanken drehten sich um Liebe und Vergnügen. Ich träumte auch davon, einen Beweis für FitzAldelms Verrat zu finden und ihn vor dem König anzuklagen. Ich malte mir seine Hinrichtung aus. Ich kehrte in meinen Tagträumen sogar nach Irland zurück, nach Cairlinn, dem Haus meiner Ahnen, und lebte dort als sein Herr.

Diese Gedanken bewirkten, dass ich mir einredete, eines Tages würde ich wieder dort sein. Ein alter, ewig wiederholter Refrain war dies. Ich gestand es mir nur ungern ein, aber der Wunsch nach einer Heimkehr war schwächer geworden denn je. Vierzehn Jahre lag es zurück, seit ich von Cairlinn weggebracht worden war. Meine Verwandten waren tot, und unser Land gehörte einem Engländer. Ich konnte mich nicht erinnern, wann ich zum letzten Mal Irisch gesprochen hatte.

Ich war weder Engländer noch Waliser. Ich stammte auch nicht aus der Normandie, aus Aquitanien, der Bretagne oder einer anderen kontinentalen Besitzung Richards. Ich war Ire, von ganzem Herzen, nur wusste ich nicht mehr sicher, was das hieß. Oft spukte mir ein noch schrecklicherer Gedanke im Kopf herum. Kehrte ich nach Irland zurück, wäre ich ein Fremder im eigenen Land.

Die Vorstellung war unangenehm, und ich versuchte sie aus meinen Gedanken zu verbannen, wann immer sie sich einstellte. Ich bin ein Gefangener ohne Aussicht auf sofortige Freilassung, sagte ich mir. Selbst wenn ich befreit wurde, lag meine Pflicht beim König, der mich mehr denn je brauchen würde, um sein Königreich wiederherzustellen. Gerüchte hatten uns erreicht. Philippe hatte ein Heer ausgehoben und stand an der Grenze zum Vexin, dem lange umstrittenen Gebiet zwischen dem angevinischen und dem französischen Königreich.

Ende März trafen zwei weißgewandete Zisterzienser ein, die den König sprechen wollten. Dem kleinwüchsigen Abt John von Boxley verliehen die vorstehenden Augen einen erschrockenen, fast komischen Anstrich. Stephen, der Abt von Robertsbridge, war ein größerer, ernsthafter Mann, der eine so langsame, mühselige Sprechweise an den Tag legte, dass er den Eindruck erweckte, mit jedem Satz ein schwerwiegendes Gerichtsurteil zu verkünden.

Leopold hatte die Äbte selbst zu Richard geführt; er wartete eine Weile in der Tür, aber da er kein Französisch beherrschte, ging er schließlich frustriert davon. William und ich wären ebenfalls gegangen, aber der König wollte, dass wir hörten, was vorging, und so saßen wir an einem Nebentisch, während er und seine Gäste es sich vor dem Kamin gemütlich machten.

»Ihr seid willkommen, gute Äbte«, sagte Richard wieder. »Ich habe über ein Vierteljahr lang keine Neuigkeiten aus England mehr gehört.«

Sie neigten die Köpfe. »Darum sind wir gekommen, Sire, gleich von einem großen Reichskonzil, das vor Kurzem in Oxford abgehalten wurde«, sagte John.

»Erzbischof Walter de Coutances hatte es einberufen«, intonierte Stephen.

Ich stellte die Ohren auf. Walter hatte mir auf Sizilien die Beichte abgenommen und für den Mord an Henry die Absolution erteilt, obwohl ich meine Tat nie wirklich bereut hatte. Mein Schuldgefühl plagte mich weiterhin. Der Schorf war abgewetzt, und darunter war ich noch immer unbußfertig. Während ich den König ansah, dessen Gesicht leuchtete – die Ankunft der Äbte hatte ihm neue Kraft geschenkt –, wusste ich, dass ich zu so gut wie allem bereit wäre, um sein Vertrauen nicht zu verlieren. Sogar zu Mord.

»Was hat Johnny denn so getrieben?«, fragte Richard, und als die Äbte einander ungläubig anschauten, lachte er. »Mein kleiner Bruder könnte nur wenig unternehmen, was mich überraschen würde, meine Väter Äbte.«

»Bald nachdem die Nachricht von Eurer Gefangennahme England erreichte, hat er zur Normandie übergesetzt, Sire«, sagte John.

Die beiden Äbte wechselten sich mit den Neuigkeiten ab. Nachdem Richards Bruder John versucht hatte, den Baronen der Normandie den Lehnseid abzunehmen, und damit gescheitert war, hatte er sich auf den Weg nach Paris gemacht und dort mit Philippe Capet beraten.

Ich dachte finster an FitzAldelm und fragte mich, welche Rolle er bei diesen Machenschaften spielte.

»Was beschlossen wurde, ist unklar, Sire«, sagte Stephen gemessen und sonor. »Aber mich hat von einer Quelle nahe dem französischen König eine Nachricht erreicht.«

Das muss ein Schreiber sein, dachte ich, ein Mönch, dessen

Treue zur Kirche jeden Eid überwog, den er Philippe geschworen hatte.

»Lasst mich raten«, sagte Richard. »Er hat Philippe für alle meine kontinentalen Ländereien gehuldigt.«

»Und für England und Wales, Sire«, sagte John in entschuldigendem Ton.

Trotz seiner vorherigen Worte wirkte Richard überrascht und, sosehr er es auch zu verbergen suchte, gekränkt.

»Er hat eingewilligt, seine Ehefrau zu verstoßen und Philippes Schwester Alys zu heiraten, Sire. Burg Gisors und der Vexin sollen an die französische Krone abgetreten werden.«

Der König schüttelte den Kopf. Nun war er eindeutig belustigt. »Johnny, Johnny, glaub doch ein bisschen an dich selbst! Philippe hätte sich auch mit viel weniger als Zeichen deiner Lehnstreue zufriedengegeben.«

Ich musste meine Überraschung über seine Reaktion zügeln. Lange lag es zurück, dass ich seitens Richard Bereitschaft erlebt hatte, seinem Bruder zu vergeben. Diese Eigenschaft teilte er mit seinem verstorbenen Vater, und ich kam damit nicht zurecht. Wenn einer meiner Brüder mich je auf diese Weise hintergangen hätte, wäre unser Verhältnis auf der Stelle beendet gewesen. Ich hätte ihn vielleicht nicht getötet, aber zu Vergebung wäre es nicht gekommen. Auf keinen Fall. Niemals. Manche Dinge konnte man nicht ungeschehen machen, manche Worte keinesfalls zurücknehmen. Sie trafen zu tief und hinterließen Narben, die ewig schmerzen würden.

»Graf John ist nach England zurückgekehrt, Sire«, fuhr Abt Stephen fort und klang düsterer denn je zuvor. »Ich fürchte, er wird seine Bemühungen, Euch zu stürzen, dort bald wieder aufnehmen.«

Der König schnaubte. »In dieser Hinsicht befürchte ich nichts. Mein Bruder John ist nicht der Mann, sich ein Königreich zu unterwerfen, solange jemand seinen Versuchen auch nur ein wenig Widerstand entgegensetzt. Am Ende wird er zur Vernunft kommen, Ihr werdet sehen.«

Die Äbte wirkten ein wenig verlegen. Erst die Nachsichtigkeit gegenüber Johns Tun, nun diese stichelnde, wenn auch treffende Beleidigung.

Ich verstand Richards Reaktion. Für mich war es leicht, zu urteilen, zu denken, dass ich jede Verbindung zu John für immer beenden würde. Ich war aber nicht der König, und John war nicht mein einziger lebender Verwandter. Wurde John hingerichtet, wurde der Sohn von Richards verstorbenem Bruder Geoffrey zum Thronfolger. Arthur war noch keine fünf Jahre alt und noch weniger geeignet als John, den Einflüsterungen und Drohungen Philippe Capets zu widerstehen. So abscheulich sie auch erschien, sinnvoll war Richards Entscheidung doch.

Die Gespräche über das Königreich gingen weiter; die Äbte überreichten Richard Briefe von seiner Mutter, von Erzbischof Walter de Coutances und anderen Beamten. Der König vertiefte sich darin und bemerkte nicht, wie William und ich das Zimmer verließen.

Katharina kam kurz darauf zu uns und brachte das Essen. »Ich habe Neuigkeiten«, sagte sie auf Französisch, während sie das Tablett mit Brot, Käse und Räucherfleisch abstellte. »Der König wird nach Speyer gebracht.«

Ich sah sie fragend an, und sie lächelte. »Das wisst Ihr natürlich nicht. Der kaiserliche Hof ist in Speyer.«

»Soll er dort an Heinrich übergeben werden?«, fragte ich.

Sie nickte.

»Heinrich will vor seinem Adel mit ihm protzen«, sagte ich voll Abscheu. »Als wäre er nichts weiter als ein Tier im Käfig.« In Katharinas Gesicht entdeckte ich noch etwas. »Was ist?«, fragte ich.

»Ich bin mir nicht sicher«, flüsterte sie, »aber ich habe von einem Prozess reden gehört.«

Ich tauschte einen unfrohen Blick mit William. »Ein Prozess?«

»Der Burgherr erwähnte ihn gegenüber einem Schreiber, keine Stunde ist es her.«

Der Wächter kam herein, was verhinderte, dass sie uns mehr erzählte.

William und ich blieben zurück und brüteten über unserem Essen. Ich konnte mir wenig Schlimmeres vorstellen, als fälschlich vor einem großen, feindseligen Publikum angeklagt zu werden, wenn das Urteil – fortdauernde Gefangenschaft – bereits feststand. Lieber stürmte ich gegen eine ganze feindliche Schlachtreihe. Legte die Angelegenheit mit Stahl und Blut bei.

Diese Wahlmöglichkeit erhielt der König nicht.

An Palmsonntag kamen wir in Speyer an, der König, William und ich, begleitet von Leopold, Hadmar und einem starken Trupp aus Rittern und Waffenknechten. Katharina fuhr auf einem Wagen des Trosses mit; Rhys, das wusste ich, würde ein Stück hinter uns folgen. Bei all den Verlegungen von einem Gefängnis zum nächsten hatte ich mich an eine gewisse Routine gewöhnt, aber heute war es anders. Bei unserer Ankunft in der Stadt wurden wir nicht in ein Quartier gebracht, sondern zur großen Burg. Wir trabten auf den Burghof und zogen aller Augen auf uns. Ein Vogt eilte herbei, und es gelang ihm, beflissen und zugleich missbilligend auszusehen.

Heinrich erwarte uns, verkündete Leopold auf der Stelle, und der König solle vor ihn gebracht werden.

»Habe ich Zeit, mir den Straßenstaub abzubürsten?«, fragte Richard.

»Nein.« Leopold war selbstzufrieden wie ein launisches Kind.

Ich fletschte die Zähne, aber der König erhob keinen Einwand und glitt aus dem Sattel. Mit einer Bewegung seines Kopfes bedeutete er William und mir, ihm zu folgen. Wir stiegen ab und stellten uns zu ihm.

»Nur Ihr«, sagte Leopold zum König.

»Nein.« Nun zeigte sich Donner in des Königs Stimme. »Ihr habt mir bei jeder Gelegenheit die Höflichkeit verweigert, Herzog Leopold, aber vor den Kaiser trete ich *nicht* ohne meine Männer. Dies sind die treuesten meiner Gefolgsleute, dazu diese guten Äbte, die aus England hergereist sind, um mir Beistand zu leisten.« Er wies auf die Zisterzienser.

Leopold und er starrten einander mit offenkundiger Abneigung an. Keiner war bereit nachzugeben.

Der Vogt hustete. »Der Kaiser *wartet.*«

»Ich kann den ganzen Tag hier stehen.« Richard streifte die Handschuhe ab und griff nach dem Weinschlauch, der an seinem Sattelbogen hing. Staubbedeckt, mit erschöpftem Gesicht, strahlte er dennoch Macht aus.

Leopolds Blick zuckte zu Hadmar und den Wächtern.

Tu dein Schlimmstes, dachte ich.

Leopold stieß einen erbosten Laut aus. »Nun gut. Bringt Eure Ergebenen mit!«

Wir wurden geradewegs in die Wohnhalle geführt, die bis auf einige Diener am Eingang leer war. Sie betrachteten uns gespannt, als wir dem Vogt in den gewaltigen Saal folgten. Das letzte Sonnenlicht fiel durch die Glasscheiben und beschien ein Podium am anderen Ende; darauf stand ein hölzerner Thron, und auf diesem saß Heinrich, Kaiser des Heiligen Römischen Reiches.

Körperlich war er keine beeindruckende Gestalt: klein, mit knöchernem Gesicht und bleichem Teint. Statt seine Erscheinung zu betonen, ließen sein pelzverbrämtes Gewand und die

Ringe, die an seinen Fingern glänzten, ihn wie eine übertrieben gekleidete Vogelscheue wirken. Seine Augen jedoch konnte man nicht ignorieren. Hellblau und stechend sprachen sie von Intelligenz und böser Absicht.

Diesen Mann, entschied ich, darf man nicht unterschätzen. Er sah so vertrauenswürdig wie eine Schlange aus, auf die man gerade getreten hatte.

»König Richard.« Heinrich sprach Französisch.

»Kaiser.« Richards Tonfall war gemessen.

»Männer sind verpflichtet, vor mir niederzuknien.«

»Männer.« Richard stand aufrecht, betonte seine Größe. »Ich bin ein König.«

Wie stolz war ich in diesem Moment auf ihn.

Heinrich befeuchtete sich die Lippen mit der Zunge. »Ich könnte Euch zwingen niederzuknien.«

»Ihr?«

Ein Wort, leichthin ausgesprochen, mit einer Welt der Verachtung in sich.

»Ich bräuchte nur den Befehl zu erteilen, und meine Wächter werden Euch zwingen, mir angemessene Ehrerbietung zu zeigen.«

»Ich nehme an, meine Männer hätten dabei ein Wörtchen mitzureden«, entgegnete Richard mit einem Blick auf William und mich.

Ich schwöre, ich wurde zwei Zoll größer.

»Für Blutvergießen besteht keine Notwendigkeit«, sagte Leopold mit schmierigem Lächeln. »Wir sind hier alle Freunde.«

Richard sah Heinrich an, als wollte er sagen: *Du bist am Zug.*

Heinrich winkte enerviert ab. »Verschwenden wir keine Zeit. Ihr kennt die Einzelheiten der Vereinbarung, die der Herzog und ich getroffen haben?«

»Leopold hat sie mir eröffnet. Die Forderungen sind amoralisch und unverschämt. Selbst der gnadenloseste Geldverleiher würde gequält das Gesicht verziehen.«

Leopold lief purpurn an, aber Heinrich ließ sich nicht provozieren. »Wie halten den Preis für gerecht. Was sagt Ihr zu den Bedingungen?«

Du kannst sie dir dahin stecken, wo die Sonne nicht scheint, wollte ich brüllen.

»Ich lehne sie vollends ab«, sagte Richard laut und deutlich.

An Heinrichs Wange zuckte etwas. »Ihr seid mir ausgeliefert. Ihr müsst zahlen. Ihr müsst zustimmen.«

»Eher sterbe ich, als Euch auch nur eine Mark zu geben und Euch nach Sizilien zu begleiten – pfui!«

Sie funkelten einander an. Jeder Anschein von Höflichkeit war verschwunden.

Heinrich wurde des Spiels als Erster müde. Er schnippte die Finger nach dem Vogt. »Bringt den König in seine Gemächer. Er soll sich eine Nacht erholen, bevor ihm morgen der Prozess gemacht wird.« Bei der letzten Einzelheit konnte er eine Spur von Hohn nicht ganz verbergen.

Dank Katharina war es für Richard allerdings keine Neuigkeit. Ich hatte es ihm längst mitgeteilt.

»Darauf freue ich mich«, verkündete der König. »Jeder an Eurem Hof wird dann endlich die Wahrheit erfahren.«

Heinrichs triumphierender Ausdruck wankte für einen Augenblick, aber er fasste sich sofort wieder. Der Kaiser zuckte mit dem Kopf, und von beiden Seiten traten seine Wächter näher, eine klare Geste der Einschüchterung.

Richard ließ sich rein gar nichts anmerken. Mit dem gleichen Selbstvertrauen, als befände er sich hier in seinem eigenen Saal zu Chinon, schritt er aus der Halle.

Ich begleitete ihn und empfand für einen Moment das Gefühl, frei zu sein.

Eine angenehme Überraschung erwartete uns in den Räumen des Königs, einem komfortabel eingerichteten Gemach unweit der Wohnhalle. Einer von Richards vertrautesten Beratern, Bischof Hubert Walter von Salisbury, wartete dort auf ihn. Bis nach Korfu hatte er uns begleitet; während wir das Adriatische Meer hinauffuhren, war er nach Rom gereist und hatte genau wie Berengaria, die Gemahlin des Königs, den Papst aufgesucht.

»Sire.« Er trat vor, das runde Gesicht freudestrahlend, und verbeugte sich tief.

»Heute ist ein glücklicher Tag.« Richard lächelte von einem Ohr zum anderen. »Habt Ihr Berengaria und meine Schwester gesehen?«

»Das habe ich, Sire.« Aus seiner Umhängetasche nahm Hubert ein Bündel Briefe.

Mein Herz pochte; mich durchfuhr ein Stich der Eifersucht, weil der Bischof erst kürzlich Joanna gesehen hatte. Ich brannte darauf, nach ihr zu fragen wie der König, aber ich musste es mir versagen. Unsere verbotene Liebesaffäre durfte niemals Erwähnung finden. Ich musste mich damit begnügen, auf das zu lauschen, was Hubert dem König berichtete. Ich erfuhr, dass Berengaria und Joanna, wie von Richard angenommen, in Rom überwintert hatten. André de Chauvigny, Richards Cousin und einer von seinen und meinen engsten Freunden, war bei ihnen.

»André wird dafür sorgen, dass sie sicher nach Poitou gelangen«, sagte der König.

Er war sich dessen längst nicht so gewiss, wie er klang, das wusste ich. Um unbeschadet Aquitanien zu erreichen, müssten Berengaria und Joanna zuerst die Grafschaft Toulouse durchqueren.

Der Gedanke, dass Joanna gefangen genommen werden könnte, drohte meine Stimmung in ein neues Tief zu stürzen. Wild schob ich alle Gedanken an sie beiseite und konzentrierte mich ganz auf den König. Richard jedoch bedurfte meiner nicht. Er sprach schon nicht mehr von Berengaria, sondern war ins Gespräch mit Hubert und den beiden Zisterziensern vertieft. Sie berieten über das beste Vorgehen bei seinem Prozess.

Schwermütig sorgte ich mich wieder um Joanna, suchte mein eigenes Quartier auf und verlor gegen William ein Würfelspiel nach dem anderen. Durch irgendeinen Zauber gelang es Katharina, uns das Abendessen zu bringen; aber ihre Neuigkeiten verbesserten den Abend nicht. Rhys sei noch nicht eingetroffen, sagte sie, das freundliche Gesicht von Sorge zerfurcht.

»Sein Pferd wird lahmen«, beruhigte ich sie. »Morgen wird er hier ankommen.« In der Nacht tat ich kein Auge zu.

KAPITEL X

Rhys traf wohlbehalten früh am nächsten Morgen ein. Das hob meine Stimmung ein wenig, und dennoch hatte ich rote Augen und sehr schlechte Laune, als William und ich den König vor das kaiserliche Gericht begleiteten. Der Prozess sollte in der Wohnhalle stattfinden, in der wir den Kaiser am Vortag kennengelernt hatten. Von unseren Kammern aus folgten wir den Wächtern über den Hof. Der Himmel war blau, wir hatten zwei Stunden vor Mittag, und der Tag war kühl, aber wunderschön.

»Ein Tag, um auf die Jagd zu gehen«, bemerkte der König ironisch, »nicht, um vor Gericht zu stehen.« Er wies auf seine Kleidung, die von der Reise noch schmutzig war. »Das ist kein Gewand, um vor die Großen und Mächtigen zu treten.« Er sah meinen Blick und lachte leise. »Ihr findet, dass ich heuchle.«

»Jawohl, Sire, aber aus gutem Grund.«

Er lachte.

Der König hatte Barbier und heißes Bad verweigert, die man ihm angeboten hatte, und die kostbare Kleidung verschmäht, die in sein Gemach gebracht worden war. Ich vermutete, dass er schockieren und dem ganzen Hofstaat die schmachvolle Behandlung, die er hier zu erdulden hatte, vor Augen führen wollte.

»Wir hätten das Gleiche getan, Sire, hätten wir es nur gewusst.« Ich fühlte mich nun unbehaglich in dem sauberen Hemd und den frischen Beinlingen, die wir erhalten hatten. William bekundete murmelnd seine Zustimmung. »Wir sollten nicht besser gekleidet sein als Ihr, Sire«, sagte ich.

Er schlug mir auf die Schulter. »Euch beide werden sie ja nicht ansehen.«

Ich nickte, denn dankbar begriff ich, dass er recht hatte. Und, so dachte ich, sein zottiges Aussehen nimmt ihm nichts von seiner königlichen Ausstrahlung. Eher unterstrich es sie noch. »Seid Ihr bereit, Sire?«

»Das bin ich.« Selbstbewusst schritt er aus. Seine Augen tanzten. »Ich bin überaus begierig, meine Position darzulegen und klarzustellen, welch großes Unrecht mir zugefügt wurde. Wenn auch nur ein Mann mit einem Gewissen zuhört, wird er die Wahrheit meines Berichtes nicht infrage stellen können.«

Mein Herz klopfte schneller bei seinen kampflustigen Worten.

Ich verbarg meine Zweifel, ob sie dazu führen würden, dass er seine Freiheit zurückerhielt.

Die Wohnhalle war bis zum Bersten gefüllt. Wie es schien, war jeder Adlige und jeder Prälat aus Hunderten Meilen Umkreis gekommen, um sich am Anblick des Königs von England zu weiden. Sie beugten sich in den schmalen Weg vor, der auf der Länge der Halle frei gelassen worden war, lugten, starrten und murmelten mit ihren jeweiligen Begleitern. Obwohl die Menge so groß war, befand sich längst nicht jeder hier – bei eindringlicher Befragung hatte Hadmar zugegeben, dass kein Adliger, der im offenen Konflikt mit Heinrich stand, eingeladen worden sei. Das war bedauerlich, überraschte aber kaum.

Richard schritt durch den Saal, ohne auf die neugierigen Blicke zu achten. Seine Augen wichen nicht von dem Podium, auf dem Heinrich uns erwartete.

Ich ließ meinen Blick schweifen und versuchte, die Stimmung der Menge zu erfassen. Ich entdeckte viel Neugierde und hörte oftmals die gemurmelten Worte »König« und »Löwenherz«. Ich bemerkte auch viel Feindseligkeit, insbesondere von einem elegant gekleideten Mann mit Spitzbart. Er sah Richard mordlustig an, und ich fragte mich, ob es sich um Boniface de Montferrat handelte, Conrads Bruder. Boshaft war auch der Blick des Bischofs von Beauvais, eines engen Verbündeten König Philippes von Frankreich; ein Mann, mit dessen Anwesenheit ich nicht gerechnet hatte. An seiner Seite stand Dreux de Mello, ein stiernackiger Adliger, dem ich zusammen mit dem Bischof zum ersten Mal auf Zypern begegnet war, was ein ganzes Leben zurückzuliegen schien. Er sah mich und William höhnisch an; ich gab vor, ihn nicht bemerkt zu haben.

»Seht Ihr sie auch?«, flüsterte ich William zu.

»Ja. Sie müssen der französischen Gesandtschaft angehören«, brummte er.

Bevor wir das Podium erreichten, teilte ich dem König leise mit, wen ich entdeckt hatte. Er nickte mir dankbar zu und hauchte: *Gefahr erkannt, Gefahr gebannt.*

Heinrich war sichtlich von Richards fadenscheiniger, ungewaschener Aufmachung überrascht. In seine hellblauen Augen kroch ein wenig Respekt. Er war kein Narr und begriff, weshalb der König sich geweigert hatte, zu baden und sich umzukleiden. Leopold, der neben ihm saß, verzog verächtlich das Gesicht. Die kaiserlichen Minister, von denen es viele gab, stierten Richard nur an.

Eine langwierige Verlautbarung auf Deutsch folgte, von der ich nur wenig verstand. Ihr schloss sich eine lange Bekanntmachung auf Latein an, die mir ebenfalls nichts sagte. Nicht zum ersten Mal bereute ich, den alten Mönch, der mich als Kind erzogen hatte, so böswillig ignoriert zu haben. William war bei seinen Studien gewissenhafter gewesen; er konnte mir dolmetschen.

Der König verstand Latein; er hörte sich aufmerksam die Klagen an, die gegen ihn vorgebracht wurden.

Richard werde beschuldigt, sagte William mit gedämpfter Stimme, das Heilige Land verraten zu haben, indem er einen Vertrag mit Saladin einging; dazu des Mordes an Conrad de Montferrat und der Plünderung von Zypern; zudem habe er Tancrède de Lecce bei seiner unrechtmäßigen Aneignung des sizilianischen Throns unterstützt. Zuletzt – ohne Zweifel mit Absicht – wurde der Vorwurf erhoben, Herzog Leopold vor Akkon schwer beleidigt zu haben; Beleidigungen, die auch Heinrich betrafen.

Als der Beamte die Anklage verlesen hatte, setzte ein bedeutungsvolles Schweigen ein. Heinrich richtete den Blick auf Richard, aber der König sprach kein Wort.

Mein Mund war trocken; mir kam es vor wie ein Schachspiel, bei dem keiner der Spieler bereit war, sich zu entscheiden, bevor er dazu gezwungen wurde.

Die Stille hielt an. Ich hörte sogar einen Sergeanten auf dem Hof Befehle brüllen.

»Nun, mein Herr König«, sagte Heinrich auf Französisch. »Was sagt Ihr zu diesen Anklagen?«

»Ihr sprecht kein Latein?«, entgegnete Richard schnell wie ein Blitz.

Leichte Röte stieg Heinrich in die bleichen Wangen. »Ich nahm an, Ihr bevorzugtet Französisch.«

»Für etwas so Ernstes bevorzuge ich die Sprache der Kirche«, sagte Richard und fuhr fort. Er endete mit einer Frage.

»Der König möchte wissen, ob alle Anschuldigungen vorgebracht seien«, wisperte William grinsend. »Er hat gefragt, ob es noch mehr gibt.«

Heinrichs Nasenflügel blähten sich vor Wut, aber er antwortete Richard kühl. Es gebe keine weiteren Anklagepunkte.

Richard senkte das Kinn, die geringstmögliche Bezeigung von Respekt, und wandte sich den Zuhörern zu. Groß und breitschultrig stand er da, mit einem durchdringenden Blick, der die vordersten Reihen bestrich. Trotz seiner schlechten Kleidung hätte er nicht königlicher erscheinen können.

Das Schweigen vertiefte sich, bis man eine Nadel gehört hätte, die auf den Steinboden fiel. Mein Herz pochte, als zöge ich in die Schlacht. Herr, betete ich, lass den König diesen Kampf gewinnen.

Richard ergriff das Wort. Sein würdevoller, gemessener Ton gestattete William, bei der Übersetzung mitzuhalten. Er sei in eine Stellung geboren, sagte der König, die niemand Höheren kenne außer Gott den Allmächtigen. Er sei niemandem verantwortlich außer Gott. Er wandte sich Heinrich zu und erklärte, dass weder der Kaiser noch sein Hofstaat das Recht hätten, ihn vor Gericht zu stellen, geschweige denn ein Urteil über ihn zu sprechen.

Diese Worte ließen die Farbe in Heinrichs Gesicht noch tiefer werden, aber er hielt den Mund.

Richard wandte sich erneut an die Zuhörer. Weil er sich aber für keine seiner Taten zu schämen habe, sei er gern bereit, über sein Handeln nicht nur vor dem kaiserlichen Hof, sondern der ganzen Welt auszusagen. Er werde mit dem unsinnigen Vorwurf beginnen, er habe das Heilige Land verraten. Man müsse sich nur die Schlachten ansehen, die er geschlagen, oder besser, die Siege über Saladin, die er errungen habe, um zu erkennen, dass diese Bezichtigung vollkommen unwahr sei. Er habe mehr gegen die Sarazenen ausgerichtet als irgendjemand seit Jahrzehnten. Wenn der Vorwurf des Verrats am Heiligen Land jemandem gemacht werden könne, dann denjenigen, die nach der Belagerung von Akkon abgezogen seien, Männern wie Philippe Capet und Herzog Leopold.

In Leopolds Gesicht arbeitete es; er hatte die Fäuste im Schoß geballt, aber es gelang ihm, nichts zu sagen. Heinrich beobachtete ihn.

Nach Akkon habe er fast allein den Krieg fortsetzen müssen, sagte Richard. Die verbliebenen Franzosen, angeführt von dem Herzog von Burgund, dem der Bischof von Beauvais zur Seite stand, seien keine große Hilfe gewesen. Als es um eine mögliche Belagerung Jerusalems gegangen sei, hätten allein sie darauf bestanden, sie auszuführen, ohne auf den Rat der einheimischen Barone und der Ritterorden zu achten. Weit davon entfernt, das Heilige Land zu verraten, verkündete der König, sei er dortgeblieben, obwohl sein eigenes Reich von außen wie von innen bedrängt wurde. Er habe dafür gesorgt, dass ein Vertrag mit Saladin geschlossen wurde, der Christen für die nächsten drei Jahre das Recht einräumte, die Heilige Stadt zu besuchen. Philippe und Leopold hingegen hätten gar nicht schnell genug nach Hause kommen können.

Seine Beleidigung hing in der Luft. Der Bischof von Beauvais funkelte ihn an. Leopold rutschte auf seinem Stuhl hin und her, brannte eindeutig darauf zu antworten. Heinrich saß auf dem Thron, geduldig wie eine Spinne, die eine Fliege beobachtet.

Jawohl, er habe sich mit Saladin getroffen, erklärte Richard, so wie jeder Feldherr sich mit seinem Gegner treffen mag. Er habe den türkischen Kriegsherrn als einen Ehrenmann kennengelernt und mit ihm Geschenke getauscht, wie es auch verfeindete Franken täten. Die einzige Vereinbarung, die er mit Saladin geschlossen habe, sei aber die schwer erkämpfte Einigung über die Grenzen des Heiligen Landes gewesen und das Recht der Christen, Jerusalem zu besuchen. »Bevor ich aufbrach«, sagte Richard sichtlich bewegt, »kündigte ich ihm an, dass ich zurückkehren werde, um zu Ende zu führen, was ich begonnen habe. Denn so Gott es will, werde ich erneut ins Heilige Land ziehen!«

Den Zuhörern gefiel das. Ich sah, wie Köpfe anerkennend nickten. Ich glaubte sogar, ein wenig Unsicherheit in Heinrichs Gesicht zu entdecken. Es fiel schwer, abzusehen, wie er die Gefangennahme eines Mannes rechtfertigen konnte, der nicht nur das Kreuz genommen und tapfer im Heiligen Land gekämpft, sondern auch gelobt hatte, bei der ersten Gelegenheit dorthin zurückzukehren.

»Und Conrad de Montferrat, Sire?« Die Frage wurde von dem elegant gekleideten Spitzbart gestellt, der mir aufgefallen war. Auf Französisch mit italienischem Akzent wollte er wissen: »Was habt Ihr über den Mord an ihm zu sagen?«

Den Ablauf derart zu unterbrechen war eine grobe Unhöflichkeit, zumal gerade ein König sprach, doch Richard zeigte keine Verärgerung. Seine Aufmerksamkeit richtete sich auf Boniface – denn es war Conrads Bruder, der gesprochen hatte –, und der Adlige trat von einem Fuß auf den anderen.

»Ich hatte bei seiner Ermordung nicht die Hand im Spiel, Gott sei mein Zeuge.«

»Da behauptet der Bischof von Beauvais etwas anderes!« Boniface warf dem Geistlichen einen Blick zu, und dieser nickte.

Richard stieß ein verächtliches Lachen aus. »Diesem Mann sind Wahrheit und Ehre völlig gleichgültig! Er war es, der die rechtswidrige Ehe Eures Bruders mit Isabella von Jerusalem geschlossen hat, einer Frau, die bereits verheiratet war!«

Jeder starrte den Bischof von Beauvais an, der murrend die Wangen blähte.

Mir trat der arme Onfroy de Toron vor Augen, der schlecht behandelt und übergangen worden war, weil die Zukunft des Königreichs Jerusalem – dessen Existenz durch den Bund zwischen Conrad und Isabella gestärkt wurde – wichtiger erschien als das Glück eines Mannes. Meine eigene Situation mit Joanna ist nicht viel besser, dachte ich bitter.

»Ich war kein großer Freund Eures Bruders«, sagte Richard in aufrichtigem Ton zu Boniface. »Guy de Lusignan war mein Vasall, deshalb habe ich nach meiner Ankunft im Heiligen Land seinen

Anspruch auf den Thron unterstützt. Ich habe aber niemals dazu geneigt, die Wahrheit zu verleugnen, wenn sie mir ins Gesicht starrt. Es erwies sich, dass Conrad als König besser geeignet war; er war ein starker Anführer, und er besaß die Unterstützung der Poulains.« Poulains waren die Franken, die im Heiligen Land lebten. »Conrad hatte meine Unterstützung, als er die Macht ergriff. Der Mord an ihm war eine Tragödie; er schwächte unsere Stellung gegenüber Saladin. Warum sollte ich etwas tun, das allem entgegenwirkte, was ich im Heiligen Land vollbracht habe?« Richard hob das Kinn. »Wer mich kennt, wird Euch sagen, dass ich meinen Feinden von Angesicht zu Angesicht gegenübertrete. Ich bezahle niemanden, damit er sie auf der Straße niedersticht.«

Boniface und er sahen einander mehrere Herzschläge lang in die Augen. Der Italiener nickte, aber er war noch nicht fertig. »Wieso haben die Assassinen ihn ermordet?«

»Sie hatten guten Grund. Ein Jahr vor seinem Tod hatte Conrad vor Tyrus ein Schiff aufgebracht. Er beschlagnahmte die Ladung, die den Assassinen gehörte, und ließ ihre an Bord vorgefundenen Agenten ertränken. Das ist im Heiligen Land allgemein bekannt. In diesem Saal sind Männer, die es bezeugen werden.«

Wieder sah Boniface dem König in die Augen, dessen Blick offen und unverwandt blieb.

»Ich hatte nichts mit dem Tod Eures Bruders zu tun. Das schwöre ich beim Heil meiner unsterblichen Seele.«

Mein Mund war trocken. Nannte Boniface nun Richard einen Lügner, ließe sich die Meinung der Zuhörerschaft – die langsam günstig zu werden schien – fast unmöglich zurückgewinnen.

»Ich glaube Euch«, sagte Boniface mit rauer Stimme.

Spontaner Jubel brach aus. Selbst Heinrichs Gesicht zeigte eine Andeutung von Wärme.

Von diesem Moment gehörte Richard der Saal. Er schritt auf und ab, redete mit solcher Leidenschaft und Zuversicht, dass er vergessen zu haben schien, wo er weilte und wie unwürdig die Umstände für ihn waren. Man konnte fast glauben, er spreche von seinem Thron in Lincoln oder Caen zu den eigenen Untertanen.

Leopold und der Bischof von Beauvais konnten so grimmig dreinblicken, wie sie wollten, es half ihnen nichts, als der König die Beschuldigungen ausräumte, die zuerst wegen Isaakos Komnenus und dann Tancrède gegen ihn erhoben worden waren. Zuletzt kam er auf Herzog Leopolds Klagen zu sprechen.

»Ich bin zuallererst ein Mann von Ehre.« Richard schaute sich im Saal um. »Ich hoffe, das ist deutlich geworden.«

Laute Rufe der Zustimmung erschollen. Man hörte mehr Applaus.

»Würde Herzog Leopold das Gleiche behaupten?« Der König sah den Herzog an, der überrascht stammelte, dass er selbstverständlich ein ehrenwerter Mann sei.

»Warum dann hat er die ihm zugefügte Beleidigung nicht auf der Stelle gerächt? *Das* wäre das Zeichen eines Ehrenmanns gewesen. Stattdessen rannte er nach Hause wie ein verprügeltes Kind und nährte die ganze Zeit über seinen Groll.«

Leopolds Blick hätte Richard auf der Stelle fällen müssen, aber niemand schenkte ihm Beachtung. Jeder lauschte dem König, der erneut von seiner Absicht sprach, ins Heilige Land zurückzukehren. Er werde nicht ruhen, sagte er, bis Saladin ein für alle Mal besiegt war und Jerusalem sich wieder in christlicher Hand befand. Das sei, sagte Richard mit einer Stimme, die vor Leidenschaft bebte, sein Herzenswunsch.

Wieder setzte Schweigen ein.

Sein Blick strich durch den Raum. *Ihr sollt meine Richter sein, schien er zu sagen.*

Jubel und Applaus brandeten wieder auf. Adlige und Bischöfe eilten zu Richard, scharten sich um ihn, dankten ihm.

Heinrichs Zurückhaltung war davongeschwemmt. Er schloss sich den Übrigen an, die ehemals bleichen Wangen gerötet, die Augen feucht vor Ergriffenheit. Sowie sie seine Gegenwart bemerkten, traten die, die Richard umdrängten, voll Respekt zur Seite. Heinrich nahm den König bei den Schultern und gab ihm den Friedenskuss.

Er schwor, aus Freundschaft einen Friedensvertrag mit Richard zu schließen und, soweit es ihm möglich sei, für eine Versöhnung mit Philippe Capet zu sorgen.

Die Ovationen wurden noch lauter. Männer weinten offen und priesen Gott.

Auch ich war bewegt; es nicht zu sein wäre herzlos gewesen. Aber als ich Heinrich von der Seite ansah, gelangte ich zu der Überzeugung, dass all dies nur Schauspiel war, eine Reaktion zugeschnitten auf die überschäumenden Gefühle im Saal.

Worte, die nichts bedeuteten, es sei denn, er wäre bereit, Richard freizulassen.

Und wenn er das ohne ein gewaltiges Lösegeld tut, dachte ich, werde ich von den Bastionen der Burg von Speyer in die Freiheit entfliegen.

KAPITEL XI

Im Verlaufe der Karwoche herrschten eitel Freundschaft und Licht. Heinrich behandelte Richard wie einen geehrten Gast. Sie gingen zusammen zur Kirche, Brüder in Christus, und begingen die Rituale gemeinsam, die Tag für Tag zur letzten glorreichen Feier der Auferstehung am Ostersonntag führten. In den Mengen vor dem Dom gelang es mir, mit Rhys zu sprechen, der Speyer wohlbehalten einen Tag nach uns erreicht hatte.

Am späten Abend des Ostersonntags rief der König mich in sein Gemach – der neue Geist der Freundschaftlichkeit gestattete es, frei zwischen unseren Quartieren einherzugehen. Als ich hörte, wie er die Laute zupfte, hielt ich inne, bevor ich eintrat. Ich wusste, dass Richard Poesie schrieb und sie in Musik setzte, aber ich war nie nah genug gewesen, um sie gut zu vernehmen.

Kein Gefangner kann seine ehrlichen Gedanken äußern,
solange er nicht spricht als jemand, der fälschlich leidet,
aber zu seinem Trost mag er ein Lied anstimmen.
Meine Freunde sind viele, aber ihre Gaben sind gering.
Schande wird kommen, wenn für meine Lösung ich hier noch
ein Jahr warten muss.

Es war ergreifend und hatte eine gute Melodie, aber als Nächstes hörte ich einen Misston. Es war, als wäre der König seines Liedes müde geworden, aber wahrscheinlich lag es eher an seiner Lage.

Ich wollte ihn nicht in Verlegenheit bringen, kehrte leise den Weg zurück, den ich gekommen war, und schritt dann lautstark den Korridor noch einmal entlang. Von dem Augenblick an, als ich seine Schwelle überquerte, wusste ich, dass er schlechte Neuigkeiten hatte. Die Laute hatte er bereits weggestellt.

Sein Gesicht war streng und ernst. Ich entdeckte sogar einen Anflug von Resignation. »Ferdia.«

»Sire?« Der nächste Wächter stand am Ende des Gangs, aber ich schloss die Tür dennoch.

»Heinrich hat sich verstellt.«

»Ich bin nicht überrascht, Sire.«

Er presste die Lippen zusammen. »Ich auch nicht. Er mag mir den Friedenskuss gegeben haben, aber seine hunderttausend Mark will er trotzdem haben, und die zweihundert Ritter für die Invasion Siziliens auch. Morgen soll ich darüber hinaus unter strenger Bewachung auf die Reichsburg Trifels gebracht werden, wo die Reichskleinodien des Heiligen Römischen Reiches verwahrt werden. Wie ich höre, ist es eine düstere Festung in den Bergen westlich von hier.«

Die Forderungen des Kaisers kamen nicht unerwartet, aber ich stöhnte innerlich, dass der König in ein weiteres Gefängnis verlegt werden sollte. Nach Dürnstein und Ochsenfurt hatte ich den relativen Luxus in Speyer genossen. Ich setzte eine ermutigende Miene auf und sagte: »William und ich werden Euch begleiten, Sire, und Rhys wird uns weiterhin folgen.«

»William wird als Gesellschaft ausreichen.«

Ich starrte ihn an, ohne zu begreifen.

»Bischof Hubert und die beiden Zisterzienseräbte werden nach England zurückkehren. Ich möchte, dass Ihr sie begleitet.«

Eine Feder hätte mich umgeworfen. »Sire?«

»Es wird Zeit, dass Ihr entkommt, Ferdia, falls es möglich ist.«

Nein!, dachte ich. Panik stieg in mir auf. *Schickt mich nicht weg!*

»Katharina – so heißt sie doch? –, sie wird Euch helfen, nicht wahr?«

»Jawohl, Sire, wenn ich darum bitte. Aber wieso? Ich möchte nichts weiter, als an Eurer Seite zu bleiben, wie ich es immer getan habe.«

Ein warmes Lächeln. »Wenn nur jeder Mann solch ein tapferes Herz hätte und so treu wäre wie Ihr beide. Die Wahrheit ist, dass ich Augen und Ohren in meinem Reich benötige. Bischof Hubert und meine Mutter, dazu andere wie William Marshal und William de Longchamp werden dafür sorgen, dass es in England ruhig bleibt. Aber sie können nicht überall sein. Ich mache mir Sorgen um die Normandie: Dorthin sollt Ihr gehen, nachdem Ihr mit meiner Frau Mutter gesprochen habt. Nehmt Rhys mit; Ihr beide solltet nicht getrennt werden.«

Ich konnte es nicht ablehnen. Konnte nicht ungehorsam sein. »Jawohl, Sire«, wisperte ich.

»Robert FitzAldelm weilt bereits in der Normandie, und der Earl von Leicester wird auf meinen Befehl bald dorthin ziehen. Ihr müsst Eure Feindschaft mit Robert hintanstellen und mit ihm zusammenarbeiten. Philippe Capets Heer steht an der Grenze meines Teils des Vexins; sobald sich ihm die geringste Möglichkeit bietet, wird er auch in die Normandie einfallen.«

Wie schon so oft verriet mich mein Gesicht.

»Ferdia.« Der König klang streng. »Ich bin Euer Lehnsherr wie auch der Roberts. Eure Pflicht mir gegenüber wiegt schwerer als jegliche Abneigung untereinander.«

So viele Jahre war ich vor der Wahrheit zurückgescheut. Jetzt, da ich vom König fortgerissen werden sollte, ohne zu wissen, wann ich ihn wiedersehen würde, traf ich eine lebensverändernde Entscheidung. Sollte die Wahrheit je ans Licht kommen, dann in diesem belasteten Gespräch. Ich wusste nicht, wie ich es angehen sollte, aber weil ich nicht bereit war, meinen Herrn länger zu täuschen, platzte ich heraus: »Ihr dürft FitzAldelm nicht trauen, Sire.«

Ein Stirnrunzeln. »Weshalb hasst Ihr ihn so sehr?«

»Er hat versucht, mich zu töten, Sire, zweimal.« Ich berichtete ihm von den Vorfällen bei Châteauroux und Chinon. »Beim zweiten Mal war Rhys Zeuge, Sire. Er könnte Euch das Gleiche sagen wie ich.«

Richard befragte mich nicht weiter – ich hoffte, das bedeutete, dass er mir glaubte – und sagte stattdessen: »Es steckt mehr dahinter, als ins Auge fällt. Robert ist ein durchtriebener Mensch. Ohne guten Grund würde er so etwas nicht zweimal versuchen. Erklärt es.«

Er war gekommen, der Augenblick, vor dem mir so lange gegraut hatte, der mich in meine Träume verfolgt und mir bei zahllosen Gelegenheiten an den Eingeweiden genagt hatte. »Er glaubt, ich hätte seinen Bruder ermordet, Sire«, sagte ich bedrückt.

»Guy? Der Ritter, der vor all den Jahren in Southampton getötet wurde?«

»Richtig, Sire.« Das Gedächtnis des Königs überraschte mich.

»Und habt Ihr es getan? Ihn getötet?« Sein Blick war gnadenlos.

Ich schluckte. »Ich tat es, Sire, aber aus Notwehr. Er hat mich angegriffen.«

Heraus kam sie nun, die ganze traurige Geschichte. Wie Robert FitzAldelm, Stiefel und Fäuste, wie ich ihn genannt hatte, mir auf Striguil das Leben zur Hölle gemacht hatte. Wie der König – damals noch der Herzog von Aquitanien – mich einmal vor seinen Aufmerksamkeiten rettete.

Richards Miene wurde nachdenklich. »An den Tag erinnere ich mich. Fahrt fort.«

»Robert trat in Euren Dienst, Sire, und ich glaubte, ich würde ihn niemals wiedersehen. Einige Zeit drauf kam jedoch sein Bruder Guy von Irland nach Striguil. Guy hat meine Eltern getötet, Sire. Er verbrannte sie bei lebendigem Leib in unserem Haus. In voller Absicht, ohne ihnen Gelegenheit zu bieten, sich zu ergeben.«

»Das hat er Euch gesagt?«

Die Gefühle schnürten mir die Kehle zu. Ich nickte.

»Also seid Ihr ihm nach Southampton gefolgt? Ihr habt ihn gejagt. Ihr wolltet gar nicht in meinen Dienst treten?«

Erbärmlich und gewiss, dass er mich einen treulosen Lügner nennen würde, bejahte ich.

Zu meinem Erstaunen brüllte er vor Lachen. »Dann war es aber ein Glück, dass ich Euch und Ihr mir das Leben gerettet und Ihr mein Angebot angenommen habt, was?«

»Das war es, Sire.« Ich vermochte ihm nicht in die Augen zu sehen. »Ich habe Euch von Anfang an treu gedient, das schwöre …«

»Von allen Menschen müsst Ihr zuallerletzt Euren Dienst rechtfertigen. Was mich auf etwas bringt, das ich schon vor langer Zeit hätte tun sollen. Ihr sollt Herr von Cairlinn werden. Ich werde den Justiciars ein Schreiben entsprechenden Inhalts senden.«

Ich hatte einen Kloß in der Kehle. Ich neigte den Kopf und brachte nur hervor: »Sire …«

»Es ist schon gut, Ferdia.«

»Für Euch mag es kaum von Belang sein, Sire, aber für mich bedeutet es alles.«

»Gut.« Sein Tonfall wurde ernster. »Schildert mir, wie Ihr Guy FitzAldelm getötet habt.«

Meine Stimme bebte ein wenig, als ich meine nächtliche Verfolgungsjagd durch die Sündenmeile von Southampton beschrieb. Wie ich beinahe aufgegeben hatte, bis durch einen unglücklichen

Zufall FitzAldelm aus dem Hinterzimmer der schäbigen Schenke kam, in der ich getrunken hatte. Ich war hinter ihm hinausgeschlüpft, in der Absicht, ihn zu töten, aber angesichts der brutalen Wirklichkeit hatte ich einen plötzlichen Sinneswandel erfahren. Als ich mich zum Gehen wandte, stieß mein Fuß gegen eine Tonscherbe und machte FitzAldelm auf mich aufmerksam. Von ihm und seinem Knappen bedrängt, musste ich um mein Leben kämpfen und wäre gestorben, hätte Rhys nicht eingegriffen. »Er war mir gefolgt, Sire, gegen meinen Befehl.«

»Robert FitzAldelm würde die Geschichte anders erzählen, da habe ich keinen Zweifel.« Richards Stimme war eisig geworden. »Wie günstig für Euch, dass er nicht hier ist, um seine Sicht zu schildern.«

»Mir ist bewusst, wie mein Bericht erscheinen muss, Sire. Aber es ist die Wahrheit«, wandte ich ein. »Das schwöre ich beim Allmächtigen und allen Heiligen. Ich schwöre es auf das Leben meines Vaters und meiner Mutter.«

»Warum habt Ihr Euch nicht bekannt, als Guys Tod entdeckt wurde?«

»Kein Mensch hätte mir geglaubt, Sire! Ich war ein Niemand, eine entflohene irische Geisel, und er ein gegürteter Ritter.«

»Ihr hättet trotzdem etwas sagen können«, donnerte Richard mich an. »Stattdessen habt Ihr zugelassen, dass zwei unschuldige Männer für Euch an den Galgen kamen!«

Ich konnte die Wahrheit nicht abstreiten und ließ den Kopf hängen. »Das ist wahr, Sire.« Schweigen setzte ein. Ich wagte es nicht, den König anzublicken oder etwas zu sagen. Ich war mir sicher, dass er mich als Feigling und Mörder schelten und zuallermindest verstoßen würde. Und doch fragte ich mich, was geschehen wäre, hätte ich damals zugegeben, Guy FitzAldelm getötet zu haben. Ich hätte durchaus am Seil baumeln können, Rhys neben mir. Entsetzen kroch mir das Rückgrat hoch. Richard konnte *nach wie vor* meine Hinrichtung anordnen. Meine augenblickliche Reaktion darauf war überraschend. Bei allem, was mir zustoßen konnte, bereute ich nicht, FitzAldelm getötet zu haben. Der Vergeltung war Genüge getan, und meine darauffolgende Zeit mit dem König sah ich als eine zusätzliche Gnade an, die mir gewährt worden war.

»Sagen wir, ich glaube Eurer Aussage über das, was vor der Schenke passiert ist.«

Ich traute kaum meinen Ohren und sah hoch. »Sire?«

»Ich bin außerdem bereit, die beiden Halunken zu vergessen, die wegen Guys Tod gehenkt wurden. Sie hatten mehrere andere Morde gestanden.«

Richard hatte das Verhör damals persönlich geleitet.

»Dennoch, Sire, haben sie Guy FitzAldelm nicht getötet – das war ich.«

»Und Rhys kämpfte an Eurer Seite und tötete seinen Knappen?«

»Jawohl, Sire.« Das war ein Mord gewesen, da biss die Maus keinen Faden ab, und je weniger ich dazu sagte, desto besser.

Der König erkundigte sich nicht weiter. »Wann seid Ihr Robert FitzAldelm wieder begegnet?«

»Einige Zeit, nachdem ich in Euren Dienst trat, Sire. Einen Monat oder etwas später.«

»War er misstrauisch, Ihr könntet in den Tod seines Bruders verwickelt sein?«

»Damals nicht, Sire.«

»Eure Feindschaft beruhte also darauf, wie er Euch zuvor behandelt hatte?«

Ich bejahte.

»Wann schöpfte er Verdacht?«

»Erst nach Jahren, Sire.« Ich wollte die Umstände verschweigen, aber ich hatte meine Rechnung ohne den König gemacht.

»Wann?«

»Vor Eurer Krönung, Sire, als wir auf dem Weg nach Winchester und London durch Southampton kamen.«

»Er hat mit jemandem gesprochen? Einen Zeugen gefunden?«

»Das behauptete er, Sire.«

»Habt Ihr ihm da zugegeben, Guy getötet zu haben?«

»Nein, Sire. Er hätte mir nicht geglaubt. Ich habe darauf gewartet, dass er den Zeugen präsentiert, aber das ist nie geschehen.«

»Wie merkwürdig.«

»Jawohl, Sire.« Grauen erfüllte mich. Sollte ich den Mord an Henry zugeben, an dem Soldaten, der mich mit FitzAldelm vor der Schenke gesehen hatte? Im gleichen Atemzug verwarf ich den Gedanken als schieren Irrsinn. Der König übersah vielleicht den Tod zweier Verbrecher, aber einen kaltblütigen Mord würde er niemals ungestraft lassen. Diese finstere Tat musste für immer mein und Rhys' Geheimnis bleiben.

Richards Augen, bohrend und direkt, durchdrangen mich.

Ich wandte mein ganzes Geschick auf, als ich dem Blick begegnete, um einen möglichst offenen Ausdruck zu zeigen. Ich bewegte mich nun auf dünnstem Eis. Wenn mein Gesicht zu viel preisgab oder der König weiterhin stocherte; wenn ihm einfiel, dass ich von ihm nach Southampton entsandt worden war – wo ich den Zeugen ermordet hatte, den Soldaten namens Henry –, würde er sich darauf stürzen wie ein Terrier auf eine Ratte. Gnadenlos. Tödlich.

»Robert glaubte jedoch, was ihm gesagt worden war. Warum sonst sollte er ein zweites Mal versucht haben, Euch zu ermorden?«

»Ich nehme es an, Sire. Was in seinem Kopf vorgeht, weiß ich nicht.«

»Euch sieht es nicht ähnlich, dass Ihr einen Feind nicht stellt,

Ferdia. Habt Ihr Euch nicht gewünscht, einen Zweikampf gegen FitzAldelm herbeizuführen?«

»Selbstverständlich, Sire. Aber Ihr steht solchen Dingen wenig begeistert gegenüber«, entgegnete ich. »Ich hatte nicht den Wunsch, aus Eurem Dienst entlassen zu werden, und als wir einmal ins Heilige Land unterwegs waren, drohtet Ihr schwere Strafen an.« Sie umfassten das Abschlagen einer Hand, wenn man einen Kameraden verletzte, und tötete man einen, sollte man an den Leichnam gebunden über Bord geworfen werden.

»Ein gutes Argument.« Er lachte leise. »Ihr hättet ihn hinterrücks töten können. Ein Messerstich in einer dunklen, mondlosen Nacht.«

»Das ist nicht meine Art, Sire«, log ich und sah lebhaft das entsetzte Gesicht vor Augen, das Henry gemacht hatte, als ich ihm die Kehle durchschnitt. »Ich pflegte zu beten, dass die Krankheit oder die Sarazenen ihn töten würden.«

Zu meiner Erleichterung schien er das zu akzeptieren.

Nach weiterem Schweigen sagte der König: »Ich verstehe nun Euren Hass auf Robert, aber nicht Euren Vorwurf, ich könnte ihm nicht vertrauen. Welchen Beweis habt Ihr dafür?«

Und schon wieder saß ich zwischen den Hörnern eines unerquicklichen Dilemmas gefangen. Antwortete ich, ich hätte keinen, tat Richard meine Meinung womöglich als unerheblich ab. Berichtete ich, was ich in Akkon beobachtet hatte, zog ich möglicherweise sein Missvergnügen in voller Stärke auf mich.

»Sprecht, Rufus!« Dass er zu diesem Namen zurückkehrte, zeigte mir, dass seine Geduld nachließ.

»Einen unwiderleglichen Beweis habe ich nicht, aber ich sah eines Abends in Akkon, wie er den Templertunnel benutzte, der unterirdisch zu den französischen Quartieren führte. Er konnte keinen anderen Grund haben, ihn zu benutzen, als mit König Philippe oder einem seiner Barone zu sprechen.«

»Das könnte man annehmen. Warum habt Ihr mir nicht auf der Stelle davon berichtet?« Richards Gesicht hatte sich verfinstert. Die Ader an seinem Hals pochte.

Lieber Herr Jesus, dachte ich, es ist um mich geschehen. Ich sah jedoch keinen Ausweg, als fortzufahren. Mein Vater hatte mich stets angehalten, die Wahrheit zu sagen; dem Ratschlag versuchte ich zu folgen, wann immer ich konnte. Außer, so höhnte ein kleiner Teufel in meinem Kopf, wenn es um FitzAldelm geht. Außer, wenn es um Henry geht. Außer, wenn es um Joanna geht.

»Nun?« Die Stimme des Königs klang seidig vor Bedrohlichkeit.

Mir fiel keine Lüge ein, die ich ihm erzählen konnte. Obwohl ich mich sehr vor dem Weg fürchtete, auf den mich meine Antwort führen würde, konnte ich nur sagen: »FitzAldelm hat mich erpresst, Sire.«

»Er hat Euch erpresst?«

Ich schloss die Augen. Mein Herz schmerzte, ich sah Joanna in all ihrer betörenden Schönheit vor mir und erinnerte mich, wie sie mir sagte, dass wir niemals Mann und Frau sein könnten.

»Womit tat er das?«

Als ich eine Spur von Mitgefühl in seiner Stimme hörte, riskierte ich alles. In Wahrheit, jetzt, wo wir hier waren, konnte ich es nicht mehr ertragen, das Geschehene vor ihm zu verbergen. Ich liebte Joanna mehr als mein Leben, und was für ein Mann war ich, wenn ich das nicht gestehen konnte?

»Er wusste von Eurer Schwester und mir, Sire, oder vermutete es zumindest. Ich wollte unbedingt verhindern, dass Ihr es erfahrt. Obwohl wir einander liebten – lieben.« Ich hob meinen Blick zu Richards Augen, und das war das Schwerste, was ich je getan hatte, schwerer als jede meiner Waffentaten in der Schlacht.

»Ihr und Joanna …« Er ließ die Frage unbeendet. In seinen Augen stand mordlüsterner Zorn.

Ich bezwang meine Furcht und rang mir die Worte ab. »Jawohl, Sire.«

Die Maske rückte wieder an ihren Platz, und die Frage kam. »Liebt Ihr sie?«

»Von ganzem Herzen, Sire.«

»Und sie liebt Euch?«

»Jawohl, Sire, genauso glühend wie ich sie.« Mit äußerster Anstrengung gelang es mir, seinem Blick standzuhalten. Ich merkte, wie mir der Puls in der Kehle pochte, und ganz dringend musste ich austreten.

»Wann … kamt Ihr Euch näher?«

»Im Heiligen Land, Sire.«

Sein Gesicht wurde nachdenklich, sein Blick richtete sich in die Ferne.

Ich fürchtete mich noch immer, aber im Grunde empfand ich Erleichterung und war froh, dass Richard nun endlich Bescheid wusste. Wie immer er reagierte, ich brauchte mich für nichts zu schämen. Und Joanna auch nicht.

Richard ergriff das Wort. »Sie war glücklich im Heiligen Land. Glücklicher als ich es bei der Hitze und dem Staub und den Fliegen für möglich hielt, ganz zu schweigen von den Strapazen des Feldzugs.«

Mir ging es genauso, dachte ich. Nie in meinem Leben war ich glücklicher gewesen.

»Und jetzt entdecke ich, dass es an Euch gelegen hat, Ferdia.«

»Sire?« Ich konnte beim besten Willen nicht sagen, was als Nächstes kommen würde.

»Sosehr es mich auch verärgert, feststellen zu müssen, dass Ihr und meine Schwester eine geheime Affäre hattet … Ich bin froh, dass sie glücklich war. Ich freue mich für sie. Ich freue mich sogar für Euch, Ihr starrsinniger Ire.« Ich lächelte freudig, und blitzschnell fügte er hinzu: »Heiraten könnt Ihr sie niemals. Ihr mögt der neue Herr von Cairlinn sein, aber sie ist für Euch zu kostbar.«

Mein Lächeln verflog; mir stach es ins Herz. »Das weiß ich, Sire. Sie hat das nur allzu klargemacht.«

Er wirkte zufrieden. »Für Joanna kam die Pflicht immer an erster Stelle. Ich erinnere mich, wie sie nach Sizilien aufbrach, um Guillaume de Hauteville zu heiraten. Sie war noch ein Kind, aber stark und entschlossen.«

»Sie ist wunderbar, Sire.« Mein Herz schmerzte vor Liebe und unter dem Verlust.

»Ja.« Er lächelte mich an. »Das ist sie.«

In diesem Augenblick hätte ich für Joanna alles geopfert: meine Stellung in Richards Haushalt, meine Jahre in seinem Dienst, meine Freundschaften mit Männern wie de Béthune, ja sogar mein Verhältnis zu Rhys. Alles Verlangen auf der Welt konnte jedoch die Wirklichkeit nicht ändern. Joanna war aus meinem Leben verschwunden. Selbst wenn wir uns wieder begegneten, wäre nichts mehr wie früher.

»Gibt es noch etwas, was Ihr mir sagen wollt?« Der König war wieder ganz nüchtern; in seiner Stimme lag Härte, eine Drohung unter der Oberfläche.

Ohne Zweifel hätte ich ihm von Henry erzählen können. Doch diese Erinnerung musste tiefer begraben werden als alles andere, und daher schüttelte ich den Kopf.

»Kommen wir also auf die Normandie zurück. Da FitzAldelm offenbar ein Verräter ist, habe ich ein sogar noch größeres Bedürfnis nach verlässlichen Augen und Ohren dort.«

»Was soll ich tun, Sire? Soll ich ihn verhören?« Gott vergebe mir, aber für diese Vorstellung konnte ich mich begeistern.

»Handelt nicht vorschnell. Besser ist es, denke ich, zu beobachten und abzuwarten. Lasst ihn überwachen. Versucht herauszufinden, was er vorhat.«

»Rhys wird das übernehmen, Sire.«

Ein befriedigtes Nicken.

Ich erwähnte nicht, dass ich Rhys dann erneut befehlen müsste, FitzAldelm keinen Dolch zwischen die Rippen zu stoßen. Manchmal schien es, als hasste er meinen Feind mehr als ich.

»Verhaftet ihn, wenn Ihr es für angebracht haltet. Sperrt ihn bis zu meiner Rückkehr in den Kerker.«

»Jawohl, Sire.« Ich schenkte ihm ein wölfisches Grinsen.

Richard suchte in den Papieren auf seinem Tisch und reichte mir ein zusammengerolltes Pergament. Das königliche Siegel, der angevinische Löwe, war ins Wachssiegel geprägt. »Übergebt dieses Schreiben Earl Robert.«

»Jawohl, Sire.« Ich hatte den Earl von Leicester immer gemocht, aber seit Joppa, wo er an dem Sturmangriff der Dreizehn auf Saladins Heer teilgenommen hatte, betrachtete ich ihn als wahren Waffenbruder. »Er ahnt nichts von FitzAldelm, Sire …« Ich sah auf das Pergament.

Richard tippte sich auf die Nase. »Dinge wie diese bringt man besser nicht zu Papier. Wenn Ihr in die Hand der Franzosen gerietet, was Gott verhüten möge, würde Philippe aus einem Schreiben erfahren, dass wir über Robert Bescheid wissen. Sagt es dem Earl persönlich, wenn Ihr ihn seht.«

»FitzAldelm wird alles abstreiten, Sire, und falls er das Vertrauen des Earls erworben hat, glaubt Robert mir vielleicht nicht, da es nicht in Eurem Brief steht.«

Richard fluchte und brach das Siegel mit dem Fingernagel. Er nahm eine Feder und fügte zwei Zeilen hinzu, dann schmolz er ein neues Stück Wachs und siegelte die Botschaft erneut. »Ich habe dem Earl geschrieben, dass Ihr weitere Kenntnisse überbringt, die nur für seine Ohren bestimmt sind. Das wird genügen.«

»Ich danke Euch, Sire.«

Wieder war er ganz nüchtern. »Bischof Hubert und die Zisterzienser brechen morgen auf. Sie werden in der nächsten Stadt so lange auf Euch warten wie nötig. Was glaubt Ihr, wie bald Ihr fliehen könnt?«

Ich begrub meine Empfindungen. »Ich werde mit Katharina sprechen, Sire. Morgen oder auch übermorgen, so Gott es will.«

»Also bald. Gut.« Trotz seiner Knappheit merkte ich, dass er etwas verbarg. Auch ihn überwältigten die Gefühle.

»Ich werde jeden Tag für Euch beten, Sire.«

»Und ich für Euch, Ferdia.«

Wir starrten einander an. Beide waren wir sehr bewegt, und er zog mich in eine raue Umarmung. »Möge Gott über Euch wachen«, sagte er mir ins Ohr.

»Und über Euch, Sire.« Ich drückte ihn fest.

Das war für viele Monate das letzte Mal, dass ich Richard sehen sollte.

ZWEITER TEIL

KAPITEL XII

Winchester, England, April 1193

Wir erreichten den königlichen Palast, als die Dunkelheit einbrach. Ich erinnerte mich gut an ihn, auch wenn mein letzter Besuch vier Jahre zurücklag. Die Zisterzienser waren ihrer eigenen Wege gegangen, aber ich ritt noch mit Bischof Hubert. Er wollte sich mit Königin Alienor, Richards Mutter, beraten, und ich war vom König beauftragt, ebenfalls mit ihr zu sprechen. Danach sollten Rhys, Katharina – mich erstaunte es nach wie vor, dass sie uns begleitete – und ich in die Normandie reisen. Ohne Richards Befehl, in Winchester Halt zu machen, wäre ich bereits unterwegs. Fast täglich gelangten beunruhigende Nachrichten über das Schmale Meer.

Fast einen ganzen Monat hatte unsere Reise von Deutschland nach England gedauert. Da wir durch die Gegenwart so vieler Geistlicher geschützt waren, verlief sie ereignislos. Am 20. April waren wir an der Küste von Kent gelandet und hatten uns sofort auf den Weg nach Winchester gemacht. Bischof Hubert und ich hatten im Heiligen Land nicht viel miteinander zu tun gehabt, aber ich kannte ihn aus den Stunden, die wir gemeinsam in Gesellschaft des Königs gewesen waren. Auf dieser langen Reise hatte ich ihn besser kennengelernt und bewunderte ihn mit jedem Tag mehr. Er war kein Jüngling, aber rüstig und konnte genauso lange im Sattel bleiben wie ein zwanzig Jahre jüngerer Ritter. Er hatte einen scharfen Verstand, der sich mit demütigem Gebaren verband, und wusste mit einem Bauern ebenso ungezwungen umzugehen wie mit einem Baron. Dazu liebte er das Bier und lachte gern – kurz gesagt war er eine ausgezeichnete Gesellschaft.

Bei unserem ersten Treffen nach meiner Flucht hatte Hubert uns überschwänglich begrüßt. Er war zu Katharina über das erforderliche Maß hinaus höflich gewesen, obwohl sie eine einfache Köchin war und er ein bedeutender Prälat. Dafür, wie sie mit Rhys unsere Flucht ermöglichte, hatte er sie mit Lob überhäuft. Wie bei allen guten Plänen war ihre Strategie simpel gewesen. An einem Tag, an dem ich mit Hadmar auf die Jagd geritten war, hatte sich Katharina als Weinhändlerin mit einem Stand am Straßenrand verkleidet. Sie und zwei Komplizinnen hatten ihre Rollen ausgezeichnet gespielt, mit den Wimpern geklimpert und meinen Wächter in ihren Bann geschlagen. Dann hatten sie ihm doppelte Portionen Wein ausgeschenkt. Für mich war es kinderleicht gewesen, mein Pferd zurückzulassen und in den Wald zu entschlüpfen, wo Rhys mit einem Ersatztier auf mich gewartet hatte. Richard hatte geschworen, alles in seiner Macht Stehende zu tun, damit William nicht an meiner Stelle bestraft würde; darauf musste ich vertrauen. Rhys und ich waren eilends nach Norden geritten, um etwaige Verfolger abzuschütteln. Katharina war zwei Tage darauf an einem verabredeten Ort zu uns gestoßen; gemeinsam hatten wir uns zum Treffpunkt mit Bischof Hubert begeben.

Während wir von Speyer nach Norden ritten, hatte er mich viele Male aufgesucht. Rasch wurde klar, dass sein wichtigster Wunsch darin bestand, zu erfahren, wie es dem König seelisch ging. Er sorgte sich, dass Richard bis zur Zahlung des Lösegeldes noch viele Monate in Gefangenschaft verbringen musste. »Der König ist mit Sicherheit ein starker Mann«, sagte Hubert zu mir, »und er schien guter Stimmung, aber es wird eine schwere Prüfung. Ein enger Gefährte wie Ihr kennt ihn besser als ich.«

Ich hatte ihn beruhigt, dass Richard entschlossen sei, seine Gefangenschaft standhaft zu ertragen. Daran erinnerte ich mich, als wir im Hof des königlichen Palastes von Winchester abstiegen und Stallburschen unsere Pferde wegführten. Königin Alienor würde sich um ihren Sohn sorgen. Es war wichtig, dass meine Aussage ihr kein weiteres Missbehagen bereitete.

Ein Vogt führte uns durch die Korridore, die ich mit dem König am Vorabend seiner Krönung entlanggeschritten war. Es mochte sogar der gleiche Vogt sein – er nickte mir freundlich zu –, aber sicher war ich mir dessen nicht.

Alienor erwartete uns. Trotz ihres fortgeschrittenen Alters – sie war nun über siebzig – war ich wie immer beeindruckt von ihrer Schönheit und königlichen Erscheinung. Sie war die Anmut in Person, hieß uns willkommen und befahl mit einem warmen Lächeln, uns von den Knien zu erheben.

»Bischof Hubert«, sagte sie. »Es ist eine Freude, Euch zu sehen.«

»Madame, das Vergnügen ist ganz meinerseits.« Er verbeugte sich, gewandt wie ein Jüngling, und reichte ihr einen Brief Richards.

Sie musste sich danach verzehren, ihn zu lesen, trotzdem wandte sie sich zunächst mir zu. »Sir Rufus, die Jahre sind gut zu Euch gewesen. Ihr seid wohlauf?«

»Jawohl, Madame, auch wenn ich wünschte, an meiner Stelle stünde Euer Sohn vor Euch.« Ich wäre freudig im Kerker geblieben, hätte ich meinem König dadurch die Freiheit verschaffen können.

»Das wäre mir auch lieber gewesen.« Sie lächelte, um mir zu zeigen, dass sie ihre trockene Entgegnung nicht böse meinte. »Aber ich fürchte, Kaiser Heinrich hätte dem Tausch nicht zugestimmt.«

»Das ist wahr, Madame«, gab ich bedauernd zu.

»Setzt Euch.« Sie wies auf Schemel vor dem Fenstersitz, den sie einnahm. Auf eine weitere Handbewegung traten Dienerinnen mit Bechern voll Wein vor.

Während wir tranken, las Alienor den Brief ihres Sohnes still, aber mit intensiver Konzentration. Von keinem Schreiber ließe sie sich diese Erfahrung abnehmen. Ich beobachtete sie aufmerksam, aber die einzige Andeutung von Gefühlsbeteiligung war ein Schlucken, als sie zu Ende gelesen hatte.

Ich konnte nicht anders, ich fragte mich, was sie von meinem Verhältnis mit ihrer Tochter dachte. Ein Teufel in mir wollte, dass ich sagte, ich liebte Joanna von ganzem Herzen, nur um zu sehen, ob Alienor unseren Bund segnen würde. Ich hielt den Mund. In dem unwahrscheinlichen Fall, dass sie ihre Erlaubnis gab, lag die Entscheidung, wen Joanna heiraten sollte, doch nicht bei ihr, sondern bei Richard, und er hatte seinen Entschluss bereits gefasst. Ich spürte, wie sich tief in mir Zorn regte. Joanna war schon einmal mit einem Mann vermählt worden, den zu heiraten man ihr befohlen hatte – mir erschien es ungerecht, dass sie es aufs Neue tun sollte.

Meine Aufmerksamkeit kehrte zu Alienor zurück. Sie hatte sich gefasst und befragte Hubert. Er schilderte bewegend den Scheinprozess zu Speyer und Richards meisterlichen Auftritt. »Nur jemand, dem Eis in den Adern fließt, hätte unberührt bleiben können, Madame«, sagte der Bischof.

»Oder jemand mit dem Blick auf hunderttausend Mark Silber«, entgegnete Alienor spitz.

»Ganz recht, Madame. Heinrich ist im Herzen ein Söldner, so viel wurde am Tag darauf deutlich.«

»Leider spricht Geld immer lauter als Worte«, stellte die Königin fest. »Hat Longchamp vor Eurem Aufbruch Speyer erreicht?«

»Nein, Madame.« Hubert sah überrascht aus.

Für mich war das neu. William de Longchamp war Richards treuer Kanzler gewesen, aber sein Hochmut gewann ihm nur wenig Verbündete. Nach unserem Aufbruch ins Heilige Land hatte er viele Barone und Prälaten vor den Kopf gestoßen. Als Nachricht davon den König auf Sizilien erreichte, hatte er Erzbischof Walter zurück nach England geschickt, mit der Macht versehen, Longchamp seines Amtes zu entheben, sollte es erforderlich sein. Und es hatte sich als notwendig erwiesen. Longchamp hatte England in Misskredit verlassen, aber nun schien es, als habe Richard das Vertrauen in ihn nicht völlig verloren.

»Habt Ihr ihn zum König geschickt, Madame?«, fragte Hubert.

»So ist es. Auf dieser Seite des Schmalen Meeres hat er nicht mehr viele Freunde, aber Longchamp ist Richard immer treu geblieben. Trotz seiner Fehlgriffe könnte er ein geschickter Diplomat sein.«

»Nach meiner Abreise empfand ich Sorge, für den König könnte am kaiserlichen Hof niemand sprechen, Madame. Es erfreut mein Herz, zu hören, dass Longchamp bald dort sein wird.«

»Richard erwähnt in seinem Brief die Summe, die Heinrich verlangt«, sagte Alienor. »Das ist das Zweifache des jährlichen Einkommens aus dem ganzen Königreich, wenn nicht mehr.«

»Durchaus eine schwere Last, Madame, und ein wahrhaft königliches Lösegeld.« Hubert verzog das Gesicht. »Ich nehme an, er spricht davon, wie die Summe zu erheben ist?« Richard hatte stundenlang mit ihm die Einzelheiten ausgearbeitet.

»Richtig. Er ordnet eine Steuer auf alle Einkommen und beweglichen Güter zu einer Rate von fünfundzwanzig Hundertsteln an, und das Gleiche auf bestimmte Arten von Grundbesitz. Die Zisterzienserklöster müssen ihren Wollertrag abgeben, jede Kirche ihre Silberteller, Goldgefäße und Juwelen. Geistliche verlieren außerdem ein Zehntel ihres Zehnten.« Der Zehnte war die jährliche Steuer, die jeder Bauer an den Klerus zu zahlen hatte. »Die englischen Juden werden darüber hinaus mit fünftausend Mark besteuert.«

»Ähnliche Anordnungen gehen an jeden Teil der Herrschaftsgebiete Richards. Von der Normandie bis nach Aquitanien, von der Bretagne bis nach Maine wird jeder Untertan des Königs seinen Teil beitragen. Erzbischof Walter de Coutances wird alles beaufsichtigen, und die Mittel werden in der Krypta der St.-Pauls-Kathedrale gelagert. Der König ist der Ansicht, dass diese Maßnahmen ausreichen werden. Stimmt Ihr dem zu, Madame?«

Hubert ist sich Alienors klaren Verstandes vollkommen bewusst, dachte ich.

»Das bin ich, aber ich fürchte, die Weihnachtszeit wird anbrechen, bevor die erste Hälfte beisammen ist. Bis dahin hoffe ich, dass Heinrich überzeugt werden kann, Richard für eine geringere Summe freizulassen, solange Geiseln gestellt werden, die verbürgen, dass auch der Rest gezahlt wird.«

»Lautet so Longchamps Auftrag, Madame?«

Alienors Lippen zuckten. »Ihr seid gerissen, Bischof Hubert. Kein Wunder, dass mein Sohn es für angebracht hielt, Euch zum Erzbischof von Canterbury zu ernennen.«

Hubert öffnete den Mund, schloss ihn und öffnete ihn wieder.

Aus Freude für ihn lachte ich leise. Nur selten erlebte man, dass es ihm die Sprache verschlug.

Allmählich wich seine Überraschung dem Entzücken. »Madame, ich bin geehrt.«

Sie sprachen über weitere Möglichkeiten, Geld zu beschaffen, über die Geiseln, die ausgewählt und nach Deutschland geschickt werden mussten, die Schiffe, mit denen sie befördert werden sollten. Als Alienor zufrieden erschien, fragte Hubert nach der Lage im Königreich. Graf John, Richards jüngster Bruder, stand sofort im Mittelpunkt des Gesprächs.

»Hat er sich – wie sollen wir sagen, Madame? – ruhig verhalten?« Trotz seiner milden Worte – niemand konnte bestreiten, dass John sich verräterisch betätigte – wirkte Hubert ein wenig verlegen.

Sie schnaubte. »Dieser Junge! Ihr meint, nachdem er den Versuch abgebrochen hatte, William von Schottland für sich zu gewinnen, und Philippe Capet huldigte?« Sie ging nicht weiter auf das Treffen mit dem französischen König ein, bei dem John ihm Gisors und den Vexin abgetreten hatte. Falls den Geschichten geglaubt werden konnte, hatte John verkündet, sein Hass auf Richard sei so groß, dass er notfalls das Angevinische Reich zerstören würde. Ich war froh, dass Alienor mir keine Beachtung schenkte, denn ich vermochte meinen Zorn nicht vollkommen zu verbergen. John mochte ihr eigen Fleisch und Blut sein, trotzdem war er ein verräterischer Hund. In meinen Augen verdiente er mehr als Schelte. Ihn tüchtig auszupeitschen wäre ein guter Anfang, sagte ich mir.

»Ganz recht, Madame.«

»Johnny hat immerhin einen Adligen für sich gewinnen können: Baudouin, den neuen Grafen von Flandern. Vor einigen Wochen hat er eine bunt zusammengewürfelte Söldnertruppe von Routiers an die Ostküste gesandt. Ich habe Soldaten nach East Anglia verlegt; die meisten Invasoren und die Übrigen sind daraufhin mit eingezogenem Schwanz nach Hause geflohen. Johnny schmollt seitdem angstschlotternd; mit seinen flämischen Routiers und walisischen Söldnern hat er die Burgen von Windsor und Wallingford eingenommen und lässt nun verbreiten, dass Richard tot sei.« Sie machte ein missbilligendes »Ts-ts«. »Nur wenige werden ihm glauben, vor allem jetzt, da Ihr zurückgekehrt seid und den König erst kürzlich mit eigenen Augen gesehen habt. Er wird sich in die Brust werfen und Phrasen dreschen, aber wenig mehr.«

»Der König war überzeugt, dass wir uns wegen Graf John nicht zu sorgen brauchen, Madame. Ich bin froh zu hören, dass Ihr ihm zustimmt«, sagte Hubert.

»Ein größeres Übel ist Philippe Capet, diese Schlange, sowie mein aufmüpfiges Volk in Aquitanien«, sagte Alienor. »Nicht nur um Gisors und den Vexin müssen wir uns sorgen. Wie ich höre, könnte Adémar von Angoulême wieder kurz vor der Rebellion stehen.« Ihr Blick richtete sich auf mich. »Im Brief meines Sohnes las ich, dass Ihr in die Normandie gehen sollt.«

»Jawohl, Madame. Ich soll dort dem Earl von Leicester dienen.« Über FitzAldelm verlor ich kein Wort.

Und sie auch nicht. »Je früher Ihr aufbrecht, desto besser. Keiner von Euch wird es schon wissen, aber Gisors und die nahe gelegene Festung Neaufles sind vor zehn Tagen in Philippes Hand übergegangen.«

Hubert und ich tauschten einen Blick. Das war eine beunruhigende Nachricht. Die große Burg bei Gisors hatte eine Schlüsselstellung in der Verteidigung des Vexins inne, der wiederum das Tor zur Normandie war.

»Warum, Madame?«, fragte ich. »Hat Philippe ein Heer dorthin geschickt?«

»Das brauchte er nicht. Der Burgherr von Gisors, Gilbert de Vascœuil, hat sich freiwillig ergeben.«

Ich kannte Gilbert, der uns auf unserer Fahrt ins Heilige Land bis nach Sizilien begleitet hatte. »Ihn hätte ich niemals für einen Verräter gehalten, Madame.«

»Ich auch nicht, aber unter den Festungen meines Sohnes gibt es keine exponiertere Burg als Gisors. Ohne unmittelbare Aussicht auf Richards Freilassung fand sich Gilbert in der am wenigsten beneidenswertesten aller Situationen wieder: Philippe erinnert an einen Wolf, der nachts um die Schafhürde streift, und dazu kommt Johnnys unbesonnenes Versprechen, den angevinisch beherrschten Teil des Vexin abzutreten. Andere werden Gilberts Beispiel folgen, wenn ich mich nicht sehr täusche. Ihr werdet in der Normandie keinen leichten Stand haben.«

Und das, ohne dass man einen Verräter wie FitzAldelm berücksichtigt, dachte ich. Der König hatte entschieden, seiner Mutter nichts von ihm zu schreiben. »Sie hat schon genügend Sorgen«, hatte Richard gesagt. »Ihr seid mehr als fähig, mit dem Hund fertigzuwerden.«

Das war ich. Ich wünschte nur, ich könnte ihn töten und die Sache hinter mich bringen, statt ihn zuvor auf frischer Tat ertappen zu müssen.

»Sir Rufus?«

Ich errötete. »Verzeiht, Madame. Ich war gedanklich weit fort.«

»Ihr fragt Euch, was Philippes nächster Schurkenstreich sein wird?«

Ich nickte und war erleichtert, als sie sich nach Richard erkundigte und mich aufforderte, ihr von unserer Zeit im Heiligen Land zu erzählen. Ich gehorchte bereitwillig. Richard hatte seiner Mutter geschrieben, aber gegenüber der Familie neigte er zur Bescheidenheit und untertrieb seine Rolle. Alienor hörte mir gebannt zu, als ich ihr von seinem heldenhaften Sturmangriff, nur in halber Rüstung, am Strand von Joppa berichtete, und von der unfassbaren Schlacht, die wir einige Tage darauf gegen Saladins Heer gewonnen hatten.

»Er hat den sarazenischen Heerbann mit *zwölfen* von Euch angegriffen?«

Ich grinste wie ein Narr. »Jawohl, Madame. Zweimal, und nicht einer von uns wurde verwundet oder gar erschlagen.«

Ihr Mund bildete ein »O«. »Das klingt nach einem Wunder. Hattet Ihr keine Angst?«

»Nein, Madame«, antwortete ich. »Er nicht, und ich daher

auch nicht. Ich wollte nirgendwo sonst sein als an seiner Seite und wäre ihm in den Schlund der Hölle gefolgt. Das wären wir alle.«

Sie strahlte Stolz aus. In ihren Augenwinkeln zeigte sich sogar eine Andeutung von Feuchtigkeit. Ich setzte meine Erzählung fort und schilderte, wie Richard, nachdem wir die Sarazenen ein zweites Mal in die Flucht geschlagen hatten, vor ihre Reihen geritten war und ihnen den Zweikampf anbot. »Tausende von Türken waren dort, Madame, aber kein einziger nahm seine Herausforderung an. Nicht einer.« Ich sah ihn noch vor mir, den Lanzenschaft auf den Steigbügel gestützt, der angevinische Löwe auf dem Dreieckschild mit Blut bespritzt.

»›Gibt es bei euch einen Mann, der gegen mich kämpfen will?‹, rief er auf Französisch, Madame, und dann versuchte er es mit Arabisch. ›Kämpft mit mir!‹ Sie stierten ihn einfach nur an.«

»Und Ihr seid ungehindert zu Euren Linien zurückgeritten?«

»Kein einziger Pfeil wurde auf uns abgeschossen, Madame.«

»Ach, Richard, mein Sohn«, flüsterte sie, und diesmal flossen ihre Tränen, *»mon Cœur de Lion.«*

Die Gerüchte sind wahr, dachte ich. Von allen ihren Kindern, ob lebendig oder tot, liebt sie ihn am meisten.

Am nächsten Morgen brach ich auf und ritt ohne Unterbrechung nach Southampton. So gern ich sofort die Segel gesetzt hätte, die Bedingungen waren gegen mich. Ich flehte den Kapitän der Kogge an, mich über das Schmale Meer zu fahren, aber er richtete nur einen Daumen auf den Himmel, wo ein wogender Mahlstrom von Donnerwolken zu sehen war. Der Schiffer sagte, wer an diesem Tag auslaufe, werde als Fischfutter enden.

Ich stritt mit ihm, aber ohne Erfolg. Schlecht gelaunt suchte ich nach einer Herberge, genau wissend, dass mein Wunsch, Southampton zu verlassen, weniger dem Wetter und viel mehr dem Widerwillen zu verdanken war, eine Nacht in dieser Stadt zuzubringen. Rhys, der spürte, was in mir vorging, murmelte, wir hätten nichts zu befürchten. »Niemand hier erinnert sich an dich«, sagte er. »Und an mich auch nicht.«

Darum jedoch sorgte ich mich gar nicht. Das Schuldgefühl hielt mich in den Klauen. Vor dreieinhalb Jahren hatte ich einem Mann die Kehle nur aus dem Grund durchgeschnitten, dass ich meine Haut retten wollte. Als ich nun den gleichen Straßen folgte wie an dem Tag, an dem ich Henry getötet hatte, vermochte ich meine Scham nicht zu unterdrücken. Ich besuchte erst eine Kirche und dann eine andere, betete und zündete Kerzen an. Aber es nutzte mir nicht.

Vielleicht war es unausweichlich, was am gleichen Abend geschah, kaum dass die Sonne unterging. Ich schlich mich von Rhys fort, der, was nur selten vorkam, betrunken war, und machte mich auf den Weg zur Sündenmeile. Ich wusste nicht, was ich zu finden oder womit ich davonzugehen erwartete. Schritt für Schritt, Gasse für Gasse arbeitete ich mich, ohne auf die neugierigen und taxierenden Blicke der Anwohner zu achten, zu der Straße vor, an welcher der Soldat Henry gewohnt hatte. Mein Richtungssinn war gut; ich fand den Schlachthof, wo vernehmlich ein Schwein abgestochen worden war, während wir auf der Lauer lagen. Ich stapfte an den kleinen, strohgedeckten Häuschen vorbei, zählte, bis ich vor dem stehen blieb, in dem ich den kaltblütigen Mord verübt hatte.

Ich wusste nicht, ob Henrys Witwe und Kind hier noch wohnten, aber mir lief der Schweiß das Gesicht hinunter, und mein Herz pochte, als wäre ich mit Helm und Panzerhemd eine Meile weit gerannt. Gott vergib mir, dachte ich. Warum hatte ich es getan?

Weil du deine Stellung in Richards Haushalt nicht riskieren wolltest, antwortete eine spöttische Stimme in meinem Kopf. *Leb damit.*

Ich habe damit gelebt, schrie ich stumm. *Und es verfolgt mich Tag und Nacht.*

Die innere Stimme brach in Gelächter aus, ein grausamer Laut, der mich ins Mark traf.

Ich stand da, verloren, benommen, von Krallen der Scham und des Selbsthasses zerrissen.

Eine Kinderstimme – hell, die eines kleinen Jungen – drang aus dem Haus.

Sie zu hören machte den Umfang dessen, was ich getan hatte, um ein Hundertfaches klarer.

Mir schwindelte plötzlich, ich musste mich an der Hausmauer abstützen, um nicht zu fallen. Die dünne Zimmerarbeit knackte unter meiner Berührung; zur Antwort bellte im Haus ein Hund. Ich trat fort, voll Panik, ich könnte beobachtet, vielleicht sogar erkannt werden. Der kleine Junge fragte, wer da sei, und seine Mutter sagte mit unverhohlener Angst in der Stimme, dass es niemand wäre, und außerdem komme sein Daddy bald zurück.

Hoffnung flackerte in meinem Herzen. Vielleicht hatte sie wieder geheiratet.

Einen Herzschlag später erwiderte der Junge verwirrt, er habe gedacht, sein Daddy sei gestorben.

Ich kniff die Augen zu. Die Schuld zerriss mich. Seine Mutter befahl ihm zu schweigen, und der Hund bellte immer weiter.

Ich würde – nein, durfte – mich nicht zu erkennen geben, aber etwas *musste* ich tun. Ich löste den Geldbeutel von meinem Gürtel. Er war schwer; es lagen sogar zwei Goldmünzen darin. Ich trat an die Tür und hämmerte forsch zweimal dagegen.

»Wer ist da?« Die Frau versuchte, sich ihre Angst nicht anmerken zu lassen, und fast wäre es ihr gelungen.

Ich bedeckte meinen Mund mit der Hand und sprach hindurch, tiefer als normal. »Ich bringe ein Geschenk.«

»Eine seltsame Stunde, um mit einem Geschenk vor der Tür zu stehen.« Dass sie misstrauisch klang, war nur natürlich.

»Wer ist da draußen, Mutter?«, fragte das Kind.

»Ein Freund«, log ich und fühlte mich wie die schlimmste Sorte Feigling. »Ich lasse es auf der Schwelle liegen.« Kaum gesagt, setzte ich den Beutel ab und zog mich in den Zwischenraum zum übernächsten Haus zurück, von wo ich die Tür beobachtete.

Sie kam eine Weile nicht heraus, und als sie die Tür öffnete, hielt sie eine Armbrust in den Händen. Die Waffe ihres Mannes, dachte ich, erfreut über ihr Rückgrat und froh, dass sie nicht wusste, wer oder wo ich war. Münzen klimperten, als sie den Beutel aufhob, dann verschwand sie ins Haus. Vernehmlich schob sie den Riegel vor.

In besserer Stimmung kehrte ich zu der Herberge zurück, in der Rhys und Katharina uns Zimmer beschafft hatten. Ich vermochte meine Tat nicht ungeschehen zu machen, Henry nicht zurückzuholen, aber ich konnte seiner Witwe und seinem Sohn das Leben erleichtern.

Das war besser als nichts.

KAPITEL XIII

Rouen in der Normandie, Mai 1193

Mit Earl Robert von Leicester stand ich an den Ostmauern der Stadt. Er war klein und massig und trug die Haare kurzgeschnitten wie ein Mönch. Er schritt auf und ab und verströmte eine unbändige Energie. Rhys, wie immer mein Schatten, wartete im Hintergrund. Earl Robert war nach uns in Southampton eingetroffen. Gemeinsam hatten wir das Meer überquert, waren auf einer umständlichen Route erfolgreich den Franzosen ausgewichen, die das Land unsicher machten, und hatten am Morgen Rouen erreicht. Der Tag war mit Beratungen mit dem Rat der Stadt und dem Befehlshaber der Garnison vergangen, einem kampflustigen alten Weinschlauch, der Richards Vater gedient hatte. Nun wollten wir uns das feindliche Heerlager mit eigenen Augen ansehen.

Die Strahlen der sinkenden Sonne hatten sich zu den westlichen Wehrgängen zurückgezogen; wo wir standen, herrschte noch eine angenehme Wärme, aber über kurz oder lang würde man einen Mantel brauchen. Die Stadt unter uns lag in einem großen weiten Bogen der Seine, ein natürliches Hindernis für jeden Angreifer. Der Wasserweg war leider nicht breit genug, um die Stadt vor Belagerungsmaschinen zu schützen, und deshalb standen Philippe Capets Katapulte am anderen Ufer des Flusses aufgereiht. Felsbrocken lagen neben ihnen gestapelt, eine deutliche Warnung, womit wir in den kommenden Tagen rechnen mussten. Die Belagerung hatte noch nicht begonnen. Wagen rollten heran; sogar Zelte wurden noch aufgebaut.

»Dort könnte man einen Turm errichten.« Robert wies auf einen niedrigen Hügel nördlich der französischen Stellungen. »Er würde das andere Ufer beherrschen; kein Feind könnte die Stadt behelligen, ohne ihn zuerst zu stürmen.« Er seufzte. »Nur ist es so, dass Henry und nach ihm Richard nie die Notwendigkeit einsahen, diesen Hügel zu befestigen. Die französische Grenze ist weit entfernt und selbst befestigt, was einen Mann durchaus auf den Gedanken bringen konnte, es wäre eine unnötige Ausgabe. Nun jedoch …«

Wir starrten beide auf die Zeltreihen hinter den Katapulten. Von seinem Erfolg beflügelt, denn eine Burg nach der anderen hatte sich ihm mit entsetzlicher Schnelligkeit ergeben, war Philippe Capet persönlich angerückt, um Rouen einzunehmen. Man konnte kaum sagen, wie viele Waffenknechte er brachte, aber mehrere Tausend waren es, und mit seinen sechsundzwanzig Katapulten reichten sie aus, um die Stadt zu erobern – theoretisch.

Robert musterte mich. »Was meint Ihr, wie lange wird es dauern, bis sie die Breschen für den Sturmangriff geschlagen haben?«

»Eine Woche vielleicht«, antwortete ich. »Länger, wenn die Franzosen an den Katapulten genauso schlecht schießen wie ihre Kameraden vor Akkon.«

Beide lachten wir. Rhys unterdrückte ein Schnauben. Im Heiligen Land hatte ein grimmiger Wettstreit zwischen den französischen und englischen Belagerungsmaschinen bestanden; allgemein waren unsere Katapulte stärker gewesen, und mit den harten Feuersteinkugeln, die wir von Sizilien mitgebracht hatten, auch weit wirksamer. »Wir könnten einen Boten nach dort unten schicken und ihnen Arbeit anbieten«, sagte ich.

Das hatte Richard getan, nachdem Philippe in plötzlicher Gereiztheit die meisten seiner Artilleristen entlassen hatte.

Roberts gewöhnlich ernster Ausdruck erweichte. »Hätten wir nur zyprisches Gold, wie der König es besaß, um sie zu bezahlen.

Doch Ihr wisst so gut wie ich, dass wir jeden Penny dreimal umdrehen müssen, bevor wir ihn ausgeben.«

Ich nickte. Nach der Einnahme Zyperns waren die königlichen Schatztruhen unerschöpflich gewesen. Nun wurden hunderttausend Mark Silber benötigt, um Richard auszulösen, und überall schnallte man die Gürtel enger. Von Earl Robert wäre normalerweise erwartet worden, dass er über fünfzig Ritter in den Krieg führte, und dazu zehn- bis fünfzehnmal so viele Waffenknechte und Bogenschützen. Sein beträchtlicher Beitrag zum Lösegeld des Königs hatte zur Folge, dass wir dreißig Ritter hatten und gerade einmal fünfhundert Fußsoldaten. Selbst verstärkt durch die Garnison genügte das nicht, um Philippe in offener Feldschlacht zu schlagen. Doch wenn die Mauern standhielten, wir uns tüchtig verteidigten und die Franzosen nicht die Seine überquerten und die Stadt von Süden angriffen, konnten wir Rouen vielleicht halten.

»Schickt Männer im Schutz der Dunkelheit über den Fluss«, riet ich. »Sie sollen die Belagerungsmaschinen in Brand setzen. Das würde Philippes Pläne tüchtig durcheinanderbringen.«

»Wir denken gleich, Ihr und ich.« Robert grinste raubtierhaft. »Nur wenige Männer bewachen die Katapulte, ist Euch das aufgefallen?«

»Etwa zwanzig.«

»Auf diese Zahl kam ich auch.« Roberts Gesicht war ein gewisser Respekt abzulesen, weil ich die Feinde gezählt hatte. »Wäre diese Aufgabe etwas für Euch?«

Nun war ich mit dem wölfischen Lächeln an der Reihe. »So ist es.«

»Wir müssen das für uns behalten, sonst bekommt der französische Spion Wind davon.«

Als der Earl mich gefragt hatte, welche besondere Kenntnis der König in seinem Brief gemeint habe, hatte ich ihn belogen und ihm nur gesagt, dass wir einen französischen Agenten in Rouen vermuteten. Den Namen FitzAldelm wollte ich für mich behalten, bis ich einen unwiderlegbaren Beweis besaß.

»Rhys!«, rief ich.

Blitzschnell war er an meiner Seite. »Herr?«, fragte er, weil der Earl dabei war.

»Earl Robert und ich finden, dass die französischen Katapulte in der Nacht von Männern mit Pecheimern besucht werden sollten. Was meinst du?«

Er antwortete nicht sofort, sondern lehnte sich auf die Mauerkrone und betrachtete das ferne Ufer eingehend. Überrascht von seiner Unbekümmertheit sah Robert mich an. Ich zuckte mit den Schultern und sagte leise: »Er ist seit über dreizehn Jahren bei mir und hat mir mehr als einmal das Leben gerettet.«

»Der König spricht gut von ihm.«

Stolz erfüllte mich.

»Aber mir ist aufgefallen, dass er sich nicht seiner Stellung gemäß beträgt.« Robert sah mich durchdringend an. »Euch gegenüber.«

Ich hob wieder die Schultern. Seine Ansicht war mir egal. Nach allem, was wir durchgestanden und was Rhys für mich getan hatte, war er mir so teuer wie ein Bruder. »Wir arbeiten gut zusammen, und er dient mir zu meiner Zufriedenheit.«

»Solch ein Benehmen würde ich von keinem Knappen dulden.« Er sagte es so laut, dass Rhys es hören musste.

»Ihr und ich, wir sind verschieden, Earl Robert.« Ich begegnete seinem Blick mit einem stählernen Ausdruck. »Wie er mich anspricht, ist meine Angelegenheit, nicht die Eure.«

Ein steifes Nicken.

Rhys schlenderte zu uns. »Gebt mir zwanzig Waffenknechte, *Messires*« – das letzte Wort betonte er, sodass es fast, aber nicht gänzlich respektlos klang –, »und ich könnte wenigstens die

Hälfte der Katapulte in Brand setzen. Mit vierzig bekommen wir sie alle.«

»Earl Robert?«, rief eine Stimme. Sie gehörte FitzAldelm; ausgerechnet ihm.

Die Unterbrechung nahm mir die Gelegenheit zu sehen, ob Robert Anstoß an Rhys' verbrämter Unverschämtheit genommen hatte. Wir drehten uns um, Robert mit einem Lächeln des Willkommens, Rhys und ich mit kalten Mienen.

FitzAldelms Gesicht mit den hohen Jochbeinen bot einen Anblick, der mir gefiel, so geschockt, wie er aussah. Er hatte sich uns von hinten genähert und weder mich noch Rhys erkannt. Ich hoffte, ihm war auch entgangen, worüber wir gesprochen hatten. Er verbeugte sich vor dem Earl, uns ignorierte er.

»FitzAldelm. Ihr seid am Leben und gesund.« *Leider*, fügte ich in Gedanken hinzu.

»Das Gleiche könnte ich von Euch sagen.« FitzAldelms Blick fiel auf Rhys, der mit unbewegtem Gesicht eine Verneigung vollführte, die gerade ausreichend respektvoll war. »Euer walisischer Lakai ist auch hier, wie ich sehe.«

»Er hat mir geholfen, mit des Königs Segen aus dem Kerker zu entfliehen«, sagte ich. »Wie kommt die Beschaffung der Vorräte voran?«

Die Spitze ließ FitzAldelm erröten. Hier stand ich, Günstling und Gefährte des Königs, bis vor Kurzem Tag und Nacht an seiner Seite, während er ein besserer Quartiermeister war, den Richard über ein halbes Jahr zuvor aus dem Heiligen Land nach Hause geschickt hatte.

»Es geht gut. Die Kornspeicher der Stadt sind beinahe voll.« Er sah Earl Robert an. »Ihr seid höchst willkommen in Rouen, Messire. Der König hat Euch geschickt?«

»Ganz recht.«

»Wie findet Ihr die Verteidigungsanlagen?«

»Ausreichend, großenteils. Die Vorräte sind ebenfalls reichlich, dank Euch.«

Ein breites Lächeln. »Ich war im südlichen Hinterland emsig, Messire. Jeder Bauer hat einen angemessenen Beitrag für die Verteidigung der Stadt geleistet.«

»Gut, gut«, sagte der Earl, froh, dass FitzAldelm die Dinge in der Hand hatte. Robert glich mir, ihn interessierte mehr der Kampf als die Versorgung eines Heeres.

Ich verbiss mir die Frage, ob die »Beiträge« der Bauern unter Androhung von Waffengewalt erfolgt waren. Solche Dinge lagen außerhalb meines Einflusses, und solange FitzAldelm nicht großflächig Vergewaltigung und Mord verübte, hätte es keine Folgen für ihn. Ich fragte mich, was er noch vorgehabt haben mochte. Die Stadt zu verlassen bot ihm reichlich Gelegenheit, französische Agenten zu treffen. Hier innerhalb der Mauern wäre es nicht so einfach, aber genauso schwer war es, ihn Tag und Nacht im Auge zu behalten. Ich hatte Pflichten für den Earl zu erledigen, und Rhys war zwar beherzt und konnte so lange an einer Straßenecke stehen, wie ich es ihm befahl, aber ohne Schlaf kam auch er nicht aus. Ich überlegte, den Earl ins Vertrauen zu ziehen – falls ich mich dazu entschied, würde er uns Männer zuteilen.

Ich änderte meine Ansicht in dem Moment, in dem ich Robert und FitzAldelm zusammen sah, wie sie lächelnd in Erinnerungen an den Krieg im Heiligen Land schwelgten. Sie waren also Freunde. Nur gut, dass Richard in seinem Brief an den Earl nicht FitzAldelm namentlich genannt, und noch besser, dass ich seinen Namen für mich behalten hatte. Ohne unwiderlegbare Beweise konnte es sich als schwierig erweisen, den Earl davon zu überzeugen, dass FitzAldelm mit den Franzosen im Bunde stand.

Ich suchte Rhys' Blick und machte eine Kopfbewegung zur

Treppe. »Ich werde besorgen, worüber wir sprachen«, sagte ich zu Robert und hoffte, er würde mir lediglich zustimmen.

»Findet meinen Sergeanten John aus Bath. Er wird Euch die Männer zuteilen. Was die Boote angeht ...«

Ich bemerkte das Flackern von Interesse in FitzAldelms Augen und sagte zu spät: »Ich werde mich darum kümmern.« Ob ich vor Einbruch der Dunkelheit genügend Wasserfahrzeuge beschaffen könnte, wusste ich nicht zu sagen, aber ich wollte das Gespräch so kurz halten wie möglich.

»Sehr gut. Wir sprechen später.«

»FitzAldelm hat zugehört, er soll verflucht sein«, sagte Rhys, als wir außer Hörweite waren. »Überqueren wir heute Nacht den Fluss, könnten die Franzosen uns ein heißes Willkommen bereiten.«

»Es ist das Risiko nicht wert«, sagte ich vollkommen entmutigt.

Wie sich zeigte, war ein Angriff in dieser Nacht unmöglich. Er scheiterte allerdings weder an meinem Widerstreben noch an einem Mangel an Booten, sondern an dichtem Nebel. Earl Robert war verärgert, ich frohlockte insgeheim. Ich ging davon aus, dass FitzAldelm den Franzosen Nachrichten zuspielte, und darum hätte ein Angriff in dieser Nacht in einer Katastrophe geendet. Die Katapulte wären nicht zerstört worden, und wir hätten bei dem Vorstoß höchstwahrscheinlich auch schwere Verluste erlitten. Bei mehreren Bechern Wein überredete ich den Earl, mir den Befehl über das Unternehmen zu übertragen. Ich konnte es in jeder Nacht anpacken, in der ich wollte, und FitzAldelm im Dunkeln lassen.

Nachdem ich dies erreicht hatte, suchte ich Rhys, den ich in der Küche des Kaufmannshauses fand, in dem wir Quartier bezogen hatten. Dort duftete es köstlich nach bratendem Fleisch, backendem Brot und Gewürzen. Er lehnte an der Wand, nicht weit von dem großen Kochfeuer, über dem ein ganzes Schwein am Spieß röstete. Katharina, die mühelos in die Belegschaft der Küche aufgenommen worden war, stand in der Nähe, und hielt das Ohr des Küchenjungen gepackt, der den Spieß drehen musste. Er stand auf den Zehenspitzen und rief jammernd: »Au! Au! Au!«

»Wenn du deinen Platz verlassen musst«, sagte sie in ihrem noch immer von einem dicken Akzent beladenen Französisch, »dann suchst du dir jemanden, der dich vertritt. Sonst brennt die Kruste an. Und das ist das Beste am ganzen Schwein!« Sie drehte ihm das Ohr um, bis der Junge um Verzeihung bettelte. Mit einem für mich bestimmten engelhaften Lächeln ließ sie ihn los.

Er eilte zu seinem Platz am Feuer zurück und begann, den Griff wieder zu drehen. Dabei warf er mürrische Blicke in ihre Richtung.

»Messire Rufus«, sagte sie und verbeugte sich.

»Katharina.« Ich verbarg meine Erheiterung.

»Seid Ihr hungrig?«

»Ein wenig.« Ich hatte längst den Versuch aufgegeben, ihre Freigiebigkeit zurückzuweisen. Da ließ sie nicht mit sich reden.

Sie füllte mir eine Platte und beschrieb jedes Gericht. Würzhähnchen und Safranragout. Eine Rindspastete, gedämpfte Muscheln, frisches Brot, ein Klumpen Butter. Wie ich auch nur ein Viertel von dem, was sie mir auflud, vertilgen sollte, wusste ich nicht, aber ich musste es versuchen. Trotz ihrer Freundlichkeit hatte sie einen stechenden Blick. Ich hätte es niemals zugegeben, aber bei ihr wollte ich mich auf keinen Fall unbeliebt machen.

Rhys beobachtete jede ihrer Bewegungen. Als Katharina es bemerkte, strahlte sie. Zu sehen, wie gern sie einander hatten, wärmte mir das Herz. Ich hätte nie gedacht, dass mein Knappe sich einmal derart in eine Frau vergaffen könnte, aber wenn der Blitz uns trifft, haben wir keine andere Wahl, als seinem Gebot zu folgen. Das erste Mal, dass ich Alienor erblickte, Hofdame bei Mathilda, der Schwester des Königs, würde mich bis an mein Lebensende begleiten. Das Gleiche galt für den Moment, in dem ich zum ersten Mal Joannas ansichtig wurde.

Wie ich entdeckte, waren Rhys und Katharina unzertrennlich geworden. Nach meiner Flucht war es für sie das Natürlichste auf der Welt gewesen, Herzog Leopolds Dienst zu verlassen. Sie habe keinen Grund zu bleiben, hatte sie mir erklärt und dabei den mondgesichtigen, rehäugigen Rhys angeblickt. Köchinnen brauche man überall, oder nicht? Entwaffnet und voller Freude für Rhys hatte ich eingewilligt, dass sie uns nach England begleitete. Offiziell wäre sie meine persönliche Köchin.

»Hier bitte, Messire Rufus.« Sie hielt mir die Platte hin, auf der kein weiterer Krümel Platz gefunden hätte.

Ich bedankte mich auf Deutsch bei ihr und wurde mit einem weiteren breiten Lächeln belohnt. Ich lehnte mich an das Ende der hölzernen Theke, achtete nicht auf die amüsierten Gesichter der Hausköchinnen und haute rein.

Aus dem Augenwinkel sah ich Katharina und Rhys schnäbeln und gurren wie zwei verliebte Täubchen. Ich empfand einen Funken Hoffnung: Wenn sie derart beschäftigt war, konnte ich von meiner Platte unbemerkt die beiden mageren Katzen füttern, die mir bettelnd um die Beine strichen.

Ich nahm eine Hähnchenkeule in die Hand. Das Interesse der Katzen verdoppelte sich nochmals. Eine stellte sich auf die Hinterbeine, die Vorderpfoten auf meinem Oberschenkel, den Blick flehentlich auf mich gerichtet.

Es war, als wisse Katharina genau, was ich dachte. »Wie schmeckt Euch das Essen, Messire Rufus?«

»Köstlich, vielen Dank.« Ich hielt mir die Keule vor den Mund und riss ein Stück mit den Zähnen ab. »Absolut köstlich.«

Befriedigt richtete sie ihre Aufmerksamkeit wieder auf Rhys. Ich wartete, bis sie sich küssten, und es gelang mir, den Rest des Hähnchens den Katzen vorzuwerfen. Ein großzügiges Stück Rindspastete folgte, aber zwei Katzen konnten nur soundso viel essen, und nur soundso schnell. Warf ich ihnen noch mehr zu, riskierte ich, ertappt zu werden. Ich sagte mir, dass ein übervoller Magen besser sei, als den Fluss zu überqueren und gegen die Franzosen kämpfen zu müssen, also aß ich weiter.

»Wann kümmern wir uns um die Katapulte?«, fragte Rhys. Katharina war fortgegangen, um nach einem Topf oder so etwas zu sehen. »Gewiss nicht heute Nacht«, fuhr er fort. »Das verdanken wir FitzAldelm, diesem Bastard.«

»Lass uns schauen, was der Morgen bringt«, sagte ich, »und wie viele Waffenknechte die Kriegsmaschinen dann bewachen. Sind es mehr als heute, und sie stehen bei Sonnenuntergang noch immer dort, wissen wir, dass FitzAldelm eine Nachricht über den Fluss gesandt hat.«

»Selbst wenn da nicht mehr Wächter stehen als sonst, können wir uns nicht sicher sein, dass er uns nicht doch überhört hat«, sagte Rhys. »Es könnte nur bedeuten, dass es ihm nicht gelungen ist, seine Herren zu alarmieren.«

Wir tauschten einen grimmigen Blick.

»Wenn wir nichts unternehmen«, sagte ich, »zertrümmern die Franzosen uns die Mauer, während wir zuschauen. Wir sollten etwas dagegen tun – aber erst in ein paar Tagen.«

»Stimmt.« Rhys winkte Katharina herbei. »Sie hat dir etwas zu sagen.«

Mir gelang es, mehrere Muscheln unentdeckt auf den Boden fallen zu lassen, bevor sie zurückkehrte, und sie mit der Stiefelspitze unter die Theke zu schieben. Die Katzen stürzten sich auf sie und fauchten einander vor Gier an.

Sie musterte meine Platte, die nun zu mehr als der Hälfte geleert war. »Wünscht Ihr einen Nachschlag, Messire Rufus?«

»Nein, danke Euch, Katharina.« Ich bedachte sie mit meinem besten die Damen zufriedenstellenden Lächeln und betete, dass es wirkte. »Ich habe für keinen weiteren Bissen Platz, so gut es auch schmeckt.«

»Ihr müsst mehr essen, Messire«, sagte sie. »Ihr seid ja nur Haut und Knochen. Das sage ich Rhys auch immer.«

Ich sah ihn an, damit er mir den Rücken stärkte, wurde aber mit einem Schulterzucken abgespeist.

Ich wechselte das Thema. »Rhys sagt, Ihr habt Neuigkeiten.«

Sie schaute ihn an; er flüsterte ihr ins Ohr, und sie grinste. »Ach ja. FitzAldelm.« Den Namen flüsterte sie nur. Sie zwinkerte mir zu. »Ihr möchtet, dass er überwacht wird.«

»So ist es.« Ich sprach nicht aus, weshalb; Rhys würde es ihr schon gesagt haben.

Ihr Blick schweifte zu dem Küchenjungen mit dem geröteten Ohr. »Er wird es tun. Und seine Freunde auch.«

»Wer sind sie?«

»Ein halbes Dutzend Hungerleider. Bankerte, Waisen, was man in Städten so findet an Kindern, die keiner will. Sie schlafen in der Gasse oder auf Heuböden, und sie überleben durch Betteln und kleine Diebstähle.«

»Wie kommt es, dass dieser Junge« – ich zeigte auf den Grillspießdreher – »hier in der Küche arbeitet?«

»Ich habe ihn erwischt, wie er mir den Geldbeutel stehlen wollte, kurz nachdem wir in die Stadt gekommen waren. Ich habe ihm das Fell gegerbt und unter meine Fittiche genommen. Als der Vogt mich einstellte, musste er auch den Jungen aufnehmen.« Katharina lächelte, als wäre es allgemein üblich, einen

Straßenjungen zu adoptieren, ungebeten den Dienstboten eines Haushalts beizutreten und dabei noch ein Gassenkind mitzubringen. »Kennt hier jede Straße und jeden Weg, sagt er.«

»Ich habe mir die anderen angeschaut«, warf Rhys ein. »Sie eignen sich gut. So wie ich im gleichen Alter.«

Ich grinste, als ich mir den spindeldürren, scharfäugigen Rhys vorstellte, den ich mit ein wenig Brot für mich eingenommen hatte. Es könnte gehen, dachte ich. »Und was verlangen sie?«

»Gefüllte Bäuche würden reichen«, sagte Katharina. »Dafür kann ich leicht sorgen, aber ein paar Silbermünzen wären auch nicht verkehrt.«

»Das lässt sich machen«, sagte ich lächelnd. »Ihr seid eine Frau von vielen Talenten, Katharina. Ihr und Rhys gebt ein tolles Intrigantenpaar ab.«

Beide hätten nicht zufriedener dreinblicken können.

Und damit war es beschlossen. Jean, wie der Junge, der den Spieß drehte, gerufen wurde, und seine Freunde beschatteten von nun an meinen Feind bei jeder seiner Bewegungen. Wie Jean mir keck schon am nächsten Morgen mitteilte, konnte FitzAldelm nicht einmal den Abort aufsuchen, ohne dass sie davon wussten.

Während wir auf nützliche Informationen von unseren Spionen warteten, suchte Rhys in den nächsten Tagen diskret Boote zusammen. Dazu fragte er den Kommandanten der Garnison, welchen Schiffern in der Stadt er vertrauen könne, und suchte die Männer mit Münzen auf, die rasch die Hände wechselten. Weniges erkauft bekanntlich so viel Loyalität und Schweigen wie Silber.

Inzwischen suchte ich zwei Dutzend Waffenknechte unter Earl Roberts Männern aus, alles erfahrene Kämpfer. Meinen Plan verriet ich ihnen nicht; davon brauchten sie nichts zu wissen, bevor wir in die Boote stiegen.

Ob es FitzAldelm gelungen war, Nachricht über die Seine zu schicken, vermochte ich nicht mit Gewissheit zu sagen. Die Anzahl der Franzosen, welche die Katapulte bewachten, blieb gleich, aber das hieß nicht, dass sich dahinter keine List verbarg, die uns glauben machen sollte, sie ahnten nichts von unseren Absichten. Nach allem, was ich wusste, kamen Dutzende von Feinden nach Einbruch der Nacht ungesehen ans Ufer und bewachten die Katapulte.

Herausfinden, ob Philippe alarmiert worden war, konnten wir nur, indem wir den Fluss überquerten.

KAPITEL XIV

Etwa eine Stunde nach der Komplet kam Jean zu mir, um Bericht zu erstatten; es war zu unserer täglichen Routine geworden. Es war der vierte Abend seit unserer Ankunft in Rouen, und bis jetzt hatten er und seine Bande nichts entdeckt, was uns von irgendwelchem Nutzen gewesen wäre. Ich wusste, dass FitzAldelm früh aufstand und im Hof des Hauses, das er gemietet hatte, übte. Unglaublicherweise hatte eines der Straßenkinder es geschafft, eine Arbeit zu finden, bei der es Brot zum Haus lieferte, und konnte dabei täglich kurz hineinschauen. FitzAldelm ging zur Morgenandacht in eine nahe Kirche, sprach aber mit niemandem außer dem Priester. Als ich das hörte, stellte ich ein Straßenkind ab, um den Geistlichen im Auge zu behalten, sollte es sich bei ihm um einen französischen Agenten handeln.

Der Rest des Tages verbrachte FitzAldelm damit, Runden durch Lagerhäuser und Kornspeicher zu drehen und sich mit Stadträten, Kaufmännern und Fuhrleuten zu treffen. Jeder von ihnen hätte für die Franzosen arbeiten können, viele vielleicht gar, aber wenn ich meinen Spionen glauben konnte, traf er kaum jemals den gleichen Mann zweimal. Ich sorgte dafür, dass ich Beschreibungen aller Personen erhielt, bei denen dies doch der Fall war, und stellte fest, dass es sich um die Honoratioren der Stadt handelte, deren Loyalität kaum in Zweifel stand. Nachts kehrte FitzAldelm in sein Haus zurück und kam nur hervor, um Männer wie Earl Robert und andere Adlige aufzusuchen.

Jean strahlte Enttäuschung auf ganzer Linie aus; er ließ die Schultern hängen, und meinen Gruß beantwortete er mutlos.

»Nichts Neues zu berichten?«, fragte ich.

»Er ging zu einem Waffenschmied, Messire.«

Meine Aufmerksamkeit erwachte. Das war etwas Außergewöhnliches. »Weißt du, weswegen?«

Ein verschlagenes Grinsen. »Aber sicher, Messire.«

»Und?«

Jean streckte eine schmutzige Hand aus.

»Ich entscheide, ob das, was du weißt, Silber wert ist, nicht du.« Ich starrte ihn streng an, bis er wegsah.

Mürrisch offenbarte er, dass FitzAldelm einen teuren Dolch mit silbernen Verzierungen auf der Scheide abgeholt hatte.

Das war wenig bemerkenswert. »Blieb er lange in der Werkstatt? Hat er mit dem Waffenschmied viel gesprochen, oder mit jemand anderem dort?«

Ein widerstrebendes Kopfschütteln.

»Das ist überhaupt keine Neuigkeit, du Spitzbube.«

Ein freches Grinsen. »Man kann es ja mal versuchen, Messire.«

Er war ein beherzter kleiner Kerl, dachte ich amüsiert. »Mach weiter. Behaltet ihn gut im Auge, hast du gehört?«

Er nickte.

Ich wandte mich zum Gehen.

»Wohin wollt Ihr jetzt, Messire?«

Ich sah ihn wieder an. Ich war auf dem Weg zur Ausfalltür, die sich an einer Stelle unweit des Haupttors öffnete, und von dort wollte ich zum Flussufer. Rhys wartete dort mit zwei Waffenknechten. In vielleicht einer Stunde würden sie uns über die Seine rudern, während er und ich mit gespannten Armbrüsten im Bug saßen. Diese Mission war riskant, aber ich freute mich darauf. Zuletzt war ich im Heiligen Land in einen anständigen Kampf verwickelt gewesen. »Das brauchst du nicht zu wissen.«

»Runter zum Fluss, Messire, da wollt Ihr hin.«

Ich sah ihn scharf an. »Wie kommst du darauf?«

»Euer Mann Rhys verbringt da den ganzen Tag, jawohl, und versucht, Boote zu mieten.«

»Woher weißt du das?«

»Einer der Jungs ist ihm gefolgt, Messire.« Bevor ich darauf antworten konnte, platzte er heraus: »Ich würde darauf wetten, Messire, dass Ihr spionieren geht oder so was.«

»Was ich vorhabe, geht dich nichts an, und auch niemanden sonst.« Ich drohte ihm mit dem Finger. »Es wäre besser für dich, wenn du keiner Seele etwas davon gesagt hast.«

Er tippte sich auf die Nase wie ein Richter, der ein Urteil verkündet. »Niemand außer meiner Bande, und sie reden mit keinem.«

Zufrieden wollte ich wieder gehen.

»Nehmt mich mit, Messire.«

»Das ist viel zu gefährlich«, sagte ich, ohne nachzudenken.

»Ihr überquert also wirklich den Fluss«, meinte er triumphierend.

»Vielleicht, vielleicht auch nicht«, erwiderte ich. »Sag zu irgendjemandem ein Wort darüber, und du landest auf dem Grund der Seine. Hast du mich verstanden?« Ich bedachte ihn mit einem Blick, den ich für Gefangene reservierte, die ich verhörte.

»Ich sag niemandem was, Messire«, versprach er mir missmutig. »Ich möchte mit Euch gehen. Ich kann helfen. Niemand achtet auf ein Kind. Falls die Franzosen mich überhaupt sehen, heißt das.«

Er hat recht, dachte ich. Ein mageres kleines Vögelchen wie er könnte sich mit weit größeren Erfolgsaussichten ungesehen an Land schleichen als Rhys oder ich. Dennoch war es Irrsinn, einen Jungen, der kaum elf oder zwölf Jahre alt war, in eine Situation mitzunehmen, in der es leicht gewalttätig werden konnte. Eine brüske Weigerung trat mir auf die Lippen, aber ich hielt inne. In seinem Gesicht sah ich etwas, ein nacktes Flehen, das mich im Herzen berührte. Er erinnerte mich an Rhys – das konnte ich nicht abstreiten –, und ihm eine Chance zu geben war eine der besten Entscheidungen meines Lebens gewesen.

»Du tust genau das, was ich dir sage«, knurrte ich. »Tanzt du einen Fuß, ach was, einen Zoll weit aus der Reihe, lasse ich dich für die Franzosen zurück.«

»Ich werde Eure Befehle befolgen, Messire, ganz genau.« Er tänzelte von einem Fuß auf den anderen, jede Spur von Frechheit war verschwunden. Er wirkte so glücklich wie ein Vierjähriger mit einer Marzipanleckerei.

Eigentümlicherweise war es Rhys, der mehr Einwände gegen Jean erhob, aber selbst er gab zu, dass der Junge eine bessere Aussicht hatte, die Katapulte zu Gesicht zu bekommen. »Er ist noch ein Kind«, wandte Rhys mir gegenüber ein, während Jean auf und ab lief, das ferne Ufer beäugte und sich ausmalte, was er alles unternehmen würde.

Ich wartete bis weit nach der Morgenandacht, bevor ich entschied, ob sich das Risiko, den Fluss zu überqueren, lohnte. Dicke Wolken hingen über uns und verdunkelten die Welt wie das hinterste Ende eines Weinkellers. Das waren genau die Bedingungen, auf die ich gewartet hatte. Wenn zur Matutin der Wachwechsel stattgefunden hatte, froren die Männer dort drüben mittlerweile und langweilten sich. Mit etwas Glück dösten sie bereits. Rhys und ich schoben das Ruderboot, das groß genug für vier Männer war, durch den Schlamm in den Fluss. Jean schob ebenfalls, eifrig bemüht, mit seinen geringen Kräften zu unserem Erfolg beizutragen. Geräuschlos glitt der Kiel ins Wasser, das sich zu beiden Seiten kräuselte. Ich half Jean an Bord, reichte ihm unsere beiden Armbrüste und die Köcher mit den Bolzen, dann stieg ich hinter ihm ein, indem ich mit einer Hand die Schwertscheide anhob, damit sie nicht gegen die Planken stieß. Rhys schob das Boot in tieferes Wasser und stieg zu, als es Fahrt gewann. Während Jean sich in den Bug kauerte, nahm Rhys die Riemen. Wir hatten ihre Mitten dick mit Leintuch umwickelt, und sie bewegten sich geräuschlos und passgenau in den Dollen.

Ich hob eine Hand, und wir lauschten, während der Fluss uns stromabwärts trug.

Ich hörte Männerstimmen und das Wiehern eines Pferdes, aber die Laute kamen aus dem französischen Feldlager. Von unserem Ufer, das nur einen Bogenschuss entfernt lag, hörten wir nichts. Ich nickte Rhys zu.

Er brachte uns herum, und langsam und sanft zog er an den Riemen.

Behutsam schoben wir uns vor, auf einer Diagonale, um die Strömung auszugleichen. Wo wir an Land gelangten, war nicht allzu wichtig: Die Reihe der Katapulte zog sich über fast eine Viertelmeile hin. Unsere Hauptsorge war, französischen Wachtposten auszuweichen. Nach allem, was ich an den vergangenen Tagen gesehen hatte, neigten sie nicht dazu, am Wasserrand zu stehen, sondern zogen es vor, ihre Wachfeuer unweit der Kriegsmaschinen zu unterhalten.

Heute Nacht war nichts anders. Wir näherten uns vorsichtig dem französischen Ufer und hielten alle drei nach dem Feind Ausschau. Keine Menschenseele war zu sehen. Vielleicht fünfzig Schritt entfernt hob sich ein Katapult zum Teil gegen den Schein ab, den das Feuer eines Wachtpostens abgab. Ich wollte, dass meine Augen an die Dunkelheit gewöhnt blieben, und sah nicht direkt ins Licht, sondern nur aus dem Winkel. Mehrere Gestalten kauerten um das Feuer. Ich hörte sie murmeln. Ich stieß Jeans Arm an und zeigte auf die Franzosen. Er nickte und zog die Lippen zu einem aufgeregten Grinsen zurück.

Ich flüsterte ihm so leise ins Ohr, wie ich konnte. »Sei vorsichtig. Wenn du gefangen wirst, sagst du, was wir vereinbart haben. Du bist ein Junge aus St. Denis-la-Chapelle und suchst nach etwas zu essen.« St. Denis-la-Chapelle war ein Dorf eine Meile nördlich vom feindlichen Feldlager.

Jean nahm die Tasche aus Sackleinen, die wir zuvor beschafft hatten. Darin waren zwei noch nicht ganz alte Brotlaibe, wie ein Junge wie er sie aus Soldatenzelten gestohlen haben mochte.

»Meide jede Begegnung, und komm bald zurück …«

Er nickte wieder, so verwegen es nur ging, und wisperte: »Ich weiß. Ich muss mir nicht jeden Katapult ansehen, nur sechs oder acht.«

»Wir warten hier«, sagte ich.

»Und wenn Ihr entdeckt werdet?«, fragte Jean.

In dem entsetzlichen Fall, dass wir ihn zurücklassen mussten, würden Rhys und ich jede Nacht eine Stunde nach der Matutin wiederkommen, so war es beschlossen. Was das möglicherweise bedeutete – Jean allein und verlassen auf der feindlichen Seite des Flusses –, wurde mir erst jetzt bewusst, und es schmerzte wie die Zähne eines Hetzhundes, der mir in die Wade biss. Der Gedanke, dass er wenigstens einen ganzen Tag und eine Nacht den Franzosen ausgeliefert wäre, veranlasste mich zu einem Sinneswandel.

»Es ist zu gefährlich«, flüsterte ich. »Du bleibst im Boot – ich gehe.«

Jean gab keine Antwort, sondern stand auf – Rhys hatte uns ans Flussufer gebracht. Ich begriff seine Absicht, aber bevor ich reagieren konnte, sprang er vom Bug ans Ufer.

Ich winkte ihn heftig zurück.

Jean achtete nicht darauf. Seine Zähne blitzten weiß in der Dunkelheit auf, und er war verschwunden.

Ihn zu verfolgen stand außer Frage, und das wusste der Junge genau. Ich fluchte lautlos und sah Rhys an.

Er grinste. »Der Bursche ist erfinderisch, das musst du ihm lassen.«

Ich schüttelte erbost den Kopf und bat Gott, über Jean zu wachen.

Vorsichtig kletterte ich über die Bootswand und stieg ins seichte Wasser. Wie erhofft konnte ich das Boot so weit an Land ziehen, dass es nicht abtrieb, und dennoch würden wir es mit einem tüchtigen Stoß wieder in den Fluss bringen können. Rhys reichte mir meine Armbrust und einen Köcher mit Bolzen, dann bereitete er seine eigene Waffe vor.

Ich setzte den Schaft am Bauchnabel an, zog die Sehne zurück, bis sie sich verhakte, und legte einen Bolzen auf. Den Zeigefinger in der Nähe des Abzugs, kauerte ich mich hin und lauschte. Von dem Feuer, das ich entdeckt hatte, kam Gemurmel; ein Mann hustete, ein anderer verlangte den Weinschlauch – nichts, was uns Sorgen bereiten musste.

In der Dunkelheit zu warten zerrüttet die Nerven. Ich war schwer versucht, am Ufer entlangzuschleichen und mir die französischen Stellungen mit eigenen Augen anzuschauen, aber dadurch hätte ich Jean nur in noch größere Gefahr gebracht. Verdrossen und mit einem nervösen Zucken im Bauch unternahm ich nichts.

Eine Ewigkeit verstrich, in der mir kalt wurde, in der ich wütend wurde und meine Nervosität sogar noch zunahm. Was ich getan hatte, war herzlos, sagte ich mir, ich riskiere das Leben eines kleinen Jungen anstelle meines eigenen. Schuldbewusst dachte ich zurück an den Jüngling, den ich in Udine getötet hatte. Je mehr ich brütete und mir vorstellte, wie Jean von einem mordlustigen französischen Wachtposten aufgegriffen wurde, desto mehr empfand ich das Bedürfnis zu handeln. Die Aussichten, ihn zu finden, waren zwar mit der Suche nach einer Nadel im Heuhaufen vergleichbar, aber etwas zu unternehmen war besser, als zuzulassen, dass er in die Hände des Feindes geriet oder, noch schlimmer, erschlagen wurde.

Als ich mich entschieden hatte, winkte ich Rhys herbei, der an den Bug krabbelte. »Er ist zu lange fort«, wisperte ich. »Ich mache mich auf die Suche nach ihm.«

Rhys sagte kein Wort.

Erstaunt nahm ich den Kopf zurück, um seine Reaktion zu ergründen.

Rhys blickte starr über meine Schulter hinweg. »Sieh«, machte er.

Ich drehte den Kopf, spähte in die Dunkelheit.

Mit dem typischen Gang eines gelangweilten, schon schläfrigen Wachtpostens stolperte ein Franzose auf uns zu. Vielleicht vierzig Schritte trennten uns, eine freie Fläche, die nicht das kleinste Versteck bot.

Ich zögerte; meine Gedanken überschlugen sich.

Er würde uns entdecken, bevor ich ihn erreichte, um ihn für immer zum Schweigen zu bringen. Sobald sein Warnruf die anderen Wachtposten alarmierte, müssten Rhys und ich fliehen. Ich überlegte, ob ich den Franzosen erschießen sollte, aber mein Bolzen müsste ihm schon in die Kehle dringen, damit er nicht noch einen Schrei ausstieß. In der Dunkelheit war es unmöglich, auf diese Entfernung ein so kleines Ziel zu treffen. Uns blieb keine andere Wahl, als auf ihn zuzugehen, nonchalant, als wären wir seine Kameraden, und zu hoffen, dass wir ihm nahe genug kamen, um ihn niederstechen zu können.

Ich wandte mich zu Rhys um und wollte ihm meinen Plan zuraunen, aber ich sah, dass er die Armbrust erhoben hatte und auf den Franzosen zielte. Rhys hatte ein Auge zugekniffen, mit dem anderen visierte er den Bolzen entlang.

»Pst«, wisperte er, leise wie eine Mutter zu ihrem Säugling in der Wiege.

Ich verschluckte meinen Einwand. Über die Schulter sah ich nach dem Franzosen.

Er war noch dreißig Schritt entfernt, nach wie vor hielt er sich entspannt. Seine Aufmerksamkeit schien dem Boden rechts von uns, links von ihm zu gelten, aber er näherte sich weiterhin langsam.

Säure stieg mir in die Kehle.

Um sicher schießen zu können, musste er noch näher kommen, aber mit jedem Schritt, den der Franzose in unsere Richtung tat, verhundertfachte sich die Gefahr, dass er uns entdeckte. Ein Bolzen flog schneller, als man schauen konnte, aber noch rascher stieß ein Mann einen Warnruf an seine Kameraden aus.

Der Posten kam einige Schritt näher.

Ich bückte mich und legte die Armbrust weg, zog meinen Dolch und hielt ihn mit der Klinge am Oberschenkel, damit er nicht so offensichtlich zu erkennen war. Ich spannte mich an, um sofort losrennen zu können.

Endlich sah er uns. Seine Haltung wurde steif. Er kam einen weiteren Schritt in unsere Richtung, als wollte er sich vergewissern, dass seine Augen ihm das Richtige sagten.

Tschik, machte Rhys' Abzug. Ein unschuldiges Geräusch, ganz anders als das, was es bedeutete.

Ich betete – ich würde an jedem Tag im kommenden Monat eine Messe lesen lassen –, als der Bolzen den Franzosen traf.

Er stieß einen leisen erstickten Laut aus und stürzte zu Boden wie ein Stein in den Brunnen. Arme und Beine zuckten ein- oder zweimal und regten sich nicht mehr.

Meine Aufmerksamkeit löste sich von ihm und schweifte zu dem Feuer, an dem seine Kameraden saßen. Keiner bewegte sich oder rief, und ich wagte wieder, zu atmen. Zwanzig panische Herzschläge sah ich ihnen zu, aber nicht einer rührte sich vom Fleck.

Mein Blick spähte in die Schwärze rechts von uns. Dort war Jean verschwunden. Wo in Christi Namen steckte der Junge?

Ich sah Rhys an, der die Frechheit besaß, mir zuzublinzeln.

Ich musterte ihn aufgebracht und wandte mich wieder den Franzosen zu. Bis sie ihren erschossenen Freund vermissten, war es nur eine Frage der Zeit. So gern ich jetzt nach Jean gesucht hätte, ich hätte damit riskiert, ebenfalls am falschen Seine-Ufer zu stranden. Ich blieb stehen und kam mir vor wie der Hofnarr. Meine Armbrust aufzuheben half, aber nur ein wenig.

Ich weiß nicht, wie viel Zeit ohne ein Zeichen von Jean verstrich. Hundert Herzschläge? Vielleicht doppelt so viele. Mir erschien es wie zehn Jahre.

Vom Wachfeuer kam ein Ruf. »Guillaume?«

Rhys und ich starrten uns an, in den Augen die gleiche Wachsamkeit. Guillaume musste der Tote sein.

»Guillaume? *Où es-tu, crétin?*«, fragte die Stimme, klang aber noch unbesorgt. Murren folgte, als die Kameraden des Franzosen sich stritten, wer nach ihm sehen sollte.

Die Sorglosigkeit gestattete meinen Nerven nicht, auch nur um Haaresbreite zu entspannen. Tauchte Jean nicht innerhalb der nächsten Augenblicke auf, würden wir ein zweites Mal entdeckt werden.

»Guillaume?« Es war eine andere Stimme, und sie klang gereizt.

Am Feuer war ein Mann aufgestanden. Er hielt eine Armbrust in den Händen.

Schweiß lief mir den Rücken hinunter. Unser Glück war verbraucht. Dieser Wachtposten würde uns oder das Boot weit früher entdecken als sein unglückseliger Kamerad, und auf seinen Warnruf hin würden Dutzende Franzosen ans Ufer stürmen.

Eine blitzartige Bewegung erregte meine Aufmerksamkeit. Aus der Schwärze kam eine kleine Gestalt, die leichtfüßig und leise rannte. Sie war so klein, dass sie nur Jean sein konnte.

Ich erinnerte mich nicht, je so erleichtert gewesen zu sein.

»Guillaume!« Die Stimme klang wütend.

Jean drehte den Kopf. Er sah den Franzosen mit der Armbrust, der wiederum ihn entdeckte. Dass der Junge ein Kamerad sein konnte, stand außer Frage – er war viel zu klein. Mit einer geschmeidigen Bewegung hob er die Waffe und, *tschik*, drückte er ab.

Ich schwöre, mein Herz setzte aus.

Um den Bolzen zu verfolgen, war es zu dunkel, aber Jean rannte weiter, und ein leises Platschen vom Wasserrand verriet, dass der Franzose danebengeschossen hatte.

Im nächsten Augenblick füllten seine Alarmrufe unsere Ohren.

Jean sprang herbei und grinste dabei übers ganze Gesicht.

»Ab ins Boot!«, zischte ich.

Er gehorchte und hüpfte behände in den Bug.

Ich schoss auf den Franzosen und verfehlte ihn. Nachdem ich meine Armbrust Jean gereicht hatte, schob ich das Boot in die Strömung. Auf die steile Uferböschung war ich nicht vorbereitet – bei unserer Ankunft mussten wir sie verfehlt haben. Und hinab ging es mit mir. Mein Kopf tauchte unter Wasser, auf der Suche nach Halt strampelte ich vergebens mit den Beinen. Als ich hochkam, war ich durchnässt und wütend.

»Rufus?« Rhys hatte das Rudern unterbrochen. »Rufus?«

»Rudere!«, befahl ich spuckend. »Ruder um euer Leben!«

Rhys hatte keine Zeit, um Einwände zu erheben. Füße näherten sich dem Opfer; immer mehr Stimmen riefen einander etwas zu, dazu gesellte sich das *Tschik, tschik* von Armbrustschüssen. Rhys zog an den Riemen, und das kleine Boot entfernte sich übers Wasser.

Ich schwamm hinterher und betete, dass mein Kopf ein zu kleines Ziel darstellte.

Platsch. Wasser spritzte mir von rechts gegen Ohr und Gesicht. Ein Bolzen war keinen Fuß weit von mir eingeschlagen.

Ich empfand einen starken Drang, meine Gedärme zu entleeren. In extremer Angst findet sich keinerlei Würde. Ich atmete tief ein und tauchte. Unter Wasser schwamm ich weiter und konnte nur hoffen, dass ich die richtige Richtung traf. Erst als meine Brust sich anfühlte, als müsste sie bersten, stieg ich wieder an die Oberfläche. Ich tauchte auf, keuchend und hustend wie ein Ertrinkender, und hielt Ausschau nach Rhys, Jean und dem fernen Ufer.

Erleichterung durchflutete mich. Ich war nicht in der Nähe des Bootes, das mir vorauslief, aber ich hatte die Flussmitte hinter mir. Ich riskierte einen Blick in die Richtung, aus der wir kamen.

Gestalten säumten das Ufer. Armbrüste *tschikten*, aber die Franzosen schossen blind. Bolzen landeten hier, dort und überall. Wäre ich jünger gewesen, hätte ich triumphierend Beleidigungen gerufen; so aber beschäftigte ich mich damit, das andere Ufer zu erreichen.

Über dreißig Schritt von der Stelle, an der Rhys das Boot gelandet hatte, kam ich aus dem Fluss. Triefend warf ich vorsichtige Blicke auf die Franzosen – ein unglücklicher Schuss mochte mich nach wie vor treffen – und ging auf ihn zu.

»Da bist du ja.« Die Erleichterung stand ihm deutlich ins Gesicht geschrieben.

»Stimmt. Sind irgendwelche Bolzen nahe gekommen?«

Er wies auf das Heck, aus dem nicht weniger als zwei Schäfte ragten.

»Beides Glückstreffer, gerade als ich dieses Ufer erreichte.«

Ich nickte dankbar. Hätten die Bolzen näher am französischen Ufer getroffen, hätten sie die Planken durchschlagen und danach womöglich Rhys oder Jean.

»Da sind sooo viele Wachtposten«, sagte Jean.

Tock. Ein Bolzen bohrte sich vielleicht zehn Schritt von uns in die Erde. Ein anderer landete dicht daneben im Wasser.

»Halt den Mund, bis wir hinter den Mauern sind«, befahl ich. »Wenn einer von uns jetzt noch verwundet oder getötet wird, wäre das über alle Maßen dämlich.«

Er zog ein Gesicht, und ich gab ihm eine Schelle ans Ohr.

»Weswegen das denn?« Er klang indigniert.

Ich schlug ihn wieder. »Messire.«

»Weswegen das denn, Messire?«

»Weil du nicht getan hast, was ich dir befohlen hatte, du Wicht!« Ich schubste ihn auf den Weg, der zum Tor führte.

Er sah mich grimmig über die Schulter an. »Ihr hättet nie tun können, was ich getan habe, ohne gesehen zu werden, Messire.«

»Ach ja?«

»Ich habe alle Wachtposten gezählt, Messire, und …« – er hielt mir die Sackleinentasche hin – »… die habe ich gefüllt!«

Rhys und ich tauschten einen ungläubigen Blick. Er lachte als Erster. Ich konnte nicht anders, ich fiel ein.

»Was ist so lustig, Messire?«, fuhr Jean auf.

Wir erreichten das Tor, und ich schlug im vereinbarten Rhythmus dagegen, zweimal, Pause, dreimal, noch eine Pause, einmal.

»Also?« Er war richtig wütend geworden. »Einen halben Schinken hab ich, Messire, und ein Käserad!«

Ein Wachtposten fragte, wer da sei. Ungeduldig nannte ich meinen Namen, gefolgt von: »Wer sollte es sonst sein?«

Während wir warteten, dass der Torbalken gehoben wurde, musterte ich Jean. »Wie viele Wachtposten?«

»Über hundert, Messire. Bei hundert habe ich aufgehört zu zählen.«

»Das hast du gut gemacht.« Ich sah Rhys an; es war nicht nötig, auszusprechen, was wir beide wussten. FitzAldelm hatte

Nachricht über den Fluss gebracht. »Wieso bist du nicht eher zurückgekommen?«, fragte ich Jean.

Er zuckte mit den Achseln.

Er hatte mich beeindrucken wollen, entschied ich. »Du hast nach Vorräten gesucht?«

»Jawohl, Messire.«

»Du bist tapfer, Junge, aber töricht.« Ich hob eine Hand, um seinen Einwänden zuvorzukommen. »Ein Stück Schinken oder Käse ist das Risiko, von den Franzosen gefangen zu werden, nicht wert. Wenn sie dich erwischt hätten, würdest du bei Sonnenaufgang noch schreien.«

»Aber ich bin davongekommen, Messire!« Er grinste wie eine Ratte. »Ich habe ihnen auch in die Betten gepisst.«

Die Tür öffnete sich knarrend, und ich war nicht sicher, ob ich ihn richtig verstanden hatte. »Was?«

Jede Spur von Demut war verschwunden; er triumphierte. »Ich habe auf vier Decken gepisst, Messire. Oder waren es sogar fünf?«

Das nächste Tor war anderthalb Fuß weit geöffnet, nicht weiter. Rhys und ich gingen hilflos lachend voran durch den schmalen Spalt. Jean eilte uns hinterher und verkündete stolz, er hätte auch seine Eingeweide in das Bettzeug der Franzosen entleert, wenn es nur gegangen wäre.

Unsere Heiterkeit nahm dadurch nur zu. Ich vermochte kaum, den Gruß des amüsierten Wachtpostens zu erwidern. Aber trotz meines Frohsinns nagte eine grimmige Erkenntnis an mir.

Dank FitzAldelm konnten wir keinen Angriff auf die französischen Katapulte wagen.

KAPITEL XV

Nach einem nächtlichen Festmahl mit Jeans Schinken und Käse – beide seien vorzüglich, versicherten wir ihm, was sein Entzücken noch steigerte – schickte ich ihn ins Bett. Er ging nur unter Protest, auch wenn er hinter seiner Hand ausgiebiges Gähnen verbarg.

Nach unserem knappen Entkommen und Jeans Erkenntnissen war ich nicht in Stimmung zum Schlafen. Rhys ging es genauso. Wir hockten uns in meinem Zimmer auf die Hocker und tranken Wein.

»So, wie ich es sehe, stehen wir zwei großen Schwierigkeiten gegenüber«, sagte ich.

»Solange wir die französischen Katapulte nicht zerstören, werden sie irgendwann die Mauern brechen«, sagte Rhys.

»Das ist die eine.«

»FitzAldelm, dieser Hurenbock, ist die andere. Du hättest mir im Heiligen Land erlauben sollen, dass ich ihn kaltmache.« Rhys sah mich anklagend an.

»Ich werde ihn töten, nicht du.« Davon abgesehen hatte ich Joanna geschworen, dass ich FitzAldelm nicht verletzen würde.

Nun sah Rhys wütend drein. »Trotzdem, hätte ich ihm damals die Kehle durchgeschnitten, wären wir jetzt nicht in dieser Lage.«

»Ja, hast du aber nicht.« Ich war wütend auf mich selbst – denn Rhys hatte recht –, aber wenn er meine Schmutzarbeit erledigt hätte, Joanna hätte es aus mir herausbekommen. Wie schon zuvor war mir ihr Respekt zu viel wert, als dass ich meinen Feind hinterrücks töten lassen konnte.

»Was also unternehmen wir jetzt?«, fragte Rhys.

Ich kaute auf der Lippe. Beide wünschten wir uns nichts sehnlicher, als FitzAldelm ein Messer zwischen die Rippen zu stoßen, ihn über die Zinnen zu werfen und in der Seine zu versenken. Aber Richard verlangte einen Beweis für seinen Verrat. Zu meinem Ärger war das, was heute Nacht geschehen war, nicht stichhaltig. Dass die Belagerungsmaschinen so stark bewacht wurden, konnte auch eine andere Erklärung haben: einen anderen Agenten in Rouen zum Beispiel, der unser Boot gesehen und eins und eins zusammengezählt hatte. Ein geübter Schwimmer konnte mit Leichtigkeit ans andere Ufer gelangen.

Die unangenehme Wahrheit war, dass wir FitzAldelm auf frischer Tat ertappen oder er seine Schuld eingestehen musste – beides gelinde ausgedrückt unwahrscheinlich –, sonst zog sich die Situation hin, und er konnte Philippe Capet weiterhin Nachrichten zuspielen. In der Zwischenzeit beschossen die französischen Katapulte die Stadtmauern und bedrohten uns alle.

So gern ich FitzAldelm auch losgeworden wäre, Richard würde jedes Wie, Warum und Wozu meiner Mission erfahren wollen. Ich hatte keine Lust, dem König ins Gesicht zu lügen, und zugleich erschien es genauso schlimm, zuzusehen und endlos zu warten.

Ich gelangte zu einer Entscheidung. »Morgen früh folgen wir ihm zur Kirche, wo er an der Morgenandacht teilnimmt. Wir bringen ihn und den Priester zum Verhör.«

»Du willst einen Prälaten *und* einen gegürteten Ritter verhören?« Dass Rhys schockiert aussah, kam nur selten vor.

»Verhören ist ein zu starkes Wort für das, was ich mit dem Priester vorhabe«, sagte ich augenzwinkernd. »Priester sind weich. Eine Mark Silber, dass es mehr als ausreicht, ihn unter Druck zu setzen.«

»Und FitzAldelm?«

Ich dachte an Earl Robert, der so freundschaftlich mit meinem Feind umging, und wie er reagieren würde. Dann an den König, dessen Reaktion zwar verspätet, aber umso vernichtender sein konnte. Das Risiko war es wert, entschied ich. »Gib mir eine Stunde, und er wird singen wie ein Vöglein im Käfig. Sein Geständnis wird den Earl überzeugen. Und dann können wir ihn hinrichten lassen wie einen gewöhnlichen Verbrecher.«

Rhys druckste, erhob aber keinen Einwand.

Ich sorgte mich wieder um den König, sagte mir aber, dass FitzAldelms Knochen unter der Erde verrotteten, bevor Richard davon erfuhr. Er könnte nichts unternehmen und würde meine Schilderung der Geschehnisse akzeptieren.

Die Aussicht auf eine permanente Lösung für die Bedrohung durch meinen lebenslangen Feind sorgte dafür, dass ich gut gelaunt zu Bett ging. Ich träumte nicht, aber ich erwachte mit einem rachsüchtigen Lächeln im Gesicht.

Ich kleidete mich in ein schlichtes Hemd und Beinlinge, denn ich wollte auf der Straße nicht auffallen. Ich trug keine Rüstung, damit sie mich nicht durch ihr Klirren verriet. Mein Schwert konnte ich unter dem Mantel verbergen.

Rhys frühstückte Brot vom Vortag, das er mit Honig bestrich, aber mich hungerte nur danach, FitzAldelm festzunehmen. Ich schritt auf und ab, sah ihm ungeduldig zu, bis er knurrte, dass er fertig sei, während er sich noch einen letzten Bissen in den Mund schob.

Trotz der frühen Stunde – die Prim war noch nicht lange vorbei – wartete Jean im Hof mit frischem Gesicht, auch wenn er Strohhalme im Haar hatte, die verrieten, wo er geschlafen hatte. »Was machen wir heute, Messires?«, fragte er gespannt.

»Wir gehen zur Messe«, sagte ich.

Er sah unzufrieden drein. So etwas hatte er noch nie getan. »Zur Messe?«

Ich ließ es ihm durchgehen, dass er mich nicht mit »Messire« ansprach. Das war der erste Schritt auf einem rutschigen Abhang, so wie schon einmal, begriff ich mit einem Blick auf Rhys, aber mir war es gleich.

»Ja, zur Messe. Das ist gut für die Seele.« Ich stieß ihn mit dem Ellbogen an. »Das weißt du doch sicher?«

»Klar.« Jean murmelte noch etwas, das nur er verstand.

Ich lachte leise.

Er fuhr herum. »Welche Kirche, Messire?«

»Die FitzAldelms Haus am nächsten liegende.«

Ein gerissenes Grinsen trat in sein Gesicht. »Wir gehen also nicht bloß zur Messe!«

»Nein.« Mein Tonfall blieb mild, obwohl meine Vorfreude wuchs. »Das nicht.«

Rhys und ich ließen Jean vor FitzAldelms Haus zurück; sein Genosse, ein Bengel mit laufender Nase und einem auswärts schielenden Auge stand bereits dort. Einer würde zu uns kommen und melden, wenn mein Feind sich auf den Weg machte; der andere würde ihm ungesehen folgen.

Die Kirche lag nur einen kurzen Fußweg entfernt und war klein. Das erforderte eine umgehende Entscheidung. Warteten wir draußen, entdeckte FitzAldelm uns vielleicht oder bemerkte uns, wenn wir nach ihm eintraten, was ihn misstrauisch machen würde. Vor ihm hineinzugehen und einen Platz weit hinten zu suchen erschien als die bessere Wahl.

Innen war die Kirche kalt wie alle Gotteshäuser, und das verfilzte Stroh auf dem Boden musste dringend gewechselt werden. Anders als viele Städter, die bereits zugegen waren, hatten Rhys und ich weder Kissen noch Hocker dabei. Schmutzige Knie spielten keine Rolle, solange ich FitzAldelm nur fasste, entschied ich. Mit den Augen suchte ich dennoch nach einem reinlicheren

Flecken, schlängelte mich zwischen den Kirchgängern hindurch und gelangte in die rechte hintere Ecke der Kirche.

Ich entschied, dass fünf oder sechs Personen zwischen uns und der Tür genügten. Wir brauchten nicht zu befürchten, dass FitzAldelm in unsere Nähe kam. Jean zufolge stand er gern weit vorn, dicht beim Priester, damit sie sich nach dem Gottesdienst unterhalten konnten.

Wir hielten die Köpfe gesenkt. Weil wir gekleidet waren wie alle anderen, streiften uns nur flüchtige Blicke. Rhys, der es mit dem Beten nie gehabt hatte, säuberte sich die Fingernägel und scharrte wie ein gelangweiltes Kind mit den Füßen. Statt ständig zum Eingang zu starren, damit ich sah, wie FitzAldelm eintrat, gestattete ich mir nur gelegentlich einen beiläufigen Blick.

Meine Vorstellungskraft schlug Purzelbäume, während ich abwartete. Nach so vielen Jahren wäre der Feind bald endlich meiner Gnade ausgeliefert. Merkwürdigerweise empfand ich nur wenig Hochgefühl. Ich hasste ihn, jawohl, und wollte seinen Tod, aber das Feuer meines Hasses hatte seine weißglühende Hitze eingebüßt. Ob mein Mord an Henry das bewirkt hatte, das viele Sterben, das ich im Heiligen Land sah, oder der kindliche Straßenräuber, der mir in Udine zum Opfer gefallen war – ich war mir nicht sicher. Vielleicht spielte all das eine Rolle. FitzAldelm würde nicht gefoltert, entschied ich. Er hätte schon bald eine Verabredung mit seinem Scharfrichter.

Tief in Gedanken sah ich nicht, wie er eintrat. Jean war es, der die Neuigkeit überbrachte, indem er plötzlich neben mir stand und an meinem Ärmel zupfte.

»Da ist er, Messire, seht Ihr?«, wisperte er. Mit den Augen wies er in die Richtung.

Selbst von hinten hätte ich den kantigen Schädel jederzeit und überall erkannt. FitzAldelm schritt zielstrebig zum vorderen Ende der Gemeinde. Jean bestätigte, dass er allein war, was ich erfreulich fand. Rhys und ich könnten ihn mühelos überwältigen, und das Seil, das Rhys versteckt um die Hüften trug, würde ihn zusammenschnüren wie ein Bündel Reisig. Der Priester wäre verängstigt und würde meinen Befehl, nicht zu fliehen, schon befolgen.

Ich hatte das Hinterzimmer einer heruntergekommenen Taverne in der Nähe gemietet; durch eine schmale Gasse neben der Kirche gelangte man dorthin. Der Wirt, den ich gut geschmiert hatte, würde dafür sorgen, dass wir vollkommen ungestört blieben. Knebel aus Leder würden verhindern, dass seine Gäste FitzAldelms Schreie und das Schluchzen des Priesters hörten.

Jean sprang aufgeregt auf der Stelle. »Soll ich näher zu ihm und ihn im Auge behalten?«

»Wo ist dein Freund?«

»An der Tür. Wenn Euer Mann vorbeikommt, folgt er ihm.«

Erfreut, dass er diese Möglichkeit bedacht hatte, nickte ich. »Mach weiter so. Und lasst euch nicht sehen.«

Jean warf mir einen vernichtenden Blick zu und schlüpfte zwischen einem dicken, laut betenden Mann und einer zahnlosen Greisin auf einem wackligen Hocker hindurch.

»War ich auch so eingebildet?«, fragte Rhys.

Ich schnaubte belustigt und erntete einen tadelnden Laut von einem mageren Mann, der fast keine Haare mehr hatte. Ich ignorierte ihn und murmelte: »Ich erinnere mich nicht.«

»Katharina erwärmt sich für ihn.«

Ich wusste sofort, worauf es hinauslief. »Er kommt *nicht* mit uns, wenn wir Rouen verlassen.«

»Wenn du es sagst.« Rhys klang lässig, geradezu selbstsicher.

Ich schluckte meinen Protest herunter. Der Zeitpunkt war falsch, aber ich konnte schon absehen, welchen Stand ich in einem Kampf zwei gegen einen um Jeans Zukunft hätte. Dass ich Rhys' und Katharinas Dienstherr, dass ich ein Ritter war und sie Gemeine? Es würde kein bisschen ins Gewicht fallen.

Eine Glocke schlug, und ich schob die Gedanken an Jean beiseite. Erwartung durchlief die Gemeinde. Die Greisin rührte sich und stand mühevoll auf. Der Priester, ein Mann meines Alters mit teigigem Gesicht, schritt von zwei Messdienern gefolgt herein. Ein kleiner Chor kam als Nächstes, sechs Mönche, die schon bessere Tage gesehen hatten. Sie waren keine großen Sänger und meuchelten einen gregorianischen Gesang. Ihre Bemühungen unterstützte ein Portativ, das der letzte Mann trug, der eintrat. Das wuchtige Instrument hing ihm um den Hals und wurde mit einer Hand gespielt, während er mit der anderen den Balg betätigte; es röchelte und furzte schlimmer als ein Patient mit schweren Verdauungsstörungen.

Die Prozession bewegte sich in den vorderen Teil der Kirche. Mir fiel auf, dass FitzAldelm kaum merklich nickte. Ich nahm an, es handelte sich um ein Zeichen an den Priester, der sich sofort dem Altar zuwandte.

Die Morgenandacht begann. Der Priester liebte wie so viele seiner Art den Klang der eigenen Stimme. In blumigem Stil verweilte er bei einzelnen Worten und legte oft dramatische Pausen ein. Für die Dauer des kurzen Stundengebets war es erträglich, aber dann begann er seine Predigt im gleichen Tenor, und mich beschlich der Verdacht, wir könnten hier eine ganze Weile verbringen.

FitzAldelm war deutlich zu sehen – ich hatte seinen Hinterkopf im Auge –, und ich ließ den Blick über die Menschen streichen, die mich umgaben. Ich war nicht allein dabei, wenig auf das Moralisieren des Priesters zu achten. Rhys döste im Stehen, wie es nur jemand konnte, der unzählige Male Nachtwache gehalten hatte. Ein Jüngling nicht weit von mir war ganz darauf konzentriert, mit schmutzigem Zeigefinger den Inhalt seiner Nase zu sondieren. Gleich hinter ihm stand ein Mann, der anscheinend nicht aufhören konnte, sich im Schritt zu kratzen. Ich vermutete Filzläuse.

Endlich war die Predigt zu Ende. Glaubensbekenntnis und Kollekte folgten. Ich gab Rhys den Friedenskuss und konnte dadurch der Greisin auf dem Hocker ausweichen, die mit klaren Absichten gewartet hatte. Vergrätzt küsste sie stattdessen den dicken Mann; er wirkte so wenig erfreut, wie ich es gewesen wäre.

Ich ging nicht zur heiligen Kommunion nach vorn; Rhys ebenfalls nicht. Das brachte uns eine Reihe neugieriger, missbilligender Blicke ein, ohne dass es mich scherte. Bald läge das Warten hinter mir. FitzAldelm wäre binnen Kurzem in meiner Gewalt.

Als die letzten Nachzügler die Kommunion erhalten hatten und zurück auf ihre Plätze schlurften, beobachtete ich meinen Feind. Fast war es, als spürte er meinen Blick. Er drehte sich um und stierte in meine Richtung. Obwohl viele Leute zwischen uns standen, gab es eine ununterbrochene Sichtlinie. Hastig senkte ich den Blick und zischte Rhys zu, es mir nachzutun.

Ich wagte nicht, was ich am meisten wünschte – FitzAldelm wieder anzusehen.

Der Priester begann mit den Fürbitten für die heilige Mutter Kirche, für den König und seine baldige Befreiung, für Earl Robert und seinen Erfolg bei der Verteidigung der Stadt gegen die Franzosen. Der Bischof wurde ebenfalls erwähnt, und weitere Priester. Er salbaderte einfach immer weiter.

»Beweg dich«, flüsterte ich Rhys zu. »Wir müssen näher an ihn heran.«

Wir handelten uns weitere unwillige Blicke ein, als wir auf einem gewundenen Weg durch die Gemeinde drängten. Ich war jedoch höflich, und durch mein Lächeln, meine Mit-Eurer-Erlaubnis-Miene und einige Dankeschöns ernteten wir nur wenig Einwände. Ich war genau rechtzeitig losgegangen und erreichte eine Stelle vielleicht zehn Schritt hinter FitzAldelm, als das Schlussgebet begann, die Paters und Aves. Jeder kniete nieder. Während die Leute vor mir sich bückten und beugten, vollzog ich die Bewegung viel langsamer nach und entdeckte Jean noch dichter an meinem Feind. Der Junge sah mich und grinste.

Ich schaute Rhys aus dem Augenwinkel an. »Fertig?«

»Ja.«

Der Priester stimmte die Segnung an, die das Ende der Messe anzeigte.

Ich steckte meinen Mantel hinter dem Schwertgriff fest, damit ich die Waffe in dem Moment ziehen konnte, in dem ich aufstand. Als ich die Hand an die Seite schob, bemerkte ich einen kleinen Jungen, der mich beobachtete. Seine Augen waren groß wie Teller: Er wusste, was das Heft des Schwertes zu bedeuten hatte. Mein Herz pochte heftig; ich warf dem Knaben ein breites und, wie ich hoffte, entwaffnendes Lächeln zu und setzte einen Finger auf meine Lippen.

Der Priester beendete das Schlussgebet.

»Mama«, sagte der Junge laut.

Sie drehte den Kopf.

»Sieh nach unten«, wisperte ich Rhys rasch zu. Ich verbarg das Heft des Schwertes mit meinem Unterarm, starrte auf den Boden und betete, dass FitzAldelm noch nicht alarmiert war.

»Gehet hin in Frieden«, sagte der Priester.

»Messire!« Die Stimme gehörte Jean. Drängend. Beharrlich.

Ich erhob mich und zückte das Schwert, während der kleine Junge seiner Mutter einen triumphierenden Ich-hab-es-dir-doch-gesagt-Blick zuwarf.

Zu meiner Bestürzung ging FitzAldelm raschen Schritts in den hinteren Teil der Kirche.

Ich hoffte, er gehe nur in die Sakristei, um dort den Priester zu sprechen, und eilte ihm hinterher. Ich bewegte mich rasch, aber leichtfüßig wie ein Dieb, der an einem Wachhund vorbeischleicht. Rhys war bei mir, die Klinge gesenkt und stoßbereit an der Seite.

Zwanzig Schritt trennten uns von der Tür. FitzAldelm stand ihr ein gutes Stück näher. Dennoch, wir bewegten uns schneller als er und hätten ihn davor abgefangen – hätte er nicht über seine Schulter geblickt. Unsere Anwesenheit hier an seinem geheimen Treffpunkt verriet ihm alles. Wut trat in sein Gesicht, und er rannte los.

»Du und dein Freund, ihr bewacht den Priester!«, brüllte ich Jean zu. »Lasst ihn nirgendwohin gehen.«

FitzAldelm hastete durch die Tür.

Einen Herzschlag später erreichte ich sie und wich nur knapp dem Türblatt aus, das er mir ins Gesicht knallen wollte. Er stemmte sich dagegen und versuchte verzweifelt, den Riegel vorzuschieben und mich auszusperren. Als ich seine Absicht registrierte, stemmte ich meine Schulter gegen die Tür und presste mit aller Kraft. Rhys kam mir zu Hilfe, und zusammen konnten wir sie zwei Zoll weit aufdrücken. Ein kurzes Kräftemessen folgte, dann gab FitzAldelm auf. Die Tür schwang heftig nach innen, und wir stolperten hindurch. Schritte hallten von den Bodenfliesen wider, als er in das Halbdunkel der Sakristei preschte.

Wir setzten ihm nach wie wild gewordene Hetzhunde.

FitzAldelm streckte den Arm aus und warf einen großen, schmiedeeisernen Kerzenleuchter um.

Ich war direkt hinter ihm, und es gelang mir, das Hindernis zu überspringen. Rhys konnte leider nicht sehen, was ich sah, und hatte kein solches Glück. Er stieß mit dem Schienbein dagegen und stürzte lauthals fluchend zu Boden.

Mein Sprung brachte mich dichter an FitzAldelm heran, und ich erwischte mit einer Hand sein Hemd. Ich hätte ihm das Schwert in den Rücken stoßen können – ein Teufel in meinem

Kopf verlockte mich dazu –, aber ich musste ihn verhören. »Stehen bleiben!«, befahl ich.

Er achtete nicht darauf, sondern riss sich heftig los. Sein Hemd zerriss. Ich behielt ein Stück ausgefransten Stoff in der Hand, und FitzAldelm gewann neue Schnelligkeit.

Wenn man mich vorher gefragt hätte, wer von uns beiden einen Wettlauf gewänne, so hätte ich meine gesamte Habe auf mich gesetzt. Aber damit lag ich falsch.

In mehr als einer Hinsicht.

Ohne Warnung bog FitzAldelm nach links in einen Alkoven.

Ich schlitterte daran vorbei, kam zum Halt, wirbelte herum.

Der Knall einer zugeworfenen Tür war nicht zu überhören.

Ich stürzte in den Alkoven und entdeckte die niedrige, eisenbeschlagene Tür an seiner Rückwand in dem gleichen Augenblick, in dem mir das Schnappen eines Riegels, der vorgelegt wurde, in die Ohren drang. Ich warf mich gegen die Tür und wurde mit Schmerz belohnt, als die Eisennieten sich in mein Fleisch drückten. Ohne darauf zu achten, versuchte ich es immer wieder. Die Tür gab kein bisschen nach. Keuchend legte ich das Ohr daran und hörte den Widerhall eiliger Schritte.

»Wo ist er?« Hinkend trat Rhys zu mir.

Ich schlug mit der Faust auf die Tür. »Auf der anderen Seite.«

»Dieser hinterlistige Bastard!«

»Das ist er«, sagte ich nachdrücklich.

»Wohin führt der Gang?«

»Ich vermute, dass er ihn unterirdisch auf die andere Seite der Stadtmauern bringt.«

»Wir brauchen eine Axt!« Rhys sah sich in der Sakristei um und ließ die Luft mit seinen Flüchen erröten.

»Selbst wenn du eine findest, wird er längst verschwunden sein, bevor du die Tür eingeschlagen hast. Lass uns schauen, was der Priester zu sagen hat, wohin dieser Gang führt.« Mit grimmigem Gesicht kehrte ich ins Kirchenschiff zurück.

Das Bild, das mich erwartete, war geradezu komisch. Ein rostiges Messer schwenkend, hatte Jean den Priester gegen den Altar zurückgedrängt, während sein glotzäugiger Freund mehrere besorgte Gemeindemitglieder mit einer ähnlich altersschwach aussehenden Klinge in Schach hielt.

Ich überließ es Rhys, sich um die Städter zu kümmern, und stapfte auf den Priester zu. Sein Gesicht, puterrot vor Zorn über Jeans Drohungen, nahm das Grau eines Leichentuchs an.

»I-i-ihr dürft mir nichts tun«, sagte er. »Dies ist das Haus Gottes!«

»So ist es«, schnarrte ich. »Ein schöner Ort, um Richard zu verraten, Euren König!«

Schockiertes Keuchen wurde hinter mir laut, was mich zufriedenstellte. Ich hatte gehört werden wollen.

Eine Schweißperle lief ihm das Gesicht hinunter. Seine Lippe zitterte.

»Wohin führt der Gang?«

Er war genauso dumm wie falsch. »G-Gang?«

Ich hob das Schwert, und so sanft wie ein Feldscher, der zum Schnitt ansetzt, setzte ich die Spitze genau unter sein linkes Auge. »Zwingt mich nicht, ein zweites Mal zu fragen.«

Er zitterte. Ein dunkler Fleck erschien in Höhe des Schritts auf seinem wollenen Gewand.

Mir war es egal, ob er sich auch vollschiss. Ich drückte mit der Klinge zu, nur ganz sachte.

»E-er wird zu einem Tunnel, der unter den Mauern hindurchläuft«, flüsterte er. »An der Seine endet er.«

Bitterkeit überschwemmte mich wie eine Flutwelle. »Und da liegt ein Boot.«

»So ist es.«

Einen Trost gab es in diesem Debakel. FitzAldelms Flucht bewies seinen Verrat über jeden Zweifel hinaus. Bei unserem nächsten Zusammentreffen konnte ich ihn ohne Reue töten.

Und das werde ich, dachte ich, während ich den Blick auf das vergoldete Kreuz auf dem Altar richtete.

Gott im Himmel sei mein Zeuge.

KAPITEL XVI

Von der Kirche hetzten wir zu dem Ausfalltor, das dem Tunnelende am nächsten lag, aber vom Boot oder FitzAldelm war weit und breit nichts zu sehen. Dem fröhlichen Winken der französischen Soldaten zufolge, die uns zusahen, wie wir das Ufer absuchten, hatte mein Feind den Fluss bereits überquert und sich zu seinem neuen Herrn Philippe Capet gesellt. Die beiden passen zueinander, dachte ich voll Abscheu: einer hinterlistiger als der andere. Ich würde FitzAldelms Verrat bekanntgeben. Mit etwas Glück hinderte ihn das daran, noch mehr Schaden anzurichten.

Als Nächstes ging ich zu Earl Robert. Er war doppelt entsetzt: über FitzAldelms Verrat und auch, weil ich ihn nicht früher ins Vertrauen gezogen hatte.

»Es tut mir leid, Messire«, sagte ich aufrichtig. »Ihr und er kamt mir wie gute Freunde vor. Ich konnte das Risiko nicht eingehen, dass Ihr ihn unwillentlich warntet, dass ich ihm auf der Fährte bin. Dass er gehört hat, wie wir davon sprachen, die feindlichen Katapulte in Brand zu setzen, war schlimm genug.«

Der Earl besaß den Anstand, schuldbewusst dreinzusehen. »Wie konnte ich es übersehen? Warum habe ich es nicht begriffen?«

»Er ist verschlagen wie ein Fuchs, Messire, und hat lange Zeit alle hinters Licht geführt.«

»Christus sei Dank wurde in jener Nacht keiner von Euch verletzt.« Ein unzufriedenes Kopfschütteln. »Ihr sagt, er habe schon im Heiligen Land mit Philippe im Bunde gestanden?«

»Jawohl, Messire.« Ich berichtete ihm vom Templertunnel in Akkon.

Die Frage folgte, vor der mir graute. »Was hat der König gesagt, als er davon hörte?«

Richard von FitzAldelms Erpressung zu erzählen war schon schwierig genug gewesen, und ich hatte nicht vor, auch den Earl in mein schmutziges Geheimnis einzuweihen. »Er hat mir befohlen, ihn im Auge zu behalten.«

Die nächste Frage war ebenfalls unvermeidbar. »Warum hat er FitzAldelm dann in die Normandie geschickt? Sicher wäre es besser gewesen, ihn nahe bei sich zu halten, statt ihm zu gestatten, mit Philippe Ränke zu schmieden?«

»Der König hielt FitzAldelm für eine geringe Gefahr, verglichen mit seinem Bruder John.« Ich hoffte, dass das plausibel klang.

Zu meiner großen Erleichterung schluckte der Earl die Lüge und nickte. »Das kann ich verstehen.« Er schlug mir gegen den Arm. »Nicht umsonst sind wir zwei aus der Schar, die bei Joppa mit dem König gegen die Sarazenen gestürmt ist. FitzAldelm war dort nicht – und selbst wenn, Richard hätte ihn nicht ausgewählt. In Zukunft werdet Ihr mir von solch wichtigen Dingen sofort berichten!«

Fast körperlich greifbar pulsierte es in der Luft, jenes unzerreißbare Band, das an diesem Tag der Tage zwischen uns dreizehn Männern geknüpft worden war.

»Das werde ich.« Ich sah Robert in die Augen. »Ihr habt mein Wort darauf.«

Noch am gleichen Tag überquerte ein französisches Boot den Fluss. Den weißen Stab und die Standarte, die seine Stellung bekundeten, hoch in die Luft gereckt, kam der Herold – ein Ritter – ans Stadttor und bat um Einlass.

Der Earl und ich empfingen ihn gleich innerhalb des Zugangs. Der Kommandant der Garnison war bei uns. Sein Atem roch heftig nach Wein, aber er hatte scharfe Augen wie ein Falke.

Der Herold verbeugte sich vor dem Earl und grüßte den Garnisonskommandanten herzlich. Mich sah er an, ohne mich zu erkennen.

Ich verzichtete darauf, mich vorzustellen.

»Der König von Frankreich sendet Euch Nachricht«, sagte der Herold zum Earl.

Robert zog eine Braue hoch. »Ach ja?«

»John, Graf von Mortain, hat ihm für England gehuldigt und die Normandie an ihn abgetreten, dazu alle anderen Ländereien auf dieser Seite des Meeres. Der König ist gekommen, um diese Stadt in Besitz zu nehmen. Erlaubt ihm, in Frieden einzuziehen, und er wird sich als freundlicher und gerechter Herr zeigen.«

»Und die Sicherheit der Garnison …«

»… wird garantiert, bis sie die nächste Festung erreichen, die derzeit noch in König Richards Gewalt verbleibt.« Das »derzeit noch« betonte er nachdrücklich.

»Ich verstehe.« Robert rieb sich das Kinn wie ein sehr nachdenklicher Mann. Er sah mich an – ich lächelte höflich –, dann den Kommandanten der Garnison, der nickte, als wäre zwischen ihnen ein stiller Wortwechsel erfolgt.

Solch absurden Forderungen nachzugeben stand völlig außer Frage. Das hatten wir im Vorfeld besprochen. Robert spielte nur mit dem Herold.

Das Schweigen zog sich hin.

Der Blick des Herolds schweifte umher, versuchte zu ermessen, was vor sich ging. Schließlich ging ihm die Geduld aus. »Habt Ihr also eine Antwort für König Philippe?«

»Die habe ich«, sprach Robert. »Sagt ihm, dass Rouens Tore ihm offenstehen.«

»Offenstehen?«

»Er kann eintreten, wann immer er möchte. Niemand verwehrt ihm den Zugang.«

Voll Misstrauen sah der Herold erst mich und dann den Garnisonskommandanten an. Wir schenkten ihm ausdruckslose Blicke. »Ergebt Ihr Euch?«, fragte er Robert.

»Bestellt ihm, die Tore seien offen. Wir werden ihm einen warmen Empfang bereiten.« Die Stimme des Earls klang heiter und spöttisch.

Der Herold begriff; er presste die Lippen zusammen. »Mit Eurer Erlaubnis«, sagte er und ging.

»Ich würde viel Silber zahlen, um dabei zu sein, wenn Philippe Eure Antwort hört«, sagte ich leise.

Robert lachte. »Ich auch!«

Aber ich hätte alles gegeben, was ich besaß, wenn ich stattdessen FitzAldelm hätte fangen können. Seine Flucht schmerzte wie Salz in der Wunde.

Wenig überraschend nahm der französische König die Einladung des Earls nicht an. In den nächsten Tagen fanden beide Seiten in ihre Rollen bei der Belagerung. Zu unserem Glück waren die feindlichen Katapulte so mittelmäßig wie die Kriegsmaschinen, die Philippe im Heiligen Land eingesetzt hatte, und ihre Bedienungsmannschaften zudem schlecht ausgebildet. Die Franzosen schlugen zwar Stücke zu Dutzenden vom Mauerwerk und töteten hier und da einen Mann, aber ihnen gelang es nicht, immer wieder die gleiche Stelle zu treffen, was erforderlich war, um eine Bresche zu schlagen. Bald überzogen Pockennarben die der Seine zugewandten Mauern von oben bis unten. Zum überwiegenden Teil blieben die Bollwerke jedoch unbeschädigt, und die am schlimmsten betroffenen Stellen besserten wir schneller aus, als die Franzosen sie ein zweites Mal treffen konnten.

Ihren Bemühungen halfen unsere Anstrengungen nicht. Vier Nächte nach FitzAldelms Flucht, lange genug, damit die feindlichen Wachtposten nachlässig wurden, setzte ich mit einem Dutzend Waffenknechten über den Fluss. Wir landeten einige Stunden vor Morgengrauen und zerschnitten die Seile der Winden von nicht weniger als sieben Katapulten, bevor die Franzosen uns bemerkten. Wir zogen uns auf der Stelle in die Dunkelheit zurück, ohne Verluste zu erleiden.

Auf der Hut vor weiteren Nachtangriffen zog der Feind seine Belagerungsmaschinen von nun an jeden Abend in sein Lager zurück. Das warme, sonnige Wetter machte diese Herkulesaufgabe noch viel schwieriger. Schon bald wurde es zur abendlichen Gewohnheit unserer Männer, auf den Wehrgängen zu stehen und die schwitzenden, fluchenden Franzosen zu verhöhnen und zu beschimpfen, während sie die Katapulte vom Flussufer wegwuchteten. Unweigerlich begannen die Schützen aus der Garnison Wettschießen mit Bogen und Armbrust, und Earl Robert, der darauf bedacht war, die Kampfmoral zu stärken, setzte Preise aus.

Die Entfernung von der Mauer zum Fluss und hinüber auf die andere Seite lag ein wenig über zweihundert Schritt – knapp oberhalb der Reichweite selbst einer starken Armbrust. Robert war diese Schwierigkeit klar, und er bot deshalb eine Goldmünze für jeden Franzosen, der auf diese Weise getötet wurde, und sechs Silberpennys für jeden Verwundeten. Die Belohnung für einen durch einen Bogenpfeil getöteten oder verwundeten Feind war weniger attraktiv, aber trotzdem hoch genug, dass es auf unseren Wällen von Soldaten wimmelte, sobald für die Franzosen die Zeit kam, ihre Katapulte wegzuschleppen.

Nach einer Woche änderten sich die Dinge zum Schlechteren. Wir wussten nicht, woher sie ihre neuen Bedienungsmannschaften hatten. Einige sagten, es wären Italiener oder Deutsche, andere sprachen von Flamen. Gott sei Dank waren es nicht viele, oder größere Mauerabschnitte wären eingebrochen, was unser Schicksal besiegelt hätte. Sie waren aber zahlreich genug, um fünf oder sechs Katapulte zu bedienen, die genau das trafen, worauf ihre Mannschaften zielten.

Sie wählten eine Stelle links des Stadttors aus und beschossen sie am ersten Tag von morgens bis abends. Das Ergebnis war sichtbar, lange bevor der Beschuss endete. Ein Abschnitt der Zinnen war zerschmettert, ihre Trümmer in der Seine versunken, und ein gezackter Riss lief von der Mauerkrone bis hinunter zum Fuß der Mauer, breit genug, dass ein Mann die Hand hineinstecken konnte.

Earl Robert und ich inspizierten den Schaden, während das Licht vom unheildrohenden, rotorangen Himmel schwand. Trotz der späten Stunde war es furchtbar warm. Ich warf einen Blick auf die Seine, versucht, mich später Rhys und einigen der kühneren Männer anzuschließen. Sie hatten sich verabredet, im Schutz der Dunkelheit im Fluss zu schwimmen. Ich muss wohl nicht erwähnen, dass Jean und seine Bande es nicht abwarten konnten, dabei mitzumachen.

Roberts Stimme holte mich in die Gegenwart zurück. »Die Mauer wird zusammenbrechen, wenn nicht morgen, so am Tag darauf.«

»Schwer vorstellbar, wie sie standhalten soll«, stimmte ich zu und lehnte mich in die Leere, um den Riss besser betrachten zu können. Auf eine abartige Weise empfand ich Freude. So viele Monate waren verstrichen, ohne dass ich in der Schlacht gekämpft hatte. Joppa war im August des vorigen Jahres gewesen, und nun hatten wir beinahe Juni. Ich vermisste den blutigen Nervenkitzel, mit dem Schwert in der Faust gegen die Klinge des Feindes anzutreten. Ich richtete mich auf und sah dem Earl in die Augen. »Die Franzosen werden in dem Moment stürmen, in dem sie fällt.«

»Das werden sie«, sagte er grimmig. »Wir werden von Anfang an auf verzweifeltem Posten kämpfen.«

»Wenn die Franzosen in der Bresche auch nur Fuß fassen können, werden sie ihre Anstrengungen verdoppeln.«

Ich brauchte nicht hinzuzufügen, dass Rouen dann fallen würde – oder der Earl kapitulieren müsste.

»Wenn wir sie zurückwerfen, geht der Beschuss weiter«, fuhr Robert fort, »und sie werden eine noch breitere Bresche schaffen.«

Ohne Verzögerung würde ein weiterer Großangriff folgen, dem standzuhalten noch schwieriger wäre. Selbst wenn er zurückgeschlagen wurde, würde sich der Zyklus wiederholen, bis wir uns ergaben oder überwältigt wurden.

»Wir könnten einen weiteren nächtlichen Überfall versuchen«, sagte ich. »In ihr Lager stürmen und so viele Katapulte in Brand setzen wie möglich.«

»Damit werden sie rechnen.«

»Vielleicht.« Mein Starrsinn ergriff von mir Besitz. »Das bedeutet aber kaum, dass der Versuch sich nicht lohnt.«

»Wir könnten schreckliche Verluste erleiden.«

»Und sie werden nicht schrecklich sein, wenn die Franzosen die Mauern stürmen?«

»Nächtliche Kämpfe sind selbst unter besten Bedingungen teuflische Situationen, auch wenn man keinen Fluss im Rücken hat. Stellt Euch nur vor, wir müssten uns kämpfend an die Seine zurückziehen, während Philippes gesamte Streitmacht uns nachsetzt.«

Das war kein schönes Bild. Widerwillig zustimmend schüttelte ich den Kopf. »Vielleicht habt Ihr recht.«

»Ich habe recht. Die Gefahr ist zu groß.«

Schweigen setzte ein, als wir ins Brüten verfielen.

Beiden passte uns nicht, dass wir darauf warten sollten, von den Franzosen angegriffen zu werden, und sie die Mauern zerschmettern würden, während wir nicht zurückschlagen konnten. Aber sosehr wir sie uns auch ersehnten, eine wundersame Lösung fiel uns nicht ein.

Das Vernünftigste, nämlich Philippe Rouen zu übergeben, stand so deutlich vor uns wie die Nase im Gesicht, aber keiner wollte es aussprechen.

In trüber Stimmung kamen wir von den Wehrgängen herunter.

Auf Höhe der Straße zog eine Gruppe von Bogenschützen meinen Blick auf sich. Ihnen fehlte ein Übungsplatz oder ein freies Feld, und sie hatten Strohziele ans Tor gehängt und traten gut gelaunt gegeneinander an.

Ich konnte nicht fassen, dass noch niemand daran gedacht hatte.

»Earl Robert«, sagte ich, »mir ist eine Idee gekommen.«

Der Schaden, den seine Belagerungsmaschinen anrichteten, versetzte den französischen König in Kampfeslaune. Früh am nächsten Morgen begann neuer Beschuss. Ohne die Anstrengungen unserer Bogenschützen, die in Wartestellung lagen, hätte der Tag vielleicht in einer Katastrophe geendet. Als die Franzosen mit ihren Katapulten anhielten und den Beschuss beginnen wollten, standen die Bogenschützen wie ein Mann auf und schossen auf die neuen Bedienungsmannschaften. Stolz und dumm trugen diese Männer auffällig gemusterte Wappenröcke. Sieben von ihnen fielen unter der ersten Salve. Viele weitere wurden verwundet, was sie ebenfalls als Katapultschützen ausfallen ließ.

Die Verluste bedeuteten, dass die ursprünglichen Bedienungen erneut an die Arbeit mussten. Zu unserem Glück sank die Zielgenauigkeit der Franzosen damit wieder auf den alten erbärmlichen Stand, wie es unsere Absicht gewesen war. Ihre Anstrengungen wurden zudem von den Pfeilen unserer Bogenschützen weiterhin behindert, die ohne Unterlass auf sie herabregneten. Die Bedienungsmannschaften konnten keinen Zoll Haut zeigen, ohne Gefahr zu laufen, dass sich ein gefiederter Schaft hineinbohrte. So schwer war der Pfeilhagel, dass die Schilde, mit denen Soldaten die Katapultmannschaften schützten, oft an Igel erinnerten; regelmäßig mussten ihre Besitzer sich in sichere Entfernung zurückziehen, um die Schäfte herauszuziehen, die die Schilde unhandlich machten.

Obwohl ich kein Bogenschütze war, war ich zugegen. Rhys hatte mich am vorigen Abend zu einem Wettschießen herausgefordert. Um ihn bei Laune zu halten, hatte ich zugestimmt, aber ich gab mich bald geschlagen. Wieso soll ich Pfeile vergeuden, fragte ich Rhys, wenn Männer wie er sie mit viel größerer Wirkung einsetzten? Er lachte und wettete sofort mit einem runzligen walisischen Bogenschützen, der alt genug war, um sein Großvater zu sein.

Ich ging nicht hinunter. Wie alle von uns amüsierten mich die jämmerlichen Schüsse der Franzosen. Einige erreichten nicht einmal die Mauern. Eine Beleidigung nach der anderen warfen wir den Katapultbedienungen an den Kopf. Sie konnten auf zwanzig Fuß kein Scheunentor treffen. Schossen sie etwa mit verbundenen Augen? Wurde jedes ihrer Katapulte von einem Blinden befehligt?

Ob unsere Schmähungen irgendwelche Wirkung hatten, weiß ich nicht. Es spielte auch keine Rolle. Die Moral unserer Männer war gestärkt, und auch ich war fröhlicher gestimmt. Das Gespräch mit Earl Robert am Vorabend hatte mich bedrückt; da war es ermutigend, zuzusehen, wie die Anstrengungen der Franzosen beinahe vollständig zunichtegemacht wurden.

Als die Nachricht davon Philippe Capet erreichte, war er nicht erfreut. Das zeigte sich zuerst an Aufregung in seinem

Lager, schmetternden Trompeten und hin und her laufenden Boten. Kurz darauf sammelten sich Waffenknechte, die noch die Helme aufsetzten oder die Schwerter gürteten, am Rand des Lagers.

Ich sandte sofort jemanden zu Earl Robert, und er ließ Alarm schlagen. Ich stieß Jean an, der sich angewöhnt hatte, den ganzen Tag wie eine Klette an meiner Seite zu bleiben, und sagte nicht unfreundlich: »Zeit, dass du verschwindest.«

Ein verletzter Blick. »Warum?«

»Sieh mal da drüben. Die Franzosen werden angreifen, und zwar bald.«

»Dann kämpfe ich auch gegen sie!« Aus dem Nichts hatte er den rostigen Dolch in der kleinen Faust. »Ihr habt gesehen, wie ich den Priester in Schach hielt! Ich habe keine Angst!«

Ich verbarg ein Lächeln, denn ich wollte sein Selbstvertrauen nicht beschädigen. Er erinnerte mich an einen Terrier auf einem Bauernhof, der bereit ist, sich mit einem dreimal so großen Hund anzulegen. Ich bückte mich, bis wir Auge in Auge waren. »Dein Mut steht völlig außer Frage, Jean, und deine Treue auch.« Er nickte, erfreut und besänftigt, und ich fuhr fort: »Dir ist es vielleicht nicht klar, aber es besteht ein himmelweiter Unterschied darin, einen verweichlichten Priester in die Ecke zu drängen und sich einem französischen Waffenknecht entgegenzustellen, der mit Mordlust im Herzen eine Sturmleiter hochklettert.«

Er wollte Einwände erheben, aber ich schnitt ihm das Wort ab. »Nein, Jean. Nicht mehr lange, und dies hier ist kein Ort für ein Kind mehr.«

Zu meiner Überraschung nickte er. Bei ihm steckte jedoch immer mehr dahinter, er unternahm stets einen Versuch, mit Gewinn davonzugehen. »Lasst mich noch kurz bleiben. Die Franzosen sind ja noch lange nicht angriffsbereit. Sie bringen jetzt erst ihre Boote an den Fluss, seht nur!«

»Du bist genauso starrsinnig wie ich.«

Als Jean spürte, dass der Wind sich drehte, und sei es nur kurz, grinste er.

»Du kannst bleiben, bis das erste Boot ablegt«, sagte ich. »Wenn du dann nicht verschwindest, versohle ich dir danach den Hintern.«

Er nahm es mit Humor und fing sofort an, die Franzosen mit Unflat zu überhäufen.

Philippes Soldaten waren nicht untätig gewesen, wie ich bald sah. Dutzende von Booten waren gebaut oder eher in jedem Dorf Meilen die Seine hoch und hinunter beschlagnahmt worden. Auch Leitern hatten sie in großer Zahl hergestellt, die grob gezimmert waren, aber stabil aussahen. Mein Magen verkrampfte sich. Eine brauchbare Bresche gab es nicht, aber wenn genug Leitern an die Mauern gestellt wurden, stand uns ein verbissener Kampf bevor.

Ich sah mich nach Rhys um. Er beaufsichtigte Jeans Freunde, die Eimer mit Armbrustbolzen auf die Wehrgänge trugen. Gruppen von Soldaten sammelten sich am unteren Ende der nächsten Treppe und an den anderen ebenfalls.

Ich mache mir zu große Sorgen, sagte ich mir und erinnerte mich, wie unsere Armbrustschützen bei Joppa einen ganzen Tag lang Saladins Mamelucken auf Abstand gehalten hatten. Sie hatten nur den Schutz unserer Speere gehabt, hinter denen sie standen, und hier hatten die Soldaten eine viermal mannshohe Mauer.

»Sollen die Franzosen nur kommen«, sagte ich leise.

Jean hörte mich. »Ja, kommt doch, ihr Flohhunde!«, schrie er. »Wie wir sie empfangen, das werden sie viele Jahre nicht vergessen – die, die überleben!«

»Gott gebe, dass dem so ist«, sagte ich. »Jetzt mach dich nützlich – hilf deinen Freunden mit den Bolzen. Wenn das geschehen ist, geht ihr alle nach unten und bleibt dort.« Ich sah ihm nach, als er murrend wegging, und lächelte. Noch ein paar Jahre, urteilte ich, und er wäre ein guter Knappe.

Unsere Bogenschützen befolgten meine Anweisung nur zögernd, aber sie unterbrachen den Beschuss und warteten ab, bis sich am anderen Ufer Hunderte von Franzosen zusammengezogen hatten. Die Armbrustschützen, deren Waffen geringere Reichweite hatten, warteten ebenfalls. Als die Feinde dicht gepackt standen wie die Menge auf einem Weihnachtsmarkt, gab ich das Zeichen.

Der Feind wusste, was ihm bevorstand. Dutzende von Männern mit Schilden hielten sich bereit, um jene zu schützen, die die Boote ins Wasser schieben und die Leitern aufladen mussten. Ihre Aufgabe war beinahe unmöglich, und unsere Bogenschützen machten das Beste aus der Gelegenheit, die sich ihnen bot. Zuerst schossen sie in hohen Bögen durch die Luft, ein, zwei, drei, vier Pfeile im Zeitraum von dreißig Herzschlägen. Eine dichte Wolke aus Geschossen stieg hoch, schwarz, schimmernd und anmutig vor dem blauen Himmel. Mit unfassbarer tödlicher Schnelligkeit stießen sie hinab.

Schilde waren rasch mit Schäften gespickt. Auf offenem Boden sprossen unvermittelt Pfeildickichte. Franzosen schrien. Franzosen brachen zusammen. Franzosen starben.

Verwundet, verängstigt oder nur als Reaktion auf die Schreie ihrer Kameraden wankten die Männer mit den Schutzwaffen. Ihre Schilde wurden bewegt, gesenkt, verschoben, und unsere Bogenschützen, die gerade den Befehl erhalten hatten, auf einzelne Opfer zu zielen, schossen und schossen in jede kleine Lücke, in jeden winzigen Zwischenraum. Nicht jeder Treffer tötete, aber das brauchte er auch nicht. Die Pfeile flogen weiterhin in gewaltiger Zahl, durchschlugen Schilde, bohrten sich manchmal in Fleisch, manchmal auch nicht. Moral, jenes flüchtige, empfindliche Ding, kann man mit vielen Maßnahmen brechen, und unzählige Pfeile, die bei jedem panischen Herzschlag einschlagen, sind eines davon.

Ich sah nicht, wo es begann, aber im einen Moment versuchten die Franzosen noch, ihre Boote zu beladen und sie aufs Wasser zu schieben, im nächsten lösten sich ihre Reihen auf, und sie flohen in wilder Panik. Pfeilgespickte Schilde wurden weggeworfen, verwundete Kameraden schreiend zurückgelassen. Boote lagen halb im Wasser, neben einigen lagen Tote oder hingen mit den Beinen im Fluss über der Bordwand. Zwei Fahrzeuge waren bereits auf dem Wasser, hatten aber keine Ruderer und trieben langsam stromabwärts davon.

Die Bogenschützen jubelten, gratulierten einander und schossen weiter.

Ich wandte das Gesicht ab. Die Franzosen waren Feinde, und im Kampf Mann gegen Mann hätte ich meinen Teil von ihnen getötet, aber dies war ein Gemetzel.

Philippe, der schon unter günstigsten Umständen gereizt war, muss vor Zorn gebrannt haben, denn keine Stunde nach dem Fehlschlag des ersten Angriffs befahl er einen zweiten. Diese Attacke war noch sicherer zum Scheitern verurteilt, denn am Flussufer behinderten Tote und schreiende Verwundete die Angreifer, und die Köcher unserer Bogenschützen waren wieder randvoll mit Pfeilen.

Die Franzosen ergriffen die Flucht, ohne auch nur ein Boot zu Wasser zu lassen, und erlitten genauso schwere Verluste wie beim ersten Mal.

Wie ich zu Earl Robert sagte, der gekommen war, um sich den Kampf anzusehen, musste Philippe vor Wut einen Veitstanz aufführen wie ein kleines Kind, dem man sein Spielzeug weggenommen hatte. Das Bild entsprang nicht meiner Fantasie, er war dafür bekannt, wenn seine Wünsche sich nicht erfüllten. Ich behielt recht. Der französische König hatte sich nicht in der Gewalt, wie der Befehl zu einem dritten aussichtslosen Angriff am Nachmittag bewies.

Er lief zunächst zwar disziplinierter als der zweite, hauptsächlich weil Sergeanten und Hauptleute die Männer mit Fäusten und Stiefeltritten zum Fluss trieben. Doch unseren Bogenschützen brauchte nichts gesagt zu werden. Die ersten Salven stiegen im Bogen auf, und die Pfeile sausten hinter den vorderen Reihen der Gegner hinab. Vielleicht die Hälfte der Offiziere ging zu Boden, trat um sich, schrie, würgte rings um Pappelschäfte mit stählernen Spitzen den letzten blasigen Atem heraus. Das genügte, damit die gewöhnlichen Soldaten das Hasenpanier ergriffen. Sie flohen, während die überlebenden Offiziere sie vergeblich anbrüllten.

Gelächter und Beleidigungen folgten den Franzosen auf dem ganzen Weg zu ihrem Lager.

Philippe kam nun zur Vernunft, oder vielleicht überzeugten ihn auch nur seine Berater davon, nicht sinnlos noch mehr Männer zu opfern. An diesem Tag gab es keine weiteren Angriffe, nur eine Stunde Kampfpause, die von Herolden ausgehandelt wurde, damit die Franzosen ihre Verwundeten forttragen konnten, sowie später den Versuch, die Katapulte wegzuschleppen. Er gelang ihnen bei allen bis auf zwei, aber erneut erlitten sie dank unserer Bogenschützen schwere Verluste. Die beiden Belagerungsmaschinen, die so dicht am Ufer zurückblieben, bedeuteten eine Versuchung, die zu groß war, um ihr zu widerstehen. Schon bevor es dunkel wurde und die Franzosen angelegentlich ihre Wunden leckten sowie ohne Zweifel ihren Kummer ersäuften, schlich ich mich mit Rhys ans andere Ufer, und wir steckten die zurückgelassenen Katapulte in Brand.

Später blieben wir bis spät in die Nacht auf den Wehrgängen, tranken Wein und sahen zu, wie die beiden Katapulte ein Raub der Flammen wurden.

»Alles in allem«, sagte ich nicht mehr ganz nüchtern zu Rhys, »war das ein guter Tag.«

»Würde mich nicht überraschen, wenn die Belagerung damit vorbei wäre«, meinte er und nahm einen langen Zug aus dem Weinschlauch. »Verluste wie diese rauben den meisten Männern den Kampfeswillen.«

Ich schnaubte, als ich an die Rückgratlosigkeit des französischen Königs im Heiligen Land dachte. »Da könntest du recht haben. Philippe ist kein Kriegsherr.«

»Das ist er wirklich nicht«, sagte Rhys sehr langsam und überbetont.

»Du bist betrunken!« Das kam nur selten vor.

Er rülpste. »Kann sein. Ist jedenfalls eine prima Nacht dafür.«

Ich nahm ihm den Weinschlauch ab und prostete Rhys damit zu. »Auf die Franzosen! Mögen sie sich dahin verpissen, wo sie hergekommen sind.«

Er grinste. »Darauf trinken wir.«

KAPITEL XVII

Unsere Wünsche wurden wahr, wenn auch nicht sogleich. Für die Jahreszeit unübliche Stürme und heftiger Regen beutelten mehrere Tage lang die Region und verwandelten Philippes Heerlager in einen Schlammsee. Seine Männer saßen dort fest, die Sehnen ihrer Katapulte wurden feucht, und sie versuchten keinen weiteren Angriff. Trotzdem blieben sie, verweilten wie der Gestank aus einem verstopften Kanal, noch sieben Tage lang. Dann zerschmetterten die Franzosen in einer großen Zurschaustellung von Philippes Unmut die Dauben ihrer Weinfässer und ließen ihn lieber versickern, als dass wir ihn bekamen. Mithilfe erheblicher Mengen an Öl gelang es ihnen auch, all ihre verbliebenen Katapulte in Brand zu setzen. Das Feuer war meilenweit zu sehen.

Am letzten Morgen kam ein Herold und überbrachte die Drohung des französischen Königs, er würde die Städter mit einem eisernen Stab heimsuchen. Leere Worte waren das, ausgesprochen zu dem Zweck, die Demütigung erster Güte zu überdecken, die Philippe erlitten hatte.

Leider bedeutete das Ende der Belagerung nicht, dass unsere Schwierigkeiten vorüber waren. Philippe hatte im März und April zahlreiche Burgen eingenommen, die ihm der feige John versprochen hatte. Unter ihnen waren Dieppe, Arques, Eu, Aumâle, Mortemer, Évreux, Nonancourt und Louviers, und Philippe war fest entschlossen, sich noch mehr anzueignen. Verneuil hielt ihm stand. Der Kastellan missachtete Johns Befehl, sich Philippe zu ergeben, aber der französische König ließ auf diesen Fehlschlag binnen Kurzem die Eroberung der Grenzfestungen Pacy und Ivry folgen. Ich war nicht allein mit dem Verdacht, dass Erstere, die von geringer taktischer Bedeutung war, nur angegriffen wurde, weil sie Earl Robert gehörte. Der Verlust ärgerte ihn, aber wie er sagte, spielte es, verglichen mit Gisors, kaum eine Rolle. Der Verlust dieser, für die Verteidigung der Normandie entscheidenden Festung wäre ein wahrer Stachel in unserem Fleisch gewesen.

So dachten wir, und doch fielen die Hammerschläge nicht. Erstaunt sprachen Robert und ich lange darüber. Die Initiative lag bei Philippe.

Wäre Richard der französische König gewesen, hätte er den Angriff auf die Normandie gewiss fortgeführt. Er hätte Philippes wirksame Kombination aus Drohung und Belagerung gezielt eingesetzt, die Adel und Landbesitzer einschüchterte und ihre Moral untergrub.

Für mich bestand kein Zweifel, dass eine beträchtliche Zahl weiterer Burgen kapituliert hätte, hätte Philippe diese Taktik verfolgt. Rouens Stellung wäre weiter geschwächt und die Aussicht vergrößert worden, dass die ganze Normandie zu ihm überging. So aber zeigten die energische Verteidigung Rouens und der schmachvolle Abzug Philippes, dass der angevinische Löwe nach wie vor über Krallen verfügte.

Aus einer Woche wurden zwei. Der Mai ging zu Ende, der Juni begann, und noch immer erfolgte der erwartete französische Angriff nicht. Von FitzAldelm gab es keine Spur. Mich beauftragte der Earl, eine lange Liste von Burgen zu besuchen und abzuschätzen, wie es um die Treue ihrer Herren stand. Ich machte es zu meiner Gewohnheit, mich nach meinem Feind zu erkundigen, wohin immer es mich verschlug. Rhys und Jean, die mich begleiteten, machten sich auf ihre eigene Weise an die Arbeit, spionierten und stellten Fragen, lauschten und bestachen. Katharina ließen wir zurück, sehr zu ihrem Unwillen.

Von Rouen begaben wir uns zuerst nach Nordosten, und als wir die französische Grenze erreichten, bogen wir nach Süden ab. Das Land war ein eigentümlicher Flickenteppich aus Lehen, die zu Philippe übergelaufen, und solchen, die Richard treu geblieben waren. FitzAldelm fanden wir nicht. Das bedeutete nur wenig. Er hätte uns innerhalb einer Meile passieren können, ohne dass wir einander bemerkten. Soweit ich wusste, tat er nichts anderes als ich und suchte jene Barone auf, die ihre Treue auf den französischen König übertragen hatten. Genauso gut mochte er in Paris sein, wo er Philippe in den Hintern kroch: Ich konnte es einfach nicht wissen. Während unsere Frustration wuchs, stellte Rhys immer wieder fest, dass wir FitzAldelm hätten töten sollen, solange wir die Gelegenheit dazu hatten, um uns den Folgen – Richards Unmut vor allem – später zu stellen.

Ich widersprach nicht. Rhys hatte recht. Mein Feind war ein für alle Mal verschwunden. Niemals würde ich die Genugtuung erhalten, einem sterbenden FitzAldelm anzuvertrauen, dass ich seinen Bruder tatsächlich getötet hatte. Das war eine bittere Medizin. Ich suchte eine Kirche nach der anderen auf, spendete viel und hoffte, dass Gott meine Heuchelei übersehen und mein Gebet annehmen würde, FitzAldelm möge noch ein einziges Mal in meine Reichweite kommen.

Mitte Juni waren wir wieder in Rouen, als uns bestürzende Neuigkeiten vom französischen Hof erreichten. Philippe, der Meister der Hinterlist, hatte am 26. ein Treffen mit Heinrich, dem Kaiser des Heiligen Römischen Reiches, in Vaucouleurs vereinbart.

Earl Robert war darüber besorgter, als ich ihn je erlebt hatte. Er schritt in der Wohnhalle der Zitadelle auf und ab und erinnerte mich an den Löwen im Käfig, den ich einmal gesehen hatte. Hin und her, auf und ab schritt er, ohne je stehen zu bleiben.

»Philippe wird alles zahlen, um den König in die Hand zu bekommen. Dazu würde er sogar seine eigene Mutter verkaufen. Und sobald er Richard im Kerker hat, wirft er den Schlüssel weg.«

Ich musste Robert recht geben. Die Beziehungen zwischen beiden Königen hatte bei ihrem Streit auf Sizilien gelitten, wo Richard Philippes Schwester Alys verschmäht hatte, und in Akkon einen neuen Tiefpunkt erreicht, als Richard den französischen Monarchen vor dessen gesamtem Gefolge beschämte. Philippe verabscheute Richard nun mit jeder Faser seines Wesens. Er würde vor nichts zurückschrecken, um unseren Herrn zu seinem Gefangenen zu machen.

»Können wir denn gar nichts unternehmen?«, rief ich.

»Nicht von hier aus«, sagte Robert bitter.

Als junger Mann hätte ich in meinem Zorn vielleicht ein Loch in die Wand geschlagen, aber jetzt wusste ich es besser. Ich dachte an Richard, der im Gegensatz zu mir nicht nur Soldat, sondern auch Taktiker war, und fand Trost in dem Gedanken. »Der König wird nicht untätig bleiben«, verkündete ich.

Robert sah mich scharf an. »Wisst Ihr etwas, von dem ich nichts weiß?«

»Das nicht. Mir fällt aber gerade ein, wie er mir sagte, dass Heinrich gern die Nase in Dinge stecke, die ihn nichts angingen.«

»Der ermordete Kandidat für den Lütticher Bischofsstuhl.«

»Ganz recht. Wegen seiner laufenden Einmischungen hat Heinrich in seinem gesamten Reich Feinde. Richard hingegen unterhält zu einigen dieser Fürsten herzliche Beziehungen, die auf früheren Bündnissen beruhen.«

»Er hat auch geschäftlichen Einfluss bei diesen Männern.« Die Länder am Rhein hingen allesamt vom Handel mit England ab.

»Ich würde wetten, dass er jedem Grafen und jedem Fürsten, jedem Herzog und jedem Baron von Speyer bis zum Schmalen Meer geschrieben und sie um Hilfe gebeten hat.« Ich fühlte mich ermutigt. Richards Königtum verlieh ihm das Recht, Briefe zu schreiben, wem er wollte.

Und so war es auch. Wenige Tage vor dem Treffen bei Vaucouleurs erreichte uns die Nachricht, dass Heinrich seine Differenzen mit den meisten rebellischen Baronen im Rheinland beigelegt hatte. Richards Beteiligung wurde nicht öffentlich erwähnt, aber die Wiederannäherung trug seine Handschrift. Und die guten Nachrichten setzten sich fort. Statt Philippe zu treffen, willigte Heinrich ein, am 29. des Monats zu Worms einen Hoftag abzuhalten, anlässlich dessen er auf die Evangelien schwören wollte, bei dem Mord an Albrecht von Löwen, dem einstigen Bischofskandidaten für Lüttich, nicht die Hand im Spiel gehabt zu haben.

Mit jedem verstreichenden Tag wuchs unsere Zuversicht, dass Philippes Feldzug ein Ende gefunden hatte. Abgestumpft davon, die Treue der Grenzbarone einzuschätzen, enttäuscht, dass ich kein Zeichen von FitzAldelm fand, und mit nur wenig anderem zu tun, fühlte ich mich immer unruhiger – und nutzloser. Ich sprach mit Earl Robert darüber, zu Königin Alienor in Aquitanien zu stoßen; sie war dort, um einen Aufstand des stets rebellischen Adémar von Angoulême niederzuschlagen. Doch wir waren uns bald amüsiert einig, dass sie keine Hilfe brauchte und es vielleicht nicht günstig aufnahm, wenn ich die Normandie verließ, in die mich der König entsandt hatte.

»Ich werde verrückt, wenn ich noch länger untätig herumsitzen muss«, sagte ich eines Abends zu dem Earl, als wir eine Runde über die Mauern drehten. Die Inspektion war zu unserem Abendritual geworden.

»Was glaubt Ihr, wie es mir geht?«

Ich machte eine wehmütige Geste der Zustimmung. Als Befehlshaber der königlichen Streitmacht in der Region müsste Robert für absehbare Zukunft bleiben, wo er war.

»Die Jagd ist gut, das müsst Ihr zugeben.«

»Man kann nicht andauernd Hirsche oder Eber jagen, ohne dass der Reiz verblasst.« Augenblicklich empfand ich Reue. »Ich bitte um Verzeihung. Doch ich finde es nur schwer zu ertragen, wenn ich nichts zu tun habe.«

»Nichts? Manchmal vergesse ich, dass Ihr niemals Euer eigenes Land regieren musstet, Rufus, dass Ihr nur Schlacht und Scharmützel kennt und unsere ruhmreichen Taten im Heiligen Land.« Er lachte leise. »Das alltägliche Regieren von Dörfern, Städten und Ländereien ist langweilig, das will ich nicht bestreiten, aber es ist erforderlich. Streit mit wichtigtuerischen Dorfräten, die Reparatur beschädigter Entwässerungsgräben genehmigen, Gericht halten, sodass Kaufleute und Bauern ihre Beschwerden vorbringen können – dass diese Pflichten langweilig sind, will ich nicht bestreiten. Aber sie sind untrennbar damit verbunden, dass man Herr über das Land ist.« Er verzog das Gesicht. »Und wenn die Franzosen nicht zum Kämpfen kommen, sind solche profanen Dinge unser täglich Brot.«

»Ich bin dabei keine Hilfe. Ihr schafft es mit geschlossenen Augen.«

Er wusste, worauf ich hinauswollte. »Richard hat Euch aufgetragen, in die Normandie zu kommen.«

Trotz des Tadels spürte ich Schwäche und stürzte mich darauf. »Jawohl, damit ich sie gegen Philippe verteidigen helfe – diesen Haderlumpen, der sich wie FitzAldelm nirgendwo blicken lässt!«

Er rollte mit den Augen, aber ich wusste, dass ich ihn hatte.

Ehe wir unseren Spaziergang beendeten, waren wir uns einig, dass ich nach Worms reiten sollte. Zu Heinrichs bevorstehendem

Hoftag würde ich vermutlich zu spät kommen, aber ich könnte den König sprechen. In letzter Zeit waren seine Haftbedingungen gemildert worden. Ich würde Richards Reaktion auf meine unerwartete und gehorsamswidrige Ankunft erdulden, sagte ich zu einem mit dem Finger drohenden Robert, allein um des Vergnügens willen, wieder bei ihm zu sein. Ich würde auch melden, was in Rouen und der Normandie geschehen war, und neue Befehle zurückbringen.

Nach Deutschland käme ich über die längere, aber sicherere Nordroute durch Flandern, oder auf dem Weg, der pfeilgerade durch Frankreich führte, Philippes Hoheitsgebiet. Die Risiken, so sagten wir uns, seien nicht so groß, dass man mich einen Narren schimpfen müsste, entschied ich mich für letztere Möglichkeit. In einfacher Kleidung und auf unauffälligen Pferden würden Rhys und ich als Routiers durchgehen, als Söldner. Wenn wir die Städte vermieden, besonders Paris, war die Gefahr, dass wir erkannt oder von einem Vasallen Philippes festgesetzt wurden, sehr klein. Ähnlich unwahrscheinlich erschien es, dass wir FitzAldelm über den Weg laufen würden, aber ich klammerte mich an diese Hoffnung als zusätzliche Rechtfertigung meiner selbst angenommenen Aufgabe.

Katharina war wenig erfreut, als sie von unserem bevorstehenden Aufbruch erfuhr. Ich gab mir alle Mühe, nicht auf den Streit zu hören, den sie mit Rhys vom Zaun brach, als er sie ins Bild setzte, aber ihre empörte Stimme hätte bis in die Tiefe eines Bergwerksstollens getragen. Ich fand es amüsant, wie kleinlaut er war, verglichen mit seiner Wildheit in der Schlacht. Ein wenig verlegen erinnerte ich mich, wie mühelos Joanna mich bei mancher Gelegenheit auf ihre Linie gebracht hatte.

»Was soll das heißen, Jean begleitet dich?«, donnerte Katharina.

Rhys' Antwort blieb unverständlich.

»Ich habe Jean gefunden! Ich habe deinem Herrn die Flucht ermöglicht! Ich habe ein größeres Recht als dieser Bengel, euch zu begleiten!«

Wieder konnte ich Rhys' leise Antwort nicht verstehen.

»Liebst du mich etwa nicht mehr? Bist du meiner überdrüssig?« So rasch, wie man ein Messer in der Wunde umdreht, änderte sie die Richtung, wie nur Frauen es vermögen. »Du liebst eine andere – ich weiß es!«

»Das stimmt nicht«, widersprach Rhys in dem Ganz-egal-was-ich-sage-ich-bin-verdammt-Tonfall, den Männer in solch einer Situation anschlagen.

Ich entschied mich, einzuschreiten, bevor er übermannt wurde. Durch den Korridor war es nicht weit von meiner Kammer zu ihrer. Ich klopfte an die halboffene Tür und trat ein, ohne auf eine Aufforderung zu warten. Zwei erschrockene Gesichter sahen mich an. Nackte Erleichterung erblühte auf Rhys' Antlitz; in Katharinas las ich eine Mischung aus Wut und Verletztheit.

»Verzeiht die Unterbrechung«, sagte ich glatt wie ein Anwalt, der einem Richter seinen Fall vorträgt. »Es war unmöglich, ihn zu überhören, Euren … Disput.«

Katharina gelang es, ihre finstere Miene zu mildern, aber ihre Verbeugung fiel flüchtig aus, gelinde gesagt.

Ich ließ es ihr durchgehen. »Earl Robert hat darum gebeten, dass Ihr bleibt, Katharina.« Ich log das Blaue vom Himmel herunter. Der Earl schätzte ihre Kochkunst sehr und hatte es ihr bei mehr als einer Gelegenheit gesagt. Bitte schluck den Köder, dachte ich.

»Hat er?« Sie klang ein wenig versöhnt.

»So ist es«, bekräftigte ich. »Er lässt nicht mit sich reden.«

Ihr Blick schoss zu Rhys, um zu sehen, wie er reagierte.

»Das überrascht mich nicht«, sagte er mit der Ernsthaftigkeit eines Sterbenden, dem die Rettung angeboten wird.

»Der Earl lädt zu einem Bankett zur Johannisnacht ein, müsst Ihr wissen.« Dies entsprach der Wahrheit, nur hatte Robert nichts zu mir über Katharina gesagt. »Ihr sollt die leitende Köchin sein«, verkündete ich todesmutig.

Sie stutzte, lächelte. »Das wäre eine Ehre.«

»Ausgezeichnet«, sagte ich und hoffte inbrünstig, Robert würde sich an mein soeben gegebenes Versprechen halten.

Ich hatte Glück. Der Earl war in der Tat glücklich, Katharinas kulinarische Qualitäten für das Festmahl nutzen zu können, das zusammen mit einem Turnier als Zeichen von Richards Wohlwollen gegenüber seinen ansässigen Gefolgsleuten abgehalten werden sollte.

Und so verließen wir Rouen zu dritt und nicht zu viert. Jean ritt auf dem Esel, den ich für ihn gekauft hatte, und war von uns allen der Stolzeste. Mir wärmte sein Anblick auf dem kleinen Reittier das Herz, weil es ihm die gleiche Freude bereitete wie ein teurer Destrier einem frisch gegürteten Ritter. Rasch entschied ich, dass er auf seinen neuen Besitz sogar stolzer war. Er wirkte verzückt wie ein Mann, der als Erster über die Mauern Jerusalems gestürmt war und erlebt hatte, wie die Stadt genommen wurde.

»Der Junge bleibt uns erhalten«, sagte ich zu Rhys.

Ein belustigter Blick. »Ist dir das erst jetzt klar geworden?«

»Ich habe es eine Zeit lang geleugnet, aber nun sehe ich, wie sehr ich mich geirrt habe«, entgegnete ich grinsend. »Es wird Zeit, dass du ihn unterweist, wie man eine Klinge führt.« Ich erhielt keine Antwort und sah Rhys an. »Du hast schon damit angefangen!«

Er hob und senkte die Schultern. »Die letzten Wochen waren öde. Mir kam es wie eine gute Idee vor, ihm ein paar Dinge beizubringen, damit er nicht stirbt, sobald er zum ersten Mal einem gefährlicheren Gegner gegenübersteht als einem schmerbäuchigen Priester.«

Meine Lippen krümmten sich. Daran würde ich mich noch lange erinnern. »Wann wolltest du es mir sagen?«

»Ich bin überrascht, dass der Bengel es dir noch nicht selbst erzählt hat.« Er schwenkte das Kinn zu Jean, der laut mit sich redete und, wie es klang, einem anderen Ritter eine Herausforderung an den Kopf warf.

Ich lachte, und die Anspannung, die in den vergangenen Wochen an mir genagt hatte, verflüchtigte sich allmählich. Ich war dem alltäglichen Einerlei des Lebens in Rouen entwichen, und wenn ich auch nicht in den Krieg zog, so war ich doch zumindest auf dem Weg zu Richard. Und Gefahr lag durchaus voraus – auf einem Großteil unseres Ritts würden wir Frankreich durchqueren –, und das war genau die richtige Würze.

Trotz meiner Kühnheit konnte es nur ein Ende haben, wenn wir durch Feindesland gejagt wurden, und ich hatte nicht den Wunsch, von einem von Philippes Baronen eingekerkert zu werden. Weil ich jemand von weit geringerer Bedeutung als der König war, konnte meine Haft sehr viel länger anhalten, und Rhys und Jean würde es noch schlimmer ergehen. Deshalb hielten wir die Köpfe gesenkt, mieden die Blicke anderer Reisender und ritten schnell. Wir redeten mit niemandem, es sei denn, wir wechselten die Pferde, was alle zwei Tage geschah, oder wir suchten uns Unterkunft in einer stillen Herberge. Jean war empört gewesen, dass er sein Eselchen so bald nach unserem Aufbruch zurücklassen musste, aber er sah ein, dass er, wenn er uns begleiten wollte, ebenfalls schnell reiten musste.

Wir überquerten die Grenze nach Deutschland und erreichten Worms am ersten Junitag. In der Stadt wimmelte es noch von Besuchern, Adligen, Würdenträgern und Prälaten, die aus dem ganzen Reich Heinrichs gekommen waren, um am Hoftag teilzunehmen. Die besten Unterkünfte waren besetzt; ein Zimmer in einer heruntergekommenen Herberge unweit der Sündenmeile musste uns genügen. Jean bemerkte weder die klaffenden Risse in den Wänden noch die nicht allzu saubere Bettwäsche oder die durchgelegenen Matratzen. Mit den großen Augen eines Glücksritters, der gerade den Schatz des Krösus entdeckt hat, erklärte er das Gasthaus zu einem wahren Palast. Mir machte er die Absteige damit erträglich – fast –, aber ein schmerzender Rücken und ein paar Flohstiche waren angesichts unserer eigentlichen Absichten in dieser Stadt auch nur von geringer Bedeutung.

Vorsichtige Erkundigungen im Gasthaus durch Rhys – der dank Katharina mittlerweile gut Deutsch sprach – ergaben, dass Richard noch immer in Worms weilte.

Für mich bedeutete das eine große Erleichterung. Ich hatte mir Sorgen gemacht, ob Heinrich seinen Gefangenen nach Abschluss der prahlerischen öffentlichen Zurschaustellung vielleicht wieder auf eine Burg wie Dürnstein geschickt hatte.

Dem gut geschmierten, voreingenommenen Kaufmann zufolge, mit dem Rhys gesprochen hatte, durfte Richard innerhalb vernünftiger Grenzen im kaiserlichen Palast kommen und gehen, wie ihm beliebte. So habe er sich an diesem Morgen in die Stadt begeben und einen Panzermacher aufgesucht. Das Gerücht raunte, dass er seine Falken aus England kommen lassen wollte.

»Falls das wahr ist«, sagte ich erleichtert zu Rhys, »kann es nicht schwer sein, ihn zu sprechen.«

»Sollen wir einfach hingehen und fragen, ob wir eine Audienz erhalten?«

Seine trockene Bemerkung zügelte mich. Ich hatte keinen Wunsch, mich am Palasttor als Gefolgsmann des Königs vorzustellen und umgehend in einen Kerker geworfen zu werden; eine Möglichkeit, die entgegen der Überzeugungen eines betrunkenen Kaufmanns nicht von der Hand gewiesen werden konnte.

Ich seufzte. »Vielleicht hast du recht. Warten wir bis morgen. Falls er aus dem Palast kommt, ist alles gut. Dann können wir ihn grüßen. Falls nicht, lassen wir ihm auf andere Weise eine Nachricht zukommen.«

Am nächsten Morgen nach dem Frühstück, bei dem ich bedauernd meine zahlreichen Flohbisse kratzte, schickte ich Jean zum Palast, damit er den Haupteingang beobachtete. Wenig später gesellten Rhys und ich uns zu ihm, was ihn sehr aufbrachte.

»Ich brauche Euch nicht!« Er plusterte sich auf wie ein Kampfhahn. »Das ist meine Aufgabe – lasst sie mich erledigen.«

»Friede, kleiner Mann«, sagte ich und gab ihm einen leichten Klaps hinters Ohr. »Ich bleibe nicht länger in der Schlafkammer. Ich schwöre, dass ich die Flöhe auf dem Boden herumhüpfen sehe. Selbst wenn der Schankraum keine Sickergrube wäre, will ich so früh noch nichts trinken, und ich will auch nicht durch die Straßen irren wie ein fahrender Händler. Wir warten zusammen.«

Mürrisch und mit einer finsteren Miene, die einem zaghaften Mann die Gottesfurcht eingebläut hätte, stapfte Jean davon und bezog Stellung an einer anderen Ecke.

»Frech ist er schon, was?«, war Rhys' ironischer Kommentar.

Ich zuckte mit den Schultern. Auch wenn Jean eigenwillig war: Sobald es darauf ankam, tat er, was ihm gesagt wurde. Das wog für mich schwerer als seine Respektlosigkeit.

Die Sonne strahlte auf uns, eine angenehme Wärme, die nicht leicht zu ertragen sein würde, wenn wir über die Tagesmitte hinaus warten müssten. Hungrig wie immer ging Rhys zu einem der Käsehändler. Eine Gruppe Templer stapfte vorbei. An den Kreuzen auf ihren Wappenröcken waren sie leicht zu erkennen. Ich senkte den Kopf für den Fall, dass einer von ihnen im Heiligen Land gewesen war. Vier Waschfrauen, die ihre Körbe auf der Hüfte trugen, blieben vor dem Palasttor stehen, und eine von ihnen putzte einen Wächter herunter – offenbar ihr unglückseliger Ehemann. Verpflichtet, sich nicht von der Stelle zu rühren, blieb ihm nichts anderes übrig, als die Tirade über sich ergehen zu lassen, während seine Kameraden vor Entzücken johlten.

Als die Xanthippe fertig war, setzte sich die Unterhaltung in Form eines Ochsenwagens fort, der hoch mit Heu beladen versuchte, in die Gasse einzubiegen, die Jean und mich trennte. Er verkeilte sich zwischen den Häusern. Jeder Ladenbesitzer und Passant aus hundert Schritt Umkreis kam herbei, um zu gaffen. Es hagelte Vorschläge, wie die missliche Lage zu beseitigen wäre; ich war überrascht, wie viele Menschen sich als Fachleute im Wagenlenken oder Frachtverstauen entpuppten.

Das komische Spektakel nahm mich gefangen – der schmerbäuchige Kutscher bemühte sich fluchend, die vier Ochsen rückwärtsgehen zu lassen, während er gleichzeitig die Ratgeber beschimpfte und versuchte, Jean ähnelnde Straßenbengel daran zu hindern, Fäuste voll Heu aus dem Wagen zu reißen und sich damit zu bewerfen –, so sehr, dass ich ganz vergaß, weshalb wir hier waren.

»Bei Gottes Beinen, was geht hier vor?«

Rhys' scharfer Stoß in meine Rippen war nicht nötig. Nur ein Mann auf der Welt benutzte diese Verwünschung in diesem Ton.

Richard war hier.

Die ganze Reise hatte ich überlegt, was ich zum König sagen würde, wenn wir einander begegneten. Alles, was ich hervorbrachte, als er um den Wagen herumritt und mich entdeckte, war ein erbärmliches »Sire«. Ich sank auf ein Knie, und Rhys tat es mir gleich.

»Bei Gottes Beinen!«, rief er erneut, diesmal in erstauntem Ton. *»Rufus?«*

William de l'Etang ritt unmittelbar hinter Richards Pferd. Sein Gesicht war ein Anblick für die Götter. »Rufus?«, wiederholte er.

Ich richtete mich auf, nur zu gewahr, dass jedermanns Aufmerksamkeit sich vom Wagenlenker und seinem Gespann auf mich verlagert hatte. »Jawohl, Sire.« Ich hob den Blick. Zu meiner großen Erleichterung war das Gesicht des Königs nicht mehr hohlwangig wie bei unserem Abschied, und die tiefen Ringe unter seinen Augen waren verschwunden. Er wirkte sonnengebräunt und gesund und so voller Leben wie eh und je. »Es ist wunderbar, Euch wiederzusehen, Sire.« Ich grinste William zu, und er erwiderte es.

»Ich würde das Gleiche sagen, wenn Ihr nicht in der Normandie sein solltet.« Trotz seiner Worte kämpfte er darum, nicht zu lächeln. »Ihr müsst einen guten Grund haben, um hier aufzutauchen.«

»In gewisser Weise, Sire.« Ich sah nach links und rechts. Von den Dutzenden Menschen, die uns beäugten, mochten nur wenige Französisch verstehen, aber einige gewiss.

Er verstand meinen Hinweis. »Reitet mit mir. Wir können vor der Stadt sprechen.« Er bellte einen Befehl, und einer seiner Wächter stieg gehorsam ab und reichte mir die Zügel.

»Pass auf Jean auf«, sagte ich zu Rhys. »Und berichte William, was geschehen ist.«

Der König bemerkte Rhys erst jetzt und lachte laut auf. »Gütiger Heiland, habt Ihr die Köchin – Katharina? – auch mitgebracht?«

»Nein, Sire.« Ich schwang mich in den Sattel. »Sie war nicht erfreut, zurückbleiben zu müssen.«

»Das überrascht mich nicht. Sie hat einen starken Willen.« Richard lachte und lenkte sein Pferd auf die Menge zu, die sich vor ihm teilte wie das Meer vor Mose. »Erzählt mir alles.«

KAPITEL XVIII

Worms, Juli 1193

Zu meiner großen Erleichterung akzeptierte der König meine Gründe, die Normandie zu verlassen und ihn aufzusuchen, damit ich mit ihm beraten konnte. Dass es Philippes Feldzug an Schwung mangelte, überraschte ihn nicht, und er fand es sehr unterhaltsam, wie Earl Robert dem Herold gesagt hatte, Rouens Tore ständen dem französischen König offen. Den Bericht darüber, wie unsere Bogenschützen das Schlagen einer Bresche unterbanden, genoss er zutiefst. Daraufhin schilderte ich FitzAldelms Flucht. Richard schüttelte den Kopf und erklärte sich zum Narren, ihm jemals vertraut zu haben.

Kaum waren wir außerhalb der Mauern, hielten die Wächter, vier an der Zahl, hundert Schritt Abstand von uns. Ich sah erstaunt zu ihnen zurück.

»Ich habe mein Wort gegeben, nicht zu fliehen«, erklärte der König.

»Es ist gut, dass sie Euch nun besser behandeln, Sire«, sagte ich von Herzen.

»Allerdings. Nach Eurem Aufbruch war es nicht so angenehm, das kann ich Euch sagen. Der Bischof von Beauvais, dieser fette Kapaun, lungerte am Kaiserhof herum, und er muss Heinrichs Ohr gefunden haben. Eines Morgens schlossen mich die Wächter ohne ersichtlichen Grund in Ketten, die so schwer waren, dass selbst ein Pferd Mühe gehabt hätte, sie umherzuwuchten.«

»Sire!«, rief ich entsetzt aus.

Ein grimmiges Lächeln. »Zehn Tage lang ließen sie es so, diese Halunken, und was sie mir zu essen gaben, war kaum genießbar. Als sie mir die Ketten wieder abnahmen, war ich blass wie ein Gespenst und schwach wie ein neugeborenes Kätzchen.«

Ich war wütend. »Seid Ihr sicher, dass Beauvais dahintersteckte, Sire?«

»Oh ja. Er kam zu mir, um damit zu protzen. Wenn ich ihn jemals in die Hände bekommen, soll er die gleiche Behandlung erfahren, Bischof hin oder her.«

»Was war das Ergebnis von Heinrichs Hoftag, Sire?« Durch Gespräche, die ich in Schenken an der Straße nach Worms belauscht hatte, ahnte ich es bereits, aber ich wollte es vom König hören.

»Er hat Frieden mit den meisten Adligen geschlossen, die den Unfrieden verursacht haben.«

»Euch zum Dank, Sire.«

Er neigte das königliche Haupt. »Wochenlang gingen Briefe zwischen mir und einem halben Dutzend Fürsten und Baronen hin und her. Sie schwenkten um, als Heinrich versprach, reinen Tisch zu machen und seine Verwicklung in den Mord an Albrecht von Löwen abzustreiten. Er log natürlich das Blaue vom Himmel herunter, aber der Anschein ist das Einzige, was zählt. Die rheinischen Fürsten glaubten seinem Wort vor allem deshalb, weil es ihnen dient, ein gutes Verhältnis zu mir zu haben. Was Heinrich angeht, so ist er froh, dass sich nicht sein halbes Reich offen gegen ihn auflehnt. *Meine* Belohnung bestand darin, dass er seine Verhandlungen mit Philippe Capet aufgab.« Er schwieg und fügte hinzu: »Wenigstens vorerst.«

»Gute Neuigkeiten, Sire.« Dass es sich derart einfach nicht verhalten konnte, war mir jedoch klar. »Dann ist Heinrich einverstanden, dass Ihr Euch freikauft?«

»So ist es, gegen hundertfünfzigtausend Mark reines Silber, und auch noch Kölner Mark.«

»Das ist anderthalbmal so viel wie die Summe, die er im Frühjahr verlangt hat!«

»Da habt Ihr recht. Aber der Puppenspieler hält die Fäden in der Hand, nicht wahr? Einhunderttausend Mark sind für ihn, fünfzigtausend gehen an Leopold.« Richard verzog das Gesicht. »In Wahrheit bin ich eher die Marionette – hier sind wir und dürfen zu Ross die Stadt verlassen, aber trotzdem bin ich ein Gefangener und machtlos gegenüber Heinrichs absurden Forderungen. Die Bedingungen, die vorgelegt wurden, bevor Ihr aufgebrochen seid, bleiben bestehen: die Galeeren für die Invasion von Italien, die Ritter, die ich stellen muss, die Geiseln und so weiter. Meine junge Nichte Alienor von der Bretagne soll Leopolds ältesten Sohn heiraten.« Des Königs Lippen bebten. »Es ist nicht alles schlecht. Falls ich einen dauerhaften Frieden zwischen dem Kaiser und meinem Verwandten Heinrich dem Löwen erwirken kann, wird das Lösegeld auf die ursprüngliche Höhe von hunderttausend Mark gesenkt.«

»Wann werden die Geiseln freigelassen, Sire?«

»Sobald zwei Drittel der Summe empfangen wurden. Ich muss auch Isaakos Komnenus freilassen, was mir völlig gleichgültig ist.« Der schurkische Ex-Kaiser von Zypern saß im Kerker, seit wir die Insel auf unserem Weg ins Heilige Land im Handstreich genommen hatten. »Seine Tochter, die ›Maid von Zypern‹, soll ebenfalls einen Sohn Leopolds heiraten; den jüngsten.«

Joanna würde die Vereinbarung bedauern, dachte ich. Im Heiligen Land hatten Berengaria und sie das Mädchen unter ihre Fittiche genommen. Ein starkes Band war zwischen ihnen entstanden. »Und Ihr, Sire, wann erhaltet Ihr Eure Freiheit zurück?«

»Erzbischof Walter, der in Worms weilt, sagt mir, dass einhunderttausend Mark bis Oktober erhoben sein werden, in drei

Monaten von jetzt. Er geht davon aus, dass der Rest Anfang des neuen Jahres bereitsteht. Ich hoffe, dass Heinrich mich dann freilässt.« Er sah meine Miene und schlug mir auf die Schulter. »Sechs Monate, Rufus. Ein halbes Jahr. So lange ist das nicht.«

»Da habt Ihr wohl recht, Sire.«

»Ich sehe Euch an, was Ihr denkt! Ihr müsst nicht bei mir bleiben, keine Angst.«

Verärgert, dass er mich – aufs Neue – durchschaut hatte und dass ich so selbstsüchtig war, nicht wieder zu ihm in den goldenen Käfig zu wollen, sagte ich: »Das werde ich aber, wenn Ihr es wollt, Sire.«

»Das weiß ich. Ihr seid jedoch wie ich, und ein wildes Tier ohne guten Grund einzusperren ist pure Grausamkeit. Wenn Ihr ein Herold wäret, stünde außer Frage, dass Ihr gehen könnt, aber das seid Ihr nicht.« Er lächelte, um seinen Worten den Stachel zu nehmen.

»Was erwartet Ihr von mir, Sire?«

»Ein weiterer harter Ritt steht Euch bevor, fürchte ich, und dabei seid Ihr gerade erst angekommen.«

Mein Interesse erwachte. »Wohin, Sire?«

»Mantes.«

Ich wusste von der Stadt. Sie lag an der Seine, nicht weit westlich von Paris. »Ich werde gehen, Sire. Zu welchem Zweck?«

»Philippe hat Nachricht von Heinrichs Hoftag erhalten und weiß, was dort beschlossen wurde. Offenbar hat er Johnny eine Botschaft geschickt, in der die Warnung stand: ›Habt acht, der Teufel ist los.‹« Richard lachte leise. »Könnt Ihr Euch das Gesicht meines Bruders vorstellen, als er das las? Ich wäre nicht überrascht, wenn er sich eine Weile nicht an den Küsten Englands sehen lässt. Nein, es ist Philippe, um den ich mir Sorgen machen muss. Bei Gottes Zehen, es ist ein Jammer, dass ich jetzt nicht frei bin, sonst könnte ich mit einem Heer vor seine Tore ziehen.«

»Diesen Tag hätte der Himmel gesandt, Sire.«

»Wahrlich! Eines Tages werden wir das auch tun, denkt an meine Worte, aber vorerst müssen wir uns mit dem befassen, was vor uns liegt. Philippe weiß, dass seine Stellung durch die Vereinbarung, die ich mit Heinrich getroffen habe, erheblich geschwächt wurde. Also wird er seine Ziele in der Normandie umso entschiedener verfolgen. Wenn er den Brief erhält, den ich geschickt habe und der dicht auf Heinrichs Schreiben folgt, wird er dem Rat bei Mantes, den ich vorgeschlagen habe, zustimmen. William de Longchamps soll meine Delegation leiten. Ich sage es nur ungern: Er wird größere Zugeständnisse machen müssen, als mir lieb ist. Aber in der Not frisst der Teufel Fliegen.«

»Wann wird der Rat abgehalten, Sire?«

»Am neunten Julitag.«

Mein Hinterteil wäre nicht dankbar dafür. Hunderte Meilen trennten Worms von Mantes. Doch ich grinste, als hätte er mir gerade einen Nachmittagsausritt befohlen. »Dann breche ich am besten bald auf, Sire.«

»Ihr könnt in dem Moment reiten, in dem mein Sekretär meinen Brief an Longchamp vollendet hat. Ihr erhaltet Geld, damit ihr auf der Strecke Pferde tauschen könnt.«

»Ich danke Euch, Sire.« Mir kam ein Gedanke. »FitzAldelm könnte dort sein.«

Ein strenger Blick. »Auf Friedenskonferenzen ist Blutvergießen zu vermeiden.«

»Männer, die verschwinden, bluten nicht, Sire.«

Er wog meine Worte ab und nickte. »Ihr wisst, dass ich von solchen Taten nichts halte, aber was er Euch im Laufe der Jahre zugefügt hat, ist unerhört. Tut, was Ihr tun müsst.«

Rhys strahlte übers ganze Gesicht, als ich ihm mitteilte, dass Richard uns seine stillschweigende Erlaubnis gegeben hatte, FitzAldelm zu töten.

»Wir wollen die Gans nicht braten, bevor wir sie gefangen haben«, sagte ich. »Als Erstes müssen wir ihn finden.«

»Wo sollten wir sonst nach ihm suchen, wenn nicht in Mantes? Er könnte genauso gut dort sein wie irgendwo anders.«

»Das hoffe ich auch.«

»Wir brauchen einen Plan, sonst verschwindet er in dem Moment, in dem er uns sieht, blitzschnell wie eine Ratte in ihr Loch.«

»Vielleicht nicht. Vergiss nicht, er ist arrogant, und alle Teilnehmer an Friedensverhandlungen sind durch ihre Ehre gebunden, den Frieden zu wahren. Ich wäre nicht überrascht, wenn er in der Nähe seiner Gefährten bleibt und in dem Wissen, dass wir ihm nichts anhaben können, umherstolziert wie ein Pfau.«

»Selbst ein Pfau muss sich einmal erleichtern«, sagte Rhys mit bösem Blick. »Ich habe mich schon immer gefragt, wie es ist, jemanden auf dem Abtritt zu töten.«

»Er gehört mir«, wiederholte ich das alte Lied. »Ich werde ihn töten.«

»Du hast meinetwegen den ersten Stich.«

»Einigen wir uns darauf.«

Wir nickten einander zu, ernst wie Männer, die das Kreuz nahmen.

Am Abend des 8. Juli trafen wir in Mantes ein, sattelwund, sonnenverbrannt und reizbar. Ich schickte Rhys aus, damit er uns ein Zimmer beschaffte; Jean, der so müde war, dass er kaum noch reden konnte, begleitete ihn. Ich machte mich derweil auf die Suche nach William de Longchamp.

Er war in dem prächtigen Haus einquartiert, das dem reichsten Kaufmann der Stadt gehörte. Mich überraschte das wenig, denn trotz seiner bescheidenen Herkunft – vielleicht gerade *deswegen* – genoss es Longchamp, die eigene Bedeutsamkeit zu feiern. Er und ich, wir hätten uns in dieser Hinsicht nicht stärker voneinander unterscheiden können.

Die Waffenknechte, die vor der Tür Wache standen, erkannten mich nicht, verbeugten sich aber, als ich ihnen meinen Namen nannte. Einer eilte ins Haus, während der andere um Verzeihung für die Verzögerung bat.

Ich war ein wenig überrascht, dass Guillaume des Roches den Soldaten begleitete, als er zurückkam. Er war ein treuer Anhänger Henrys gewesen, dem Vater König Richards, war ein Freund von William Marshal und hatte in der Schlacht um Le Mans gegen Richard und mich gekämpft. Ich glaube, ich habe sogar mit ihm die Klingen gekreuzt. Wie Marshal hatte er nach Henrys Tod die Gefolgschaft gewechselt. Als Richard seinen Eid annahm, hatte es mir nicht gefallen. Im Heiligen Land hatte des Roches seinen Wert und seine Tapferkeit jedoch unter Beweis gestellt. Obwohl ich den Mann noch immer nicht sonderlich mochte und ihn brüsk und widerspenstig fand, respektierte ich ihn.

»Rufus!« Er war erstaunt, mich zu sehen.

»Seid gegrüßt, Guillaume.« Ich streckte die Rechte vor, und wir schüttelten einander die Hände.

Seine Augen musterten mich von oben bis unten. »Ihr seht aus, als wäret Ihr hundert Meilen ohne Pause geritten.«

»Fast vierhundert und mit nur wenig Erholung. Ich komme vom König.«

Überraschung stieg ihm in die Augen. »Ihr bringt also Neuigkeiten für William und mich, nehme ich an.«

»So ist es.« Ich schlug auf die Tasche an meiner Hüfte.

»Kommt herein. Seid Ihr durstig?«

»Wie bei Arsur.«

Er lachte brüllend. »Das bezweifle ich, aber schon recht. Während Ihr mit William und den anderen sprecht, schicke ich einen

Diener in den Keller, der Euch den besten Wein holt, den er finden kann.«

Im Speisesaal machte Longchamp ein großes Gewese darum, mich wiederzuerkennen, aber ich bezweifle, dass er aufrichtig war. Wir hatten kaum zwei Worte miteinander gewechselt, wann immer wir uns über den Weg liefen. Entschlossen, den Höfling so gut zu spielen, wie ich konnte, verbeugte ich mich tief, küsste seinen goldenen Bischofsring und überreichte ihm Richards Brief. Ich schüttelte den anderen beiden Mitgliedern der Deputation die Hand, den Justiciars Guillaume Bruyère und John de Pratelles. Beide waren sie gute Männer und Richard zutiefst ergeben.

Longchamps Sekretär, der geschrieben hatte, was sein Herr diktierte, eilte herbei, wurde aber fortgescheucht. Longchamp stellte sich an einen der eisernen Halter mit einer dicken Kerze, damit er besser sehen konnte, brach das Siegel mit einem geschickten Hieb des Fingernagels und entrollte das Pergament. Seine Lippen bewegten sich, während er las; hin und wieder runzelte er die Stirn.

Ich wartete gespannt, welche Einzelheiten er preisgab. Was in dem Schreiben stand, wusste ich; Richard hatte mich eingeweiht.

Longchamp legte den Brief hin, beobachtete, wie sich das Pergament zum Teil wieder einrollte, und sah dann mich an. »Der König hält große Stücke auf Euch, Messire Rufus. Das schreibt er.«

»Ich bin stets sein Diener, mein Herr Bischof.« Ich senkte das Kinn und dachte bei mir, dass es keine Überraschung war, dass Longchamp nicht wusste, wie hoch mein Stern nach Richards Krönung aufgestiegen war. »Hat es schon Unterredungen mit den Franzosen gegeben?« William des Roches hatte mir bereits mitgeteilt, dass Philippes Delegation nur zwei Meilen entfernt lagerte.

Ein schmales Lächeln. »In gewisser Weise. Wir wurden unterrichtet, dass Philippe erwartet, seine bisherigen Eroberungen ausnahmslos behalten zu können. Er verlangt außerdem Reparationszahlungen vom König. Die genaue Höhe ist noch unklar.«

»Sie sollen als Sicherheit gegen weitere Angriffe auf die Normandie dienen?«

»Ganz recht.«

»Aber der König braucht auch den letzten Silberpenny für sein Lösegeld!«

Wieder das schmale Lächeln. »Mir wurde gesagt, Philippe wäre gern bereit, die Zahlungen bis nach Richards Freilassung zu stunden.«

»Das wird er nicht aus Freundlichkeit anbieten; seine Offerte muss einen Haken haben.«

»Der Herold deutete an, dass Burgen als Sicherheit übergeben werden könnten, bis die volle Summe gezahlt ist.«

»Verflucht sei Philippe, dieser stinkende Hund«, brummte ich. Mir fiel ein, dass Longchamp ein Mann der Kirche war, und sagte: »Verzeiht mir, mein Herr Bischof.«

»Ihr sagt nichts als die Wahrheit.« Ein Seufzer, ein erstes Zeichen der Erschöpfung.

»Wir stecken zwischen Baum und Borke fest«, sagte de Pratelles.

»Was, wenn Philippes Forderungen jedes Maß übersteigen?«, fragte ich. »Was, wenn er die Normandie verlangt?«

»Das ist auch unsere Sorge«, antwortete Bruyère.

»Unangenehm und intrigant mag der französische König sein, und gierig noch dazu, aber dumm ist er nicht«, sagte Longchamp. »Einen verschlageneren Feind habe ich seit vielen Jahren nicht erlebt. Wie eine Zecke wird Philippe uns so viel Lebenssaft absaugen, wie er kann, aber er wird uns nicht ausbluten. Das nämlich würde mich zwingen, ihm seine Forderungen vor die

Füße zu werfen, woraufhin er die Feindseligkeiten wieder aufnehmen müsste. Das will Philippe aber gar nicht. Die Schande von Rouen steht ihm noch allzu deutlich vor Augen.«

»Hätten wir nur die nötigen Männer gehabt, um ihn zu verfolgen. Bis nach Paris hätten wir ihn gejagt.« Ich seufzte. »Aber das haben wir nicht, und nun sind wir hier.«

»Nun sind wir hier.«

»Wie gut, dass Richard nicht anwesend sein kann«, verkündete ich. »Ihm wäre es unerträglich, Philippe persönlich gegenübertreten und ihm geben zu müssen, was er verlangt.«

»Philippe ist darüber so unglücklich, wie unser Herr zufrieden ist, in Deutschland zu sein. Erbauen wir uns an diesem Gedanken.« Ein scharfer Blick zur Seite. »Trotz Eures offenkundigen Interesses erwähnt der Brief des Königs nicht, dass Ihr hier seid, um an den Verhandlungen teilzunehmen, Messire Rufus.«

Bruyères und de Pratelles' Blicke richteten sich auf mich.

Unausgesprochen stand es zwischen uns. Es war nicht nötig gewesen, dass ich Richards Befehle persönlich übergab. Jeder hätte das tun können: ein Höfling oder Ritter von geringem Rang, sogar ein Schreiber.

»Ich soll nach dem Treffen in die Normandie zurückkehren und des Königs Angelegenheiten regeln. Mantes war kein großer Umweg«, sagte ich leichthin. Ich hatte nicht die Absicht, Longchamp oder die anderen in meine geheime Hoffnung einzuweihen, dass FitzAldelm hier sein mochte.

Bruyère und de Pratelles gaben sich damit zufrieden, Longchamp nicht.

»Ich verstehe.« Ihm gelang es, mit nur zwei Worten seinem Unglauben und seiner Verärgerung Ausdruck zu verleihen, aber tun konnte er nichts.

Wir starrten einander an.

Als wir schwiegen, traf Guillaume des Roches ein. Er hatte es auf sich genommen, den Wein selbst aus dem Keller zu holen. »Rufus, verzeiht, dass es so lange gedauert hat.« Er schwenkte einen großen irdenen Krug. »Das wird Euren Durst löschen.«

»Ihr möchtet Euch wohl mit Eurem Kameraden wieder bekanntmachen und danach baden und ausruhen.« Longchamps Sympathie klang aufrichtig, obwohl sie es nicht war. Er verabschiedete sich und ging. Bruyère und de Pratelles blieben noch kurz, dann ließen sie uns ebenfalls allein.

Ich blieb nicht lange. Guillaume und ich waren Waffenbrüder aus dem Heiligen Land, richtig, aber ich hatte ihm nur wenig zu sagen. Ich pflegte höfliche Konversation über den König und trank einen zweiten Becher Wein, um ihn nicht zu kränken, dann aber erklärte ich, ohne Müdigkeit vorschützen zu müssen, dass ich mich waschen und lange schlafen wollte.

Die ganze Nacht hindurch träumte ich von FitzAldelm in mehreren schrecklichen Szenen. In einer hetzte ich ihn zu Pferd, aber irgendwie entkam er mir. In einer anderen entzog er sich ganz meinem Zugriff und verließ das Treffen sicher in Gesellschaft der Franzosen, die er nun Freunde nannte. In einer dritten Vision tötete er Rhys bei einem Streit, und ich fuhr keuchend und schweißgebadet aus dem Schlaf. Nicht einmal bekam ich meinen alten Feind zu fassen, geschweige denn, dass ich sein erbärmliches Leben beendete.

Das beharrliche Krähen eines Hahns zerrte mich in die Gegenwart zurück, nachdem ich, wie es mir vorkam, kein Auge zugetan hatte. Rhys war schon auf den Beinen und umtriebig. Ich sah ihn verdrossen an. »Gut geschlafen?«

»Wie ein satter Säugling. Du nicht, nehme ich an.«

Ich grunzte. Mir war bewusst, dass Jean jedes Wort hörte, und ich wollte meine Albträume nicht offenbaren, denn ich fürchtete, dass dadurch der eine oder andere davon wahr werden mochte.

Wie es in solchen Situationen üblich war, trafen sich die Streitparteien auf einem Feld. Der Landeigner hatte das lange Gras schneiden und fortrechen lassen. Die grüne Narbe, die dadurch offenbart wurde, war quadratisch geformt, jede Seite zweihundert Schritt lang. In der Mitte stand ein prunkvolles Zelt, dessen Wände hochgerollt und verschnürt waren, um frische Luft und Sonnenschein hereinzulassen, hatten wir doch einen prächtigen Sommertag. Das Laub der Bäume zeigte ein tiefes, üppiges Grün, der gewaltige Himmelsbogen ein glorreiches, strahlendes Blau. Lerchen sangen in der Höhe, ein sanfter Wind wiegte das ungeschnittene Gras jenseits der Grenzen unseres Feldes. An einem Tag wie diesem, sagte ich mir, ist man froh zu leben. Wenn der Tag älter wurde, würde es heiß werden, aber jetzt, kurz nach der Terz, war alles noch sehr angenehm.

Wir waren früh eingetroffen und hatten eine Weile gewartet. Der Vorschlag stammte von Longchamp; die beiden Guillaumes, de Pratelles und ich hatten ihm zugestimmt. Wir zogen in keine Schlacht, wo oft die Seite, die sich das Terrain aussucht, gewinnt, aber das Prinzip war dasselbe. Wir hatten unsere Pferde an eine Stelle gebracht, die für den größten Teil des Tages im Schatten liegen würde, und uns im Zelt die besten Plätze ausgesucht, auf denen wir am meisten vom Westwind abbekamen.

Longchamp war zum Gebet gegangen, de Pratelles ins Gespräch mit Guillaume de Bruyère vertieft, und Guillaume des Roches instruierte die Waffenknechte, wo sie zu stehen hatten. Ich suchte Rhys' Blick. »Wo ist Jean?«

Ein Schulterzucken. »Kurz nachdem wir ankamen, ist er verschwunden. Vermutlich in das Dorf, durch das wir gekommen sind, um zu schauen, was er stehlen kann.«

»Heute nicht.« Damit erregte ich Rhys' Aufmerksamkeit und fuhr fort: »Fünf Silberpennys, dass er zum französischen Lager geschlichen ist.«

Rhys pfiff. »Natürlich, was sonst, der kleine Mistkerl!«

Fast war es, als wüsste Jean, dass wir über ihn sprachen. Er schlüpfte ins Zelt und kam geradewegs zu uns. Sein breites Grinsen verriet schon lange, bevor er uns erreichte, dass er etwas zu berichten hatte.

»Warst du spionieren?«, fragte ich.

Er war überrascht, fing sich aber schnell. »Ja, Messire, bei den Franzosen. Sie werden sehr bald hier sein.«

»Sonst noch etwas?«

»FitzAldelm ist bei ihnen, Messire. Ich habe ihn mit eigenen Augen gesehen.«

»Hat er dich bemerkt?«, fragte ich Jean.

Ein vernichtender Blick. »Natürlich nicht, Messire. Ich habe mich sehr zurückgehalten. Nötig war es aber nicht. Einer wie er bemerkt einen wie mich sowieso nie.«

»Trotzdem zahlt Vorsicht sich aus.« Ich ergriff seine Schulter. »Gute Arbeit.«

»Ich habe auch sein Zelt gesehen, Messire.«

Rhys und ich tauschten einen ungläubigen Blick. Ich wandte mich Jean wieder zu. »Du warst im französischen Lager?«

Ein freches Grinsen. »*Keiner* achtet auf jemanden wie mich, Messire.«

»Wie oft soll ich dir noch sagen? Sich so zu verhalten ist gefährlich.«

Er sah mich wütend an, der halsstarrige Kobold. »Kein Franzose kann mich fangen, Messire.«

»Du darfst so etwas nicht noch mal tun, es sei denn, Rhys oder ich haben es dir ausdrücklich erlaubt, hast du verstanden?«

Keine Antwort.

Ich musste den Stier bei den Hörnern packen, oder ich würde es früher oder später bereuen, wenn er von den Franzosen gefangen oder erschlagen wurde. »Das ist mein Ernst, Jean. Wenn du so etwas noch mal tust, jage ich dich weg. Willst du wieder ein obdachloses Waisenkind sein?«

»Nein, Messire.« Seine Stimme bebte leicht; die dreiste Fassade bekam kurz Risse.

»Komm zu mir, bevor du solche Verrücktheiten begehst«, befahl ich. »Ich werde nicht jedes Mal Nein sagen.«

Sein Kinn hob sich. »Zu Befehl, Messire.«

»Nun zu FitzAldelms Zelt. Steht es weit außen?«

Er lächelte triumphierend. »Jawohl, Messire, gleich am Rand des Lagers.«

Mein Herz machte einen Satz. Rhys schlug sich mit der Faust in die Hand.

Hufklappern unterbrach uns. Laute Stimmen drangen ins Zelt.

Die Franzosen waren eingetroffen.

Der Bischof von Beauvais führte sie an. Der untersetzte Geistliche war Gefolgsmann und Verbündeter Philippe Capets und so doppelzüngig wie kein Zweiter. Die rechtswidrige Ehe zwischen Conrad de Montferrat und Isabella, der Frau von Onfroy de Toron, hatte niemand anderer als er geschlossen. In Sizilien hatte er ein allzu freundliches Auge auf Rhys geworfen, und in letzter Zeit war er zu Richards Quälgeist geworden. Ich musste meine gesamte Selbstbeherrschung aufbieten, um ein ausdrucksloses Gesicht zu wahren, als wir einander vorgestellt wurden und der träge Blick des Bischofs auf mich fiel.

Gut, dass ich es tat, denn als Nächsten entdeckte ich FitzAldelm in den hinteren Reihen der französischen Deputation. Er war im Gespräch mit einem Ritter in meerblauem Hemd und hatte mich nicht gesehen. Ich hatte geglaubt, ich würde bei seinem Anblick Wut empfinden, doch stattdessen erfüllten mich Belustigung und eine tiefe Ruhe. Nach all den Jahren, in denen ich ihm misstraut hatte, sah ich ihn endlich offen am Busen unserer Feinde, der Franzosen. Bei ihnen war des Verräters natürliche Heimat. Erleichterung überschwemmte mich. Keine Notwendigkeit mehr, mich zu verstellen; ich brauchte nicht mehr hinter vorgehaltener Hand zu sprechen. Jeder wusste, auf wessen Seite er stand, und die unsrige war es nicht.

FitzAldelm trat neben den Bischof von Beauvais und wollte etwas sagen. Vielleicht spürte er meine Augen auf sich, wie es Menschen oft bemerken. Er hob den Blick zu mir und erkannte mich. Der Widerling vermochte seinen Mund nicht daran zu hindern, sich vor Schreck ein wenig zu öffnen. Er klappte ihn wieder zu wie eine Falle, seine Miene verwandelte sich und wurde hart wie Stein.

Ich verneigte mich spöttisch ganz leicht vor ihm. »FitzAldelm, wie schön, Euch zu sehen.« Meine Worte bedeuteten: *Ich bin hier, um dich zu töten*, und das wusste er.

KAPITEL XIX

In den gesellschaftlichen Zwängen der Situation gefangen, konnte FitzAldelm mir nicht die Antwort geben, die ihm auf der Zunge lag. Er murmelte etwas Unhörbares.

»Ich hatte mich gefragt, ob Ihr es über die Seine geschafft habt«, bemerkte ich fröhlich und fügte hinzu: »Nachdem Ihr in dem unterirdischen Gang aus der Kirche geflohen wart.«

Der Bischof von Beauvais bedachte ihn mit einem scharfen Blick, was mir Genugtuung schenkte. Ich war davon ausgegangen, dass FitzAldelm, stolzer als stolz, die demütigende Wahrheit über seine Flucht aus Rouen nicht offenbart hatte. Er wand sich sichtlich wie ein Wurm am Haken.

»Der Priester hat gesungen wie ein Ziervogel«, fuhr ich fort. »Wir kennen alle Einzelheiten, die Ihr ihm genannt habt und die in Folge an Euren neuen Herrn Philippe gingen. Der König ist höchst ungehalten – um nicht zu sagen wütend – über Euren Verrat.«

FitzAldelms Mund bewegte sich, aber er brachte kein Wort heraus. Ich wusste, weshalb. Er konnte keine Antwort geben, die die Wahrheit widerlegte. Er war ein Verräter. Doch ich gestattete mir keine Schadenfreude. Solange mein Feind nicht tot und begraben war, stellte er eine Gefahr dar.

Der Bischof intervenierte, indem er überschwänglich Longchamps begrüßte, der gleich vom Gebet hergekommen war. Ich blinzelte FitzAldelm zu, um ihn zu reizen, und er antwortete mit einem unverhohlenen giftigen Blick.

Nach zahlreichen ernsten Bitten um Gottes Segen bei den

Verhandlungen begannen der Bischof von Beauvais und Longchamps ihre Diskussion. Auch wenn ich sie so nenne, handelte es sich eher um eine Liste von Ultimaten, die Philippe an Richard richtete.

Der französische König wollte Gisors und alle Gebiete, die er im Frühjahr erobert hatte, behalten. Es gab keinerlei Spielraum. Für den Fall, dass Longchamp seine Zustimmung verweigern sollte, wurde unmissverständlich angedeutet, dass die Franzosen erneut in die Normandie einmarschieren würden. Philippes Gerissenheit zeigte sich auch in seiner nächsten Forderung. Richards Bruder John sollten seine Ländereien auf beiden Seiten des Schmalen Meeres auf Dauer zurückgegeben werden.

Es ging immer weiter: Der Bischof von Beauvais deklamierte, und Longchamp konnte nur nicken oder schlicht zuhören. Adémar de Angoulême und die Barone, die sich seiner jüngsten Rebellion angeschlossen hatten, sollten begnadigt und ihnen alles verlorene Land wiedergegeben werden. Die Ländereien, die Richard dem Grafen von Perche abgenommen hatte, waren zurückzuerstatten. Der Graf von Hellent, ein weiterer ausgesprochener *Tadhg an dá thaobh* – ein Mann mit einem Fuß in beiden Lagern –, sollte eine ähnliche Behandlung erfahren.

Den kostspieligsten Schlag hob sich der Bischof von Beauvais für den Schluss aus. Zwanzigtausend Mark in Silber, nicht etwa Kölnisches, sondern Troygewicht, sollten Philippe gezahlt werden. Beginnend mit sechs Monaten nach dem Datum von Richards Freilassung waren fünftausend Mark zweimal im Jahr zu übergeben. Als Sicherheit für die gewaltige Summe sollten die Burgen Loches und Châtillon-sur-Saone unverzüglich in französischen Besitz übergehen. Das Gleiche galt für die Festungen von Drincourt und Arques. Die Demütigung wurde durch die Bedingung vollendet, dass Richard außerdem für die Garnisonen aller vier Burgen aufkommen sollte. Das war keine kleine Summe:

Allein im Fall von Loches bedeutete es, für elf Ritter und hundertvierzig Waffenknechte zu zahlen.

Endlich gelangte der Bischof von Beauvais ans Ende seiner Tirade. Mit einem gefalteten Tuch wischte er sich die Stirn ab, dann seine roten Wangen. Unsere Entscheidung, wo wir uns aufstellen sollten, erwies sich als perfekt. Longchamp, William und ich standen im kühlen Schatten, während die Franzosen dem prallen Sonnenschein ausgeliefert waren, der durch die offene Seite des Zeltes einstrahlte.

»Nun?«, fragte der Bischof von Beauvais. »Habt Ihr etwas zu sagen?«

»Seid Ihr fertig?«, entgegnete Longchamp in höflichem Ton.

Man konnte sich kaum vorstellen, dass des Bischofs weinroter Teint sich noch verdunkeln konnte, aber es geschah. »Das bin ich!«

»Ich danke Euch im Namen König Richards für Eure Bedingungen. Ich werde sie mit meinen Kollegen erörtern.« Longchamp wies auf die beiden Guillaumes und John de Pratelles.

»Erörtern? Was gibt es da zu erörtern?«, fuhr der Bischof auf.

»Ob wir Eure Forderungen annehmen oder nicht.« Butter wäre in Longchamps Mund nicht geschmolzen.

Der Bischof sah drein, als stünde er kurz vor einem Schlaganfall. »Annehmen oder nicht? Euch bleibt keine Wahl!«

»Oh, mein Herr Bischof, da irrt Ihr Euch.« Longchamp verbeugte sich. »Mit Eurer Erlaubnis.«

Gelassen und selbstsicher traten er und seine drei Kollegen von der französischen Abordnung zurück. Ich schloss mich an, aber vorher blinzelte ich FitzAldelm noch einmal zu.

Er gab vor, es nicht zu bemerken, aber ich sah das wütende Funkeln in seinen Augen, als er sich abwandte.

Wir berieten uns im hinteren Teil des Zeltes. Nachdem die Franzosen fort waren, zeigte jedermann eine andere Miene. Ich sah

Besorgnis, Wut, Hilflosigkeit und sogar ein wenig Furcht, was meine eigenen Empfindungen widerspiegelte. Die französische Delegation mochte von einem fettleibigen Bischof angeführt werden, aber bedroht wurden wir von einer Faust im Panzerhandschuh.

»Wie Ihr vermutlich erkannt habt, war das nur Schauspiel«, sagte Longchamp.

»Ihr wart allerdings sehr überzeugend«, sagte ich und erhielt ein flüchtiges Lächeln zur Antwort.

»Bei Gottes Zehen!«, rief des Roches aus. »Philippe hat uns in die Ecke gedrängt, und der Bischof weiß es.«

»Die Bedingungen sind unfassbar hart, aber nicht unerwartet«, sagte Bruyère.

»Wir können wenig mehr tun, als sie zu akzeptieren – in ihrer Gesamtheit«, fügte de Pratelles sorgenvoll hinzu. »Was sagt Ihr dazu, mein Herr Bischof?«

Longchamp saugte die Wangen ein und dachte nach. Dann nickte er. »Wir müssen sie akzeptieren.«

»Richtig«, stimmte Bruyère zu. »Die Konsequenzen einer Weigerung wären zu ernst.«

»Das denke ich auch«, sagte des Roches. Zu meiner Überraschung sah er mich an. »Und was meint Ihr, Messire Rufus?«

Ich sah die Verärgerung in Longchamps Augen, die er rasch verbarg, aber ganz wie des Roches, Bruyère und de Pratelles wartete er darauf, dass ich sprach. Für mich war es ein stolzer Moment, eine Anerkennung des besonderen Verhältnisses zu meinem König.

»So ungern ich es zugebe, es besteht kaum eine andere Wahl, als die Forderung der Franzosen anzunehmen«, sagte ich. »Der König erwartet, dass noch wenigstens ein halbes Jahr verstreicht, bis er freigelassen wird. Während dieser Zeit könnte Philippe in der Normandie unaussprechliches Unheil anrichten, und *das* wäre noch schlimmer als die erpresserischen Bedingungen, die uns nun auferlegt werden. Niemand sollte es den Bischof von Beauvais wissen lassen, aber wir könnten mehr hergeben, als Philippe verlangt, und dennoch der Ansicht sein, bei dem Handel den größeren Gewinn erzielt zu haben.«

Sie zogen finstere Gesichter, aber nach einem Moment murmelte Longchamp zustimmend. »Zwei weitere Burgen hätten es sein können, Messire Rufus, oder sogar sechs. Oder zehntausend Mark mehr. Es ist wahr, dass all diese Forderungen für Richard billiger wären als der Verlust der Normandie.«

Unglücklich sahen wir einander an.

Obwohl wir uns Philippes Rückzug von Rouen als Sieg anrechneten, hatte er für unsere Feinde nur einen Rückschlag dargestellt, nichts weiter. Für Feldzüge blieben noch zwei gute Monate – drei, falls das Wetter sich hielt. Sollte Philippe mit seinem Heer Rouen umgehen und in die Normandie marschieren, konnte er mit Leichtigkeit Tod und Vernichtung ins Hinterland tragen, die Ernte verbrennen und Städte und Dörfer bedrohen. Unsere Kräfte in der Gegend waren bei weitem weniger zahlreich als die seinen. Und falls Königin Alienor Soldaten aus Aquitanien heranführte, würde sich der Zwist neu entzünden. Truppen aus England per Schiff herzubringen würde Wochen dauern, sogar Monate, und während wir warteten, stand sehr zu befürchten, dass in der ganzen Normandie Barone den Franzosen die Tore öffneten und Philippe Gefolgschaft schworen. Bis die Verstärkungen das Schmale Meer überquert hätten, konnte es zu spät sein.

Longchamp sammelte sich und strich seinen Habit glatt. »Wir lassen den Bischof ein wenig schmoren«, sagte er. »Dann aber werde ich seinen Bedingungen zustimmen. Gott gebe, dass der König richtigliegt, was den Zeitpunkt seiner Freilassung angeht. Dauert es viel länger, wird er bei seiner Rückkehr nur noch

Krähen antreffen, die an den Knochen seines Königreichs picken.«

»Das Geld *wird* rechtzeitig gesammelt werden, mein Herr Bischof.« Ich klang zuversichtlicher, als ich mich fühlte. »Heinrich wird den König am Neujahrstag freilassen.«

»Und wenn Philippe sich wieder einmischt?«, fragte Bruyère. »Auch wenn er mit uns hier Frieden schließt, wird er dennoch versuchen, Heinrich zu bewegen, von der Ablösung zurückzutreten.«

»Er ist nicht der Einzige, der es versuchen wird«, sagte Longchamp.

»Ihr meint John?«, fragte ich, ohne nachzudenken. Ich spürte die Blicke der anderen schwer auf mir und war froh, dass sie loyal zu Richard standen. In einer anderen Gesellschaft würde es sich gewiss auszahlen, diskreter zu sein.

Longchamp sah einen nach dem anderen von uns an und zeigte mit dieser Geste, dass er uns traute. »So ist es. Falls er und Philippe mehr Geld bieten, als der König zahlen soll, hört Heinrich ihnen vielleicht zu.«

»Darüber sollten wir uns jetzt keine Sorgen machen«, sagte ich, entschlossen, die Stimmung nicht noch weiter sinken zu lassen. »Nehmen wir Philippes erpresserisches Angebot an, und seien wir dankbar.«

Longchamp hob das Kinn. Des Roches lächelte. De Pratelles und Bruyère nickten.

Unsere Seelenstärke machte den bitteren Waffenstillstand erträglich. So gerade eben.

Ich starrte in den klaren Himmel, dessen Schwärze von zahllosen funkelnden Sternen gemildert wurde. Der Mond war denkbar klein, kaum mehr als ein Span, was unseren Zwecken diente. Ich kannte den Pflug und den Großen Bären und noch einige Sterne, aber der Rest war mir ein Mysterium. Ich musste daran denken, dass der gleiche Himmel sich über Joanna wölbte, die irgendwo im Süden weilte. Mir schmerzte das Herz. Schlief sie, oder sah sie zu der Pracht über ihr hoch und dachte an mich?

»Bereit?« Rhys hatte die Lippen dicht an meinem Ohr.

Ich drehte den Kopf. Genau wie ich hatte er Gesicht und Hände mit Schlamm geschwärzt. Mit dunklem Hemd und dunkler Hose bekleidet war er so unsichtbar, wie ein Mensch sich machen konnte. Ich nickte.

Die Stunde war spät, den Laudes näher als der Matutin. Wir hatten darauf gehorcht, dass die Glocken der Kirchen in Mantes, eine Meile entfernt, zur Ersteren schlugen, und danach abgewartet. In unserem Lager war es still, alles schlief; bis auf die Wachen, wie ich hoffte. Genauso herrschten im französischen Lager Ruhe und Entspannung, nicht zuletzt, weil bei unserer Zusammenkunft am Vortag erfolgreich der Friedensvertrag ausgehandelt worden war. Für niemanden auf beiden Seiten bestand Grund, mit Mordabsichten ins andere Lager zu schleichen.

Es sei denn, man war Rhys und ich, die eine bittere Fehde zu beenden hatten.

»Jean?«, flüsterte ich. Rhys hatte nach mir das Zelt verlassen; sich zu vergewissern, dass der Junge fest schlief, war seine Pflicht gewesen.

»Wie ein Murmeltier.«

»Bist du sicher?«

»So sicher man sein kann.«

»Dann los.« Der Instinkt übernahm das Regiment; ich vergewisserte mich, dass das lange Ende meines Gürtels fest verschlungen war und mein frisch geölter Dolch geräuschlos aus der Scheide und wieder hinein glitt. Neben mir tat Rhys das Gleiche. Als wir fertig waren, tauschten wir einen Blick, dann führte ich uns durch die Zelte, leise wie eine Katze, sodass wir unsere Gefährten nicht weckten. Den Wachen auszuweichen war leicht; sie waren nur zu viert und gerade erst vorbeigekommen. Sie kamen eine gute Weile nicht wieder hier lang.

Der Marsch zum französischen Lager verlief schnurstracks; ich sah keine Notwendigkeit für einen Umweg. Wir überquerten den Versammlungsplatz, wo uns der warme, üppige Duft geschnittenen Grases in die Nase stieg, und gingen weiter in die Aue dahinter. Unsere Augen hatten sich an das Halbdunkel gewöhnt: Im Sternenlicht kamen wir rasch voran. Aus den Tiefen des Waldes rechts von uns drang der unirdische Schrei einer Eule. Obwohl er nicht uns galt, schauderte ich, als ich ihn hörte.

Rhys war entzückt von meinem Plan, uns in FitzAldelms Zelt zu schleichen und ihm die Kehle durchzuschneiden. Niemand im französischen Lager wusste viel über die Fehde zwischen uns – wenn überhaupt. Mit ein wenig Glück würde man annehmen, dass FitzAldelm von einem seiner eigenen Leute ermordet worden war. Rhys hatte sein Messer geschärft, bis er sich damit die Härchen auf seinem Unterarm gleich über der Haut abrasieren konnte, und mich dabei die ganze Zeit finster angegrinst. Ich war mit meiner Klinge genauso verfahren, aber still und tief in Gedanken. FitzAldelm zu töten hatte ich aus alter Gewohnheit vorgeschlagen, denn ich hatte schon so oft ausgesprochen, wie sehr ich mich danach sehnte.

In Wirklichkeit jedoch war der glühende Hass, der mich so viele Jahre befeuert hatte, längst heruntergebrannt. In Rouen hatte ich seine Abwesenheit gespürt, auch wenn ich es nicht hatte zugeben wollen. Ich hatte die Flamme geschürt, bevor ich meinen Feind im großen Zelt wiedersah; wäre es dort zu Handgreiflichkeiten gekommen, hätte ich freudig gegen ihn gekämpft. Jetzt aber, wo ich schlichten, kaltblütigen Mord im Sinn hatte, wankte meine Entschlossenheit.

Ich rief mir die Prügel in Erinnerung, die ich von ihm bezogen hatte, die Gelegenheiten, bei denen er versucht hatte, mich zu ermorden; so härtete ich mein Herz. Nicht dass irgendjemand ihn vermissen würde, sagte ich mir. Er war nicht verheiratet. Er hatte seine Terrierhündin P'tit, falls sie noch lebte, aber ich würde mich wegen eines Tieres nicht von meiner Rache abhalten lassen.

Ich spürte eine Hand auf meiner Schulter – Rhys. Ich blieb stehen, drehte mich um und hauchte: *Was?*

Er legte den Finger ans Ohr, ein Zeichen, dass er etwas gehört hatte, und wies über die Schulter in die Richtung, aus der wir kamen.

Ich zeigte mit zwei Fingern auf meine Augen und bewegte sie von links nach rechts, schloss alles in unserem Rücken ein: Wir mussten Anzeichen suchen, dass uns jemand folgte.

Beide standen wir, Schulter an Schulter, und hielten Ausschau, hörten nichts als unseren Atem.

Als ich bis hundert gezählt hatte, waren mir weder Haut noch Haar einer Menschenseele aufgefallen. Rhys leidet offenbar unter Nervenflattern, sagte ich mir. Ich berührte ihn am Arm und hauchte: *Was entdeckt?*

Er schüttelte den Kopf, und seine Lippen bildeten das Wort: *Entschuldigung.*

Egal, antworteten meine Lippen stumm. *Weiter.*

Wir hörten nichts, das uns beunruhigte, bis sich das französische Lager aus der Dunkelheit schälte, zweihundertfünfzig Schritt entfernt. Wir ließen uns ins Gras sinken. Nach langem Warten entschieden wir, dass keinerlei Wachen am Rand des Lagers patrouillierten. Dennoch legten wir die restliche Strecke auf den Bäuchen zurück. Es war unangenehm – das Gras stand hoch und war voller Tau –, und man konnte nichts sehen, es sei denn, man hielt inne und erhob sich auf die Knie. Deshalb dauerte es eine Ewigkeit, bis wir in die Nähe der Zelte gelangten.

Schließlich hatten wir uns dem französischen Lager trotzdem auf zwanzig Schritt genähert. Wir erhoben uns in die Hocke, um uns zu orientieren, und ich dankte Gott für Jeans scharfe Augen. Er hatte bemerkt, dass an FitzAldelms Zelt, das zwischen zwei größeren stand, eine Bahn mit Stoff repariert worden war, der dunkler war als der Rest. Wir entdeckten es fast genau vor uns.

Gesehen?, hauchte ich Rhys zu und zeigte darauf.

Er nickte.

Wir brauchten nicht über unseren Plan zu sprechen, der simpel war: Vor dem Zelt lauschen und sich zu vergewissern versuchen, dass niemand darin wach war. Leise die Leinwand zerschneiden und eindringen. FitzAldelm finden, ihn töten und verschwinden. Mit Glück würde kein Knappe oder Diener, die mit ihm im Zelt waren, etwas hören. Andernfalls würden wir fliehen, statt zu kämpfen. Zwar war das vielleicht riskanter, als weitere Kehlen durchzuschneiden, aber keiner von uns hegte den Wunsch, unschuldige Menschen zu ermorden.

Mein Blick bewegte sich von einer Seite zur anderen, und zwischen die Zelte. Keine Wächter. Kein Geräusch abgesehen von der verfluchten Eule im Wald. Jemand hatte mir einmal erzählt, dass die Römer den Schrei der Eule einst als schlechtes Omen ansahen; ich schob den Gedanken beiseite.

Den letzten Abstand überwand ich auf den Fußballen, dankbar, dass unter mir Gras war und keine hölzernen Bohlen. Rhys war neben mir, leise wie ein Schatten. Indem ich die ganze Länge des Zeltes abging und auf die anderen Seiten sah, stellte ich fest, dass der Eingang dem Lagerinneren zugewandt war. Das bedeutete, dass FitzAldelm mit einiger Wahrscheinlichkeit genau in dem Abschnitt schlief, an dem wir zuerst angelangt waren.

Wir kehrten dahin zurück und hielten inne, um zu lauschen. Auf der anderen Seite der Leinwand war jemand – ich hörte tiefen, gleichmäßigen Atem und einmal ein leises Räuspern. Ich kniete mich hin und legte ein Ohr an die Zeltwand. Der Mann wälzte sich, und sechs Zoll vor meiner Nase bewegte sich der Stoff. Ich zuckte zurück, unterdrückte einen Schrei und begriff erst dann, dass sein Arm von der Matratze gerutscht und gegen die Zeltbahn geschlagen war.

Ich sah Rhys belämmert an. Er grinste.

Ich zeigte auf das Zelt.

FitzAldelm?, hauchte Rhys. Den Dolch hielt er schon in der Hand. Er deutete an, die Klinge durch die Leinwand zu stoßen.

Ich schüttelte den Kopf. Wir mussten uns vergewissern, wer dort lag. Ich wollte auf keinen Fall noch ein unschuldiges Leben auf dem Gewissen haben. Der jugendliche Straßenräuber in Udine reute mich genug.

Wir bewegten uns zehn Schritt weg, bis zu einem Seitenabteil oder wenigstens weit genug, dass Distanz zum Schläfer bestand. Kein Geräusch war auf der anderen Seite der Zeltwand zu hören, daher schob ich meine Dolchspitze unmittelbar über dem Boden hindurch und drückte sie vorsichtig nach oben. Die Arbeit am Wetzstein machte sich bezahlt; der Stoff teilte sich wie von Zauberhand. Binnen eines Lidschlags hatte ich ein Loch geschnitten, das groß genug war, um einzutreten.

Wieder hielt ich inne. Ich hörte nur das Atmen des Mannes, dessen Arm mich erschreckt hatte. Ich sah zu Rhys, der mir grimmig und ermutigend zunickte. Mit rasendem Puls – ich war vorübergehend wehrlos – schob ich den Kopf ins Zelt.

Niemand schlug Alarm. Niemand fragte, wer ich sei. Im Zelt war es erheblich dunkler als draußen. Ich musste abwarten, bis meine Augen sich an die Finsternis gewöhnt hatten, und machte schließlich ein Gestell aus, an dem ein Haubert hing. Darauf lag ein Helm; an seinem Fuß entdeckte ich ein Schwert in einer Scheide und ein Paar Stiefel. Ich sagte mir, dass dies zumindest das Zelt eines Ritters und keines Priesters war.

Näher stand eine Truhe, aber ich sah keine menschlichen Umrisse, weder schlafende noch andere. Ich bog den Kopf nach links und entdeckte den Mann, den ich gehört hatte. Sein Gesicht war mir zugewandt, keine sechs Schritte entfernt, und geformt wie ein Ziegelstein. Ich fasste Mut. Es war FitzAldelm – er musste es sein. Wenige Männer in der ganzen Christenheit hatten einen derartigen Charakterkopf.

Ich zog den Kopf zurück in die Nachtluft und hauchte Rhys zu: *Er ist es.*

Sein Antwortgrinsen war gnadenlos.

Ich wandte mich um und wollte ins Zelt zurückkehren. Rhys würde mir folgen. Ich hätte es allein tun können, aber es war sein Herzenswunsch, seine Klinge in FitzAldelm zu versinken. Verweigern konnte ich es ihm nicht.

Den Dolch zwischen den Zähnen, stieg ich in das Zelt und kauerte mich nieder, genau wie draußen. Niemand rührte sich, und ich streckte die Hand durch den Schlitz in der Leinwand und winkte.

Behände folgte mir Rhys und hockte sich neben mich. Sein Blick richtete sich auf FitzAldelm und kehrte zu mir zurück. Trotz der Dunkelheit sah ich seine Augen triumphierend leuchten. Er wies mit dem Dolch, höflich wie ein Edelmann, der einer Dame den Vortritt ließ. Angespannt und doch belustigt hätte ich aufgelacht, wäre es nicht so unbedingt nötig gewesen, Stille zu wahren.

Ich kroch auf Händen und Knien zu FitzAldelm, langsam und vorsichtig, wachsam auf jede Änderung seiner Haltung oder seines Atems achtend. Er rührte sich nicht, auch nicht, als ich an seiner Seite war und mich über ihn beugte.

Es war schwer zu begreifen. Nach so langer Zeit, nach so vielen Gebeten, in denen ich Gott um Hilfe angefleht hatte, war der Augenblick gekommen. Ich zögerte mit trockenem Mund, doch ich rief mir zu Gedächtnis, wie FitzAldelm zweimal versucht hatte, mich zu ermorden. Hass auf ihn erfüllte mich. Ich wechselte meinen Griff um den Dolch, sodass die Klinge nach unten aus meiner geballten Faust ragte, und reckte den Arm in die Höhe. Ich spürte Rhys neben mir; er bebte wie ein Falke, dem gleich der Geschühriemen gelöst würde.

Wieder zögerte ich. Statt des schlafenden FitzAldelm sah ich Henry vor mir, dessen Kehle ich durchschnitten hatte, um meinen Ruf zu schützen, und den Jüngling, den ich in Udine niedergestochen hatte, nur weil mir danach war.

Rhys stieß mich an, fest. Er wagte nicht, zu sprechen, aber das brauchte er auch nicht.

Ich nickte, ohne ihn anzusehen, und sammelte meine Entschlossenheit. Ich spannte mich an, machte mich zum Stoß bereit – und aus dem Nichts, zeitlich so passend, dass ich es niemals für nötig gehalten hatte, entwich mir ein gewaltiges Niesen.

Tröpfchen sprühten FitzAldelm ins Gesicht, und mit der Schnelligkeit einer zuschlagenden Schlange erwachte er, stieß mir den Handballen gegen die Brust; eine instinktive Reaktion. Der Hieb besaß genügend Kraft, um mich rückwärts gegen Rhys stolpern zu lassen, was seinen Dolchstoß gegen FitzAldelm verhinderte. Rhys fiel auf sein Hinterteil, ich landete mit rudernden Armen auf ihm. Ich versuchte, mich aufzurichten, verzweifelt, erbittert gar, um zu beenden, was ich nicht begonnen hatte.

FitzAldelm brüllte um Hilfe, laut genug, um die Toten zu erwecken. Floh halb kriechend vor uns auf das Loch zu, durch das wir eingedrungen waren. Da wir zwischen ihm und dem Eingang des Zeltes standen, blieb ihm kein anderer Ausweg.

Ich stürzte ihm hinterher, aber Rhys war noch schneller. Als FitzAldelm den Schnitt in der Zeltbahn erreichte, zuckte Rhys' Dolch hoch und wieder herunter, und mein Feind schrie auf. Er fiel jedoch nicht, und mit meinem nächsten Herzschlag warf er sich hinaus wie ein Mann, der von einem Felsen ins tiefe Wasser springt. Ein knapper Schrei war zu hören, der von einer Stimme in meinem Rücken beantwortet und übertönt wurde – einem lauten »Seid Ihr wohlauf, Messire?« auf Französisch. Gewiss ein Knappe oder ein Waffenknecht, der draußen Wache gestanden hatte.

Ich fuhr herum. Eine Gestalt war ins Zelt getreten; in der rechten Hand ein Schwert. Ich versuchte, Rhys zu warnen.

Von der anderen Seite der Leinwand hörte ich noch einen Schrei – eine Kinderstimme? –, und FitzAldelm stieß einen lästerlichen Fluch aus. »Gib mir das!«

Rhys brüllte auf, ein unartikulierter Laut voller Wut.

Mein Magen verkrampfte sich, ohne dass ich wusste, wieso. Ohne auf den Mann zu achten, der auf mich zukam, sprang ich aus dem Zelt. Ich blieb stehen und versuchte, zu begreifen, was dort vorging.

Rhys kauerte einen Schritt vor mir, den Dolch vor sich ausgestreckt. Ich lugte an ihm vorbei, und Entsetzen packte mich.

FitzAldelm hatte Jean einen Arm um den Hals geschlungen. In der anderen Hand hielt er einen Dolch, dessen Spitze er dem Knaben an die Kehle drückte. Höhnisch grinste er mich an.

»Nach links«, zischte ich Rhys zu. »Ich komme von rechts.«

»Das ist zu gefährlich!«

Hinter uns hörte ich, wie jemand durch das Loch im Zelt stieg. Gebrüll und Schreie erhoben sich ringsum im Lager, begleitet vom Getrampel rennender Männer.

»Bald ist es für uns alle zu spät«, sagte ich. »Er wird kein Kind töten.«

»Lasst den Kleinen los, FitzAldelm«, beschwor Rhys ihn. Er machte mehrere Schritte nach links, während ich nach rechts ging.

FitzAldelms Augen zuckten zwischen uns hin und her und

beobachteten uns. Jean wehrte sich, aber mit seinen kleinen Armen hatte er genauso wenig Aussichten, sich zu befreien, wie ich die Sonne vom Himmel auf die Erde ziehen konnte.

»Ihn gehen lassen? Hätte ich ihm nicht die Klinge abgenommen, hätte der kleine Mistkerl mich umgebracht!«

Zu spät begriff ich. Zu spät warf ich mich in den Abgrund, der uns trennte, die Hände vorgestreckt, aber nicht, um FitzAldelm zu erstechen, sondern um ihn aufzuhalten. Zu spät. Ich tat es zu spät.

In schlafwandlerischer Langsamkeit sah ich, wie er den Dolch von Jeans Kehle nahm, abwärts bewegte zu dessen Bauch und ihn dort hineinstach, nur einmal. Jean schrie auf, ein hoher gellender Laut, der mir in den Zähnen schmerzte. Dann taumelte er auf mich zu, von FitzAldelm vorwärtsgestoßen.

Der sich umdrehte und davonrannte, als wären ihm alle Dämonen der Hölle auf den Fersen.

Weder Rhys noch ich verfolgten ihn, und das hatte er genau gewusst, der mörderische Hund.

Ich erreichte Jean vor Rhys, hob ihn auf und barg seinen winzigen, spindeldürren Leib in meinen Armen. Er war schlaff wie eine Lumpenpuppe und stöhnte erbärmlich. »Ich habe dich, Junge«, sagte ich, wobei mir die Tränen das Gesicht hinunterliefen, als Rhys mich vom Lager wegzerrte, während Franzosen näher kamen, sehr nahe.

Wir rannten. Rannten in die Finsternis davon, so schnell wir konnten, ohne zu bedenken, dass wir durch unsere Geschwindigkeit Gefahr liefen, uns die Knöchel zu brechen. Rhys übernahm die Führung, ich folgte; mein Schmerz und mein Kummer schenkten mir Kraft. Wir rannten, bis ich links Seitenstiche bekam, aber ich blieb nicht stehen; auch nicht, als Rhys mir anbot, Jean zu tragen. Wir rannten, bis hinter uns die Geräusche der Verfolger verstummten, und selbst dann wollte ich nicht anhalten. Zuletzt packte Rhys mich beim Arm und knurrte mir ins Gesicht: »Bleib stehen. Die Franzosen sind nicht mehr hinter uns her. Bleib stehen.«

Ein wenig Vernunft kehrte zurück, und ich hörte auf ihn. Meine Brust hob und senkte sich, als ich meinen Griff um Jean etwas lockerte, und ich starrte ihn an. Er hatte die Augen geschlossen, und ich musste genau hinsehen, um zu erkennen, dass er noch atmete. Ich wagte nicht, mir seinen Bauch anzuschauen; nicht dass ich irgendetwas hätte feststellen können. Dazu war es zu finster, und er trug ein dunkles Hemd wie wir, gesegnet sei er.

»Lass mich ihn tragen«, flüsterte Rhys. »Du bist erschöpft.«

»Nein.« Meine ganze Wut, die ganze Vergeblichkeit, die ich empfand, legte ich in dieses Wort. »Ich schaffe das schon. Gehen wir. Rasch.«

Rhys argumentierte nicht, sondern lief weiter voran in Richtung auf unser Lager, nur ein wenig langsamer als zuvor.

Nie war es uns willkommener gewesen, von einer Wache angerufen zu werden. Rhys nannte unsere Namen und das Losungswort für die Nacht, und sie hoben die Speere. Nur vage ihrer erschrockenen Blicke angesichts meiner Last gewahr, ließ ich mich von Rhys zu dem Zelt führen, in dem Bruder Hugo schlief. Als Mönch besaß Longchamps Schreiber auch einige medizinische Kenntnisse. Wir stürmten hinein, während Rhys gleichzeitig nach Licht verlangte und den erschrockenen Hugo um Verzeihung bat; der Bruder setzte sich blinzelnd auf seinem Bett auf.

Alles taten wir freilich nur, um den Anschein zu wahren. FitzAldelm hatte genau gewusst, wohin er den Dolch stieß. Er hatte Jean die Gedärme zerschnitten, ein elender, feiger Todesstoß, wie man ihn sich übler kaum vorstellen konnte. Ich hatte es gleich gewusst, und Rhys ebenfalls, aber das hatte uns weder davon abgehalten, mit Jean zu fliehen, statt FitzAldelm zu verfolgen, noch wie die Irren zu unserem Lager zu rennen. Es hielt uns nicht davon ab, Hugo anzuflehen, den Knaben zu retten, laut Gott und all seine Heiligen anzurufen und Erde, Mond und Sterne zu versprechen, wenn er nur überlebte.

Ich sah zitternd zu, wie Hugo mit einer Schere Jeans Hemd vom Saum bis zum Halsausschnitt auftrennte. Der Junge war kaum bei Bewusstsein und reagierte nicht darauf. Ein Schluchzer entfloh mir, als ich die schmale, von feuchten Lippen begrenzte Wunde in seiner Magengrube sah. Sie sah so unbedeutend aus. Sie sah nicht aus, als könnte sie töten, und doch wusste ich, dass sie es täte.

»Eine Suppenwunde.« Rhys' Stimme war trocken und abgehackt.

Ich wandte mich ihm zu, benommen, begriff nicht.

»Gib einem Mann mit so einer Wunde Suppe. Wenn du sie ein oder zwei Stunden später an der Wunde riechen kannst, weißt du, was die Klinge angerichtet hat.«

Mir fiel ein, dass ich es schon gehört hatte, und ich nickte.

»Er hat recht.« Hugos Stimme klang sanft. Freundlich. »Wenn der Blutverlust den Jungen heute Nacht nicht umbringt, besorgt es der Wundbrand.«

»Haltet Ihr mich für einen Einfaltspinsel? Ich habe in Schlachten gekämpft, seit ich noch ein Jüngling war.« Hugo sah mich schockiert an, und mir wurde klar, wie barsch ich gewesen war. »Verzeiht, Bruder. Meine Gefühle gehen mit mir durch. Der Junge, er … er ist mir teuer. Er hätte nicht dabei sein sollen. Er …« Mich verließen die Worte, und ich ließ den Kopf hängen.

»Haltet seine Hand. Setzt Euch an den Tisch und haltet seine Hand. Es wird ihn trösten.«

Ich starrte Hugo an, dann tat ich dumpf, was er sagte. Jeans Hand war so klein und so kalt. Ich beugte mich darüber und weinte die stillen, bitteren Tränen eines Mannes, der wünscht, er könnte die Zeit zurückdrehen. Der sein Leben geben würde, um die Begebenheiten der zurückliegenden Stunde ungeschehen zu machen.

Nach einer Weile öffnete Jean die Augen. Er erkannte mich und Rhys, der neben mir stand. Er lächelte uns schwach und zitternd an und flüsterte: »Ich wollte nur helfen.«

»Das hast du auch«, log ich. »Das hast du.«

Hoffnung stieg in seine eingesunkenen Augen. »FitzAldelm?«

»Er ist tot.« Ich drückte ihm die Hand. Noch eine Lüge. Rhys war sicher, dass er FitzAldelm nur in die Wade gestochen hatte, aber das würde ich Jean nicht verraten. »Dank dir«, murmelte ich.

Jean lächelte noch einmal, das Lächeln eines Jungen, der weiß, dass er seine Sache gut gemacht hat, und schloss die Augen.

Er öffnete sie nicht wieder.

Bei Sonnenaufgang starb er. Er glitt in die Schwärze, als goldenes Licht über den Boden des Zeltes strich und einen neuen schönen Tag ankündigte. Ich saß betäubt da, hatte keinen Blick für das Licht, sah nur Jeans reglose Brust und sein graues Gesicht.

»Es ist meine Schuld.«

»Nein, das ist es nicht.« Rhys klang hart. Voll Gewissheit.

Erschrocken, denn mir war gar nicht bewusst gewesen, dass ich laut geredet hatte, sagte ich: »Ich habe gezögert. Bei FitzAldelm im Zelt. Hätte ich sofort zugestochen …«

Ein verächtliches Schnauben. »Du *hättest* es ja getan, oder ich. Aber stattdessen hast du geniest, und was geschehen ist, geschah. Jean hätte nicht dort sein dürfen. Du hast gedacht, er schliefe, als wir gingen. Und ich auch.« Trauer färbte Rhys' Stimme. »Wir konnten nicht wissen, dass er uns folgte.«

»Wir hätten ihn festbinden müssen, damit er uns nicht folgt.« Mir versagte die Stimme.

»Das hätte nicht gereicht. Wir hätten ihn auch knebeln müssen.« Nach einem Herzschlag fragte Rhys: »Kannst du dir vorstellen, wie sauer er hinterher auf uns gewesen wäre?«

Wie verrückt lachte ich los, und Rhys fiel ein.

Lachen, heißt es, sei die beste Medizin, und vielleicht ist das wahr. Wir saßen bei dem toten Jean, Tränen liefen uns die Wangen hinunter, und wir kicherten, während wir uns an seine allzu kurze Zeit mit uns erinnerten.

Danach leisten wir gegenseitig einen Racheschwur.

Keiner von uns würde ruhen, bis FitzAldelm tot war.

Ich fügte schweigend einen Nachtrag hinzu.

Beim nächsten Mal gäbe es kein Wanken.

KAPITEL XX

Auf der Straße nach Speyer, Januar 1194

Das Gewitter nahm noch zu. Regen trommelte auf die Dachziegel, und das Heulen des Windes erinnerte mich an eine wilde Bestie. Ununterbrochen ratterte es an den Fensterläden, und ein kalter Luftzug ging durch den Raum und kitzelte mich im Nacken. Ich stellte den Kragen meines Hemdes auf und schob, dankbar, nicht im Freien zu sein, den Schemel ein wenig dichter ans Feuer.

Rhys klopfte und kam herein. »Wenn das Unwetter nicht nachlässt, sitzen wir hier noch eine Nacht lang fest.«

Ich runzelte die Stirn. »Hoffen wir, dass es nicht so weit kommt.«

Die Weihnachtszeit war vorüber, der Januar eine Woche alt. Wir hatten das Jahr des Herrn 1994 und waren zur deutschen Stadt Speyer unterwegs, wo wir Richard treffen sollten. Longchamp war mehrere Tage vor uns aufgebrochen.

»Du willst so schnell wie möglich beim König sein«, sagte Rhys. »Und ich auch.«

»Es ist zu lange her.« So vieles war geschehen, seit ich meinen Herrn zuletzt gesehen hatte. Ein Stich von Trauer durchfuhr mich, nicht wegen Richard, sondern wegen Jean. Fast ein halbes Jahr war seit seinem sinnlosen Tod verstrichen. Ein halbes Jahr seit jener schicksalhaften Begegnung mit FitzAldelm – der erneut spurlos verschwunden war. Ich sah Rhys an. »Jean wäre dem König so gern vorgestellt worden. Kannst du dir ihn dabei vorstellen?«

»Allerdings.« Rhys' Mund verzog sich zu einem Lächeln. »Ich sehe vor mir, wie er darum bettelt, königlicher Page sein zu dürfen.«

Ich lachte leise. »Ich hätte es ihm durchaus zugetraut. Er kannte keine Scham.«

»Und noch mehr, er hätte Richard vielleicht ausreichend amüsiert, damit er ihn als Pagen annimmt.«

»Ich hätte ihn gebeten, es nicht zu tun«, sagte ich sofort. »Ich hätte für Jean fragen müssen.«

»Ja.« Traurigkeit zog durch Rhys' Gesicht. »Katharina wäre erfreut gewesen, wenn du das getan hättest.«

»Wie geht es ihr?« Katharina war in Rhys' Zimmer – sie hatte sich diesmal geweigert, wieder zurückzubleiben –, und ich hatte sie seit unserer Ankunft vor ein paar Stunden nicht mehr gesehen. Seit Jeans Tod war unser Verhältnis angespannt.

»Ganz gut.« Sein Schulterzucken sagte etwas anderes. Jeans Tod hatte sie noch stärker getroffen als Rhys und mich; manchmal wirkte es, als hätte sie ihr eigenes Kind verloren. Rhys sah mich an. »Ich frage mich, ob ich sie einfach heiraten sollte.«

»Damit sie ein Kind bekommen kann?« Völlig überrascht war ich nicht.

Ein Nicken.

»Das könntest du«, sagte ich, »aber es würde ihren Reisen mit uns ein Ende setzen. Eine Frau dabeizuhaben ist eine Sache, mit einem Neugeborenen wäre es etwas ganz anderes.« Er gab keine Antwort, und als läse ich seine Gedanken, fügte ich hinzu: »Du würdest sie nicht verlassen wollen.«

»Nein.«

Erleichtert, denn ich wollte nicht, dass Rhys sich quälte, wenn wir mit Richard in den Krieg zogen – und das würde im Frühjahr vermutlich geschehen –, sagte ich: »Vielleicht kann sie eine andere Waise finden und unter ihre Fittiche nehmen.«

Endlich grinste er. »Ich glaube schon, dass das helfen würde. Es könnte Jean nicht ersetzen, aber …«

»Ich weiß. Es schadet nicht, einen frechen Schnösel dabeizuhaben, der uns auf Trab hält.«

Wir tauschten ein Lächeln und brauchten nicht auszusprechen, was uns auf dem Herzen lag.

Von schlechtem Wetter und noch schlechteren Straßen behindert, erreichten wir Speyer erst Mitte Januar. Die Nacht brach herein, und ich war nicht versessen auf ein flohverseuchtes Bett wie in Worms. Am Stadttor erkundigten wir uns nach den besten Herbergen und gingen zu der ersten, die uns genannt wurde; sie befand sich gleich am Marktplatz. Als der Wirt, ein serviler Kerl mit einer langen Haarsträhne über dem kahlen Scheitel, mir sagte, er habe nichts frei, schüttete ich meinen Geldbeutel auf die Theke aus. Gold blinkte ihn an, und er riss die Augen auf. Dort lag genug, um jedes Zimmer in seinem Haus eine Woche lang zu mieten.

»Ich brauche zwei Zimmer«, sagte ich.

Er hielt so kurz inne, dass es nur geschah, um den Anschein zu wahren. »Es ist mir ein Vergnügen, gnädiger Herr. Ich brauche ein wenig Zeit, wenn das akzeptabel wäre?«

Er musste die gegenwärtigen Bewohner der Zimmer vor die Tür setzen. Es spielte keine Rolle. Ich grinste ihn breit an. »Mehr als akzeptabel. Wir werden essen, bis die Zimmer bereit sind.«

Ein herzliches Lächeln. »Ausgezeichnet, gnädiger Herr. Ich kann den Schweinsröstbraten empfehlen. Mein Diener führt Euch zu einer Nische, in der Ihr beim Speisen ungestört seid.« Er winkte, und ein junger Bursche mit törichtem Gesicht trat herbei.

Ich wandte mich Katharina zu – Rhys war im Hof und sorgte

dafür, dass die Pferde gut untergebracht wurden. »Wollen wir, gnädige Frau?«

»Danke sehr.« Sie lächelte und sah aus, als meinte sie es wenigstens zum Teil ehrlich.

Der Schankbursche ging voraus. Ich folgte Katharina und hoffte, dass das Eis zwischen uns eher früher als später taute. In den Monaten seit Jeans Ermordung hatte ich es ihr ein Dutzend Mal gesagt, und Rhys genauso. Jean habe geschlafen, als wir gingen; er sei uns ohne unsere Erlaubnis gefolgt. Das hielt sie jedoch nicht davon ab, uns beide für seinen Tod verantwortlich zu machen. An Rhys' mitgenommener Miene erkannte ich, dass er es schwerer hatte als ich, daher schloss ich die Lippen und ertrug, dass sie mir die kalte Schulter zeigte. Ich wandte auch deshalb nichts ein, weil ich im Grunde fand, dass ich solch eine Behandlung verdient hatte. Kein Tag verging, an dem ich mir nicht vorwarf, was geschehen war.

Der Schankraum der Herberge war groß und belebt. Aus alter Gewohnheit sah ich umher, ob ich jemanden entdeckte, vor dem ich mich hüten musste. Die Gäste wirkten allerdings etwas wohlhabender als jene, die in den Schenken einkehrten, in denen wir unterwegs abgestiegen waren. Ich sah ein Dutzend Kaufleute mit dicken Bäuchen oder wichtigtuerischem Betragen, alle mit dicken Geldbeuteln, dazu viele Beispiele bessergestellter Städter. Keiner davon schien sich auch nur entfernt für mich oder Katharina zu interessieren. Zufrieden setzte ich mich ihr gegenüber an den Tisch in der Nische.

Der Schankbursche war nicht gegangen. »Wein, gnädiger Herr?«

»Ja, eine Flasche guten Rheinwein, aber nicht zu teuer.«

Er neigte den Kopf und ging.

Katharina und ich sahen einander in die Augen. Unangenehm berührt brach ich den Blick als Erster.

Sie ergriff das Wort auf Französisch. »Ihr müsst froh sein, angekommen zu sein, Messire, und bald wieder in der Nähe des Königs zu sein.«

»Das bin ich allerdings.«

»Und er soll innerhalb der nächsten Tage freigelassen werden.«

»So Gott will«, sagte ich inbrünstig. Die Neuigkeiten hatten uns unterwegs erreicht. Heinrich hatte so viel von dem Lösegeld erhalten, dass er ein Datum für Richards Freilassung festgesetzt hatte – den siebzehnten Tag dieses Monats.

»Wird er dann nach England reisen, Messire?«

»Das würde ich annehmen. In der Normandie muss vieles ins Lot gebracht werden, aber bevor er sich um Philippe Capet kümmert, muss die Ordnung in England wiederhergestellt werden.« Ich senkte die Stimme. »Sein Bruder John ist Anführer derjenigen, die zu Paaren getrieben werden müssen.«

»Weshalb handelt er so, Messire?«, flüsterte sie. »Blut sollte doch dicker sein als Wasser.«

»Man sollte es meinen, aber John ist aus anderem Holz geschnitzt. Er scheint sich ständig benachteiligt zu fühlen, obwohl er der Thronerbe ist. Während der König in Gefangenschaft war, konnte er anscheinend nicht damit aufhören, sein eigenes Nest zu polstern.«

Und dennoch gab Johns Verhalten Rätsel auf. Kurz nach Mantes hatte er zur Normandie übergesetzt und versucht, die Burgen zu besetzen, die ihm im Vertrag zugesagt worden waren. Aber wie ich gehört hatte, verabscheuten und misstrauten die Burgherren ihm so sehr, dass sie sich selbst dann noch weigerten, die Gewalt über die Festungen abzugeben, als John ihnen von Richard unterzeichnete Dokumente vorlegte. Erbost war er zu Philippe davongestürmt und mit Drincourt und Arques belohnt worden, die dem Vertrag nach eigentlich an den Erzbischof von Reims hatten gehen sollen.

Der Wein kam; der Schankbursche füllte uns zwei Becher. Ich prostete Katharina zu. »Auf des Königs Freiheit!«

Wir tranken. Ich nickte dem Schankburschen zu. »Er ist schmackhaft.«

Er nickte wieder. »Und Essen, gnädiger Herr, möchtet Ihr …«

Er wurde von Rhys unterbrochen, der durch die Tür hereingestürzt kam. »Herr!«

Instinktiv griff ich nach dem Dolch, dann sah ich sein Grinsen. Vorsichtig, damit Katharina nichts bemerkte, ließ ich die Hand sinken. »Was ist denn, Rhys?«

»Du errätst nie, wen ich im Stall gefunden habe!«

Damit hatte ich nicht gerechnet. »Wen denn?«

Er drehte sich um und winkte der Gestalt, die in der Tür stand. »Na, komm schon!«

Ich stierte ihn an. Ich erkannte den strammen Burschen mit den zerzausten Haaren, aber ich hielt es kaum für möglich. »Bertolf?«

Der ehemalige Novize eilte herbei. Ein Lächeln teilte sein schlichtes, ehrliches Gesicht. »Jawohl, Messire, ich bin es.« Er kniete nieder, ohne auf meinen Protest zu achten, und schaffte es dabei, meine ausgestreckte Hand zu umklammern. »Ich bin so froh, Euch zu sehen, Messire.« Die Stimme versagte ihm vor Rührung.

Ich hatte selbst einen Kloß in der Kehle. Ich befahl ihm, sich zu erheben und neben mich zu setzen. Ich erinnerte mich, ihn Katharina vorzustellen, die ihn neugierig beäugte.

»Süßer Jesus«, sagte ich, »was ist das für ein unerwarteter Glücksfall. Bist du wohlauf, Bertolf – hast du dich erholt von der Behandlung durch Leopolds Männer?«

Seine Miene verdüsterte sich kurz, dann lächelte er wieder. »Jawohl, Messire. Mir geht es gut.«

»Wie kommst du hierher?«

Erpicht hörten wir zu, als alles herauskam. Wie er aus dem Gefängnis in Wien freigelassen worden war, grün und blau geschlagen und mit nur einer Decke als Schutz gegen den Winter in der Stadt. Er war Gefahr gelaufen zu erfrieren, aber zu seinem Glück noch am gleichen Abend von einem freundlichen Ladenbesitzer und seiner Frau aufgenommen worden. Das kinderlose Paar hatte ihn gepflegt, bis er wieder gesund war, und als er nicht bleiben wollte, hatten sie ihm ein Pferd, Geld und Proviant geschenkt. In dem verzweifelten Wunsch, in die Dienste des Königs zurückzukehren, war er Richard erst nach Dürnstein, dann nach Speyer, Trifels und Worms gefolgt.

»Wohin ich auch ging«, sagte er in seinem noch immer akzentbehafteten Französisch, »versuchte ich den König zu sprechen. Niemand aber wollte einen Bauernjungen zu ihm vorlassen, geschweige denn glauben, dass er zu Richards Gefolge gehörte.« Er zuckte resigniert mit den Schultern. »Deshalb reise ich zu jeder Stadt, in die der König zieht, und bete täglich, dass mir größeres Glück beschieden ist.«

»Bei Christus am Kreuze, heute hat sich dein Geschick gewandelt!«, rief ich und tauschte einen Blick mit Rhys, der sich genauso sehr freute wie ich. »Wer hat wen als Erster gesehen?«

»Ich habe ihn entdeckt, Herr.« Rhys lachte leise. »Er mistete nebenan den Stall aus, ob du's glaubst oder nicht. Hat mich gar nicht bemerkt. Ich ging hin und klopfte ihm auf die Schulter. Er ist einen Fuß hoch in die Luft gesprungen, als er begriff, wer ich war.«

Bertolf grinste befangen. »Ich dachte, Ihr wäret ein Geist oder ein Gespenst. Ich hätte nie erwartet, Euch hier in Speyer zu treffen.«

»Wir sind zur Entlassung des Königs hergereist«, sagte ich. »Du weißt, dass er freigelassen werden soll?«

Bertolf strahlte. »Das ist Stadtgespräch, Messire.«

»Und das sollte es auch sein.« Ich füllte Becher für Rhys und Bertolf. Zuerst stießen wir auf die Freiheit des Königs an, dann auf unser unerwartetes Wiedersehen. Danach tranken wir wieder auf Richards Freiheit und erneut auf unser Wiedersehen. Wir lachten, wir scherzten, wir tranken mehr Wein. Alles war gut auf der Welt. Nach den langen Monaten der Trauer um Jean und Richards fortbestehende Gefangenschaft kam es uns vor, als hätte sich das Schicksal endlich gewendet.

Der Abend wurde lang.

Ich erwachte schwitzend und mit trockenem Mund, ohne eine Vorstellung, wie spät es war. Mir war aber bewusst, dass ich Wichtiges zu erledigen hatte. Ich warf die Fellbettdecke zurück und stapfte langsam zum Fenster, öffnete die Läden, ließ Licht und einen kalten Windstoß herein. Letzterer weckte mich auf, wie es meine Absicht war. Ich starrte auf den Hof zwei Stockwerke tiefer, und mein Kopf, der bereits pochte, begann sich zu drehen. Auf unsicheren Beinen kehrte ich zum Bett zurück und setzte mich mit einem erleichterten Seufzen.

Die Schuld für meinen erbärmlichen Zustand konnte ich niemand anderem als mir selbst geben. Nebelhafte Erinnerungen gingen mir durch den Kopf: wie Katharina in nörgelndem Ton Rhys aufforderte, ins Bett zu kommen, während Bertolf und ich johlten und krähten und ihm noch einen randvollen Becher in die Hand drückten. Sie hatte mit den Augen gerollt und etwas über saublödes Mannsvolk gebrummt, dann war sie in ihre Kammer gestürmt. Ich sagte mir, dass ich ihr vorerst besser aus dem Weg ginge.

Ich bekam keinen klaren Kopf, also stapfte ich nach unten, erleichtert, dass niemand aus Rhys' Zimmer kam, und ging hinaus auf den Hof der Herberge. Ich schöpfte einen Eimer aus dem

Brunnen, und bevor ich es mir anders überlegen konnte, leerte ich das eiskalte Wasser über mir aus. Ein schockiertes Bellen fuhr mir aus dem Mund. Aber jetzt war ich wach. Mit klappernden Zähnen und durchnässtem Hemd und Hose aus Wolle stand ich wie ein Schwachkopf da und wünschte mir, ich hätte daran gedacht, eine Decke mitzubringen.

»Das ist gewiss eine Möglichkeit, einen Kater zu behandeln.« Rhys klang höchst belustigt.

Ich drehte den Kopf. Er stand im Stalleingang, die Mistgabel in der Hand, und verdammt noch eins, er sah so frisch aus wie eine Blume auf dem Feld. Mir war noch kraus im Kopf, und ich grunzte nur.

»Brummschädel?«, erkundigte er sich.

»Kann sein«, sagte ich in dem Wunsch, er wäre in ähnlichem Zustand wie ich.

»Mein Herr verträgt nichts«, verkündete Rhys. Bertolf war aus einem anderen Stall getreten; auch er hatte unser Gelage ohne alle Nachwirkungen überstanden.

Sie sind noch jung, dachte ich, während ich beide anfunkelte.

Bertolfs Grinsen verschwand; Rhys lachte nur auf.

Ich warf meinen eigenen Pfeil. »Und wie ist Katharina heute Morgen gelaunt?«

Rhys bedachte mich einem sauren Blick.

»Sie liegt dir in den Ohren, dass du zu lange aufgeblieben bist, was?«, stichelte ich.

In seiner Naivität kicherte Bertolf, aber als Rhys sich ihm mit einem Knurren zuwandte, schoss er in seinen Stall davon.

»Ich gehe nach oben, bevor ich mich erkälte«, sagte ich. »Hast du gefrühstückt?«

»Vor Stunden. Ich könnte aber noch etwas vertragen.«

»Natürlich.« Rhys bekam oft zu hören, dass er sein eigenes Gewicht an Speisen verzehren könne. »Ich komme gleich zu dir.

Danach suchen wir Longchamp auf und fragen ihn, ob er den König gesprochen hat.«

Ich hoffte, dass ich mich bis dahin ein wenig mehr wie ein Mensch fühlte.

Wir gingen zu dritt. Nachdem Bertolf Richard so treu gefolgt war, fand ich, dass es ihm zustand, uns zu begleiten. Katharina hatte darum gebeten, ebenfalls mitkommen zu dürfen; ich hatte es ihr abschlagen müssen. Sie war unbeeindruckt von meiner wahrheitsgemäßen Erklärung, dass Rhys und Bertolf vermutlich nicht mit mir vorgelassen würden, und als wir aufbrachen, sah sie finster in meine Richtung. Ich schob jeden Gedanken an sie bald beiseite. Ich hatte genug mit meinen hämmernden Kopfschmerzen und dem Umstand zu tun, wie Longchamp meine Erscheinung kommentieren würde. Auch meine besten Anstrengungen mit der Garderobe vermochten nicht zu verbergen, was ich in einem der wenigen Glasfenster der Herberge gesehen hatte – mein Spiegelbild mit winzigen Augen und einem allgemein zerrauften Äußeren; ich war ganz eindeutig verkatert.

Wir wussten, wohin wir gehen mussten. Ganz wie zu erwarten, wohnte Longchamp beim hiesigen Bischof, dessen Palast ein Stück abseits des Marktplatzes stand, sodass nur ein kurzer Weg vor uns lag. Während ich mir den Schnee von den Schuhen trat, hieß ich Rhys, den großen eisernen Klopfer an der Haustür zu heben. Er traf tief und klangvoll auf die Bohlen, und kurz darauf öffnete sich die Türluke.

Ein Geistlicher streckte den Kopf heraus und musterte uns herablassend. »Ja?«, fragte er auf Deutsch.

Rhys antwortete in der gleichen Sprache. Ich verstand nur *Longchamp* und *König* und hörte meinen eigenen Namen.

Der Geistliche musterte mich von oben bis unten und schniefte.

Meine Geduld, ohnehin strapaziert, verließ mich. »Sag ihm, wenn er uns nicht auf der Stelle hereinlässt, gerbe ihm das Fell, bis es röter ist als das Gesicht einer entjungferten Nonne.«

Bertolf riss schockiert die Augen auf; prustend gehorchte Rhys mit großer Begeisterung.

Der Geistliche sah gekränkt und wütend drein, war aber zu klug, um Einwände zu erheben. Mit einem knappen Winken bat er uns, einzutreten.

Schweigend führte er uns zu Longchamps großem Gästezimmer. Zu meiner Überraschung standen Waffenknechte in königlichen Wappenröcken vor der Tür. Als wir näher traten, versteiften sie sich, aber einer, ein schmächtiger Mann aus Kent, erkannte mich und salutierte grinsend.

»Ist Königin Alienor da?«, fragte ich.

»Jawohl, Messire. Sie ist gekommen, um darüber zu wachen, dass ihr Sohn freigelassen wird.«

Was für eine ehrfurchtgebietende Frau, dachte ich nicht zum ersten Mal. »Ich wünsche eine Audienz bei Longchamp«, sagte ich, »aber besser fragt Ihr erst die Königin um Erlaubnis, bevor ich eintrete.«

Ich wurde sofort hereingelassen; Rhys und Bertolf warteten draußen bei den Waffenknechten. Zu meinem Erstaunen war auch Erzbischof Walter de Coutances im Raum. Er nickte mir freundlich zu. Longchamp runzelte missbilligend die Stirn – wohl über mein derangiertes Äußeres –, aber Alienor stieß einen leisen Schrei des Entzückens aus. »Messire Rufus!«

»Madame, es ist eine Freude, Euch zu sehen.« Ich näherte mich ihr auf sechs Schritt und kniete nieder.

»Es ist mir auch ein Vergnügen, Euch wiederzusehen, Messire Rufus. Bitte erhebt Euch.«

»Madame.« Ich richtete mich auf. »Wie war Eure Reise von England?«

»Lang. Kalt.« Ein strahlendes Lächeln. »Wir haben das Dreikönigsfest in Köln verbracht; das war schön, aber Erzbischof Walter und ich sind froh, jetzt hier zu sein.«

»Habt Ihr den König schon gesprochen, Madame?«

Sie schüttelte ungläubig den Kopf. »Der Kaiser gestattet es nicht. Er hat auch das Datum von Richards Freilassung auf den zweiten Februartag verlegt.«

Ich starrte sie ungläubig an. »Aber weshalb, Madame?«

»Wie es scheint, ist die Geschichte der Befreiung meines Sohnes noch nicht ganz zu Ende erzählt.« Sie warf einen Blick auf Erzbischof Walter.

»Dafür gibt es zwei Gründe, wie wir glauben«, sagte er. »Der erste besteht in der kürzlich erfolgten heimlichen Heirat von Agnes, Erbtochter von Heinrichs Onkel, Konrad von Staufen, dem Pfalzgraf bei Rhein.«

Geheim war die Hochzeit von Stahleck längst nicht mehr; ich hatte zu meiner Freude davon gehört, denn sie stärkte Richards Stellung gegenüber dem deutschen Adel.

»Der Ehemann der frischvermählten Agnes ist der Sohn Eurer Tochter Mathilda und Heinrichs des Löwen, richtig, Madame?« Heinrich der Löwe war ehemaliger Herzog von Sachsen und von Bayern.

Ein trauriges Nicken, denn Mathilda war vor ein oder zwei Jahren gestorben. »Richtig. Ihr Sohn heißt ebenfalls Heinrich – die Deutschen sind, was Namen angeht, genauso einfallslos wie wir. Agnes und er sind seit der Geburt verlobt, aber die Vereinbarung wurde aufgehoben, als die Väter sich überwarfen.«

»Wie kam die Heirat zustande, Madame, wenn ihre Väter verfeindet sind?«

»Agnes' Mutter hat dafür gesorgt. *Manchmal* überwindet die Liebe doch alle Hindernisse.«

Mit großem Schmerz dachte ich an Joanna und erinnerte

mich, wie Richard jede Verbindung zwischen uns verboten hatte. »Das kann gewiss nicht ihr einziger Grund gewesen sein, Madame. Philippe Capets Umtriebe müssen doch auch etwas damit zu tun gehabt haben?«

Sie schenkte mir einen anerkennenden Blick. »Allmählich durchschaut Ihr das Netz der Intrigen, Messire Rufus. Ja, in der Tat. Man darf keinem Mann vertrauen, der seine erste Frau wegen einer anderen verstößt und sodann versucht, die zweite zugunsten einer dritten Braut loszuwerden. Agnes' Mutter ist eine kluge Frau.« Philippe hatte es erst vor wenigen Monaten bewerkstelligt, Ingeborg von Dänemark zu ehelichen. Nun war er mit ihr unglücklich und versuchte, eine weitere Hochzeit in die Wege zu leiden, diesmal mit Agnes.

»Was hält der Kaiser von der Heirat?«, fragte ich.

Longchamp gab die Antwort. »Man kann davon ausgehen, dass er unzufrieden ist; man kann sogar glauben, dass er dem König die Schuld gibt. Das würde erklären, warum er Richards Freilassung und seine Ladung vor den Reichstag in Würzburg verschoben hat. Trotzdem kann Heinrich kaum etwas an der Eheschließung ändern. Agnes' Mutter wird ihren Gemahl Konrad auf ihre Seite ziehen, und sein Wort hat großes Gewicht. Für Heinrich wird es schwierig, sowohl gegen Konrads als auch die Wünsche eines beträchtlichen Teils seines Adels zu entscheiden.«

»Ich wünschte, das wäre schon alles«, sagte Alienor mit einem Blick auf Longchamp.

Er wandte sich an mich. »Gerüchteweise heißt es, Philippe Capet und des Königs Bruder John hätten Heinrich ein weiteres Angebot unterbreitet.«

»Das würde er wirklich in Betracht ziehen?«, schrie ich auf. »Er hat in Worms auf seine unsterbliche Seele geschworen, die Lösegeldvereinbarung zu ehren, die er mit dem König geschlossen hat!«

»Eide bedeuten einem Mann wie Heinrich nichts. Seine Doppelzüngigkeit kennt keine Grenzen.« In Königin Alienors Stimme lag kalte Wut.

»Kennt Ihr die Einzelheiten dieses angeblichen Gegenangebots, Madame?«, fragte ich.

Für einen Moment sah die Königin sehr alt aus. Sie fasste sich jedoch und nickte. »Wenn der Kaiser Richard bis zum Herbst in Gefangenschaft behält, wollen Philippe und John ihm jeweils fünfzigtausend Mark zahlen.«

Der Zeitpunkt war mit Bedacht gewählt. Wurde der König erst zum Ende der Feldzugssaison freigelassen, konnte er frühestens im kommenden Frühjahr mit militärischen Aktionen beginnen. Ich bezwang meinen Zorn, als die Königin fortfuhr.

»Falls Heinrich es vorzieht, geben sie ihm tausend Pfund Silber für jeden Monat, den Richard in Gefangenschaft verbleibt. Ihr drittes Angebot beträgt einhundertfünfzigtausend Mark.«

In diesem Moment erreichte mein Zorn neue Höhen. Ohne mit der Wimper zu zucken, hätte ich sowohl John als auch den französischen König erschlagen können. »Was wünschen sie für diese ungeheuerliche Summe, Madame?«

»Dass Heinrich meinen Sohn an Philippe ausliefert oder schwört, ihn ein weiteres ganzes Jahr gefangen zu halten.«

»Falls Philippe den König in die Hände bekommt, wird Richard nie wieder das Licht der Sonne erblicken, Madame!« Ich sah die Tränen in ihren Augen und begriff zu spät, wie sehr es sie quälen musste, einen Sohn zu haben, der dafür sorgen wollte, dass ihr anderer Sohn in einen französischen Kerker geworfen und vergessen wurde. »Ich bitte um Verzeihung, Madame«, sagte ich rasch. »Ich wollte Euch keinen Schmerz bereiten.«

»Nicht Ihr seid es, der mich verwundet, Messire Rufus.« Sie lächelte traurig, dann glitt ihre Zurückhaltung, die auch Richard so meisterhaft beherrschte, wieder an Ort und Stelle.

Ich staunte darüber, und dabei hatte Alienor ihr ganzes Leben lang ihre Gefühle gehütet. Sie war nicht nur drei Jahrzehnte lang Königin gewesen, mit allem, was dazugehörte, ihr eigener Gemahl hatte sie sechzehn dieser Jahre isoliert in Gefangenschaft gehalten. An Leid war sie gewöhnt.

Mein Blick schweifte zu den anderen beiden Männern. »Können sie solche Summen aufbringen?«

»Das ist zweifelhaft«, sagte Longchamp, »aber Heinrich ist es vielleicht egal. Es kitzelt seine Eitelkeit und lässt ihm die Brust schwellen, dass der französische König und Richards Erbe um seine Gunst buhlen.«

Ich hatte Politik von jeher gehasst, und noch mehr die Winkelzüge, die dazu gehörten, aber dies hier überragte alles andere. Richards Freiheit hing am seidenen Faden, hing vom Gutdünken Kaiser Heinrichs ab, eines Mannes, der so kapriziös und rücksichtslos war, dass er gegen den Teufel persönlich zum Wettstreit angetreten wäre. Mein Instinkt riet mir, mit Schwert und Schild vorzugehen; bis an den kaiserlichen Hof, falls nötig. Aber dieser Weg führte nur in einen dummen, vergeblichen Tod. Nicht zum ersten Mal wünschte ich mir, ich wäre verschlagener.

Ich atmete tief ein. »Was wollen wir unternehmen, Madame?«

»Wir reisen nach Mainz und rasten nicht, bevor wir Richard sehen. Er arbeitet ohne Unterlass daran, sich den deutschen Adel gewogen zu machen; wenn wir ihm dabei helfen können, werden wir es tun. Üben wir auf diese Weise genügend Druck auf Heinrich aus, wird er die Vereinbarung, die er mit Richard getroffen hat, nicht guten Gewissens verleugnen können.« Sie nickte, als wäre dieser ungewisse Ausgang bereits beschlossene Sache, und fügte hinzu: »Gott steht auf unserer Seite.«

Longchamp und Erzbischof Walter stimmten ihr ernst zu.

Ich schloss mich an, aber ich hatte weiterhin erhebliche Bedenken.

Bevor nicht der König den Fuß in sein eigenes Reich setzte, ob nun in der Normandie oder in England, konnte niemand mit Gewissheit sagen, er sei frei.

KAPITEL XXI

Mainz, Februar 1194

Ende Januar waren wir nach Mainz aufgebrochen, einer hübschen Stadt am Rhein. Meine Entscheidung, Rhys und Bertolf vorzuschicken, damit sie uns Quartier sicherten, erwies sich als klug. Letzteren hatte ich unter meine Fittiche genommen. Die Stadt platzte vor Edelleuten und Würdenträgern aus ganz Deutschland aus den Nähten, dazu kam ein großes Kontingent von Richards Anhängern. Unter letzteren bemerkenswert war Savaric FitzGeldewin, der Bischof von Bath. Ein weniger willkommener Ankömmling war Robert de Nunat, Bruder des Bischofs von Coventry, der mit John im Bunde stand. Die Geiseln, die Richard aushändigen musste, kamen ebenfalls: die beiden jüngeren Söhne Heinrichs des Löwen und ein Sohn des Königs von Navarra.

Königin Alienor, Longchamp und Erzbischof Walter verbrachten ihre Zeit gemeinsam; Savaric, ein ernster Mann mit mächtigen Kiefern, stieß täglich zu ihnen.

Unter schwerer Bewachung war der König in die Stadt gebracht worden und hatte sie am ersten Februartag erreicht, am Vorabend des Hoftags, den Heinrich einberufen hatte, um die endgültigen Bedingungen von Richards Freilassung zu erörtern.

Alienor suchte ihn auf, kaum dass sie von seiner Ankunft gehört hatte; auf ihren Befehl ging ich ebenfalls, und Longchamp und Erzbischof Walter begleiteten uns. Das Gebaren der Wächter machte deutlich, dass dem König jeder Besuch weiterhin verweigert wurde, aber Alienor war nicht in Stimmung, sich abweisen zu lassen. Sie sah großartig aus in ihrem tiefblauen Kleid; mit den Juwelen, die an Hals und Handgelenken blitzten, dem goldenen Netz, das ihr weißes Haar umschloss, war sie das Sinnbild von Majestät. Sie kündigte sich selbst an und winkte die Wächter mit höchst gebieterischer Geste beiseite. Wie Kinder vor einem Lehrer gehorchten sie stumm. Sie starrte betont die noch geschlossene Tür an und verlagerte ihren eisigen Blick sodann auf den nächsten Wächter, einen Waffenknecht, der älter war als ich. Er murmelte eine Entschuldigung, und irgendwie gelang es ihm, sich zu verbeugen und die Tür aufziehen.

Alienor ging vorbei, ohne ihm zu danken, aber ich nickte ihm zu. Wenn der Kaiser davon hörte, konnte es gut sein, dass er und seine Kameraden zahlen mussten für das, was hier geschah.

»Mama!« Richards Ausruf hätte man noch in Paris gehört. Er eilte zu ihr und kniete nieder.

Sie schlang die Hände in seine Mähne und zog ihn an sich. »Ach, Richard, *mon cœur.*« Nicht einmal diese Frau konnte verhindern, dass ihre Stimme bebte.

Das Hervorquellen der Gefühle war so gewaltig und so privat, dass ich mir wie ein Eindringling vorkam. Mein Unbehagen spiegelte sich auf Longchamps und Walters Gesichtern. Wir hielten uns zurück, wollten uns nicht weiter aufdrängen.

Richard erhob sich und küsste seine Mutter zärtlich. »Dies ist ein glücklicher Tag, Mama. Ich hätte nicht geglaubt, Euch vor morgen beim Hoftag zu sehen.«

Die Königinmutter hatte ihre Haltung wiedererlangt, und ihren Humor. »Es bedarf mehr als einiger Waffenknechte, um mich daran zu hindern, meinen Sohn aufzusuchen.«

»Das habe ich gehört. Ich schwöre, es gibt keinen lebenden Menschen in der Christenheit, der sich Euch widersetzen könnte, Mama.« Ein stolzes Lächeln, dann richtete er den Blick auf uns.

»Longchamp, Erzbischof Walter, Ferdia, Ihr seid höchst willkommen.«

Er setzte seine Mutter auf ein Kissen im Fenstersitz und bot uns allen einen Schemel an. Selbst blieb er vor dem Kamin stehen, die dominante Position in dem weitläufigen, hellen Raum. Ich bin froh, sagen zu dürfen, dass der König weiterhin unverwüstlich und gesund wirkte. Mit strahlenden Augen voller Tatkraft glich er wieder dem Mann, der uns im Heiligen Land angeführt hatte.

»Hast du Heinrich in den vergangenen Tagen gesehen?«, fragte Alienor ihren Sohn. »Weißt du, was er im Sinn hat?«

»Ich habe ihn erst vor einigen Tagen gesprochen, Mama. Er besaß die Frechheit, mir vorzuwerfen, ich hätte Agnes' Heirat arrangiert.« Er schnaubte. »Ich rückte ihm den Kopf zurecht. Ob er vergessen habe, fragte ich ihn, wie sehr der junge Heinrich und sie stets ineinander vernarrt gewesen seien? Der Kaiser nahm es zuerst schlecht auf, aber schließlich gab er zu, dass sie sich schon immer wie Turteltäubchen benommen hätten.«

»Gut«, sagte die Königinmutter. »Wenn er so viel zu dir gesagt hat, kann er die Hochzeit bis zum Hoftag nicht mehr unterbinden.«

»Heinrich wird sich querstellen, nur um schwierig zu sein«, sagte Richard, »aber er wird den Bund erlauben. Von weit größerer Bedeutung ist das neueste schändliche Angebot Philippes und Johnnys. Habt Ihr die Einzelheiten vernommen, Mama?«

Sie nickte mit sorgenvoller Miene. »Dieser Junge. Wenn ich ihn das nächste Mal sehe, kann er sich auf einiges gefasst machen.«

»Er ist nicht glücklich, solange er nicht Ränke schmiedet und intrigiert.« Richard lachte sardonisch auf.

Dieser Junge, dachte ich finster, ist siebenundzwanzig Jahre alt und darüber hinaus des Königs Bruder. Wenn Philippe Capet sich in abscheulicher Weise verhielt, war es das eine; dass des

Königs eigen Fleisch und Blut sich dem Franzosen anschloss, blieb mir unbegreiflich. Alienor schien indessen der Ansicht zu sein, Johns verräterisches Gebaren verdiene nicht mehr als eine Ermahnung. Es ist wahr, entschied ich, Mutterliebe macht blind. Auch die Reaktion des Königs war mir rätselhaft, selbst wenn er keinen anderen erwachsenen Erben hatte als seinen Bruder. Trotzdem stand es mir nicht zu, über John zu Gericht zu sitzen, gleichwohl ich es genossen hätte. Daher vergrub ich mein Misstrauen und hörte Richard zu.

»Heinrich hat mir die Briefe von Philippe und Johnny gezeigt, sobald er sie hatte«, sagte der König zu seiner Mutter. »Er saß grinsend dabei, während ich sie las. Der Hundsfott wusste genau, wie schwer sie mich treffen würden, wo doch das Datum meiner Freilassung unmittelbar bevorstand. Gnädiger Heiland, einhundertfünfzigtausend Mark *und* in Philippes Gewahrsam überstellt zu werden! Ich war ganz verstört und durcheinander, Mama. Es fiel mir schwer, nicht an meiner Befreiung zu verzweifeln.«

Einen Moment lang sah ich in Alienors Augen das gleiche Gefühl: nackte Angst. »Hat Heinrich das gesehen?«

»Er muss vermutet haben, dass ich innerlich aufgewühlt war, Mama, aber ich ließ mir nichts anmerken.«

»Und wie geht es dir jetzt, Richard?« Erneut war sie ruhig und gemessen.

Er lachte; es war ein kurzes, ärgerliches Bellen. »Ich erlebe in der Tat Momente tiefer Verzweiflung, Mama, aber meistens bleibe ich zuversichtlich. Die Reichsfürsten werden nicht dulden, dass Heinrich sein Wort bricht, und was die Bischöfe angeht? Nun, sie werden sein schändliches Gebaren noch stärker ablehnen. Er riskiert die Exkommunikation.« Bei diesen Worten nickten Longchamp und Walter. Richard fuhr fort: »Nicht dass ihn das aufhalten würde! Welcher Mann ließe seine unsterbliche

Seele nicht außer Acht, wenn ihm solcher Reichtum winkt. Was Heinrich eher bei der Stange halten wird, denke ich, ist wohl der Ansehensverlust, sollte er unsere Abmachung brechen.«

Hoffentlich hat er recht, betete ich. Der Gedanke, dass Richard ein Gefangener bliebe oder an Philippe ausgeliefert wurde, war nur schwer zu ertragen.

»Nach allem, was du über ihn sagst, wird der Kaiser nicht einfach nachgeben und den geltenden Bedingungen zustimmen«, stellte Alienor fest. »Er wird weitere maßlose Forderungen stellen.«

»Das wird er mit Gewissheit.« Diesmal klang das Lachen des Königs bitter. »Mehr Geiseln werden eine Bedingung sein. Longchamp, Erzbischof Walter, was sagt Ihr?«

Überrascht, denn das hatte ich nicht erwartet, bekundeten beide rasch ihre Bereitschaft, für den König in Geiselhaft zu gehen. Wie die Übrigen würden sie nur festgehalten werden, bis das Lösegeld ganz gezahlt wäre. Eine Ehrensache, aber meine Seele schrumpfte bei der Aussicht auf noch mehr Eingesperrtsein zusammen. »Auch ich werde als Geisel dienen, Sire.«

»Nein, Ferdia. Ihr werdet woanders gebraucht. Was nicht heißen soll, dass ich Euch beide nicht auch anderswo nötiger bräuchte« – Richard warf einen entschuldigenden Blick auf Longchamp und Walter –, »aber keiner von Euch hat die kämpferischen Fähigkeiten von Messire Rufus, und genau diese benötige ich. Die Rücknahme der Normandie könnte sich als schwierig erweisen.«

Von Erleichterung überschwemmt, fühlte ich mich dennoch verpflichtet zu protestieren. »Wenn Ihr sicher seid, Sire …«

»Gebt nicht vor, dass Ihr darüber unglücklich seid, Ihr Schurke!« Er schlug mir auf den Arm, fest, aber er lachte.

Ich grinste zurück. »Ich weiß nicht, wie Ihr es ertragen konntet, Sire.«

»Um ehrlich zu sein, weiß ich es auch nicht. Ich habe William de l'Etang nicht so oft gesehen, wie mir lieb gewesen wäre. Es gab eine Menge dunkle Tage und Nächte.« Er streckte beruhigend die Hand nach Alienor aus. »Zu wissen, dass Ihr und so viele andere für mich eintratet, war mir ein großer Trost, Mama. Aufzugeben hätte Euer Vertrauen entehrt.«

»Ach, Richard, mein Sohn«, murmelte sie. »Bis du frei bist, kann ich nicht rasten.«

Er nahm ihre Hand und küsste sie. »So Gott will, Mama, und Philippe und Johnny zum Trotz ist dieser Tag nahe.«

»Ich glaube das auch«, sagte Alienor, »aber ich fürchte, selbst neue ranghohe Geiseln werden Heinrich nicht besänftigen.«

»Dann mehr Silber«, fragte Richard wütend. »Noch mal fünfzigtausend Mark, um mit dem anderen Angebot gleichzuziehen?«

»Ich glaube, was den Kaiser antreibt, ist mehr als Habgier. Nach allem, was man hört, scheint er stolz zu sein und von überbordendem Hochmut.« Alienor sah den König fragend an.

»Er ist sehr stolz, das ist wahr, vielleicht genauso stolz wie Leopold.«

Das will etwas heißen, dachte ich amüsiert.

»Sei daher nicht überrascht, wenn er von dir verlangt, sein Vasall zu werden.«

Alienors Worte verursachten sofortige Anspannung. Nur einen Weg gab es, einen recht schockierenden Weg, auf dem dies Wirklichkeit werden konnte. Ich musterte Alienor von der Seite und fragte mich, ob sie mehr wusste, als sie mitteilte. Mich hätte nicht überrascht, zu hören, dass sie Spione am kaiserlichen Hof hatte.

»Wollt Ihr andeuten, dass ich Heinrich für England huldigen soll?« Richards Stimme war ruhig, aber die Ader an seinem Hals, die seinen größten Zorn verriet, pochte.

»Das will ich.«

»Das also wird er verlangen?«

Sie gab keine Antwort. Ihre Blicke trafen sich, und sie sah nicht weg. Meine Ahnung war zutreffend gewesen.

Der König sah es ebenfalls. »Bei Gottes Beinen! Ich werde Heinrich niemals Gefolgschaft schwören!« Er stapfte auf und ab wie ein wütender Stier im Gehege. »Der König von England ist kein Vasall des Kaisers des Heiligen Römischen Reiches!«

Longchamp und Walter betrachteten ihn, zögerten, das Wort zu ergreifen, während er so wütete. Auch ich hielt mich zurück. Wenn jemand ihn besänftigen konnte, war es Alienor.

Sie wartete, bis er aufgehört hatte, hin und her zu schreiten. »Dein Schwur wäre ein leeres Versprechen, Richard, so wertlos wie das Pergament, auf dem er geschrieben stände.«

»Das kann ich bestätigen, Sire.« Zum ersten Mal brach Walter sein Schweigen. »Einen Eid, der unter Zwang abgelegt wird, betrachtet die Kirche als nicht bindend. Es würden keine rechtlichen Konsequenzen eintreten. Jegliche Zahlung, die Heinrich als Vollzug Eures Gefolgschaftseids fordert, wäre ebenfalls nicht fällig.«

»Bei Christus am Kreuze, aussprechen müsste ich die Worte dennoch!«

»Das ist wahr, falls Heinrich es von dir erwartet«, sagte seine Mutter.

»Ich sage Euch, ich werde es nicht tun!« Ein Strom von Verwünschungen folgte, was ungewöhnlich für ihn war und seine Empörung bewies.

»Sollte Heinrich den Schwur als Bedingung für deine Freilassung verlangen, hast du die Wahl, Richard. Du wirst sein Vasall, erhältst die Freiheit und kannst dich fortan um Philippe Capet kümmern, oder du schmachtest für Gott weiß wie lange Zeit in einer Burg des Kaisers.«

Er sah sie finster an, bockig wie ein gescholtenes Kind, und trotz des Ernstes seiner Lage musste ich mir in die Wange beißen, um nicht laut zu lachen.

»Riskierst du etwa alles für deinen Stolz?«, fragte Alienor.

Er sah sie an. »Nicht Stolz ist es, der mich antreibt, Mama, sondern meine Ehre.«

Auch wenn du es nicht zugeben willst, dachte ich, es ist beides.

»Einen Eid zu leisten, der wegen der Umstände, unter denen man ihn ablegt, ungültig ist, bedeutet keine Entehrung«, sagte die Königinmutter. »Einen Eid abzulegen, der dir die Freiheit sichert, damit du dein Reich gegen die Verheerung durch Philippe Capet schützen kannst, vermag dich nicht zu entehren.«

Und durch deinen elenden Bruder John, fügte ich stumm hinzu.

»Was werden meine Männer von mir denken?« Er schritt auf und ab und ruderte dabei mit den Armen.

»Ihnen ist es gleich, ob du Heinrichs Gefolgsmann wirst!« Alienors Stimme war jetzt eine gewisse Gereiztheit anzuhören. »Glaubst du etwa, dass die Männer, die für dich Akkon gestürmt und in Hitze und Staub gegen Saladins Mamelucken gekämpft haben, auch nur einen Fuchs auf ein leeres Versprechen geben, das du einem Wiesel wie Heinrich gibst?«

Richard blinzelte; ihr Nachdruck hatte ihn, so hoffte ich, wieder zu sich zurückgebracht. Er starrte mich an. »Rufus?«

»Sire?« Ich war mir nicht sicher, was er fragte.

»Würdet Ihr mich geringer schätzen, wenn ich diesen Eid ablege?«

»Nein, Sire. Ich wüsste, weshalb Ihr es getan hättet, und würde Eure Entscheidung für vernünftig halten.«

»Und die Männer – Rhys zum Beispiel?«

»Sire, er und jeder andere würden Euch bis an die Tore der Hölle folgen und weiter! Ein leeres Versprechen Heinrich gegenüber würde ihnen nichts bedeuten – gar nichts.«

Er sah mir tief in die Augen, suchte vielleicht fünf Herzschläge lang darin. Dann wandte er sich ab und setzte sein Auf- und Abschreiten fort. Mich beunruhigte es, als befände ich mich im Käfig eines gereizten Löwen.

»Wie dem auch sei, Eure Männer und Eure Untertanen müssen nichts davon erfahren, Sire. Der Eid muss nicht öffentlich geleistet werden«, sagte Longchamp. »Jeder, der Zeuge der Zusammenkunft mit Heinrich wird, kann zur Geheimhaltung verpflichtet werden.«

Richard nickte zufrieden, aber noch musste er dem Vorschlag seiner Mutter zustimmen, und meiner Ansicht nach wirkte er alles andere als überzeugt.

Alienor war noch nicht fertig. »Deine tiefste Sehnsucht ist es, ins Heilige Land zurückzukehren und zu beenden, was du begonnen hast, habe ich recht?«

Schweigen sank herab.

Oh, wie klug sie ist, dachte ich. Den Herzenswunsch ihres Sohnes hatte sie sich für ganz zum Schluss aufgespart. Ich war Richard bis zum letzten Atemzug treu und wäre ihm erneut ins Heilige Land gefolgt, hätte er wieder das Kreuz genommen. Für mein Teil legte ich allerdings keinerlei Wert darauf, jemals wieder einen Fuß in jenes von Staub und Fliegen heimgesuchte, backofenheiße Land zu setzen. Für den König war es etwas anderes. Seinen Feldzug abzubrechen, obwohl Saladin unbesiegt und Jerusalem weiter in der Hand der Heiden war, bedeutete für ihn eine Wunde, die niemals heilte.

Ich erinnerte mich, wie sehr Richard darauf beharrt hatte, nach den letzten Verhandlungen eine Nachricht an Saladin zu senden, mit der er den Anschein wahren konnte. Der vereinbarte Friede sei nicht von Dauer, hatte der König erklärt. Er würde mit einem frischen Heer zurückkehren und die Sache zu Ende bringen. Saladins Antwort war liebenswürdig gewesen, wie man es von ihm gewohnt war, und auch humorvoll. Er halte Richard in solch hohem Ansehen für seine Ehre, seinen Edelmut und seine Trefflichkeit, hatte der Emir geschrieben, dass es keinen König gebe, an den er seine Ländereien lieber verlieren würde – falls er sie denn verlieren sollte.

Ich richtete meine ganze Aufmerksamkeit auf Richard, und auf einmal lag sein Geist so offen vor mir, dass ich darin lesen konnte wie sonst so oft er in mir. Sollte er binnen der nächsten Tage befreit werden, wäre seine erste Priorität, in England die Bedrohung durch John zu beseitigen, dann würde er die Burgen und Ländereien zurückholen, die er Philippe Capet hatte überlassen müssen. Erst danach bestand Aussicht, ein zweites Mal ins Heilige Land zu ziehen. Selbst wenn er im Verlaufe dieses Sommers seine Probleme mit dem französischen König aus der Welt schaffte, was eine sehr optimistische Erwartung war, könnte er erst im nächsten Frühjahr daran denken, ein Heer ins Heilige Land zu bringen. Und dann würden anderthalb bis zwei Jahre vergehen, bevor ein Angriff auf Jerusalem möglich wurde.

Das war die bessere zweier Eventualitäten. Weigerte er sich, Heinrichs Vasall zu werden, stand Richard aller Wahrscheinlichkeit nach eine längere Gefangenschaft bevor, die Philippe gestattete, das Schlimmstmögliche gegen die Reste der Normandie zu unternehmen. Das Anjou konnte sich ebenfalls in Gefahr befinden, vielleicht sogar Aquitanien. Angesichts dieser grimmigen Möglichkeiten erschien die Aussicht, je wieder gegen Saladin zu kämpfen, wahrhaft winzig. Alienor war das bewusst.

Dem König ebenfalls.

Sie hatte ihren Sohn schachmatt gesetzt. Beschämen würde sie ihn indes nicht, und so dehnte sich das Schweigen aus.

Am Ende schüttelte Richard geschlagen den Kopf. »Also gut, Mama. Ich werde Heinrich den verfluchten Eid leisten, sollte er ihn verlangen.«

Alienors Lächeln erhellte den Raum. »Das freut mich«, mehr sagte sie nicht.

Longchamp gratulierte Richard, und ich tauschte einen erleichterten Blick mit Erzbischof Walter.

Am kommenden Tag entwickelte sich alles, wie wir hofften. In einem Saal, der mit seinen Fürsten und Bischöfen vollgepackt war, mit Alienor, Richard und seinen Gefolgsleuten, ritt Heinrich als Erstes auf Agnes' Heirat herum und betonte, dass sie ohne seine Einwilligung erfolgt sei. Als Pfalzgraf Konrad, der Vater der Braut, sich für den Bund aussprach und über das Paar ins Schwärmen geriet – das einander so lange versprochen sei –, erhielt er lautstarken Beifall von den Zuschauern. Dann sprach Konrad von Philippe Capet, der »Ehefrauen verstoße«, und dessen schäbigen Plänen mit Agnes. Das Publikum zischte seine Missbilligung. Konrad beendete seine Ansprache mit einem leidenschaftlichen Appell an den Kaiser, dem Paar seinen Segen zu spenden. All das war natürlich eine Vorstellung – der Kaiser hatte der Ehe bereits zugestimmt, bevor die Zusammenkunft begann.

Heinrich aber gab vor, die Angelegenheit zu überdenken, bevor er seine Billigung erteilte. Sein nächster Zug bestand darin, die Einzelheiten von Philippes und Johns Angebot vorzulegen, die horrende Summe Silbers, die sie offerierten, damit Richard Gefangener bleibe oder an den französischen König ausgeliefert werde. Jede Offenbarung wurde mit Protestrufen beantwortet. Unüberhörbar waren die Stimmen der Bischöfe von Mainz und Köln.

Heinrich neigte den Kopf und hörte zu, als sei er ein vernünftiger Mann und nicht die personifizierte Habgier, die er in Wirklichkeit war. Ich konnte nicht der Einzige sein, der merkte, wie sein Blick immer wieder zu dem Dutzend eisengebänderter Truhen schweifte, die neben dem Podium aufgestapelt standen. In ihnen befand sich die schwindelerregende Summe von einhunderttausend Mark in Silber, zwei Drittel von Richards Lösegeld. Als der Kaiser damit fertig war, tat er wieder so, als wäge er die Argumente der Bischöfe ab, bevor er verkündete, dass er keinesfalls die Vereinbarung brechen könne, die er mit dem König von England getroffen habe, seinem *Freund*. Ein einmal gegebenes Wort, log Heinrich schamlos, würde er niemals zurücknehmen. Besänftigt verstummten die Bischöfe.

Er werde Richard freilassen, fuhr der Kaiser fort, und es wäre ihm eine Freude. Es gebe nur eine kleine Bedingung.

Nun kommt es, dachte ich. Alienor *musste* einen Spion am kaiserlichen Hof haben.

Von seiner Mutter am Vortag vorbereitet, reagierte Richard in keiner Weise ärgerlich auf Heinrichs lächerliche Forderung, er solle ihm für sein eigenes Königreich huldigen. Stattdessen stimmte er sofort zu. Der Kaiser vermochte seine Enttäuschung nicht völlig zu verbergen.

Mich überraschte nicht, dass sich im Schwanz des Ungeheuers ein weiterer Stachel fand: Zur Bedingung, dass er sein Vasall wurde, kam hinzu, dass Richard eine jährliche Zahlung von fünfzigtausend Pfund Sterling geloben müsse. Der König zuckte nicht mit der Wimper und willigte erneut ohne Widerrede ein. Er war seinem Ziel so nahe, überlegte ich, dass es kontraproduktiv gewesen wäre, Einwände zu erheben. Wäre zwei- oder sogar dreimal so viel verlangt worden, Richard hätte in diesem Augenblick dennoch der Forderung zugestimmt. Heinrich war eine Chance auf noch größeren Gewinn entgangen, und dem säuerlichen Schürzen seiner Lippen nach zu schließen war ihm das auch klar.

Kurz darauf war die Zeremonie vorüber. Von den Bischöfen bezeugt, war Richard niedergekniet, hatte seine Hände von Heinrich umfassen lassen und die erforderlichen Eide geschworen. Er hatte dem Kaiser eine Lederkappe gereicht, ein Symbol seines Vasallentums, und sie zurückerhalten. Heinrichs Miene hatte während des ganzen Vorgangs sein Entzücken gezeigt. Diesen Moment der Überlegenheit hätte er den ganzen Tag anhalten lassen, wäre es möglich gewesen. Richard andererseits war die Verkörperung von Gelassenheit und Akzeptanz.

Er reagierte nicht einmal, als der Kaiser ein letztes Mal versuchte, ihn zu einer Unbeherrschtheit anzustacheln. Das Lösegeld, verkündete Heinrich, müsse gezählt werden, bevor Richard freigelassen werden könne. Die Andeutung, der König könnte versuchen, ihn übers Ohr zu hauen, war in grotesker Weise respektlos; ich fletschte die Zähne, als ich es hörte. Richard jedoch lächelte, als hätte er von vornherein damit gerechnet.

»Übermorgen früh also?«, fragte er. »Ich kann mir nicht vorstellen, dass es länger dauert. Es sei denn, Eure Schreiber hätten Schwierigkeiten mit dem Rechnen.« Wieder lächelte er, und diesmal war es das Lächeln eines Löwen, grimmig und gnadenlos.

»Jawohl, das wird hinreichend Zeit sein.« Heinrichs Gesicht war so sauer wie die eines Mannes, der an einer Zitrone lutscht.

Richard suchte meinen Blick und zwinkerte mir zu.

Ich lächelte unerschütterlich zurück.

Anderthalb weitere Tage machten keinen Unterschied aus.

Gleich nachdem die Glocken am vierten Februartag zur Terz geschlagen hatten, trat Richard in den Hof des kaiserlichen Palastes hinaus. Zwei Wächter, deren Aufgabe beendet war, sahen von der Tür aus zu, wie er zu seiner wartenden Mutter schritt. Wässriges Sonnenlicht überspülte die Szene, als gebe Gott der Herr persönlich ihrer Wiedervereinigung seinen Segen.

Weder Richard noch Alienor sagten ein Wort, als sie einander umarmten, aber die Intensität ihrer Gefühle war für jeden deutlich zu erkennen. Allein vom Zuschauen hatte ich einen

Klumpen in der Kehle. Selbst Bertolf, der die Mutter des Königs noch nie gesehen hatte, war sichtlich bewegt.

Endlich löste sich Alienor von ihrem Sohn und sah ihm ins Gesicht. »Du bist frei, *mon cœur*«, sagte sie. »Frei!«

»Das ist vor allem Euch zu verdanken, Mama. Ich werde es nie vergessen.« Er hob nacheinander ihre Hände an und setzte sanfte Küsse darauf. »Wahrlich, Ihr seid die Königin meines Herzens.«

Alienor lächelte, doch ich hielt es für gut, dass Berengaria diese Worte nicht hören konnte. Richard empfand weiterhin einige Zuneigung zu seiner Gattin, aber im Heiligen Land hatte er ihre Gesellschaft nicht so sehr gesucht, wie man es von einem frischverheirateten Ehemann erwarten sollte. Seither, während unserer Reise auf dem Griechischen Meer und danach über Land nach Wien, hatte er sie kaum je erwähnt. Zwar brauchte ein König mit seinen Gefährten nicht über die Gemahlin zu sprechen, aber diejenigen unter uns, die verheiratet waren, hatten sich sehnsüchtig gefragt, ob sie ihre Frauen wiedersehen würden. Ich fragte mich, ob mit der Ehe alles im Lot war. Bei solchen Gesprächen hatte Richard niemals auch nur entfernt traurig oder von Bedauern erfüllt gewirkt, während mir bei dem Gedanken an Joanna das Herz geschmerzt hatte. Meines Wissens hatte er in der Zeit seiner Gefangenschaft kein einziges Mal an Berengaria geschrieben, zahllose Briefe hingegen an seine Mutter gesandt.

Was immer er für seine Gattin empfand, der König musste mit ihr ein Kind zeugen, oder er wäre bis ans Ende seiner Tage von John abhängig.

»Ein Jahr, sechs Wochen und drei Tage, Mama. So lange war ich Gefangener Leopolds und Heinrichs.« Richards Blick wanderte von seiner Mutter zu mir und, an meiner Seite, einem entzückten Rhys. »Nie wieder.«

KAPITEL XXII

Barfleur, Normandie, Mai 1194

Mit eingeholtem Segel, vom letzten Schub getragen, kam unser Schiff am Kai zur Ruhe. Über uns kreischten Möwen. Die wartende Menge, Hunderte Köpfe stark, jubelte. Das Getümmel war so dicht, dass ein im Bogen geworfener Apfel immer jemanden am Schädel getroffen hätte. Richard winkte, seine Mutter ebenfalls. Ich seufzte erleichtert auf. Ein begeisterter Seefahrer war ich nie gewesen und freute mich immer, wenn das Ende einer Meeresreise gekommen war. Ein kleines Stück an Deck entfernt erklärte Rhys geduldig Bertolf, was als Nächstes geschehen würde.

Zehn Tage hatte es insgesamt erfordert, das Schmale Meer zu überqueren; am zweiten Tag zwang uns ein Sturm, nach Portsmouth zurückzukehren, und mehr als eine Woche saßen wir dort fest. Nun waren wir in Barfleur angelandet, an diesem zwölften Maitag, und die Sonne schien hell und stark, als wollte Gott sein Gefallen daran zeigen, dass der König endlich in die Normandie zurückkehrte.

Die Menge aus Städtern und Garnisonssoldaten, die Richard seit Ende April erwarteten, wurde wild, als er auf den Kai sprang, und die Leute begannen zu singen und zu tanzen.

Ich hörte einen Refrain: »Gott ist in seiner Kraft wiedererschienen. Für den französischen König ist es Zeit, zu gehen.«

Mir fiel es schwer, darüber nicht zu grinsen.

Richard schlug mir auf die Schulter. »Freut Ihr Euch, wieder hier zu sein, Rufus?«

»Jawohl, Sire. Endlich können wir uns Philippe zuwenden.« Und mit Glück wieder auf FitzAldelm stoßen, dachte ich. Vielleicht würde ich sogar Joanna wiedersehen, auch wenn ich nicht sagen konnte, was mir das helfen sollte, denn wir könnten nie wieder zusammen sein, geschweige denn heiraten.

»Ihr habt genauso mit den Hufen gescharrt wie ich«, sagte er lächelnd.

Ich nickte, erleichtert, dass ein Monat voller Beratungen und Tagungen, Zeremonien und Schreibarbeit hinter uns lag.

»Früher abzureisen hätte Angelegenheiten in Unordnung hinterlassen, Richard«, tadelte ihn Alienor.

»Das weiß ich, Mama«, sagte er geduldig.

Begonnen hatte es mit der Ratsversammlung in Nottingham, einige Tage nach dem Fall der Burg. Die Belagerung dort war kurz gewesen, was wir dem wilden Angriff des Königs zu danken hatten sowie der Erkenntnis der Garnison, dass Richard gar nicht tot war – dieses boshafte Gerücht hatte John in Umlauf gebracht. Sehr lebendig hatte der König sich mit William de Longchamp, Hugh de Puiset, Erzbischof Hubert Walter und seinem Halbbruder Geoffrey getroffen. Eine Schar weiterer Bischöfe hatte an der Versammlung teilgenommen, dazu David, Bruder des Königs William von Schottland. Vier Tage lang hatten die Großen und Guten um die Finanzen des Königreichs und andere Dinge gerungen. Richard, der genau wusste, wie sehr hochgestellte Männer ihren Status liebten, hatte die Gelegenheit ergriffen, die lukrativsten geistlichen und weltlichen Staatsämter zu versteigern, einige davon zum zweiten Mal. Nicht nur Longchamp und des Königs Halbbruder Geoffrey waren gezwungen gewesen, Gebote abzugeben, um ihre angestammten Positionen behalten zu dürfen.

Sie hatten auch darüber gesprochen, Johns Besitzungen in England zu konfiszieren. Davon hatte sie Alienors Einwand abgebracht, dass sie ihn dadurch nur noch weiter in die willigen Arme Philippe Capets treiben würden. Stattdessen hatte die Versammlung angeordnet, dass John sich am zehnten Maitag bei Hofe vor Richard präsentieren musste, sonst drohte ihm die Verbannung.

Das Geschehen hatte mich furchtbar gelangweilt.

Als erinnerte sich auch der König daran, sagte er: »Während ich mit Staatsangelegenheiten rang, konntet Ihr, Rufus, nach Herzenslust im Sherwood Forest auf die Jagd gehen, sooft Ihr wolltet.« Er war zweimal in dem Wald gewesen, und der hatte Richard in den Bann geschlagen.

»In der Tat war es gute Jagd, Sire.« Ich sagte nicht, dass ich mir mehr als einmal vorgestellt hatte, wie ich den Bogen auf John oder FitzAldelm richtete statt auf einen Hirschbock.

»Ich hätte nach dem Ende des Rates noch einen Monat dort verbringen können«, sagte Richard.

Stattdessen hatte er einige Tage lang König William von Schottland besucht und ihre Freundschaft erneuert. Danach ging es nach Winchester und zu einer zeremoniellen Prozession in Ornat und Krone durch die Priorei von Sankt Swithun, eine wichtige erneute Bekräftigung der Position des Königs als Herrscher von England.

Im Anschluss hatte das Wetter sich verschworen, uns daran zu hindern, Frankreich zu erreichen. Wir hatten auch Grund gehabt, uns zu sorgen: Aus der Normandie waren beunruhigende Nachrichten gekommen. Philippe Capet schien es darauf anzulegen, die Waffenruhe zu brechen, die bei Mantes ausgehandelt worden war; in der Nähe von Rouen, östlich der Seine, zog er seine Kräfte zusammen. Richard war ungeduldig und angespannt gewesen, und am 2. Mai hatte er gegen den Rat seiner Kapitäne befohlen, dass die hundert Schiffe starke Flotte auslaufen sollte. Das Ergebnis war eine Verzögerung um zehn Tage gewesen. Als sich das Wetter dann verbesserte, war Not am Mann. Verneuil, eine Burg tief in der Normandie, die dem König noch treu war, wurde von den Franzosen belagert. Auch John hatte sich noch nicht beim königlichen Hof präsentiert; soweit wir wussten, befand er sich weiterhin in der Normandie.

Ich fragte mich, wie lange sein Mut noch reichte, jetzt, da auch der König hier war. Wenn sein bisheriges Verhalten einen Hinweis lieferte, würde er sich schon bald einen Weg zu Richards Tür bahnen, sagte ich mir.

»Wir sind nun hier, Gott sei gepriesen«, sagte Richard. »Dafür sollten wir dankbar sein.«

»Und Philippe soll in seinen Schuhen schlottern, wenn er es hört.« In Alienors Augen war ein verschlagenes, ganz undamenhaftes Funkeln zu sehen.

Ich hoffte, John täte das Gleiche, dieser Haderlump.

Ohne meine Gedanken zu ahnen, lachte Richard, ein Laut, der tief aus seinem Bauch heraus kam und wahre Glückseligkeit anzeigte.

Er und ich gleichen uns in dieser Hinsicht, dachte ich, wir ziehen den Krieg oder die Aussicht darauf dem normalen Leben vor.

Obwohl ich darauf brannte, sofort nach Verneuil aufzubrechen, um dort mit Philippe Capet und seinem Heer abzurechnen, hatte der König Dinge zu regeln, die nicht warten konnten. Stunden, nachdem wir von Bord gegangen und zur nahen Stadt Caen geritten waren, traf ein Bote von Jean d'Alençon ein, dem Erzdiakon von Lisieux und ehemaligen Vizekanzler von England. Jean hatte Richard zwei Jahre zuvor Neuigkeiten und Botschaften ins Heilige Land gebracht und war ein verlässlicher Bundesgenosse.

Die Inhalte der Briefe waren wichtig, aber nicht überraschend. Richards abtrünniger Bruder John – von dem ehrenwerten Erzdiakon kontaktiert – wollte in die Herde zurückkehren.

Wenn der König nach Lisieux käme, würde auch John es tun und sich Richards Gnade überantworten. Alienor strahlte über die Neuigkeit, was mich zu dem Gedanken verleitete, sie könnte die Finger im Spiel haben. Sie war eine gewandte Politikerin und verstand es meisterhaft, in Briefen den richtigen Ton zu treffen, seien sie an den Papst gerichtet, an Staatsbeamte oder ihre Söhne. Ihr Ziel seit Richards Rückkehr war ziemlich klar: ihre Familie wieder zu vereinigen und sicherzustellen, dass der Thron ungefährdet blieb. Nach meiner Überzeugung hatte Erzdiakon Jean den Brief auf ihren Befehl hin abgeschickt.

Die Botschaft ließ den König leise lachen und verkünden, er habe immer gewusst, dass John in dem Augenblick Philippe im Stich ließe, in dem er von unserer Ankunft in der Normandie hörte; nun scheine es, als habe sein Bruder schon einige Zeit Vorbereitungen getroffen, um sich von dem französischen König abzuwenden.

Und nachdem Richard einen Brief diktiert und an den Kommandanten der Garnison von Verneuil geschickt hatte, in dem er ihn drängte durchzuhalten, reisten wir von Caen nach Lisieux.

»Stell dir vor, FitzAldelm hätte sich mit John zusammengetan.« Rhys senkte seine Stimme noch mehr; es war früher Abend, und wir beide standen in einer Ecke der Küche von Jean d'Alençons Haus, in dem wir am Tag zuvor eingetroffen waren. »Das würde doch gut zusammenpassen, was?«

»Zwei Wiesel hätten einander gefunden«, stimmte ich zu. »Ich mag nicht darüber nachdenken. Dank Gott ist es auch nicht wahrscheinlich. Der König wird seinem Bruder verzeihen, so traurig das ist, aber ich kann mir nicht vorstellen, dass er FitzAldelm vergibt, was er getan hat.«

»Verrat ist Verrat, und jeder, der ihn begeht, sollte dafür bezahlen«, sagte Rhys düster.

»Ich stimme dir zu, aber Blut ist dicker als Wasser, besonders, wenn Richards einziger anderer möglicher Erbe ein Knabe von sieben Jahren ist.« Ich meinte damit Arthur von der Normandie, den Sohn von Richards totem Bruder Geoffrey. »Vergiss niemals, dass die Liebe einer Mutter keine Grenzen kennt. Königinmutter Alienor ist entschlossen, dass John seinen Platz an Richards Seite einnimmt, und ihren Einfluss sollte man nicht unterschätzen.«

»Sie ist eine mächtige Frau.« Katharina hatte zugehört.

»Und meistens bekommt sie, was sie will«, sagte ich und überlegte, dass ich von Glück reden konnte, die Gunst der Königin zu behalten. Das war ein weiterer Grund, weshalb ich meine Abneigung John gegenüber niemals öffentlich aussprach.

»Mit diesem Zustand bin ich nur zu vertraut.« Rhys gelang es, zu zwinkern und gleichzeitig Katharinas indigniertem Rippenstoß auszuweichen.

»Du Frechdachs!«, rief sie. »Nie werde ich nach meiner Ansicht gefragt, bevor du durch die Schenken ziehst oder schlimmer, in die Schlacht!«

»Was soll ich sagen? So ist das Leben als Gefolgsmann.« Rhys zuckte vielsagend mit den Schultern. Sein Blick fiel auf mich. »Ich folge meinem Lehnsherrn und tue, was er sagt.«

Katharinas missbilligender Blick schwenkte zu mir. Ich machte es mir einfach. »Ich habe dem König Treue geschworen. Ich gehorche seinen Befehlen.«

Momentan geschlagen, schüttelte sie ihren großen hölzernen Kochlöffel in unsere Richtung und stapfte zurück an den Topf, der über dem Feuer blubberte.

»Knapp entkommen«, sagte ich nur halb im Scherz.

Rhys nickte. »Heute Nacht schlafe ich auf dem Fußboden.«

»Wenigstens hast du jemanden, mit dem du meistens das Bett teilst.« Ich dachte an Joanna. Die Ankunft in der Normandie hatte meine Hoffnung, sie wiederzusehen, neu entfacht. Sobald die Feldzugssaison vorüber war, würde der König gewiss nach Berengaria schicken, und mit ihr käme seine Schwester, die ich liebte.

»Ich dachte, das wäre vorbei.« Rhys zögerte nie, schonungslos seine Meinung kundzutun.

»Das ist es«, erwiderte ich scharf und wünschte, Joanna wäre die glückselige Agnes von Staufen und ich ihr Gemahl Heinrich von Braunschweig, das Paar, deren Liebesheirat im Nachhinein genehmigt worden war.

Rhys sah mich mitfühlend an. Er flitzte zu einer nahen Theke, auf der ein Stapel frischer Pasteten stand. Er nahm sich zwei davon, ohne dass Katharina es bemerkte, kehrte zurück und reichte mir eine. »Huhn und Rosinen, dem Geruch nach«, sagte er.

Essen war kein Ersatz für Joanna, aber mein Bauch, vom köstlichen Duft der Pastete angeregt, erinnerte mich, dass ich seit dem Morgengrauen nichts mehr zu mir genommen hatte. Ich murmelte meinen Dank und biss herzhaft zu.

Ich hatte die Pastete erst halb gegessen, als ein kleines Mädchen in einem zerlumpten Hemd – ein Straßenkind, wie es in jeder Stadt des Landes zu finden war – vom Hof hereinflitzte. »Er ist da! Er ist da!«

Ich packte sie hinten am Hemd, als sie vorbeischoss. »Wer ist da?«

Sie wand sich, versuchte, sich zu befreien, sah mich an und erkannte, dass ich zum Gefolge des Königs gehörte. »John, Messire, König Richards Bruder. Er ist gerade durchs Tor geritten. Der Vogt schickt mich, damit ich dem Erzdiakon Bescheid sage.«

»Braves Mädchen.« Ich ließ sie los und gab ihr den Rest meiner Pastete.

Sie sah mich dankbar an, dann rannte sie durch die Küche und verkündete dabei weiter ihre Neuigkeit. Ich bemerkte Katharinas mütterlichen Blick.

»Kommst du mit?«, fragte ich Rhys.

»Das möchte ich nicht verpassen«, war die Antwort.

Wir folgten einem Gang, der sich neben den Ställen öffnete. Ich hatte keinen Wunsch, von John entdeckt zu werden, und es bestand eine geringe Möglichkeit, dass FitzAldelm ihn begleitete. Statt auf den Hof zu gehen, drückte ich mich in den Korridor.

Draußen herrschten Lärm und Tumult. Die Gruppe, die eingetroffen war, während es schon dunkelte, umfasste nach der Zahl ihrer Pferde etwa ein Dutzend. Mein Blick flog über die Waffenknechte und Ritter, zwei Knappen und einen unglücklich wirkenden Schreiber. Ich war enttäuscht, dass von FitzAldelm keine Spur zu sehen war, aber es überraschte mich auch nicht besonders. Als ich Erzdiakon Jean keine fünfzehn Schritt entfernt entdeckte, schaute ich genauer hin. Er sprach angeregt mit einem schlanken Mann mit dunkelroten Haaren: John, dem Bruder des Königs; er musste es sein. Der Mann wandte sich um und zeigte sein Profil.

»Da ist er, die Schlange«, flüsterte ich Rhys zu.

Aus Furcht, von John entdeckt zu werden, konnten wir nicht auf den Hof, aber Gott griff ein. Der Erzdiakon kam in unsere Richtung und bat John mit einer respektvollen Geste, ihm zu folgen. Ich verschmolz mit den Schatten und schloss die Tür bis auf eine Handbreite. Ihre Schritte näherten sich, und ich hielt den Atem an und sorgte mich, dass sie aus irgendeinem merkwürdigen Grund in den Küchengang treten könnten.

Sie blieben gleich davor stehen.

»Seid Ihr wohlauf, Sire?« Der Erzdiakon klang besorgt. »Ihr müsst von Eurer Reise erschöpft sein.« John kam von Évreux, einer Stadt, die ihm im Februar von Philippe Capet zurückgegeben worden war.

»Mir geht es gut genug.« John klang bei weitem nicht so, sondern nervös, aufgeregt sogar. »In welcher Stimmung ist mein Bruder?«

»Seid unbesorgt, Sire …«

»Beantwortet die verdammte Frage!« John klang gehetzt. Ängstlich.

Ich warf einen Blick auf Rhys, der über Johns Furcht gehässig grinste.

»Der König ist gnädig und freiheraus, Sire. Er wird Euch freundlicher behandeln, als Ihr ihn behandelt hättet.« Der tadelnde Unterton des Erzdiakons war nicht zu überhören.

John nahm es schweigend auf.

»Er wartet auf Euch, Sire. Ich bringe Euch zu ihm.«

Ein lautes, theatralisches Seufzen. »Je früher es getan ist, desto besser.«

Zur Kammer des Königs, hauchte ich Rhys zu. Kaum waren der Erzdiakon und John ins eigentliche Haus gegangen, stahlen wir uns zurück in die Küche. Katharina bedachte uns mit einem Blick, der verriet, dass insbesondere Rhys noch lange nicht außer Gefahr war, aber wir hielten nicht inne.

Wir kamen genau rechtzeitig hinzu. Die Tür zu Richards Kammer schloss sich noch, und der Erzdiakon wartete davor, unweit der beiden Posten. Mit einem Schnappen fiel die Tür ins Schloss.

Richard hob die Stimme zu einer lautstarken Begrüßung. »Seht nur, wer es ist! Mein lange verlorener Bruder.«

»John.« Alienors Stimme klang bewusst unbeteiligt.

Mich überraschte nicht, dass ihre Mutter zugegen war, und ich trat zum Erzdiakon. »Ist sonst noch jemand darin?«

Er schüttelte den Kopf.

Wir hielten inne und schämten uns nicht, zu lauschen, als Alienor das Wort ergriff.

»Du bist hier. Das ist immerhin etwas.« Sie klang noch immer kühl.

Johns Antwort verstand ich nicht. Er sprach ein zweites Mal, und wieder waren seine Worte unverständlich. Sein kleinlauter Ton allerdings war nicht misszuverstehen. Er klang wie ein kleiner Junge, der um Verzeihung bittet, weil er sich schlecht benommen hat.

Ein Augenblick verstrich, dann sagte Richard: »Erheb dich. Steh auf, Johnny.«

Er hat sich dem König zu Füßen geworfen, dachte ich voll Abscheu. John kannte keine Scham, er wurde übergangslos von einem standhaften Verbündeten Philippe Capets zum demütigen Bittsteller vor dem König, erheischte Verzeihung, bettelte um Gnade, gab freudig Burgen und Land dahin. Einen Tritt verdiente er, keine Vergebung.

»Es tut mir leid, Sire.« Jetzt klang John, als würde er weinen.

Seine Heuchelei war zum Verzweifeln. Du hättest deinen eigenen Bruder in Heinrichs Kerkern verrotten lassen, dachte ich. Hättest zugesehen, wie er in Gefangenschaft stirbt. Ich bemerkte den Blick des Erzdiakons und begriff, dass ich das Heft meines Dolchs umfasst hielt. Froh, dass die Posten es nicht gesehen hatten, zeigte ich dem Erzdiakon ein zuversichtliches Lächeln und ließ meine Finger mit der Gürtelschnalle spielen, als hätte ich nichts weiter getan, als die Langeweile zu vertreiben. Er wandte seine Aufmerksamkeit von mir, und ich atmete auf.

John war noch immer mit Entschuldigen beschäftigt. »Was ich tat, war falsch, Sire. Unverzeihlich.«

»Der einzige Grund, es zu entschuldigen, ist der, dass du zur Familie gehörst und dass Mama sich für dich verwendet hat.« In Richards leisem Lachen war keine Freundlichkeit, nur kaum verhohlene Verachtung. »Hab keine Angst, Johnny. Du bist ein Kind.«

Er ist siebenundzwanzig, dachte ich, und doch hat der König recht. John hatte sich wie ein Balg verhalten. Unzufrieden mit den gewaltigen Gütern und seinem jährlichen Einkommen, unzufrieden mit seiner Stellung, obwohl er Thronfolger war, hatte er geschmollt, bis sich ihm die perfekte Gelegenheit bot. John hatte Richards Gefangenschaft ausgenutzt, um zu versuchen, den funkelnden Preis zu erringen, den Thron; etwas, das ihm ohnehin gehörte, sollte der König kinderlos sterben. Nachdem die Krone nun wieder außerhalb seiner Reichweite war, kam er erneut angekrochen und wollte zurückerlangen, was zuvor ihm gehört hatte, was Richard ihm freiwillig geschenkt hatte, ohne Verrat oder Hinterlist.

Ich konnte Alienors Standpunkt verstehen, weshalb es sinnvoll sei, John zu verzeihen – aber, bei Christus, es war schwierig zu ertragen. Ich war froh, nicht Richard zu sein, denn ich wusste nicht, ob ich zu dem imstande gewesen wäre, was der König nun vollbrachte.

»Du kamst in schlechte Gesellschaft, Johnny«, fuhr Richard fort, »und es sind diejenigen, die dich fehlgeleitet haben, welche bestraft werden und meinen Zorn spüren sollen.« Den Namen Philippe Capets brauchte er nicht eigens auszusprechen.

»Ich bin dankbar, Sire«, sagte John, und er wirkte aufrichtig.

Richard klatschte in die Hände. »Es war ein langer Ritt von Évreux. Du musst hungrig sein.« Er klang, als spreche er mit einem willkommenen Gast. Fast schien es, als hätte das Gespräch davor nicht stattgefunden.

»Ich bin ausgehungert, Bruder.« John wirkte erleichtert über den Themenwechsel.

»Komm, versuch den guten Lachs, den die Bürger von Lisieux als Geschenk gesandt haben.« Richards Stimme kam näher, und mir wurde klar, dass der Tisch, auf dem der Fisch dargeboten wurde, neben der Tür stehen musste.

Der König sprach weiter, so leise, dass Königinmutter Alienor ihn nicht hörte, aber wir, die wir nur einige Schritt entfernt standen, verstanden jedes Wort.

»Ich habe dich Mamas wegen geküsst und mich verstellt, Johnny. Glaub nur nicht, dass zwischen uns alles wunderbar wäre.« Richard klang eisig und beherrscht. »Du wirst Jahre brauchen, um mein Vertrauen wiederzuerlangen, *falls* überhaupt je. Deine Titel und Ländereien wirst du auch nicht so schnell zurückbekommen. Was die Burgen betrifft, die du dem kapetingischen Hund so freigebig überlassen hast: Vergiss sie. Ich werde würdigere Burgherren für sie finden.«

»Ich verstehe, Bruder«, sagte John.

»Gut.« Ein Wort, mit harter Gewissheit ausgesprochen, beladen mit Drohung. Dann sagte der König fröhlich und leutselig: »Mama, probiert den Lachs. Er ist ausgezeichnet.«

Während Alienor zu ihren Söhnen trat, rang ich darum, meine Gefühle in den Griff zu bekommen. John war verziehen worden; seine Verschlagenheit war zwar nicht ausgelöscht, aber doch in eine finstere Ecke gekehrt worden. Von diesem Moment an müssten Lehnsmänner wie ich ihm wieder den Respekt erweisen, den er hatte beanspruchen können, bevor er Richard verriet.

Ich spürte eine Hand am Arm; der Erzdiakon zog mich fort. Ich begleitete ihn, froh, von der königlichen Familie und ihren komplizierten Verhältnissen fortzukommen.

»Ihr billigt die Antwort des Königs nicht.« Der Erzdiakon sah, wie ich erschrak, und lächelte. »Euer Gesicht ist ein offenes Buch, Messire Rufus.«

»Das war schon immer so«, sagte ich bitter und überlegte beklommen, ob mich auch John mit solcher Leichtigkeit durchschauen würde.

KAPITEL XXIII

Am kommenden Tag sah ich John kurz im großen Empfangssaal des Hauses, aber er ließ sich durch nichts anmerken, ob er mich erkannt hatte. Zum Glück waren wir nicht allein, und eindeutig war er nicht in Stimmung für ein nettes Gespräch mit jemandem, der wusste, wenngleich aus zweiter Hand, was er am Vortag zu Richard gesagt hatte. Er hatte es zudem eilig, wieder aufzubrechen.

Alienor schien als Einzige zu bedauern, dass er sich verabschiedete. »Musst du bereits fort? Die guten Bürger von Évreux werden schon noch einen Tag auf dich verzichten können.«

»Ich kann nicht verweilen, Mama.« John nahm ihre Hand und küsste sie. »Ich werde Euch bald wiedersehen.«

Richard entließ seinen Bruder in schroffem Ton. »Richte es dir in Évreux nicht zu gemütlich ein, Johnny. Du wirst bald gerufen werden und dich meinem Feldzug zur Rückeroberung der Normandie anschließen.«

Viel nützen wird er uns nicht, dachte ich. Johns Verdienste als Feldherr waren entsetzlich geblieben, seit er vor einem Jahrzehnt versucht hatte, Ordnung nach Irland zu bringen. Was er auch in die Hand nahm, ob Belagerung oder Scharmützel, es endete in einer Katastrophe. Die Bemerkung des Königs sollte nur den Anschein wahren, das war alles. Und sie verfing auch: Ich bemerkte den anerkennenden Blick, mit dem Alienor Richard bedachte, und das Lächeln, mit dem er ihn beantwortete.

Nachdem John fort war, machte der König Pläne, unmittelbar nach Verneuil aufzubrechen und die Belagerung zu brechen.

»Genug der Verzögerungen. Die Verteidiger müssen schwer bedrängt sein. Wenn sie die Burg überhaupt noch halten«, fügte er hinzu.

Unsere jüngsten Nachrichten waren mit einem Boten des Erzdiakons vor einigen Tagen eingetroffen. In der Annahme, Richard werde bald in Barfleur landen, und ohne zu ahnen, dass schlechtes Wetter uns zehn Tage lang in englischen Gewässern hielten, hatten die Verteidiger von Verneuil Philippe Capet und sein Heer mit Beleidigungen überschüttet.

»Es war unklug von ihnen, die Tore zu öffnen und den französischen König hereinzubitten, Sire«, sagte ich und erinnerte mich, wie Earl Robert in Rouen das Gleiche getan hatte. Wir waren damit davongekommen, Philippe zu reizen, aber es hätte auch ganz anders ausgehen können.

»Das war es, aber bei Gottes Beinen, Philippes Gesicht hätte ich zu gern gesehen.« Richard lächelte. »Ihm wäre ein wahrhaft warmer Empfang bereitet worden, lautete die Botschaft der Verteidiger, wenn er nur einträte.«

»Philippe muss darüber erzürnt gewesen sein, Sire, und umso mehr, als die Tore zugeknallt wurden.« Auf den Bohlen hatte eine extrem unvorteilhafte Darstellung des französischen Königs geprangt.

»Auch das war komisch.« Die Miene des Königs wurde ernst. »Lasst uns hoffen, dass sie dieser Belagerung seither standgehalten haben.«

»Wahrlich, Sire.« Was ich dachte, sprach ich nicht aus: dass er John hätte befehlen können, bei Verneuil zu uns zu stoßen; es hätte uns mehrere Tage erspart.

Eine Stunde darauf rückten wir ab. Alienor schloss sich uns nicht an; sie habe ihre Rolle vorerst gespielt, beschied sie den König. Sie brach nach Fontevraud auf, dessen Konvent sie hoch schätzte.

»Nein, ich werde keine Nonne«, beantwortete sie lächelnd Richards Frage. »Für mich ist es Zeit, mich zu besinnen, Zeit in der Gesellschaft Gottes zu verbringen. Schick mir Nachricht dorthin, solltest du mich benötigen.«

Die Stimmung des Königs besserte sich mit jeder Meile, die wir uns von Lisieux entfernten. Ich kannte ihn gut genug, um zu erkennen, dass nicht die Abwesenheit seines Bruders ihn aufheiterte – und schon gar nicht der Abschied von seiner Mutter –, sondern die Aussicht auf die Schlacht. Ich war in ähnlicher Stimmung, und Rhys ebenfalls, auch wenn wir eine weitere Standpauke Katharinas auszuhalten hatten, weil sie uns auf dem halben Dutzend Wagen hinterherreisen musste, die uns langsam von Barfleur folgten.

Wir ritten schnell und hart mit Ziel Tubœuf, einer Stadt westlich von Verneuil am Fluss Iton. Dort sollten wir auf die Hauptstreitmacht aus Waffenknechten, Bogenschützen und Rittern treffen, die mit uns von England hierhergefahren waren.

Ich konnte es nicht erwarten.

Wenn es einen Mann gab, der Strafe verdiente, so war es Philippe Capet. Die Beweggründe anderer, die dem König Unrecht zugefügt hatten, waren verständlich. Leopold hatte Richard aus verletztem Stolz gefangen genommen. Dem verschlagenen Kaiser Heinrich war es hauptsächlich ums Geld gegangen, und er hatte nach Möglichkeiten gesucht, seine Aussichten auf eine Eroberung Siziliens zu vergrößern.

Philippe hingegen handelte aus purer Niedertracht.

Auch John durfte man nicht vergessen, erinnerte mich ein kleiner Teufel in meinem Kopf, aber er war nun über jeden Tadel erhaben, unangreifbar. Und vielleicht war es nicht völlig schlecht, dass er wieder in des Königs Gunst stand. Ich erinnerte mich an das Sprichwort aus dem Heiligen Land, dass es besser sei, einen Feind in der Nähe zu halten, weil man dann umso leichter sein nächstes Manöver vorhersehen konnte.

Am 21. Mai erreichten wir Tubœuf mit müden Pferden; mehr als die Hälfte unseres Trupps war zurückgefallen und musste aufholen. Ich schwöre, hätten die Franzosen gleich vor der Stadt gelegen, Richard wäre sofort zum Angriff übergegangen, so kampfdurstig war er. Stattdessen musste er sich mit einem Treffen mit seinen Hauptleuten zufriedengeben, um die Strategie zu erörtern. *Zufrieden* ist der falsche Begriff, denn er schritt im Zelt auf und ab, verärgert, dass die Truppen, die wir in Barfleur verlassen hatten, noch nicht hier waren. Lange dauern bis zu ihrer Ankunft würde es nicht, vielleicht noch zwei oder drei Tage, aber das genügte Richard nicht.

»Philippe wird von unserem Kommen mittlerweile erfahren haben«, verkündete er. »Der Schuft wird seinen Angriff auf Verneuil forcieren. Wir müssen handeln. Ich will nicht vor die Mauern reiten, nur um zu sehen, dass er sich dahinter festgesetzt hat!«

Rhys kam in den abgetrennten Teil des Zeltes, der den Beratungen diente. Ich erwartete, dass er sich still an meine Seite stellte, um etwas zu melden, doch vielmehr räusperte er sich, kein bisschen befangen angesichts so vieler Männer, die weit über ihm standen. Wer ihn kannte, so wie André de Chauvigny, der frisch aus Poitiers eingetroffen war, reagierte nicht, doch William Marshal wirkte alles andere als begeistert.

Earl Robert von Leicester, der unterbrochen worden war, sah Rhys warnend an.

Mein Knappe ließ sich nichts anmerken und fragte laut: »Mit Eurer Erlaubnis, Sire?«

Richards Aufmerksamkeit verlagerte sich von Earl Robert zu mir – ich zuckte mit den Schultern – und dann mit deutlicher Erheiterung zu Rhys. »Sprecht.«

Rhys ging auf ein Knie – den König respektierte er – und sagte: »Ein Ritter kam ins Lager geritten, Sire. Er ist schwerverwundet, und er kommt aus Verneuil.«

Schockierte Gesichter, besorgtes Murmeln.

»Habt Ihr Ralph Besace gerufen?«, fragte Richard. Ralph war der Leibarzt des Königs, der uns ins Heilige Land begleitet hatte.

»Das habe ich, Sire, aber der Ritter lehnt jede Behandlung ab, solange er nicht mit Euch gesprochen hat. Er wartet draußen.«

»Was? Bringt ihn herein!«

»Zu Befehl, Sire.« Rhys wandte sich halb um und winkte.

Ins Zelt kam eine Gestalt in einem schlammbespritzten, blutbefleckten Wappenrock, den auf beiden Seiten ein Waffenknecht stützte. Es war ein junger Mann, vielleicht fünfundzwanzig, aber seine Schmerzen ließen ihn viel älter aussehen. Tiefe Furchen hatten sich in sein blasses Gesicht gegraben. »Sire«, murmelte er, »verzeiht mir. Sollte ich niederknien, fürchte ich, dass ich mich nicht mehr erheben könnte.«

Richard eilte vor. »Einen Hocker – rasch!«

Ich holte einen vom Stapel an der Zeltwand, wohin sie geräumt worden waren, damit sie nicht im Weg standen, und trat damit hinter den Verletzten. Richard übernahm ihn indessen von den Waffenknechten und ließ ihn, sanft wie eine Mutter mit einem Neugeborenen, auf den Schemel sinken.

»So. Könnt Ihr sitzen?« Die Stimme des Königs war voller Sorge.

»Das kann ich, Sire.« Der Mann versuchte zu lächeln und verzog gequält das Gesicht.

»Wo seid Ihr verletzt?«

»Hier, Sire.« Er hob seine Hand an die rechte Seite, wo sein Wappenrock aufgeschlitzt und am stärksten gerötet war. »Als ich durch den Sperrring um die Stadt galoppierte, hat mich ein Franzose mit seiner Lanze erwischt. Sie hat mich Gott sei Dank nur gestreift, aber den Panzer durchdrang sie trotzdem.«

»Ein Arzt sollte Euch untersuchen, und zwar sofort.« Der König sah sich über die Schulter. Ralph Besace wartete gleich hinter ihm.

»Lasst mich Euch meine Botschaft übergeben, Sire«, bat der Ritter. »Ich flehe Euch an.«

Richard nickte.

»Wir halten noch stand, Sire, aber die Stadt ist umzingelt, und die Katapulte der Franzosen haben einen Gutteil der Wälle in Trümmer gelegt. Lange dauert es nicht mehr, bis sie eine für einen Sturmangriff genügend große Bresche geschossen haben.« Der Ritter trank dankbar aus dem Kelch, den Richard ihm an die Lippen hielt, und mit leiser, aber entschlossener Stimme beschrieb er die Stärke der französischen Belagerer und ihre Verteilung rings um Verneuil. Als er damit fertig war, schloss er die Augen.

Richard winkte Ralph Besace vor, und nachdem der Ritter auf den Boden gelegt worden war, half der König, die unförmige Brünne zu entfernen. Ralph zerschnitt die Kleidung des Mannes und legte ein Loch von gut anderthalb Zoll im Durchmesser frei. Nach kurzer Untersuchung verkündete er zur Erleichterung aller, dass die Wunde ihm nicht lebensbedrohlich erscheine. Die Lanze sei in die Muskeln über der Hüfte eingedrungen, aber nicht bis in den Bauchraum.

Mit dem Segen des Königs wurde der Ritter, der nun halb bewusstlos war, zu dem Zelt davongetragen, das als Lazarett diente; Ralph Besace folgte.

»Wir sind gerade noch rechtzeitig eingetroffen«, sagte der König. »Lieber Herr Jesus, ich wünschte, der Rest unserer Männer wäre auch schon da.« Er sah Earl Robert an. »Wie stark sind unsere Kräfte augenblicklich?«

»Etwa fünfzig Ritter, Sire, einhundertzwanzig Waffenknechte und die gleiche Anzahl an Bogenschützen und Armbrustschützen.«

»Und von Barfleur aus rückt ein dutzendmal so viel an, mehr oder weniger?«

»Jawohl, Sire.«

»Die Hälfte der Männer, die wir haben, genügt mir. Ihr, Robert, nehmt die andere Hälfte und durchbrecht den französischen Belagerungsring. Dringt in die Stadt vor. Eure Zahl sollte die Garnison ausreichend verstärken, um Philippes Truppen noch einige Tage auf Abstand zu halten.«

»Es ist mir eine Ehre, Sire.« Roberts Gesicht glänzte vor Eifer.

Der König bemerkte, dass auch ich tatendurstig war, und lachte leise. »Ihr seid so ungeduldig wie ich, Rufus. Wir werden nicht lange warten müssen, habt keine Furcht.«

»Was ist Eure Absicht, Sire?«

»Eine weitere Streitmacht soll die Franzosen im Osten umgehen; auf diese Weise schneiden wir ihnen die Botenwege ab. Mit etwas Glück werden sie Philippe auch den Rückzug verstellen, sollte er sich dazu entscheiden. Sobald die Männer in Stellung sind, führe ich eine Kolonne direkt nach Verneuil und unternehme einen Frontalangriff gegen die Franzosen.« Richard grinste, als wäre die Belagerung bereits aufgehoben und der Feind mit schweren Verlusten in die Flucht geschlagen.

Seine Begeisterung erwies sich als wohlbegründet. In der folgenden Nacht durchdrang Earl Robert im Schutz der Dunkelheit die französischen Linien und gelangte in die Sicherheit Verneuils, ohne einen einzigen Mann zu verlieren. Richard sandte eine Streitmacht nach Osten, ganz wie geplant, die im Laufe der nächsten beiden Tage zahlreiche Wege ins französische Gebiet verstellte. Das Heer erreichte uns am Tag darauf, und zu diesem Zeitpunkt war Philippes einziger Versuch, die Stadt zu stürmen, bereits gescheitert.

Am 28. Mai bereitete der König seinen Vorstoß nach Verneuil vor, und wir erhielten willkommene Neuigkeiten. Philippe Capet hatte seine Truppen in zwei Hälften geteilt; die eine führte er in

Richtung Évreux, die andere sollte die Belagerung fortsetzen. Die Entscheidung war töricht, aber wie Richard über seinen französischen Widersacher bemerkte, keine Überraschung. Philippe war ein Ränkeschmied und Intrigant par excellence, aber seine Verschlagenheit erstreckte sich im Allgemeinen nicht auf das Feld der Taktik. Außerdem war es möglich, merkte ich an, dass Philippe von dem Wissen in die Flucht geschlagen worden war, dass Richard in der Nachbarschaft lauerte.

Der König grinste entzückt und gab zu, dass ihm der gleiche Gedanke durch den Kopf gegangen sei. Allerdings, so fuhr er fort, sollten wir nicht erwarten, dass Philippes verringerte Streitmacht vor Verneuil einem kombinierten Angriff von ihm und der städtischen Garnison widerstehen könne. Earl Robert würde warten und einen Ausfall unternehmen, sobald wir den Feind angriffen.

Seine Vermutung erwies sich als zutreffend. Die verbliebenen französischen Belagerer flohen am Tag nach dem Abmarsch des Königs. Ihre Kriegsmaschinen ließen sie zurück. Wir verfolgten sie meilenweit, töteten jeden, der uns bekämpfte, nahmen Gefangene und eroberten Wagen, die unter Gepäck und Ausrüstung ächzten. Der Hatz müde geworden, befahl der König die Rückkehr nach Verneuil, das wir am späten Nachmittag des 30. Mai erreichten. In Hochstimmung führte Richard uns durch das Haupttor, während die Garnison auf den Bastionen seinen Namen skandierte. Aufgeregte, jubelnde Städter verstopften die Straßen. Die Leute waren gekommen, um ihren König zu sehen, der sie vor den verdammungswürdigen Franzosen gerettet hatte.

Richard war bester Laune und nahm die Preisungen fröhlich entgegen; es ging ihm auch darum, die Tapferkeit und Entschlossenheit der Verteidiger zu würdigen. Er befahl einen Triumphzug und schritt vor den Reihen grinsender Soldaten auf und ab, lobte sie in den Himmel und gab jedem von ihnen einen Kuss auf die

Wange. Der Name und die Beschreibung eines jeden Mannes wurden festgehalten, damit ihnen reiche Belohnungen aus der königlichen Schatulle gezahlt werden konnten.

Der König hätte es niemals zugegeben, doch ich gewann den Eindruck, Richard tue all dies aus einem Schuldgefühl heraus. Wären wir nicht durch das Wetter am Aufbruch von England gehindert worden, wäre er nicht zuerst nach Lisieux zum Treffen mit seinem wieselhaften Bruder John geritten, die Belagerung hätte wenigstens einen halben Monat eher zu Ende gebracht werden können, und in Verneuil wären zahllose Leben verschont geblieben.

Wir hatten den Sieg erst wenige Stunden lang genossen, als der wahre Grund für Philippes raschen Abzug offenbar wurde. Ein weiterer erschöpfter Bote traf ein, und die Neuigkeiten, die er uns brachte, erschreckten uns alle.

John war von Lisieux nach Évreux gelangt und in die Stadt eingeritten, ohne bekanntzugeben, dass er abermals die Seiten gewechselt habe, und hatte die französische Garnison massakriert. Ihre ahnungslosen Hauptleute waren niedergemetzelt worden, als sie bei Tisch saßen.

Die Gräueltat bescherte Richard einen Tobsuchtsanfall. »Glaubt der Bengel etwa, damit könne er seine Loyalität beweisen?«, wütete er. Weder ich noch Earl Robert wussten darauf eine Antwort.

John offenbarte seine wahre Natur einen, zwei Tage später erneut, indem er Évreux seinem Schicksal überließ, als ein wutschäumender Philippe dort anrückte. Der französische König ließ, entschlossen, Johns Barbarei angemessen zu beantworten, prompt die unglückseligen Einwohner von Évreux abschlachten: Männer, Frauen und Kinder. Selbst Säuglinge wurden nicht verschont. Die Stadt ließ er plündern und ihre Kirchen bis auf die Grundmauern niederbrennen.

Das Massaker war nur ein Vorbote des Bevorstehenden.

Von Évreux führte Philippe sein Heer zu der kleinen Burg von Fontaine und belagerte sie. Eine deutlichere Provokation ließ sich kaum vorstellen, denn die Burg stand nur fünf Meilen von Rouen entfernt, der Hauptstadt der Normandie. Richard hatte bereits Earl Robert dorthin entsandt; an dem Ort hatte auch Johns schmachvoller Rückzug von Évreux geendet. Der König hoffte, dass Roberts Anwesenheit seinem Bruder den Rücken stärkte, aber dem Rat zufolge, den er dem Earl vor dessen Aufbruch erteilte, glaubte Richard selbst nicht an einen Erfolg: Er trug Robert auf, John nur die Führung von Missionen zu gestatten, deren Erfolg garantiert war. Der Earl und John hatten auch nicht genügend Truppen, um Fontaine zu entsetzen.

Genauso wenig konnten wir der Burg zu Hilfe eilen, denn der König hatte sein Heer mittlerweile hundert Meilen weit nach Süden geführt, um am 9. Juni die große Festung von Loches zu erreichen. Nach den Bedingungen des Friedensvertrags von Mantes war sie an Philippe übergeben worden und wurde nun von einer Streitmacht unter dem Befehl von Sancho belagert, Berengarias riesenhaftem Bruder, dem Thronfolger von Navarra. Um das navarresische Bündnis mit Richard zu ehren, war Sancho zunächst angerückt, um bei der Bekämpfung der aquitanischen Aufständischen zu helfen, und dann gegen Loches gezogen.

Die beiden Männer waren stets gut miteinander ausgekommen, und darum bedeutete es keine Überraschung, dass ihr Wiedersehen sehr herzlich ausfiel. Die Stimmung wurde jedoch angespannter, als Sancho auf seine Schwester zu sprechen kam. Er sei überrascht, dass der König seit seiner Freilassung noch nicht nach ihr geschickt habe. Sancho hatte erwähnt, er sei über Poitiers nach Loches gekommen, sodass seine Haltung offenbar von Berengaria beeinflusst worden war. Richard wurde ein wenig verlegen, was ihm gar nicht ähnlich sah, und erklärte, dass er seit seiner Ankunft in der Normandie ohne Unterlass im Krieg gewesen sei. Frauen hätten auf einem Feldzug keinen Platz, sagte er ungeachtet der Tatsache, dass Berengaria ihn im Heiligen Land beinahe die ganze Zeit lang begleitet hatte. Sancho war so diplomatisch, dies nicht zu erwähnen, und schien sich mit der Bekundung des Königs zufriedenzugeben, dass Berengaria und er wieder vereint würden, sobald die Feldzugssaison vorüber wäre.

Ich war mir da nicht so sicher. Der König sprach von nichts anderem als Krieg, Philippe Capet und dem Zurückgewinnen der Gebiete, die er an den französischen König verloren hatte. Berengaria erwähnte er kein einziges Mal, und wenn in einem Gespräch ihr Name fiel, zeigte er keinerlei Regung. Ich hätte es keiner Seele gegenüber zugegeben, nicht einmal vor Rhys, aber mir gefiel es, dass Richard nur flüchtige Gefühle für seine Gattin hatte. Für mich, der seine Schwester anbetete, von der meine Gefühle erwidert wurden, wäre es eine ungerechte und schwere Bürde gewesen, wenn er eine liebevolle Ehe erlebt hätte, die mir verwehrt blieb. Konnte ich nicht mit Joanna zusammen sein, erschien es nur passend, so verräterisch der Gedanke auch war, dass Richards Beziehung zu seiner Frau von Kälte bestimmt war.

Sein Desinteresse an ihr bot jedoch Anlass zur Sorge. Bis er Berengaria in gesegnete Umstände gebracht hätte, bliebe sein erbärmlicher Bruder Thronfolger. Im Augenblick betraf mich das nicht, doch wenn Richard, was Gott verhüten möge, etwas zustieße, würde John König. Ich dachte nicht gern darüber nach, was in diesem Fall aus meiner Stellung würde.

Verhängnisvolle Neuigkeiten erreichten Sancho am Nachmittag unserer Ankunft. Sein Vater, der König, lag im Sterben, und als sein Erbe musste Sancho ohne Verzug nach Navarra zurückkehren. Er brach auf, als die Sonne unterging, entschlossen, Tag und Nacht zu reisen, ließ aber den Großteil seiner Truppen unter Richards Befehl zurück. Wie wir herausfanden, als wir am Abend das navarresische Lager abschritten, befanden sie sich in schlechtem Zustand. Sie waren unterernährt, weil Nachschub nur schwer zu erhalten war, und schienen nicht nur vom Aufbruch ihres Anführers, sondern auch dem bisherigen Misserfolg der Belagerung demoralisiert.

Richard war kein bisschen entmutigt. Am nächsten Morgen sorgten unsere Kriegsmaschinen mit brutalem Beschuss für zwei Breschen, eine im Südwall, die andere im Norden, und wir nahmen Loches im Sturm. Der Sieg war bemerkenswert, aber er hing nicht nur davon ab, dass wir den Beschuss auf zwei verschiedene Stellen konzentrierten. Als ich an der südlichen Bresche eindrang, hinter Richard – etwas anderes ließ er nicht zu –, wurde offensichtlich, dass die Garnison erbärmlich unterbesetzt war. Fünf Ritter und zwei Dutzend Waffenknechte ergaben sich. Er lachte, als sie sich auf dem Hof aufreihten. Als sie sich duckten, weil sie glaubten, seine Erheiterung verheiße einen schrecklichen Tod, erklärte der König, dass sie mutige Recken seien, solch einem großen Heer zu widerstehen. Er ließ alle frei und gestattete den Rittern, ihre Waffen zu behalten.

»Wenn jede Burg in der Normandie und dem Vexin so leicht fiele, Rufus«, sagte er zu mir, »würde ich mich wahrhaft gesegnet schätzen.«

Ich wusste, wieso. Der Wettstreit zwischen ihm und Philippe Capet würde umso bitterer werden, je weiter Richard auf Paris vorrückte. Hier und südlich von uns begnügte sich der französische Monarch damit, Richard bloße Schwierigkeiten zu bereiten. Sein primäres Interesse lag jedoch von jeher an den Ländereien nahe seiner Hauptstadt, und dort hatte der König immer die größten Verluste erlitten.

»Wollt Ihr weiter zur Normandie reiten, Sire?«

Ein guter Teil unseres Heeres war nicht bei uns; die Kontingente aus dem Anjou und Maine standen im Norden und griffen die von

Franzosen besetzte Festung Montmirail an; eine anglonormannische Streitmacht belagerte die Burg von Beaumont-le-Roger. Vermutlich brauchten beide Heere keine Hilfe, aber es gab noch eine große Anzahl Festungen, die zurückerobert werden sollten.

»Als Erstes muss Aquitanien gefügig gemacht werden.«

Ich nickte. Die Gefahr dort drängte am stärksten. »Ihr meint Geoffroy de Rançon und Graf Adémar Taillefer von Angoulême, Sire?«

Er schnaubte ärgerlich. »Wen sonst?«

Die beiden prominenten aquitanischen Adligen waren vermutlich die schwierigsten Vasallen des Königs. Ich kannte sie schon lange. Beide hatten sich schon mehr als einmal erhoben, und in den zurückliegenden Monaten hatten sie erneut rebelliert.

»Poitiers liegt auf dem Weg nach Süden, Sire.«

Er sah mich argwöhnisch an. »Ihr denkt an meine Schwester.«

»Ich müsste lügen, wollte ich es bestreiten, Sire, aber ich dachte auch an die Königin.« Das war eine glatte Lüge, aber ausnahmsweise sprach ich sie mit der dreisten Selbstsicherheit eines Schwindlers aus, der ein Stück des Wahren Kreuzes feilbietet. »Sie wäre sehr glücklich, Euch wiederzusehen.«

Richard schluckte den Köder. Er grummelte und murrte, räumte aber ein, dass es unser Vorankommen nicht übermäßig verlangsamen würde, wenn wir eine oder zwei Nächte in Poitiers verbrachten. In Wahrheit, so glaube ich, hatte er bereits beschlossen, dass es zu weit ging, wenn er Berengaria nicht aufsuchte, obwohl wir quasi an ihrer Türschwelle vorbeiritten.

In dieser Nacht träumte ich nicht davon, Aquitanien zu unterwerfen, sondern Joanna wiederzusehen.

KAPITEL XXIV

Poitiers, Juni 1194

Wir klapperten auf den Hof des Palastes. Richard sprang von Fauvels Rücken und erwiderte den Gruß eines erschrockenen Vogts. »Bringt mich zu meiner Gemahlin«, befahl er.

»Wollt Ihr vorher baden, Sire, oder Euch umkleiden?«, fragte der Vogt.

»Nein.«

Ich stieg von Pommers ab. Das Gebaren des Königs überraschte mich nicht. Zum Teil, da war ich sicher, lag es an seinem ungeduldigen Gemüt. Er war gekommen, um Berengaria zu besuchen, und sah keinen Sinn darin, ihr beider Wiedersehen hinauszuzögern. Allerdings steckte noch mehr dahinter. Er war klug, sogar berechnend. Indem er in schweißgetränkten, von der Reise schmutzigen Kleidern vor seine Königin trat, sandte er eine starke Botschaft. Er war ein König im Feldzug und hatte sein Heer zurückgelassen, um ihr seine Aufwartung zu machen. Ich fragte mich, ob allein ich den Gedanken hegte, dass Richard noch einen weiteren, tiefergehenden Grund besaß, um zu zeigen, dass der Krieg ihm wichtiger war als Berengaria.

Ich hoffte, Joanna dachte nicht das Gleiche von mir. Fast zwei Jahre waren verstrichen, seit wir einander zuletzt gesehen hatten, und meine Erinnerung an sie, daran, was sie *ausmachte*, war nicht so kristallklar, wie ich es mir gewünscht hätte. Ich empfand Unsicherheit, wie sie auf mein unangekündigtes Eintreffen mit dem König reagieren würde.

»Was wirst du zu ihr sagen?« Rhys nahm Pommers' Zügel.

Die Frage klang unschuldig, aber ich kannte ihn gut genug, dass mir die Stichelei nicht entging. »Ich habe nicht die leiseste Ahnung!« Peinlicherweise stieg mir die Farbe ins Gesicht, als wäre ich noch ein junger Mann.

»Rufus.«

Ich sah ihn wütend an. »Was, verdammt?«

»Ich bitte dich um Vergebung. Meine Worte waren unangemessen. Ich kann mir kaum vorstellen, wie schwer es sein wird, sie wiederzusehen in dem Wissen, dass ihr das, was ihr im Heiligen Land hattet, nicht mehr ...« Rhys stockte, dachte nach und fuhr mit einer Stimme fort, die plötzlich belegt klang: »Du weißt, was ich meine.«

Mir fehlten die Worte, deshalb nickte ich und war dankbar, dass er wenigstens ahnte, was ich durchzustehen hatte.

»Rufus?« André de Chauvigny war ein Stück vorausgegangen; er blieb im Eingang des Palastes stehen. »Der König ist halb den Korridor hinunter. Kommt Ihr?«

»Gewiss.« Ich eilte zu ihm. Wir traten ein und folgten Richard.

Schweigend gingen wir nebeneinanderher. Meine Gedanken überschlugen sich.

»Nervös?«, fragte de Chauvigny.

»Wie ein Verurteilter auf dem Weg zum Henkersklotz.« Ich übertrieb nicht. Meine Hände waren feucht, die Stirn voller Schweiß, aber mein Mund war knochentrocken.

»Sofern Joanna nicht herzlos ist, wird sie sich freuen, Euch wiederzusehen. Und herzlos ist sie keineswegs.« Außer Rhys und Richard war de Chauvigny der einzige Mensch, dem ich von meiner Liebesaffäre erzählt hatte. Nachdem er jüngst von Poitiers kommend zum König gestoßen war, hatte ich ihn über Joanna ausgehorcht, aber wenig mehr erfahren, als dass es ihr gut ging.

Sie ahnte nicht, dass er von unserer Beziehung wusste, und deshalb hatte außer Frage gestanden, dass sie sich ihm anvertraute.

»In ihren Augen steht die Pflicht über allem anderen«, sagte ich betrübt. »Und selbst wenn es anders wäre, der König wird mir niemals erlauben, sie aus Liebe zur Frau zu nehmen.«

De Chauvignys Gesicht war ein Anblick für die Götter. »Er *weiß* davon?«

»Ich habe es ihm gestanden, als er mich in die Normandie schickte.«

»Bei Gottes Zehen, Rufus! Ginge es um jemand anderen, würde ich sagen, es sei ein Wunder, dass er noch atmet. Er hat es also gut aufgenommen?«

Ich lächelte schief. »Zuerst fürchtete ich um mein Leben, aber am Ende hatte er Verständnis. Sodann hat er sich beeilt, mir klarzumachen, dass wir niemals heiraten dürfen.« Ich verzog das Gesicht. »Sie ist eine viel zu wertvolle Braut, und nur einen König, Grafen oder Earl erachtet er ihrer Hand als würdig.«

De Chauvigny sah mich mitfühlend an. »So ist es immer. Verwandtschaftsbünde sind ein lebenswichtiger Teil dessen, was Königreiche zusammenhält.«

»Ich weiß.« Ich versuchte gar nicht erst, meine Bitterkeit zu unterdrücken.

Er stieß mich schalkhaft mit dem Ellbogen an. »Joanna ist zurzeit unverheiratet. Ihr könntet ein Schäferstündchen mit ihr einrichten, solange wir hier sind!« Ob er es wusste oder nicht, er hatte den Finger auf meine geheime Hoffnung gelegt – nein, mein brennendes Verlangen.

»Ich weiß nicht, ob sie das wollte«, brummte ich. »Oder auch nur, ob es eine gute Idee wäre. Einige Wunden lässt man lieber verheilen, statt sie wieder aufzureißen.«

»Eurem Gesicht nach ist da nichts geheilt, Rufus.« Sein Ton war freundlich. »Ein wohlgemeinter Rat: Erlangt die Beherrschung über Eure Miene zurück, bevor wir den König einholen. Er mag Eure Liebe zu seiner Schwester im Stillen dulden, aber er wird es nicht durchgehen lassen, wenn sie Euch in der Gegenwart anderer vom Gesicht abzulesen ist.«

Sein Rat war fundiert, daher setzte ich die beste maskenhafte Miene auf, die ich besaß, und betete, dass meine Kunst der Verstellung ausreichen möge.

Der König hatte bereits den inneren Hof betreten, wo Berengaria und ihre Damen zu finden waren, wie ein Wächter uns mitteilte.

Wir beschleunigten unseren Schritt und trafen gerade rechtzeitig ein, um zu hören, wie Richard sanft und höflich sprach: »Gemahlin, ich bin es, Euer Gatte.«

Berengaria hatte mit zwei ihrer Damen gesprochen und wandte sich erschrocken um. Sie war in ihrem himmelblauen Kleid, mit den langen schwarzen Zöpfen und Ohrringen als einzigem Schmuck, durchaus hübsch, aber keine Schönheit.

»R-Richard?« In ihren Augen standen Freude, Schmerz und Zurückhaltung.

Mit einem Dutzend Schritten trat er auf sie zu. Er schloss sie nicht in die Arme, wie Joanna an dem Tag, als beide Frauen das Heilige Land verließen. Stattdessen verbeugte er sich steif vor ihr, ergriff ihre Rechte und küsste sie auf den Handrücken. »Ihr seht gut aus, Madame. Mein Herz ist froh, Euch wiederzusehen.«

»Wie das meine, Gemahl.« Nach einem Herzschlag fügte sie hinzu: »Ich hatte früher mit Euch gerechnet.«

Dass Richard Unbehagen anzumerken war, kam nur selten vor. Er hüstelte und entgegnete: »Philippe hat sich große Teile der Normandie einverleibt. Er begehrt mein halbes Königreich, und die Rebellen in Aquitanien wollen den Rest. Seit meiner Landung in Barfleur bin ich von einer Belagerung zur nächsten gezogen und habe selten mehr als zwei Nächte am gleichen Ort verbracht.«

Die Läden fielen herunter. »Ich verstehe, Sire«, sagte Berengaria. Ihr Blick haftete auf ihren feinen Lederschuhen.

Richard stand da; dem mächtigen Kriegsherrn hatte es die Sprache verschlagen.

Seine Schwester rettete ihn. »Richard!«

Ich hatte nur auf das Wiedersehen von König und Königin geachtet und nicht gehört, wie Joanna eintrat. Sie rauschte an mir vorbei, ohne zu erkennen, wer ich war; da bin ich sicher. »Bruder! Du bist hier!«

Mein Herz schnürte sich ein. Sie hatte sich überhaupt nicht verändert, allenfalls war sie noch schöner geworden. In ihrer Eleganz, mit voller Figur und langen rotblonden Haaren sah sie aus wie eine Vision des Himmels. Die einzige Frau, die jemals mehr Wirkung auf mich gehabt hatte, war Alienor gewesen, eine Hofdame unter Richards Schwester Mathilda, und sie hatte ich nur geküsst. Voller Unbehagen, weil ich an zwei Frauen zugleich dachte, vertrieb ich Alienors Bild aus meinem Kopf.

»Mädel!« Richard umarmte lachend seine Schwester, und ich schwöre, er weinte auch wenig. Der Kontrast zwischen seiner Reaktion auf sie und auf Berengaria hätte nicht krasser sein können.

Die Königin sah zu, und obwohl sie versuchte, es zu verbergen, merkte ich ihr eine tiefe Traurigkeit an.

»Liebst du uns nicht, Richard, deine Gattin und deine Schwester?« Joanna hatte nichts von Berengarias Zurückhaltung. »Pfui, Bruder! Zwei Monate ist es beinahe her, dass du aus England eingetroffen bist!«

Der König bot ihr die gleiche Entschuldigung, die er schon Berengaria gegeben hatte. Sie klang kein bisschen überzeugender, aber Joanna schien nicht darauf aus zu sein, das Thema zu vertiefen. »Tja, es ist jetzt nicht von Bedeutung«, sagte sie, trat von Richard zurück und starrte ihn an, als wolle sie sich vergewissern, dass er wirklich vor ihr stand. Dann küsste sie ihn lächelnd auf die Wange. »Es ist wunderschön, dich wiederzusehen, aber ich übertreibe es wohl. Du bist hier, um die Königin zu treffen, nicht meinetwegen.«

Erneut sah Richard verdutzt drein; sein Blick ging zu Berengaria, die mit dem Anschein eines Lächelns antwortete. Er trat an die Seite der Königin und sprach leise zu ihr. Sie gingen davon; offenbar verlangte es sie nach aller Abgeschiedenheit, die sie in dem engen Hof erlangen konnten.

Nun erst sah Joanna zu de Chauvigny und mir herüber. André zu sehen überraschte sie nicht; immerhin war er auf dem Weg vom Heiligen Land nach Poitiers ihr Begleiter und Beschützer gewesen. Aber mich hatte sie nicht erwartet. Ihre Augen wurden groß. Eine ihrer kräftigen, geschickten Hände hob sich halb zum Mund. Dann erlangte sie die Beherrschung wieder. »Messire Rufus«, sagte sie beiläufig und höflich, mit melodischer Stimme.

Ich kniete nieder, de Chauvigny ebenfalls. »Madame«, sagten wir im Chor.

»Erhebt Euch, beide. Ihr seid heil und gesund, Messire Rufus, wie ich mit Freude sehe.«

»Jawohl, Madame, ich danke Gott dafür.«

»Mich erfreut es, dass Ihr den Strapazen der Reise aus dem Heiligen Land hierher unversehrt entkommen seid. Aus Richards Briefen weiß ich, dass der Weg mühevoll war, um nicht zu sagen gefährlich.«

»Ich danke Euch, Madame.« *Manchmal hat mich nur der Gedanke an dich vor der Verzweiflung bewahrt, wollte ich sagen.*

»Ihr bliebt nicht mit meinem Bruder in Gefangenschaft.« Eine Spur von Verdruss – Ärger? – wurde erkennbar.

Ich begegnete ihrem Blick. »Ich wäre beim König geblieben, Madame, aber er schickte mich in die Normandie. FitzAldelm hat dort Unheil angerichtet.« Mit dieser Auskunft wollte ich ihr klarmachen, dass ich recht behalten hatte; im Heiligen Land hatte ich vom Verrat meines Feindes berichtet, aber sie hatte mir das Versprechen abgerungen, ihn nicht zu verletzen.

»FitzAldelm?«

»Jawohl, Madame, ebender. Rhys und ich hätten ihn in Rouen beinahe gefasst, aber er entkam. Später, im Sommer, standen wir wieder kurz davor« – *ihn umzubringen*, sprach ich freilich nicht aus –, »aber der Schuft konnte ein zweites Mal fliehen. Dabei ermordete er einen kleinen Jungen, einen Knaben in meinem Dienst.«

Ihr Entsetzen war offenkundig. »Einen Knaben? Wie alt?«

»Zehn vielleicht, Madame.« Ich konnte den anklagenden Beiklang nicht unterdrücken. Jeans blasses Gesicht, als er bewusstlos im Sterben lag, stand schmerzhaft hell vor meinem inneren Auge.

»Das ist ja furchtbar«, sagte sie. »Ich wusste nicht, dass FitzAldelms Herz so schwarz ist. Hätte ich es geahnt, ich …«

Ich nickte und wünschte, ich hätte im Heiligen Land Rhys' Rat beherzigt. Wünschte, ich hätte Joanna überzeugt, dass FitzAldelm bis ins Mark ein Verräter war. Vor allem aber wünschte ich, ich hätte sein elendes Leben in Outremer beendet, oder spätestens in der Kirche von Rouen.

Joanna trat näher. »Er war Euch teuer?«

Ich sah um mich und stellte erstaunt fest, dass wir allein waren – so allein, wie zwei Menschen in einem Hof sein können, auf dem noch andere weilen. De Chauvigny mit seinem großen Herz hatte es bewerkstelligt, zum Eingang zurückzugehen, wo er den Anführer der Wächter in ein Gespräch verwickelt hatte. Richard und Berengaria hielten sich am hinteren Ende auf. Die anderen Damen, drei von ihnen, saßen auf Schemeln ein kleines Stück entfernt und täuschten gekonnt vor, uns nicht zu beobachten.

»Der Junge, Rufus?«

Ich richtete die Augen auf sie, und mein Zorn schmolz dahin.

Ich verlor mich in ihren Augen, ganz wie immer. »Er war mir teuer, ja. Jean war sein Name.«

»Und FitzAldelm?«

»Er entkam, obwohl Rhys ihn ins Bein gestochen hatte. Ich weiß nicht, wo er jetzt ist; ich nehme an, er steht noch immer in den Diensten von Philippe Capet.« Ich hielt inne. »Christus gewähre mir noch eine Begegnung mit ihm, bevor ich sterbe.«

»Eines Tages wird er seine wohlverdiente Strafe erhalten. Gott wird ihn richten.«

Mir erschien es grob, zu erwidern, dass ich lieber auf meinen Dolch vertraute, oder auf Rhys' Klinge, daher schwieg ich.

»Sprechen wir nicht mehr von FitzAldelm. Es ist wundervoll, Euch wiederzusehen, Rufus.« Sie klang ganz aufrichtig.

»Mir ergeht es genauso«, sagte ich inbrünstig. »Ich habe davon geträumt, von einem Wiedersehen mit Euch, seit dem Tag, an dem Ihr das Heilige Land verlassen habt.«

Unsere Blicke trafen sich.

Joanna empfand das Gleiche wie ich – das stand ihr deutlich in die Augen geschrieben.

Mehr als alles andere auf der Welt wollte ich sie in die Arme nehmen. Mit klopfendem Herzen, meine Leidenschaft zu lodernder Flamme angefacht, hätte ich es versucht, ungeachtet des Umstands, dass Richard und Berengaria und mehrere Hofdamen es sehen würden, aber Joanna hob die Hand, als spürte sie meine Absicht.

Ich erstarrte. Meine Stimmung sank ins Bodenlose.

»Nicht hier.«

Ihre Stimme war so leise, dass ich mich fragte, ob ich sie missverstanden hatte. »Madame?«, flüsterte ich. Zaghaft wagte ich, zu hoffen, während ich mich zugleich fragte, welchen Sinn es haben konnte, etwas wieder zu beginnen, das zum Untergang verurteilt sei.

»Triff mich heute Nacht hier.«

»Wann?«, fragte ich ohne das leiseste Zögern.

»Gleich nach der Matutin.«

»Nichts könnte mich aufhalten.«

Sie ging bereits fort, zurück zu ihren Damen. Ich hätte sie für den Rest des Tages beobachten können, war mir aber bewusst, dass meine Aufmerksamkeit nicht unbemerkt bleiben würde, und gesellte mich zu de Chauvigny. Er sah mich vielsagend an; ich senkte leicht das Kinn, mein Dank für seine Großzügigkeit, mit der er uns Abgeschiedenheit geschenkt hatte.

Der König und Berengaria spazierten noch nebeneinanderher, ins Gespräch vertieft. Ich versuchte abzuschätzen, welche Stimmung zwischen ihnen herrschte, aber die Entfernung machte es unmöglich.

De Chauvigny folgte meinem Blick. »Lasst uns hoffen, dass sie schwanger ist, wenn wir aufbrechen«, sagte er leise, damit die Wächter es nicht hörten.

Finstere Gedanken an John zogen mir durch den Kopf. »Je früher, desto besser für uns alle.«

»Wie hat Joanna Euch empfangen?« Auch das war nur für mein Ohr bestimmt.

»Gut«, murmelte ich.

Er blinzelte mir betont zu. Ich gab vor, es nicht zu bemerken. Hinter meiner gleichmütigen Fassade zählte ich bereits die Stunden.

Obwohl ich mir größte Mühe gab, leise zu sein, während ich mich anzog, rührte sich Rhys.

»Ist es Zeit?« Seine Stimme war undeutlich vor Schläfrigkeit.

»Ich glaube schon.« Das Verstreichen der Stunden ließ sich nur schlecht bemessen, aber es war lange her, seit die Glocken geschlagen hatten, und ich durfte nicht zu spät zum Stelldichein kommen. Ich setzte mich auf und zog die halbhohen Stiefel an.

»Soll ich für dich aufpassen?« Er war jetzt wacher.

Er würde sich von Joanna und mir genügend fernhalten, aber ich wollte ganz allein mit ihr sein. Das war das erhöhte Risiko wert, ihn nicht in der Nähe zu haben. »Nein«, beschied ich ihm.

»Sei vorsichtig. Wenn der König es herausfindet …«

»Ich kenne die Gefahr.« Ich ging an ihm vorbei – er lag wie gewohnt am Fußende meines Bettes – und sagte leise: »Schlaf weiter; träum von Katharina.« Sie war bei den Truppen, die uns folgten, und würde uns bald einholen.

Er lachte leise. »Mögest du finden, was du suchst.«

Seine Worte blieben in meinem Geist, während ich durch den Gang schlich, an de Chauvignys Tür vorbei und die Treppe hinunter, die zur Wohnhalle führte. Mondlicht fiel durch die Glasfenster, die hoch in der Südwand saßen, und schälten die Tische und Bänke aus der Dunkelheit, an denen wir während des Festmahls zu Richards Ankunft gesessen hatten. Keine Menschenseele war zu sehen, aber ich hielt mich trotzdem im Dunkeln dicht an der Wand.

Eine Flügeltür führte aus der Wohnhalle auf den Hof, aber ich sagte mir, dass sie entsetzlichen Lärm machen und jeden Wächter in Hörweite alarmieren würde, falls ich sie öffnete. Ich stahl mich durch den Bogengang, der zur Küche führte, und suchte dort einen Weg zum Hof. Meine Hoffnung wurde belohnt; ich blieb an der ersten Tür rechts stehen, schob mit großer Vorsicht den Riegel beiseite und zog sie ein wenig zu mir. Entzückt sah ich in helles Mondlicht hinaus. Meine Ahnung war richtig gewesen. Die Tür führte zum Hof.

Ich sah niemanden.

Noch hatten die Glocken nicht zur Matutin geschlagen, der Zeit für unser Treffen, aber die Höflichkeit gebot, dass ich als Erster auftauchte. Ich trat ins Freie, so nervös, als würde ich versuchen, unentdeckt die Mauern einer feindlichen Burg zu erklimmen. Ich hielt mich am Rand des Hofes, mied erneut das Licht. Niemand bewegte sich, kein Mensch rief mich an. Ich war allein. Ich suchte mir eine Stelle mitten an der Wand, den Türen der Wohnhalle gegenüber, atmete tief durch und lehnte mich mit dem Rücken an die kalten Steine, um zu warten.

Ich wusste nicht zu sagen, wie lange ich hier sein würde. Anders als durch das Abschätzen des Mondstandes am funkelnden Sternenhimmel und das Schlagen der Kirchenglocken ließ sich die Stunde unmöglich ermessen. Ich war froh, dass wir Sommer hatten; die Luft war kühl und angenehm.

Ich hatte gar nicht lange dort gestanden, als jenseits der Palastmauern zur Matutin geläutet wurde. Ich grinste, befriedigt, dass ich richtig vermutet hatte, aber schon bald darauf wurde ich wieder nervös. Joanna hatte das Stelldichein vorgeschlagen, und trotzdem war ich nicht vollkommen sicher, ob sie kommen würde; noch weniger wusste ich, was ich zu ihr sagen sollte, wenn sie erschien. Die Reaktion, auf die ich gehofft hatte – den klaren Beweis, dass ich ihr nach wie vor teuer war –, hatte ich schon erhalten. Sollte es möglich sein, so fragte ich mich, dass die Tiefe eines Gefühls, das angehalten hatte, ohne dass wir einander zwei Jahre lang gesehen hatten, sie überzeugen konnte, dass die Liebe wichtiger war als Pflicht?

Ich sagte mir, dass ich die Antwort nicht wisse, und ignorierte den schleichenden, Übelkeit verursachenden Verdacht, dass ich sie längst nur zu genau kannte.

Ein Knarren hallte über den Hof. Ich drehte den Kopf, suchte nach der Tür, die geöffnet wurde, und mein Instinkt führte meine rechte Hand an meinen Dolch.

Ein Umriss tauchte rechts von mir auf, an der gleichen Mauer, an der ich lehnte. Mein Herz machte einen Satz; die königlichen Gemächer waren im Stockwerk über uns. Achtsam für den Fall, dass es ein Diener mit einem mitternächtlichen Auftrag war oder ein Wächter auf Streife, hielt ich mich im Dunkeln. Erst als ich – an Größe und Silhouette – eindeutig sah, dass eine Frau sich näherte, rührte ich mich.

»Wer da?« Ich dämpfte meine Stimme.

»Rufus!« Sie eilte näher, blieb aber einen, zwei Schritt vor mir stehen, als erlangte sie die Beherrschung zurück. »Du bist schon da.«

»Aber natürlich, Madame.«

Sie kam näher. Ihr Parfüm versüßte die Luft zwischen uns; der gleiche berauschende Duft, den ich aus dem Heiligen Land kannte. Erinnerungen an unsere gemeinsame Zeit schossen mir durch den Sinn. Ich blickte ihr in die Augen, bebend vor Verlangen.

»Du brauchst mich nicht Madame zu nennen, das weißt du.«

Ich neigte den Kopf. »Joanna.« Wie wunderbar es sich anfühlte, ihren Namen laut auszusprechen.

Ihre Finger liebkosten meinen Kiefer, hoben sanft mein Kinn, sodass wir einander wieder ansahen. »Wie sehr ich dich vermisst habe, Rufus.«

»Und ich dich, Joanna.« Geliebte, dachte ich.

Sie schob den Kopf vor und küsste mich. Der Kontakt von Lippen an Lippen versetzte mich in Schwindel. Sie schlang mir die Arme um die Taille; die meinen lagen plötzlich um ihre Schultern. Der Kuss hielt lange Zeit an; er war himmlisch. Endlich lösten wir uns, beide schwer atmend, ein wenig voneinander. Wir lächelten uns an, und mein Herz setzte einen Schlag aus.

»Auch wenn unsere Liebe unter einem schlechten Stern steht«, sagte sie mit rauchiger Stimme, »sehe ich keinen Grund, auf dem Hof zu verweilen.«

Ich las ihre Gedanken, wollte jedoch, dass sie es sagte. »Wohin wollen wir gehen?«

Ein verträumter Blick, der nichts der Einbildung überließ.

»In mein Schlafgemach. Meine Dienerinnen habe ich weggeschickt, und die nächsten Wächter stehen vor dem Quartier des Königs.«

Ich wollte es. Gott, wie sehr ich es wollte, aber ich bezähmte meine Leidenschaft. Sie küsste mich erneut, und meine Entschlossenheit bröckelte.

Ich löste mich von ihr, bevor der letzte Rest meiner Selbstbeherrschung zu Staub zerfiel, und stieß hervor: »Wie soll es morgen weitergehen?«

Ihre makellosen Lippen zuckten. »Morgen?«

»Zwischen uns.«

Ein flüchtiges Lächeln, halb nervös, halb ungeduldig. »Rufus, die Antwort auf deine Frage kennst du doch längst.«

»Wirklich, Madame?« Ich rückte von ihr ab.

Sie hob beschwörend die Hände. »Rufus, liebst du mich denn nicht?«

»Von ganzem Herzen.« Meine Stimme bebte.

»Dann komm.« Sie winkte.

»Das werde ich, unter einer Bedingung.«

Unsicherheit trat in ihr Gesicht. »Welche?«

»Morgen früh wirst du Richard mitteilen, dass du mich heiraten willst. Ich werde ihn um Erlaubnis bitten, mich mit dir zu vermählen.«

Schweigen senkte sich herab. Das Herz pochte mir gegen die Rippen, ein verzweifelnder Rhythmus von Schmerz und Verlust. Das Gefühl war unerträglich. Sie so vor mir zu haben, willig, liebend, und ich setzte an … Ich war mir nicht einmal sicher, wozu.

»Nun?« Mir brach die Stimme.

»Das kann ich nicht tun, Rufus.«

»Du meinst, du wirst es nicht tun«, erwiderte ich schroff.

Wir starrten einander an; das Gefühl zwischen uns hatte sich verändert. Verschwunden war die Liebe, frisch eingetroffen ihr hässlicher Verwandter, der Zorn samt seiner Geschwister, Verletzung und Zurückweisung.

Nach einem Augenblick sagte sie: »Du hast recht. Ich werde es nicht tun.«

»*Warum?*« Niemals hatte ich so viel Empfindung in ein einziges Wort gelegt.

Sie antwortete nicht sogleich; ich wollte sie schütteln, eine Begründung verlangen, aber ich hütete meine Zunge. Es musste von ihr kommen, ganz von ihr.

»Richard wird einen neuen Gemahl für mich finden, wenn die Zeit kommt.«

»Dieser Mann könnte ich sein!«

Das leise Kopfschütteln war so endgültig wie die Geste, die den Henker mit seiner Axt vortreten lässt. »Würdig und treu, wie du bist, und tapfer, Rufus, fehlt dir doch die Stellung.«

»Das sollte nicht ins Gewicht fallen«, sagte ich mit zusammengebissenen Zähnen.

»Aber das tut es.«

Von hier gab es kein Zurück, das wusste ich in meinem Innersten. Ich verbeugte mich unfassbar steif. »Dann, Madame, werde ich mich zurückziehen.«

In ihrem Gesicht arbeitete es. In ihren Augen glänzten Tränen. »Lass uns doch nicht so auseinandergehen, Rufus.«

»Ich bin es nicht, der es herbeigeführt hat.« Meine Stimme war kalt wie Frost. »Mit Eurer Erlaubnis?«

»Geh.« Sie wandte den Blick ab.

Es gab kein Lebewohl, keinen Kuss, nicht einmal ein Auf Wiedersehen.

Ich stapfte über den Hof davon, ohne mich darum zu scheren, wer mich vielleicht sah, und betrat den Palast durch die gleiche Tür, durch die ich ihn verlassen hatte. Innerlich kochte ich, kochte und litt Schmerzen, die so schlimm waren, als hätte mich die Schneide eines Schwertes verletzt.

Ich hatte jedoch die richtige Entscheidung getroffen, dessen war ich mir sicher. Unsere Beziehung war bereits zum Untergang verurteilt gewesen; Joanna hätte mich niemals geheiratet. Eine Nacht mit ihr verbracht zu haben und danach vor dem gleichen Nichts zu stehen hätte noch mehr geschmerzt. Besser sofort die Wunde ausbrennen, dachte ich, statt eine Nacht lang zu schwelgen und dabei genau zu wissen, was der Morgen bringen würde.

Ich wünschte, ich könnte sagen, dass am nächsten Tag ein Sinneswandel einsetzte, aber so war es nicht. War ich stolz, so war Joanna noch stolzer. Bei einer Mahlzeit in der Wohnhalle am frühen Nachmittag tat sie so, als gäbe es mich nicht. Sie ignorierte, was ich im offenen Gespräch sagte, und ihr Blick glitt über mich hinweg, als wäre ich ein Möbelstück. Der König bemerkte es, wenn er es auch nicht kommentierte. Berengaria fiel es ebenfalls auf, und ihre Bemerkungen zu Joanna hinter vorgehaltener Hand warfen die Frage auf, ob sie von unserer Affäre wusste.

Nicht dass es eine Rolle spielt, denn es ist vorüber, dachte ich verdrossen. Es gab kein Zurück. Meine Haltung würde ich nicht ändern – aus Prinzip. Für Joanna galt, wie ich fürchtete, das Gleiche.

Die Stimmung im Saal blieb fröhlich, denn Richard war bester Laune, und sie fegte alles andere hinweg. Berengaria gegenüber war er aufmerksam und höflich, was mich zu dem Schluss verleitete, dass sie zusammengelegen hatten. Sie war kein überschwänglicher Mensch, aber ihr Gebaren dem König gegenüber wirkte unbeschwerter und sanfter als am Vortag. Als Richard verkündete, dass wir wenigstens noch eine Nacht hier verbringen würden, wurde meine Hoffnung zerschmettert, dass unser Aufbruch unmittelbar bevorstand – immerhin hatten wir Aquitanien gefügig zu machen, während Philippe Capet in der Normandie weiterhin sein Unwesen trieb.

Frische Furchen brauchten ausgiebige Saat, um reiche Ernte zu erbringen, dachte ich. In meinem Kopf nahm ein zartes und exquisit schmerzhaftes Bild von Joanna Gestalt an, die einen Säugling in den Armen hielt – unser Kind. Mit brutaler Kraft wischte ich es beiseite.

»Da Ihr noch hierbleibt, Sire, soll ich schon einige der Truppen nach Süden führen?«, fragte ich.

Richard wandte sich von Berengaria ab, die über etwas lachte, das er gesagt hatte. Sein Blick fiel auf Joanna, die auf meine Frage reagiert hatte, indem sie eine ihrer Damen zu sich rief, und kehrte zu mir zurück. »So eilig, Ferdia?«, fragte er mit schiefem Grinsen. »Gewöhnlich bin doch ich von uns beiden der Ungeduldigere.«

»Wohl wahr, Sire, aber der Graf von Angoulême und Geoffroy de Rançon werden nicht untätig dasitzen, während Ihr in Poitiers weilt. Das Gleiche gilt für Bernard de Brosse.« Der letztgenannte Adlige hatte erst kürzlich der französischen Krone die Treue geschworen.

Richard starrte mich an. Die Rebellen waren nicht der Grund für meinen Wunsch aufzubrechen, und das wusste er. Berengaria auch, ihrer Miene nach zu schließen. Joannas Gedanken blieben unklar; sie schien sich angeregt mit der Dame zu unterhalten, die sie zu sich gerufen hatte.

»Ich sehe keinen Grund, weshalb Ihr nicht vorreiten solltet«, sagte Richard schließlich.

»Zu Befehl, Sire.« Ich verbeugte mich dankbar.

Seine Aufmerksamkeit kehrte zu Berengaria zurück.

Ich konnte den Hof nicht rasch genug verlassen.

KAPITEL XXV

Eine ganze Woche lang teilte ich mir mit de Chauvigny den Befehl über das Heer, bis der König zu uns stieß. Seine ausgezeichnete Stimmung, die wir auf eine fruchtbare mit seiner Gattin verbrachte Zeit zurückführten, wurde von unserem Mangel an Erfolg nicht beeinträchtigt. Um ehrlich zu sein, belagerten wir erst seit drei Tagen die unüberwindliche Festung Taillebourg am Ufer der Charente, aber Richards Rekord, sie in einem Drittel dieser Zeit einzunehmen, stand uns immer vor Augen. Er war so großzügig, das nicht zu erwähnen, doch nachdem er das Kommando übernommen hatte, befahl er einen dichten Beschuss mit Belagerungsmaschinen ähnlich dem, durch den Loches zu Fall gebracht worden war. Kaum hatte die Beschießung begonnen, als ein Bote eintraf.

Der Brief, den er überbrachte, verdüsterte nicht nur Richards Stimmung, sondern auch meine. Selbst de Chauvigny, der immer versuchte, bei allem die Sonnenseite zu sehen, wirkte durch sie niedergeschlagen.

»Was hat sich Robert nur dabei gedacht?«, wütete der König.

Die Botschaft brachte die Nachricht, dass der Earl von Leicester mit nur wenigen Begleitern aus Rouen vorgestoßen und von Philippe Capet gefangen genommen worden sei. Der französische König wusste, wie wichtig der Earl für Richard war, und schlug nun einen dreijährigen Waffenstillstand vor. Ungesagt blieb, dass Roberts Freilassung von Richards Einwilligung abhing.

»Wenn Ihr zustimmt, Sire«, wagte ich mich vor, »wird Philippe wohl alle Ländereien und Burgen behalten, die er in letzter Zeit eingenommen hat?«

»Genau das ist seine Absicht. Er weiß, wie sehr ich den Earl als Befehlshaber schätze.« Richard starrte wütend ins Leere. »Aber ich kann nicht – *will nicht* – dulden, dass dieser französische Hundsfott so viele meiner Festungen behält, selbst wenn es bedeutet, dass Robert in seiner Gefangenschaft bleiben muss.«

Die Entscheidung, die der König traf, lag nahe, aber ich sah, wie meine Erleichterung, nicht an Roberts Stelle zu sein, sich in de Chauvignys Augen widerspiegelte. Philippes jüngste Taten zeigten, dass er in rachsüchtiger Stimmung war. Gott allein wusste, wie lange der Earl deshalb in einem französischen Kerker schmachten musste.

Weniger als eine Woche später erhielten wir noch bedeutsamere Neuigkeiten. Philippes Armee marschierte gegen die Stadt Vendôme. Wenn sein kühnes Vorhaben erfolgreich war, würde er dem König den Zugang in die Normandie und den Vexin sperren, und wir könnten die Burgen, die wir dort zurückerobern mussten, nicht mehr erreichen.

Die Belagerung von Taillebourg wurde sofort aufgehoben; wir zogen nach Nordosten, um uns der neuen Bedrohung zu stellen. Trotz seiner Absicht, Philippes Angebot eines Waffenstillstands nicht zuzustimmen, sandte Richard Boten zum französischen König, die Verhandlungen aufnahmen, um die Aufmerksamkeit des Feindes zu binden. Philippes Forderungen waren jedoch so absurd, dass Richard es bald aufgab vorzuspiegeln, dass er eine friedliche Einigung erreichen wolle. Seine zunehmend schärferen Antworten führten dazu, dass der Austausch von Briefen versiegte. Wir zogen nach Norden, während der französische König nach Süden vorstieß.

Anfang Juli fanden wir uns in einem Lager unter den Mauern von Vendôme wieder, wo wir die unmittelbar bevorstehende Ankunft von Philippes Heer erwarteten.

Eine offene Feldschlacht – zu der es nur sehr selten kam – rückte in den Bereich des Möglichen, sogar des Wahrscheinlichen. Richard wurde immer aufgeregter, als ein Kundschafter nach dem anderen das Anrücken des französischen Heeres meldete, und es fiel schwer, sich von seiner Begeisterung nicht anstecken zu lassen. Die Moral der Soldaten stieg ebenfalls, denn der König streifte zu jeder Tagesstunde durchs Heerlager, ermutigte die Männer, sah ihren Übungen zu und gewährte denen, die ihn beeindruckten, Preise.

»Landen wir hier den entscheidenden Hieb«, sagte er den Männern immer wieder, »könnte der Krieg auf einen Schlag zu Ende sein.« Diese Aussicht gefiel allen. Nach zwei Monaten Feldzug hatten wir an bedeutenden Eroberungen nur Loches, Montmirail und Beaumont le Roger zu verzeichnen.

Am 3. Juli erfuhren wir von mehreren Kundschaftern, dass im französischen Heerlager, das sich nur ein paar Meilen von uns entfernt bei Fréteval befand, lauter Jubel zu hören gewesen sei. Unsere Vermutungen zum Grund für die Feierstimmung wurden später bestätigt, als ein Herold einen Brief von Philippe überbrachte, mit dem Richard davon in Kenntnis gesetzt wurde, dass er am folgenden Morgen angreifen werde.

Hätte ich den Brief nicht selbst gesehen, ich hätte es nicht geglaubt. Während unserer Zeit im Heiligen Land waren Philippes Kriegsanstrengungen stets halbherzig ausgefallen. Jemandem von Richards Befähigung die Feldschlacht anzubieten schien gar nicht zu ihm zu passen, aber weder die Anwesenheit des Herolds ließ sich bestreiten, noch das königliche Siegel auf dem Sendschreiben.

Der König war sehr erheitert und auch zufrieden damit.

»Ich hätte es niemals für möglich gehalten: Philippe sind wirklich Eier gewachsen.« Richard lachte leise, und sein Blick zog durch das Zelt, wo wir ranghohen Ritter und die Befehlshaber sich versammelt hatten. »Er plant, sein Heer am kommenden Morgen gegen uns zu führen.«

Wir jubelten, zufrieden mit dem Gedanken an einen Sieg über die verfluchten Franzosen. Zumindest mir kam nichts anderes in den Sinn: Führte Löwenherz den Befehl, war eine Niederlage unmöglich.

In der Nacht fand ich nicht viel Ruhe. Von der warmen, reglosen Luft aus meinem Zelt vertrieben – die Klappen zu heben änderte nichts an der Backofenhitze darin –, versuchte ich erfolglos, unter freiem Himmel zu schlafen. Normalerweise hätte der prächtige Anblick des Firmaments, über das hin und wieder eine Sternschnuppe zog, mich leicht in den Schlaf gewiegt, aber heute Nacht schossen mir lauter Bilder von Schlachten durch den Kopf. Immerfort musste ich an die wenn auch geringe Aussicht denken, FitzAldelm gegenüberzutreten. Wenn sich meine Gedanken endlich beruhigten, stellte ich mir unweigerlich Joanna vor. Um dem Schmerz zu entgehen, den das verursachte, wandte ich mich wieder dem bevorstehenden Kampf gegen die Franzosen zu, eine schlechte Methode, um endlich Schlaf zu finden.

Am Ende übermannte mich die Erschöpfung, aber schon weckten mich die Stimmen von Männern. Wütend, dass ich nach so kurzem Schlummer lange vor der Morgendämmerung aus dem Schlaf gerissen wurde, wollte ich sie anschnauzen, sie sollten still sein, als mir klar wurde, dass ich nicht nur einige wenige hörte: Das ganze Heerlager war in Bewegung.

Ich machte ein finsteres Gesicht, riss die Decke zur Seite und setzte mich auf.

»Du bist wach.« Rhys lag in meiner Nähe und beobachtete mich.

»Scheint so«, versetzte ich. »Aber ich habe keine Ahnung, warum wir uns zu dieser gottlosen Stunde erheben sollen.«

»Der König hat es befohlen.«

Ich sah ihn entgeistert an. »Wann?«

»Vor Kurzem. Ein Bote kam, aber du hast dich nicht gerührt. Ich hab ihm gesagt, er soll dich nicht wecken und dass ich dir seine Nachricht ausrichte.«

Aus keinem tatsächlichen Grund verärgert – die Verzögerung war kurz gewesen, kein Schaden angerichtet worden –, fragte ich: »Was befiehlt der König?«

»Das Heer soll mit der Morgendämmerung kampfbereit sein.«

Das war unkonventionell – Heere brauchten Stunden, um sich kampfbereit zu machen, daher begannen Schlachten am Ende des Vormittags oder noch später –, aber Richard tat gern, was andere sein ließen, daher leuchtete sein Vorgehen mir vollkommen ein.

»Er plant, früh vorzurücken, um die Franzosen unvorbereitet zu erreichen.«

»Ganz mein Gedanke.« Rhys erhob sich in einer fließenden Bewegung. »Bist du hungrig?«

»Nein, aber ich werde etwas essen.« Mir vor einem Kampf den Bauch zu füllen hatte ich schon vor langer Zeit gelernt. Vielleicht kamen mir die Speisen wieder hoch – manchmal sorgten die Nerven dafür –, aber wenn nicht, überstand ich die nächsten Stunden besser. Unterließ man das Essen, riskierte man, nicht genug Kraft zum Kämpfen zu haben.

Rhys ging auf die Suche nach Katharina, mit der er wiedervereint worden war, nachdem der Hauptteil unserer Truppen zu uns aufgeschlossen hatte. Ich überlegte, die Rüstung schon anzulegen, entschied mich aber, zu warten, bis er zurückkam. Ich zog mir den Gambeson über und wetzte mein Schwert am Abziehstein; die sich ständig wiederholenden Bewegungen beruhigten mich. Hin und zurück, hin und zurück, bis die Schneide scharf genug war, um sich damit zu rasieren.

Mir stieg der verlockende Duft ofenfrischen Brotes in die Nase, und ich drehte den Kopf. Mit vollen Armen kam Rhys aus dem Halbdunkel.

»Woher hast du das um diese Zeit?«, fragte ich ungläubig. »Hast du es gestohlen?«

Ein gespielt verletzter Blick. »Katharina hat es gebacken.«

»Die Frau ist wirklich ein Fang.«

Rhys grinste. »Sie hat manchmal eine sehr scharfe Zunge, aber ich kann dir nicht widersprechen.«

Ich nahm den warmen Brotlaib, den er mir hinhielt, und entdeckte, dass ich doch Appetit hatte.

Beim ersten Licht rückten wir vor, kampfdurstig. Der König ritt wie immer in der Vorhut. Ich war bei ihm, zusammen mit de Chauvigny und den anderen Hausrittern. Mercadier, sein langgedienter Söldnerhauptmann, den ich zutiefst ablehnte, war ebenfalls dabei. Allein William Marshal war zurückgeblieben und führte den Befehl über die Reserve. Zweihundertfünfzig Ritter waren wir, der Hammer, der die feindlichen Linien zertrümmern sollte, sobald der Kampf begann.

Der logische Boden für das Aufeinanderprallen der Heere, ein unebenes Stück Weideland zwischen uns und den Franzosen, war leer. Friede herrschte. Schafe grasten an den tauglänzenden Halmen, Vögel sangen in den Hecken und Bäumen. Keiner von uns war überrascht; es war weit früher als üblich, um ein Heer Aufstellung nehmen zu lassen. Nicht lange dauerte es allerdings, bis unsere Kundschafter zurückkehrten und klar wurde, dass mehr hinter der pastoralen Szenerie steckte, als ins Auge fiel.

Philippes Heer hatte das Lager abgebrochen, berichteten die aufgeregten Späher, und befand sich in vollem Rückzug nach Norden.

Richard schnaubte vor Wut. »Ich hatte wissen müssen, dass

der Schurke lügt! Ich schwöre, er würde einem Kampf gegen einen Fünfjährigen aus dem Weg gehen.«

Wir lachten.

»Ihr habt seine Herausforderung für bare Münze genommen, Sire, weil Ihr nie das eine sagen, aber das andere tun würdet«, sagte de Chauvigny.

»Da habt Ihr recht«, sagte Richard. »Ich hätte bedenken sollen, dass die Wahrheit und der König von Frankreich nur selten Bettgenossen sind.« Er schaute in die Ferne. »Seht, dort: eine Staubwolke! Marschieren wir los! Wird uns die Schlacht verweigert, können wir die Verfolgung aufnehmen. Wenigstens winkt uns heute ein wenig Zerstreuung.«

Die Weisheit seiner Entscheidung wurde nicht angezweifelt. Mittlerweile dürstete uns alle nach einem Kampf. Angesichts Philippes Tendenz zum Davonlaufen erschien es unwahrscheinlich, dass er uns eine Falle stellte. Doch weil ich an FitzAldelm und seine Hinterlist dachte, beschwor ich den König, eine kurze Zeit abzuwarten, während die Kundschafter das Land vor uns aufklärten. Wir konnten ihnen Armbrustschützen und Fußsoldaten hinterhersenden. Richard stimmte mürrisch zu, dass sie augenblicklich vorausgeschickt werden sollten. Sobald wir losritten, hätten wir sie schnell wieder überholt, aber wenn sie im Laufschritt unserer Spur folgten, konnten sie rasch wieder aufschließen, um uns notfalls zu unterstützen.

Ich hätte mir keine Gedanken zu machen brauchen.

Die Kundschafter fanden keine Anzeichen für einen Hinterhalt zwischen uns und Philippes Lagerplatz. Richard schien es gleichgültig zu sein – als er das französische Lager verlassen vorfand, wollte er dem Gegner unverzüglich folgen. Ich befahl den Kundschaftern jedoch, weiter vor uns herzureiten. Auf diese Weise, so erklärte ich de Chauvigny, erhielten wir eine Warnung, sollte jemand auf der Lauer liegen.

Ich hätte mich auch in dieser Hinsicht nicht zu sorgen brauchen.

Eine halbe Meile stießen wir vor, dann eine ganze, ohne irgendein Anzeichen eines Franzosen. Wir waren jedoch auf dem richtigen Weg. Die Straße war übersät mit Zeug, das von hastig beladenen Wagen gefallen war: Töpfe und Pfannen, Kleidungsstücke und Schuhwerk, ein Helm. Zwei Meilen weiter erreichten wir eine Barrikade aus mehreren Karren, die auf die Seite geworfen worden waren, um uns den Weg zu versperren. Daneben sahen wir die Köpfe von ungefähr vierzig Männern. In den Bäumen auf beiden Seiten der Straßen entdeckte ich noch mehr von ihnen; bei Letzteren handelte es sich mit Sicherheit um Armbrustschützen.

Richard war ganz dafür, geradewegs auf sie loszustürmen, aber er beherzigte den Rat, den ich und de Chauvigny ihm erteilten. »Ein wohlgezielter Bolzen wäre alles, was nötig ist, Sire«, sagte ich.

»Wir würden auch zu viele Pferde verlieren, Sire«, fügte de Chauvigny hinzu. »Wartet nur eine Weile. Sobald unsere Armbrustschützen eintreffen, werden sie uns rasch den Weg freimachen.«

Richard erhob keine Einwände, aber er warf mit finsteren Blicken um sich.

Ich ritt nach hinten, um unsere Männer zu informieren, dass sie gebraucht wurden. Ihr Befehlshaber, ein rotgesichtiger Sergeant, den ich schon lange kannte, antwortete voller Eifer. Dass Franzosen in der Nähe waren, hatte sich schon herumgesprochen, und die Armbrustschützen begannen willig einen Sturmlauf.

Ich ritt neben ihnen her, auch, damit ich Rhys ein wenig piesacken konnte; er begleitete sie, weil er nicht vom Kampf ausgeschlossen werden wollte. Könne er denn nicht schneller rennen, fragte ich ihn. Ob er wolle, dass ich seinen Schild trug?

Er war nicht kühn genug, um mir laut Widerworte zu geben, aber welche Verwünschungen er auch brummte, sie erheiterten die Armbrustschützen in seiner Nähe und ließen sie lachen und johlen, wie es von Anfang an meine Absicht gewesen war.

Die Entschlossenheit der Franzosen brach im gleichen Augenblick zusammen, in dem sie unsere Armbrustschützen sahen. Ihre erste Salve fiel ungleichmäßig und schlecht gezielt aus, während unsere Männer, von ihren Sergeanten aufgestellt, mit kühler Disziplin zielten und schossen. Von Kameraden mit Schilden geschützt, rückten sie in drei Reihen vor: zur Barrikade und zu den Baumgrenzen auf den beiden Seiten.

Die Franzosen schossen eine zweite Salve, die genauso schlecht lag wie die erste, vielleicht sogar noch schlechter, dann ergriffen sie die Flucht.

Richard hatte sie beobachtet wie ein Falke, der über seiner Beute kreiste, befahl den Sturmangriff, bevor unsere Armbrustschützen die Karren auch nur erreicht hatten.

Ich hatte damit gerechnet. Der König gestattete mir nicht, vor ihm zu reiten. Ich solle mir nicht an seiner Stelle einen Armbrustbolzen einfangen, sagte er. Daher ritt ich zu seiner Rechten. De Chauvigny, der Richards Entschlossenheit genauso spürte, zu seiner Linken. Die übrigen Ritter folgten uns. Es war ein vertrautes Gefühl, und beim Heiland, es fühlte sich gut an.

Das Trommeln unserer Destrier auf dem Boden erinnerte mich an zwei irrwitzige Sturmangriffe im Heiligen Land, die ich mit Richard vor Joppa geritten war; ein ganzes feindliches Heer hatten wir damals in die Flucht geschlagen.

Ich sah den König von der Seite an. Er bemerkte meinen Blick und drehte den Kopf. Ich konnte sein vom Helm geschütztes Gesicht nicht erkennen, aber ich wusste, dass er grinste, während er mir seinen Gruß entbot.

»Es ist zu lange her, Rufus!«, rief er.

»So ist es, Sire!«

Eine Handvoll Bolzen flog in unsere Richtung, verschossen von den wenigen Franzosen, die hinter den Wagen geblieben waren, aber auf wundersame Art fand keiner sein Ziel. Als die feindlichen Soldaten erkannten, dass wir die Barrikade überspringen würden, verließ sie der letzte Rest ihres Mutes. Sie ließen die Waffen fallen und flohen in die relative Sicherheit der Bäume.

Wir räumten die Karren von der Straße und folgten ihr weiter. Die Armbrustschützen sollten die fliehenden Franzosen verfolgen.

Richard verlangsamte bald sein Tempo. So beschwingend der Galopp auch war, wir mussten die Kräfte der Destrier schonen. Trotz unserer Ungeduld bestand kein besonderer Grund zur Eile. Ein Heer auf dem Rückzug bewegt sich nicht schnell. Wie um diese Überlegung zu beweisen, galoppierten zwei Kundschafter näher. Die französische Nachhut sei weniger als eine Meile vor uns. Sie setze sich aus Rittern und Fußsoldaten zusammen und sei vielleicht fünfhundert Mann stark.

Wir zerschmetterten sie mit unserem ersten Sturmangriff so mühelos, wie ein Kind Reisig für das Feuer zerbricht. Ich möchte es nicht Schlacht nennen, aber eine verheerende Niederlage des Feindes. Einige kämpften aus Verzweiflung oder vielleicht, um ihre Kameraden zu retten, aber ihre tapferen Bemühungen waren vergebens. Sie wurden niedergemacht, wo sie standen, oder von unseren Destriern zertrampelt, und sie starben zu Dutzenden. Die Übrigen rannten und ritten um ihr Leben, folgten dem Heerwurm oder flohen ins offene Land.

Zu unserem Entzücken fuhr der französische Tross nicht weit vor der erbärmlichen Nachhut. Zuerst kamen Wagen in Sicht, die mit Zelten, Fässern und zerlegten Belagerungsmaschinen beladen waren. Richard ließ etliche Männer aus seinen Haustruppen zurück, um sicherzustellen, dass die nachrückenden Armbrustschützen nicht alles stahlen, was von Wert war, und setzte die Verfolgung fort.

»Treibt Eure Pferde hart an«, rief er, »und vielleicht nehmen wir Philippe selbst gefangen.«

Wir ritten im kurzen Galopp. Gekämpft wurde gar nicht. Wagenlenker und Marketender waren keine Kämpfer, und wir eroberten einen Wagen nach dem anderen; alle ergaben sich so schnell als möglich. Die Soldaten, die sie schützen sollten, hielten es genauso. War nach dem Befehl ihres Königs zum Rückzug noch Kampfgeist vorhanden gewesen, so löschte ihn die plötzliche Ankunft des englischen Herrschers und seiner Gefährten vollkommen aus. Jedes Mal, wenn er entdeckt wurde, waren andächtig die Worte *Cœur de Lion* zu hören. Richard quittierte sie erfreut mit einem fröhlichen Winken.

Ewig misstrauisch hielt ich ständig die Augen aus nach einer Armbrust, die auf den König gerichtet wurde, oder einem entschlossenen Ritter, der sich an Richard beweisen wollte. Nicht jeder kämpfte so anständig wie unser König.

Die Beute, die wir machten, nahm an Wert zu. Richard unterbrach unseren Verstoß für kurze Schätzungen. Drei Wagen bogen sich unter verschlossenen Truhen voller Silbermünzen. Ein weiterer Wagen war mit feinen Gobelins beladen, die eine von Philippes Burgen geschmückt haben mussten. Ein halbes Dutzend offene Bauernkarren mit Achsen, die unter der Last knarrten, trugen Dutzende von Weinfässern. Wir erbeuteten mehr als hundert Ersatzpferde der französischen Ritter; Destrier aus guter Zucht, von denen jeder ein Vermögen wert war. Wir brachten auch das Altargerät der königlichen Kapelle an uns, juwelenbesetzte goldene Kelche und silberne Kerzenleuchter, dazu prächtige, mit Seide bestickte Priestergewänder. Offenbar fehl am Platze auf diesen Wagen waren emaillierte hölzerne Schachteln voller Dokumente mit dem königlichen Siegel. Nach flüchtiger

Begutachtung gab Richard die Papiere bis zu seiner Rückkehr in die Obhut einer eigens ausgewählten Wache. Nach kurzem Nachdenken befahl er, dass die Wagen mit dem Wein ebenfalls bewacht werden sollten. Soldaten hatten, auch wenn sie diszipliniert waren, den Hang, jede Vernunft in den Wind zu schießen, sobald Wein in großen Mengen zur Verfügung stand.

»Etwas von Bedeutung in den Papieren, Sire?«, fragte ich.

»Nicht viel, was mir ins Auge sprang.« Ich wollte gerade mein Bedauern ausdrücken, als er wie beiläufig hinzufügte: »In einem Brief standen Einzelheiten über Untertanen von mir, die bereit sind, ihre Gefolgschaft zu wechseln und Philippe zu ihrem Lehnsherrn zu nehmen.«

»Wirklich?«, fragte ich erstaunt.

»Durchaus. Ich werde sie später mit großem Interesse lesen. Wahrlich, heute lächelt Gott auf mich hinab.«

Zu unserer Linken entdeckte ich etwas abseits von unserem Weg einen Kirchturm in einem Dorf und spielte mit dem Gedanken, den König zu fragen, ob er gleich seinen Dank sagen wollte. Allerdings entsprach es nicht seiner Natur, sich von einer dringlichen Aufgabe abzuwenden, schon gar nicht, wenn Philippe Capet die mögliche Beute war, daher hielt ich den Mund.

Wie sehr sollte ich meine Entscheidung wenig später bedauern.

Wir setzten die Verfolgung der Franzosen bis in den Nachmittag hinein fort. Mercadier war zur Hand und brachte Richard einen frischen Destrier, als sein erstes Pferd müde wurde. Wie viele von den Haustruppen stieg ich auf eines der erbeuteten Streitrösser. Mir waren mehrere ins Auge gefallen; mit Erlaubnis des Königs nahm ich mir einen temperamentvollen Rappen mit einem breiten weißen Streifen an der Nase.

Fünfundzwanzig Meilen mussten wir geritten sein, als die Dämmerung hereinbrach. Ich hatte längst aufgehört, die Wagen zu zählen, die wir aufbrachten. Unsere Gefangenen gingen in die Hunderte, wenn nicht Tausende, auch wenn die meisten gemeine Soldaten waren und keine Ritter oder Adligen.

Philippe war gezwungen gewesen, das Feld innerhalb von vierzig Tagen zweimal zu räumen: zuerst bei Verneuil, wo er seine Belagerungsmaschinen verloren hatte, und jetzt bei Fréteval. Hier büßte er seinen gesamten Tross ein und damit sowohl einen erheblichen Teil seines Schatzes als auch große Mengen an geheimen Dokumenten.

Für Richard war es ein Triumph; für den französischen König eine grenzenlose Demütigung.

Der Sieg hätte nur noch durch Philippes Gefangennahme vergrößert werden können, was die Neuigkeiten, die wir einige Tage darauf von frisch gemachten Gefangenen erfuhren, bittersüß machte. Am Tag des Rückzugs hatte Philippe müde und der göttlichen Hilfe bedürftig angehalten, um in einer Kapelle dicht an der Straße nach Norden zu beten. Es handelte sich um genau die Kapelle, die aufzusuchen ich dem König hatte vorschlagen wollen. Richard war sehr erheitert, als er davon erfuhr. »Wie hätte ich das ahnen sollen?«, versicherte er mir lachend. Trotzdem konnte ich die Angelegenheit nicht auf sich beruhen lassen. Ob Philippe viele Männer bei sich gehabt habe, fragte ich einen Gefangenen. Vielleicht zehn, lautete die Antwort, Diener und Vertraute seines Haushalts. Ich verlangte ihre Namen. Der Gefangene bekam Angst, und ich schwor ihm, dass ihm nichts geschehen würde. Er krümmte sich unter meinem eisigen Zorn zusammen. Es sei ohne Bedeutung, sagte ich und wandte mich von ihm ab.

Der Gefangene nannte mehrere Namen, die mir unbekannt waren.

Ich entspannte mich, als ich glaubte, er wäre fertig.

»FitzAldelm wurde einer genannt, glaube ich, Messire«, fügte er hinzu.

Ich knirschte mit den Zähnen. Das Wissen, dass Richard und ich beide hätten bekommen können, was wir ersehnten, und zwar so einfach, war unfassbar ärgerlich. Von meinem alten Hass verzehrt, fragte ich mich nicht einmal, ob ich es über mich gebracht hätte, FitzAldelm auf heiligem Boden zu töten.

»Denkt nicht mehr darüber nach«, sagte der König mit wissendem Blick.

»Sire?«

»Es hat nicht sein sollen. Gott wollte nicht, dass Philippe oder Robert uns an jenem Tag in die Hände fallen.«

»Wenn wir nur angehalten hätten, Sire …«

»Aber wir haben nicht angehalten.«

»Nein.« Grimmig schüttelte ich den Kopf.

»So ist es nun. Beide leben sie, um an einem anderen Tag zu kämpfen.« Der König lachte leise. »Welcher Friedensvertrag nun auch folgen mag, Bestand haben wird er niemals.«

Ich starrte ihn an.

»Ihr und ich, wir werden andere Gelegenheiten erhalten, unseren Feinden gegenüberzutreten.«

Ich bemühte mich nach Kräften, mich damit abzufinden.

In den nächsten Tagen konnte ich FitzAldelm wieder in die hintersten Winkel meines Bewusstseins verbannen. In einem Wirbelwind aus Märschen, Siegen und Scharmützeln durchquerten wir Aquitanien auf ganzer Länge und Breite. Eine Burg nach der anderen ergab sich, oft, nachdem unser Heer für nur einen Tag vor ihren Mauern gestanden hatte. Niemand, so schien es, war bereit, sich dem Löwenherz entgegenzustellen.

Taillebourg, die unüberwindlichste aller Festungen, öffnete ihre Tore. Für Marcillac galt das Gleiche. Die übrigen Burgen Geoffroy de Rançons folgten ihnen rasch. Der rebellische Baron trat persönlich vor Richard, flehte ihn um Vergebung an und erneuerte seinen Gefolgschaftseid. Ich war nicht der Einzige, der murmelnd die Frage stellte, ob er ihn wohl noch wüsste, wenn er wieder zu Hause wäre. Der König gab ebenfalls nichts auf de Rançons zur Schau gestellte Lehnstreue; wie er später zu mir sagte, war ihr Tanz altbekannt, und der Teufel, den man kenne, sei besser als der, der einem nicht vertraut ist.

Graf Adémar von Angoulême, de Rançons Freund und Bundesgenosse, bekam Richards Zorn als Nächster zu spüren. Er war klug genug, nur wenig Widerstand zu leisten. Wir durchpflügten sein Land und nahmen, unter vielen anderen, die Kapitulation von Châteauneuf-sur-Charente, Montignac, Lachaise und Angoulême selbst an. Ich rollte zu Rhys die Augen, als wir Zeuge einer weiteren Zeremonie vollständiger Unterwerfung – der von Graf Adémar –, königlicher Vergebung und lauter Treueschwüren wurden.

Von Getue und Falschheit abgesehen ließ sich die Wirksamkeit von Richards blitzartigem Feldzug nicht abstreiten. Der Friede war nach Aquitanien zurückgekehrt. Von Verneuil bis zu den Pyrenäen war er endlich wieder unumstrittener Herrscher.

Das Gleiche ließ sich an den Grenzen der Normandie und im Vexin nicht sagen; Philippe hatte seine Klauen tief in diese Ländereien geschlagen. Aber da sie sich Ende Juli auf einen Friedensvertrag einigten, ließ sich nur schwer etwas einwenden, als der König verkündete, die Zeit sei gekommen, um das Heer ruhen zu lassen und seine zurückgewonnenen Gebiete zu verstärken.

Die gewaltige Fehde zwischen ihm und Philippe war nicht vorüber, nur ausgesetzt. Dass der Vertrag gebrochen würde – dass kleine Burgen genommen, Stadträte umworben, Burgherren überzeugt würden, die Seiten zu wechseln –, das blieb ungesagt; die Feindschaft zwischen den beiden Monarchen war zu tief, als dass sich dergleichen verhüten ließe. Aber Feindseligkeiten in großem Umfang, Heer gegen Heer, würden aufhören. Das hinderte Richard nicht daran, zu planen und zu erwägen. Er war ein getriebener Mann; er würde keinen langfristigen Frieden akzeptieren, bevor nicht alle Burgen und alle Gebiete, die er an Philippe verloren hatte, wieder in seiner Hand wären. Auch diskutierte er frische Taktiken wie den Bau neuer Festungen.

Ein Ort erschien ihm besonders wichtig: der Kalksteinfelsen von Andely an der Seine.

Wir kehrten nach Rouen zurück, wo der König mit Berengaria wiedervereint wurde. Joanna, die sie von Poitiers hierherbegleitet hatte, gesellte sich ebenfalls zum königlichen Hof. Zu meiner Erleichterung fiel es mir leicht, ihre Gesellschaft zu meiden. Ich hatte keinen Grund, sie zu sehen, es sei denn aus der Ferne bei einem Festmahl und dergleichen. Ich brauche nicht eigens zu sagen, dass sie so schön war wie immer, aber ich verhärtete mein Herz und dachte nur an den erbitterten Charakter unseres letzten Treffens. Sie hatte festgelegt, wie es zwischen uns stehen sollte, nicht ich.

Meine Gefühle einzumauern erleichterte es mir, Richard zuzuhören. Er hatte den Krieg durch die Diplomatie ersetzt, und manchmal sprach er bei Tisch davon, einen Gemahl für Joanna zu finden, einen Verbündeten gegen den französischen König. Der Sohn des Grafen von Toulouse gehörte zu den Namen, die fielen. Obwohl sie zugegen war, fragte Richard sie nicht nach ihrer Meinung zu der Angelegenheit, und Joannas Gesicht gab nie auch nur das Geringste preis. Mit mir besprach er sich ebenfalls nicht; vielmehr benahm er sich, als hätte ich ihm von meiner Liebesaffäre mit seiner Schwester nie erzählt. Trotz meiner besten Anstrengungen war das eine bittere Medizin für mich.

Ich muss mit meinem Leben weitermachen, entschied ich. Zum ersten Mal seit meinen Träumereien, Joanna zu ehelichen, dachte ich an Heirat. Ich war ein guter Fang: wohlhabend, mit Land in Irland und England; außerdem war ich ein enger Freund des Königs. An Kandidatinnen gäbe es keinen Mangel; ich erinnerte mich an etliche scharfsichtige Edelfrauen, die in den zurückliegenden Monaten darauf aus gewesen waren, mir ihre Töchter vorzustellen.

Ich vertraute mich Rhys an, der mit seiner Meinung nie hinter dem Berg hielt. Ich hätte kein wirkliches Interesse, mir eine Frau nur um des Heiratens willen zu nehmen, erklärte er mir. »Du würdest dich erbärmlich fühlen. Ich sehe dein langes Gesicht schon jetzt vor mir«, sagte er nachdrücklich, um mir dann noch mahnend mit dem Finger zu drohen. »Zu meinem Besten, wenn schon nicht zu deinem: Denk nicht einmal daran. Und Katharina würde dir sowieso keine Ruhe lassen.«

Er hatte recht. Ich dachte an Joanna, die ich nicht haben konnte, und an Alienor, die einzige Frau, die mich jemals ähnlich in Bann geschlagen hatte. Sie könnte ich zur Frau nehmen, dachte ich. Wenn sie noch lebte und unverheiratet war. Wenn sie mich haben wollte.

Ob ich sie finden könnte?, das war eine vollkommen andere Frage.

DRITTER TEIL

KAPITEL XXVI

Château Gaillard an der Seine, Ende August 1198

Die Sonne sank dem westlichen Horizont entgegen, aber es war noch heiß.

Mauerschwalben legten sich in die Kurve und stießen herab, erfüllten die Luft mit ihren hohen Schreien; eine Erinnerung, dass der Sommer zu Ende ging. Von der neuen Stadt am anderen Ufer, gleichzeitig mit der Burg errichtet, drangen Stimmen herbei. Ich war an meinem Lieblingsplatz auf den Zinnen, von dem man auf die Seine blickte und im Schatten stehen konnte, während ein kühlender Wind vom Wasser heranstrich.

Dreihundert Fuß und mehr über der Seine konnte ich kleine Fischerboote sehen und ein größeres Fahrzeug, ein Handelsschiff, das von der Küste heraufkam. Oder vielleicht, so dachte ich, bringt es Richards jungen Neffen Otto von Braunschweig, einen der beiden jüngst gekrönten römisch-deutschen Könige. Nach des boshaften Heinrichs Tod im vergangenen Jahr hatte dessen Bruder Philipp von Schwaben den Thron beansprucht. Unglücklich mit ihm, hatten die deutschen Kurfürsten Otto gewählt. Graf Baudouin von Flandern hatte im Juni in Richards Namen an dessen Krönung teilgenommen. Nun wurde Otto zu einem Besuch erwartet, um mit seinem Onkel zu besprechen, wie sie am besten gegen Philippe Capet vorgehen sollten.

Viereinhalb Jahre waren seit Richards Freilassung verstrichen, und ich war in entspannter Stimmung. Viel war in dieser Zeit geschehen, das meiste davon gut. FitzAldelm war verschwunden, man hörte nur gelegentlich ein Gerücht über ihn; wie es schien, stand er weiter in Philippes Diensten. Ich hatte mich damit abgefunden, dass ich meinen Feind nie wiedersehen würde, und ihn ganz in meinen Hinterkopf verbannt, wo er mir so gut wie nie Schwierigkeiten bereitete.

Der König strotzte vor Gesundheit und saß stolz und freudig in seinem *bellum castrum de Rupe Andelii*, seiner schönen Burg auf dem Felsen Andely, wie er es nannte. Zwei Jahre nur hatte es gedauert, sie zu errichten; der Bau der meisten Festungen nahm ein Jahrzehnt in Anspruch. Die Kosten waren gewaltig gewesen, zwölftausend Pfund, was erheblich mehr war, als er seit seiner Krönung für *alle* seine anderen Burgen *insgesamt* aufgewendet hatte, aber bei Gott, Château Gaillard war eine prächtige Feste.

Richard hatte alles beaufsichtigt, von der Auswahl der Baustelle und der Planung über das Brechen der Steine bis zum Bau. Die eindrucksvolle Burg stand auf der Spitze eines Felsens und überblickte die Seine. Château Gaillard hatte drei Burghöfe; der äußere war fünfeckig, der mittlere umschloss den inneren, welcher den Donjon beherbergte, den großen Wohn- und Wehrturm. Einfluss und Neuerungen des Königs waren überall sichtbar; er war so stolz auf Château Gaillard, dass man ihn hatte ausrufen hören, er könne die Burg selbst dann erfolgreich verteidigen, wenn ihre Mauern aus Butter bestünden.

Nicht dass es wahrscheinlich erschien, er könnte je belagert werden. Unter den gegenwärtigen Umständen hätte Philippe niemals gewagt, sein Heer hierherzuführen. Seit seiner Freilassung hatte Richard langsam, aber stetig Erfolge gegen ihn erzielt. Kurz vor Weihnachten im Jahr des Herrn 1195 hatte er Philippe vor Issoudun erneut gedemütigt und ihn zur Flucht gezwungen, wollte er nicht riskieren, Richards Gefangener zu werden. Der Friedensvertrag, der kurz darauf geschlossen wurde, hatte

Richards Errungenschaften glasklar dargelegt: Fast alle Burgen, die er an Philippe verloren hatte, waren zurückgenommen; einzig die Festungen im Vexin blieben eine erwähnenswerte Ausnahme. Der französische König hatte außerdem bestätigen müssen, dass die aufständischen Barone von Aquitanien ihre Lehnstreue nicht ihm schuldeten, sondern dem Herzog von Aquitanien: Richard.

In der darauffolgenden Feldzugssaison hatte es einen Rückschlag gegeben, das stimmte schon. Richard war von einem Armbrustbolzen am Knie verwundet worden und hatte bei Aumâle eine unerhörte Niederlage erlitten. Aber danach konnte er seine Südgrenze sichern und dadurch Feindseligkeiten beenden, die seit mehr als vierzig Jahren angehalten hatten. Dazu gekommen war es, weil er dem neuen Grafen von Toulouse, Raymond VI., Joannas Hand angeboten hatte. Dem strategischen Ehebund war ein Bündnis mit Graf Baudouin von Flandern gefolgt, das Philippe Capet weiter isoliert hatte.

Einer von Richards größten Erfolgen hatte nichts mit umstrittenen Burgen oder Ländereien zu tun: Er bestand in der Gefangennahme seines alten Feindes, des Bischofs von Beauvais, jenes Mannes, der dafür gesorgt hatte, dass die Bedingungen der Haft des Königs in Heinrichs Gewahrsam so streng ausfielen wie möglich. Nachdem Mercadier ihn im Vorjahr in der Schlacht gefangen genommen hatte, schmachtete Beauvais nun im Verlies von Château Gaillard.

Richards Siegeszug erstreckte sich leider nicht auf seine Ehe. Sein Wiedersehen mit Berengaria im Poitou vor vier Jahren hatte zu keinem Kind geführt, und das Gleiche galt für ihre darauffolgenden kurzen Zeiten des Beisammenseins. Obwohl das Fehlen eines Erben für den König eine äußerst große Unannehmlichkeit bedeutete, suchte er seine Königin immer seltener auf. Sie lebte im Poitou, er auf Château Gaillard. Ihre Begegnungen verliefen selten herzlich; ganz wie Rhys trocken feststellte, erbrachten ungepflügte Furchen keine Ernte. Richard sprach darüber nicht mit mir und, soweit ich wusste, mit sonst jemandem, es sei denn, er vertraute sich seiner Mutter an. Er nahm sich auch keine Geliebte. Er war, glaube ich, zufrieden, das Leben eines Kriegerkönigs zu führen, und brauchte weder Frau noch Kinder.

Vom Mangel an einem Erben abgesehen hatte Richard in der Zeit seiner Freilassung aus der Gefangenschaft weit mehr gewonnen als verloren. Château Gaillard, in diesem Sommer fertiggestellt, war steingewordener Beweis seiner Triumphe. Die Burg beherrschte die Seine und machte durch ihre Nähe zum Vexin, dem umstrittensten aller Gebiete, die Absicht des Königs deutlich, Philippe *alles* wieder abzunehmen, was einmal ihm gehört hatte.

»Rufus? Bist du hier?« Rhys' Stimme kam näher.

»Ja.« Ich trat hinter dem Turm hervor, in dessen Schatten ich gestanden hatte.

Rhys schwitzte vom Aufstieg. Um die Leibesmitte hatte er ein wenig zugelegt – das verdankte er der Kochkunst seiner Frau Katharina –, und er war nun der liebevolle Vater eines zweijährigen Jungen. Ich war recht stolz darauf, dass er nach mir auf den Namen Rufus getauft worden war.

Die Vaterschaft hatte Rhys' Charakter nicht verändert. Er zog noch immer eifrig in den Krieg, wann immer er gebraucht wurde, war nach wie vor bereit, finstere Dinge zu tun, vor denen die meisten Männer zurückschreckten, und wie einst war er mein treuester Gefährte. Und Freund, dachte ich. Rhys begleitete mich, seit ich auf Striguil im Kerker gesessen hatte; ein halbes Leben war das her. In mehr als einer Hinsicht waren wir zusammen aufgewachsen.

»Was ist denn?« Ich fragte mich, ob er etwa Neuigkeiten über einen unerwarteten französischen Angriff brachte. Im Laufe der Jahre war das zum Alltag geworden; wir griffen Philippe an, er griff uns an. Schlug man gegen eine schwer erreichbare oder unterbesetzte Burg zu, fiel sie oft nach einem oder zwei Tagen. Die neuen Besitzer wieder herauszuwerfen erwies sich oft als schwieriger, und um überhaupt Erfolgsaussichten zu haben, musste man auf der Stelle reagieren. Wir hatten uns daran gewöhnt, von einem Augenblick zum anderen loszureiten.

»Nur das.« Rhys zog einen Teller hinter dem Rücken hervor, und der Duft von frischem Backwerk drang mir in die Nase. »Honigpasteten.«

Gierig griff ich danach. »Hat Katharina sie gemacht?«

»Wer sonst? Ich habe gerade drei davon in der Küche gegessen. ›Bring deinem Herrn welche‹, sagte sie zu mir, ›und futtre sie nicht alle allein.‹« Rhys wäre dazu imstande gewesen; er war ein Leckermaul, das keine Grenzen kannte.

»Meinen Dank an deine gute Frau.« Ich biss in die erste Pastete und genoss das krümelige, süße Gebäck.

Während ich mit den Köstlichkeiten beschäftigt war, lehnte sich Rhys auf die Brüstung und sah zum Fluss hinab.

»Otto von Braunschweig ist angekommen.«

Ich gesellte mich zu ihm. Das große Schiff, das ich entdeckt hatte, machte unter uns fest; am Bug war Ottos Familienbanner entfaltet worden. Mit zwei Löwen auf rotem Grund ähnelte es dem, das Henry II. geführt hatte, der Vater des Königs. In letzter Zeit zeigte Richards Banner drei Löwen, was seinem Rang mehr entsprach.

Ich entdeckte eine hochgewachsene, breitschultrige Gestalt an Deck. »Das ist er«, sagte ich.

»Gut, dass ich uns die Pasteten noch geschnappt habe, was? Katharina wird von jetzt an vor Arbeit weder aus noch ein wissen.« Richard mochte seinen Neffen sehr und würde ein Festessen ausrichten, das Ottos neuem Amt angemessen war.

Dankbar, Katharina nicht begegnen zu müssen – wenn sie zu

tun hatte, war sie furchteinflößend –, machte ich mich an meine zweite Honigpastete.

Das Bankett an diesem Abend war so großartig, wie ich erwartet hatte. Wie Richard laut verkündete, hatten Katharina und die anderen Köchinnen sich selbst übertroffen. Wir aßen Täubchen in Weinsauce und nahmen den Saft mit frischem Weizenbrot auf. Würzhähnchen und Safranschmortopf gab es, ein Lieblingsgericht Richards, dazu starken, süßen Eiswein, um es herunterzuspülen. In Anerkennung von Ottos jüngst erfolgter Krönung bekamen wir auch ein Gericht aus Schwan in Chaudronsauce. Majestätisch hin oder her, mir drehte sich dabei der Magen um; die Soße wurde aus Vogelblut und Vogeleingeweiden hergestellt. Eine Portion abzulehnen wäre unhöflich gewesen, aber mir gelang es, meine unbemerkt auf den Boden zu schütten. Sie wurde von zwei Hunden des Königs verschlungen, die unter dem Tisch auf genau solch eine Beute gelauert hatten.

Königliche Speise für königliche Hunde, dachte ich mit einiger Belustigung.

»Welche Verschwendung«, sprach mir eine amüsierte Stimme ins Ohr.

Erschrocken und verlegen verdrehte ich mich. Mein Herz machte einen Satz in der Brust, und mir stockte der Atem. Vor mir stand eine Vision. Älter als damals, da ich sie zuletzt gesehen hatte, aber noch immer blond, blauäugig und mit Rundungen, die meinen Verstand ins Trudeln brachten. »A-Alienor?«

»Rufus.« Ihr Lächeln hätte einen Block Eis zum Schmelzen gebracht. »Ihr erinnert Euch an mich?«

»Süßer Heiland, wie könnte ich Euch vergessen?« Meine Stimme war unerklärlich rau. Ich wollte mich erheben, aber sie bedeutete mir, Platz zu behalten. Mein Nachbar auf einer Seite war de Chauvigny, zu höflich, um zu lauschen, aber der andere, ein Hausritter, leistete schlechte Arbeit bei dem Versuch, die Ohren nicht zu spitzen.

Ich nahm meinen Sitz wieder ein. »Ihr seid mit König Otto hier?«

»Ich diene der Familie nach wie vor.« Sie war eine Hofdame bei Ottos Mutter Mathilda gewesen, Richards Schwester, die schon lange nicht mehr lebte.

Schuldgefühl ergriff mich. Meine Bemühungen, Alienor vor einigen Jahren zu finden, hatten in einem völligen Fehlschlag geendet; ich hatte seither die Hoffnung aufgegeben, sie jemals wiederzusehen. Unglaublicherweise war mir nie der Gedanke gekommen, in jüngerer Zeit in Ottos Haushalt Erkundigungen anzustellen.

»Ihr habt Otto nicht begleitet, als er das letzte Mal hier war.«

Sie schüttelte den Kopf und blickte den Tisch hinunter. »Ich muss gehen.«

»Madame.« Ohne mich zu scheren, was mein Nachbar dachte, stand ich von meinem Platz auf und verbeugte mich. Ich sah zu, wie sie mit den Pagen sprach, die hinter Otto standen, bevor sie dorthin zurückkehrte, woher sie gekommen war, zu dem Dienstbotengang, der zur Küche führte.

Ich wäre ihr sofort gefolgt, doch Richard, der unser Gespräch nicht bemerkt hatte, rief: »Was denkt Ihr, Rufus, über das Ersuchen meines Neffen?«

Mir wurde klar, dass mich nicht nur mein König anstarrte, sondern der junge Otto ebenfalls. »Ich bitte um Verzeihung, Sire, ich …« Ich mühte mich, etwas zu sagen, mit dem ich nicht als vollkommener Narr dastand.

De Chauvigny, immer mein Freund, flüsterte: »Otto hat gebeten, sich unserer Chevauchée ins Vexin anschließen zu dürfen.« Der mehrwöchige Reiterzug ins französisch besetzte Gebiet sollte erfolgen, sobald wir Nachricht über Graf Baudouins Angriff auf das Artois erhielten. Die Absicht lautete, Philippe in Panik zu versetzen, indem wir ihn an zwei Fronten bedrohten und ihm gemeinsam so viel Gebiet abnahmen als möglich.

»Ihr wünscht, daran teilzunehmen, Sire?«, fragte ich.

»Allerdings, mehr als alles!« Ottos Gesicht leuchtete vor Eifer. »Ich bin bisher nur in Turnieren geritten.«

Richards Miene war unergründlich, aber ich war mir meiner Stellung gewiss genug, um die Wahrheit auszusprechen. »Leider, Sire«, sagte ich zu Otto, »habe ich den Eindruck, es wäre klüger, davon abzusehen.«

»Onkel sagt, dass Ihr den Kampf liebt! Dass Ihr mitgeht!«

Ich sah den König an, dessen Lippen zuckten, und wandte mich wieder Otto zu. »Er spricht die Wahrheit, Sire. Gebt mir jeden Tag lieber eine Schlachtreihe Feinde als eine Warteschlange händeringender Bittsteller. Ich bin jedoch nur ein einfacher Ritter. Meine Teilnahme an der Chevauchée erweckt keinerlei Aufmerksamkeit. Beim gesalbten König von Deutschland sähe es anders aus.«

»Philippe ist auch mein Feind!«

Ich neigte anerkennend den Kopf. »Das ist er, Sire; und ich bin sicher, dass mein Herr Richard froh darüber ist. Eure Anhänger jedoch könnten es ihrem neugekrönten Souverän übelnehmen, wenn er sich an einem kriegerischen Akt gegen den französischen König beteiligte.«

Otto war nicht zu alt, um zu schmollen, aber ein Narr war er auch nicht. »Da habt Ihr wohl recht«, murmelte er.

»Ihr werdet Eure eigenen Schlachten zu kämpfen haben, Neffe, seid beruhigt«, sagte Richard. »Philipp von Schwaben wird seinen Anspruch auf den Thron so leicht nicht aufgeben.« Richard sprach von dem anderen gekrönten römisch-deutschen König, einem Staufer.

Otto machte ein finsteres Gesicht. »Sollte mir verwehrt sein, eine Rolle in Eurer Unternehmung zu spielen, Onkel, so bleibe ich nicht. Ich bin kein Kind, das zurückgelassen wird, während die Männer in den Krieg ziehen.«

Mir sank der Mut. Wenn Alienor nicht so schnell wieder verschwinden sollte, wie sie aufgetaucht war, brauchte Otto einen Grund zu verweilen. »Was, wenn Ihr ohne Wappenrock rittet, Sire, und ohne Emblem auf dem Schild?«

»Das ist eine großartige Idee!«, rief Otto aus. Er sah Richard an. »Wenn niemand weiß, wer ich bin, Onkel, gibt es für mich keinen Grund, mich Euch nicht anzuschließen. Sagt bitte, dass ich mitkommen kann!«

Der König sah mich neugierig an; er verstand meinen Sinneswandel nicht. Ich hegte den Verdacht, dass er auch selbst mit sich im Widerstreit lag. Seine vernünftige Seite lehnte Ottos Beteiligung ab, aber andererseits würde er es genießen, mit seinem geliebten Neffen in den Krieg zu ziehen.

»Onkel?« Unglaublich, wie flehentlich ein einziges Wort klingen konnte.

»Ihr werdet jederzeit Befehle befolgen – von mir oder Rufus oder jedem anderen ranghohen Mitglied meiner Haustruppen. Am Kampf teilnehmen werdet Ihr nur, wenn wir es sagen. Ist das klar?«

»Jawohl.« Otto strahlte von einem Ohr zum anderen. »Ich danke Euch, Onkel!«

Richard konnte sein Lächeln nicht länger verbergen; auch er war zufrieden. Er gab seinem Pagen ein Zeichen, ihm und Otto den Kelch nachzufüllen, dann hob er den Becher und trank auf einen erfolgreichen Überraschungsangriff.

Ich schloss mich willig an, meine gute Stimmung rührte jedoch daher, dass Otto bis nach dem Einfall in französisch besetztes Gebiet auf der Burg bleiben würde. Ich hatte einen Monat, vielleicht länger, um mich mit Alienor neu bekanntzumachen.

Das bedeutete mir weit mehr als jede Chevauchée.

Während ich nach Alienor schielte, belebte sich das Tischgespräch über das beste Vorgehen gegen Philippe weiter. Das Juwel in der Krone, der Verlust, der Richard am meisten schmerzte, war die mächtige Festung von Gisors. Trotzdem hatte der König bisher von einem direkten Angriff abgesehen; die Verteidigungsanlagen der Burg waren einfach zu gut. Ein Versuch würde sich erst lohnen, wenn sie vollkommen abgeschnitten wäre, verkündete Richard, was bedeute, dass alle nahegelegenen, von Franzosen besetzten Burgen vorher erobert werden mussten: Dangu, Sérifontaine, Courcelles, Boury. Die Liste ging immer weiter.

Otto lauschte mit glänzenden Augen, aber ich hatte alles schon gehört. Ich hatte an Angriffen auf einige besagter Burgen teilgenommen. Nach einer Weile stand ich vom Tisch auf. De Chauvigny drehte den Kopf zu mir. »Der Abtritt ruft«, sagte ich so laut, dass nur meine Nachbarn es vernahmen.

»Wenn Ihr es sagt«, entgegnete de Chauvigny leise und zwinkerte mir zu.

Wie aufmerksam er war. In diesem Augenblick liebte ich ihn.

Alienor befand sich nicht in dem Dienstbotengang, daher ging ich in die Küche. Die erste Person, die ich erblickte, war Katharina. Mit gerötetem Gesicht, einen Mehlfleck auf einer Wange, deutete sie mit einem langen Holzlöffel auf einen der jungen Burschen, der für sie arbeitete. »Verbrenn du mir noch einen Pudding, und ich schwöre dir, ich schneide dir die Eier ab!«

Er nickte, außer sich vor Angst, und ich verbarg ein Lächeln.

»Messire Rufus!« Katharina hatte mich erblickt. »Welch eine Überraschung. Ist alles gut in der Wohnhalle?« Sie klang besorgt. »Ist der König etwa unzufrieden mit einer Speise?«

Ich machte eine beruhigende Gebärde. »Macht Euch keine Gedanken. Das Essen ist ausgezeichnet, so wie immer.«

»Dann sucht Ihr Rhys. Er war gerade noch hier.« Sie drehte den Kopf. »Rhys!« Ihr Gebrüll hätte Tote erweckt.

»Ihn suche ich nicht.«

Ihre Miene wurde aufmerksam. »Weshalb seid Ihr dann hier?« Nachdem ein Herzschlag vergangen war, fügte sie ein »Messire« hinzu.

Wie konnte es sein, fragte ich mich zum tausendsten Mal, dass sie mit der minimal erforderlichen Höflichkeit davonkam?

»Messire?«

Ich räusperte mich vor Unbehagen über Katharinas überbordendes Interesse. »Ich suche nach einer Dame aus König Ottos Haushalt. Sie ist blond und trägt ein blaues Kleid.«

Ihr Gesicht leuchtete auf. »Ihr meint Alienor?«

Ich nickte nur; meiner Stimme vertraute ich nicht.

»Sie ist mit einem der Diener des Kämmerers in den Keller gegangen und sucht nach mehr von dem guten Bordeaux.«

»Meinen Dank.« Ich hastete an ihr vorbei.

»Ihr braucht nicht selbst hinunterzugehen. Sie wird gleich wieder da sein.«

Ich winkte ab, und mit Katharinas neugierigem Blick im Rücken ging ich zu der Treppe, die in den Keller führte.

Unten war es kühl und dunkel. Das einzige Licht kam von Fackeln in eisernen Wandhaltern alle zwanzig Schritt. In der Luft hing ein Geruch nach Feuchtigkeit und Holz. Ich folgte dem Hall von Stimmen und fand Alienor im zweiten Gang mit dem Diener. Sie trug einen Krug, er eine Fackel und einen zweiten Krug.

Der Diener erkannte mich. Er tat sein Bestes, um sich zu verbeugen, beladen, wie er war. »Messire.«

Alienors Mund bildete ein überraschtes O, das sie noch anziehender machte. »Rufus«, sagte sie.

Ich verbeugte mich aus der Hüfte. »Madame.«

»Was tut Ihr hier?«

»Ich suche nach Euch«, sagte ich nur.

Der Diener riss Maul und Augen auf. Ich hörte schon den Küchenklatsch. »Gib mir die Fackel«, befahl ich. »Nimm Madame Alienor den Krug ab und bring beide in die Wohnhalle zu König Ottos Pagen.« Er gehorchte, und als er an mir vorbeiging, sagte ich ihm ins Ohr: »Sechs Silberpennys für dein Schweigen.« Ich erntete ein entzücktes Grinsen, und er war fort.

Alienor ging näher an den Gang und das flackernde Licht der nächsten Fackeln. Sogar ihre Umrisse schlugen mich in Bann. »Rufus, hier ist kaum der geeignete Ort.«

»Madame, ich musste Euch sprechen. Es ist so lange her.«

»Fünfzehneinhalb Jahre.«

Mein Herz setzte aus. Ich hoffte, ihre Genauigkeit bedeutete, dass ich ihr noch wichtig war. »Seid Ihr verheiratet?«

»Ich war es. Er ist vor drei Jahren gestorben.«

»Das tut mir leid.« Im Grunde aber nicht; innerlich frohlockte ich. »Habt Ihr Kinder?«

Stille folgte. Selbst im Halbdunkel beobachtete ich, wie ihr die Traurigkeit in die Augen stieg. »Ich war einmal schwanger. Das Kind lebte nicht lange genug, um die Welt zu sehen.«

»Das ist sehr traurig.«

Sie hob das Kinn. »Es war besser so. Mein Gatte war kein freundlicher Mann.«

Mir gingen so viele Fragen durch den Kopf, aber bevor ich auch nur eine davon stellen konnte, wollte sie wissen: »Und Ihr – seid Ihr verheiratet?«

»Nein.«

»Das überrascht mich. Ihr müsst doch eine andere kennengelernt haben.«

»Das habe ich. Sie wollte mich nicht heiraten.«

»Nun ist es an mir, Euch zu bedauern.«

»Nicht nötig. Hätten wir geheiratet, würde ich hier nicht stehen.« Bevor sie darauf etwas sagen konnte, stieß ich hervor: »Ich habe so oft an Euch gedacht, nachdem wir Abschied nahmen.«

»Trotzdem habt Ihr nie geschrieben.«

»Ich tue mich schwer mit Buchstaben. Aber das ist eine schlechte Entschuldigung. Ich hätte schreiben sollen«, sagte ich. »Ihr habt auch nicht geschrieben.«

»Das stimmt. Mein Herz war gebrochen.«

»Ich habe das Haarband, das ihr mir geschenkt habt, hoch geschätzt. Leider hat sich im Heiligen Land eines Tages die Schnur gelöst – sie war ausgefranst –, und ich habe es verloren.«

Ihre Miene war weich geworden. »Rufus, ich habe auch an Euch gedacht, oft sogar.«

Der Hammerschlag ihrer Anziehung traf mich, ganz wie vor so vielen Jahren auf dem Hof der Burg von Caen. »Das zu hören erfreut mein Herz«, sagte ich rau.

»Genug geredet.« Sie war wieder ganz nüchtern. »Wenn wir nicht bald hervorkommen, spielt es keine Rolle, wie viel Ihr ihm angeboten habt – die Dienstboten werden die Zungen wetzen.«

»Ihr habt recht«, sagte ich. Jedes Mal, wenn Alienor mich ansah, wurden meine Beine zu Gelee. Ich wäre nicht derjenige, der ein Ende unseres Treffens vorschlüge.

»Ich werde zuerst gehen. Wartet ein wenig, bis Ihr folgt.«

Ich nahm ihre Hand, als sie sich abwandte. Sie entzog sie mir nicht. »Darf ich Euch wiedersehen?«

»Ich werde darüber nachdenken.«

Bevor sie Einwände erheben konnte, beugte ich mich vor und küsste sie auf den Handrücken. »Ich lebe in Hoffnung und Erwartung, Madame.«

Wieder ihr Lächeln. »Adieu, Rufus.«

Schwindlig, als wäre ich rasch hintereinander ein Dutzend

Mal herumgewirbelt worden, blieb ich zwischen den Fässern stehen, bis ich mir sagte, dass sie genügend Zeit gehabt hatte.

Die adleräugige Katharina zerstörte meine Hoffnungen auf eine diskrete Rückkehr in die Küche.

»Habt Ihr Alienor gefunden, Rufus?« Butter wäre in ihrem Mund nicht geschmolzen.

»Habe ich.« Indem ich kurz angebunden blieb, hoffte ich, mir einen Ausweg bahnen zu können.

Katharina kam jedoch gleich hinter mir her, hoffentlich, damit niemand uns hörte. »Ihr wart eine ganze Weile dort unten.«

Meine Wangen flammten auf, als wäre ich noch jung. »Nicht ein Wort, zu keiner Menschenseele, hört Ihr?«

»Nicht einmal Rhys?«

Ich rollte mit den Augen. Er würde es von mir sowieso erfahren. »Außer ihm.«

Sie setzte einen Finger auf die Lippen und schwor damit, über die Angelegenheit zu schweigen. Schlecht ist es nicht, dass Katharina Bescheid weiß, sagte ich mir, auch wenn Rhys und sie mich damit aufziehen werden. Ich war Alienor wiederbegegnet. Der Hammerschlag hatte mich zum zweiten Mal getroffen, und ich war nicht abgewiesen worden.

So glücklich hatte ich mich seit Jahren nicht gefühlt.

KAPITEL XXVII

Seht Ihr die Türme? Dort, dort und dort?« Richard zeigte auf sie.

»Jawohl, Onkel.« Otto verbarg beinahe – *beinahe* – seinen Mangel an Interesse.

»Seid aufmerksam, mein Junge!« Richard war es aufgefallen. »Eines Tages wollt Ihr so etwas vielleicht selbst bauen.«

Ich verbarg meine Erheiterung. Schätzt Euch glücklich, wollte ich Otto sagen. Ihr musstet nicht dabei sein, als diese Burg errichtet wurde, und monatelang zuhören, wie Richard ihre Vorzüge von morgens bis abends täglich lobpries.

Dennoch folgte mein Blick Richards Finger, und ich hörte seiner Erklärung zu, auf welche Weise die Türme derart in die Mauern gesetzt seien, dass tote Winkel verhindert wurden und Angreifer ununterbrochen dem Beschuss durch die Besatzung ausgesetzt blieben. Die vorkragenden Erker an den Wehrgängen waren ein weiterer Geniestreich, den Richard aus dem Heiligen Land kannte. Ihre Wurflochreihen erlaubten es, Steine oder erhitzten Sand geschützt von oben auf die Angreifer hinunterfallen zu lassen.

Wir gingen zu Fuß von der Mittelburg zur Hauptburg, während der König erklärte, wie die Türme, die den Weg flankierten, verhinderten, dass sich jemand unbemerkt näherte. Otto nickte und bemühte sich stärker, interessiert zu wirken. Richard erging sich in einer Erläuterung der Mauern der Innenburg. Aufgrund ihrer großen Höhe konnten sie einen Großteil der Festungsanlage verteidigen und waren gerundet, um den Beschuss von Belagerungsmaschinen besser zu verkraften.

»Fast wünschte ich, Philippe würde kommen und die Burg belagern«, rief Richard, »nur damit ich auf den Mauern stehen und ihn auffordern könnte, sein Schlimmstes zu geben.«

»Ihr würdet es nicht ertragen, in der Burg zu bleiben, Sire.« Lächelnd stellte ich mir die Szene vor. »Eine Mark Silber, dass Ihr bei der ersten Gelegenheit Eure Männer sammeln und einen berittenen Ausfall unternehmen würdet, um ihm Mann gegen Mann gegenüberzutreten.«

Richard lachte leise. »Ihr kennt mich einfach zu gut, Rufus. Zwischen Belagern und Belagertwerden ist ein himmelweiter Unterschied. Bei Letzterem würde ich mich zu Tode langweilen.«

Dennoch ergötzte er Otto mit den Details des Lebens unter Belagerung: wie wichtig Brunnen seien, Vorräte an Nahrung, Medizin und Ausrüstung. Meine Aufmerksamkeit schweifte bald davon. Als ich Alienor entdeckte, ließ ich mich rasch ans hintere Ende der Gruppe zurückfallen. Richard war derart in Fahrt, dass er es nicht bemerkte. De Chauvigny fiel es auf, aber er schwieg. Rhys ließ sich ebenfalls zurückfallen, sollte ich ihn brauchen, und neigte mir den Kopf zu.

»Dort drüben ist sie«, sagte ich.

Rhys' Mundwinkel zuckte. »Ich habe sie gesehen.«

Er wusste, wen ich meinte. Ich hatte am Vorabend entschieden, dass er es von mir hören sollte, nicht von Katharina, und daher hatte ich ihm von Alienor erzählt, kaum dass ich aus der Küche zurückgekehrt war.

»Komm zu mir, falls der König mich ruft.« *Und aus keinem anderen Grund*, sagte mein Blick.

»… selbst wenn die Mauern aus Butter bestünden.« Der König begeisterte sich noch immer.

Alienor sprach mit einer Wäscherin, einer fleißigen, mütterlichen Frau namens Constance. Ich trat auf zehn Schritt an die beiden heran, sagte aber nichts.

Obwohl Alienor mich bemerkte, hörte sie weiter Constance zu, die mir den Rücken zuwandte. In ihrem Gespräch ging es um Leintücher und wie man sie wusch.

Ich wartete höflich, entschlossen, sie nicht zu unterbrechen, auch wenn die meisten Adligen nicht gezögert hätten.

Constance redete immer weiter. Spätestens zur Sext würde sie König Ottos Schlafgemach mit frischen Laken ausgestattet haben. Wiewohl es nicht zu ihren Pflichten gehöre, würde sie dafür sorgen, dass die Binsen auf dem Fußboden erneuert wurden, und die Kerzen ebenfalls.

Ich zog eine Braue hoch, und Alienor lächelte trotz aller Anstrengungen ein wenig.

Constance bemerkte, dass jemand hinter ihr war, und drehte sich um. »Messire Rufus, ich bitte um Vergebung«, rief sie. Vor Verlegenheit lief ihr Gesicht rot an. »Ich wusste ja nicht, dass Ihr wartet. Kann ich Euch helfen?«

»Madame Alienor ist es, die ich sprechen wollte«, sagte ich.

»A-aber sicher, Messire.« Mit weiteren Versprechungen das Bettzeug betreffend zog sie sich zurück. Ganz verhehlen konnte Constance ihre Neugier allerdings nicht.

»Rufus.« Alienor neigte grüßend den Kopf.

»Wie geht es Euch?«

»Ich bin beschäftigt. Ich habe zu tun.«

»Dann ist es kein guter Moment.« Ich verbarg meine Enttäuschung. »Ich suche Euch ein anderes Mal auf.«

»Begleitet mich doch ein Stück.«

Erfreut bedankte ich mich. Ich warf einen Blick zum König und seinen Begleitern. Von Rhys abgesehen schien mein Fehlen niemandem aufgefallen zu sein.

Wir gingen langsam auf die Gästequartiere zu, die zu den Gebäuden der Innenburg gehörten. Wir erreichten den Eingang und traten ein, sodass wir vor neugierigen Blicken geschützt waren. Alienor schien es nicht eilig zu haben, mit ihren Pflichten fortzufahren. Sie fragte mich, was mir in den langen Jahren widerfahren sei, seit wir uns zuletzt gesehen hatten. Ich versuchte, mich kurzzufassen, was mir schwerfiel. Ich habe nie dazu geneigt, für mich zu trommeln, und schilderte vor allem Richards Streitigkeiten mit seinen Brüdern und seinem Vater, seine lange zurückreichende Rivalität zu Philippe Capet und wie ich dem König gedient hatte. Unser Feldzug ins Heilige Land interessierte Alienor am meisten; ich achtete sorgsam darauf, Joanna nicht zu erwähnen, es sei denn sehr flüchtig. Alienor war gebannt von meinem Bericht über die Schlacht von Arsur und den brutalen Ansturm, dem wir bei Joppa widerstanden hatten.

»Er hat das ganze Sarazenenheer mit nur zwölf Männern angegriffen.« Die Leidenschaft ließ meine Stimme beben. »Und sie sind geflohen! So etwas habe ich noch nie gesehen. Richard war an jenem Tag unbesiegbar. Ich schwöre, er hätte sich auch zehnmal so vielen Feinden stellen können und wäre dennoch siegreich geblieben.«

»Ihr wart einer der Ritter, die bei ihm waren, oder?« Das hatte ich nebenbei erwähnt.

Verlegen sagte ich: »Schon, aber …«

»Aber, aber, Rufus. So zu kämpfen wie an diesem Tag kennzeichnet Euch als jemanden, der würdig ist, neben Richard zu stehen.«

Unbeholfen, doch entzückt über den Respekt in ihren Augen murmelte ich etwas davon, zu folgen, wohin der König führe. Um auf etwas angenehmeres Terrain zurückzufinden, wechselte ich das Thema und berichtete, was bei unserer Rückkehr aus dem Heiligen Land geschah und wie schwer es mir gefallen war, Richard in Gefangenschaft zurückzulassen.

»Das ist jetzt lange her, Gott sei Dank«, sagte ich, »und ich habe nun lange genug geprahlt. Erzählt mir von Euch.«

Eine Dienerin kam vorbei. Ich achtete nicht auf sie; mir war es mittlerweile völlig gleichgültig, wer mich mit Alienor sah.

Sie begann. Wie mein Leben mit Richard war Alienors Geschichte mit seiner Schwester Mathilda verwoben. Als wir einander zum ersten Mal begegneten, waren ihre Herrin und der Gemahl ihrer Herrin, Heinrich der Löwe, im erzwungenen Exil an König Henrys Hof gewesen. Nachdem sie in Caen residiert hatten, verbrachten sie eine Weile im englischen Winchester. Mathilda hatte dort einen Sohn zur Welt gebracht, und nachdem Kaiser Heinrich – derselbe boshafte Herrscher, von dem Richard das Lösegeld abgepresst worden war – ihrer Verbannung ein Ende gemacht hatte, war die Familie nach Deutschland zurückgekehrt.

Alienor hatte nicht nur Mathilda gedient, sondern auch viel mit ihren Kindern zu tun gehabt. »Sie sind eine Freude, ein jedes von ihnen«, sagte sie warm.

»Ich kenne nur Otto, und er ist ein guter Kerl.«

»Er kann hochmütig sein – das ist etwas, vor dem ich ihn gewarnt habe, seit er jung war.«

»Für Königskinder scheint dieses Verhalten ganz natürlich zu sein.« Ich dachte nicht nur an Richard, sondern auch an John. Seine toten Brüder Geoffrey und Hal, der Junge König, waren nicht anders gewesen. »Ihr achtet nun darauf, was Ihr ihnen ratet, nehme ich an.« Ich überlegte mir immer, was ich zu Richard sagte. Wenn ein Mann König wurde, veränderte das auch seine Freundschaften.

Ein Schnaufen. »Ich zügle Otto, wenn es nötig ist. Was soll er mir denn antun, mir, die ihm die Nase geputzt und noch anderes abgewischt hat, als er klein war?«

Ich warf den Kopf zurück und lachte; meine Bewunderung für Alienor wuchs. Sie war kühner als in meiner Erinnerung, und das zog mich nur umso mehr zu ihr hin. »Ihr müsst in einigem

Ansehen stehen«, sagte ich, »denn Ihr seid auch nach Mathildas Tod im Dienst der Familie geblieben.«

Mathilda war im Sommer des Jahres unseres Herrn 1189 gestorben, nur kurz vor dem Tod ihres Vaters und Richards Thronbesteigung.

»Ich war schon jahrelang bei den Kindern gewesen«, sagte Alienor. »Ich hatte sie lieb, als wären sie mein Fleisch und Blut, und sie liebten mich. Richenza und Heinrich, die ältesten, kannten mich, seit sie klein waren. Die jüngeren, Otto und Wilhelm, konnten sich an keine Zeit ohne mich erinnern. Es stand außer Frage, dass ich bei der Familie bleiben würde.«

»Ihr habt nie daran gedacht, nach Chester zurückzukehren?«

Sie schüttelte die goldenen Zöpfe. »Meine Eltern waren lange tot, und meinem einzigen Bruder stehe ich nicht nahe. In Chester erwartet mich nichts.«

Welches Glück, dachte ich, dass sie eine sichere Stellung bei Ottos Familie besaß. »Wie alt ist Wilhelm jetzt?«, fragte ich. Die anderen waren erwachsen oder würden es bald sein.

»Fünf. Ich wollte mit ihm zurückbleiben, aber Otto hat es nicht erlaubt. Der Junge habe Ammen genug, sagte er.« Ihre Miene wurde traurig. »In der Rücksicht bin ich froh darüber. Otto ist nun ein erwachsener Mann; nicht lange, und er braucht mich gar nicht mehr.«

Mir eine Zukunft mit Alienor vorzustellen war überspannt, und dennoch tat ich es. Das entscheidende Hindernis – vorausgesetzt, sie war an mir interessiert, was ich noch nicht mit Sicherheit wusste – bestand darin, dass sie nach Deutschland zurückkehren würde, sobald Otto aufbrach, um sich weiter um den kleinen Wilhelm zu kümmern. Oberste Priorität hatte daher für mich, zu schauen, ob Alienor und ich die Gefühle, die wir füreinander vor einem halben Leben empfunden hatten, wieder entfachen konnten.

»Einen Silberpenny für Eure Gedanken.«

»Ich bitte um Verzeihung«, sagte ich.

Sie sah mich fragend an.

Ich war immer ein schlechter Lügner gewesen. »Ich habe über Euch nachgedacht. Über uns.«

»Uns?« Sie gab sich keine Mühe, die Herausforderung in ihrem Blick zu verbergen.

Ich lief rot an. »Jawohl, Madame. Ich finde Euch schöner denn je, und Eure Gesellschaft ist …« – ich betete, dass meine eilige Entscheidung richtig sei – »bezaubernd.« Zu meiner Freunde stieg ihr eine rosa Tönung in die Wangen. Von Eifer getrieben, fuhr ich rasch fort: »Ich würde so gern mehr Zeit mit Euch verbringen, falls das annehmbar sein sollte.«

Schweigen.

Ich kämpfte mit sofort aufkommender Verzweiflung, als wäre ich ein verschmähter Jüngling.

»Das würde mir gefallen, Rufus.«

Ein Grinsen teilte mein Gesicht – ich konnte nichts dagegen tun –, und ich musste mich beherrschen, damit ich mich nicht vorbeugte und sie küsste.

Es war, als durchschaute sie mich. »Ich muss fort. Die Pflicht ruft.«

»Darf ich Euch später sehen?«

Ihr Nicken belebte mich wie Frühlingsregen die jungen Triebe.

Der September kam und brachte glorreiches Wetter mit. Morgens glänzte alles vor Tau, eine leichte Kühle herrschte, und die Tage waren sonnig und angenehm. Der Abendhimmel blieb fast bis zur Komplet hell, wofür ich dankbar war. Das Ende des Sommers bedeutete eine bittersüße Zeit, in der man von der bevorstehenden Kälte, Feuchtigkeit und Dunkelheit wusste, die im Oktober begann und fast sechs Monate lang anhalten würde.

Vorerst jedoch war eine Zeit der Wärme und des Überflusses. Die letzte Ernte wurde eingebracht. An den Hecken hingen schwer die Brombeeren, und Pilze gediehen in den Weizenstoppeln. Rinder und Schweine wurden geschlachtet, bevor die Weiden abgegrast waren. Erntedankmessen wurden gehalten. Die Bauernschaft schmauste und betrank sich. Vom Turnierplatz her drang das Klappern von Waffen, während die Ritter sich übten; laut war auch das Gebrüll der Sergeanten, die ihre Soldaten drillten.

Ich verbrachte jeden Augenblick mit Alienor, den ich erübrigen konnte. Zuerst schalt sie mich dafür, dass ich sie von ihren Pflichten abhielt, aber bald wurde klar, dass diese gar nicht übermäßig viel von ihrem Tag beanspruchten, und sobald sie erledigt waren, genoss sie die Ablenkung. Wir unternahmen gemeinsame Spaziergänge um die Burgmauern oder hinunter ins Dorf. Oft sattelte ich zwei Zelter – sie war eine gute Reiterin – und ritt mit ihr hinaus aufs Land. Ich kannte die Gegend so gut wie meinen Handrücken, denn ich lebte hier seit dem Bau der Burg. Wir ritten meilenweit, stets nach Süden oder Westen hinein in Richards Gebiet, und redeten endlos miteinander. An der Seine gab es Stellen, die perfekt waren, um sich zu setzen und den Anblick zu genießen. Mehr als einmal ging ich schwimmen, aber zu meinem Verdruss konnte ich Alienor nicht dazu bringen, sich mir anzuschließen.

Mehr Erfolg hatte ich dabei, Küsse von ihr zu gewinnen, nicht beim ersten Mal, als wir zusammen waren, nicht einmal beim zweiten. Ich wartete bis zum dritten Stelldichein, und zu meiner Freude wurde mein Versuch mit einer Leidenschaft beantwortet, die der meinen glich. Ich wünschte mir nicht mehr, als weiterzugehen, aber ich unterließ es. Ein Plan nahm in meinem Kopf Gestalt an. Ich wusste nicht, ob ich ihn je verwirklichen könnte, aber es zahlte sich aus, einen Schritt nach dem anderen zu gehen und nichts zu überstürzen.

Nachricht kam aus dem Artois. Seinem Wort treu war der junge Graf Baudouin von Flandern, Richards Bundesgenosse, dort eingefallen. Die Stadt Aire war kampflos genommen worden, und Saint-Omer wurde belagert. Wir hörten, dass die Bürger panikerfüllte Botschaften an Philippe gesandt hatten, doch wie Richard lachend meinte, konnten sie auf dessen Ankunft lange warten. Er hatte andere Dinge im Sinn, denn Baudouins Vorstoß war für uns das Signal, in den französisch beherrschten Teil des Vexins einzumarschieren.

Vielleicht eine Septemberwoche verblieb, als wir von Château Gaillard loszogen, dreihundertfünfzig Ritter und fünfmal so viele Bogenschützen und Waffenknechte. Mein Herz sang. Unter meinem Hemd trug ich an einer Lederschnur einen kleinen Tuchbeutel. Darin war nicht nur eine Strähne, sondern eine ganze Locke von Alienors goldenem Haar. Beides hatte ich ihr am vergangenen Abend bei unserem letzten Stelldichein abgeschwatzt. Jetzt stand sie auf dem Wehrgang über dem Tor und sah zu, wie Richard das Heer in den Krieg führte. Ich hauchte ihr einen Kuss zu; sie erwiderte ihn rasch, und ich strahlte.

Rhys, der gleich hinter mir ritt, beobachtete es. »Ihr seid mir ja Turteltauben, ihr beiden«, murmelte er.

»Lässt sich nicht bestreiten.« Ich grinste wie ein Narr.

Otto bemerkte nichts von meinem Zustand. Wie es jungen Menschen oft ergeht, weilte er in seiner eigenen Welt, begeistert von dem Aufbruch ins Abenteuer. Im Moment war mir das nur recht; ich wusste nicht, wie er reagieren würde, wenn er erfuhr, dass ich um Alienor warb. Der König hingegen war ein wesentlich schärferer Beobachter. In den letzten Tagen hatte ich seine Blicke bemerkt, wenn ich bei Besprechungen aus der Halle schlich oder zu spät zu einer Ratsversammlung kam. Er hatte bisher nichts gesagt, und ich war es zufrieden zu schweigen. Mein Privatleben gehörte mir.

Als wir Château Gaillard hinter uns ließen, entschloss er sich jedoch zu einem Kommentar.

»Sie dient Otto?«

Ich lächelte. Wie stets bei Richard gab es keine Einleitung. »So ist es, Sire. Ich kenne sie von früher. Erinnert Ihr Euch an das erste Weihnachtsfest, das wir in Caen verbrachten, als Euer Herr Vater noch lebte?«

»War es nicht da, als Johnny Euch beleidigt hat?«

Überrascht und erfreut, dass er sich daran erinnerte, nickte ich. »Ihr habt ihn zurechtgewiesen, Sire. Dafür bin ich heute noch dankbar.«

»Anders hätte ich nicht reagieren können. Sollte Johnny um Euren Wert damals nicht gewusst haben, so muss er ihn heute kennen.«

Ich riskierte eine Bemerkung. »Euer Bruder mag mich nicht, Sire.«

»Ha! Wie kommt Ihr darauf?«

»Ihm hat es nicht gefallen, als Ihr ihn an jenem Abend zu Caen rügtet, Sire. Ich fürchte, seitdem nährt er einen Groll gegen mich.« Mein Eindruck war nicht falsch. Mit Johns stechendem, berechnendem Blick war ich nur allzu vertraut.

»Er ist gewiss von nachtragender Natur. Ich werde mit ihm sprechen.«

»Ich danke Euch, Sire.« Meiner Ansicht nach würde das kaum einen Unterschied bewirken. Der boshafte John würde ein Lippenbekenntnis ablegen, mehr nicht. Ich sandte ein Gebet an Jesus Christus und all seine Heiligen, niemals einen Tag kommen zu lassen, an dem ich nicht Richards Schutz genoss.

»Und Ihr, Rufus? Was haltet Ihr von meinem Erben?«

Sein Blick lag auf mir, direkt und durchdringend. Ich wählte die schwierigere Antwort, denn Ehrlichkeit – oder wenigstens ein Anklang davon – war die beste Politik. »Sire, ich hüte mich vor ihm. Er handelte nicht ehrenhaft, während wir im Heiligen Land waren. Er hat sich mit Philippe eingelassen, und was er versucht hat …« Mein Blut kochte, als ich daran dachte. »Ich traue ihm durchaus zu, dass er abermals in gleicher Weise handelt.«

»Er hat Verrat begangen, das lässt sich nicht abstreiten. Aber das ist Vergangenheit. Johnny ist jetzt loyal – er kennt seinen Platz und wird nicht riskieren, ihn zu verlieren.«

»So ist es, Sire.« Ich konnte keine Gegenargumente anbringen. Seit er wieder in die Herde aufgenommen worden war, hatte John sorgsam Richard gehorcht. Nicht einmal Gerüchte über Beziehungen zu Philippe waren aufgekommen. Dennoch traute ich John nicht einmal so weit, wie ich ihn werfen könnte. Und was seine Ansichten über mich anging: Je weniger ich mich damit befasste, desto besser.

Richards Miene war nachdenklich geworden. »Rufus, Ihr müsst lernen, Johnny zu gehorchen, selbst wenn Ihr ihn nicht liebt wie mich.«

»Das werde ich, Sire«, sagte ich, obwohl sich meine Kiefer dabei protestierend verkrampften. Ich sandte ein weiteres Gebet zu Gott, dass dieser Tag nie kommen möge.

Richard nahm mich beim Wort und wechselte das Thema. »Wir waren noch nicht mit Ottos Hofdame fertig. Sie ist adliger Herkunft?«

»Jawohl, Sire.«

»Ihr scheint gebannt von ihr zu sein.«

Erleichtert, zu angenehmeren Themen zurückzukehren, sagte ich: »Das bin ich, Sire.«

»Das ist gut. Jahre sind verstrichen. Es wird Zeit, dass Ihr jemanden findet.« Weiter als bis hierhin ging er niemals auf seine Schwester Joanna ein.

Ein Stich des Schuldgefühls durchfuhr mich, auch wenn sie unsere Liebesbeziehung beendet hatte und nicht ich. Gerüchte wollten wissen, dass Joannas Ehe mit Graf Raymond VI. von Toulouse unglücklich sei und dass der Graf, der zuvor schon zweimal verheiratet gewesen war, ein Frauenheld allererster Güte wäre.

»Wie heißt sie?«

»Alienor, Sire, wie Eure Frau Mutter.«

»Ein schöner Name.« Richard dachte kurz nach. »Ich wünsche Euch alles erdenkliche Glück mit ihr, Rufus, wahrlich.«

»Ich danke Euch, Sire«, antwortete ich, gerührt von seiner Ernsthaftigkeit. Mit einer gewissen Ruchlosigkeit entschied ich, im Fall der Fälle, wenn es günstig erschien, seinen guten Willen zu meinem Vorteil zu nutzen.

»Genug von den Frauen!«, rief Richard. Er hob die Stimme, damit Otto, der ein kleines Stück voraus ritt, uns hören konnte. »Sprechen wir von den französisch besetzten Burgen, Neffe, und wie wir sie einnehmen wollen!«

Ottos Gesicht leuchtete vor Eifer, als er sein Pferd zügelte.

Wie es sich fügte, musste Richards Plan aufgeschoben werden. Ein staubbedeckter Bote traf auf schweißtriefendem Ross ein und brachte Neuigkeiten, die unsere Prioritäten sofort veränderten. Vielleicht erkühnt durch die Meldungen eines Spions auf Château Gaillard – unweigerlich musste es wenigstens einen geben –, der König sei abmarschiert, hatte Philippe an der Spitze einer großen Streitmacht die Seine überquert und drang nach Westen vor. Seine Absicht musste dieselbe sein wie unsere: alle Festungen zu nehmen, die er sich holen konnte.

Überbracht wurde die Nachricht von einem Sergeanten Mercadiers, der auf Patrouille unterwegs gewesen war. Der Söldner berichtete, dass Philippe sich zwischen der Burg bei Vernon, die in französischer Hand war, und Richards Burg bei Jumièges aufhielt, die in Luftlinie zwar sehr nahe bei Rouen lag, durch zwei große Windungen der Seine jedoch von der Stadt getrennt wurde. Bizarrerweise – aber für das Vexin alltäglich – lag Jumièges am Nordufer, aber um es zu erreichen, marschierte der französische König in das Hinterland von Château Gaillard, in unseren Rücken.

Es war beinahe zu schön, um wahr zu sein. Wir kehrten auf dem Weg zurück, den wir gekommen waren, überquerten die Brücke bei Château Gaillard, als die Dämmerung einbrach, und setzten unseren Weg zwei Meilen weiter fort, bevor wir Halt machten. Richard befahl uns, auszuruhen, solange wir konnten, denn das Heer sollte mitten in der Nacht das Lager abbrechen. An diese Routine hatte sich jeder gewöhnt, Ritter und Knappen, Waffenknechte, Bogenschützen und Trossleute. Man scherzte, selbst die Huren und Herumtreiber, die dem Heer auf dem Fuße folgten, seien damit vertraut, in aller Herrgottsfrühe aufzustehen.

Wir waren schon eine gute Weile unterwegs, als die Kirchenglocken zur Prim schlugen. Mercadiers Routiers hatten die ganze Nacht hindurch die Umgebung erkundet. Mehrere waren mit Neuigkeiten über Philippes Heer zurückgekehrt; es lag zehn Meilen entfernt, nicht weit von Évreux. Obwohl es größer war – mehrere tausend Mann stärker als unseres –, zeigte sich Richard nicht bestürzt. Und wir waren es auch nicht. Allenfalls weckte es unseren Appetit auf eine Schlacht. Unsere bisherigen Erfolge gegen die Franzosen waren unerreicht. Gegen die unbedeutende Niederlage bei Aumâle vor zwei Jahren konnte der König mehr als zwanzig Siege anführen.

Es dauerte nicht lange, und das feindliche Lager war nur noch zwei Meilen entfernt. Von französischen Kundschaftern hatten wir nichts bemerkt, und Mercadiers Männer ritten weiter heran und brachten uns die neuesten Erkenntnisse. Zähe Routiers nannte man sie, Söldner, aber sie waren seelenlose Mörder, die ich verabscheute; an diesem Tag allerdings verdienten sie ihr Salz. Die Franzosen lagen noch unter den Decken, meldeten sie hämisch, und die Wächter dösten auf ihren Posten. Wir marschierten weiter; Befehle wurden die Kolonne entlang verbreitet, Geräusche so weit als möglich zu vermeiden.

Mercadier stieß näher am französischen Lager zu uns. Sein Gesicht war finster; ich bezweifelte, dass er irgendwelchen Schlaf bekommen hatte. Doch voller Energie erläuterte er dem König die Besonderheiten des Geländes. Das Terrain war, wie so oft in der Normandie, bewaldet, aber seine findigen Routiers hatten einen Weg hindurch entdeckt, der vermutlich von ansässigen Jägern benutzt wurde.

»Können zwei Mann nebeneinanderreiten?«, fragte der König.

»Nein, Sire.«

»Und andere Wege gibt es keine?«

»Der nächstgelegene befindet sich eine halbe Meile Richtung Norden, Sire.«

Richard winkte ungeduldig ab. »Selbst wenn wir ihn benutzen, haben wir Mittag, bis das ganze Heer hindurch ist.«

Ich spürte seine Reaktion, und ein erwartungsvolles Schaudern überkam mich.

»Es ist unerheblich«, sagte Richard zu Mercadier. »Einhundert Ritter und Eure Routiers sollten ausreichen, um die Franzosen in Panik zu versetzen, oder?«

Mercadier schenkte ihm ein hässliches wölfisches Grinsen. »Jawohl, Sire!«

Otto traute seinen Ohren nicht. Er strahlte geradezu.

Der König sah mich und de Chauvigny an; wir standen am nächsten bei ihm. »Nun?«

»Bessere Aussichten als bei Joppa, Sire«, sagte ich und erhielt ein stillvergnügtes Lachen zur Antwort.

»Ich bin mit Euch, Sire.« De Chauvigny wäre nie vor einem Kampf zurückgeschreckt.

»Otto, Ihr bleibt an meiner Seite, wenn der Kampf beginnt.«

»Jawohl, Onkel.« Erregung färbte seine Stimme.

Richard nickte Mercadier zu. »Fangen wir an.«

Wir setzten uns sogleich in Marsch.

KAPITEL XXVIII

Ich hätte ahnen müssen, dass der König nicht einmal so lange abwarten würde, bis einhundert seiner Hausritter ihren Weg durch den Wald gefunden hatten. Am Rand des Waldes lauernd, der aus Eichen, Birken und Espen bestand, starrte er auf die unordentlichen Reihen der französischen Zelte, die über eine Viertelmeile die offene Fläche füllten. Er tanzte geradezu vor Ungeduld, während ein Ritter nach dem anderen sich zu uns gesellte.

»Wie viele?«, fragte er ein ums andere Mal und wiederholte die Frage keine zehn Herzschläge später. Otto war nicht einmal von seinem Pferd gestiegen, so begeistert war er. Mercadier hielt sich in der Nähe; seine Ungeduld wäre selbst einem Blinden offensichtlich gewesen. Er hatte über sechzig Routiers, und gegen seine Behauptung, jeder von ihnen sei vier Franzosen wert, ließ sich kaum etwas einwenden.

»Wie viele?« Richard sprach mich an, ohne den Blick vom feindlichen Lager zu nehmen.

»Zweiundfünfzig, Sire«, sagte ich.

»Dreiundfünfzig«, meldete de Chauvigny, als ein weiterer Ritter den Weg verließ.

»Das genügt.« Richard hatte den Helm aufgesetzt und schwang sich in den Sattel. »Warten wir noch länger, werden wir noch von einem Mann entdeckt, der ein stilles Plätzchen sucht, um in Ruhe sein Geschäft zu verrichten.«

Er lag nicht falsch. Rauchfähnchen zwirbelten sich von den Zelten in die Höhe: Kochfeuer. Gestalten schlurften zwischen ihnen einher. Ein trockener Husten drang durch die kühle Luft zu uns.

»In einer Reihe aufstellen«, befahl der König. Er trieb seinen Destrier zwischen Bäumen hervor und legte die Lanze ein. »So breit wie möglich. Stürmt los, wenn ich sage, nicht vorher. Brüllt, wenn ich brülle, keinen Augenblick früher. Sät Panik unter den Franzosen, und unsere Pflicht ist erfüllt.«

Ich bewegte Pommers zum König; de Chauvigny folgte mir dichtauf. Niemand versuchte, uns die Plätze streitig zu machen; seit Langem war es eine unausgesprochene Regel, dass wir Richard schützten, und mit ihm nun auch Otto.

»Vorwärts!«, rief Richard mit leiser Stimme. »Weitersagen.«

Sein Befehl verbreitete sich so rasch über die Linie wie eine Flamme über Reisig.

Der König bewegte sich bereits.

Ich drückte Pommers die Hacken in die Seiten, und mein Destrier beschleunigte mit zwei Schritten aus dem Stand zum Trab. Ich konnte seine Anspannung spüren; als Veteran vieler Schlachten wusste das Schlachtross, was geschehen würde. Wie ich wollte das Tier *jetzt* losstürmen. Ich beugte mich vor über seinen Hals. »Ruhig, Junge«, sagte ich zu ihm. »Bald.«

Richard führte uns, ging aber nicht in vollen Galopp. Unser Ziel bestand nicht darin, das französische Lager rasch zu erreichen, sondern den Feind meilenweit verfolgen zu können.

Hundert Schritt weit rückten wir vor, ein Viertel der Entfernung, trampelten das Gras platt.

Der König erhöhte das Tempo zum leichten Galopp. Noch immer rief er nichts, gab keinen Kriegsruf von sich.

Ich schaute zu beiden Seiten, beglückt von dem, was ich da sah. Unsere Zahl war gering, aber was boten wir für einen erhebenden Anblick! Blitzende Ringpanzer reichten uns bis zu den Knien, und wir trugen Haubert und die Topfhelme neuerer Art;

jeder von uns hatte eine Lanze eingelegt, die weit über den Kopf der Pferde hinausragte. Weiter entfernt ritten die Routiers, weniger gut gepanzert, aber genauso tödlich.

Das Element der Überraschung konnte nicht ewig anhalten.

Ein Franzose im Halbschlaf, der gähnte, als er zwischen den Zelten hervorschwankte, hörte den Hufschlag unserer Destrier. Er blieb stehen, starrte in völligem Unglauben auf die Reihe der Reiter, die auf ihn zudonnerte. Die gefüllte Blase vergessend, fuhr er herum, rannte los und brüllte aus vollem Hals.

Richard trieb seinen Destrier zum Galopp an, wie wir alle.

»Dex aie!«, brüllte der König.

Wir antworteten mit voller Lautstärke, wie ein Rudel Hunde, das die Beute einholt.

Unsere Linie löste sich in dem Moment auf, in dem wir das feindliche Lager erreichten; zusammenzubleiben war ein Ding der Unmöglichkeit. Richard durchbohrte einen Waffenknecht, der aus einem Zelt kam und versuchte, seine Lanze freizubekommen. Ich stürmte vorbei, einen Armbrustschützen im Blick. Wacher als seine Kameraden hatte er seine Waffe bereits gespannt und geladen. Ich kann nicht sagen, ob er wusste, wer Richard war, aber der rote Federbusch am Helm kennzeichnete den König als bedeutenden Adligen. Während ich mich ihm schräg näherte, richtete der Franzose seine Armbrust auf Richard. Der Finger bog sich um den Abzug, und mich erfasste blanke Furcht.

Dann drang die Spitze meiner Lanze in ihn ein. Der Bolzen schoss zum Himmel hoch ins Nichts. Der durchbohrte Armbrustschütze wurde von Pommers' Wucht hochgerissen. Agonie verzerrte sein Gesicht, aber er konnte sich nicht mehr artikulieren, war schon ein toter Mann. Ich ließ die Lanze los; sie war nutzlos geworden. Ich zog an den Zügeln, krallte nach dem Heft meines Schwertes, blickte mich verzweifelt nach dem König um.

Ich hätte mir keine Sorgen zu machen brauchen. Er galoppierte um das nächste Zelt und grüßte mich mit bereits geröteter Klinge. »Lasst uns Franzosen jagen, Rufus!«, rief er.

»Jawohl, Sire!«

Und das taten wir. Unsere Attacke traf Philippes Soldaten vollkommen unvorbereitet. Die Mehrzahl schlief noch oder kroch gerade unter den Decken hervor. Wären wir mehr gewesen, hätten wir ein gewaltiges Gemetzel angerichtet, aber zehn Dutzend Männer vermögen kein ganzes Heer auszulöschen. Sie können jedoch vollständige und grenzenlose Panik erzeugen. *Dex aie* brüllend schossen wir zwischen den Zelten hindurch und erweckten den Anschein einer viel größeren Streitmacht. Von unserem plötzlichen Auftauchen vor Angst um den Verstand gebracht, leisteten nur wenige Franzosen Widerstand.

Wie ich später erfuhr, zahlte sich der zweite Teil von Richards Meisterplan, zweihundert Bogenschützen und Armbrustschützen der berittenen Vorhut folgen zu lassen, ebenfalls königlich aus. Die schnellsten unter ihnen stürmten nur Augenblicke nach unserer Attacke ins feindliche Lager und schossen eine tödliche Salve nach der anderen auf die verängstigt umherwimmelnden Franzosen. Jeder Gedanke, sich uns entgegenzustellen, Widerstand zu leisten, verflog. Männer drehten sich um und flohen, rannten um ihr Leben. Verwundete wurden im Stich gelassen; wer in dem Getümmel stürzte, wurde totgetrampelt.

Was wir nicht erkannt und was Mercadiers Routiers in der Nacht nicht hatten sehen können, weil sie sich hüteten, allzu dicht an die feindliche Stellung heranzureiten, war jedoch, dass es sich nicht um Philippes Hauptlager handelte. Aus Gründen, die nie ganz klar wurden, lagerte der größere Teil des französischen Heeres anderthalb Meilen weiter westlich.

Von den Rufen und Schreien alarmiert, konnten genügend von ihnen aufstehen und sich wappnen, bevor Richard eintraf.

Gut die halbe Streitmacht des Königs verblieb uns – über dreißig Ritter und die gleiche Zahl an Routiers –, der Rest war hinter uns und verfolgte und tötete Franzosen im ersten Lager.

Eine Linie aus Reitern wartete auf uns – eine ungeordnete Formation voller Lücken, und die meisten Reiter waren ungepanzert –, aber es war dennoch eine Linie. Hinter ihnen brüllten Sergeanten mit purpurn angelaufenen Gesichtern ihren Armbrustschützen Befehle zu; wenigstens dreißig davon konnte man herumlaufen sehen.

Mein Herz setzte einen Schlag aus. Ich sorgte mich nicht um mich selbst, aber der König musste vor Gefahr geschützt werden. Aus der Nähe durchschlug ein Bolzen einen Ringpanzer mit Leichtigkeit.

Richard war unbesorgt – natürlich. Er schlug sich auf den Oberschenkel. »Bereit, Messires? Ein rascher Sturmritt, und wir zersprengen auch diese Franzosen in alle Winde!«

»Sire«, wandte ich ein, »das Risiko ist zu hoch.« Auf das Glück kann man sich nur soundso oft verlassen, dachte ich.

Der König drehte den Kopf. Seine Augen hinter dem Sichtschlitz in seinem Helm waren kalt. »Das beurteile ich selbst, Rufus.«

»Ich meine nicht die französischen Reiter, Sire. Achtet nur auf die Armbrustschützen. Mit jedem verstreichenden Augenblick werden sie mehr.«

»Auch sie werden davonlaufen.« Richard klang stur.

De Chauvigny hatte sie ebenfalls gesehen, und er war genauso skeptisch wie ich. »Vielleicht, Sire, aber wenigstens eine Salve werden sie abgeben.«

»Bei Gottes Beinen! Als wären wir noch nie auf Armbrustschützen losgestürmt!«, rief Richard.

»Das stimmt, Sire, aber es ist nicht nötig, diese Franzosen jetzt anzugreifen«, beschwor ich ihn. »Sie halten nicht lange stand; sie sind nur hier, damit Philippe und der Rest ihrer Kameraden abrücken können.«

Der König knurrte und murrte, aber die kurze Kampfpause hatte den roten Nebel von ihm gehoben. Er wusste so gut wie wir, wie töricht es war, unnötig gegen Soldaten mit Fernwaffen anzureiten – er hatte das Ergebnis schon oft gesehen.

Meine Vermutung erwies sich als richtig. Es dauerte nicht lange, bis die französische Linie sich zurückzog. Die Armbrustschützen traten nach vorn und erlaubten den Reitern, sich umzuwenden und abzusetzen. Danach folgten sie ihnen, gingen aber rückwärts, die Armbrüste schussbereit. Wir ließen sie ziehen.

Nicht das ganze feindliche Heer verhielt sich derart diszipliniert. Ebenfalls durch Mercadiers Routiers entdeckten wir schon bald, dass große Gruppen von Franzosen Hals über Kopf nach Vernon drängten. In einer davon war Philippes Wappenrock erkannt worden, und sie hatte sich bereits meilenweit entfernt. Richard lachte enttäuscht auf, als er es hörte, und verkündete, dem französischen König scheine es auf ewig beschieden zu sein, ihm zu entkommen.

Trotzdem ließ sich das Ausmaß der Demütigung, die Philippe erlitten hatte, nicht bestreiten. Sehr ermutigt erteilte Richard Befehle, dass wir den Kampf wieder zu den Franzosen tragen mögen, aber nicht durch Verfolgung des feindlichen Heeres, sondern indem wir uns dem ursprünglichen Ziel zuwandten, der Eroberung der Burgen im Vexin.

Am 27. September überquerten wir die Epte an der Furt bei Dangu. Wir umgingen die dortige Burg, und Richard führte uns zuerst nach Courcelles, das uns seine Tore öffnete, kaum dass wir eingetroffen waren, und dann zum nahen Boury, wo die eingeschüchterten Verteidiger das Gleiche taten. Als wir nach Dangu zurückkehrten und dem Burgherrn eröffneten, was geschehen war, konnte der König seine augenblickliche Kapitulation entgegennehmen. Unser Glück setzte sich fort. William de l'Etang, der das wenige Meilen entfernte Sérifontaine einnehmen sollte, sandte Nachricht, dass auch er erfolgreich gewesen sei.

Am Abend schmausten wir in der Wohnhalle von Dangu. Richard war in Feierlaune. »Vier Burgen an einem einzigen Tag! Das ist ganz gewiss noch niemandem gelungen.«

»Das Netz um Gisors schließt sich, Sire«, sagte ich.

»Endlich!«, gab Richard zurück.

Seit Jahren stellte Gisors einen Stachel in seinem Fleisch dar. Die mächtige Festung war verlorengegangen, als ihr Burgherr, während Richards Gefangenschaft isoliert und verwundbar, vor der französischen Krone kapitulierte. Unser Tagwerk hatte darin bestanden, Sérifontaine nördlich von Gisors, dazu Dangu, Courcelles und Boury im Süden davon in die Hand des Königs zurückzuholen.

»Es wäre gut, mit Belagerungsmaschinen vor den Mauern von Gisors aufzumarschieren«, sagte de Chauvigny. »Ich würde wetten, dass Philippe daraufhin sein gesamtes Heer gegen uns schickt.«

»Das würde er – er ist viel zu stolz, als zuzulassen, dass Gisors eingenommen wird. Das bedeutet, ich muss den langsamen Pfad der Geduld nehmen, den ich noch nie bevorzugt habe.« Als wir alle auflachten, grinste Richard. »Schneiden wir Gisors von den umliegenden Bauernhöfen ab, wie wir es im Herbst und Winter tun, und seine Garnison hat nichts zu essen. Philippe wird ihnen Wagenladungen Getreide schicken, aber sie werden unseren Raubzügen leicht zur Beute fallen.«

»Und sobald er Gisors zurückgegeben hat, Sire?«, fragte ich. Die Rückgabe der Burg würde bedeuten, dass die Verluste, die Richard in Gefangenschaft erlitten hatte, endlich wieder eingetrieben wären.

»Ich glaubte, das wüsstet Ihr, Rufus. Dann endlich können wir unsere Rückkehr ins Heilige Land planen. Saladins Söhne liegen seit seinem Tod in Streit. Nie bot sich eine bessere Gelegenheit, die Sarazenen zu besiegen.« Er hob prostend den Becher. »Auf die Eroberung Jerusalems!«

Stimmen erschollen laut zustimmend.

Ich hob den Becher und sprach Richards Worte nach, aber ich war mir nicht so sicher.

Am Tag danach erhob ich mich früh. Weiterhin bedrückten mich meine Empfindungen vom Vorabend. In der Wohnhalle, aus der wir einen Schlafsaal für die Hausritter gemacht hatten, war es still. Rhys lag nicht an seinem gewohnten Platz zu meinen Füßen; mir kam es seltsam vor, obwohl ich selbst ihm die Erlaubnis erteilt hatte, bei Katharina zu schlafen. Ich zog mich leise an, und es gelang mir, de Chauvigny, der neben mir schlief, nicht zu wecken. Danach stapfte ich zur Tür.

Auf dem Burghof war es schneidend kühl. In der Luft hing frische herbstliche Feuchtigkeit, die mir nicht gefiel. Und dennoch war es angenehmer als auf Cairlinn, dem Sitz meiner Familie, wo es schon viel kälter wäre. Seit so vielen Jahren sehnte ich mich von Herzen danach, dorthin zurückzukehren, doch in jüngerer Zeit zweifelte ich immer öfter, ob ich es je über mich brächte, und nicht nur wegen des Klimas. Ich dachte an Alienor und fragte mich, ob wir eine gemeinsame Zukunft haben könnten. Gleichzeitig sollte ich mich für die Rückkehr ins Heilige Land begeistern. Die widerstreitenden Wünsche flößten mir das Gefühl ein, ich wäre dem König gegenüber illoyal, und das verursachte mir noch größeres Unbehagen.

Eine Gestalt kam aus den Stallungen. Sie führte ein Pferd, das ich erkannte – einen schönen Grauen aus der Lombardei. Es handelte sich nicht um einen Stallknecht, sondern um Richard.

Überrascht überquerte ich den Hof. »Ihr steht mit den Hühnern auf, Sire.«

»Ihr ebenso.« Er sah mich an. »Habt Ihr von Alienor geträumt?«

Meine Lippen zuckten. »Das mag wohl sein, Sire.«

»Vielleicht wird es Zeit, dass Ihr heiratet. Habt Ihr je daran gedacht?«

»Das habe ich, Sire, wenn ich ehrlich sein soll.«

»Ihr seid weit über das Alter hinaus, in dem die meisten Männer sich eine Gemahlin nehmen.«

Ich habe nur zweimal daran gedacht, hätte ich am liebsten gesagt. Doch es war der falsche Augenblick, um Joanna zu erwähnen, die niemals die Meine hätte werden können. Ich zuckte mit den Schultern. »Dazu hatte ich nie Zeit, Sire. Die vergangenen zehn Jahre haben wir nicht gerade untätig verstreichen lassen.«

Er lachte tief aus dem Bauch heraus, ein Zeichen aufrichtiger Belustigung. »Das ist nur zu wahr, Ferdia.« Er band die Zügel an einen Haken in der Wand und machte sich daran, den Grauen zu striegeln. »Ganz so einfach ist es jedoch nicht.«

»Sire?«

»Bieten sich uns Gelegenheiten, müssen wir sie ergreifen, nein, an uns reißen, sonst ziehen sie vorüber.«

Der König bot mir seinen Rat, da war ich sicher. Er hätte vielleicht noch mehr gesagt, doch Mercadier trat in dem Augenblick zu uns; er kratzte sich den Bart.

Der König und er eröffneten ein lebhaftes Gespräch über die Reitertrupps, die die Epte überqueren und nach französischen Verbänden suchen sollten. Philippe hatte sich von Vernon in östlicher Richtung nach Mantes zurückgezogen, aber das bedeutete kein Ende der Feindseligkeiten. Die beiden Könige befanden sich in einem ununterbrochenen Schachspiel; sie führten Zug und Gegenzug durch, um dem anderen zuvorzukommen.

Die Oberhand besaß Richard dank seiner jüngsten Siege und Graf Baudouins von Flandern, der weiterhin Saint-Omer belagerte.

»Wenn die Männer sich heute in der Burg ausruhen, ist es eine gute Sache«, sagte Richard, »aber ich kann nicht auf den Händen sitzen. Ich werde einen Trupp anführen.«

Mercadier neigte den Kopf. »Wie Ihr wünscht, Sire.«

»Rufus, wollt Ihr mit mir die Franzosen aufspüren oder lieber hier herumsitzen und an Eure Geliebte denken?«

Bei diesen Worten zog Mercadier die Augen hoch; er wusste nichts von Alienor.

Ein wenig getroffen war ich schon; andererseits wollte ich nicht mit meinen Gedanken allein sein. Daher antwortete ich, dass ich nichts lieber täte, als mit ihm zu reiten.

»Füllt Euch vorher am besten den Magen«, riet der König. »Es könnte ein langer Tag werden.«

»Mit Eurer Erlaubnis, Sire.« Ich ging zu dem Nebengebäude, in dem die Dienstboten schliefen. Katharina wäre kaum begeistert, so früh geweckt zu werden, aber Rhys würde den Vorstoß um keinen Preis versäumen wollen.

Bis wir aufbrachen, wurde es Vormittag. Richard war es nicht gelungen, seinen Sekretären auszuweichen, und hatte zwei schlecht gelaunte Stunden damit verbracht, sich Briefe von seinen Beamten und Untertanen anzuhören und einem Duo gehetzter Schreiber Antworten zu diktieren. Die Korrespondenz kam aus der Umgebung, aber auch aus der Bretagne und dem Poitou, aus London und Winchester, aus der Normandie, Aquitanien und von York. Sogar ein Brief des Erzbischofs von Dublin war darunter. Die große Mehrheit bestand aus Bitten an Richard, Streitigkeiten zu schlichten, zumeist um Landbesitz; zu entscheiden, welcher Adlige welches Amt bekleiden sollte; bei einer Entscheidung eines Bischofs zu vermitteln, mit der seine Gemeinde nicht einverstanden war. Einige waren ernster, offenbarten Unzufriedenheit und sogar Aufruhr in einigen Teilen seines Reiches. Alle erforderten Antworten.

Diese Pflichten, reine Sisyphusarbeit zum größten Teil, bildeten einen wichtigen Aspekt des Daseins als König, als Herrscher. Kein Tag verging ohne die Ankunft von Boten mit dicken Umhängetaschen. Der König pflegte zu sagen, dass die mit Wachs versiegelten Pergamente, die sie enthielten, der Fluch seines Lebens seien. Unter uns Hausrittern scherzte man gern, Richards Freude am Kampf gegen die Franzosen entspringe zur Hälfte dem Umstand, dass es unmöglich war, sich dabei mit Schreibarbeiten zu befassen – nicht dass auch nur einer von uns sich für diese lästige Aufgabe freiwillig gemeldet hätte.

Endlich beschied er seine mürrischen Beamten, der Berg aus Briefen, die noch unerledigt waren, könne bis morgen warten, und rief nach seinen Knappen, damit sie ihn wappneten. Er legte keine Brünne und keinen Topfhelm an; dergleichen trug man nur in der Schlacht, und heute bedurften wir der Schnelligkeit, nicht der Panzerung. Über Hemd und Gambeson trug er daher nur seinen Wappenrock mit den drei angevinischen Löwen, in Gold auf rotes Tuch gestickt. Auf den Kopf setzte er sich einen altmodischen Nasalhelm. Er nahm sein Schwert und einen Dreiecksschild, der ebenfalls das königliche Wappen zeigte.

Ich war ähnlich bewaffnet und gekleidet; das Gleiche galt für Rhys. Was den König aus dem hundert Mann starken Trupp hervorragen ließ, waren seine Körpergröße und die drei Löwen, die jedem Mann, der Augen im Kopf hatte, zuschrien, wer er war. Ich hatte Richard gebeten, das Wappen nicht zu benutzen, nur falls wir auf eine stärkere französische Streitmacht stießen. Ich bat mehr der Form halber darum, und als er mir ins Gesicht lachte, überraschte es mich nicht. Immerhin geschah es auf freundliche

Weise; er sagte, genauso gut könnte ich einen Leoparden bitten, seine Flecken abzulegen.

De Chauvigny versuchte es ebenfalls, weil ihm, wie er anführte, sein königlicher Cousin am Herzen liege. Noch immer lachend küsste Richard ihn auf die Wange und wiederholte, was er mir entgegnet hatte.

»In diesem Fall müssen wir dicht bei Euch bleiben, Sire«, sagte de Chauvigny.

»Falls Euch das gelingt«, forderte der König ihn heraus.

Mir hatte Richards unbekümmerte Art immer gefallen, und ich hatte mich zu unzähligen Gelegenheiten genauso verhalten, aber der Glanz seiner Haltung verblasste. »Wie oft kann er das noch tun und einer Verletzung oder Schlimmerem entgehen?«, fragte ich de Chauvigny hinter vorgehaltener Hand.

»Diese Frage geht mir jedes Mal durch den Kopf, wenn wir gegen den Feind ziehen.« De Chauvignys Miene war düster. »Aber es liegt in Richards Natur, so zu handeln, und er ist der König, unser Lehnsherr, dem wir Treue und Gehorsam geschworen haben. Was können wir anderes tun, als ihm zu folgen?«

Darauf wusste ich keine Antwort, und in grimmiger Stimmung ritt ich hinter Richard von Dangu aus los. Der Sommer war trocken gewesen, und die Epte stand tief. Bei früheren Überquerungen musste ich mein Pferd über die Furt schwimmen lassen, aber heute erreichte das Wasser nicht einmal unsere Steigbügel. Wir ritten nach Boury, eine Entfernung von zweieinhalb Meilen, und sprachen dort mit dem neuen Burgherrn, der erst am Vortag ernannt worden war. Kein Franzose sei gesehen worden, berichtete er froh und dankte dem König erneut für seine neue Stellung.

Mercadier war bei uns. »Wenn es ums Kundschaften geht, Sire, bin ich Euer Glück«, hatte er mit seiner kehligen Stimme erklärt, und Richard hatte lachend zugestimmt. Nachdem wir

Boury verlassen hatten, bot Mercadier an, vorauszureiten, damit er etwaige Franzosen aufspüre, bevor sie unsere Streitmacht entdeckten.

Der König war in überschwänglicher Stimmung und sprach darüber, wie Gisors am besten isoliert werden könnte. Otto, dessen Eifer dazu führte, dass er an jeder Unternehmung teilnahm, an der Richard ihn teilnehmen ließ, brachte seine Ansichten zu Gehör. Ich hörte kaum zu. Es spielte keine Rolle; de Chauvigny und Otto gingen auf jede Einzelheit ein. Ich verjagte die letzten Fliegen des Jahres und empfand Müdigkeit. Ich war es müde, nicht an einem Ort zu leben – von kurzen Zeiten in der einen anderen Burg abgesehen –, landauf und landab. Poitou. Aquitanien. Normandie. Vexin. Ich besaß Ländereien in England, die mir der König übertragen hatte, und lebte von den Abgaben meiner Pächter, aber gesehen hatte ich sie nie. Ich war Herr von Cairlinn, aber ich wusste nicht einmal, ob ich jemals dorthin zurückkehren wollte. Ich hatte auf der ganzen Welt keinen Ort, den ich mein Zuhause nennen konnte.

Ich war auch die aufständischen Adligen leid; kaum hatte man sie sich gefügig gemacht, rebellierten sie bei der ersten Gelegenheit erneut. Ich war des Krieges müde, und des Tötens. Des Kampfes gegen die Franzosen. Ich war über alle Maßen erschöpft vom kapriziösen Philippe Capet und ebenso von Richards Zwist mit ihm, der anscheinend niemals enden würde. Ich war müde bis auf die Knochen.

Schuldbewusst sah ich zum König, aber er achtete nicht auf mich und war tief in eine Diskussion mit de Chauvigny versunken, die sich um den besten Weg drehte, mit den immerfort rebellischen aquitanischen Baronen zu verfahren. Ich hatte das alles schon gehört. Ich verfiel darauf, an angenehmere Dinge zu denken: Alienor und ob sie meinen Heiratsantrag annehmen würde. Das war mein Herzenswunsch, den ich niemandem offenbarte.

Ich wusste nicht, ob sie zustimmen würde, aber ich machte mir große Hoffnungen. Otto wäre das größte Hindernis, weil zwischen ihnen ein altes Band bestand. Meine beste Aussicht auf Erfolg bei ihm lag bei Richard. Nach dessen freundlichen Worten zu Alienor hatte ich entschieden, dass der König sich vermutlich für mich verwenden würde, wenn ich ihn darum bat.

Ein wiederholtes, vertrautes Geräusch erregte meine Aufmerksamkeit. Hufgetrommel, das in unsere Richtung kam. Ich starrte auf den Pfad, der nach Osten führte, und sah zum König, Otto und de Chauvigny. Keiner von ihnen hatte es gehört. Mein Instinkt verriet mir, dass es sich um Mercadier handelte, und tatsächlich, seine untersetzte Gestalt ritt auf dem Pferd, als es in Sicht galoppierte.

»Sire!« Der Ruf des Söldnerhauptmanns hallte durch den Forst. »Die Franzosen! Die Franzosen sind nahe!«

Richard unterbrach sich mitten im Satz. Wir tauschten bedeutungsvolle Blicke.

Mercadier brachte sein Pferd schlitternd zum Stehen und wirbelte Staubwolken auf. »Philippes Heer ist nahe, Sire!«

»*Mon Dieu*, hat er es auf uns abgesehen?«, wollte Richard wissen. Hoffnung ließ sein Gesicht aufleuchten.

Mercadier lachte. »Nein, Sire, er ahnt nicht, dass wir hier sind. Der Narr zieht nach Nordwesten, auf Courcelles zu.«

»Bei diesen zehn Fingerknochen, er muss glauben, dass es noch hält«, sagte der König.

»Das war auch mein Gedanke, Sire«, antwortete Mercadier grinsend. »Seine Soldaten sind in Marschformation und über Meilen verteilt. Sie sind reif zur Ernte.«

»Leider sind wir nur hundert, Sire«, sagte Otto, der den König nicht so gut kannte wie der Rest von uns.

»Wo stehen die nächsten Patrouillen?«, fragte Richard den Söldnerhauptmann.

»Nicht weit von hier, Sire. Ich kann Männer aussenden, um sie zu holen.« Sechs weitere Gruppen ähnlicher Größe wie unsere waren über das Gebiet verteilt, und jede rückte wie wir nach Osten vor.

»Wie lange, um sie zu sammeln?« Richards Miene war so grimmig, wie ich sie noch nie gesehen hatte.

»Eine Stunde, Sire, vielleicht zwei.«

»Schafft es in einer Stunde. Verständigt auch Dangu. Das ganze Heer soll uns folgen, mit aller möglichen Hast.«

Mercadier salutierte, trieb sein Pferd zum Galopp und preschte die Linie entlang, um seine Männer zu finden.

KAPITEL XXIX

Wir zogen uns zwischen die Bäume am Straßenrand zurück. Vorzustoßen war im Moment keine gute Idee, weil wir dann leicht von französischen Kundschaftern entdeckt werden konnten. Der König, der von seinem Grauen gestiegen war, schritt umher, eifrig wie ein ausgehungerter Löwe, der seine Beute belauert. Richards Ruhelosigkeit erhöhte unseren Wunsch zu handeln nur noch. Mit ihren Dolchen reinigten sich Männer die Fingernägel, sprachen aufgeregt miteinander, schlürften Wasser aus ihren Feldflaschen. Andere prüften, was sie schon in Dangu überprüft hatten: Ledergurte, Schwertgehänge, Schnallen und Riemen. Ich fragte Rhys nach Katharina, und er revanchierte sich, indem er sich nach Alienor erkundigte. Ich beschloss, ihn in meinen Plan einzuweihen, sie um ihre Hand zu bitten.

Er stieß einen halb unterdrückten Schrei aus und umklammerte grinsend meinen Arm. »Bei meinem Schwert, das ist die beste Neuigkeit seit vielen Monaten.«

Ich war von seiner Begeisterung gerührt. »Glaubst du, sie nimmt mich noch?«

»Falls nicht …« – Rhys hielt inne, und ich merkte, dass er seine Äußerung mäßigte –, »… ist sie nicht ganz bei Sinnen.«

Ich freute mich, war aber klug genug, um zu wissen, dass ein Gutheißen von Freunden nicht der Zustimmung der Frau gleichkam. Erst wenn ich gehört hatte, wie Alienor selbst einwilligte, mich zu heiraten, könnte ich glauben, dass es wirklich möglich war.

Ich wollte das Schicksal nicht herausfordern, indem ich weiter darüber diskutierte, und Rhys war schon so lange mit Katharina zusammen, dass er nicht über sie faseln musste. Ein geselliges Schweigen setzte ein, aber wir bekamen keine Ruhe. Wegen der Bremsen, die sie umschwirrten, stapften unsere Pferde mit den Hufen und schlugen mit Schweifen und Ohren. Eine Amsel schrie ihren Unwillen über unsere Anwesenheit heraus. Aus einiger Entfernung kamen immer wieder Axtschläge: Jemand Ortsansässiges benötigte Holz so dringend, dass er einen Gesetzesbruch riskierte.

Schon bald kam es uns vor, als warteten wir eine Ewigkeit.

»Wie lange wird er es noch hinauszögern?«, murmelte ich Jean de Préaux zu. Er war der Bruder Pierres, der mit uns bei Joppa gekämpft, sowie Guillaumes, der sich in Gefangenschaft begeben hatte, um den König davor zu bewahren. Ebenfalls ein würdiger Ritter.

»Ihr wisst, wie er ist. Nicht mehr lange.« Jean war ein schwermütiger Mann mit einem Hang zum Würfelspiel. Er zuckte mit den Achseln. »Wir könnten jetzt losreiten, Ihr und ich, und schauen, wie er reagiert.«

»Er würde es nicht freundlich aufnehmen! Hundert Silberpennys, wenn Ihr es tut.«

Jean sah mich an.

Ich lachte leise. Wir wussten beide, dass keiner von uns handeln würde, bevor Richard es befahl.

Der König hielt aus, bis sich uns drei Patrouillen angeschlossen hatten. Knapp unter dreihundert Mann waren wir nun, kaum die Streitmacht, um eine Armee anzugreifen. Richard ließ sich davon nicht abhalten. Hugues de Corni, der in dieser Gegend aufgewachsen war, hatte angeboten, uns das letzte Stück bis zum Feind zu führen. An der Seite des Königs reitend leitete er uns auf einen gewundenen Weg, der mehr oder minder parallel zur Straße verlief.

Ich hielt mich dicht hinter Richard, neben mir de Chauvigny.

William Marshal war ebenfalls dabei, der alte Schurke. Nichts hielt ihn von einem Kampf ab oder einer Chance, Richard zu beeindrucken. So loyal und ehrenhaft er war, Marshal hatte stets etwas Eigennütziges an sich, das mir jedes Mal übel aufstieß. Zwar war er seinen diversen Herren immer treu geblieben – dem Jungen König, darauf dessen Vater Henry und nun Richard –, aber es hatte ihm Gott weiß auch manches eingebracht. Er war Lord von Striguil, Herr über ausgedehnte Güter und mit Isabelle verheiratet, dem Mädchen, mit dem ich mich vor einem halben Leben angefreundet hatte. Wie es hieß, führten sie eine gute Ehe, was mich froh machte. Sie hatten schon fünf Nachkommen, oder sogar sechs.

Ich wünsche ihm alles Glück, dachte ich. Wenn ich nur auch so begünstigt wäre.

»Bei allem, was heilig ist«, rief Richard.

Ich blickte über des Königs Schulter nach vorn. De Corni hatte uns zu einer Stelle mit guter Aussicht geführt, einem Fels, der zum Teil von Bäumen beschirmt wurde und von dem aus wir die Straße nach Courcelles sehen konnten. Sie war vollgepackt mit Soldaten zu Fuß und zu Pferd. Banner und Wimpel hingen von den Speeren; immer wieder waren Liedfetzen zu hören. Boten ritten die Kolonne hinauf und hinunter und gaben Befehle weiter.

»Mercadier lag richtig«, sagte ich.

»Erneut beweist er seinen Wert.« Richard war entzückt.

»Falls Ihr sie heute angreift, wird Euch große Ehre zuteil, denn sie werden niedergemacht oder gefangen genommen«, sagte de Corni. »Sire, vergrößert am heutigen Tag Euren Ruf.«

»Falls, Messire Hugues? Falls?« Richard verbog sich im Sattel und sah mich und de Chauvigny an. »Was sagt Ihr beiden?«

»Es wäre weise, auf Verstärkung zu warten, Sire«, antwortete de Chauvigny, aber sein Mund zuckte.

Mir erging es genauso, denn trotz des Wahnsinns dieses Vorhabens hatte mich Richard mit seiner Begeisterung angesteckt. »Greifen wir die Franzosen an, Sire.«

»Das werden wir, Waffenbrüder.«

Mir kam es vor, als gälte Richards Lächeln allein mir. Verflogen waren meine Zweifel. Ich wünschte mir nichts anderes, als ihm in die Schlacht zu folgen.

»Nun wollen wir sehen, wer heute schnell zu reiten vermag. Gott steht auf unserer Seite! Attacke!« Mit diesen Worten trieb Richard seinen Grauen an.

Wir kamen aus dem Schutz der Bäume und bildeten eine gewaltige Linie, wenn auch nur einen Reiter tief. Richards Taktik war wohlüberlegt. Für umso zahlreicher die Franzosen uns hielten, desto besser. Als wir uns eifrig aufgestellt hatten, befahl er den Sturmangriff, und wir donnerten auf ihre engen Reihen zu wie dreihundert Racheengel.

Augenblicklich brach Panik aus. Die Franzosen nahmen natürlich an, dass der Angriff mit Übermacht erfolgte. Pferde stiegen auf die Hinterhand, Soldaten flohen in den Wald am anderen Straßenrand. Hauptleute und Sergeanten brüllten vergebens. Das Durcheinander war vollständig. Daraus gab es keine Rückkehr.

Wir krachten in die Kolonne. Lanzen hoben Männer aus dem Sattel und traten auf der anderen Seite wieder hervor. Ich kreiselte dicht beim König und Otto und zückte mein Schwert. Wieder drang ich auf die Franzosen ein. Ein Ritter in grünem Wappenrock schlug nach mir; ich parierte den Hieb und stieß mit dem Schwert ihm. Er fing den Stoß mit seinem Schild ab, der zerbarst, und er wurde im Sattel nach hinten geworfen. Bevor er sich wieder aufrichtete, schlug ich nach seinem Kopf. Mein Schwert klirrte gegen seinen Helm; er muss Sterne gesehen haben, denn er sackte zusammen und rutschte gleich darauf vom Pferd. Ich setzte dem König nach, der bereits zwischen die Franzosen vorgedrungen war.

Um Philippes Armee wirklich zu schaden, waren wir zu wenige. Selbst wenn die Gegner fliehen, ist es unmöglich, Tausende von ihnen zu töten. Richards Befehl lautete, dass wir Furcht säen sollten, scheffelweise, und wenn möglich den französischen König aufspüren. Mit Glück konnten wir ihn gefangen nehmen, und wenn unsere Kameraden aus Dangu rasch eintrafen, würden wir gewaltige Mengen an Gefangenen und Beute machen.

Unsere erste Aufgabe war beinahe erledigt. Unser unerwartetes Auftreten hatte die Franzosen in Schrecken versetzt. Das Wunderbare daran, einem Feind Angst einzujagen, ist die Schnelligkeit, mit der sie sich ausbreitet. Rascher als ein Mann rennen kann, rascher als ein Pferd im Galopp bewegt sie sich wie von eigenem Leben erfüllt mit der Gier eines Brandes auf knochentrockenem Sommergras fort.

Ich habe nie Geschmack daran gefunden, Männer abzuschlachten, die um ihr Leben rennen, und heute war es nicht anders. Ich griff Franzosen an, die sich dem Kampf stellen wollten, und tötete oder verwundete mehrere, aber ich unternahm keinen Versuch, ihre verängstigten Kameraden niederzustrecken. Der König hatte es noch schwerer, Gegner zu finden, denn sein furchteinflößender Ruf hatte zur Folge, dass sich ihm kaum ein Franzose zuwandte, geschweige denn die Klinge mit ihm kreuzte.

Rhys jedoch hielt stets die Augen nach Lösegeld offen und sprang immer wieder vom Pferd, um die Kapitulation eines Adligen zu verlangen, wenn dessen Panzer oder Ausrüstung nur lohnenswert erschien. Ich rief ihm zu, dass er mich später finden würde, und er winkte mir mit dem schweren Dolch zu, dann hetzte ich dem König hinterher.

Von einem besiegten französischen Ritter hatte Richard erfahren, dass Philippe ein gutes Stück die Kolonne hinauf zu finden sei. »Bei Gottes Beinen, heute wird er uns in die Hände fallen – ich spüre es in meinen Knochen! Weiter!«

Wir ritten. Das feindliche Heer hatte große Staubwolken aufgewirbelt, dank des langen heißen Sommers, der jede Straße in der Normandie und im Vexin ausgedörrt hatte. Statt Schlamm, auf Reisen oft der Fluch unserer Existenz, plagte uns nun endlos der Staub. Pulvrig und erstickend belegte er den Rachen und brannte mir in den Augen, fleckte meinen schweißfeuchten Wappenrock rotbraun. Ich konnte sogar spüren, wie er sich durch meine Socken vorarbeitete.

Der König zügelte einmal, um etwas zu trinken. »Erinnert Euch das auch ans Heilige Land?«

Ich versuchte zu antworten und brachte nur ein Husten hervor. Schließlich gelang mir ein: »Ja, Sire.«

»Wäre ich nur mit Euch dort gewesen!« Trotz seines Bedauerns machte Otto den Eindruck, dass er sich herrlich vergnügte.

»So Gott will, könnt Ihr uns begleiten, wenn wir zurückkehren«, sagte Richard.

Otto, der ebenfalls einen schlichten Nasalhelm trug, strahlte von einem Ohr zum anderen. »Ich danke Euch, Onkel. Gemeinsam kämpfen wir gegen die Sarazenen!«

Begeistert und im Traum von der Eroberung Jerusalems versunken sah Otto die beiden französischen Waffenknechte nicht, die sich zwischen den Leichen aufrichteten. Der eine hatte eine Armbrust, der andere einen Speer. Mit der Armbrust wurde gezielt, mit dem Speer zum Stoß ausgeholt.

Mein Instinkt übernahm das Regiment. Ich beugte mich so weit vor, dass ich beinahe aus dem Sattel fiel, und schlug Richards Pferd mit der flachen Schwertklinge aufs Hinterteil. So gut ausgebildet der Graue auch war: Er bekam Angst und stob davon, während der wütende König sein Bestes tat, um ihn wieder zum Anhalten zu bewegen.

Da ihm sein eigentliches Ziel, Richard, genommen war, wandte sich der Armbrustschütze mir zu. Otto war ein unerfahrener Jüngling, den er nicht erkannte, während ich, ein prominenter Ritter, ihn daran gehindert hatte, den englischen König zu töten.

Ich riss den Schild hoch in der Hoffnung, dass er auf mich zielte, aber so dumm war der Franzose nicht. Zu Fuß im Kampf gegen einen Reiter wählt man das leichtere Ziel. *Tschik*, machte seine Armbrust, und mein treues Pferd wankte. Ich riss bereits die Stiefel aus den Steigbügeln, und als das Tier im nächsten Moment umfiel, konnte ich mich durch einen Sprung retten.

Ich hätte den Armbrustschützen als Ersten angegriffen, damit er mir mit seinem nächsten Bolzen nicht ernsten Schaden zufügte, aber Otto steckte in Schwierigkeiten. Der zweite Waffenknecht hatte seinem Pferd den Speer in die Brust gestoßen und tat nun sein Bestes, um die Waffe als Nächstes in dem jungen König zu versenken.

Ich brüllte, um den Waffenknecht abzulenken. Sein Blick zuckte zu mir und kehrte zu seinem Ziel zurück. Er stieß wieder zu, und diesmal verfehlte er Otto nicht. Der Speer drang ihm in den Oberschenkel und senkte sich tief ins Fleisch. Otto schrie auf; der Waffenknecht fletschte freudig die Zähne.

Er grinste noch, als meine Klinge von der Seite heranpfiff und ihm den Kopf von den Schultern trennte. Blut spritzte. Er ließ den Speer los. Otto brüllte erneut.

Ich drehte mich. Drehte mich, verdrehte mich verzweifelt, um etwas abzuwenden, von dem ich wusste, dass ich es nicht verhindert konnte. Zu spät! Ein weiteres leises *Tschik*. Ich hatte noch Zeit, daran zu denken, wie sehr ich dieses harmlose, hodenverschrumpelnd schreckliche Geräusch hasste, dann traf mich an der rechten Hüfte ein Schmiedehammer.

Ich strauchelte, aber es gelang mir, nicht zu stürzen. Der Armbrustschütze stand zehn Schritt entfernt, hin- und hergerissen, ob er mich im Auge behalten sollte oder seine Waffe, die er hektisch neu zu spannen versuchte. Der Schmerz setzte ein, ein entsetzlicher Schwall, der aus der Hüfte nach oben schoss und mich beinahe überwältigt hätte. In dem Wissen, dass ich übel verletzt war, kämpfte ich mich zu dem Franzosen vor, betete um die Kraft und die Schnelligkeit, ihn zu erreichen, bevor der nächste Bolzen beendete, was der erste begonnen hatte.

Fünf Schritt kam ich voran, wankend wie Rhys nach einer durchgezechten Nacht. Mein Feind hatte die Armbrust gespannt und griff nach dem Bolzen. Unerträglicher Schmerz verzehrte mich, und die Kraft schwand mir rasch. Sieben Schritt, und er hatte den Bolzen aufgelegt. Acht. Er zielte genau auf meine Brust, die nur von Gambeson und Hemd geschützt wurde. Ich starrte dem Tod ins Gesicht. Ich duckte mich hinter den Dreieckschild, der nicht dick genug war, um einen Armbrustbolzen aufzuhalten. Ich setzte den neunten Schritt vorwärts.

Tschik. Einschlag. Der Bolzen durchschlug den Schild glatt. Wieder traf mich der Schmiedehammer, unterhalb der Rippen, aber ihm war einiges von seiner Wucht genommen worden. Erneut taumelte ich, aber ich machte den zehnten Schritt und schloss zu dem Franzosen auf, der nun eine nutzlose Armbrust hielt. Er riss die Augen auf. Ich sammelte meine letzte Kraft und rammte ihm das Schwert in die Eingeweide. Der Stoß war meinen üblichen Maßstäben nach erbärmlich, aber man braucht einen Mann nicht vollständig mit der Klinge zu durchbohren, um ihn in ein kreischendes blutendes Kind zu verwandeln. Sie ging vielleicht drei Fingerbreit hinein, und er schrie. Ich riss das Schwert heraus, hoffte, ihn noch einmal treffen zu können, denn ich hatte ihn nicht genügend verletzt, um ihn daran zu hindern, ein viertes Mal nachzuladen. Aber ehe ich die Gelegenheit erhielt – bis zum Tag meines Todes werde ich nicht wissen, ob ich erfolgreich gewesen wäre –, füllte ein Ruf von *Dex aie!* mir die Ohren. Hufe trommelten in vertrautem Rhythmus.

Mit verschwimmender Sicht sah ich, wie der Franzose den Blick über meine Schulter hob, und seine Miene zeigte Entsetzen. Er fuhr herum, kannte nur noch ein Ziel: Flucht.

Und dann schoss mir der Boden mit übelkeiterregender Schnelligkeit entgegen und rammte mich.

Das Erste, was mir bewusst wurde, waren Schmerzen. Schmerzen in meiner Brust. Schmerzen in meiner rechten Hüfte. Schmerzen überall. Unsicher, ob das bedeutete, dass ich lebte oder tot war, schlug ich die Augen auf. Zu meiner Überraschung konnte ich sehen. Über mir hing eine steinerne Decke. Ich schälte die trockene Zunge vom Gaumen und leckte mir die Lippen. Beim Heiland, die Schmerzen waren übel.

»Er hat sich bewegt!« Die Männerstimme erkannte ich nicht.

Ein Gesicht erschien über mir, freundlich, das Gesicht eines Mannes in mittleren Jahren. Er hatte eine Tonsur.

»Ihr seid ein Mönch«, krächzte ich.

»Das bin ich allerdings, Messire Rufus.«

»In der Hölle kann ich dann nicht sein. Ist dies der Himmel oder das Fegefeuer?«

Er lächelte. »Ihr seid auf Burg Dangu, Messire Rufus, wo Ihr zwei Tage und zwei Nächte bewusstlos gelegen habt.« Er setzte mir einen Becher an den Mund. »Trinkt.«

Der verwässerte Wein schmeckte wie Nektar. Ich hätte immer weiter schlucken können, aber er nahm den Becher bald wieder weg. »Gleich bekommt Ihr mehr. Aber erst müsst Ihr ruhen.«

»Ruhen?« Ich versuchte, mich aufzusetzen, bekam aber nur eine Schulter wenige Zoll von der Matratze, bevor ich schwindelnd und unter exquisit heftigeren Schmerzen wieder zurücksank.

Türangeln knarrten.

»Sire«, sagte der Mönch.

Richard trat in Sicht, beugte sich über mich, das Gesicht voller Sorge. »Ferdia!«

»Sire.« Erneut versuchte ich, mich aufzurichten, aber ich war schwach wie ein Kätzchen und konnte ihn nicht daran hindern, mich sanft zurückzudrücken.

»Ich bin froh zu sehen, dass Ihr wieder im Land der Lebenden weilt. Zu viele Stunden habe ich hier verbracht, ohne zu wissen, ob Ihr erwachen würdet.«

Ich lächelte ihn matt an. »Von einem Bolzen getroffen zu werden zählt vielleicht als Pech, Sire, aber bei zweien ist es schiere Dummheit.«

»Ich werde Euch nicht dafür schelten, das Pferd Eures Königs derart geschlagen zu haben, dass es vom Schlachtfeld floh.« Seine Stimme war von gespieltem Ernst erfüllt. »Hättet Ihr das unterlassen, würdet Ihr nun nicht hier liegen.«

»Aber stattdessen läget Ihr vielleicht im langen Schlaf, Sire.«

»Das weiß ich, Ferdia, und ich werde es nicht vergessen.«

Unsere Blicke trafen sich. Eine Weile sagten wir nichts.

»Ist König Otto wohlauf, Sire?«

»Er wird es überleben, dank Euch, auch wenn er auf einer Sänfte nach Deutschland zurückkehren wird.«

»Und die Franzosen?«

Ein breites Lächeln. »Bis nach Gisors haben wir sie gehetzt. Ohne diesen gotteslästerlichen Staub hätten wir das ganze Heer gefangen genommen. Trotzdem drängten sich die Franzosen so sehr auf der Brücke über die Epte, dass sie unter ihnen zusammenbrach. Zwanzig Ritter ertranken, vielleicht mehr. Philippe wäre es genauso ergangen, hätten ihn nicht ein paar Priester aus dem Wasser gezogen.« Ein wehmütiges Lächeln. »Der Schurke ist mir schon wieder entkommen.«

»Dennoch war es ein großer Sieg, Sire.« Der Schmerz traf mich erneut, und ich schloss die Augen.

»Hier bin ich und rede in einem fort, und Euch ist unwohl. Vergebt mir, Rufus.«

»Es spielt keine Rolle, Sire.« Mir graute vor der Antwort, aber ich wollte es wissen. Ich suchte seinen Blick. »Meine Wunden, sind sie …?«

»Ihr hattet Glück. Bruder Pierre kann es besser erklären.«

Ein Schlurfen von Schuhleder, und der Mönch erschien wieder neben Richard. Er neigte den Kopf zum König. »Gott hielt seine Hand über Euch, Messire Rufus, wahrlich. König Otto zufolge war der Armbrustschütze Euch sehr nahe.« Als ich nickte, fuhr er fort: »Der erste Bolzen ist von Eurem Hüftbein abgeprallt, ohne selbiges zu brechen, und die Spitze trat an der anderen Seite heraus. Ihn zu entfernen war einfach. Solange die Wunde sauber bleibt, solltet Ihr Euch gut davon erholen.«

Das fürchterliche Pochen am unteren Rand meiner Rippen untermalte meine nächste Frage. »Und der zweite?«

Bruder Pierre verzog das Gesicht. »Er macht uns mehr Sorgen, auch wenn der Bolzen wie durch ein Wunder Eure Lunge nicht verletzt hat. Ich glaube auch nicht, dass er in ein anderes lebenswichtiges Organ eindrang, aber das werden wir erst in einer Weile genau wissen. Bald müsst ihr ein wenig Zwiebelsuppe zu Euch nehmen.«

Das Grauen kroch mein Rückgrat hoch. Pierre würde meine Bauchverletzung regelmäßig prüfen. Wenn der starke Duft von Zwiebeln erkennbar wurde, hatte der zweite Bolzen meine Eingeweide verletzt, und ich war ein toter Mann. »Lasst mich keine Suppenwunde haben«, sagte ich mit bebender Stimme.

»Habt Ihr nicht.« Richards Griff um meine Schulter war fest. »Gott würde meinem besten Ritter nicht solch ein erbärmliches Schicksal bescheiden.«

Seine Worte erfüllten mich mit Stolz. »Sollte ich überleben, Sire …«

Grimmig unterbrach er mich. »Das werdet Ihr, ich weiß es!«

Ich lächelte, dankbar für seine Zuversicht.

»Sprecht.«

»Ich habe einen Gefallen zu erbitten, Sire.«

»Wenn ich ihn erfüllen kann, Ferdia, werde ich es tun.« Er sah mich gespannt an.

»Sprecht in meinem Namen mit König Otto, Sire.« Ich zögerte, dann sprach ich meinen Herzenswunsch laut aus. »Er möge seine Zustimmung schenken, dass ich Madame Alienor heirate.«

Er lachte und sah, dass ich wütend wurde. »Friede, mein Freund. Ich mache mich nicht über Euch lustig. Ich dachte, Ihr würdet um etwas Großes bitten. Ländereien, einen Titel, ich weiß nicht, was!«

»Mehr möchte ich nicht, Sire.«

»Es wird mir eine Ehre sein, ihn zu fragen.«

»Ich danke Euch, Sire.« Ich legte mich aufs Kissen zurück, zufrieden, doch plötzlich über alle Maßen müde. Ich schlief ein, bevor Richard die Kammer verlassen hatte.

Eine Woche später wurden Otto und ich auf Sänften nach Château Gaillard geschafft. Entweder diese Erniedrigung, sagte der König, oder auf der Burg bleiben, um uns dort zu erholen, während er mit dem Rest des Heeres aufbrach. Reiten stand außer Frage; es würde wenigstens ein Monat vergehen, bevor ich ausreichend gesundet war, um mich im Sattel zu halten. Ich kann nicht sagen, dass ich das Erlebnis genoss. Selbst mit dem Mohnsaft, den Bruder Pierre verabreichte, spürte ich auf der Reise jeden einzelnen Stoß.

Ottos Gegenwart vergrößerte mein Unbehagen. Ich hatte im Lazarett gelegen, während er sich in den Räumen des Königs erholte; daher hatte ich noch keine Gelegenheit gefunden, ihm meinen Herzenswunsch vorzutragen. Jetzt war ohnedies nicht der beste Zeitpunkt dafür. Ottos verkrampftes Gesicht verriet, dass die unberechenbaren Bewegungen der Sänfte ihm beträchtliche Schmerzen bereiteten.

Falls ich geglaubt hatte, dass ich unangenehme Gesprächsthemen vermied, indem ich Alienor nicht erwähnte, hatte ich mich geirrt. Der junge König bestand darauf, mir immer wieder für die Rettung seines Lebens zu danken. Er habe den Fehler eines Neulings begangen, sagte Otto, als er nicht erkannte, dass die französischen Waffenknechte sich nur tot stellten. Ich widersprach, ich hätte sie ebenfalls nicht bemerkt, aber das wollte er nicht gelten lassen.

»Ohne Euch, Messire Rufus, wäre ich gestorben.«

»Es war nichts, Sire«, sagte ich errötend. Hätte ich sie nur früher gesehen, dachte ich, und ich wäre meinen schlimmen Wunden vielleicht entgangen. Die finstere Stimmung, die über mir geschwebt hatte, senkte sich tiefer herab. Ich versuchte, sie abzuschütteln und mir zu versichern, wie bemerkenswert es war, dass ich in Richards Diensten bis jetzt ernsten Verletzungen entgangen war. Diese Wahrheit machte es nicht einfacher, die Aussicht auf mehrere Monate Genesung zu akzeptieren, denen ich entgegensah.

»Wenn es etwas gibt, das ich Euch geben kann, so braucht Ihr nur zu fragen.«

Das riss mich aus meinem Brüten. »Verzeiht, Sire?«

Otto wiederholte, was er gesagt hatte.

Jetzt, dachte ich. Die Gelegenheit, nach der ich mich gesehnt hatte, war gekommen. Sie wurde mir auf silbernem Tablett serviert. Nur ein Narr hätte sie sich entgehen lassen.

»Ihr seid überaus großzügig, Sire. Komischerweise gibt es wirklich etwas, um das ich Euch bitten möchte …«

Die Wochen verstrichen. Ich kam immer mehr zu Kräften, was ich zum Teil der ausgezeichneten Pflege zu verdanken hatte, die ich durch Ralph Besace erhielt, den königlichen Leibarzt, der mit uns im Heiligen Land gewesen war. Obwohl ich darauf brannte, mich wieder mit den Waffen zu üben und zu reiten, beherzigte ich seinen Rat, erst krabbeln zu lernen, bevor ich mich am Gehen versuchte, und zu gehen, bevor ich rannte. Nicht im wörtlichen Sinne natürlich; sobald ich konnte, ging ich in meiner Kammer auf und ab, vor und zurück, und als ich kräftig genug war, dehnte ich meine Spaziergänge bis an die nächste Treppe aus. Hinauf und hinunter ging ich bald, so oft, dass jeder Ziegel und jede Fuge mir vertraut wurden.

Rhys kümmerte sich um mich, als wäre ich sein eigener Sohn, und Katharina, sie sei gesegnet, kochte Tag und Nacht, damit ich jeden Leckerbissen erhielt, nach dem es mich gelüstete. Zu meinem Entzücken besuchte Alienor mich täglich. Das sprach Bände. Wir kamen Gott sei Dank wunderbar zurecht, aber ich war nicht in dem Zustand, ihr Herz endgültig zu gewinnen, zuerst wenigstens nicht. Ich begnügte mich mit Versuchen, sie zum Lachen zu bringen und alles über sie zu erfahren, was ich ihr entlocken konnte.

Sie war eine bemerkenswerte, willensstarke Frau, die gegen die Schranken aufbegehrte, in die sie die Gesellschaft wies. »Besser wäre es, ich wäre als Mann auf die Welt gekommen«, sagte sie manchmal, und ich konnte dann nicht aufhören, ihr zu widersprechen. Beim ersten Mal fragte sie mich nach dem Grund danach, und ich errötete und antwortete, dass ich dann nicht mein Herz an sie hätte verlieren können. Farbe stieg auch ihr in die Wangen, und sie wechselte das Thema. Ich fühlte mich ermutigt und war entschlossen, mich noch härter anzustrengen, um ihre Zuneigung zu gewinnen.

Der König besuchte mich an jedem Tag, an dem er nicht gegen Philippe ins Feld zog. Damit wäre es bald vorbei; wie Richard feststellte, verfügten doch weder er noch der französische König über unbegrenzte Mittel. Ein Heer monatelang im Feld zu halten kostete ein Vermögen. Berücksichtigte man noch die Garnisonen Dutzender Burgen, erreichte die finanzielle Belastung Beträge, die einem die Tränen in die Augen trieben. Philippe war hierbei entscheidend im Nachteil: Er musste zahllose Burgen unterhalten, und dazu kämpfte er einen Krieg an zwei Fronten, im Vexin gegen Richard und im Artois gegen Baudouin von Flandern.

Geld war nicht der einzige Grund, weshalb Richard die Feindseligkeiten für dieses Jahr beenden wollte. Von der gewaltigen Schmach bei Gisors erzürnt – zwanzig Ritter ertrunken, mehr als einhundert gefangen genommen, Philippe selbst gerade noch rechtzeitig aus der Epte gezogen –, hatten die Franzosen sich auf *guerre à outrance* verlegt, bei dem kein Pardon erbeten oder gegeben wurde. Eine Grausamkeit folgte auf die andere; Blendungen und abgehackte Hände wurden zur Alltäglichkeit. Richard hatte solche Brutalität nur selten gestattet, aber von seinen empörten Hauptleuten bedrängt, hatte er Mercadier mit den schlimmsten Routiers zu einer Messe nach Abbeville geschickt, wo sie die Kaufleute nach Herzenslust niedermachten und ausplünderten.

Diesen Weg wünschte der König nicht weiterhin zu gehen, aber als Erster nachgeben? Das wollte er auch nicht, zumal er die Oberhand hatte. Daher war es eine willkommene Neuigkeit, als Philippe im Oktober um Frieden bat. Er bot an, jede Festung zurückzugeben, die er Richard in der Normandie abgenommen hatte, nur nicht Gisors. Ihr Schicksal sollte durch einen Rat aus zwölf ansässigen Baronen bestimmt werden, von denen Philippe die eine und Richard die andere Hälfte ernannte.

Der König spürte die Schwäche seines Feindes und verlangte, dass Baudouin und auch Richards weitere Bundesgenossen in diesen Vertrag eingeschlossen wurden. Ein wütender Philippe weigerte sich, und daher lehnte sich Richard zurück und wartete. Diese Taktik machte sich bezahlt. Eine Woche später gingen Philippe Nachschub, Verpflegung und Geld aus, und er stimmte den Bedingungen zu, aber nur bis zum dreizehnten Januartag des neuen Jahres Anno Domini 1199.

Vorerst, erklärte Richard, reiche dieses Zugeständnis aus.

KAPITEL XXX

Château Gaillard, Januar 1199

Als die Galeone den Kai von Les Andelys unterhalb der Burg erreichte, war es dunkel. Sterne funkelten am wolkenlosen Himmel, und mein Atem bildete Wölkchen, während ich dem König über die Laufplanke folgte. Diener erwarteten uns. Sie hielten Fackeln, um uns den Weg zu leuchten. Frost glänzte auf der Mole. Meine Hüfte schmerzte, wie so oft, wenn kaltes Wetter bevorstand. Je eher wir in die geheizte Wohnhalle gelangten, desto besser, fand ich.

Wir kamen von einem Treffen mit Philippe, das auf halbem Weg zwischen Château Gaillard und Vernon stattgefunden hatte. Der Rat hatte unter großer Anspannung gestanden. Erst hatte Richard sich geweigert, einen Fuß an Land zu setzen; in der Folge lehnte der französische König eine Einladung an Bord des englischen Schiffes ab.

»Welch ein verschwendeter Nachmittag«, sagte der König. »Wir hätten auch auf die Beizjagd gehen können.«

»Ihr seid Euch immerhin in einem Punkt einig geworden, Sire«, wandte ich ein.

»Ein fünfjähriger Waffenstillstand klingt gut, das stimmt«, knurrte er. »Aber wir haben keinerlei Einzelheiten besprochen. Das lässt schon ahnen, dass dieser Vertrag nicht mehr als ein paar Wochen Bestand haben wird.«

Ich tauschte einen Blick mit de Chauvigny und Rhys. Gegen die Feststellungen des Königs ließ sich kaum etwas anführen, und umso weniger wussten wir, was wir sagen sollten.

Unter Richards Stiefeln knirschte es auf den eisigen Planken; er ging wortlos weiter. Hin und wieder murmelte er etwas Unverständliches, und das war nie ein gutes Zeichen.

In diese schwelende Stimmung kam Pietro di Capua geeilt. Der päpstliche Legat war einen Monat zuvor eingetroffen. Er verhielt sich gegenüber jedem, der nicht von höchstem Rang war – vor diesen gab er sich salbungsvoll und servil –, selbstgefällig und anmaßend, aber er war von Papst Innozenz III. gesandt, um Philippe und Richard dabei zu helfen, sich zu einigen. Pietros Absichten diente weder, dass er von Anfang an eine ausgesprochene Voreingenommenheit für die französische Seite an den Tag gelegt hatte, noch, dass man ihm nachsagte, ein Meister darin zu sein, jedem die Worte im Mund umzudrehen. In seiner pelzbesetzten Soutane, dem Schädelkäppchen und den roten Kalbslederschuhen war er jeden Zoll ein Bevollmächtigter der Kirche. Die meisten Männer wären vor Ehrfurcht erstarrt, doch Richard würdigte den Legaten kaum eines Blickes.

»Sire!«, rief Pietro. Seine hohe Stimme stand im Gegensatz zu seiner fülligen Gestalt und war ein weiterer Grund, weshalb es leichtfiel, ihn nicht zu mögen. »Willkommen zurück, Sire.«

De Chauvigny sagte leise: »Ich habe keinen Wunsch, ihn daran zu hindern, sich in die Löwengrube zu wagen. Und Ihr?«

Ich schüttelte den Kopf. Je größer der Mann, desto härter der Sturz, dachte ich.

»Nicht jetzt«, sagte Richard und trat dicht an Pietro heran.

Der Legat hörte nicht zu. »Wie war das Treffen mit König Philippe, Sire? Habt Ihr eine Einigung erzielt?«

»Etwas Ähnliches.«

Pietro klatschte in die Hände. »Das ist eine gute Neuigkeit, Sire, nicht wahr?«

»Sie wird nicht anhalten.« Richard ging an Pietro vorbei. Ein wenig überrascht, hetzte der Legat dem König hinterher.

»Es kann ein Anfang sein, gewiss doch, für etwas mehr, Sire? Große Bäume wachsen aus kleinen Samen, so sagt man.«

»Mag sein.« Richard klang zunehmend ungeduldig.

Pietro schien dafür taub zu sein. »Vielleicht sollte ich bei dem nächsten Treffen mit König Philippe anwesend sein, Sire? Ich wäre mehr als glücklich, würde ich den Friedensvertrag zwischen Euch aufsetzen dürfen.«

»Wir haben uns auf keine Bestimmungen geeinigt.«

Pietro sah erstaunt drein. »Keine Bestimmungen, Sire? Was wurde dann beschlossen?«

»Ein fünfjähriger Waffenstillstand. Das ist alles.«

»Und wann werdet Ihr Euch wieder treffen, Sire?«

»Philippe schien nicht bereit zu sein, all meinen Besitz in der Normandie zurückzugeben, daher sah ich keinen Sinn in weiteren Verhandlungen.«

Wenn Pietro nun nicht begreift, dass dies ein ungünstiger Moment ist, so handelt es sich bei ihm um einen Dummkopf erster Güte, sagte ich mir. Wie ich später erkannte, war er keineswegs dumm, sondern nur zu geblendet von seiner eigenen Wichtigkeit, um zu erkennen, was sich vor seiner Nase abspielte.

»Ach, Sire, es ist solch eine Schande und so falsch, dass zwischen Euch beiden derartige Feindschaft herrscht; wenn es so weitergeht, wird das Heilige Land von Jerusalem in seiner Gänze verlorengehen. Um Gottes willen, überlegt Euch eine Möglichkeit, wie es zurückgeholt werden kann, sonst ist die Christenheit verloren.«

»Ich verlange nicht weniger, als mir zusteht«, sagte Richard. »Wäre ein Friedensvertrag möglich unter der Bedingung, dass ich keinen Verlust erleide oder mein Vermächtnis geschmälert sehe, wäre mir sehr darum zu tun, und ich würde auf Dauer darin einwilligen. Teilt mir die Form mit, die ein solcher Vertrag annehmen soll. Ich werde ihn mir anhören und versuchen, die Bedingungen, die Ihr nennt, so weit auszulegen, wie es möglich ist, damit ich auf alle Eventualitäten vorbereitet bin; und mich in der Tat sodann freudig daran halten.«

»Sire, um der Wahrheit die Ehre zu geben, kann kein Mann alles haben, was er gern hätte.« Unglaublicherweise klangen Pietros Worte ganz nach einem Tadel. »So begibt es sich nicht; soll doch jeder behalten, was er hat, und auf dieser Grundlage Friede geschworen werden.«

»Möge solch ein Friede niemals anhalten! Was sagt Ihr denn da? Mir scheint es, Ihr rückt mit einem Mal von allem ab, was Ihr mir bereits zugesichert hattet.« Pietro hatte Richards Forderung nachgegeben, alle Burgen zurückzuerhalten, die ihm von Philippe genommen worden waren. »Es ist eine Schande, wenn ein aufrechter Mann sich widerspricht, wenn er lügt und betrügt. Versucht Ihr, mich hinters Licht zu führen? Philippe hat meine Burgen und mein Land, und Ihr wagt es, mich aufzufordern, sie ihm freiwillig zu überlassen!«

»Bitte! Um Gottes willen, bitte, edler Herr. Ihr solltet Euch wirklich die Not der Christen im Heiligen Land zu Gedächtnis rufen. Sie erleiden tägliches Ungemach von den Händen der Heiden, der Sarazenen, während Ihr nur an ein kleinliches Gerangel mit Philippe denkt. Was sind ein paar Burgen in der Normandie im Vergleich zu Jerusalem, dem heiligsten Schrein der Christenheit?«

Ohne es zu ahnen, hatte Pietro eine brennende Kerze an einen aufgeschichteten Scheiterhaufen gehalten. Richard blieb mitten im Schritt stehen, sodass wir ihm Folge leisten mussten, und es brach aus ihm heraus. »Ihr vergesst Euch! Philippe hat mich im Heiligen Land im Stich gelassen, sodass ich die ganze Last des Kampfes gegen Saladin allein schultern musste, während er nach Hause schlich, um Ränke zu schmieden und mir mein Land und meine Burgen zu rauben. Ohne ihn hätte ich Jerusalem längst eingenommen!«

Die Farbe wich aus Pietros gelblichem Gesicht. »Sire, ich …«

»Schweigt! Ich bin noch nicht fertig! Als ich aus dem Heiligen Land zurückkehrte, welchen Schutz bot mir die Kirche?«

Pietro schüttelte in stummer Akzeptanz den Kopf, und ich glaubte schon, er hätte seine Lektion gelernt.

Richard stapfte weiter, und der Legat hetzte ihm hinterher.

De Chauvigny, Rhys und ich folgten.

»Ihr habt Euren Standpunkt zum Krieg gegen die Sarazenen deutlich gemacht, Sire, aber es besteht noch eine weitere besorgniserregende Frage«, sagte Pietro.

»Er ist entschlossen, das muss man ihm lassen«, flüsterte Rhys mit zuckenden Mundwinkeln. Er wusste genauso gut wie ich, wie der König reagieren würde, wurde er noch länger provoziert.

»Ach ja?«, fragte Richard knapp und abgehackt. »Und die wäre?«

»Die Frage des Bischofs von Beauvais, Sire, der, wie ich glaube, in diesem Moment – völlig rechtswidrig und unverdient – in einem Kerker unterhalb dieser Burg schmachtet.«

»Bei Gottes Beinen!«, brüllte der König. »Eher geht die Sonne im Westen auf, bevor ich diesen heimtückischen Straßenräuber freilasse!«

»Er ist ein gesalbter Bischof …«

»Bei meiner Seele, das ist er nicht! Er ist entweiht und ein falscher Christ. Nicht ein Bischof wurde gefangen genommen, sondern ein Ritter mit Haubert von großem Ruf in vollen Waffen. Ich kann Euch versichern, Messire Heuchler, wäret Ihr kein Gesandter, könnte Rom mich nicht daran hindern, Euch meine Botschaft an den Papst mit der Peitsche in den Wanst zu gerben.«

»Sire, ich …« Pietros Stimme bebte.

Mit vollkommen ungezügelter Wut brüllte Richard: »Und was den Papst angeht! Hat er einen Finger gerührt, um mir zu helfen, als ich im Kerker saß? Und jetzt ersucht er mich, einen

Räuber und Brandstifter freizulassen, der mir von jeher immer nur geschadet hat? Verschwindet, Ihr Verräter, Lügner und gekaufter sogenannter Kirchenmann! Hütet Euch, dass ich Euch nie auf dem Felde oder der Straße vor mir sehe!«

Pietro fuhr herum und floh. So eilig hatte er es, dem Zorn des Königs zu entkommen, dass er einen kalbsledernen Schuh auf dem Steg zurückließ.

Nachdem Richard den Schuh mit einem Tritt in den Fluss befördert hatte, wandte er sich im Sturmschritt zur Burg.

Keiner von uns wagte es, sich ihm zu nähern. Wie Rhys sagte, wäre es ungefährlicher gewesen, sich einem wilden Bären zu nähern, den der Jäger verwundet hatte. Es bestand allerdings auch keine Notwendigkeit, entschied ich. Pietro war fort, und der König würde sich beruhigen. Er beruhigte sich immer.

Als William Marshal erfuhr, was vorgefallen war, verkündete er, er werde mit Richard sprechen, der in sein Schlafgemach gestürmt war.

»Auf Eure Verantwortung«, warnte ich Marshal.

Danach fragte ich mich, ob ich es hätte versuchen sollen, denn unglaublicherweise gelang es Marshal, dem König zuzureden. Er überredete Richard sogar, Philippes Bedingungen zu akzeptieren, wie Pietro es ihm geraten hatte, und den Verlust seiner Burgen in der Normandie hinzunehmen. Allerdings war es natürlich nicht ganz so einfach. Wurden die Burgen unter Blockade gelegt, wie Richard es bereits erwogen hatte, so würden sie sich bald in Mühlsteine um Philippes Hals verwandeln. Eine nach der anderen würden sie sich ergeben, sagte Marshal, und der König erhielte auf anderem Weg zurück, was ihm gehörte. Richard erkannte die Weisheit des Vorschlags; womöglich hatte er es sich schon selbst überlegt. Ausschließen ließ sich nicht, dass sein Zornausbruch zum Teil gespielt war und er in jedem Fall auf Philippes Bedingungen eingegangen wäre.

In dem Moment allerdings hatte ich anderes im Sinn. Meine Beziehung zu Alienor hatte sich immer mehr vertieft. Wir verbrachten jede Stunde, die wir konnten, in des anderen Gesellschaft, spazierten, redeten, lachten. Waren wir ungesehen, küssten wir uns oft, und wir liebkosten einander auch. Mehr als einmal hatten wir unserer Liebe Ausdruck verliehen und bei mehreren Gelegenheiten das Körperliche weitergetrieben, auch wenn wir noch nicht miteinander gelegen hatten. Ich weiß nicht, ob sie mir nachgegeben hätte, aber ich drang nicht auf sie ein. Das Beste hebt man sich für den Schluss auf, heißt es.

Mehr als einmal hatte Otto neugierig gefragt, ob ich Alienor einen Antrag gemacht hätte. Ich hatte ihm aufrichtig geantwortet: Nein, weil ich mir nicht sicher sei, ob sie Ja sagen würde. Wenn ich nicht fragte, hatte der jugendliche König mich geneckt, würde ich es nie erfahren. Ach, für ihn ist es leicht, dachte ich; er hat niemals Liebe gekannt und verloren wie ich. Um bei der Wahrheit zu bleiben: Ich fürchtete mich vor einer Zurückweisung. Der Schmerz meiner Liebesaffäre mit Joanna war nicht lange verheilt, und jüngst erst von ernsten körperlichen Wunden genesen, konnte ich den Gedanken an frischen Schmerz nicht ertragen.

Nun aber musste ich handeln, wenn ich Alienor nicht für immer verlieren wollte. Otto war über das Weihnachtsfest auf Château Gaillard geblieben und hatte dann noch verweilt, um zu sehen, wie Richards Begegnung mit Philippe ausging. Nachdem seine Wunden nun verheilt waren, konnte er die Rückkehr in sein Königreich nicht mehr hinauszögern, aus dem immer öfter Boten kamen. In zwei Tagen sollte er abreisen. Alienor würde ihn begleiten, und die Aussichten, dass wir einander danach noch einmal wiedersahen, waren in der Tat gering.

In der Wohnhalle entschuldigte ich mich bei de Chauvigny. Ohne auch nur meinen Mantel abzulegen, machte ich mich auf die Suche nach Alienor. Weil ich vermutete, dass sie bei den anderen Damen war, die auf der Burg wohnten, überquerte ich den Hof, als ich sie zufällig entdeckte, wie sie in meine Richtung kam. Wie immer traf mich ihre Schönheit wie ein Hieb. Dieses Gefühls wurde ich niemals müde.

»Madame«, rief ich.

»Ich dachte mir gleich, dass Ihr es seid, Ferdia. Ihr seid wieder da.«

»Ja, soeben angekommen.« Ich verzog das Gesicht.

»Also verlief es nicht gut?« Wie jeder auf der Burg wusste sie, dass Richard sich mit Philippe getroffen hatte.

Ich erzählte ihr die traurige Geschichte einschließlich Pietros Intervention und wie sie aufgenommen worden war. Sie lachte darüber glockenhell. »Ich wünschte, ich wäre dabei gewesen!«

»Das war ein Anblick«, sagte ich leise lachend.

»Und der König hat wirklich Pietros Schuh in den Fluss befördert?«

»So ist es.«

»Kommt Ihr deshalb schnurstracks zu mir?« Wie stets hatte sie mitten ins Schwarze getroffen.

»Deshalb nicht«, sagte ich.

»Ihr habt gefroren und müsst Euch aufwärmen, ist es deswegen?«

»Nein«, sagte ich. »Geht bitte ein Stück mit mir.« Ich nahm ihre Hand, und ohne sich zu widersetzen, ohne zu verlangen, den Grund zu erfahren, ließ sie sich von mir auf die Wehrgänge führen. Schutz vor der bitteren Kälte fand ich im Windschatten eines Wachtturms, der zum Glück unbesetzt war. Auf Lauscher legte ich keinen Wert.

Ich schlang die Arme um sie, und sie drückte sich an mich. Beim Heiland, fühlte sich das gut an. Gleich darauf lehnte sie sich ein wenig zurück und starrte mir ins Gesicht. »Um Abgeschiedenheit zu finden, habt Ihr mich nicht hier hinauf gebeten, Ferdia, denn die hätten wir in Eurer Kammer haben können. Und auch nicht der Wärme wegen, denn trotz Eures und meines Mantels dauert es nicht lange, bis wir hier erfrieren.«

Ich beugte mich vor und küsste sie.

Sie zog sich zurück, aber nicht sofort. »Auch das ist nicht der Grund, weshalb wir hier sind.« Sie stupste mich mit dem Finger an. »Worum geht es?«

»Alienor, ich liebe Euch. Ich möchte nicht, dass Ihr abreist.«

Sie sah mir in die Augen. »Bei dem Gedanken schmerzt auch mir das Herz. Ich diene jedoch König Otto. Wenn er geht, muss ich gehen.«

»Nicht wenn …« Ich zögerte, löste mich aus der Umarmung, sank auf ein Knie, ohne mich um den eiskalten Stein zu kümmern. »Nicht wenn Ihr mich zum Gemahl nehmt.«

Zum ersten Mal fehlten ihr die Worte.

»Alienor, wollt Ihr mich heiraten?«

Sie antwortete nicht sofort, und mir stockte das Herz.

Lächelnd gab sie mir eine sanfte Kopfnuss. »Ich dachte schon, du fragst nie.«

»Also wirst du?«

»Ja. Aber ja. Gewiss!«

Mir war, als müsste ich bersten vor Glück.

KAPITEL XXXI

Châlus-Chabrol bei Limoges in Aquitanien, Ende März 1199

Der Nachmittag schwand dahin, und ich stand vor meinem Zelt in Richards Lager, das mehrere hundert Schritt vor der kleinen Burg lag. Wie überall in Aquitanien war ein Wald nicht weit. Auf diese Entfernung wirkten die Bäume noch kahl und zeigten einen traurigen Braunton, aber ich hatte sie früher am Tag durchritten und genug kleine grüne Knospen gesehen, um Mut zu fassen. Der Winter war lang gewesen, aber nun zog er sich vor dem unmittelbar bevorstehenden Lenz zurück. Wie um das zu beweisen, war die Temperatur um einiges angenehmer als in der Normandie weit im Norden.

Wenn das Schicksal uns gewogen war, wäre ich bald wieder auf Château Gaillard und könnte die Aprilsonne mit Alienor, meiner Frau, genießen. Der Gedanke an sie wärmte mir das Herz. Wir hatten nach meinem abendlichen Antrag geheiratet. Wie ich gesagt hatte, bestand nach so langer Zeit kein Grund, nicht sofort zu handeln, und lachend hatte Alienor zugestimmt. In Gegenwart des Königs, Rhys', Katharinas und meiner engsten Gefährten im Haushalt waren wir zwei Tage später von einem Priester in der Burgkapelle getraut worden.

Es war und würde meiner Ansicht nach immer der glücklichste Tag in meinem Leben bleiben.

Ein Monat des Eheglücks war darauf gefolgt. Obwohl der Waffenstillstand zwischen Richard und Philippe schon im Februar gebrochen worden war, hatte es sich nicht um Verstöße gehandelt, die ernst genug gewesen wären, um den König zu veranlassen, von Château Gaillard abzurücken.

So sollte es nicht bleiben.

Ende Februar hatten der stets aufrührerische Graf von Angoulême und der Vicomte von Limoges erneut die Flagge der Rebellion in Aquitanien gehisst. Mercadier wurde nach Süden entsandt, damit er sich um sie kümmerte, und unterwegs von einer Bande abtrünniger Routiers überfallen. Der Zufall erschien zu groß, als dass der Hinterhalt nichts mit Philippe zu tun haben sollte, auch wenn er es bestritt, und die Aggression schwächte den ohnehin zerbrechlichen Frieden.

Anfang März hatte Richard beschlossen, nach Süden zu ziehen und sich Mercadier anzuschließen. Er konnte nicht anders. Natürlich begleitete ich ihn.

Rhys kam ebenfalls mit. Wäre ihr zwei Jahre alter Sohn nicht gewesen, hätte Katharina sich uns auch angeschlossen. Wir waren noch keine drei Tage unterwegs, als ein Bote uns benachrichtigte, dass Philippe neue Schliche ersonnen habe. Weil er wusste, dass der König fort war, hatte er den Bau einer neuen Burg an der Seine zwischen Gallon und Les Andelys begonnen. In nur acht Meilen Entfernung zu Château Gaillard gelegen, bedeutete das eine direkte Herausforderung Richards. Eine Ohrfeige, so nannte es der König.

Als Antwort sandte er Philippe ein offizielles Schreiben. Jede fertiggestellte Arbeit müsse sofort abgerissen werden. Andernfalls, so stand es unverhohlen in dem Brief, gälte der Waffenstillstand nicht mehr. Die Taktik wirkte. Als wir Chinon erreichten, war derselbe Bote – ein ausgezehrtes Gesicht mit allen Anzeichen der Erschöpfung – mit der mürrischen Antwort des französischen Königs wiedergekehrt. Philippe konnte es jedoch nicht lassen, die Wogen aufzurühren. Obwohl er einwilligte, den Bau der Burg abzubrechen, beschuldigte sein Schreiben Richards

Bruder John, erneut die Seiten gewechselt und sich dem französischen Lager angeschlossen zu haben. Er hatte sogar Begleitschreiben hinzugefügt, die Johns Verrat beweisen sollten. Auch wenn die Papiere wenig überzeugend wirkten, weckten sie ein altes, vielleicht nie ganz geheiltes Misstrauen.

»Ho, Rufus! Was geht Euch durch den Kopf?« Der König hatte mich angesprochen.

»Sire, ich …« Verlegen, aber nicht bereit, meine finsteren Gedanken bezüglich John zu äußern, rang ich um eine Antwort.

»Ihr denkt an Eure wunderschöne Frau, oder ich weiß nicht, wovon ich rede.« Richard trug ein dunkelblaues Hemd mit dazu passender Hose. Seine goldenen Locken bedeckte ein schlichter Helm. Bei sich trug er eine schwere Armbrust und Bolzen. Sein nachmittägliches Ritual bestand darin, am Rand unserer Blockadestellung entlangzugehen und auf die Verteidiger zu schießen. Ich begleitete ihn oft und stellte sicher, dass er der Gefahr aus dem Weg ging. Gewöhnlich trug er dabei keine Rüstung und begegnete meinen Vorschlägen, sich zu wappnen, nicht sehr freundlich.

»Ihr seid scharfsinnig, Sire.« Ich lächelte.

»Lange wird es nicht dauern, bis Ihr wieder vereint seid. Diese Burg« – er wies auf die Mauern von Châlus – »wird bald fallen. Nontron ist als Nächstes an der Reihe.«

Mein Blick richtete sich auf unser Ziel. Allgemein war man sich einig, dass die Garnison etwa fünfzig Mann stark war, und aller Wahrscheinlichkeit nach fiel sie schwächer aus. Wir andererseits waren beinahe zweitausend Ritter, Waffenknechte und Bogenschützen. Trotz dieses überwältigenden zahlenmäßigen Vorteils und der geringen Größe von Châlus erwies sich die Burg als schwierig einzunehmen. Die Verteidiger waren entschlossen, die Wälle solide und dick. Schnell und leicht vorzurücken hatte zur Folge, dass wir keine mauerbrechenden Katapulte mit uns führten. Richard hatte daher befohlen, die Mauern zu unterminieren.

Zwei Tage schon wurde das versucht, aber bisher mit nur begrenztem Erfolg. Mauerabschnitte waren in den Graben gesackt, aber die Breschen klafften nicht weit genug, um unseren Männern einen Sturm auf die Burg zu gestatten. Wir hätten die Garnison natürlich aushungern können, bis sie aufgab, aber der ungeduldige König weigerte sich zu warten. Belagerten wir jede von Rebellen gehaltene Festung, so meinte er, wären wir zu Weihnachten noch immer in Aquitanien.

»Was denkt Ihr, Rufus?«

Ich hustete, unwillig zuzugeben, dass ich lieber bei Alienor gewesen wäre, der Liebe meines Lebens. So seltsam und wundervoll es war, sie erfüllte mein Herz noch mehr als Joanna. »Der Feldzug dauert so lange wie nötig, Sire«, sagte ich schließlich.

»Er wird kurz sein! Sobald die Verteidiger hier kapitulieren, geben Adémars andere Festungen auch auf. Oder vielleicht, wenn Nontron gefallen ist.« Er schlug mir auf den Arm. »Danach können wir zurück nach Château Gaillard.«

»Bin ich so leicht zu durchschauen, Sire?« Lachend winkte er, dass ich ihn begleiten solle. Ich nahm mir einen rechteckigen Schild und gehorchte.

»Ihr seid besser darin als früher, Rufus, aber ich kenne Euch lange genug. Ich habe in der Kirche Euer Gesicht gesehen, als Ihr Alienor anblicktet. Sie ist die Welt für Euch, das weiß ich.« Ich setzte zum Protest an, aber er knuffte mich in die Rippen, bei ihm ein Zeichen von Zuneigung. »Friede. Das ist eine gute Sache. Einige würden sagen, dass ich Berengaria die gleiche Liebe erweisen sollte; hätte ich es getan, könnte ich schon längst einen Sohn haben.«

Richard sah es nicht ähnlich, so offen zu sein, und ich fragte mich, was ihn in diese grüblerische Stimmung versetzt hatte. Ich spürte seinen Blick auf mir und sagte: »Es ist nicht an mir, dazu etwas zu sagen, Sire.«

»Wahrlich nicht, Rufus, aber ich brauche einen Erben. Johnny wird, wie es scheint, immer ein Verräter bleiben.«

Er dachte in den gleichen Bahnen wie ich. Zwar war es sehr gut möglich, dass Philippe falsche Vorwürfe erhob, aber seine Unterstellung war aufgenommen worden wie Regen von Sämlingen. Richard hatte augenblicklich reagiert und sämtliche Besitzungen Johns konfiszieren lassen.

»Wenigstens ist er nicht nach Paris geflohen.« Ich wusste nicht einmal, wieso ich das Wort zu Johns Gunsten ergriff, den ich zutiefst verabscheute.

»Das ist wahr. Seine Verteidigung gegen die Vorwürfe klang solide.« Richard wirkte besorgt. »Vielleicht ist er doch loyal.«

»Die Zeit wird es erweisen, Sire.«

»Das wird sie tun, und in der Zwischenzeit sollte ich meine Pflicht, mir einen anderen Erben zu suchen« – er zögerte kurz – »oder selbst einen zu zeugen, nicht vergessen.«

»Da wäre noch Arthur, Sire.« Er war der Sohn von Richards totem Bruder Geoffrey.

»Richtig, aber kann ich seiner Mutter trauen?« Geoffreys Gattin Constance hatte sich in der Vergangenheit mehrmals Philippe genähert.

»Wer weiß, Sire?« Selbst nach so langer Zeit hütete ich mich, eine Meinung auszusprechen, die sich gegen einen Teil der weiteren königlichen Familie richtete, und im Grunde wusste ich auch nicht, ob Constance loyal war oder untreu.

»Ich weiß es nicht, und das ist gewiss.« Richard schüttelte den Kopf, als wollte er ihn von unguten Gedanken befreien. »Ich sollte es richtig angehen mit Berengaria. Sie ist noch nicht zu alt, um Kinder auszutragen.«

Ich sagte nichts und ließ den Blick stattdessen über die Wälle wandern. Kein einziger Verteidiger war zu sehen, was mich nicht überraschte. Auf Befehl des Königs waren Bogen- und Armbrustschützen vom ersten bis zum letzten Tageslicht im Dienst. Wer dumm genug war, sich auf den Wehrgängen zu zeigen, zog sofort erbarmungslose Salven aus Pfeilen und Armbrustbolzen auf sich. Die Verteidiger erschienen hin und wieder, wenn die Sappeure arbeiteten; einige schützten den Rest, während sie Steine auf unsere Männer niederregnen ließen. Mit der einbrechenden Dunkelheit hatten wir die Anstrengungen für heute eingestellt, und für die Garnison galt das Gleiche. Vermutlich saßen sie nun wie unsere Soldaten an den Feuern, tranken und beäugten hungrig die Töpfe mit schmorendem Essen.

»Seht Ihr jemanden, Rufus?«

»Nicht eine Seele, Sire.« Dennoch hielt ich den Schild bereit, um ihn vor dem König hochzureißen. Zum tausendsten Mal wünschte ich mir, er würde Rüstung tragen. Er hatte uns auf fünfzig Schritt an die Mauern herangeführt, eine Distanz, auf die ein Armbrustbolzen mit Leichtigkeit tötete.

Wir setzten den Rundgang um die Mauern fort. Mit müheloser Anmut nahm Richard die Ehrenbezeigungen und das Grinsen unserer Soldaten entgegen. Etliche sprach er mit Namen an, gratulierte Waffenknechten zu ihren Leistungen und stimmte ihren Bekundungen zu, dass die Burg am kommenden Tag fallen werde. Ich kannte das Geschick des Königs im Umgang mit seinen Leuten gut, aber es beeindruckte mich immer wieder. Jeder Mann, mit dem er sprach, war sichtlich entzückt; er würde seinen Kameraden davon erzählen, die sich, davon ermutigt, noch mehr anstrengten, um die Anerkennung ihres Herrn zu erlangen.

Nicht lange dauerte es, und wir erreichten wieder unseren Ausgangspunkt.

»Also kein Spaß heute Abend.« Richard klang enttäuscht.

»Nein, Sire.« Ich war erleichtert.

Der König warf einen letzten Blick über die Schulter. »Ha!«

Bei seinem Ausruf drehte ich mich um und entdeckte eine vertraute Gestalt.

»Es ist Messire Bratpfanne!«

Unsere Männer hatten den liebevollen, wenn auch spöttischen Namen einem Soldaten gegeben, der eine Bratpfanne statt eines Schildes trug und eine Armbrust führte, die er mit wenig Wirkung einsetzte. Während wir zusahen, schoss einer unserer Soldaten einen Bolzen auf ihn ab, den er säuberlich mit seiner Pfanne abwehrte.

Richard applaudierte.

Messire Bratpfanne drehte den Kopf.

»Er sieht uns«, sagte der König und spannte seine Waffe.

»Er hat einen Kameraden bei sich, Sire.« Ich dachte dabei, dass zwei Armbrustschützen erheblich gefährlicher seien als einer. Den Schild bereit, trat ich vor Richard. »Das Licht ist schlecht für einen Schuss, Sire. Wollt Ihr es nicht lieber morgen versuchen?«

»Seid kein Spielverderber, Rufus! Wir haben Zeit für wenigstens einen Versuch.« Der König wartete, während Messire Bratpfanne und sein Begleiter den Wehrgang entlangschritten.

Voll Unbehagen angesichts unserer Lage – wir hatten uns der Mauer nun schon auf vierzig Schritt genähert – sah ich hin und her, zu den Feinden und zum König, versuchte sicherzustellen, dass ich das größtmögliche Ziel darstellte.

»Messire Bratpfanne!« Richards Ruf gellte durch die Abendluft.

Die erste Gestalt hob zur Antwort ihre Armbrust und blieb uns gegenüber stehen. Sie setzte die Bratpfanne ab. Der zweite Mann legte schon einen Bolzen auf. Etwas an ihm wirkte vertraut, aber ich war so besorgt um den König, dass ich mich damit nicht aufhalten wollte.

Angespannt stellte ich mich vor Richard. Mir war nur zu bewusst, dass ich keinen Helm trug, und ich duckte mich hinter meinen Schild, bis nur meine Augen zu sehen waren. Ein Wunder wäre nötig, damit einer der beiden mich treffen konnte, sagte ich mir. Mein Blick ging von Messire Bratpfanne zu dem zweiten Mann, der einen großen, kantigen Kopf hatte. Alte Erinnerungen regten sich. Ich kniff die Augen zusammen.

»Bei Gottes Beinen, was gäbe ich für mehr Licht!«

Ich warf einen Blick auf Richard. Er stand zwei Schritte hinter mir. Er hatte die schussbereite Armbrust angelegt und spähte am Bolzen entlang, fast über meine Schulter. Er hat genügend Schutz, entschied ich.

Tschik. Einer der Franzosen hatte geschossen.

Das Geräusch bereitete mir eine Gänsehaut, wie immer. Luft bewegte sich. Ein Bolzen schoss links an mir vorüber. Nur schwierig ließ sich sagen, wie nah er gekommen war. Tschik. Der zweite Bolzen schlug drei Fuß rechts von mir in den Boden.

»Verflucht, ich kann sie nicht gut genug ausmachen«, sagte der König.

Zu meiner Beunruhigung ging er um mich herum und näherte sich den Mauern um mehrere Schritte. »Nicht, Sire, *bitte!*«, zischte ich, erfüllt von Angst, unsere Feinde könnten uns hören und begreifen, auf wen sie da schossen, und auch, weil Richard nun ungedeckt war.

Tschik. Der König schoss.

Das Geräusch eines Zusammenpralls mit Stein, Metall oder Fleisch erreichte uns. Im nächsten Moment hörten wir ein Klappern, mit dem der Bolzen irgendwo in der Burg landete.

Rasch schob ich mich wieder vor Richard. »Bleibt hinter mir, Sire, bitte!«, flüsterte ich.

»Ich kann nicht sehen, wenn Ihr mir im Weg steht, Rufus.«

»Es ist zu dunkel zum Schießen, Sire. Verschwendet nicht Eure Bolzen.«

Er schnaubte, und bevor ich etwas tun konnte, trat er aus

dem Schutz meines Schildes hervor. Die Armbrust hatte er schon angelegt.

Tschik.

Tschik.

Tschik.

Innerhalb eines einzigen Herzschlags ertönten drei Abzugsgeräusche.

Ich hörte nicht, wohin Richards Bolzen diesmal ging, denn ich hatte nur sein unterdrücktes qualvolles Keuchen im Ohr. Ich drehte ruckartig den Kopf zu ihm; er taumelte zur Seite.

Ich unterdrückte meine Panik und beeilte mich, wieder vor ihm zu stehen, bevor das verfluchte Paar auf den Wehrgängen weitere Bolzen schoss. »Seid Ihr getroffen, Sire?«, zischte ich.

»Ja.« Richards Stimme war angespannt, aber er hatte sein Gleichgewicht wiedererlangt. »Wir gehen am besten zu meinem Zelt zurück. Gehen kann ich – versucht nicht, mir zu helfen. Die Männer dürfen es nicht sehen.«

»Jawohl, Sire.« Das Gesicht der Burg zugewandt, den Schild erhoben, folgte ich ihm. Schwierig war es nicht; er bewegte sich wie ein arthritischer Graubart. Merkwürdigerweise schossen die Armbrustschützen kein weiteres Mal, als wären sie mit einem Treffer befriedigt, und bei achtzig Fuß Entfernung riskierte ich einen Blick auf den König.

Kalte, übelkeiterregende Angst wallte mir in der Brust. Der Bolzen hatte Richard zwischen dem Hals und der linken Schulter getroffen. Von einem Treffer in die Brust oder den Bauch abgesehen konnte ich mir kaum eine schlimmere Stelle denken. Ich betete inbrünstig und bot Gott dem Herrn tägliche Messen für den Rest meines Lebens, all meinen Besitz, alles, damit sich die Verwundung des Königs als leicht erwies. Von meiner Leidenschaft abgesehen kämpfte ich jedoch mit purer Panik.

Richards Atem zischte durch seine Zähne; hin und wieder hielt er einen Moment inne, um wieder zu Kräften zu kommen. Als ich den Schild fallen ließ und versuchte, seinen Arm über meine Schultern zu legen, stieß er mich mit seiner guten Hand weg. »Nehmt ihn auf! Niemand darf sehen, dass ich verwundet bin.«

Ich gehorchte. Bittere Medizin war es, hinter dem Mann zu gehen, dem ich mein halbes Leben lang gedient hatte, ohne ihm helfen zu können, während sein Schritt immer langsamer wurde.

Dass niemand in unsere Nähe kam, als wir den Weg zurück ins Lager nahmen, war ein kleiner Trost. Niemand außer Rhys, heißt das, der wiederum auf mich gewartet hatte. Er schälte sich aus der Dunkelheit und erkannte mit einem Blick, was geschehen war. Richard bemerkte ihn kaum. Rhys eilte an meine Seite.

»Such Mercadiers Arzt, schnell«, murmelte ich und wünschte mir stattdessen Ralph Besace. Er war weit weg auf Château Gaillard.

Die Wachtposten vor dem Zelt des Königs waren entsetzt über den Anblick, den der König bot, aber sie verstanden, als ich nachdrücklich den Finger an die Lippen legte. Das Gleiche galt für Richards Knappen, einen stämmigen Jungen namens Henri. Ich ließ den Schild fallen und half dem König ins Zelt. Er wehrte sich nicht. In der Tat war es meine Kraft, die uns zu dem Schemel brachte, den er bevorzugte, wenn wir am Lagerfeuer saßen.

Mit einem lauten Seufzer der Erleichterung ließ er sich hineinsacken. »Bei Gottes Beinen, tut das weh.« Er legte die Hand an den Bolzen.

»Sire, lasst es«, drängte ich. »Der Arzt wird gleich hier sein.«

»Hol meinen Dolch, Henri.« Richard winkte matt zu der Truhe mit seinen Waffen. »Und reinige ihn mit ein wenig Wein.«

Der Knappe gehorchte rasch.

»Bringt mir Licht, Rufus«, befahl Richard.

Der Arzt bräuchte es, wollte er arbeiten, versicherte ich mir und entzündete mehrere Öllampen. »Und Verbandmaterial, Henri«, sagte ich.

»Schneidet mir Hemd und Unterhemd auf, Rufus«, forderte der König.

Ich tat es mit dem eigenen Messer. Mir drehte sich der Magen um, als ich den blutgetränkten Stoff ablöste. Die Wunde war noch schlimmer, als ich befürchtet hatte. Der Bolzen war wenigstens vier Zoll tief eingedrungen, vielleicht mehr. Ich sagte kein Wort.

»Und meinen Spiegel.«

Ich reichte ihm die polierte Scheibe aus Silber. Er hielt sie mit der linken Hand hoch und verzog das Gesicht. »Licht. Ich brauche Licht.«

Ich ergriff zwei Öllampen und brachte sie nahe an den Spiegel. Meine Augen strichen vom Gesicht des Königs, das fast ganz ohne Farbe war, zum Bolzen.

»Nun?« Richard blickte nicht mehr den Spiegel an, sondern mich.

»Es ist schlimm, Sire.« Mehr brachte ich nicht heraus.

Der König zupfte an dem Bolzen, biss vor Schmerzen die Zähne zusammen und konnte ihn nicht bewegen.

Nun sank mir vollends der Mut. Die Bolzenspitze hatte Widerhaken.

»Der Dolch, Sire.« Henri versagte die Stimme; er hatte begriffen, was er sah.

Richard wechselte den Spiegel gegen den Dolch. »Halt ihn hoch, Henri.«

»Sire, bitte wartet auf den Arzt«, sagte ich. »Ihr könnt nicht gut genug sehen, um ihn selbst zu entfernen.«

»Ihr könnt es. Werdet Ihr es tun?« Er hielt mir den Dolch vor die Nase.

»Ich bin kein Arzt, Sire. Mercadiers Mann ist es. Wenn Ihr nur ...«

»Wenn Ihr es nicht tun wollt, seid verflucht und haltet die Lampen!«

Ich biss die Zähne zusammen und hielt die Lampen so dicht an den Spiegel, wie ich konnte. Der König zögerte nicht. Irgendwie ergriff er das Ende des Bolzens mit der linken Hand – er schrie dabei auf –, beherrschte seine Qual und brachte die Spitze des Dolchs an die Stelle, wo der hölzerne Bolzenschaft im Fleisch steckte.

»Da?«

Ich stierte. Betete. »Ja, Sire.«

Vorsichtig drückte er die Spitze hinein und ruckelte mit dem Stahl hin und her. In einem fort keuchte er vor Schmerz. Blut floss. Der Bolzen bewegte sich, kam aber nicht heraus. Richard ließ den Arm sinken. Schweiß lief ihm das Gesicht herunter; er atmete schnell wie ein wildes Tier in der Falle. Der Dolch fiel auf den Boden.

»Also?«, herrschte er mich keuchend an.

Ich tat, als untersuchte ich die Wunde. »Er hat sich nicht bewegt, Sire. Die Spitze ist recht tief eingedrungen. Vielleicht hat sie sich unter Eurem Schlüsselbein verhakt.«

Er fletschte wütend knurrend die Zähne, und bevor ich ihn davon abhalten konnte, griff er hoch zu seiner Schulter. Mit einer ruckartigen Bewegung verdrehte er den Schaft. Ich hörte ein Knacken, als ob etwas splitterte. Er keuchte vor Schmerz auf. Seine Hand löste sich.

»Ich habe ihn!« Richard klang schwach, aber triumphierend.

Mein Blick schweifte von dem blutigen Eisen, das aus der schrecklichen Wunde ragte, zu Henri, dessen Miene noch entsetzter war als meine eigene.

»Nun?« Der König hatte die Augen geschlossen.

Ich suchte nach Worten; sie drangen mir als trockenes Krächzen aus dem Mund. »Der Schaft ist abgebrochen, Sire.«

Er brachte die blutbedeckte rechte Hand bis an die Brust, aber ihm fehlte die Kraft, sie noch höher zu heben. Sie sackte an seiner Seite ab. Richards Augen, die er kurz geöffnet hatte, schlossen sich wieder.

»Messire!«, zischte Henri. Er deutete auf die Wunde des Königs.

Entsetzen erfüllte mich. Richards Anstrengungen hatte eine neue Blutung verursacht. Kleine Blutgefäße versprühten das Rot überallhin: auf Brust und Arm des Königs, auf meine Hose, auf den Boden. »Gib mir die Verbände!« Ich nahm eine Faustvoll Stoff entgegen, legte ihn so sanft um den Bolzen herum auf die Wunde, wie ich konnte, und presste.

Ein tiefer, tierhafter Laut entfuhr Richard.

»Es tut mir leid, Sire«, sagte ich.

Er gab keine Antwort.

Ich befahl Henri, sich ebenfalls auf die Suche nach Mercadiers Arzt zu machen, übte weiter Druck auf die Wunde aus und bemühte mich, ruhig zu bleiben. Der König wird durchkommen, versicherte ich mir. Er war so oft krank gewesen, hatte am Quartanfieber und an Kampfeswunden gelitten. Er war stark wie ein Löwe. Um Richard zu töten, wäre mehr nötig als ein Armbrustbolzen.

Henri kehrte fast sofort zurück, gefolgt von einem grimmigen Arzt und Rhys. Ich wusste nicht, wie tüchtig der Mann war, aber Mercadier duldete keine Narren in seiner Nähe. Ich trat beiseite und hieß ihn, zu tun, was er konnte.

Die ärztliche Untersuchung ließ Richard völlig in Bewusstlosigkeit fallen. Es sei besser so, sagte der Arzt, und ich stimmte ihm zu. Wir legten den König auf sein Bett und stellten ein Dutzend Öllampen in der Nähe auf.

Viel Blut floss, während der Arzt mit Sonden und einer schmalen, rasiermesserscharfen Klinge hantierte. Bei der Arbeit fluchte er unablässig und erfindungsreich vor sich hin, eine lange Litanei aus Blasphemien, die ich nicht wiederholen werde, aber er hatte Erfolg. Die Spitze des Armbrustbolzens kam mit einem Schwall

Blut heraus, dem ich eilig mit frischem Verbandmaterial zu Leibe rückte. Eine Ewigkeit schien zu vergehen, bis der Arzt die Blutung für gestillt erklärte. Er mischte eine dicke Paste aus Betonie, Beinwell und Schafgarbe zusammen und schmierte sie auf das geschundene Fleisch, das einmal Richards Schulter gewesen war, dann verband er mit meiner Hilfe die gesamte Körperregion.

Ich trat vom König zurück, ausgelaugt, als wäre ich zehn Meilen in Rüstung gerannt.

»Nun?«, fragte ich.

Der Arzt wischte sich mit dem Ärmel den Schweiß von der Stirn. An dessen Stelle hinterließ er eine lange rote Blutspur. »Ich habe mein Bestes getan.«

Binnen eines Herzschlags stand ich bei ihm. »Wird er überleben?«, fragte ich ihn ins Ohr.

Das Heben und Senken seiner Schulter war wie ein Totengeläut, und seine Worte »Das liegt jetzt in Gottes Hand« trösteten mich auch nicht.

So sehr fürchtete ich um das Leben des Königs, dass ich dem Arzt beinahe mit Kastration gedroht hätte, aber ich zügelte meine Zunge. Ihn traf keine Schuld daran, dass Richard ihm die Aufgabe doppelt erschwert hatte, indem er den Schaft des Bolzens abbrach, und außerdem war sein Herr der Mörder Mercadier. Daher ließ ich mich neben dem Bett des Königs auf den Boden sinken, ohne mich zu scheren, dass meine Arme und Hände voller verkrustetem Blut waren. Ich betete, wie ich im Leben noch nie gebetet hatte.

Ob meine Bitten helfen würden, wusste ich nicht – ich hatte im Leben wenig Anlass gefunden, zu glauben, dass das Flehen zum Herrgott etwas ausrichtete –, aber ich musste es versuchen. Der Allmächtige konnte tun, was immer er wünschte. Auf der Welt gab es nur wenige Menschen, die so bedeutend waren wie der König von England, überlegte ich. Gewiss würde Gott dies berücksichtigen.

Nachdem ich meine Gebete gesprochen hatte und der König in gnädigem Schlaf lag, kehrte mein Geist zu der Gestalt zurück, die ich zusammen mit Messire Bratpfanne gesehen hatte. Nur wenige Männer besaßen solch einen quadratischen, eckigen Schädel. Konnte es tatsächlich mein alter Feind FitzAldelm gewesen sein?

In den Jahren, seit er Rhys und mir in Rouen entkommen war, hatte ich bis auf vage Gerüchte nichts über ihn gehört. Man sagte, er tauche hin und wieder in der Normandie auf und mache Adligen, deren Loyalität zu Richard infrage stand, Angebote im Namen Philippe Capets. Auch am Kaiserhof des Heiligen Römischen Reiches sollte er gewesen sein, und einmal war gemeldet worden, er habe sich mit dem Grafen von Toulouse getroffen. Es war nicht im Geringsten klar, ob auch nur eine dieser Geschichten der Wahrheit entsprach, aber wie ich mehr als einmal zu Rhys gesagt hatte, deutete ihre gemeinsame Natur darauf hin, dass FitzAldelm für den französischen König als Spion oder Gesandter oder sogar beides arbeitete.

Meine Gedanken rasten weiter. Es war denkbar, dass FitzAldelm ausgesandt worden war, um sich mit Adémar von Angoulême zu treffen. Die Gestalt, die ich gesehen hatte, konnte er gewesen sein, aber was er auf Châlus tat, wusste ich nicht zu sagen. Der nächste Gedanke traf mich mit der Gewalt eines Wintersturms. War es FitzAldelms Bolzen, der den König getroffen hatte?

Wie in einem Glutofen, der vom Blasebalg angefacht wird, loderte mein Hass auf den Mann wieder auf. Ich erhob mich und sah nach Richard. Zu meiner Erleichterung schlief er friedlich. Ich berührte seine Hand und sagte zu Henri, der wie ein treuer Hund dabeisaß, dass ich bald zurückkehren würde. Ich machte mich auf die Suche nach Rhys. Er musste davon erfahren.

KAPITEL XXXII

Am folgenden Morgen hatte sich Richard ein wenig erholt, genug, damit de Chauvigny und ich ihm über die Stellungen unserer Männer und den Zustand der Burgwälle berichten konnten. Er befahl, unsere Streitmacht aufzuteilen und Männer zu der nahen Festung Nontron zu entsenden, um sie zu belagern. Der Feldzug, um Adémar zu unterwerfen, müsse weitergehen, sagte er.

Richard hätte sich vom Krankenlager erhoben, um den Angriff zu führen, hätten de Chauvigny und ich nicht darauf bestanden, dass er im Bett blieb. Als der Arzt kam, erzählten wir ihm davon, und er beschwor den König ebenfalls, sich auszuruhen. »Das müsst Ihr, Sire, wenn es Euch wieder besser gehen soll.«

Richard hatte das Gesicht verzogen, und nachdem der Arzt wieder gegangen war, hatte er befohlen, seine Mutter aus Fontevrault holen zu lassen. Als er den Blick bemerkte, den ich de Chauvigny zuwarf, hatte er gemurmelt: »Nur für alle Fälle, versteht Ihr?«

Ich sah de Chauvigny erneut an. Der Zustand des Königs beunruhigte ihn genauso wie mich, aber wir sprachen nicht darüber. Unsere Sorgen auszusprechen hätte sie real werden lassen, und wenn wir nur schwiegen, vergingen sie vielleicht wieder. So zumindest war mein verwirrter Gedankengang.

Ich erwähnte FitzAldelm dem König gegenüber nicht. Richard war zu geschwächt, um ihn mit zusätzlichen Sorgen zu belasten, und ich war längst nicht sicher, ob mein alter Feind wirklich auf Châlus weilte. Ich hatte Rhys beauftragt, die Verteidiger zu beobachten; auf diese Weise fand ich es eventuell heraus. Falls nicht, war FitzAldelm vielleicht unter den Gefangenen, sobald die Burg fiel, denn fallen würde sie. Dann könnte ich ihn vor Richard zerren. Vorausgesetzt, dachte ich düster, ich kann mich beherrschen, dem Haderlumpen nicht auf der Stelle die Kehle durchzuschneiden. Mein weißglühender Wunsch nach Rache rührte nicht einmal so sehr von unserer alten Fehde, sondern weil sein Armbrustbolzen es vielleicht war, der den König möglicherweise tödlich verwundet hatte.

An diesem Tag kamen unsere Sappeure besser voran und arbeiteten mit grimmiger Energie. Ich hatte keine Zweifel, dass ihre Anstrengungen eine direkte Reaktion auf die Verwundung des Königs waren. Wir hatten zwar nichts bekanntgegeben und Richards Wachtposten zur Verschwiegenheit verpflichtet, aber der Versuch zu verhindern, dass die ernste Botschaft sich verbreitete, war in etwa so erfolgversprechend, wie verhüten zu wollen, dass Wasser aus einem Sieb läuft. Überall im Lager sahen wir besorgte Gesichter, und Männer hatten sich darauf verlegt, unweit des Königszelts herumzulungern, in der Hoffnung, Neuigkeiten aufzuschnappen.

Châlus war noch nicht gefallen, als der Tag zu Ende ging, und Richard ging es unverändert. Der Arzt untersuchte seine Wunde und erklärte, er sehe keine Anzeichen von Fäulnis. Während ich ihm mit zerrütteten Nerven über die Schulter zusah, war ich erbärmlich dankbar, selbst auch keinen der verräterischen Hinweise zu entdecken. Wir riefen den ansässigen Priester und befahlen ihm, Messen für den König zu lesen.

Ich schlief wenig. Mich quälten düstere Träume, in denen Richard starb, John triumphierte und FitzAldelm erneut entkam. Beklemmenderweise träumte ich niemals von Alienor. Ich bezähmte meine üble Stimmung und besuchte den König. Die erste Nacht hatte ich neben seinem Bett auf dem Fußboden verbracht, aber danach hatte er mir befohlen, in mein Zelt zu gehen, und gesagt, er sei kein Kind, das gehätschelt werden musste.

Richards Gesicht war eingefallen, und ein Schweißfilm glänzte auf seiner Stirn, aber er war bei klarem Verstand. Er hörte Mercadier und mir zu, als wir unsere Pläne zur Eroberung der Burg darlegten, und befahl uns, damit anzufangen. Und so verging dieser Tag und der nächste. Ich arbeitete mit den Sappeuren, als könnte ich dadurch, dass ich mich in Gefahr brachte und schuftete, bis jede Sehne ächzte, den Zustand vergessen, in dem der König war. Staubig und verschwitzt pflegte ich bei Anbruch der Dunkelheit Richard aufzusuchen und ihm Bericht zu erstatten.

Von Mal zu Mal graute mir mehr davor, ihn aufzusuchen, und ich zerfleischte mich vor Schuldgefühl darüber. Noch größere Scham empfand ich, weil ich mir nicht wünschte, an Stelle des Königs zu sein, wie ich es früher getan hätte. Der Gedanke an ein Leben mit Alienor war mir nun zu kostbar geworden.

Mit jedem Tag verfiel der König mehr. Die meiste Zeit schlief er. Die Wunde in seiner Schulter hatte sich entzündet, und das Fleisch ringsum war von einem wütenden Tiefrot. Verwesungsgeruch stand in seinem Zelt, ein Gestank, der nur zu vertraut war. Falls jemand das Wort *Wundbrand* aber aussprach, so wurde es geflüstert.

Der Arzt gab Richard diese Tinktur und jene Lösung und untersuchte zweimal täglich den Urin des Königs. Er tat, was er konnte. Mercadier musste daran gehindert werden, den armen Mann zu foltern, um ihn zu etwas zu zwingen, was im Grunde genommen eine Wunderheilung wäre.

Am vierten Abend nach seiner Verwundung erwachte Richard, als ich eintrat. Seine Lippen krümmten sich aufwärts. »Rufus.« Seine Stimme war unstet, ein schwacher Abglanz der Sprechweise, die man von ihm kannte.

»Sire.« Meine Stimme brach, Verräterin, die sie war.

»Setzt Euch zu mir.« Mit der rechten Hand schlug er auf die Bettdecke, eine Aufforderung, näher zu treten.

Ich gehorchte und versuchte, nicht auf den brandigen Geruch zu achten, der stärker wurde, je näher ich trat. Richards Augen waren in den Höhlen versunken, und seine Haut hatte einen gräulichen Ton angenommen, die Blässe eines Leichnams. Ich hatte diesen Grauton schon bei zahllosen Männern gesehen, und kein einziger von ihnen hatte überlebt. Elend hockte ich mich auf einen Schemel und sah Richard in die Augen. Diesem Mann war ich siebzehn Jahre gefolgt, hatte ich ein halbes Leben lang gedient, und ich liebte ihn wie einen Bruder. Und er starb auf die erbärmlichste Art und Weise, die denkbar war.

»Ich bin hier, Sire«, sagte ich.

»Rufus. Ferdia.«

Mir kamen die Tränen. Ich konnte sie genauso wenig aufhalten, wie ich zum Mond fliegen konnte. Ich nickte.

»Weint nicht. Noch ist es nicht vorbei mit mir.«

Ich wischte mir mit dem Hemdsärmel das Gesicht ab und krümmte die Lippen nach oben. »Jawohl, Sire.«

»Was macht die Belagerung? Ich habe weder Kampfeslärm gehört, noch Jubel.«

»Die Burg hält weiterhin stand, Sire, aber bis zum Morgen haben wir eine Bresche. Die Sappeure sind sich sicher.«

Er lächelte, aber er hatte die Augen geschlossen. »Gern würde ich den Mann kennenlernen, der einen König getötet hat. Messire … Bratpfanne.«

»Vielleicht ist er es nicht gewesen, Sire. Dort war noch ein Armbrustschütze, erinnert Ihr Euch?«

Keine Antwort.

Ich musste es aussprechen. »Ich glaube, der zweite Mann war FitzAldelm, Sire.«

Als Richard das hörte, rührte er sich. Ein Funke stand in den zuvor so stumpfen Augen. »Robert FitzAldelm?«

Ich legte ruhig dar, was ich vermutete. Als ich geendet hatte, war ich beinahe überzeugt, dass mich wie den König ein Fieber befallen hatte. »Womöglich habe ich es mir auch nur eingebildet, Sire.«

Er nahm meine Hand. Sein Griff hatte mehr Kraft als zuvor. »Das denke ich nicht. Wenn Châlus gefallen ist, bringt ihn zu mir.«

»Das werde ich, Sire, bei meiner Seele.«

»Gut. Nun lasst meinen Schreiber kommen. Briefe müssen verfasst werden. An Johnny, an William Marshal, an die verschiedenen Erzbischöfe. Meine Seneschalle brauchen ebenfalls Anweisungen.«

»Sire, ist es klug, die Nachricht von Eurer …« – ich wand mich um das Wort – »Eurer Erkrankung zu verbreiten?«

Er lachte leise. »Ich bin nicht von gestern, Rufus. Ich gebe nur Befehle aus. Niemand außerhalb dieses Lagers darf mein Schicksal erfahren, bis zumindest Johnny sicher die Bretagne verlassen hat. Ich möchte nicht, dass meine Mutter in so rascher Folge zwei Söhne verliert.«

Seine Worte machten deutlich, dass seine Überlegungen solide waren – falls die unzufriedenen Barone in der Bretagne von Richards Ableben erfuhren, nahmen sie John vielleicht gefangen oder töteten ihn gar, um sich die Gunst Philippe Capets zu erwerben.

»Kümmert Euch darum, Rufus.«

Ich gehorchte, fassungslos über Richards Gleichmut, sein sorgloses Gebaren. Ich hatte große Zweifel, ob ich die gleiche Ruhe bewahren könnte, wenn ich auf dem Sterbebett lag.

Rhys wartete vor dem Zelt. Ich sah ihm an der Nase an, dass er Neuigkeiten hatte. Wir entfernten uns, damit die Wachtposten nicht hörten, was wir besprachen.

»Wie geht es dem König?«, fragte er.

»Er lebt noch, irgendwie.«

Rhys war immer unverblümt gewesen. »Wie lange?«

»Ich weiß es nicht. Ich bete, dass seine Frau Mutter eintrifft, bevor …« Ich konnte es nicht aussprechen und räusperte mich. »Hast du mir etwas zu berichten?«

»Allerdings. Vorhin habe ich FitzAldelm auf den Mauern gesehen, zusammen mit Messire Bratpfanne.«

Ich fixierte ihn mit meinem Blick. »Bist du dir sicher?«

»Ich könnte mir nicht sicherer sein.«

»Er muss von meiner Hand sterben, weißt du noch?«

Rhys verzog das Gesicht. »Ich würde sagen, der König hat ein Vorrecht.«

Meine Lippen zuckten bei seiner Replik. »Das stimmt. Keiner von uns braucht sich in dieser Beziehung zu sorgen. Ich kann mir nicht vorstellen, dass Richard ihm Gnade gewährt.«

Daraus konnten wir immerhin ein wenig Trost ziehen.

Rhys und ich standen angespannt da, eifrig wie angeleinte Jagdhunde mit der frischen Witterung der Beute in der Nase. Wir hatten den Vormittag des 1. April, und ein Abschnitt der Mauern war soeben eingestürzt; der Donner hallte noch durch die kühle Frühlingsluft. Die große Staubwolke, die aufgestoben war, senkte sich allmählich und offenbarte den Schaden.

»Die Bresche – seht nur, sie ist groß genug!« Ich wies mit dem Finger.

Männer jubelten und schlugen einander auf den Rücken.

»Jetzt müssen sie kapitulieren«, sagte Rhys.

»Ja«, knurrte ich und stellte mir FitzAldelms Überraschung vor, wenn er meiner ansichtig wurde.

Kurz darauf, als unsere Ritter und Waffenknechte sich für einen Angriff auf das klaffende Loch vor den Mauern versammelten, wurde das Burgtor geöffnet. Heraus trat ein Waffenknecht mit weißer Standarte und weißem Stab. Obwohl sie ihn als Herold auswiesen, war sein Gesicht so blass wie wochenalte Molke, als sie ihn vor mich und Mercadier brachten.

Châlus sei unser, sagte er mit bebender Stimme.

»Das war es schon, bevor wir eintrafen, du Hund!« Mercadier umfasste den schweren Dolch an seinem Gürtel, dass die Knöchel weiß hervortraten.

Der Herold wurde noch bleicher.

Ich legte eine Hand an Mercadiers Arm, und er mäßigte sich ein wenig. Zu dem Herold sagte ich: »Die Garnison marschiert auf der Stelle aus der Burg, ohne Waffen. Geht!«

Erleichtert, von Mercadier wegzukommen, lief er so schnell, wie seine Füße ihn tragen wollten.

Die Verteidiger kamen fast sofort aus der Festung. »Sie müssen begriffen haben«, murmelte ich Rhys zu, »dass sie mit jeder weiteren Verzögerung riskieren, den Faden zu zerschneiden, an dem ihr Schicksal hängt.«

Rhys zählte sie durch. »Sechsunddreißig Männer und drei Frauen«, sagte er voll Abscheu, als die zerlumpte Gruppe sich uns näherte. »Wegen neununddreißig Narren muss der König sterben.«

»Wir sollten sie kreuzigen. Sie alle«, stellte Mercadier nüchtern fest.

Er würde es tun, dachte ich. »Der König hat keinen derartigen Befehl erteilt.« Ich hielt dem harten Blick, mit dem Mercadier mich bedachte, ungerührt stand.

»Was schert Ihr Euch um diesen aquitanischen Abschaum und ob er am Kreuz stirbt oder am Strick baumelt?«, erwiderte er.

»Nur zwei Männer will ich für ihre Taten zur Verantwortung ziehen: Messire Bratpfanne und den Mann, der bei ihm war«, sagte ich. »Die anderen befolgten nur Befehle. Sie tragen keine Schuld daran, dass Richard im Sterben liegt.«

Mercadier gefiel das nicht, aber weil ich seine Neigung zur Gnadenlosigkeit kannte, hatte ich dafür gesorgt, dass mehr Waffenknechte des Königs zugegen waren als Routiers. So konnte der Söldnerhauptmann nur wenig ausrichten.

Die Garnison blieb vor uns stehen. Sie bestand aus etwa zwanzig Waffenknechten und beinahe genauso vielen Stallknechten, Köchinnen und Dienstboten. Drei Männer trugen Wappenröcke. Einer davon war FitzAldelm. Als er mich entdeckte, klaffte ihm das Maul auf. Ich beachtete ihn in keiner Weise – diese Genugtuung gönnte ich ihm nicht –, aber Rhys neben mir fletschte die Zähne wie ein Mastiff in der Kampfgrube.

Ein kleiner, kahl werdender Mann in gutgeschnittenem Hemd trat vor. »Ich bin Bertrand de Gurdon, der Seneschall von Châlus. Ich übergebe mich und das Leben meiner Männer in die Gnade König Richards.« Er schaute von mir zu Mercadier und zurück, eindeutig unsicher, wer von uns den höheren Rang innehatte.

»Sind das alle?«, herrschte Mercadier ihn an.

Ein vorsichtiges Nicken. »Bis auf die letzte Seele.«

»Wo ist Messire Bratpfanne?«, fragte ich. De Gurdon sah mich verständnislos an, und ich fügte hinzu: »Der Mann, der eine Bratpfanne als Schild benutzt.«

»Pierre«, rief de Gurdon über die Schulter.

Die Person, die vortrat, war in keiner Hinsicht bemerkenswert. Der Mann war von durchschnittlicher Größe, hatte kurzgeschnittene braune Haare und trug einen schweißfleckigen Gambeson; er unterschied sich nicht von Tausenden Waffenknechten, die ich im Laufe der Jahre zu Gesicht bekommen hatte. Er warf mir einen wachsamen Blick zu und starrte auf seine schlammigen Stiefel. »Ich bin Pierre Basile«, murmelte er.

»Der Mann mit der Bratpfanne?« Mercadier sprach mit zusammengebissenen Zähnen.

Basile sah nicht auf. »Ja.«

»Wer war vor vier Nächten mit dir auf den Mauern?« Mercadiers zischender Ton war unverhohlen bedrohlich. »Ihr habt beide mit Armbrüsten geschossen.«

Basile sah uns verdutzt an. »Verschiedene Männer waren bei mir.«

»Der dort hat einen klotzförmigen Schädel.« Ich starrte FitzAldelm an.

Basile verdrehte den Kopf zu meinem Feind, der bereits vortrat.

»Ich war am fraglichen Abend bei ihm«, sagte FitzAldelm. Höhnisch fügte er hinzu: »Lange ist es her, Rufus.«

Mein Temperament drohte die Dämme zu brechen. »Ergreift sie!«, brüllte ich.

De Gurdon sah verdutzt zu, als Rhys und ein halbes Dutzend Waffenknechte nach vorn drängten. Ich sagte nichts, um die Hiebe und Tritte zu unterbinden, die die Übeltäter anfangs trafen. Erst als FitzAldelm und Basile unter dem Hagel zu Boden gingen, schritt ich ein. »Verletzt sie nicht weiter«, befahl ich. »Schafft sie zum König.«

Ich ging neben Mercadier voran. Danach kamen FitzAldelm und Basile, die von Waffenknechten an den Armen gehalten wurden. Rhys folgte hinter Ersterem und drückte FitzAldelm vermutlich einen Dolch in den Rücken. Für ihn bedeutete es eine große Herausforderung, nicht zuzustoßen, bevor wir unser Ziel erreichten.

Die Nachricht von den beiden Gefangenen hatte keine Zeit gehabt, sich zu verbreiten, aber die Männer errieten rasch, wen wir da so eilig zum Zelt des Königs trieben. Binnen Kurzem umgab uns auf beiden Seiten eine wütende Menge und versperrte uns den Weg. Zu Dutzenden regneten Beschimpfungen auf die Gefangenen herab, und Gebete wurden laut, Gott möge sie niederstrecken. Ein graubärtiger Bogenschütze trat vor Basile und spuckte ihm mit außerordentlicher Zielgenauigkeit einen dicken Klumpen Rotz ins Gesicht. Als ein anderer das Gleiche bei FitzAldelm tat, erhielt er einen Blick zur Antwort, der ihn tot zu Boden strecken sollte. Der Soldat lachte nur. Allerdings wich er zurück, als ich ihn anbrüllte.

»Verletzt diese Männer, und Euch winkt die Gerechtigkeit des Königs«, verkündete ich mit lauter Stimme. Ein Weg öffnete sich uns; giftige Blicke trafen uns aus kurzer Entfernung, während wir uns vorbeischoben.

»Ihr werdet zahlen für das, was Ihr getan habt!«, brüllte ein Waffenknecht, der Richard mehr als ein Jahrzehnt lang gedient hatte. »Mörder!«

Hatten sie ihre Lage bisher noch nicht erkannt oder geahnt, wen sie verwundet hatten, so begriffen Basile und FitzAldelm es nun – wahre Furcht kroch auf beider Gesichter.

Meine Gedanken überschlugen sich. Nach so langer Zeit war FitzAldelm in meiner Hand und war es doch nicht. Er war der Gefangene des Königs, nicht meiner. Richard allein würde über sein Schicksal entscheiden. Ich versicherte mir, dass er FitzAldelm und Basile schon keine Gnade auf dem Sterbebett gewähren würde, als Beschwichtigung, die ihm den Weg in den Himmel ebnen sollte. Nein, FitzAldelm würde das Schicksal erleiden, das er verdiente. Der kleine Jean würde endlich gerächt werden.

Mercadier und ich gingen in Richards Zelt, die Gefangenen blieben draußen. Weihrauch brannte in einer Feuerschale, konnte aber den widerlich-süßlichen, brandigen Geruch nicht überdecken. Man musste sich anstrengen, um nicht ständig zu würgen. Der Knappe Henri, der kaum von des Königs Seite gewichen war, schenkte mir ein erbärmliches, dankbares Nicken. Ich lächelte ihm mitfühlend zu. Vielleicht würde ich ihn unter meine Fittiche nehmen, nachdem … Ich schob den Gedanken fort.

Abt Milo, der am Morgen aus Poitiers eingetroffen war, kniete am Bett des Königs und betete. Er war ein freundlicher Mann, aber über unser abruptes Eintreten runzelte er die Stirn. »Messire Rufus, ich …«

»Vergebung, Vater Abt«, sagte ich. »Wir kommen auf Befehl des Königs.«

Milo erhob sich, verzog dabei schmerzvoll das Gesicht – er war alt –, verbeugte sich und ging zur Seite. Mercadier ließ mich als Ersten vor Richard treten, ein stilles Eingeständnis der Tatsache, dass ich dem König näher stand als er.

Eine Faust der Trauer umschloss mein Herz, als ich das Bett des Königs erreichte. Seine Decken wärmten nicht den Riesen, dem ich gedient hatte, sondern eine auf die Knochen abgemagerte Gestalt. Richards rotgoldenes Haar war schlaff und verfilzt, und bis auf rote Punkte auf seinen Wangen fehlte seinem Gesicht jegliche Farbe. Seine Augen waren geschlossen, und ich musste einen Finger befeuchten und an seine Nasenlöcher halten, um mich zu vergewissern, dass er noch atmete. Ich sah Abt Milo an. »Ist er bei Bewusstsein gewesen?«

Ein trauriges Kopfschütteln. »Seid Ihr sicher, dass es die richtige Zeit ist …«

»Ja, Vater Abt.« Ich bückte mich und legte den Mund an Richards Ohr. Der Verwesungsgestank war unerträglich. »Sire«, flüsterte ich.

Er gab keine Antwort.

KAPITEL XXXIII

Sire«, sagte ich lauter. »Ich habe Messire Bratpfanne hier, und Robert FitzAldelm.«

Des Königs Lider zuckten. Er wachte auf. Langsam richtete er die Augen auf mich. »Rufus.«

»Châlus ist gefallen, Sire. Messire Bratpfanne und FitzAldelm sind Gefangene. Soll ich sie hereinbringen lassen?«

Ein winziges Nicken.

»Einen Augenblick, Sire.« Ich sah Mercadier an, der zum Eingang eilte. Mit der Erlaubnis des Königs schob ich Richard ein Kissen in den Nacken, damit er besser sehen konnte.

Herein kamen die Gefangenen, grob gestoßen von vier Waffenknechten, zwei an jedem. Rhys war draußen geblieben. Basile sah, wer im Bett lag, und begann zu zittern. FitzAldelm, so viel muss ich ihm lassen, beherrschte sich besser, aber auch er konnte seine Angst nicht verbergen.

Richard ignorierte FitzAldelm. »Ihr seid Messire Bratpfanne?«, fragte er Basile

Der Mann sank auf die Knie. »Jawohl, Sire.«

»Einer von Euch hat mich mit einem Bolzen getroffen. Wart Ihr es oder Euer hässlicher Gefährte?«

»I-ich weiß es nicht, Sire. Wir haben gleichzeitig geschossen.«

Ich war nicht überrascht und bezweifelte, dass er log. Das Licht war so schlecht gewesen, dass ich auch nicht sagen konnte, wessen Bolzen den Schaden angerichtet hatte. Ich erwartete, dass Basile um sein Leben flehen würde, aber er tat es nicht, obwohl Richards nach wie vor zwingender Blick ihn nicht freigab.

Schließlich richtete der König seine Aufmerksamkeit auf FitzAldelm. »Einst, Robert, betrachtete ich Euch als vertrautes Mitglied meines Haushalts. Nun steht Ihr vor mir, ein Agent Philippes über Jahre, und ein Königsmörder oder Helfershelfer eines Königsmörders. Zum Kindermörder seid Ihr auch geworden. Wie konntet Ihr so tief sinken?« So schwach sie war, des Königs Stimme vermittelte seine tief empfundene Verachtung.

FitzAldelm richtete sich auf, und irgendwie gelang es ihm, hochmütig zu erscheinen. »Mein Gewissen ist rein. Ich habe nichts weiter zu sagen, Sire.«

»Das passt.« Die Ader, die Richards reinsten Zorn anzeigte, pochte an seiner Stirn. »Mercadier, bringt diesen Spitzbuben nach draußen und lasst ihm die Haut vom Leib peitschen.«

Der Söldnerhauptmann grinste voll Vorfreude.

Basiles Stimme durchdrang das zeitweilige Schweigen. »Werde ich das gleiche Schicksal erleiden, Sire?«

»Euch lasse ich frei«, sagte der König. »Ihr habt nur Eure Pflicht getan. Mit Robert aber verhält es sich völlig anders.«

Basile begann vor Erleichterung zu weinen. Mir stand es nicht zu, über sein Schicksal zu entscheiden, sagte ich mir und drängte meinen Zorn zurück. Mercadier blickte noch unglücklicher drein, als ich mich fühlte.

»Er ist ein niederer Soldat, ich bin ein gegürteter Ritter!«, brüllte FitzAldelm. »Das habe ich nicht verdient!«

Mercadier bewegte sich so schnell wie eine zuschlagende Schlange.

Sein Schlag mit dem Handrücken hob FitzAldelm von den Füßen. Hätten die Waffenknechte ihn nicht im Griff gehalten, wäre er gestürzt.

»Wie kannst du es wagen, in diesem Ton mit deinem Lehnsherrn, dem König, zu sprechen?« Mercadier schäumte vor Zorn.

FitzAldelm gab keine Antwort; vielmehr hing er zwischen den Armen der Waffenknechte wie eine Kinderpuppe.

Mercadier lächelte, wie nur jemand lächeln kann, der schon einmal einem Mann die Haut abgezogen hat. Er winkte den Waffenknechten. »Hinaus.«

Sosehr ich FitzAldelm hasste und mich freute, dass er sterben sollte, ich hatte nicht den Wunsch mit anzusehen, wie aus ihm ein kreischendes, blutiges Wrack gemacht wurde. Ich richtete meine Aufmerksamkeit wieder auf Basile.

Hinterher fragte ich mich oft, wie es zu dem, was nun geschah, hatte kommen können. Die Waffenknechte schworen heilige Eide, dass sie FitzAldelm fest ergriffen hätten, aber ich glaube, sie waren nachlässig, nachdem Mercadiers Hieb ihn scheinbar betäubt hatte. Was immer der Grund war, FitzAldelm riss sich los, erst den einen Arm, dann den anderen. Die Waffenknechte stießen Warnrufe aus. Ich fuhr herum, nur zehn Schritt entfernt und doch viel zu weit, um zu verhindern, was FitzAldelm tat: Er sprang vor, packte Henri, der soeben das Zelt zum König durchquerte. Ein Augenblinzeln später hielt FitzAldelm den Dolch des Knappen in der Hand und drückte ihm die Klinge unters Kinn.

Henris Augen traten vor Angst hervor.

Die Zeit blieb stehen.

Ich machte einen Schritt auf FitzAldelm zu. Die Waffenknechte, die ihn gehalten hatten, zückten ihre Messer. Mercadier zog ebenfalls blank.

»Wenn jemand noch näher kommt, schneide ich der kleinen Ratte die Kehle durch«, sagte FitzAldelm. Er zuckte mit dem Handgelenk. Ein blutiger Strich erschien an Henris Hals. Der junge Bursche wimmerte.

»Ihr kommt hier nicht lebendig heraus, Robert«, murmelte der König.

»Mag sein, aber ich nehme Euren Knappen mit in den Tod, und auf keinen Fall werde ich gehäutet.«

»Der Junge hat Euch nichts getan«, sagte ich. »Lasst ihn gehen.«

FitzAldelm verzog höhnisch die Lippen, während er mich anblickte, und packte Henri noch fester.

Der König sagte nichts. Dass er nicht handelte oder Befehle brüllte, wie es normal gewesen wäre, zeigte deutlich, wie ernst sein Zustand war. Mercadier schien ebenfalls von Unentschlossenheit gelähmt. Die Waffenknechte würden nichts unternehmen, solange sie keinen Befehl erhielten, und Abt Milo hätte nicht einmal eine Gans erschrecken können. Rhys hätte FitzAldelm ohne Federlesens niedergestochen, aber er war draußen.

»Kämpft gegen mich«, forderte ich ihn heraus.

FitzAldelm stierte mich an.

»Kämpft gegen mich«, sagte ich wieder. »Mann gegen Mann. Wenn Ihr mich tötet, möchte ich, dass der König Euch freilässt.«

»Ihr tragt Rüstung! Ich hätte keine Chance.«

»Ich lege sie ab.«

Mercadier protestierte, aber in FitzAldelms dunklen Augen stieg Hoffnung auf. Er sah zu Richard, ganz wie ich.

»So sei es«, sagte der König. »Enttäuscht mich nicht, Rufus.«

»Das werde ich keinesfalls, Sire.« Ich empfand grimmige Freude. Mein Herzenswunsch für lange Jahre, der mir so oft unerreichbar erschien, war mir in den Schoß gefallen.

FitzAldelm wirkte nicht weniger zufrieden. Den Dolch fest unter Henris Kinn, ging er nach draußen. Ich folgte ihm.

Schreie der Wut und des Entsetzens stiegen von der Soldatenmenge vor dem Zelt auf.

Rhys war der Erste, den ich sah. Er starrte FitzAldelm mit grenzenlosem Hass an, dann bedachte er mich mit einem Blick, der fragte: *Was in Gottes Namen ist denn jetzt passiert?* Ich hatte keine

Zeit, es zu erklären. Mit lauter Stimme verkündete ich, dass FitzAldelm und ich bis zum Tod kämpfen würden, und sollte er gewinnen, habe er freies Geleit. »Auf Befehl des Königs«, fügte ich hinzu.

»Ich traue ihnen nicht.« FitzAldelms Blick strich über die wutverzerrten Gesichter ringsum. »Mercadier, schwört Ihr, dass Ihr den Befehl des Königs achten und diese Bestien davon abhalten werdet, mich zu zerreißen?«

Ein kluger Schachzug, dachte ich. Nur wenige Männer würden sich gegen den gnadenlosen Söldnerhauptmann stellen.

Mit erkennbarem Zögern gehorchte Mercadier.

»Ein Schwert und einen Schild für FitzAldelm«, befahl ich.

Ein Waffenknecht reichte FitzAldelm seine Waffe, der sie mit großem Misstrauen annahm. Nachdem er sie kurz gefasst und auf und ab geschwungen hatte, schien er schon zufriedener zu sein. Der Waffenknecht wartete, bereit, ihm auch seinen schlichten Dreieckschild zu geben.

»Hilf mir, Rhys.« Ich nahm die Kettenhandschuhe ab und löste meinen Gürtel. Mit seiner Unterstützung zog ich den Ringpanzer aus und dann meine Kettenbeinlinge. Das gewaltige Gewicht loszuwerden war mir eine Freude; mein Körper erhob sich ein wenig, so wie immer.

»Bist du so weit?«, fragte mir Rhys ins Ohr.

Unsere Blicke trafen sich. In seinen Augen sah ich vollkommenes Vertrauen. »Das bin ich.«

Seine Hand drückte meine Schulter. »Tu es für Jean.«

Das Bild des kleinen Jungen, wie er starb, trat mir vor Augen. Mit rauer Stimme sagte ich: »Das werde ich.«

Ich wandte mich FitzAldelm zu, der Henri noch immer gepackt hielt. Ich nahm Rhys mein Schwert ab, zog es blank und warf die Scheide beiseite. Er reichte mir einen Dreieckschild, auf dem, wie ich zu meiner Freude feststellte, die drei Löwen Richards prangten. »Seid Ihr bereit, FitzAldelm?«, fragte ich.

Sein Blick schwenkte zu Mercadier. »Ihr werdet den Befehl des Königs achten, wenn ich gewinne?«

»Das werde ich«, sagte der Hauptmann der Routiers. Als FitzAldelm nickte, fügte er hinzu: »*Falls Ihr* gewinnt.«

FitzAldelm zog ein höhnisches Gesicht und ließ Henri mit einem Fluch frei. Der Knappe hatte damit nicht gerechnet und torkelte nach vorn. Waffenknechte sprangen herbei, um ihm aus dem Weg zu helfen. »Braver Junge!«, rief ich. »Das hast du gut gemacht.«

Die Männer bildeten einen Kreis mit rund fünfundzwanzig Schritt Durchmesser. FitzAldelm nahm seinen Schild, und wir stapften aufeinander zu.

Männer riefen meinen Namen und den Richards. Ich hörte Henris Fistelstimme und Rhys' Französisch mit dem walisischen Akzent. Niemand feuerte FitzAldelm an.

Eigenartigerweise, beruhigenderweise schien es, als wäre es mir immer bestimmt gewesen, hier zu stehen und mit blanker Klinge dem Mann gegenüberzustehen, den ich auf der ganzen Welt am meisten hasste. Meine Wahrnehmung engte sich ein. Ich vergaß den sterbenden König, seinen heimtückischen Bruder, sogar Alienor. Ich sah die Menge nicht, nur FitzAldelm. Selbst die Rufe der Zuschauer erstarben für mich.

Wir näherten einander auf zehn Schritt und blieben stehen. Keiner von uns trug Rüstung, was bedeutete, dass der erste gutgezielte Treffer den Kampf vermutlich beendete. Schweiß brannte mir in den Augen; ich blinzelte ihn fort. Ich dachte an Jean, seine Unverfrorenheit und sein freches Grinsen. Ich erinnerte mich, wie FitzAldelm ihm in den Bauch gestochen hatte, nur um Rhys und mir zu entkommen.

Der rote Nebel senkte sich herab. Ich spannte mich an und wollte mich auf meinen Feind stürzen, um ihn mit der schieren Gewalt des Angriffs zu Boden zu schmettern.

»Erinnert Ihr Euch noch, wie das Gör gejault hat, als ich es erstach? Jean? So war doch sein Name?«

FitzAldelms Worte trafen mich wie ein Eimer Eiswasser, der über mir ausgegossen wurde. Der Schock brachte die kühle Vernunft zurück. Er will, dass ich die Kontrolle verliere, dachte ich, also muss ich sie behalten.

Statt zu antworten, rückte ich vor, den Schild vor dem Gesicht, und stieß fest mit dem Schwert zu. Ich erwischte ihn unvorbereitet, und die Spitze traf seinen Schild. Er wurde zurückgeworfen, und ich duckte mich mühelos unter seinem wilden Gegenstreich hindurch. Ich knallte meinen Schild gegen seine Wehr, einmal, zweimal, und als er taumelte, schlug ich mit dem Schwert aus Hüfthöhe abwärts. Mein Hieb hatte nur wenig Kraft, weil er in ungünstigem Winkel geführt wurde. FitzAldelm bemerkte meine Absicht und warf sich zur Seite. Mein Schwert verfehlte ihn und schlug stattdessen in die Erde.

Ich riss gerade rechtzeitig den Schild hoch, als seine Klinge von oben heruntersauste.

Durch irgendein Wunder traf er den Schildrand und nicht meine Schädelkuppe. Holz splitterte, mein Arm vibrierte unter dem Schlag, aber ich war unverletzt. Ich stocherte erneut mit dem Schwert nach ihm und verschaffte mir die nötige Zeit, mich rückwärts zurückzuziehen, außer Reichweite.

In meinem Schild klaffte eine vier Zoll tiefe Scharte. Noch ein Treffer von solcher Gewalt, und er wäre entzwei; ich stände ohne Abwehr da. Die erste Spur von Angst hob ihr hässliches Haupt in mir. Ich dachte an Jean, aber in Freundschaft, und schob meine Furcht zur Seite. Ihn zu rächen war alles, was zählte. Ich würde hier nicht sterben. Ich würde nicht von FitzAldelms Hand sterben.

Er drang wieder vor, schnell und entschlossen.

Wir tauschten Hiebe. Eisen glitt kreischend von Eisen ab.

Funken sprühten. Hin und her hämmerten wir aufeinander ein; unsere Körperkraft war vergleichbar. Er duckte sich unter meinem nächsten Schwinger hindurch, ahmte meinen ersten Angriff nach und stieß direkt nach mir.

Weil ich damit gerechnet hatte, verdrehte ich mich und neigte mich nach hinten, damit der Schwung seines Hiebes ihn nach vorn zog. Es gelang mir, sein linkes Handgelenk mit der Schwertspitze zu treffen, als er an mir vorbeigetragen wurde. Er schrie auf und stolperte dann über mein ausgestrecktes Bein, das ich ihm tapsig in den Weg stellte.

Er stürzte auf sein Gesicht und lag am Boden.

Ich hörte lauten Jubel, als ich ihm einen Tritt versetzte. »Ich steche Euch nicht in den Rücken. Auf die Beine!«

Selbstsicher, wie ich war, stand ich zu nahe. Er trat seitwärts aus und traf mich schmerzhaft am Fußgelenk. Nun war ich aus dem Gleichgewicht. Statt zu versuchen aufzustehen, rollte sich FitzAldelm zu mir herum, und in seiner Hand blitzte ein Dolch.

Der Schmerz, mit dem er mir den Stahl in den bestiefelten, aber ungepanzerten Fuß trieb, war unvorstellbar. Die Klinge drang tief ein; ich spürte, wie sie vom Knochen abglitt. Ich schrie, aber ich zog mich nicht zurück. Stattdessen stieß ich mit dem Schwert zu, das ich mit der Spitze zum Boden in der Hand hielt. Der Stahl durchbohrte seine Wade, und jetzt war er an der Reihe zu schreien. Ich befreite meine Klinge, bevor er den Dolch herausziehen konnte, und stach erneut zu. Ich zielte nicht gut, aber durch schieres Glück schnitt ich ihm das *andere* Bein auf.

Er stürzte sich mit seinem Dolch auf mich, aber von Schmerzen geschwächt, war es nur ein halbherziger Angriff. Ich schlurfte aus seiner Reichweite und biss mir auf die Wange, so stark war der Schmerz, der vom Fuß ausstrahlte.

Wir starrten einander finster an. Er tastete nach seinem Schwert, aber es lag außer Reichweite.

Das Gebrüll der Zuschauer war ohrenbetäubend geworden. »Ru-fus!«, skandierten sie. »Ru-fus!«

Ich scherte mich nicht darum. »Nur zu«, sagte ich zu FitzAldelm. »Hebt es auf.«

Das ließ er sich nicht zweimal sagen. Auf Händen und Füßen krabbelte er zu dem Schwert, ergriff das Heft und richtete sich auf, indem er sich damit hochstemmte wie an einem Stab. Unter beiden Knien waren die Beinlinge blutgetränkt; er war lahm und blutete heftig.

Mit grimmiger Entschlossenheit stapfte ich auf ihn zu.

»Ihr habt einen Schild und ich nicht«, sagte er.

»Richtig«, sagte ich und näherte mich weiter.

»Wir sind Ritter. Es sollte ein gleicher Kampf sein.«

»War der Kampf denn gleich, als Ihr, ein erwachsener Mann, Jean getötet habt – einen kleinen Jungen?« Ich griff ihn an, und er wich dem Schwertstoß aus, aber nur knapp. Er konterte mit einem Abwärtshieb, den ich mit meinem beschädigten Schild abwehrte, und er zahlte den Preis für seinen Ausfall, als ich ihm bei meinem Gegenschlag den Oberschenkel aufschlitzte. Er jaulte, stapfte zurück, konnte sich kaum aufrecht halten.

Mit einem gewaltigen Hieb von der Seite zielte ich auf seinen Kopf. Er fing meine Klinge mit seinem Schwert ab, aber ihm fehlte die Kraft, und ich streifte ihn knapp über dem Ohr. Er verdrehte die Augen nach oben. Seine Knie gaben nach, seine Waffe entfiel kraftlosen Fingern; er fiel um.

Wachsam und mit stichbereitem Schwert, denn im Laufe der Jahre hatte er mich allzu oft übel überrascht, beobachtete ich ihn. Er war erbärmlich und glich nicht mehr dem Ungeheuer, das kaltherzig Jean umgebracht und zweimal versucht hatte, mich zu ermorden. Mein Mitleid hielt nur kurz an. Diese Gelegenheit konnte ich nicht verstreichen lassen. Es war an der Zeit, unsere Fehde zu beenden.

Angespanntes Schweigen hatte eingesetzt.

Ich stach FitzAldelm mit der Schwertspitze, die durch Hemd und Unterhemd ins Fleisch drang. Er stöhnte. »Aufstehen!«, befahl ich.

»Das kann ich nicht.« Endlich hörte ich Angst in seiner Stimme.

»Hoch mit Euch«, zischte ich, »oder ich schwöre bei Gott, ich lasse Mercadier mit seinem Messer zu Euch.«

Er wuchtete sich auf die Knie hoch. Er sah mir in die Augen, und wie schon so oft verzog er höhnisch das Gesicht. Er öffnete den Mund, um etwas zu sagen.

Und ich rammte ihm das Schwert hinein. Zähne brachen ab, Blut spritzte, Entsetzen blickte mir in die Augen. Die Spitze meiner Klinge trat in seinem Nacken aus. Ich stieß es bis zum Heft hinein, beugte mich vor und sagte FitzAldelm ins Ohr: »Das ist für Jean, du Bastard. Und du sollst auch wissen, dass ich es war, der deinen Bruder umgebracht hat, dieses Dreckschwein.«

FitzAldelm lag im Sterben, aber er hatte mich gehört, das weiß ich, weil er versuchte, etwas zu sagen. Passenderweise hinderte ihn sein eigenes Blut daran, das ihm in die Kehle stieg. Ich ließ mein Schwert los; er stürzte zu Boden.

Ich blieb nicht, um zuzusehen, wie ihn das Leben verließ. Ich hatte getan, was ich tun musste.

Tosender Jubel erhob sich ringsum.

Als ich davonging, traf mich der Schmerz meiner Wunde mit voller Wucht. Wären Rhys und der kleine Henri nicht dort gewesen und hätten mich nicht gestützt, wäre ich zusammengebrochen und auf FitzAldelm gelandet.

»Du brauchst den Arzt«, sagte Rhys so zart wie eine Mutter zu ihrem Neugeborenen.

»Nein. Zuerst muss ich den König sprechen.«

Er unterließ jeden Einwand.

Wir fanden Richard bei Bewusstsein vor, und seine Augen waren heller als seit Tagen. »Ihr seid verwundet, Rufus«, flüsterte er.

»Nur ein Kratzer, verglichen mit Eurer Wunde.« Ich ließ den Kopf hängen, und wieder kamen mir die Tränen. Meinen Feind hatte ich getötet, aber den König geheilt hatte ich dadurch nicht.

»FitzAldelm?«, fragte Richard.

»In der Hölle, Sire.«

»Vielleicht begegne ich ihm dort.«

Als ich das schwache leise Lachen des Königs hörte, erstarben mir alle Einwände auf den Lippen. Dass er zu solchem Galgenhumor fähig war, gebot Ehrfurcht.

Richard befahl, mich zum Arzt zu bringen, und schloss die Augen.

»Gott halte seine Hand über Euch, Sire«, sagte ich und ließ mir von Rhys und Henri weghelfen.

Über das Ende vermag ich nichts zu sagen, was mir nicht das Herz bricht. Nichts. Meine Verwundung beraubte mich der Zeit, die ich vielleicht noch mit dem König hätte verbringen können. Fast eine Woche lag ich in meinen Decken, von Rhys bemuttert. Was mich niederwarf, war nicht die Wunde, die FitzAldelms Schwert mir geschlagen hatte, die Heiligen seien gepriesen. Dann hätte ich ein Ende erlitten wie Richard, oder wie Herzog Leopold, der vor Jahren an einem brandigen Fuß gestorben war.

Durch großes Glück war FitzAldelms Klinge zwischen zwei der langen Fußknochen hindurchgefahren, ohne sie zu brechen. Die Verletzung würde mit der Zeit heilen. Was mich niederwarf, war die Ruhr, seit Anbeginn der Zeit der Feind aller lagernden Soldaten. Qualvolle Magenkrämpfe und regelmäßiger blutiger Durchfall hielten mich in meinem Zelt. Sosehr ich den König auch sehen wollte, der Arzt hatte mir verboten, Richard zu besuchen, damit ich ihn nicht auch noch mit Ruhr ansteckte. Nach wie vor klammerte er sich ans Leben, aber wie der Arzt sagte: Die Ruhr wäre zu viel für ihn gewesen.

In meinem Elend musste ich mich mit Nachrichten begnügen, die mir manchmal Rhys überbrachte, aber häufiger Henri. Der kleine Knappe hatte mich genauso ins Herz geschlossen wie ich ihn. Ohne jeden Zweifel brauchte die arme Seele Erholung von der verpesteten, todesgeschwängerten Luft in Richards Zelt.

Ich befragte ihn nicht übermäßig, denn viel gab es gar nicht zu berichten, nur zwei Dinge. Das eine war vielleicht nicht überraschend: Mercadier hatte den Befehl des Königs missachtet und Basile bei lebendigem Leib gehäutet. Die andere Neuigkeit war aufmunternder und lautete, dass Königin Alienor eingetroffen war. Richard verbrachte seine wachen Momente mit ihr und diktierte Briefe an Beamte im ganzen Reich. An Berengaria sandte er keine Nachricht. Von seinem Siechtum war in den Schriftstücken keine Rede, berichtete Henri, und die Anweisungen des Königs würden dafür sorgen, dass sein Wille noch monatelang ausgeführt wurde. Bis dahin hoffte er, so nahm ich an, dass John die Zügel der Macht fest in der Hand hielte.

Was das für mich bedeutete, daran wagte ich kaum zu denken, aber mit Stunde um Stunde zum Brüten hatte ich reichlich Gelegenheit, mein Verhältnis zum ränkeschmiedenden Bruder des Königs zu überdenken. Vielleicht konnte ich die Dinge mit ihm ins Reine bringen, oder, was wahrscheinlicher erschien, er würde mich abweisen. Nur eines stand fest: Meine Zukunft war ungewisser als in den vergangenen Jahren. Sobald er den Thron bestiegen hatte, konnte John schalten und walten, wie er wollte. Der Besitz, den mir der König in England und Irland – Cairlinn – gegeben hatte, konnte mir weggenommen werden. Ich mochte meine Stellung bei Hof verlieren – nicht dass ich darauf noch großen Wert legen würde, sobald Richard nicht mehr lebte.

Teil des königlichen Haushalts war ich nur aufgrund meiner Treue zu ihm gewesen.

Dass es alles so abrupt enden sollte, war eine bittere Erkenntnis. Rasch erinnerte ich mich beim Gedanken an den König, dass es bald Zeit wäre, mich um meine eigenen Angelegenheiten zu kümmern. Aber vorerst wie schon jahrelang kam Richard an erster Stelle.

Am Nachmittag des 6. April kam Henri mit bestürzenden Neuigkeiten. Der König weile nicht mehr lang auf dieser Welt, sagte er mit bebender Stimme. Abt Milo hatte Richard die Beichte abgenommen und ihm die Letzte Ölung gegeben.

Obschon ich mit dieser Nachricht gerechnet hatte, traf mich ihre Endgültigkeit mit der gleichen Wucht wie ein Ritter im Sturmangriff. Schwitzend, mit zitternden Gliedern und pochendem Herzen, stand ich von meinem Lager auf und ließ mir von Rhys in meine besten Kleider helfen. Dass ich an der Ruhr litt, war für Richard nun bedeutungslos.

»Trotzdem will es mir nicht in den Kopf, dass er stirbt«, murmelte Rhys.

»Es klingt dumm, aber ich dachte, er würde ewig leben«, sagte ich.

Traurig gingen wir zum Zelt des Königs. Die Wächter hatten ernste Gesichter, erklärten aber, dass der König noch lebte. Seine Frau Mutter sei bei ihm, dazu Abt Milo, sonst niemand.

Ich wusste nicht, ob Königin Alienor etwas dagegen hatte, dass ich eintrat, und es war mir auch gleichgültig. Ich musste Richard noch einmal sehen, bevor es zu Ende ging. Mit erhobenen Augenbrauen sah ich Rhys an, aber er schüttelte den Kopf. »Ich möchte ihn in Erinnerung behalten, wie er war. Wünsche ihm alles Gute von mir.«

Henri führte mich hinein. Wir machten keinen Laut. Im Zelt war es düster; ein paar Öllampen waren die einzigen Lichtquellen. Der Geruch nach Fäulnis war von Weihrauch überdeckt, der nicht nur in Feuerschalen schwelte wie zuvor, sondern auch in dem glühenden Kohlebecken, von dem das Zelt geheizt wurde.

Alienor saß auf einem Schemel an Richards gesunder Seite, Milo auf der anderen. Beide sahen auf, als wir uns näherten. Der König rührte sich nicht, und bis auf seine bestickte Decke ähnelte er einem Leichnam auf dem Katafalk.

Alienor war furchtbar gealtert; tiefe Trauerfurchen hatten sich in ihr bereits faltiges Gesicht gegraben. Sie ließ sich durch nichts anmerken, ob sie mich erkannte.

Ich beugte das Knie. »Ich bin Rufus, Madame, einer seiner Gefährten.«

»Natürlich. Ich erinnere mich. Ihr seid gekommen, um Euch zu verabschieden.«

Wieder traf mich die Endgültigkeit schmerzhaft wie eine Klinge. »So ist es, Madame.«

Alienor sah auf ihren Sohn. »Er ist nicht bei Bewusstsein gewesen, seit Abt Milo ihm die Beichte abgenommen hat.«

Ich musste den grausamen Hieb erst verdauen. »Wenigstens leidet er nicht mehr, Madame.«

Ein trauriges Nicken. »In der Tat. Kommt. Verabschiedet Euch – das hätte Richard so gewollt.« Sie gab Abt Milo ein Zeichen, der für mich das Feld räumte.

Ich nahm Platz, und nachdem ich mich kurz gewappnet hatte, sah ich Richard an. Seine Haut hatte einen bleichen, wächsernen Glanz angenommen, und seine Augen waren tief in die Höhlen gesunken. Sein Atem ging flach, kaum merklich. Fast nichts erinnerte noch an den selbstsicheren, kampflustigen Hünen, dem ich so lange gedient hatte.

»Ich bin es, Sire.« Ich hasste, wie meine Stimme schwankte und mit nur vier Wörtern preisgab, was ich verbergen wollte.

Der König regte sich nicht.

»Sagt ihm, wer Ihr seid«, flüsterte Alienor.

»Rufus bin ich, Sire. Ferdia.«

Keine Reaktion.

Ich starrte auf den Boden. Tränen rannen mir die Wangen hinunter.

Ein rasselndes Keuchen.

Ich sah auf. Richards Lider hatten sich geöffnet, und sein Blick lag auf mir. Seine Lippen bildeten meinen Namen: *Rufus*.

»Ich bin hier, Sire.« Nur mit Anstrengung unterdrückte ich meine Trauer.

»Der … Treueste …«

»Ich bin Euer Mann, Sire, immer, wie auch mein Knappe Rhys. Er entbietet Euch seine guten Wünsche.«

Seine Mundwinkel krümmten sich nach oben, nur ein bisschen.

»Fauvel …«

Ich beugte mich näher und lauschte aufmerksam. »Fauvel, Sire?«

»Nimm ihn … Lieber du als … Johnny.«

»Ich danke Euch, Sire.« Ich musste mir ein Lachen verkneifen. John war kein Reiter; Fauvel, das prächtigste aller Pferde, wäre an ihn verschwendet gewesen. Johns Name ließ mich an meine Zukunft denken. »Ich habe mich gefragt, Sire, ob ich nach Irland zurückkehren darf, nach Cairlinn, wenn …« Ich konnte den Satz nicht beenden.

»Wenn ich … tot bin.«

»Jawohl, Sire.«

»Du … und Johnny … seid nie ausgekommen …«

Ich wartete mit angehaltenem Atem. Als wir das letzte Mal davon sprachen, hatte Richard gewollt, dass ich seinem Bruder diente.

»Geh … mit meinem Segen.«

Ich warf einen Blick auf Henri, der in der Nähe wartete, in der Hand ein Tuch, um dem König die Stirn zu wischen. Ich sagte: »Euer Knappe, Sire …«

»Henri?«

»Jawohl, Sire. Soll ich mich um ihn kümmern?«

Er schwieg kurz. »Das ist … nett. Seine Mutter … tot … Vater … gebrechlich.«

»Es ist das Mindeste, was ich tun kann.«

Ich spürte Alienors Blick. Gewahr, dass ich nicht allzu viel von der wenigen Zeit, die dem König noch verblieb, beanspruchen durfte, stand ich auf und verneigte mich. »Gott befohlen, Sire.«

Richard sah mich noch einmal an, und er lächelte. Dann schloss er die Augen, und ich wusste, dass ich ihn in diesem Leben nicht wiedersehen würde. Frische heiße Tränen schossen mir auf die Wangen. Mein Herz tat weh. Ich verbeugte mich vor Königin Alienor, nickte Abt Milo zu und bat Henri, mich später aufzusuchen. Dann ging ich, bevor die Trauer mich übermannte.

»Du bist noch schwach.« Rhys nahm meinen Arm, als ich aus dem Zelt trat. Dankbar wehrte ich mich nicht gegen ihn. Wir wussten beide, dass sein Griff mehr als körperliche Unterstützung war. »Ist er tot?«, fragte Rhys.

»Beinahe. Seine Mutter wird bei ihm sein, wenn er diese Welt verlässt.«

So schwer diese Bürde auch sein musste, es erschien passend.

Als wir vom Zelt des Königs fortgingen, läuteten die Glocken der nahen Kirche zur Vesper.

»Was wirst du nun tun?«, fragte Rhys so leise, dass niemand sonst es hörte.

»Nachdem ich am Begräbnis des Königs in Fontevraud teilgenommen habe, reite ich nach Château Gaillard und zu Alienor.« Mein Herz erwärmte sich bei dem Gedanken an sie.

»Und danach?«, wisperte Rhys. »Du brauchst mir nicht zu sagen, dass John nicht zu trauen ist.«

»Was ich nicht tue«, sagte ich, amüsiert, dass er es dennoch ausgesprochen hatte. »Ich werde nach Cairlinn zurückkehren und dem jungen Henri zeigen, wo ich aufgewachsen bin. Kommst du mit?«

Er knuffte mich leicht. »Wenn du glaubst, du kannst mich nach so langer Zeit zurücklassen, dann irrst du dich.«

Ich grinste. »Was wird Katharina sagen?«

»Weder du noch ich werden sie abhalten können!«

Darüber musste ich lachen, und ich vergaß meinen Schmerz, wenn auch nur für einen Augenblick.

Ich ginge nach Hause.

Nach Cairlinn.

Nachbemerkung des Autors

Dass ich diesen Roman beenden konnte, grenzt an ein Wunder. Im Jahr 2021 traf mich nicht nur COVID-19, sondern auch die Scheidung. Hier ist nicht der Ort, um in Einzelheiten zu gehen; belassen wir es dabei, dass ich die Hölle durchlitt, und das mehrmals. Ich schreibe diese Zeilen im Dezember 2021, und ein Ende ist in Sicht und erscheint erreichbar. Machen wir weiter mit 2022, sage ich nur.

Das dritte Buch einer Trilogie macht immer den meisten Spaß. Bei diesem Roman ist es anders, weil zu dem Ende auch Richards so unnötiger Tod bei einer unbedeutenden Belagerung gehört. Mir graute schon in der Mitte davor. So hochmütig und starrsinnig er war, habe ich doch eine Schwäche für Löwenherz entwickelt. Ich hoffe, ich bin ihm am Ende gerecht geworden. Viele Tränen wurden vergossen, das kann ich Ihnen verraten, und gewöhnlich bedeutet das, dass ich die Emotionen deutlich werden lasse.

Die frustrierende Natur der überlebenden Texte hat zur Folge, dass wir viele Einzelheiten über Richards Reise aus dem Heiligen Land an die italienische Küste wissen, über die Umstände, unter denen er Herzog Leopold V. in die Hände fiel, und die Verhandlungen, die während seiner Gefangenschaft stattfanden. Nach seiner Befreiung gibt es brauchbar viele Informationen über seinen blitzschnellen Besuch in England und den Feldzug, den er unmittelbar darauf gegen seinen Erzfeind Philippe Capet begann, den König Philip II. August von Frankreich. Vom Sommer 1194 an senken sich jedoch wieder die Nebel über das Geschehen. Über mehrere Jahre haben wir nur ärgerlich knappe, quälend-verlockende Schnipsel über Richards an- und abflauenden Krieg gegen den französischen König. Einfach ausgedrückt endete sein Kampf gegen Philippe nie wirklich. Die zahlreichen Friedensverträge waren nichts weiter als schlecht angebrachte Heftpflaster und hielten kein einziges Mal. Es ist gut denkbar, dass dies beiden Seiten klar war; vielleicht wurden sie nur geschlossen, damit beide Parteien Atem holen und die Kriegskassen auffüllen konnten.

Wegen dieser Lücken in den historischen Einzelheiten, und damit das Buch nicht so dick wird wie *Der Herr der Ringe*, beschloss ich, einen Schleier über die vier Jahre bis 1198 zu werfen.

Leser, die mit meinen Büchern schon vertraut sind, werden wissen, dass ich mir große Mühe gebe, historische Ereignisse so gut wie möglich wiederzugeben und Berichte über die Epoche sowie Fachbücher zu jedem Thema unter der Sonne hinzuziehe. Während ich *Lionheart – Der Preis des Throns* schrieb, konsultierte ich zeitgenössische oder nahezu zeitgenössische mittelalterliche Berichte von Roger of Howden, Gerald of Wales und Ralph of Diss.

Eine unvollständige Liste der Literatur, die ich beim Verfassen dieses Romans einsah, umfasst *Richard the Lionheart: The Crusader King of England* von W. B. Bartlett, *Richard the Lionheart* von Antony Bridge, *The Canterbury Tales* von Geoffrey Chaucer, *William Marshal* von David Crouch, *Life in a Medieval City*, *Life in a Medieval Village* und *Life in a Medieval Castle* von J. und F. Gies, *Richard Löwenherz* von John Gillingham, *The Normans* von Gravett und Nicolle, *Food and Feast in Medieval England* von P. W. Hammond, *Knight* von R. Jones, *The Medieval Kitchen* von H. Klemettila, *Medieval Warfare* von H. W. Koch, *Lionheart and Lackland* von Frank McLynn, *The Annals of Roger de Hoveden*, übersetzt von Henry T. Riley, *Henry II* und *King*

John, beide von W. L. Warren, *Eleanor of Aquitaine: Lord and Lady*, hrsg. von Bonnie Wheeler und John C. Parsons, verschiedene Osprey-Bücher und Artikel im Magazin *Medieval Warfare*.

Wieder stehe ich in der Schuld von Dr. Michael Staunton an der School of History des University College Dublin, Irland, für die Großzügigkeit und die Zeit, die er mir gewidmet hat. Als Spezialist für das 12. Jahrhundert und das angevinische Herrscherhaus hat er mit Adleraugen den gesamten Text gelesen und ihn auf Widersprüche und Fehler durchgesehen. *Go raibh míle maith agat, a Mhícheál.*

Ich schreibe nicht nur Romane. Sehen Sie sich meine neuen, auf Kickstarter finanzierten digitalen Novellen an, *The March* (eine Fortsetzung der *Vergessenen Legion*, die enthüllt, was aus Brennus wurde), *Eagles in the Wilderness* und *Eagles in the East* (beide mit Centurio Tullus aus der Adler-Trilogie). Außerdem gibt es *Centurio of the First*, eine unabhängige Story. Bis auf die letztgenannte sind alle in *Sands of the Arena* enthalten. Sie besitzen keinen E-Book-Reader? Laden Sie sich einfach bei Amazon die kostenlose Kindle-App herunter, und Sie können die Geschichten auf einem Smartphone, einem Tablet oder einem Computer lesen. (Wenn Sie sich partout nicht auf einen E-Book-Reader einlassen wollen: Diese Geschichten sind auf Englisch nun auch gedruckt und als Audiobook erhältlich!)

Wenn Sie Pompeji und Herculaneum mit mir als Reiseführer besuchen wollen, googeln Sie bitte nach »Andante Tours« (tinyurl.com/yc4uze8j). Falls Ihnen Radtouren mit einem historischen Element gefallen, sehen Sie sich doch Bike Odyssey (bikeodyssey.cc) an. Die Firma veranstaltet epische Fahrten (zu den Themen Hannibal, Löwenherz, Venezianer, Othello), bei denen ich als Historienführer beteiligt bin.

Ich unterstütze leidenschaftlich die NGOs Combat Stress, die britischen Veteranen mit PTBS hilft, und Medecins sans Frontieres (MSF), die weltweit medizinisches Personal in Katastrophen- und Kriegsgebiete entsendet. Um für diese gute Sache Geld zu sammeln, bin in vollem römischen Harnisch den Hadrianswall entlangmarschiert. 2014 bin ich so mit zwei Autorenkollegen bis zum Kolosseum in Rom gezogen. Die Dokumentation darüber wird von Sir Ian McKellen erzählt – von Gandalf selbst! »Romani Walk« finden Sie auf YouTube: tinyurl.com/h4n8h6g – wenn Ihnen das Video gefällt, erzählen Sie es bitte weiter.

Ich unterstütze auch Park in the Past, eine gemeinnützige Organisation, die bei Chester in Nordwestengland ein römisches Feldlager nachbaut. Im Sommer 2022 sollte die Grundfläche des Forts der Öffentlichkeit zugänglich sein. Die Website ist: parkinthepast.org.uk.

Ich danke allen, die bisher zu den Vorhaben beigetragen haben. Um Geld einzunehmen, versteigere ich Nebenrollen in meinen Büchern. (Sollten Sie daran für *Napoleon's Spy* interessiert sein, meinen Roman, der 2023 auf Englisch herauskommen wird, so mailen Sie mir bitte; die Adresse finden Sie weiter unten.) Die Figur, die auf diese Weise in den vorliegenden Roman »gelangte«, ist Katharina, die auf meiner treuen Leserin Krystal Holmgren beruht, welche auch in den beiden Kickstarter-Novellen vorkommt. Danke, Krystal!

Großer Dank gilt wie jedes Mal meiner überragenden Lektorin Francesca Pathak – immer da, stets die Stimme der Vernunft. Vielen Dank auch an das ganze Team bei Orion Publishing – es sind zwei schwere Jahre gewesen, aber Sie sind am Ende immer obenauf! Ich danke besonders Aranzazu Sumalla und dem Team von Ediciones B in Spanien sowie Magdalena Madej-Reputakowska und dem Team bei Zank in Polen. Dank auch an Charlie Viney, meinen Agenten.

Nun zu Ihnen, meinen wunderbaren Lesern. Ich bin nun seit dreizehn Jahren im Hauptberuf Schriftsteller, und das verdanke ich Ihnen! Ihre E-Mails und die Kommentare und Nachrichten auf Facebook, Twitter und Instagram sind ein wichtiger Bestandteil meines Lebens. Dank an Bruce Phillips, Taff James, Tony Fowler, Andy Bull, Milca und Andy Wilson, Adrian Tyte, Charlene Robertson, Jon Charles, Steve Healy, Michael Hurley und viele andere für die Gespräche, die wir online geführt haben. Halten Sie die Augen auf nach signierten Büchern und Goodies, die ich über diese Medien verschenke oder für einen guten Zweck versteigere.

Wenn Sie nach der Lektüre meiner Bücher eine kurze Besprechung auf Websites wie Amazon, Goodreads, Waterstones.com oder iTunes (oder allen!) hinterlassen, hilft mir das sehr. Der Markt für Historische Romane schrumpft im Moment leider, und die Zeiten sind viel härter geworden. Und nur ein paar Minuten Ihrer Zeit unterstützen mich mehr, als Sie ahnen. Vielen Dank im Voraus.

Das Ende von 2020 und fast das ganze Jahr 2021 waren nur erträglich durch die Gegenwart so vieler wunderbarer Menschen in meinem Leben. Das waren meine Mutter und mein Vater, mein Bruder Stephen, Killian, Shane, Colm, Camilla, Euan und Karen, Matt, Sophie und Nick, Jamie und Jo, Philip und Anna, Will und Kelly, Andrew und Jane, Carol, Arthur, Francesca (schon wieder!), Dermod und June, Russ, Rob, Simon, Paul Harston und Linda von Linda's Loaf. Danke auch an Simon Walker. Ihr seid alle toll, die Besten der Besten. Ich danke euch aus ganzem Herzen. Ich stehe auch tief in der Schuld von Sam Harris und seiner Meditations-App Waking Up. Sie ist eine unglaubliche Hilfsquelle und war kostenlos in Zeiten der Not. Falls Sie von Waking Up noch nichts gehört haben, Sie finden die App im Google Play Store – sie ist toll und führt einen Wandel herbei, und ich schreibe das als jemand, der extrem skeptisch gewesen ist.

Zuletzt möchte ich meinen wunderbaren Kindern Ferdia und Pippa danken, die ich über alles liebe. Ich bin wahrhaft gesegnet, dass ihr beiden ein Teil meines Lebens seid.

Kontaktaufnahme ist möglich über
E-Mail: ben@benkane.net
Facebook: facebook.com/benkanebooks
Twitter: @BenKaneAuthor
Instagram: benkanewrites
Soundcloud (podcasts): soundcloud.com/user-803260618
Und meine Website: benkane.net
YouTube (dort finden Sie kurze Dokumentarvideos):
tinyurl.com/y7chqhgo